深情眼

上册

耳东兔子 著

青岛出版社
QINGDAO PUBLISHING HOUSE

图书在版编目（ＣＩＰ）数据

深情眼 / 耳东兔子著. — 青岛 ： 青岛出版社，
2020.11
ISBN 978-7-5552-9534-1

Ⅰ. ①深… Ⅱ. ①耳… Ⅲ. ①长篇小说－中国－当代
Ⅳ. ①I247.5

中国版本图书馆CIP数据核字（2020）第174566号

书　　名　深情眼
著　　者　耳东兔子
出版发行　青岛出版社
社　　址　青岛市海尔路182号（266061）
本社网址　http://www.qdpub.com
邮购电话　18613853563　　0532-68068091
责任编辑　李文峰
特约编辑　孙小淋
校　　对　耿道川
装帧设计　千　千
照　　排　梁　霞
印　　刷　三河市鹏远艺兴印务有限公司
出版日期　2020年11月第1版　　2022年3月第4次印刷
开　　本　32开（880mm×1230mm）
印　　张　17.5
字　　数　380千
书　　号　ISBN 978-7-5552-9534-1
定　　价　59.80元（全二册）

编校印装质量、盗版监督服务电话　4006532017　0532-68068638
建议陈列类别:畅销・青春文学

目录

【上册】

目录

【下册】

第一章
楔子

二零一四年。

S学院宿舍，三台立式风扇嗡嗡转动，一股股热浪扑面而来，蒸得仙人掌都发蔫。

“明天晚上A大有帅哥请吃饭，我帮你们答应了，谁都不许跑。”

“你啥时候跟A大的学霸小哥哥们勾搭上了？”有人搭腔。

“巧合巧合，”小祝笑眯眯地道，“咱们S学院虽然是个小三本，但大家都是新闻系的，以后也还是有机会跟他们成为同事嘛！说不定人家在外头风风火火地上新闻的时候，咱们能在一旁扛摄影机、递话筒什么的，而且A大的学霸对咱们这种学渣都很友好啦！”

“是对美女友好吧——”

不等室友说完，一言未发的叶濛胡乱抽了几本书塞进背包里，顾不上拉拉链，含了口水转身躲进卫生间。小祝忙不迭地跟上去，阴魂不散地哐哐大力拍门：“我不是没有警告过你哦，下周就要交第一个月的实习报告了，你到底找到实习单位没？”

“懒得找。”

“你干脆懒得吃饭算了。”小祝撇嘴。

三本院校就这样，辅导员担心她们找不到实习单位影响今年学校的就业率，提前好几个月就找小祝谈过关于实习的事情，不过叶濛家庭情况特殊，对此没当一回事，小祝也只能支支吾吾地跟辅导员打马虎眼："濛……叶濛同学可能毕业后要回老家，所以不打算在北京找实习单位。"

辅导员听完这话当即一通数落，话不怎么好听，但发自内心："你们这些外地姑娘没权没势没背景，本来就落后别人一大截，大学四年也不努努力，光混个文凭，找不着工作就回家啃老，不知道你们的父母含辛茹苦地供你们上学是为了什么？"

"叶濛同学说了，是为了听您的谆谆教诲。"小祝面不改色心不跳地将平日里叶濛的小皮劲儿学了个十成十。

"好的不学，你跟叶濛学，没皮没脸，走、走、走。"话这么说，辅导员脸上还是笑着的。

某私人医院精神科VIP（贵宾）诊室。

心理医生还没来，就诊桌前坐着一个英俊的年轻男人。他面前摆着一杯热气腾腾、现泡的雀巢咖啡。

"梁医生刚在住院病房开完会，马上就上电梯了，您稍等。"

"好，谢谢。"

他完全不像得了抑郁症需要心理咨询的人，笑起来人畜无害还英俊帅气，挺有感染力。

"我就说，他看着像勾恺的朋友，还真是。"

勾恺是梁医生的前男友。两人分手虽然不太愉快，但勾恺是个富二代，朋友非富即贵还都挺帅，小护士们留着他的微信偶尔看看帅哥还是很养眼的。那群富家子平日活动真不少。不过今日来的这位弟弟出镜挺少，但还是被眼尖的护士一眼给认出来了。

"厉害厉害，这马赛克的像素你都能看出来，明年升你当护士长。"

"别太花痴，怕你被渣男虐。"

"他不一样，他是富二代圈里的'傻白甜'，勾恺说他是被人卖了不仅帮着数钱还帮着理财的那种，特别单纯，至今没交过一个女朋友。”

“这么纯情？”

“真的，绝种了。”

电梯门叮咚一响，跟灭霸打了个响指似的，所有人光速消失。梁菲从电梯里出来，跟护士台唯一留值的人要了杯咖啡。

梁菲进门就看见一个漂亮的后脑勺。桌上的咖啡已经凉透，杯圈十分干净，咖啡沫全沾在原始高度。她估计这位全身上下无一不是名牌货、连手机壳都得带个标志、一看就是含着金汤匙出生的少爷，手都没往前伸。

梁菲脱下白大褂，很亲切地说：“要不要叫她们给你换杯白水？”

“不用，谢谢。”他也没多解释，淡淡一笑，视线落在她的肚子上，愣了愣，“勾恺没跟我说你怀孕了。”

“别担心，孩子不是他的。”梁菲不免觉得这话有点儿奇怪，自嘲一笑，开门见山道，“那咱们进入正题？”

“好。”他乖顺地说。

然而过程并没有想象中那么顺利。

“名字。”见他一愣，梁菲笑了下，“这只是例行询问，我知道你，勾恺跟我提过。你不用担心，既然来这里了，我一定会尽全力帮你。”

“我的前几个心理医生都这么说，”他笑起来，一排白牙看起来无害又阳光，“但他们最后连我的名字都记错。”

“你找过几个心理医生？”梁菲见缝插针地问。

“三个。”

“三个都没记住？”

“我的上一个心理医生倒是对我的名字很熟悉，只不过他转头就告诉我母亲，我只是装抑郁。”

“你看起来确实不像有抑郁症，”梁菲若有似无地扫了眼他清秀的喉结，那上面有个淡淡的吻痕，不过更像是一个疤，“所以你认为心理医生都是骗钱的？”

他温和一笑道："那倒也没。"

梁菲放下笔，问道："你的母亲呢？什么态度？"

"我母亲非常相信他，所以我给了他一笔钱。"他靠着椅背，不知什么时候拿起了摆在桌上的棒球，有一搭没一搭地抛着玩，"劝他转行。"

梁菲说："所以，你的母亲并没有捍卫你身为病人的尊严。"

"是。"

"其实在勾恺之前，我听我弟弟提过你。他叫梁沐，也是A大的学生，跟你不同系的。"

"是不是三点水的沐，左脸颊上有块胎记？"

梁菲似乎是没想到他会知道："你记得？"

"嗯，一起上过选修课。"

"我听我弟弟说，你从小到大都是各种保送，各种评优，家里的奖状能贴满四面墙，而且你的记性特别好，他说你看书一目十行，看一遍就全都记住了。上次他还看到一个法语教授给你写了一封推荐信，让你去他们学校做法语演讲。我弟弟说你是他难得不讨厌的富家子，待人接物都很温柔。所以勾恺找到我的时候，我很惊讶。"

"我也很惊讶，我从小就很乖，但我身边的人都更喜欢我哥哥。"

"如果再给你一个机会，你还会当乖乖仔吗？"

"不会。"他似乎厌恶极了现在的自己。

"我在想，是不是因为你一直以来太优秀，没有受过任何挫折，抗压能力相比一般的男生可能弱一点儿？有时候别人不注重细节的行为，可能伤害了你？"

"你是想说我扛不住事，太矫情？"他挑眉，半开玩笑地说。

"我不是这个意思。"梁菲马上解释。

他也马上露出一个令人心动的笑容："没事，我并没有生气。"

也许是格外出挑的外形和从小优秀的教养，致使他的言谈举止比很多正常人显得懂事礼貌、得当妥帖。相比之前所有来咨询的患者，他坦诚不躲避，礼貌又能拿捏人情世故，如果对方需要，他可以大大方方地把自己的伤疤揭开让人观赏。她只是个普通的心理医生，他却是个令人束手无策的完美病人。

晚上，S学院宿舍。

“哎，不是说今天晚上A大小哥哥请吃饭吗？小祝，小哥哥呢？被放鸽子啦？”

室友一进门，就见小祝坐在电脑前正在看校招信息，跟霜打的茄子似的。

小祝没精打采地拖着音说：“取消了。”

室友哀号连天。

“你耍我们啊？”

“我下午才去买的小裙子。”

“我都说了对方只对美女友好！”

“你咋没把濛濛的照片发过去啊？就说咱们学校的校花主动约呢！”

叶濛正巧进门，被人点名，虎视眈眈地盯着她们道：“诈骗这么多年，也没见你们骗到个男朋友。”

“你本来就是公认的校花，谁诈骗了？”室友笑嘻嘻地把她拉过来道，“财经院那院草还在追你吗？”

“打住。”

小祝的双唇仿佛被胶水粘住，她嚅动了几次唇都没张开口，众人瞧她这如丧考妣的表情，才意识到不对劲：“怎么了？”

“今天A大小哥哥发过来一条消息，说取消聚会。我问他为什么，他刚刚给我回过来一条消息，说他们新闻系的一个学弟自残，现在人在医院抢救。”

“玩这么大？我们已经丑到对方需要用自残来逃避饭局了吗？”

“别开玩笑！人家很优秀人很好的，还是个富二代。”

“人总有各种各样活下去和活不下去的理由啊。”叶濛随口安慰道。

小祝憋着劲，想哭哭不出。因为去年在勾师兄的聚会上她见过这位学弟，还听他唱了一首歌。

叶濛问她好不好听，小祝努力回想后说道："一般般。但是不可否认，他真的很有魅力。他明明唱跑调了，所有人都不忍心让他尴尬，帮他一起往下接。你说说，这样一个人，为什么？呜呜呜——"

梁菲第二天下班没走，调出电子档案，看着那张冷淡的标准寸照。

照片中的男孩英俊挺拔，有蓬勃的少年气，精致、棱角分明的五官称不上多令人难忘，但偏偏拥有一双令人心动的深情眼，漆黑的瞳孔里仿佛藏着一只活蹦乱跳的小鹿，眼底尽是温柔和笑意。单是这么静态的照片，也能让人感受到他张扬的气息，整个人意气风发宛如一棵青涩挺拔的白杨树。这样的人，无论在哪儿，都明亮干净得如同一束光。

档案备注：李靳屿，二十二岁，A大新闻系学生。

第二章
相遇

时间拨到五年后，二零一九年十月底。

“濛濛，过来切洋葱！”厨房隐约传来一声叫唤。

“哎！”叶濛懒懒地应声，丢下遥控器走了进去。

厨房里小姑正拎着螃蟹腿一只一只地丢进锅里。叶濛挽起袖子走过去，故作惋惜地看着锅道：“螃蟹也太惨了吧。”

小姑见不得她惺惺作态，翻了个大白眼：“那你等会儿别吃。”

“那我也太惨了吧。”叶濛嬉皮笑脸地说，“说实话，在北京这么多年，您跟奶奶他们我都没怎么想，净想着您做的这螃蟹。”

小姑盖上锅盖焖着，谑她：“你之前不是还跟我们说，老板天天请你吃山珍海味，怎么，螃蟹被开除海鲜籍了？别说我做的味道不一样，从小你这嘴就是骗人的鬼，嘴里没句实话，信你我就中邪。”

叶濛笑而不语，北漂嘛，其中的曲折跌宕都只有自己最清楚。家里人都不支持她去漂，叶濛也不愿说那些给他们添堵，把洋葱放上砧板，大脑突然一片空白：“怎么切来着？”

小姑知道她在北京这么多年铁定没下过一次厨房：“随便，你切成肉丁都成。”

砰——叶濛毫不犹豫地一刀拍下去，喃喃道：“这倒是个省钱的好办法。”

“等会儿奶奶过来，”小姑腾出手娴熟地切了小段姜末扔进锅里，缓缓提醒，“你别跟她吵架，好不容易回来一趟，别让街坊邻里看笑话。这个男的条件真的不错，奶奶做了好多工作……民政局的小刘说只要你喜欢，今晚为你加班。”

老太太又没经过她的同意把人带家里来。

“我真是谢谢他。”叶濛心不在焉地盯着锅说，“螃蟹麻烦放点儿香菜。辣椒酱在哪儿？”

叶濛进厨房就跟没头苍蝇似的乱转。

“在你的手后边。”小姑推开碍事的人，忍不住骂骂咧咧地道，“螃蟹、螃蟹，一天到晚就知道吃螃蟹，聪明劲儿都用在吃螃蟹上。出去出去，别在这儿碍手碍脚的。”

初秋的雨毫无预兆地兜头浇下。

叶濛被赶出厨房后百无聊赖地趴在窗台上看着雨珠密匝匝地从天上降落，仿佛看见千万张由蜘蛛银丝织成的巨网掉下来，遮天盖地地笼着这座沉闷的城市，让人透不过气。

“叶小姐在北京是做什么工作？”

叶濛转头看着这个悄无声息地出现在自己背后的男人，一身熨烫得妥帖的西装、衬衫，举手投足间都是成熟稳重的男人气息，算不上多帅，但模样周正倒也无可挑剔，在这个小镇上算是出挑。但这种成熟稳重大本钟款的男人不是她喜欢的类型。

他话不多，有一句说一句，更多时候只是站在一旁默默地抽烟，看得出来，他也是迫于经济压力，才答应“入赘”同她结婚。

是的，叶濛祖上不知道倒几辈子的血霉，她的三位姑姑都不能生育，现在都是离异单身。独独叶濛的父亲能生，偏不巧，那年代赶上计划生育，她爸在银行编制内，只允许生一个，不然就会被开除。于是叶家就叶濛这么一棵活蹦乱跳的独苗。

好在老太太不重男轻女，全家上下对叶濛也是呵护备至。叶濛在北京读完大学，全家上下就耳提面命地要她回本地工作，结婚生子，反正是不让她留在北京。

"我给人打工的。"叶濛慢慢转过身，没拘束地抻着腰，好奇地问，"我奶奶答应给你多少钱，你能同意跟我结婚？"

叶家家库里估计没好几万块钱。叶家在镇上算是没落贵族，八卦秘史能养活几代说书先生，镇上现在那门庭冷清的说评书小茶楼里，还时不时提起叶濛的曾祖父。简而言之，就是曾祖父在的时候，家里还算顶有钱，也有面儿，但曾祖父去世之后，叶家阴盛阳衰，又没个能撑家的男人，没落至今。而家里的女眷，还没从当年那些辉煌历史中回过神来呢，尤其奶奶，非要叶濛留在镇上当个落魄小姐也比寄人篱下地北漂好。

然而叶家没落这么多年，本就是话题中心，男方要真是倒插门，那就真成行走的话题靶子了，有的是被人戳脊梁骨的时候。后来经过几位姑姑苦口婆心地轮番劝说，老太太终于不强求男方改姓入赘，但孩子必须姓叶。老太太别的都能妥协，就这事说不通。

"具体来讲，我只是跟伯父申请审批贷款。"男士立在栏杆旁，弹了弹烟灰，表情始终不变，"咱俩结婚后，不用我买房买车，而且伯父说可以帮我申请员工贷。另外，你奶奶说，你们家在南塘庵的那套老祖屋，可以写咱俩的名字，不过要等我们五十岁之后。"

叶濛："那是危房，等不了你五十岁那房子早塌了。"

西装男没承想她这么直接，瞬间愣住，烟头烧半截来不及弹，落在栏杆上，他下意识地用袖子一抹，刚漆的栏杆，被他的西装扣划出一道细微的划痕。他也顾不上自己的西装扣上被磕掉的痕迹，温声道歉道："不好意思，这栏杆明天我找人帮你漆一遍？"

叶濛定定地瞧他两秒，上下打量他半晌，半天吐出口气："好，谢谢你，不过我觉得咱们还是当朋友合适。放心，不会影响你贷款的。"

小姑端着杯茶过来招呼客人，见她正往楼下走，忙把人喊住："你干吗去？"

"方雅恩的腿摔断了，我去瞧瞧。"叶濛头也不回地瞎编道。

方雅恩是叶濛的高中同学，混姐，高中辍学去深圳打工，回来后在镇上经营一家西服店。两人从小穿一条开裆裤长大。叶家在镇上的风言风语多，叶濛从小就是话题活靶子，都是方雅恩替她赶跑那些没事爱欺负、霸凌她的小孩的。

八点，叶濛和被“摔断腿”的方雅恩在城西的密室逃脱店刷爆了三个密室纪录，老板连忙拿出超级玩家小本本让她俩留下联系方式，等下次密室更新提前邀请她俩试玩。

等出了门，两人往停车场走去，方雅恩这才想起来问：“对了，你今晚不是相亲吗？怎么突然跑出来刷密室了？”

叶濛脚步微微一顿，同她稍稍拉开距离，确定方雅恩揍不到她后才支吾着说：“我说去医院。”

“去医院干吗呢？”方雅恩早就该想到了，这丫头肯定又拿她打岔，从小到大“方雅恩感冒了”“方雅恩从楼上摔下来了”“方雅恩丢了”等理由数不胜数。

“你的腿折了。”叶濛说完撒腿就跑。

方雅恩原地爹毛：“你又皮痒了是吧？！你奶奶是不是觉得我能活到现在全靠吊着一口气啊？！”

敢这么拿方雅恩打岔的也只有叶濛了。方雅恩作为曾经的混姐，现在虽已金盆洗手，但镇上也没人真敢惹她，她是出了名地疯。

方雅恩气得上车就想点支烟，不过翻半天没找着打火机，又将烟丢回去，一脚油门轰上路，随口问她：“这次回来待多久？”

叶濛坐在副驾驶座上，又丢出一个炸弹：“我辞职了。”

车子猛然一个急刹，叶濛猝不及防地给挡风玻璃前贴着方雅恩儿子的照片的车载相框磕了个重重的响头。

“……”叶濛面无表情地说，“你不用这么激动，我又不是怀孕了。”

“你好好一个公关经理，”方雅恩难以置信地盯着她，“怎么说辞职就辞职啊？！”

“公司来了新合伙人，在我的岗位上安插了新人助理，把我之前辛辛苦苦跟了几年的项目全部拿走，等于把我架空了。老板没发表意见，我就辞职了呗。”

方雅恩又是一个急刹。

叶濛急眼了："你好好开车，我都给你儿子磕俩头了，再磕一个我是不是得喊你妈啊？"

"别啊，你爸还单着呢，这多不好意思啊。"方雅恩大笑，不再一惊一乍，"我说你的老板什么意思啊？你在公司这么多年，没有功劳也有苦劳啊，何况你这几年简直都快把命搭进去了。"

"是啊，"叶濛懒洋洋地靠在副驾驶座上，"但新合伙人说，我的老板怕我功高盖主，早留了这一手。"

暮色渐沉，道路暗又窄，这会儿进城车多，方雅恩一路近远光交错、加塞："听这意思，还是勾恺故意撺掇他们赶你走了？那你的房子呢？"

"什么房子？"

"你不是做梦都打算在北京买套大别墅把你奶奶和姑姑都接过去住吗？你不是说今年能买套三居的先凑合吗？"

"不买了，再说，就我们家那几个大小姐，真买了她们也不愿意去，"叶濛看着镇上稀稀拉拉的夜景说，"而且这次回来我不打算再回去。"

车子经过一家超市，方雅恩下去买打火机，结账要排老半天队。超市的拥挤程度堪比老板又跟小姨子跑了、老板娘开启清仓甩货模式的情形，万人空巷，全镇人几乎都挤在这里。

叶濛坐在车里瞧见几个混混模样的人涎皮赖脸地蹲在路灯下围在一起抽烟。

这是小镇青年的常态。

叶濛早已过够懒散无束的生活，可对大都市的钩心斗角也产生了疲态。

新合伙人入资架空她，勾恺没有替她说任何场面话，叶濛就觉得自己这么多年的心血都喂了狗，即使合伙人没开口，她也会主动辞职。

方雅恩抽完一支烟才上车，一边从皮包里翻出香水一边对她说："你真不打算走了？可想好了，你当初读了五年才考出去的，不就是想着带奶奶她们离开这里吗？你们叶家起起落落这么多年，好不容易看你快出息了，好吧，你又被打回原形了。"

宁绥镇小，人却多，闲言碎语满天飞，叶濛从小就深有体会。她小时候考的零分卷子被人张贴在大会堂里，镇上的人就欺负叶家男人懦弱老实。

至今还有人说："叶濛啊，就是叶家那个考零蛋的闺女？叶老太爷是真倒霉哟，生个儿子无能懦弱，媳妇儿生三个女儿又都生不下娃娃，好不容易有个小重孙，还是个女娃娃，小重孙智商还一般，高中读了五年才考上大学。

方雅恩倒不觉得叶濛智商一般，她只是天性散漫，懒得计较。

"我奶奶是死都要死在这里的人，我带不动，她还盼着我在这里结婚生小孩守叶家祖坟一辈子呢。算了，我不想回北京，在这里找份工作吧。"叶濛补充了一句，"对了，等会儿前面路口停下。"

方雅恩也懒得劝她，对着遮阳板补完妆，准备启动车子："去哪儿？"

"去巷子街吃螃蟹。"

方雅恩无奈地道："你这点儿智商全用在吃螃蟹上了。不过今天不行，我老公不在，还没辅导儿子写作业呢，改天吧，我请。"

"你儿子还没上幼儿园呢，辅导什么作业？"

"你这什么记忆？我儿子已经上小学了。而且现在的孩子拼的就是这个，绝不能让他输在起跑线上。毕竟隔壁老王的孩子已经会用英文打酱油了。"

"行吧，"叶濛本来也没打算带她，"正好，我自己去，吃完顺便再逛逛，说不定能有个艳遇什么的，离开这么多年，也不知道这镇上的弟弟们长开没有呢。"

"啧啧，你对姐弟恋还真是执着。"方雅恩笑着摇了摇头。

然而螃蟹馆搬迁，也没贴新地址，整条巷子街似乎准备拆迁，全部的招牌都拆得一干二净。

此时镇上漆黑一片，驼峰一样的青山模模糊糊地隐在暮色中，不太起作用的几盏路灯也很随性地要亮不亮，月亮压着天边最后一层薄光勉强能让她分清方向。

叶濛准备去对面的公园逛逛。

她慢悠悠地晃着，沿路没看到弟弟，倒是看到几个褶子精大爷正在练太极剑，一推手一回眸都带着小镇老大爷的优雅和惬意。

直到她来到湖边，看到有个人。

确切地说，她是先看到螃蟹，才后知后觉地注意到旁边还有个人。

这边没灯，沿湖的石柱灯比路灯更随性，索性全体罢工，月光则显得格外慷慨地倾洒着自身的清辉，把平静的湖面衬得像是一面巨大的镜子，波光粼粼，荡着一圈圈不太起眼的涟漪。

就着这点儿残光，叶濛还是能看清护栏上的螃蟹是煮熟的以及那个男人有点儿年轻，可能是个弟弟。

他一身黑衣黑裤地坐在护栏上，身上的黑色运动衫外套拉链拉到顶，竖着的领子抵到修长的后脖颈上。他脑袋上戴着黑色渔夫帽，后颈上的碎发在月光下泛着光，湿漉漉的，还在往下滴水，后背浸湿，似乎是刚洗完澡没来得及擦就被人叫来湖边。

不知道为什么，这个高大宽阔微微低着头的背影，让叶濛莫名地觉得瞧着有点儿可怜，像一条没人要的丧家犬。

大约是察觉到什么，脑袋埋在衣领里的男人忽然仰起头，露出瘦削的下巴和紧绷着的下颌以及在淡白的月光下微微泛着冷光的耳钉。这镇上戴耳钉的小混混居多，但也很少有人把耳钉戴得这么禁欲、冷酷的。

男人余光扫到站在护栏下的叶濛，转过头来，湿漉漉的眼睛又暗又沉，情绪复杂，仿佛在等一场未知的审判。

“干什么？”

丧家犬说话了，声音很好听，在隐隐泛着腥味的湖水边，就像烈日里的清酒，带着清晰的冷意，听着就很解乏，只是声音有些沙哑，应该是最近声带有些受伤。

叶濛先是一愣，紧跟着四下扫视一圈，四周静谧无声，除了几片看着有点儿没着没落四处飘荡的树叶，再也没有任何能让他与之对话的东西，灯都黑着，连只过路的蚂蚁都没有。除了她。

“再看收费了。”丧家犬眼神冷淡地转了过去。

“……”

叶濛惊诧地眨眨眼，现在的弟弟可真小气又傲娇。

“你还有事吗？”

好吧，叶濛轻轻咳了声。她这人向来擅长破罐破摔，干脆就厚着脸皮了呗——

“我能问你要……”

“没钱你泡什么妞？”丧家犬就着淡淡的月光又莫名其妙地回头瞥她一眼，眼睛微微眯着，眼皮因为不耐烦而压出三层：“有事，挂了。”

而叶濛这才看清他从衣领里穿出来的黑色耳机线。

原来他在打电话？

三分钟前：

“小屿哥。”

“干什么？”

对方说：“你的电脑在哪儿，借我下一个软件，看点儿东西。”

“再看收费了。”

对方说：“别这样嘛，真是正经活——”

“你还有事吗？”他直接打断对方的话。

对方说：“抠门精！你别什么都想到钱啊！”

“没钱你泡什么妞，有事，挂了。”

气氛静默，湖面微微荡着涟漪，初秋的小镇万籁俱寂，听不见半声狗吠。

丧家犬随手摘掉耳机，挂在竖着的衣领外。帽檐下那张脸偏冷，唇线轮廓圆润清晰，坐在护栏上低垂着头睨她一眼，似乎非常习惯于这种被女孩搭讪的状态：“要微信啊？”

“不是，”叶濛不太喜欢这种类型的人，灵机一动，矢口否认，“是这个螃蟹馆的地址。”

叮咚，叮咚。

叶濛还没到家，就接到方雅恩的微信。

Fang：“我才想起来，巷子街整条街拆迁，你说的那螃蟹馆生意不太好，租了个小店面，具体搬到哪儿我明天帮你问问。”

Fang：“你现在在哪儿呢？不会已经有艳遇了吧？”

叶濛坐在滴滴专车里，窗外的风景一掠而过，川流不息的车灯与夜色交相辉映，在她脸上投下一片晦暗不明的浮光掠影。

柠檬叶：“你对镇上的弟弟们有股谜之自信。”

Fang：“现在的弟弟们，一个比一个长得正。以我养孩子这么多年的经验，找老公绝对找个眼睛好看的，眼睛要是不好看，很容易影响下一代的基因。你看我隔壁老王的孩子，现在天天就在家里嚷嚷着要给割个双眼皮。”

叶濛看着这段对话，脑中不知道怎么的，突然蹦出刚刚湖边那男人的双眼。他是偏细长的凤眼，眼尾微微下勾，不说话不消沉时应该透着温柔，偏偏是这种她最不喜欢的轻狂傲慢性子。

她喜欢乖男孩。

叶濛刚进门，沙发上齐齐整整一家人，乍一瞧像进了鹰窟，五六双眼睛如同鹰眼一般齐刷刷地盯着她。她早已司空见惯，视若无睹地上楼回卧室：“小姐少爷们还熬夜呢？明天长黑眼圈可别偷抹我的眼霜，奶奶。”

老太太两眼一闭，直直地朝着沙发背倒过去。

“妈！”

“妈！”

“老伴儿！”

众人惊恐万分，赶忙冲过去，只有叶濛一动不动。但架不住她大姑急赤白脸地一通训：“你还愣着干吗？赶紧过来看看啊！你奶奶可最疼你！”

叶濛无奈，只得挪过去，刚一走近，意料之中地被人捉住手臂，老太太力气大得惊人，一把将她擒住：“你坐着！”

叶濛翻了个白眼。她就知道，这招屡试不爽。得了，今晚她不用睡了。

老太太牢牢地拽着她，力大无穷，叶濛叹息，一顿三碗饭的七旬老太，全国都找不出几个。

“你跟我说说，你到底什么意思？我给你找的这一个个对象，你都不满意。”

“我跟您说过了，”叶濛索性放弃挣扎，捞过旁边的遥控器，自暴自弃地说，“我喜欢比我小的人。”

“你本来就这么不着边了，再找个比你小的，你俩是结婚还是准备拆家？”老太太一把夺过遥控器把电视给关了。

叶濛默默翻白眼，视线斜向旁边沉默不语的俩男人。老头和她爹默不作声，淋漓尽致地发挥着叶家男人当花瓶的本事。

小姑倒是悄悄地站到她身后：“我挺支持濛濛找个小的。”

“你给我闭嘴，你就知道无条件向着她。”老太太驳斥道，转向大姑：“你说。”

她点名要最能干且一副精英派的大姑站她那边。

大姑向来明哲保身、不蹚浑水，只随口问了句：“那你想找个小几岁的？”

“这哪儿有标准？一岁两岁不嫌少，七岁八岁不嫌小，”叶濛笑眯眯地说，“我够好说话了。”

老太太差点儿再次昏厥，刚要骂，叶濛的手机接到条微信。叶濛脸色一变，不管三七二十一站起来匆忙说：“我不陪你们闹了，我得出去一趟。”

老太太哪里肯就这么轻松地放她走：“不行，大半夜的你又上哪儿去？”

“奶奶，真有急事。方雅恩在家带小孩摔断腿了。”

老太太顶着一张绿油油的万年青苔脸，面无表情地说：“这个理由已经用过了。”

叶濛恨不得一掌拍死自己，真是好的不灵坏的灵。

“行吧，”叶濛灵光一闪，当即又编了个理由，“我出去找男朋友，其实我最近和人在处，这不是不想打草惊蛇嘛。等我跟他确定关系就带回来给您看行不行？”

时针指向十一点，走廊昏暗，病房里灯光明亮，静谧无声，吊瓶缓缓地往下滴药液。

“干吗，想抽烟？”

方雅恩听见这话，将目光转到邻床。邻床是个老太太，听说洗澡时踩到肥皂滑倒，髋骨断裂，上了三枚钉。陪床家属是她的孙子，长得很帅，是那种少见的皮骨都帅的类型。

“说了，不让抽。”邻床的老太太刚伸出手去，便被帅哥毫不留情地拍回来。老太太吃疼，立马举报偷笑的方雅恩——

“她刚刚都抽，你看，帘子还在冒烟。”

帅哥眉头微微一拧，方雅恩愣住，立马胡乱地对着空气拍散余烟：“没有，我还没做手术，抽根烟缓解一下疼痛，抱歉啊。”

“没事，我奶奶烟瘾重，”帅哥挺好商量，没什么表情地叮嘱了一句，“你最好不要当着她的面抽。”

“你不抽烟？”方雅恩盯着他的手，好奇地问了句。

这男人的手很好看，修长白皙，骨节清晰。仔细看，她才发现，他的食指和中指指尖颜色偏麦色。他年纪这样轻，没个几年抽凶烟的历史，不会这样。

“不抽。”他说。

病房刚安静下来两秒，老太太又不安分，指着电视机上威武霸气男主角的天价红酒，对她孙子说：“李巴豆，我要喝这个酒。”

方雅恩震惊于这老太太暴殄天物。这么好看的一个帅哥，名字起得也忒草率了。

男人茫然地从手机上收回视线，扫了眼电视，随即低下头：“买不起。”

老太太俩眼珠骨碌碌地盯着他，不依不饶地道：“让小江买，小江买得起。”

“她凭什么买？”

“你俩不是男女朋友吗？”老太太悄悄凑过去，在他耳边出主意，“你不是马上要过生日了吗？让她给你买生日礼物。”

男人低头发微信，嘲讽一笑道：“我跟她只见过两面，就张口跟人要生日礼物，您觉得合适吗？”

“你是不是不喜欢小江？”老太太气鼓鼓地说，“不喜欢你就说，我让人再给你介绍一个。刘大爷那孙女怎么样？人家说了不用你买房买车，也不用彩礼，陪嫁还给三十万呢。”

因为那姑娘是个哑巴。方雅恩在心里补了句。

“这样吧，您把我卖了吧，至于卖多少钱，全凭您做主。卖了的钱，您就拿着吃喝玩乐周游世界，我去给人当上门女婿伺候人家一家老小，怎么样，您满意吗？”男人倚着墙说。

这对祖孙真够凶残的，说话句句都往对方的心窝戳。

老太太一枕头飞了过去：“你滚！”

男人散漫一笑，冲墙角正在打游戏的小胖子说：“你看着奶奶，别让她找旁边姐姐借烟。”

方雅恩这才注意到，角落里还有个小胖子。

等叶濛到病房，时针指向十一点十五，小胖子还没打完一局游戏。

叶濛就差跪着负荆请罪，诚挚地向方雅恩道歉，发誓再也不拿她的生命安全当借口。方雅恩佯装冷脸要求十顿螃蟹，叶濛讨价还价，五顿。两人正死乞白赖地闹着，唰地横过来一只手，头顶突然传来低沉的声音：“你的外卖。”

两人顿时停下来，顺着这只瘦削的手臂瞧上去，叶濛两眼一抹黑，犹如当头被敲了一棒。这不是几小时前在湖边被她主动索要微信的那个小帅哥吗？

小帅哥的衣服拉链永远封得死死的，衣领竖着，黑色耳机线仍是露在衣领外面。

其实她对对方的长相不是太确定，第一反应就觉得这男的帅，紧跟着有点儿眼熟好像在哪儿见过，直到看到耳边那颗亮闪闪的耳钉，湖边的画面就猛然撞入脑海中。

两人的视线猝不及防地在空气中轻轻一碰，在昏暗的病房里，眼神便多了奇遇。

帅哥倒没她这么意外，目光几乎没在她身上停留，对方雅恩说：“外卖十点之后送不到病房，统一放在一楼快递站，要家属下楼拿。刚才碰巧遇上，我就帮你拿上来了。下次你注意一下时间。”

方雅恩忙说谢谢，跟已经愣出神的叶檬眨了眨眼，介绍道："这是邻床奶奶的孙子。"

男人没看叶檬，周到地给方雅恩递了张名片："这是志愿者电话，没人陪护的时候，需要帮忙可以找他们。"

方雅恩感激涕零，回敬一张自己的名片："我做西服的，你有需要可以找我。要不加个微信？未来半个月可能会打扰你们。"

他俩加完微信，方雅恩顺势发了一条微信给叶檬。

Fang："十顿螃蟹，帅哥的微信。"

柠檬叶："这男人的微信恨不得挂在脸上给人扫，我才不加。"

Fang："你哪里来的误解？人家有女朋友了。"

柠檬叶："有女朋友？更渣。那你还推给我？"

Fang："谁说我要推给你了，骗你十顿螃蟹呗。"

叶檬懒得搭理方雅恩，饿得前胸贴后背。两人火速解决完三桶钵钵鸡，方雅恩闲着没事就跟一旁的小胖子聊了会儿："他真的叫李巴豆？"

"那是小名，我哥刚出生的时候就被他妈妈丢过一次，是我姨奶奶冒着大雪给抱回来的。别看我哥现在这么白，我姨奶奶说他小时候瘦黑瘦黑的，跟个小巴豆一样，就叫了这么多年。他本名叫李靳屿，革斤靳，岛屿的屿。我们是表兄弟。"

方雅恩默默重复，叶濛压根没兴趣听，坐在一旁刷朋友圈回留言，好友问她什么时候回北京。

"你哥不是本地人吧？看着不太像。"

"我哥四年前过来的。我表叔死了，表婶改嫁，他就跟我姨奶奶相依为命了。"

"那你哥是做什么的？"

小胖子是典型的叶濛喜欢的乖男孩，一五一十交代得老老实实的："他赚钱的事什么都做的，帮人看店啊，或者帮人剪剪片子，偶尔也到酒吧里帮人唱唱歌，他除了不会开车，好像别的都会点儿。"

"他没考驾照还是什么？"

"他有驾照，就是不太开。"

“他的女朋友呢？”

“在北京做律师，长得可漂亮了，听说年收入有七位数。”

“本地人？”

方雅恩跟叶濛下意识地互相看了一眼。

对方要真是本地人还在北京做律师，长得漂亮还姓江，那就只有一个人了。

叶濛只觉脑仁隐隐作痛。

“是的，宁绥人。”

两人几乎同时试探地开口：“不会叫江露芝吧？”

小胖子诧然，立马放下手机：“你们认识？”

何止认识啊，那简直是叶濛过去十年寒窗生涯的噩梦。不可否认的是，江露芝确实在北京混得如鱼得水，那叫相当好，两人同在一个老乡群，几乎不常见面，但也经常听说这位姐姐的辉煌战绩。年收入百万是真的，江露芝长得也真漂亮。

叶濛跟江露芝的关系，用方雅恩的话来说，论长相，叶濛可能甩江露芝一条街，但论手段，江露芝可能甩叶濛十八条街。还是那句话，叶濛懒得争。上学时，两个人可能有过龙争虎斗一王八池待不下俩鳖的状态。叶濛高中读了五年就是想考一所比江露芝更好的院校，但奈何她平日里小聪明颇多，成绩就是毫无起色，最后只上了普通本科。加上叶妈妈死后，叶濛就有点儿得过且过的意思了。

但有件事，叶濛不得不提——在她回来前一天，江露芝明明已经跟相恋十年的北京男友领了证。

“镇上没人知道江露芝结婚了，这事我估计她妈都不知道。江姨要是知道，能飞去北京把她的腿打断。毕竟江姨一直想让她找个本地的人。”

“保不齐李靳屿就是知道这事呢？万一他就是心甘情愿当‘小三’呢，毕竟江露芝是个富婆。”

“怎么可能，他要是知道，小胖子能这么大声地昭告全天下他俩的事吗？”

“那如果李靳屿知道自己成了‘小三’，会不会发疯？”

事实上，李靳屿没有发疯。两人当时在电梯口，他准备下楼预缴住院费，叶濛正好回家，于是便将这件事告诉他了，但并没有等来预期中的表情，哪怕连一个眼神他都没有给她。

电梯间灯光刺眼，李靳屿大概也是等烦了，微微拽了下帽子遮光，喉结在灯光下尤为明显，露出一种道德感极低的冷淡眼神："哦，知道了，还有事吗？"

叶濛有时觉得这男人眼底就像藏着一只温和的小鹿，小鹿的眼睛里还藏着星星。他明明应该是很温顺的，那只小鹿却把星星藏了起来，满眼写着：我没什么道德，别企图绑架我。

"你第一天认识我，可能不太知道，我这个人就是挺垃圾的。"他不咸不淡地说。

李靳屿跟江露芝只见过两次。一次是经人介绍，两人在咖啡馆短促地见过一面，三言两语就听出对彼此不太来电。江露芝信誓旦旦地要在北京闯出一片天地，言语间都是对大城市的神往。然而江露芝想要的都是他从小到大就唾手可得的，而他早已对那座城市厌倦。

两人话不投机，匆匆结束约会后，江露芝显然是看不上他，连带着把他的微信都删了。李靳屿本来不知道，那晚老太太拿他的手机不知道是故意还是真的那么不小心，他拦都来不及，猝不及防地就给江露芝发了一个表情过去，结果对面突然出现添加好友提示。他才知道自己被删了。

不过李靳屿从没删人微信的习惯，也没回删对方。

谁料一周后，江露芝竟又主动加回他的微信，紧跟着就火急火燎地从北京赶回来，劈头盖脑地问他愿不愿意与她结婚。

李靳屿觉得和这人谈恋爱都勉强，何谈结婚呢？当下便拒绝了。

江露芝不禁纳闷，这男人要钱没钱，要地位没地位，身上不知道哪里来的一股不容人侵犯的拿人劲。于是她不服气地问他："为什么？你在这破地方还能找到比我条件更好的对象？"

两人当时在小河边，头顶是辽阔寂静的星空，像一张万籁俱寂的巨幕静静地笼罩着两人；身后是缓慢流淌的河水，河底薄薄地铺着一层光滑圆润的鹅卵石，耳边还全是叽里呱啦聒噪的蛙叫声。江露芝始终不敢相信，就这么个连肯德基都开不进来的小破县城，还有男人会拒绝她这朵别人想都不敢想的高岭之花！

李靳屿当时懒洋洋地靠着江露芝的车门，嘴里还含着一颗大白兔奶糖，慢条斯理地嚼着，表情也很冷淡，真就拿自己当渣男了，说："谈个恋爱还行，结婚就算了。我不会去北京，你又不甘心留在这里，那咱们俩结婚后难道要异地吗？你不怕我找别人，我怕我管不住自己的下半身。毕竟我这人没什么道德底线。"

李靳屿算不上长得多极品难见的帅哥，丢人群里也就多看几眼的程度。但他气质独特，明明从没谈过女友，眼里透着温柔和多情，说起话来像个游刃有余的情场老手。她觉得这男人的眼睛里有钩子。

江露芝这人做事志在必得，有付出必须有回报，便说："谈恋爱也行，反正这趟我不能白来。你知道我一个小时多少钱吗？"

李靳屿当时很想说："是我叫你来的吗？"不过这次他倒没直接拒绝，而是姿态更放松地靠在车上，好奇地盯了她几秒，不知在想什么。

江露芝不知道他在矫情什么，不知道的还以为他是什么纡尊降贵的富家小开。江露芝说："你也不想你奶奶老给你找女孩相亲吧，老人家上了年纪难免心急，咱们先试试，不合适再说。"

最终他答应下来："行。"

算起来，江露芝比李靳屿还大两岁，长得算漂亮，但也不是第一个主动追他的姐姐。要换作以前，李靳屿基本不会考虑姐弟恋。

托他母亲的福，他对比他大的女人有种天然的恐惧心理，除了老太太。又恰恰因为老太太，他哄隔辈的奶奶们倒挺有一手的。

两人确定关系后，江露芝一刻没歇地直接回了北京，除开中间偶尔打几个电话给他，一趟也没回来过，怎么转眼他就成"小三"了？

所以李靳屿还真是不知道这件事。如果不是老太太非要牵线搭桥，他也并不想找女朋友，从前没找过，以后也不打算找了。尽管心理医生很多年前就建议过，说李靳屿可以试着谈一场恋爱，改善周围的人际关系，这也是缓解病情的一种办法。

但这有什么用呢？

至少他现在过得就不错，只要不看到他那个变态到极致的完美主义母亲，他就比以前好过很多了。虽然在很多人眼里他现在只是个一天打三份工的垃圾。

夜空中的星星发着幽暗的光，圆圆的山头笼着一层淡淡的薄雾，不远处隐隐传来一丝微弱的蝉鸣。

叶濛离开后，李靳屿交完费斜倚在住院大楼的石柱上，仰头百无聊赖地赏着夜景，随手又拆了颗奶糖，一边浑不在意地嚼着，一边没心没肺地感慨当个垃圾挺好的。

这时，旁边忽然传来声音："哥哥。"

李靳屿感觉自己的衣角被人轻轻拽了下，微微蹙眉用余光扫了眼，是个瘦得跟小豆丁一样的小女孩，还没他的大腿根高，咧着惨兮兮的空缺门牙，眼巴巴地问他还有没有糖。

今天真是神了，螃蟹、糖……他是圣诞老人吗？有完没完？

"牙都掉没了，还想吃糖，你妈不打你？"他弯起嘴角，刻薄地说。

小女孩一愣，没想到这哥哥这么帅，说话忒毒，张嘴就要哭——

"猜吧，猜中了给你。"

李靳屿侧回身，后背靠着石柱，两手作势在裤兜里掏了下，握拳摆在小女孩面前让她选。

小女孩是个鬼灵精，一眼看破他的伎俩，振振有词地说："骗人，肯定两只手里都没有，我刚刚明明看到你的糖是从衣兜里拿出来的。"

"我的四个兜里都有糖，等会儿给你看。"

"那……我猜这边。"小女孩将信将疑地指了指他的左手。还真有，她高兴地再次露出空缺的大门牙，李靳屿啧啧了两声，觉得这小孩真丑。

"要给你剥吗？"李靳屿懒洋洋地问。

"好，"小女孩愣了愣，不由得发自内心地夸赞他，"哥哥，你是我见过的最有钱的人，四个兜里都有糖，我连个兜都没有。"她还拍了拍自己两边空白的兜位。

“骗你的。”李靳屿连哄带骗，剥完糖捏在手里让她自己过来咬，“最后一颗，吃完记得刷牙，不然明天把你剩下的几颗牙给拔掉。”

小女孩不惧威胁，心满意足地嚼上糖，开始装模作样地搭讪：“你住哪个病房呀，我能找你玩吗？我觉得你很酷，一身衣服都是黑漆漆的，就很像韩剧里面酷酷的地狱使者。”

李靳屿笑得不行，鬼个地狱使者。

“想找我拿糖吧？”李靳屿意味深长地睨着她，把手抄回兜里，像在和一个普通朋友对话，“看我的心情吧，不定每天都在。”

“行吧，那我要回去了，再见，地狱使者！”小女孩稳重地道别，然后两手往脸上猝不及防地扒拉出个鬼脸，转身踉踉跄跄地跑了。

李靳屿扭头看她消失在走廊上，干脆敞着腿坐在门口的三级台阶下，长腿直接搭在最后一级，转手又从兜里掏出那所谓已经没有的奶糖，慢条斯理地剥开糖纸，半咬在嘴里，透着一种要含不含的散漫，然后给江露芝拨了个电话过去。电话没人接，他也懒得再打，直接毫不犹疑地挂断，言简意赅地发了两条微信过去，然后便把手机揣回兜里继续无关痛痒地嚼他的奶糖赏他的夜景。

J：“听说姐姐结婚了？”

J：“是不是欠我一个解释，嗯？”

叶濛最近隔三岔五往医院跑，因为方雅恩的老公出差还没回，她临危受命成了小保姆。小保姆跟邻床的小胖子已经混成了情同手足的兄弟，现在偶尔还会开黑打一把游戏。小胖子实在带不动，但叶濛对这种乖乖仔没有一点儿抵抗力，跟朋友打排位的时候都愿意带着他让他躺赢。

这会儿，小胖子推老太太去散步，方雅恩便不怀好意地怂恿她：“哎，你有没有兴趣玩养成啊？这小胖子性格真不错。”其实小胖子五官挺精致的，模样长得也清秀，瘦下来绝对是帅哥一枚。小胖子能有这么个帅表哥，想必基因是差不到哪里去的。

“方雅恩，你别变态，”叶濛一本正经地警告她，“别说小胖不长在我的审美上，就算他长成他哥那样，就他哥是江露芝的男朋友这点，他包括他身边的人，我都pass（淘汰）掉了，不可能考虑。”

方雅恩是知道的，大概是因为江家跟叶家在镇上地位差不多，都曾辉煌也都没落。但江家蒸蒸日上的这几年，叶家除了八卦满天飞之外毫无起色。

镇上的人老爱拿叶濛跟江露芝做比较，说江家因为江露芝马上要逆风翻盘，反观叶家，乌云罩顶，无人敢碰。

叶濛很少跟人锱铢必较，唯独找男朋友这事绝对不能同江露芝沾边，不然以江露芝那跋扈的性子，势必踩着她吹一辈子。那她宁愿去死。

“现在是前男友了。”方雅恩咬了口苹果，突然出言提醒。

叶濛低着头刷猎头网，闻言一愣，手上快速滑过几条招聘信息，心不在焉地说：“动作很快嘛，谁提的？”

方雅恩挑眉，嚼着苹果下巴朝旁边一点，幸好人不在：“还能是谁？你没发现他最近都避着你吗？”

叶濛本来没注意，经方雅恩这么一提醒，倒是想起来了，反正只要自己一来，李靳屿待不了两分钟一准站起来走人。“你在怪我多管闲事咯？”叶濛锁上手机放到一旁的柜子上，抬头直视方雅恩。

昏暗的病房里，两人的声音低若蚊蝇，方雅恩倒听出她话里有话。

“你不觉得这事你办得有点儿反常吗？”方雅恩知道叶濛的性子，她对朋友能两肋插刀，对陌生人是不会浪费这种时间的，“你是存心要他难堪。”

“我承认我没安好心。我从小就这样。”叶濛坦率地说，一脸“我本来就狼心狗肺你是不是对我有什么误解”的表情。

方雅恩对她很了解。所以那晚李靳屿下楼续住院费时，方雅恩就有预感，叶濛要跟出去。果然没几秒叶濛就紧随上去，压根就是故意的。叶濛这人没别的优点，从小就铁石心肠，别看她身上一股子散漫劲，跟谁都没脸没皮的，就算狐狸当了几年猫，本性也难改。就连当初方雅恩道上的朋友，都说这丫头铁定是个干大事的人。要不是方雅恩拦着，两人当场就结拜了。

方雅恩狐疑地道：“就因为他是江露芝的男朋友？”

“因为我发现我辞职之后，公司的律师团队也换人了，新律师团队是江露芝的诚然事务所。”叶濛说。

“你怀疑她在背后搞你？”

叶濛神情淡定地捞过一旁的手机，随手翻出几张照片将手机丢在床上让她自己看——是江露芝和新合伙人的照片。叶濛皮笑肉不笑地道：“自信点儿，把怀疑去掉。”

“江露芝这狗东西也真是……”方雅恩爆了句粗口。

叶濛又说：“那你猜，勾恺又为什么同意江露芝把我挤走？”

“为什么？”方雅恩丈二和尚摸不着脑袋。她哪儿知道？

“勾恺当年有个富二代朋友得了抑郁症自杀未遂，大三就退学了。从那之后，勾恺身边几乎就没再有过朋友。我认识他的时候，刚好从报社辞职，正是心灰意懒的时候。勾恺朝我抛来了橄榄枝，我那时什么也不会，其实也知道自己很菜，但懒得学，一点儿也不想努力，得过且过。照这种情况，基本上不出三天我就应该被辞退了，但是勾恺没有辞退我，反而跟我说，我一定要保持这种消极怠工的状态，千万别努力，因为他身边有个太努力，对优秀、教养几乎追求到极致的朋友，导致勾恺从小就活在‘被朋友比较’的焦虑里。看到我，他觉得很治愈。他说，如果他那个朋友早点儿认识我，或许就不会因为抑郁症自杀，也不会退学，或许会是一个很优秀的记者、新闻人、翻译官、外交官等。”

方雅恩难以置信地道：“这是损你还是夸你？”

叶濛继续娓娓道来：“但后来我也变了。我想要在北京立足，开始疯狂加班，包里也会放一双高跟鞋随时准备见客户，一天二十四小时恨不得掰成四十八小时用。勾恺觉得我跟那些北漂族没什么区别。他说我已经被同化了，那他还不如找个名牌大学毕业的人，为什么找我这个野鸡大学毕业的人。他又不缺人才。”

“有钱人的脑子是不是都有点儿……”方雅恩简直觉得不可思议，居然还有老板嫌弃员工太努力的。

“天知道我有多想每天躺着就有钱拿，什么都不用干。”

“对啊，那让他发你工资，你天天消极怠工不就好了？”

“妙就妙在，”叶濛郑重其事地摇头，“当你拿到跟自己的努力不对等的收入时，是会陷入焦虑的，不出一年，马上就抑郁加焦虑，因为你根本不知道这样的日子能过多久。可如果你让他给你发对等的工资，你消极怠工的状态下一个月能拿多少钱？还不如直接卷铺盖回家，为什么要在那里浪费时间？勾恺说白了就是想看看我的心态到底能有多好。他想看我奓毛，然后让我继续回去什么都不干，当他的'舔狗'。但没办法，我这人没别的优点，就是心态太好。"

方雅恩再次感叹有钱人简直闲的，叹息道："但这事跟李靳屿没关系，你不应该拿他撒气，搞得人家现在都不愿意看见你。"

"我知道，"叶濛往后一靠，跟着叹了口气，"我本来想旁敲侧击地问一下，但他那副自恋的样子实在太欠扁了，我就没忍住直接戳爆这个小气球了。我这两天也是想找机会跟他道歉，但没想到他躲着我。"

"你为什么总觉得他自恋？我觉得他就是有点儿冷而已，哪里自恋了？"

"在我这里，冷就是自恋，小胖这种人才是小天使。"

"你是从小到大被人捧惯了，遇上个不搭理你的人就说人家自恋。"方雅恩往后一倒，懒得再搭理叶濛，"你还是跟你的小胖过去吧。"

时至傍晚，病房昏暗，方雅恩迷迷糊糊间，突然听见叶濛问了句："小胖说李靳屿在哪家酒吧唱歌来着？"

"聚宝石，"方雅恩从被子里探出个脑袋，"你要去砸场啊？"

"我去捧个场，虽然他说了他是垃圾，我也不是什么好东西，但我还是得为我的莽撞道个歉。"

聚宝石开在离镇上最远的一座山半山腰上，环境静谧，葱翠环绕，中央一座石砌的小屋，四方都透着一些绚烂的光，浅浅地铺在树缝里，显得格外清静，不像酒吧，倒像是个清吧。

小镇的酒吧营业时间一般是六点至凌晨三点，九点之前几乎没有客人，所以当叶濛六点就出现在聚宝石的时候，周遭的工作人员都觉得稀奇了。这小破酒吧居然还有人这么早来排队？

叶濛打电话询问的时候，工作人员说，需要排队拿号才能进入。

于是叶濛开着车一路飞驰，现在孤零零地拿着1号站在门口。

旁边还有条土狗身上挂着2号牌，吐着舌头笑眯眯地看着她。

“需要喝什么？”

服务员拿着菜单过来，热情地招呼她。

叶濛直白地说：“我找李靳屿。”

“小屿哥还没来，您喝点儿什么？”服务员笑眯眯地解释，“这个时候他一般还在家里睡觉。”

叶濛随便点了一杯长岛冰茶，合上菜单：“他几点来？”

“他八点半的场，估计七点会来彩排。”

“咦！小屿哥，你来啦！”服务员疑惑得两眼冒光。

叶濛转头就瞧见一个高大的人影从门口走进来，背上挎着个黑黑大大的吉他包，门口那条挂着2号牌的土狗正扒着他的腿。

李靳屿蹲下去让它舔手，那张脸哪有冷冰冰的样子，周身都是光明坦荡的少年气，普普通通套一件运动衫便蓬勃动人。他修长的脖颈下锁骨线条清晰明显，叶濛瞧见了他喉结处淡淡的疤痕，远看像一个刚种上去的吻痕，显得有些张扬。

叶濛不知道怎么就突然想到勾恺说的——少年肆意生长，他便拥有无限可能。

酒吧音乐骤然响起，恰巧盖过了服务员那声招呼。

李靳屿显然没有听到，背着他那把大吉他仍蹲在地上逗狗。下一秒，门口又晃晃荡荡地进来一个人，脸上有两道很明显的疤，衬得俊秀的脸庞有些狰狞。他似乎跟李靳屿是一起的，两人不知道说了些什么，这人聊着聊着时不时拿脚踢地上的小黄还叫它野狗。

小黄立马露出嫌恶的表情小心翼翼地往李靳屿怀里缩。

叶濛却蓦然愣住，他怎么会在这里？

服务员伸手想再次招呼李靳屿，叶濛忙不迭打断服务员道：“厕所在哪儿？我想先去一下洗手间。”

“直走到底，有指示牌的。”服务员朝舞池侧边的通道指了下，“那小屿哥？”

“等会儿我自己找他。”叶濛丢下一句话便起身匆匆离开。

啪嗒——

叶濛压着心跳，若无其事地关上厕所门，将轰轰作响的音乐声隔在门外，只剩下节奏感十足的鼓点声萦绕在耳畔，安静很多，连呼吸声都清晰起来。她冷静半晌，才掏出手机给方雅恩打了个电话。

方雅恩刚睡醒，晨昏不辨，声音含混，还透着一点儿不耐烦的起床气："大小姐，你又怎么了？"

"程开然现在在做什么？"

方雅恩听到这个名字大脑瞬间清醒，要不是脚骨打着钢板，差点儿从床上弹起来："你碰见他了？"

叶濛嗯了一声："他跟李靳屿在一起。"

"李靳屿怎么会跟他混在一起？开开现在又不是一般的小混混。"方雅恩说，"他现在算是混出来了，老城区那块都是他在管，具体发生了什么电话里说不清楚，总之关系很复杂。但你也知道，我结婚后我老公就不让我跟他们来往，现在大家见面也就是点个头的情分。"

起初他们三个关系还不错，程开然比叶濛还小三岁，当年还是方雅恩的小弟。

宁绥县城不大，一条古运河横穿西北方向。西城是新城区，高楼林立，马路宽阔；北城是以前的老城区，水洞城门，灰白矮楼。叶濛以前就对这地儿最熟，网吧、游戏厅、KTV、宾馆一条街。高中前三年，周末她都在这儿蹲着，打打游戏上上网，或者跟方雅恩蹲在桥头，看别人拖鞋横飞地打群架。

那个时候，程开然还是个只会用拖鞋拍人家脑瓜子的小混混。谁会想到他能有今日？叶濛没想到，所以在后来方雅恩辍学去深圳打工的那段日子里，叶濛是决心要好好读书的，因为没人罩着，也只能好好读书了。

但程开然依旧很疯地到处打架、惹事、泡妞、抢别人的女朋友。叶濛因此被无辜牵连好几次，那时候高三还有一拨镇上的社会青年到学校去找叶濛，弄得老太太年纪一大把还天天被叫到学校接受老师的教育。叶濛便跟他断了联系，再也不愿跟他来往，即使路上碰见他被人打，向她求救，也只当什么都没看见。她那时候全心全意只想考出去，不想过这散漫无羁的生活了。谁知道，那次程开然被人打得半死，听说被毁容了。

“濛濛，”方雅恩挺严肃地道，“你现在先离开那里，千万别让他看见你。”

叶濛当即心凉：“他脸上的疤就是那次留下的？”

“是，以前挺好看的一个小孩，现在脸上带着几道疤。你听我的，先回来，别让他看见你。他知道你从北京回来了，前几天还在找人问你的消息。”

“他怎么不直接来我家堵我？”叶濛说。

方雅恩叹了口气：“早几年，他天天盯着你南塘庵那套老祖屋。后来你奶奶报了警，他才算消停。他现在也不是普通的小混混了，知道道上的规矩，再恨你也不会找你的家人的麻烦。但他早就放过话，这事必须让你付出代价。他这人偏执，也怪我，如果我当初回来知道这事后就把你俩的事情给解决了，就不会这么麻烦。谁知道这几年他在镇上受尽冷眼，好不容易混出头了，性格越来越怪。这事听我的，你先躲着他，等我出院帮你找人摆平，不然以他现在的性子，恐怕真不会让你好过。”

叶濛现在是进退两难。回北京？她实在不愿意再像一条狗一样跟着勾恺。留在镇上？程开然怕是要废了她。好在老天开眼，女厕所门隔着一条河就是酒吧的停车场。她看见程开然大步流星地朝一辆黑色奔驰走去。等程开然的车明晃晃地开出停车场，叶濛才从厕所出去。

外面换了首抒情音乐，酒吧里人突然多了起来，似乎来了两个乐队的人坐在沙发上喝酒聊天。

大厅的灯光格外亮，白色的射灯从四角打出来，舞池中央摆着四张长沙发，而且全部挤满了人，都是玩音乐的年轻人，风格迥异，或站或坐，男女生都有，长短发也有，扎摇滚辫、红黄绿蓝白毛都有，怎么引人注意怎么打扮。唯独李靳屿这个男人干干净净地穿着一身黑隐在人堆里，如果不注意看长相和气质，他一定是最容易被忽略的那个。

他其实跟其他人毫无二致，大大的黑色吉他包就放在他的脚边，他甚至还懒些，整个人靠在沙发上，两腿大大咧咧地就那么敞着，身上每一寸线条都恰到好处，没有一丝多余黏腻的感觉。而且这种坐姿，有些男生的裆部会拱起一些很不好看的弧度，但他没有。甚至因为他那种不容侵犯的气质，叶濛压根不敢往那里关注。

他不知道什么时候换了件黑衬衫，估摸也是淘宝99块钱包邮款，但穿在他身上莫名还挺有品质的，袖子随意地卷到小臂处，远远只瞧见他的耳钉在灯光下轻闪，一只劲瘦白皙的手臂搭在沙发背上，正一边同人说话，一边漫不经心地一圈圈甩手机。他这哪里像是个卖唱的，倒像是个游荡花丛中片叶不沾身的富家小开。

叶濛盯着瞧了会儿，决定喝口长岛冰茶就结账走人。谁料她刚刚咬住吸管，一个男服务员热情十足地过来问她："小姐，需要点歌吗？今晚有没有喜欢的乐队？"

"什么乐队？"叶濛含着酒，含混不清地问了句。

"她是小屿哥的粉丝，来找小屿哥的。"刚刚替她点过单的服务员，非常好心地替她解释，又非常体贴地冲坐在人堆里那位不是公子哥、胜似公子哥的男人喊了句："小屿哥！你的粉丝。"

这一声吼，直接把沙发上所有音乐才子的目光齐刷刷地吸引了过来！

叶濛觉得，她现在脸上的表情完全可以代替舞池上头的五彩灯球进行工作了。

李靳屿像是被人打断，转头朝她这边看来："不认识，找错人了。"

叶濛想说：算了。

结果沙发上那群人不知道被戳了什么点，一听是李靳屿的粉丝，兴奋得不行："来、来、来，靳屿，你过去请小妹妹喝杯酒。"

小妹妹？

叶濛很不乐意了，三步并作两步走过去，沉着脸色对李靳屿说："你出来一下，弟弟。"

叶濛觉得很神奇，无论把李靳屿丢在什么乱七八糟的人堆里，他永远都是看起来最干净、最清爽的那个，绝对鹤立鸡群。哪怕他不说话，只要笑一下，就让人忽略不了他。

他的眼睛像颗干净的黑色玻璃球，清澈又明亮，单就这么干干净净看着的时候，眉骨眼梢都透着一点儿颓丧感。他靠着沙发，动都懒得动一下，非常不爽地道："你叫谁弟弟？"

"行吧，李靳屿，你跟我出来一下，我有话对你说。"

恰在此时，李靳屿的手机响了，是江露芝打来的。

两人站在酒吧门口，身后挤了一堆人探头探脑，窃窃私语。

"这是什么情况？是不是粉丝啊？"

"好像在逼靳屿哥分手。"

"什么？！小屿哥劈腿了？！"

一堆人万万没想到是这个结果。

当然，叶濛也万万没有想到，自己竟然见证了李靳屿跟江露芝的分手全过程。虽然方雅恩说李靳屿已经成了前男友，看来也是李靳屿单方面跟老太太宣布过了，听江露芝的口气，她也是今天才第一次联系李靳屿。

然而，李靳屿在通话前非常不要脸地问叶濛："要不要听一下我跟我女朋友是怎么分手的？"

叶濛立马说："不用啊，我是来跟你……"

李靳屿哪管她用不用，一只手漠然地插在兜里，接通电话就直接开了扩音，压根没看她，冷冷地对电话那头的人说道："什么事？"

电话那头传来熟悉的女声，叶濛还挺唏嘘的，没想到缘分这么奇妙。

江露芝打这个电话显得也很匆忙："我才看到你的微信。抱歉，靳屿，我跟我前男友复合了。"

李靳屿无关痛痒地说："恭喜了。"

江露芝说："具体等我回去再跟你讲，但我确实还放不下他，已经跟他领证了。咱们之间是我对不住你，等回去我亲自登门向奶奶道歉。"

李靳屿："好，还有事吗？"

"好"字听上去莫名有些乖。

"没有，抱歉，这几天鸡飞狗跳的，没第一时间通知你。"江露芝的语气听起来是万分歉意的。

等挂了电话，李靳屿锁掉手机，眼神冷淡地看了叶濛一眼，说了句："满意了吗？别再来烦我。"说罢便往里走。

"你等一下。"叶濛刚喊住他，刺眼的车灯倏地闪过，她微眯眼，只见酒吧外的小路上缓缓地开进一辆奔驰。她原本没有在意，毕竟这镇上奔驰车太多了。但她出于直觉，下意识地瞄了眼车牌。如果她没记错的话，这应该就是程开然的那辆车。

叶濛哪里还顾得上道歉，二话不说就转身跑回厕所。

但不巧，程开然一下车就大步流星地朝厕所走去，显然是看到叶濛了。

酒吧四周山风呼啸，冷风顺着窗户涌入，吹得隔板门嗡嗡作响。叶濛后背渗着汗，贴着门板，大气不敢喘一口，生怕程开然闻着味冲进来。

服务员死乞白赖地在跟程开然周旋："不合适，不合适，这是女厕所，真不合适。"

程开然现在就像一个即将爆炸的高压锅："我就看一眼，我看一眼那是不是我朋友！"

叶濛深知今晚被程开然逮到的后果，方雅恩不在，程开然一定会弄死她的。她心跳骤快，耳蜗嗡嗡甚至已经快要听不清外面的人到底在说什么了。

"我就看一眼！如果不是我立马走人！"

程开然的声音已经不耐烦到了极点，叶濛仿佛看见千万支带着火苗子的箭朝她射来！

叶濛清晰地感觉到自己全身脉搏紧张得仿佛要炸开。她把心一横，要不出去跟他谈谈？

嗒嗒。

有人轻轻地敲了下窗户。

夜色朦胧，叶濛却清晰地看见一只修长的手，食指冲她微微一勾。

她缓缓地走过去，把窗推开。

李靳屿懒散且一副老神在在的模样靠在窗边的墙上："会游泳吗？"他朝底下那条脏兮兮、上面漂满了塑料袋以及不知道什么腐烂物的小河指了下。

叶濛："你游一个我看看？"

李靳屿："很好，算我多嘴。"

叶濛："你有没有别的办法？"

李靳屿靠着墙，不知道从哪儿摸出一副黑色手套，开始慢条斯理地往手上戴："有，叫声哥哥来听听。因为我很讨厌别人当着我朋友的面叫我弟弟。"

酒吧是之前村镇小平房民屋改建的，掩映在一片绿树中，格局不变的话，女厕所应该是之前的浴室改建，窗户低矮狭窄，勉强能过人，外面连通着葱郁茂密的小树林，底下是泛着腐烂恶臭味的臭水河。

叶濛问："你有什么办法？酒吧前后门和停车场都被程开然的小弟堵了。这么大点儿酒吧连只蚂蚁都藏不住。你能带我出去？"

"你猜。"

李靳屿很高，半个腰身露在窗外，两人第一次站这么近，叶濛更能清晰地看见他喉结上的"吻痕"。她几乎可以确定那是疤，比他周身的皮肤略薄一层，微微凹陷，偏淡红色，其实看不太出来，但因为他太白，所以很明显。

叶濛冷冷地看着他，表情很不屑："你以为我自己没有办法？非要求助哥哥是吗？"

本来李靳屿听到前半句挺无所谓地转身就走，直到听到后半句，脚步慢慢停了下来，低头笑了下，才重新回到窗前冲她说："让开。"

门外争吵声越发激烈，仿佛高压锅爆炸前疯狂泄压的出气嘴，鼓噪的气氛似乎也随着那急速旋转的气阀门升至最高。

"程先生，您真的不能进，这是女厕所，里面有一位女客人，您守在门口等她出来不行吗？"服务员真是鞠躬尽瘁，还在心平气和地劝程开然。

程开然仍火冒三丈：“她万一从后面翻窗跑了怎么办？”

服务员仿佛对这样的场景身经百战，耐心并且胸有成竹地说道：“厕所后面有条臭水河，连蚂蚁经过都要捏鼻子，而且我们为了防止有客人逃单，还特意在窗户上加了电网，所以您不用担心她会逃跑，人肯定还在里面。”

程开然暗忖片刻，下了最后通牒：“好，我再给你五分钟。”

叶濛这人是不太会轻易服软，之所以对李靳屿“跪”得这么轻车熟路，完全只是因为刚刚看他戴手套的姿势太专业。装备这么齐全，显然他对这里是非常了解的。

只见李靳屿双手攀住窗棂用力一撑，轻而易举地就翻身上了窗，紧跟着手脚麻利地侧身从窗户钻了进来，一套动作行云流水，一看就是拥有丰富的作案经验。他也果然没有被电。

叶濛突然就很放心：“你这手套绝缘的？”

李靳屿从窗上跳下来，脚刚稳稳当当地落地，人还没站直，表情狐疑地问：“什么绝缘？”

叶濛靠着墙，指了指他的黑色手套：“服务员说这里有电网。”

“私人电网违法的。”李靳屿不知道什么时候摘了手套，随手一丢，忽然开始莫名其妙地解衬衫扣。

叶濛表情一滞，不由得往后退了一步。

李靳屿低头瞧着她。他应该是天生的深情眼，即使现在眼神冷得像一摊死水，也是含情脉脉，他边解衬衫扣边对她说：“这里的服务员随机应变能力很强，为了不得罪任何客人，哄得客人服服帖帖，说过的谎话会发电的话，地球大概五十年不用断电。”

“那你戴手套干吗？”叶濛的视线随着他手上的动作缓缓下移。

李靳屿从容地将衬衫扣解到第四颗：“我只是嫌窗户脏，并不是每天都有人爬窗的。”

叶濛：“……”

门外的程开然又开始砰砰砰地疯狂敲门。

“别说我没给你面子，还有三分钟，时间一到，撞门！”程开然的耐心已耗尽。

李靳屿一把将叶濛推入隔间门："进去把衣服脱了丢出来，锁好门。"

三分钟后，砰的一声巨响，厕所的小木门轰然倒地，重重地砸在地上，一时间灰尘四起，等到灰雾漫去，所有人猝不及防地闯入视野。

叶濛抱着李靳屿在最后一分钟丢进来的一包衣服，紧紧地贴在隔间的门板上，表情还算冷静，听着门外的一举一动。

然而门外的所有人都惊呆了。

李靳屿靠在洗手台上，后方镜子映出了他干净利落的后脑勺，黑衬衫凌乱不堪地敞到胸口，露出一片令人心猿意马的胸膛，甚至还在微微起伏。不过他是真的很白，里头的皮肤比脖子还白。衬衫下摆半扎半不扎，松散地掉落在腰部，加上那张什么都不当回事一样的英俊脸孔，真是让门外的女士们都大饱眼福，脸虽红，眼却馋。

这种状态，对以前的李靳屿来说，他可能会在心里想：啊，我脏了。但是现在，他游刃有余地靠在洗手台上，点了根许久未抽的烟，正慵懒地一口一口吐着烟圈。

程开然急不可待地一把推开堵在他面前敬业到让人想给他发十万月薪的服务员，表情非常意外："你怎么在这里？！我刚刚明明看见一个女的从这边进来。"

"在里面穿衣服。"李靳屿偏头弹了下烟灰说。

酒吧小哥们的小眼睛瞪得比葡萄还圆，此刻他们仿佛一堆千年化石，一动不动。主要是小屿哥前脚才跟女朋友分手，后脚就在厕所里跟人乱来？而且重点是，李靳屿平日里看起来真不像是会跟人乱来的人。

真不像吗？又有人扪心自问了一下。

其实李靳屿平日里看着就挺吊儿郎当的，虽然冷冷淡淡的，大部分女孩跟他搭讪他可没拒绝。说他渣吧，也算不上，可他好像就是有点儿恃美行凶，对谁都好，对谁也都爱搭不理的，说白了就是个没规矩的人，做事全看他的心情，随性得很。这么说起来，如果此时两人情之所至、难分难舍，倒也不是不可能。

程开然倒没想那么多，反倒觉得这样的李靳屿才是正常男人，眼神朝隔间门扫了一下：“女朋友？”

李靳屿一副很懒散的表情，吸了口烟说：“算不上。”

厕所只有一个隔间，其他地方一目了然，除了底池上胡乱丢着几把拖把，显然是没地方藏人的。程开然还是不敢相信，像没头苍蝇一样四处找了一圈，连窗户外都仔仔细细地看了一遍，一个鬼影都没有。

“这里除了你们没别人了？”程开然难以置信地确认道。

李靳屿笑了下：“你觉得我有让人看的习惯？”

“我在外面拍了这么久的门，你都没听见？”

李靳屿无奈地道：“我还想问你到底发生了什么，好好的带一帮人冲进来？我真是……”他一手夹烟，一手掐腰，无奈地长吐了口气，简直影帝。

程开然表示理解，还是不死心地说：“那你让这女的出来给我看一眼，我确认一下是不是我以前认识的那女的。”

李靳屿把烟掐了，双手插在兜里，起身离开洗手台走到隔间门口同程开然面对面站着，黑衬衫松松垮垮地套着。这副刚完事的慵懒样，着实让门口的女士们眼红，只听他面不改色地道：“开哥，这么多人看着呢，镇子这么小，我脸皮厚点儿给你们看了也就看了，人家小姑娘，这事传出去多难听？”

李靳屿这声开哥叫得程开然直接无言以对，毕竟自己比李靳屿还小一岁呢。于是程开然大大咧咧地一挥手，让身后的小弟悄无声息地把门关上，屋内只剩下他们面对面站着。李靳屿比他高一点儿，加上这游戏人间的姿态，多少看着比他更像流氓。

“我一个人，看一眼，”程开然对他倒是很客气，“要是实在怕不好意思，让她捂着脸，我看衣服就行。”

李靳屿表情有些不耐烦，但还是不咸不淡地说：“那你等她穿好衣服。”

程开然见他松口，表情也缓和下来：“她叫什么名字？”

“翠花？桂芬？不知道，没问过。”

“啧啧，你也是真够不挑的。”

李靳屿敷衍地笑着，用一种属于他们男人的直白眼神看着程开然，靠在隔间门上，手指节叩叩敲了两下隔板，懒洋洋地道：“穿好了就出来，别磨叽。哥没时间陪你在这儿耗。”

半分钟后，隔间门缓缓打开，叶濛已经换上李靳屿刚刚不知道从哪儿丢过来的一套女式嘻哈摇滚风衣服，乱七八糟的链条捆得她感觉自己像是挂在阳台上风干的腊肉，配合着一身丁零当啷的浮夸首饰，全然就是个摇滚小太妹。

她刚开条门缝，李靳屿故意往窗外看了眼，程开然下意识地被他的视线带过去，居然瞥到窗外的停车场里有道熟悉的身影，便压根没往隔间里看，拔腿就箭步冲了出去，匆匆丢下一句：“打扰兄弟好事，对不住，算我欠你一人情。”

等程开然的车开出停车场，叶濛才在厕所跟一位身形和身高同自己差不多的姑娘换回装束。姑娘叫乔麦麦，没有夸张的一头绿毛、蓝毛，模样长得精致，一双眼睛乌溜溜的，跟李靳屿莫名有点儿像，不过两人的气质差太多。乔麦麦是很明显的小镇姑娘，普通话也不太标准，带有地方口音——

“刚刚真是吓死我咯，开哥抓着我的时候，眼睛像是要吃人。你到底怎么得罪他的呀？要不是我知道酒吧有条小路通往女厕所的后面，你今晚就死定了。他刚才打了好几个电话又叫了一帮小弟上来，说就算把这个酒吧翻个底朝天也要把你找出来。所有门都被人堵了，连只苍蝇飞出去都被一巴掌打下来了。老板都气得不行。还好我哥今天在。”

叶濛听得也是心惊肉跳的，这程开然比她想象的还要偏执：“这样老板都没报警吗？”

“报什么警？”乔麦麦像是听到一个天大的笑话，“开哥这人报复心很重，老板要是报警了，他天天找人来砸场子，谁敢得罪他。”

叶濛靠着刚才李靳屿靠着的洗手池，慢慢地扣上扣子：“所以刚才是怎么回事？”

乔麦麦长得眉清目秀，说话声音却很低沉，带点儿烟嗓，表情也是天真活泼的小姑娘，只是跟声音有些反差：“刚刚我哥把你的衣服丢到窗外，我换上之后就在停车场里等，等到隔板门一开我就冲出去，引开开哥的注意力。开哥这么笨的人，看到我穿着之前他看到的那套衣服，一定会冲出来追我。”

见叶濛微微蹙眉，乔麦麦似乎知道她要说什么：“开哥这人笨归笨，但是疑心特别重，如果你不开门，他追出来发现我不是你之后，肯定还会回来找你。因为你在里头那么久都不开门，他肯定以为你有鬼，我哥就只能装成是跟你在里面……彻底打消你这么久不开门的疑虑，最后你又大大方方地开了门，开哥心里其实对你已经打消了疑虑。我出去的时候他铁定朝着我来了，等确定我不是他要找的人，他才会放心地带人离开。我哥说他这人就是这样，特别喜欢抓别人的心理。”

“你哥跟程开然关系很好？”

“也不算好，就是我哥这人吧，跟谁都那样，没什么好不好的，”乔麦麦弄好她身上最后的首饰，一脸狐疑地看着叶濛，“咦，你怎么不问我，为什么我在停车场能知道隔板门什么时候开呢？按理说，女厕所的隔板门往里开，我在停车场那边是看不见的。”

叶濛将手环抱在胸前，靠着洗手池等她换完衣服：“用镜子跟车后视镜的折射，你就能看见了。”

“哇，你跟我哥一样聪明。我当时还想了好久。”乔麦麦说。

叶濛：“初中物理知识。”

乔麦麦：“是吗？我怎么不记得？”

“所以，你们为什么这么大费周章地帮我？”

乔麦麦对着镜子开始编她的摇滚小辫：“我哥说你很有钱，会给我们钱。”

叶濛此刻有种上了贼船的感觉：“你们从哪里看出来我很有钱？”

“别以为我们不识货，你这个包至少得两万。”乔麦麦瞥了眼叶濛腰间那个连装手机都费劲的包。

其实包才一万多，叶濛找的意大利代购，而且买了也有好几年了。这些年她在北京，别的没怎么学会，有时候为了撑场面，奢侈品倒是买了不少。

“那你们要多少钱？”叶濛问。

“一次一千。”

很好，这是个兄妹诈骗团伙。叶濛心有不甘，自己又没真的睡他！

乔麦麦三下五除二地把头顶上的小辫子弄完了，又慢吞吞地给自己的脸补了一层粉，告诉叶濛："我哥这次的损失太大了，大家现在都觉得我哥是爱乱来的渣男，刚才还有妹子给他塞字条问他约不约。一千他都是看在雅恩姐的面子上，给你打折了。"

叶濛以为自己听错了，诧异地问："你还认识方雅恩？"

乔麦麦显然不是太会化妆，妆容浮夸，腮红打得比猴子屁股还红，一身挂满叮当作响的首饰，远看就像一个打折的圣诞豪华比萨饼。

她满意地对着镜子抿了抿唇："怎么不认识？你是雅恩姐的闺密嘛，我姨奶奶跟雅恩姐是邻床，那小胖是我亲哥，李靳屿是我表哥。要不是雅恩姐怕你今晚有麻烦，打电话给我哥，他才懒得管这些闲事呢。"

叶濛哼唧了一声："那你哥为什么要听方雅恩的话啊？"

"因为雅恩姐说你要是被程开然逮到了，她就要带我姨奶奶去抽大烟。"

"……"

酒吧开始正常营业，人渐渐多起来，吧台、舞池中央坐着一堆人，五彩灯在顶上散发着迷离四射的光，耳朵里回荡着靡靡之音，让人意识混沌。叶濛不是太喜欢这种地方，太糜烂。她现在虽然没什么拼劲，但好歹也曾是个斗志昂扬的北漂青年。

她在人堆中一眼找到李靳屿。此刻他的黑衬衫倒是扣得一丝不苟，连喉结都封得死死的。叶濛隔老远看见他弓着背坐在吧台边上，后背一颤一颤的，走近才听出他在咳嗽。

叶濛抽走他的酒杯，一屁股坐到他边上。

李靳屿抬头扫了她一眼，没什么情绪地低下头，继续玩游戏，好像是密室逃脱之类的手游，修长、骨节分明的手指在屏幕上滑动，满屏随意滑，玩得也挺不认真的。

刚才那钥匙为什么不捡啊？钥匙可以开酒柜上的宝箱，宝箱里有个密码提示可以开书柜的锁。

叶濛年前就全部通关这个游戏的第一季了。

李靳屿做什么都给人一种不认真的感觉。她如果是个学渣，他估计就是个连渣渣都算不上的学末。

见他没有主动开口的意思，叶濛敲了敲他面前的桌板。

李靳屿不知道从哪儿捡到一张地图，眼睛盯着屏幕上的地图慢悠悠地看，头也不抬地道："有事就说。"

叶濛斟酌着开口："我今天其实是来道歉的，江露芝——"

李靳屿直接打断她的话，压根不想听："哦，知道了，还有别的吗？"

"加个微信，我把钱给你，今晚的服务费。"

李靳屿莫名其妙地看了她一眼："什么服务费？"

"乔麦麦说，今晚帮忙，一千。"

李靳屿在游戏里终于捡了钥匙去开宝箱，懒洋洋地说："别搭理她，你给她买束花就行。"

"那你呢？我不喜欢欠别人人情，而且听说你今晚牺牲很大——"

话音刚落，旁边又有人朝着李靳屿的酒杯底下放了一张小字条，李靳屿看都没看，漫不经心地抿了口酒，旁边一堆类似的小字条。他都没打开过，沉迷在他的密室里。他其实有点儿狗狗眼，一双干净的眼珠让人格外怜惜，但眉眼低垂时，全身上下只剩下冷漠。

叶濛悄悄抽了两张字条，打开看了眼。

——1587823××××，随叫随到，打电话给我哦。

——小屿哥，约吗？

叶濛当时可能疯掉了，也可能是内疚，突然说："李靳屿，你要不要跟我谈恋爱试试？我比江露芝靠谱。"

第三章
姐弟

他们面对吧台并排坐着，酒吧灯光昏暗，音乐换了首暧昧的抒情曲，甜言蜜语萦绕在耳畔，回首一望，全是激情四射的交颈男女。他们这种清汤寡水的对话简直像一股清流，未免跟这糜烂的氛围显得格格不入。

“好啊。”

叶濛只觉得耳膜发紧，仿佛也踏入寻欢作乐的节奏，男人答应同她出去睡一觉那般。

然而李靳屿连头都没抬，表情漫不经心，那眼睛就跟长在手机上似的，他很随性地答应下来，完全就是一副浪荡子的模样，来者不拒。

李靳屿的长相属于越看越耐看的类型。叶濛起初倒没觉得他有多特别，也不知道是看顺眼了，还是她之前对他的性子带有偏见就没太注意看他。她发现他完完全全是照着她心里的理想型弟弟长的，仿佛就照着她心底的帅哥图一笔一画地勾勒出来的，没有一笔走偏，笔笔到位。这种契合度，整容都达不到这么完美。

可就是他这性子，她实在不喜，还需管教。不过方雅恩说得对，她可以养成，毕竟这样的五官和长相，几乎绝种了。

酒吧这种地方就是容易刺激人的荷尔蒙，耳朵嗡嗡作响，于是叶濛面无表情地又问了句：“或许，你喜欢直接结婚吗？”

李靳屿愣了愣，表情诧异，两秒后就恢复那懒洋洋的态度，笑了笑："你们这些姐姐都这么恨嫁（恨不得早出嫁）吗？"

叶濛被这声姐姐打乱了思路，接下来本来要说的话瞬间飞到云海之外，她只问："你原来真比我小？"

"我1993年的，"李靳屿说，"我知道你是1991年的。"

"方雅恩告诉你的？"

叶濛觉得有必要把方雅恩的嘴缝起来。

李靳屿埋头在手机里找线索，心不在焉地说："你那天替她缴手术费的时候，拿错自己的社保卡，柜员输了两遍你才换回来，我当时在你后面。"

叶濛仔细回想，那天他好像是在后面，转头又想起来："可是你前一天晚上不是已经续过费了吗？在电梯口，我告诉你江露芝的事的时候。"

"干吗？你怀疑我对你有意思？"李靳屿一脸无语的表情，"医院给老太太换了一种药，我去问问医保能不能报而已。"

叶濛眼睛一眨不眨地盯着他，他估计被问烦了，眉头紧紧地拧成了"川"字。

酒吧人来人往，时不时有人跟他搭讪，李靳屿坐在吧台边的高脚椅上，一条长腿松松垮垮地搭到地面上，把手机一锁，丢在吧台上，没心思玩了，仰头活动了一下脖子，无奈地说："我不结婚。你要是真这么恨嫁，出门左转，那边有婚介所。我对你们这些姐姐没兴趣，喜欢比我小的女生，最好好骗又乖，拿得出手，回家还能暖床的。懂吗？"

"李靳屿，"叶濛恍若未闻，自顾自地发问，"你今晚是不是故意的？"

"嗯？"他刚将酒杯举到面前，眉头微微一拧。

"你今晚闹这一出，是不是故意的？你明明知道这镇子小，流言蜚语多，还这么弄，别说结婚，以后你想正经找个女朋友恐怕都没那么容易，"叶濛将手上那些写满号码和污言秽语的字条推过去，眼神直直地盯着他，戳穿他道，"咱俩什么交情？我不相信你这是为了我。你压根就是故意的。"

李靳屿的眼神冷了下来，他表情恹恹地道："你这是过河拆桥？既然这样，你还是把钱转我吧。"

"钱我会转给你妹妹的，但我现在就想知道一件事。你这么做是想气死你奶奶呢，还是气死谁？你是在跟谁赌气吗？你认为那个人会在乎吗？"

"跟你有关系吗？"李靳屿冷冷地看着她说道，仿佛被人戳了痛脚，那些似是而非的散漫，在这个女人面前似乎全是徒劳，她能看到他的不安和挣扎。

叶濛莫名地笑了下，眼神忽然柔和下来，像在询问又或者是建议，轻轻地说："李靳屿，你有没有去看过心理医生？"

李靳屿整个人僵住，睫毛微微下垂，眼神在昏暗的灯光下异常阴郁，那眼里的不安，此刻似被她搅动的湖水。

叶濛从包里掏出一张名片，此刻她眼里只有这个男人："我就直白地说了，不管你以前在别的女人那里受过什么伤害，在我这里，我只会拿你当宝贝。你要想好了，就来找我，不管你曾经经历过什么，我能帮你。"

叶濛从小在特殊家庭里长大，三个姑姑都不能生孩子，全家上下拿她当独一无二的宝贝。所以得到的爱太多，她喜欢分享，谈恋爱绝对是付出最多的那个。她喜欢照顾人，不喜欢被照顾，当然，也不喜欢太黏人的男生。她说情话的时候浓情蜜意，但甩人的时候也挺无情的。

所以方雅恩听到这事的时候，神魂一颤，筷子惊掉。她匆忙拿纸巾擦干净筷子，说："你非得挑我吃饭的时候说这种重磅消息吗？"

"这不是趁老太太去检查嘛。"叶濛靠在椅子上，百无聊赖地抛着手中的苹果。

"你这脸打得也太快了，你昨天还说不可能找江露芝的前男友。"

叶濛嘎嘣咬一口苹果，慢条斯理地嚼："是这么说过，此一时彼一时，人不可能一成不变嘛。平时我都没认真看他，昨天在酒吧认真看了看，长得完全在我的点上，没见过这么符合我的审美的人。错过这种极品，我还是女人吗？而且换个角度想想，小江压了我这么多年，我把她的前男友弄到手，不也翻本了？反正我也就是喜欢他的脸嘛……让江露芝占点儿便宜呗，不知道他俩亲过没。”

方雅恩一直很理解叶濛的脑回路，属于想起一出是一出的，跟她交往最好的办法就是保持三分清醒，不然随时会被她哄得不知天高地厚，摔得血肉模糊。方雅恩认真地提醒了一句：“你最好别给我整出什么乱七八糟的幺蛾子。”

“能有什么幺蛾子？”叶濛懒洋洋地问，“对了，程开然的事怎么说？”

“他就是猪脑子，能怎么说？反正你这几天少出门，回家待着。等我出院我找他谈。”

“好。”

叶濛之后消失了几天，也有些日子没去医院。

方雅恩给她发微信她也半天才回。方雅恩问她在干吗，她半天才大大咧咧地回：堵程开然。

方雅恩直接爹毛了，二话不说一个电话打过去：“你疯了？我不是让你等我出院再说吗？！”

叶濛跟了程开然几天，掐准了他吃喝拉撒上班的时间，这个点，他会在游戏厅。于是这会儿，叶濛正百无聊赖地靠在程开然的娱乐城楼下的路灯上盯梢，打扮得严丝合缝的，里头一顶鸭舌帽，外头还罩了个卫衣帽，漫不经心地说：“你老公不是不喜欢你跟他们来往吗？不然被你婆婆知道又有的说了，我既然决定留下来了，也不能老躲着他呀，程开然顶多揍我一顿。没事，这事我自己想办法。”

程开然千算万算，没有算到叶濛会主动找上门。

娱乐城三楼是游戏厅，周末人山人海，生意红火。跳舞毯那边里三层外三层地围了一圈人，发出阵阵轰雷般的喝彩声。中间有个节奏感极好的姑娘，戴着鸭舌帽，穿着件白色卫衣，动作潇洒自如，力度适中，卡点尤其准，直接破了霸屏多年的纪录。旁边是此起彼伏的尖叫声，导致程开然一瞬间有些晃眼，仿佛看见了上高中时的叶濛。

一曲完毕，姑娘在起哄声中下台，满额的汗，一抬眼就看见程开然站在人群后面，眼神迷离。

叶濛神态自如地冲他打了个招呼，权当是巧遇：“开开，这么巧。”

她故意这样叫他，程开然心神一抖，仿佛又回到高中那年，他们三人打游戏上网，夜里在小河边抓青蛙、数星星的日子。

程开然发觉她好像什么都没变，还是当年那个天不怕地不怕、对什么都满不在乎的小姑娘。他神魂飞到天山外，眼睛却死死地盯着她，生怕她一转眼就消失，可偏偏喉咙像被石子堵住，什么话都蹦不出来。他怀疑自己当初是不是看错了，她其实并没有跟他绝交。

叶濛拿手在他面前晃了晃：“程开然？”

直到李靳屿拍了拍程开然的肩，程开然才仿佛被重新注入了灵魂，有了气息：“哦，叶濛。”

叶濛没想到李靳屿在，自那晚之后，两人便没再见过。此刻李靳屿旁边跟着一个看着又乖又好骗的女孩子，好像还是个高中生。那真是绝顶好骗。

叶濛的视线没在李靳屿身上停留，她定定地看着程开然，笑了下：“我回来这么久，方雅恩一直催我请你吃个饭，正好碰上，今天有时间吗？”

她笑得无辜又坦荡，程开然全然着了魔，鬼使神差地说：“有。”

地点是叶濛提前就选好的，程开然建议去他的酒馆，被叶濛礼貌地拒绝了，她把定位给了司机，李靳屿坐在副驾驶座上淡淡地扫了一眼——紫荆花酒店。

那酒店距离公安局两百米。

李靳屿突然低头笑了下。

程开然这人是极端要面子却又自卑的。他从高中那时起在叶濛身边就很自卑，觉得这女孩子漂亮大方，打游戏厉害跳舞又好，身边喜欢她的男生一大把，自己这个连高中都没上过的外地小混混在她眼里压根连屁都不算。高中时的叶濛看起来没脸没皮、吊儿郎当，但对谁都好，尤其对小弟弟，格外照顾。

所以尽管程开然现在混成小老大，看见叶濛还是不免会自卑，时间一长，这种自卑就会形成一种变态的心理，觉得这都是叶濛欠他的。见不到叶濛那几年，他几乎日日想，夜夜想，做梦发疯都在想，一定要报复她的狠心以及这么多年来对他的无视。

他觉得叶濛应该是心虚的，所以一直在躲他，这么多年来一次都不曾找过他。然而现在叶濛大大方方地出现在他面前，表现得如此自然，仿佛他们不曾绝交，她不曾放弃他。

程开然便有些措手不及。他不知道叶濛究竟是怎么想的，这么多年的恨，似乎在她一个轻描淡写的笑里，全然土崩瓦解。这便是暗恋，喜欢到他甚至比她更清楚地记得，每一个曾经喜欢过她的男孩。

程开然心里乱七八糟地想着往事。叶濛倒是镇定自若地坐在一边点菜，点完一看，全是程开然爱吃的。程开然比她小三岁，知道她确实一直挺会照顾人的，就看她有没有心了。

服务员显然与她相熟，末了还笑眯眯地询问："今天不放辣？"

叶濛笑了下："不用，我朋友不吃辣。"

程开然心肝一颤，这么多年了她居然还记得。虽然李靳屿也不吃辣，但程开然觉得叶濛目前同李靳屿是八竿子打不到一块儿的。

李靳屿从进门就脱了外套随手挂在椅背上，低着头玩他的手机密室游戏，视对面的美女为无物，程开然就知道叶濛这种漂亮姐姐应该也不是他的菜。程开然跟李靳屿不是太熟，李靳屿这人就是这样，跟谁都熟不起来，看起来随性散漫，但就莫名给人一种距离感。但程开然太清楚了，李靳屿这长相绝对是叶濛会喜欢的，她从小喜欢的人都一个类型。

叶濛从容地给身旁的小姑娘倒了杯水，下巴冲对面一言不发却格外引人注意的李靳屿轻轻一点，意味深长地道："男朋友？"

小姑娘很怯生，红着脸，嗫嚅着说话都要看一眼一旁的程开然和李靳屿。

程开然出声道："别调戏小姑娘，这是我妹。这是她男朋友。"

李靳屿下意识地抬头瞧了眼程开然，倒也没说什么便重新解他的密室去了。

叶濛略微讶异地问："高中生？"

小姑娘这才弱弱地出声："姐姐，我大学生啦。"

"是吗？"叶濛笑了笑，"长得很显小呀，看着像高中没毕业的。

在哪儿读大学？”

“中南大学。”小姑娘脸上终于浮现一丝自信。

“双一流大学呢，不错啊。”叶濛看了眼程开然，开玩笑道：“不是亲妹吧？”

小姑娘要解释，再次被程开然打断：“你找我做什么？”

程开然还不傻，叶濛是什么德行他太清楚，刚刚被她一时的示好给蒙住了理智，这会儿冷静下来，理智回来，仔细想想便知道今天这局巧遇得有些莫名其妙。更何况跳舞机的那画面还是他们初遇时的场景。

早年的跳舞机很简陋，但叶濛尤其热爱，下课大部分时间耗在这上面。程开然第一次见到她就是在那台跳舞机上，她跟一个染着黄毛的男孩在刷分，弄得整个游戏厅的人全围过去。在这一带，叶濛的名字响当当的，爱玩的人几乎都知道她。

叶濛早便做好准备，目光坦诚地盯着程开然：“聊聊过去的事。”

叶濛没往别处看，双眼特别干净纯粹地对着程开然。

小姑娘突然就傻眼，不知道怎么气氛急转直下，变得如此紧张。

程开然给自己点了支烟，不发一言。

叶濛手里若有似无地把玩着刚点烟的打火机，镇定自若地看着他：“开开，如果不是你，我妈也不会死。当然我知道这并不怪你，只怪我自己当时为什么没有冲上去替你挡下这两刀。”

程开然倏地转头盯着她！她故意这样说，她故意这样说！

那年大雪天，程开然招惹的社会青年几次三番到叶濛的学校去堵她，叶濛考试没考完被老师叫到办公室。习题卷子上全是红叉叉，叶濛心烦意乱之下便给程开然发了一条断交的消息。程开然二话不说跑去学校找她，正巧被那帮埋伏在叶濛的学校附近的社会青年逮了个正着。

那年英语高考听力还是提前半年考。程开然被砍，连带叶濛受了伤，导致她没赶上考试，她那几门吊儿郎当的课程里唯一一门最好的英语直接废了三十分。叶濛第一年高考不用想也是名落孙山。自那之后在路上碰见程开然，她权当他是陌生人。她最后一次碰见他，便是第二年叶濛复读，程开然被人摁在雪地里打毁了容。

“我妈一直认为是我害了你，你也知道她有抑郁症，本来负罪感就重，镇上随便有什么三言两语她就能立马割腕，有一个这么‘玻璃心’的母亲，所以后来我不愿意再跟你们来往。她没想到后面又因为这样，导致你毁容，她一直认为这是她的原因，是她不让我跟你们来往。最后她自杀了。”

叶濛笑了笑，视线转向窗外：“我妈妈从来没要求我成为多完美的小孩，但她不希望我是别人嘴里的坏小孩，可镇上的人都觉得我是坏小孩。”她无所谓地道，“说实话，我这人没什么优点，就是心态好。我不管别人怎么想我，但有件事我想你应该知道。那天我明明打电话报了警，警察为什么没有找到你？因为你们都不愿意进警察局，我报警后那帮人跑了，你也跟着跑了是不是？后来警察还打电话问我为什么没人，怀疑我报假警。”

叶濛随手捞起桌上刚刚点完单的笔：“如果你非要将这账算在我头上，要不你也在我脸上划两道，咱们这事就算了了，以后恩怨两清，井水不犯河水。”

听到这话，程开然霍地站起来：“井水不犯河水？叶濛，你就这么讨厌我？”

程开然太了解她了，叶濛对喜欢的人能宠上天，对不喜欢的人，就是以死相逼都没用。那时候程开然道上有个小老大很喜欢叶濛，各种示好表白甚至威胁，叶濛压根没搭理他，招惹了这么一个人要换作别的小姑娘大概都吓得不敢出门。当时那小老大甚至召集了一帮兄弟，在学校门口各种摆阵拦人，把学校老师给气得那叫一个鸡飞狗跳，差点儿让叶濛退学。叶濛何其无辜。她压根不记得这人是谁，最后直接拎了块大板砖大步流星地走到校门口，毫不犹豫地对着脑门一拍，顶着一脑门血不耐烦地对那猥琐的小老大说：“来，你还喜欢我哪儿？我都不要了，腿是吗，我等会儿去锯掉行吗？滚！”

现在听说叶濛要还他这两道疤的时候，程开然觉得她真能干出这样的事来。

这顿饭到底没吃成，程开然直接被叶濛气到掀桌走人，连妹妹和妹妹的男朋友都忘记带走了。

但程开然不知道的是，叶濛怎么可能真往自己脸上动刀子？年轻时不懂事犯“中二”就算了，现在她怎么可能再干这么损人不利己的事？其实她也就仗着程开然可能对她还有余情，加上料定程开然那窝窝囊囊的性格是绝对不会把喜欢她这件事说出口的，最后他只会掀桌走人。

所以这顿饭她本来是料定就她一个人吃的，但没想到现在还多了两个，气氛显得有些诡异。

叶濛抱臂冷淡地盯着面前这俩自留客：“你们不走吗？”

小姑娘小心翼翼地问她：“能留下吃顿饭吗？有点儿饿。”

叶濛哑然失笑，看了眼高高的男人，笑眯眯且半开玩笑地说：“那你男朋友就让给我咯。”

李靳屿非常无语地从窗外收回视线，盯着她道：“你在小孩面前说话也这么口无遮拦吗？”

小姑娘这才说：“他不是我男朋友啦，靳屿哥哥也是跟开哥一样的哥哥。”

叶濛：“是吗？我看他挺想当你的男朋友的。”

小姑娘顿时红了脸：“没有啦。”

叶濛笑笑不说话，过了半晌，李靳屿盯着窗外开口：“这么听话的妹妹，谁不想当她的男朋友啊。姐姐不也喜欢弟弟？”

叶濛面上笑笑，心里不知在想什么，出奇地没往下接，只淡淡地问了句：“吃完了吗？吃完我去结账咯。”

欲擒故纵，李靳屿在心底冷笑，难怪程开然对她又爱又恨。

叶濛结了账，打了辆滴滴，甚至面面俱到地轮番将这两位弟弟妹妹送回家。小姑娘下车的时候对叶濛那叫一个毕恭毕敬：“姐姐，很高兴认识你，谢谢姐姐今晚的饭，姐姐再见。”

叶濛漫不经心地一笑：“不客气。”

等人走远，她升上车窗，转头看向李靳屿，笑得轻佻地道：“这位弟弟去哪儿，回医院？还是？”

李靳屿没什么情绪地扫她一眼，对司机报出酒吧地址。

叶濛乐了：“去唱歌呀？”

李靳屿没回答，人往后靠，开始闭目养神。

车子重新启动，不慌不忙地开出窄巷，汇入如水的车流中，司机才透过后视镜悄悄打量后座上的这对男女。一路飞驰的夜景以及忽明忽暗的光从他俩身上滑过。

其实他俩有些像，同样散漫，看起来似乎都在虚度时光。只不过那女孩看起来是享受的，她心里有一盏明灯。

而那个喉结上有道淡印、戴着耳钉的男人，合着眼睛、懒洋洋地仰头靠在椅背上，就像一只躲在墙角可怜巴巴的蜗牛，身上背着重重的壳，依旧四处碰壁。他沉溺在晦暗的光影里，像是在熬，等着一个平凡的结局。

其实从湖边那次偶遇到现在，李靳屿的声音一直有点儿哑，有点儿像树叶摩挲过安静的地面发出的声音，显然是声带有些受损没有恢复好就又去唱歌了。

“你很缺钱吗？”叶濛说。

李靳屿靠在椅背上，下颌微微仰起流畅的线条，整个人没动，只睨她一眼，很快又闭上眼睛说：“你不缺？”

“我没缺钱到嗓子都这样了还要去唱歌，”叶濛想起之前小胖提过，李靳屿他爸死后他妈改嫁，他便跟奶奶相依为命，家里似乎除了小胖和乔麦麦也没见其他亲戚来陪过床，“你奶奶不会靠你养活吧？”

“我奶奶从小身体就不好，只生了我爸一个，我爸死后我妈给了一笔钱，我奶奶没要，把钱全部捐给镇上的孤儿院建楼了。”

叶濛愣住，似乎没想到他会主动开口说这些，更没想到邻床那个脾气火暴、一犯烟瘾就对李靳屿又打又骂的老太太居然也有这么侠义的一面，不由得露出钦佩的表情。

“她只是单纯讨厌我妈。后来生病需要用钱，她也厚着脸皮想找孤儿院要回这笔钱，但人家不搭理她。”李靳屿始终维持着刚才的姿势，“这次摔折腿，钱还是我借的。”

“你平时都没积蓄吗？”

“老太太基础病很多，平时赚的钱基本上给她买药续命，我哪里来的存款？”李靳屿转头看了眼窗外，留了个后脑勺给她。

叶濛心下有了计较，问：“小胖……哦，不好意思，我是说你的表弟，他大学毕业后就在家打游戏不出去找工作吗？”

“他的梦想是当电竞选手。”

叶濛差点儿以为自己听错，忍不住掏了掏耳朵，又难以置信地问了遍：“等等，你说什么？”

“你没听错，他是想当电竞选手，对，就他的水平，老太太都比他打得好。”李靳屿给予肯定答案后，转过头，就着晦暗不明的光深深地看了她一眼，“记得乔麦麦吗？那天帮你换装的女孩，我妹妹。她的梦想是成为一个摇滚歌手。”

“她唱得怎么样？”

“她唱得非常好，也有星探找过她，被骗了五十万，所以至今她还在卖唱还债。我需要钱，不仅要帮奶奶治病续命，乔麦麦那五十万还是我帮她借的。”

叶濛自始至终牢牢盯着他。李靳屿偶尔低头瞥她一眼，两人的视线在空中一碰，他便不着痕迹地避开。

“我有点儿心疼你。”叶濛说。

李靳屿再次往后靠，头微仰，高高大大的身影几乎要将整个车厢占满，气息浓烈，自顾自笑了下，比刚才她的笑容更轻佻：“不用，对我这样的人来说，你如果真的想帮我，那我就劝你离我远一点儿。如果你只是想玩玩，咱俩现在改个目的地，我可以陪你玩全套。”

李靳屿显然是对以后没有打算的人。

他跟叶濛不同，叶濛虽然得过且过，至少还知道给自己留点儿养老钱。他只是活着。

他用最散漫、不屑一顾的态度在警告叶濛，他就是一摊烂泥，别试图接近他。可叶濛呢，从小就觉得自己是个披荆斩棘的英雄，从不怕淤泥溅身。哪怕是再沉重、再肮脏的污浊，只要是她喜欢的，她都会低下身把手伸向对方。

“我小时候啊，”叶濛忽然自顾自地说，“下雨天最喜欢踩水坑，我妈不让我踩，说脏。别的小朋友都避着水走，我偏喜欢把自己溅得脏脏的，就会觉得别人不敢接近我，不是因为我哪里没做好，而是因为这泥水。”

叶濛转头看李靳屿，见他仍盯着窗外，耳钉闪着光，便半开玩笑地说："你要不要跟我结婚呀，我的财产分你一半啊。我有一百万，本来是准备在北京买房子的首付钱，反正现在我也不准备回去了。你可以拿五十万给乔麦麦还债，剩下的钱都给你奶奶治病呗。"

李靳屿当下觉得这女人应该是疯了。

叶濛不用瞧他的表情都知道他会说什么，立马解释说："你别误会，我不是什么痴情变态，也没那么喜欢你，就是烦透了我奶奶到处给我相亲，找的男人还一个比一个老。就当我垂涎你的美色吧。你放心，尽管我还没那么喜欢你，但我很宠我的男朋友，不信你问方雅恩。"

这番话听得司机都潸然泪下，感动得涕泗横流，忍不住结结巴巴地张开嘴劝道："姑、姑娘，要、要不你考虑一下我儿子……"

李靳屿扑哧一笑，眼中仿佛有星辰，侧头瞧她时嘴角还扬着。

叶濛心想，这人眼睛里的小鹿会挠人。

李靳屿下了车，刚摔上车门，随之又听见砰一声，叶濛也跟着下来了。酒吧门外有条狭窄的田间小路，李靳屿手插在兜里往里走，184cm的身高，一身黑色工装风服饰，脚上一双匡威，很随性，表情又恢复了嘲讽："你下来干吗？我说了我不结婚。你要想玩玩，随时找我。如果你圣母病发作想扶贫，就离我远点儿。"

叶濛小碎步跟上他，二话不说就掏出手机，点开某软件，咬着指甲一本正经地搜罗起来："行吧，等你唱完歌，咱们找家酒店？"

他微微一顿，没回头，高大的背影立在一旁的路灯下，晚风徐徐刮过，掀翻了盖在马路边的树叶，露出了一只颤颤巍巍连壳都没有的小蜗牛。李靳屿低头盯着蜗牛看了会儿，随即迈步离开，丢下一句："行。"

李靳屿一进门，那条今天挂着6号牌的小黄狗就迫不及待地扑上去，扒拉着李靳屿那异于常人的长腿，一蹬一蹬的，似乎要他抱。李靳屿啧啧两声，表情有点儿嫌弃地揉它的下巴。"不抱，多少天没洗澡了你？"

"你都多少天没来了，它想你了呗。"服务员笑眯眯地端着两个还插着柠檬片的酒杯过来，放在门口的吧台上，又说，"小屿哥，你嗓子好了呀？"

小黄大概是太兴奋，围着李靳屿就是一通尿。李靳屿无奈地嗯了声：“这狗怎么回事？尿失禁？”

“看到你太激动了呗，它太喜欢你了，”服务员解释说，“不过我听你嗓子好像还有点儿问题，等会儿给你弄杯菊花茶，今晚人不会太多，你随便唱两首算了。”

话音刚落，叶濛晃晃悠悠地从后面走进来，服务员立马堆出标志性的职业微笑：“呀，小屿哥的小粉丝也来啦，正好，小屿哥今晚也在，等会儿让他多唱几首助助兴。”

李靳屿：“……”

酒吧人不多，叶濛点了杯莫吉托，盯着酒杯中轻轻晃荡的翠绿薄荷叶，感觉像极了李靳屿，看着干干净净、冷冷淡淡，一尝入嘴，说不出地刺激。

舞池灯灭，五彩灯不再散发着炫目的光，舞池中央一束白灯猝然打下来。

叶濛其实还没正儿八经地听过李靳屿唱歌，他干什么都那副调调，整个人漫不经心地坐在舞池中的高脚椅上，一只脚屈着，一只脚松松地抵在地上。

他这样像谁呢？

叶濛突然想起来，他像勾恺，她的前富家小开老板。他身上的气质、坐姿，都跟勾恺差不多。他其实腰背很直，不是那种刻意的挺拔，他或许只是随便一坐，就直。李靳屿虽然说自己烂到泥里了，可他比勾恺更像富家小开。

他唱的是《大眠》——

“都快忘了怎样恋一个爱，我被虚度了的青春，也许还能活过来，说心疼我的更应该明白，我当然会沉醉个痛快……”

他的声音很好听，干净清朗，充盈满耳，一字一字烫着她。

叶濛一直盯着他。

这时，服务员端着小盘托，弓腰在她耳旁说：“叶小姐，这是小屿哥给您点的酒。”

叶濛蓦然抬头，一杯红艳得像火烈鸟的酒，被轻轻地放在她面前。

“什么酒？”

“小屿哥说，”服务员原封不动地一字一顿重复，“Four Loko，在中国还有个别称，叫失身酒。”

Four Loko，四洛克，美国的网红酒，常年混迹酒吧这种声色场所的男女基本都知道。一般请你喝这种酒的人多半是想睡你。其实这酒的酒精度数不高，只有十二度，但口感是果酒，所以很容易下口，连喝几杯都没问题。这是国外渣男专门用来哄骗小女孩发生一夜情用的。

叶濛不太混酒吧，也没出过国，对这种酒了解得不太深。

这么一看，李靳屿全然是个情场老手，如此深谙国内外渣男泡妞的套路。叶濛心想，如果他正儿八经地追一个女孩子，估计没人能招架住。

叶濛坐在舞池外的沙发上，等他唱完。李靳屿下台时，音乐已经换成DJ舞曲，白追光灯熄灭，五彩灯球缓缓地在头顶旋转，整个昏暗的酒吧如同被包裹在一个五光十色的糖果壳里，所有人一窝蜂地拥进舞池中央，开始昏天黑地地群魔乱舞。

十分钟后是乐队表演，李靳屿收好吉他挎在肩上，站在舞池边上不知跟乐队主唱在聊什么，大多是主唱在说，他静静地听着，时不时笑一下。两人聊着，主唱突然朝叶濛这边看来，李靳屿也顺着他的视线瞧过来，很快就别开目光，笑着对他轻摇了下头。主唱露出略微诧异的表情。

舞池中突然出来两个姑娘，面容羞赧地朝他们走去。主唱叼着根烟，笑眯眯地不知道问了句什么，两个姑娘低着头，局促得就差把脑袋埋进衣服里，最后还是大着胆子不知道问了句什么。

李靳屿一声不吭，掏出手机给她们扫。

原来她们是要加微信。

李靳屿算不上是这里的专业歌手，唱歌呢，也就还算好听，音准很准，至少算是有音乐细胞的，但多余的技巧和情感都没有，纯粹是唱歌，唱的歌进不到人心里去，不过至少长到人心坎里去了。酒吧常客隔三岔五便询问他的消息，老板便一、三、五、日邀他过来驻场。

这边加完微信，主唱摩拳擦掌地准备上台，舞台灯光适时暗下来，舞池里的男女像一根根稻草秆子影影绰绰地插在舞池中央。隔着一片摇摇晃晃的人海，叶濛看见李靳屿斜背着他那把大吉他，忽然在昏暗的光线中转过头来，好像断定她在看他似的，冲她勾了勾手，也不等她回应，直接转身从后门过道走了。

叶濛一口气将桌上的酒喝完，才站起来不紧不慢地跟上去。

李靳屿靠在酒吧后巷的垃圾桶边上等她，嘴里嚼了颗奶糖，见她出来，才将手上的糖纸揉作一团朝垃圾桶里一丢，笑着问她："去哪儿？酒店？"

不知是那酒的作用，还是她的心跳真的快，怦怦的，仿佛在砸她的胸口。

叶濛发现事情其实已经偏离了她一开始的想法。

手机在口袋中振个不停，应该是方雅恩发来的消息。刚刚他在唱歌，叶濛和方雅恩在有一搭没一搭地发微信聊天。

叶濛掏出手机看了眼，一连十几条弹屏。

Fang："你说李靳屿有抑郁症？"

Fang："濛濛，我知道你对你妈妈的死很介怀，但是你妈妈确实是自杀的，就算她死前真的给你打过电话，可当年的尸检报告和所有鉴定结果都只能证明你妈妈是自杀。"

Fang："我能理解你对李靳屿的同情和怜悯，但我劝你真的别碰他。你也说他一看就没有接受正规治疗，或许他都不知道自己有抑郁症。"

Fang："你说他跟你妈妈当时的状态很像，那你自己知道吗？你究竟是见色起意、真的想帮他，还是想通过他了解你妈妈当时的病情是否有法医说的那么严重？如果是后者，那你就太残忍了。"

…………

叶濛没回消息，不动声色地关掉微信，就着昏黄的路灯光，打开滴滴叫了辆车，对他说："就附近的如家吧。"

李靳屿勾了勾嘴角，没说话。

巷口矗立着两盏路灯，柔和的黄光落到他俩的头顶上，巷口堆着几袋黑色塑料袋垃圾回收物和一堆不知道猴年马月才能被人收走的破铜烂铁，除了这些，画面还是美的，两人这么安静地站着，真是出乎意料地养眼。

车子距离他们还有一公里，叶濛记下车牌号，将手机揣回兜里，随口问了句："弟弟看来经验很丰富？"

李靳屿靠着墙嚼糖，闻言顿了一下，含着糖没动，看了她一眼，冷淡地道："有什么好问的，你等会儿不就知道了？"

半分钟后，一辆黑色的日产天籁在两人面前停下，叶濛这个讲究人叫的还是专车。

李靳屿嚼着糖盯了一会儿车，嗤笑一声上了后座，嘲讽她道："你倒是很讲究。"

叶濛跟着他上了后座，笑嘻嘻地逗他："下次开车接你啊。"

"你的脸皮可真够厚的。"李靳屿白了她一眼。

叶濛笑而不答，一脸精神亢奋地玩着手机。

懒散地靠在后座上照旧开始闭目养神的李靳屿，陷入了迷惑状态，这姐怎么越看越精神？Four Loko的功效基本是让人一杯倒。他在美国的时候，被人骗着喝了一杯，要不是朋友给他提了个醒，那天他差点儿就被人给上了。

他微微侧目，发现叶濛还在精神抖擞地给人的朋友圈点赞。她是真的很无聊，每条都点赞，跟他那个朋友勾恺一个德行，他以前最烦勾恺的一点就是，勾恺就是个人形点赞机，他俩的共同好友本来就多，有时候他手贱给人点个赞，勾恺的留言回复能刷爆他的朋友圈。他来这里换手机微信之后，倒是清净很多。

车子在如家门口停下，叶濛连入住手续都没办，就轻车熟路地领着李靳屿越过服务台去房间。

李靳屿斜挎着他的吉他包等叶濛开门，肩侧顶着墙，又讽刺了一句："看来你经验很丰富啊，在这里熟得跟个服务员似的。"

叶濛抬头看他一眼，刷了下门卡："先进来。"

门缓缓朝里打开，李靳屿先是看到一双陈旧的皮鞋，视线一抬，瞧见床上还坐着一个男人，转身便走："我没这种兴趣。"

他本来也没真想做什么，只是想给叶濛一个教训，让她不敢再招惹他。

谁料叶濛手疾眼快地一把把他拽住，脚抵着门框，转头冲里头那大叔喊："杨叔！帮个忙！"

杨叔便哆嗦着腿从里头冲出来了，但这大叔瘦弱得随时要散架一样。

李靳屿看着瘦高瘦高的，到底还是个年轻气盛的年轻男人，杨叔戴着一副老花镜，年纪看着六十出头，李靳屿随便动一动都怕把人拎散架了，又怕伤着叶濛，只能强忍着，被这一老一少硬生生地给拽进屋去。

砰一声巨响，叶濛费尽全力，几乎手脚并用地将他堵在门口，两手用力一撑，男人184cm的高大身板便被她"壁咚"一样圈在怀里，叶濛只有164cm，老头更矮，160cm不到，堵在最外面，三人就像个Wi-Fi。

"看不出来你有这癖好，"李靳屿的吉他被丢到地上，他背靠着门板，有些意外地低头睨着叶濛，冷笑道，"松手，我没兴趣陪你们玩。"

男人微热的气息落在她的头顶，她感觉周身全是他的味道，带点儿清香，很陌生。

叶濛以前从来没闻过这样的味道，却意外地觉得好闻和有吸引力。

叶濛此刻心跳极快，脑袋嗡嗡嗡地发涨，像被笼着一层纱。她发现自己怎么也看不清面前这个朦朦胧胧、面庞英俊的男人，只能感觉他的气息，好像是Four Loko的后劲上来了，连心跳都前所未有地快。

"李靳屿，你听我说，"叶濛清了清嗓子，这酒真的后劲足，连她的声音都哑了，虽然他的身体硬得像一堵墙，叶濛却觉得他整个人软得像棉花糖，声音不自觉地放软，像哄小孩，"杨叔是心理医生，他早年是北京六院的权威专家，真的是非常非常权威的心理专家！是真的很权威。他这几年一直在我们镇上义诊。我知道跟你直接说你一定不会同意，但是你也知道自己的问题是不是？其实你也很想有人帮帮你是不是？你跟他聊聊行吗？"

为什么叶濛说李靳屿跟她的妈妈很像，是因为叶濛能感觉到李靳屿现在的状态，虽然看似真的半死不活的，但那天晚上他坐在吧台边的高脚椅上，漫不经心地玩着密室解谜游戏的时候，像她妈妈那几年在家修补文物一样，眼神还是热的。他不是无药可救的。

她连问了几个是不是，都是在降低他的防备，声音软到他的心底，令他的心化成水。

她脑子混沌，最后一点儿力气刚刚已经在门外拼完，下一秒似乎要瘫软在他怀里，却还是执着地问：“李靳屿，你听到了吗？”说完便直直地朝他怀里栽去。

李靳屿下意识地将她搂住。

他人靠着门板，一只手还插在兜里，另一只手搂在她的腰上，轻轻一托，让她整个人像只温软的小猫一样拱在自己的怀里，低头看了眼，女人柔软泛红的脸，贴在他硬实的胸前。

“嗯，听到了。”他说。

叶濛迷糊地睡去前，伏在他胸前，迷糊间说了句：“乖。”

老头怔怔地站在身后，全然没回过神来。李靳屿抱着叶濛，倒是无奈地笑着先主动打了招呼。

“杨叔，好久不见。”

杨秉章是他最早的心理医生，也是从小看着他长大的。他的优秀和小心翼翼的努力，杨秉章全看在眼里。为了不影响他哥哥高考，他十三岁便被母亲放弃了国内保送的附中，被直接丢到国外一个人过了三年。

记忆中那个模糊的少年，便如山风般涌入杨秉章的脑海，轮廓渐渐清晰明朗。

几年不见，他的模样仍然出众，五官硬朗，退去年少时青涩的稚气，只不过那坦坦荡荡的少年气仍在，眼神也清澈明亮。他轻描淡写的一句好久不见，令杨秉章眼眶发热。

“靳屿，你瘦了。”

李靳屿的父亲是农村飞出的凤凰男，但长得相貌堂堂，在大学一众呆板的穷小子中鹤立鸡群，博得众女学生的青睐。最后他同富家女李凌白坠入爱河。李凌白是个十指不沾阳春水的富家小姐。父母在北京经营古董生意，背后有个错综复杂、庞大的家族企业。李靳屿的父亲痛下决心改姓入赘，第一年李凌白生下个大胖小子是李靳屿他哥，叫李思杨。

李靳屿跟他哥从小是两种性子。李思杨调皮捣蛋，顽劣，成绩平平，犯了错全让懂事可爱的李靳屿背锅。三番五次这样之后，李思杨发现不对劲儿了，妈妈虽然从来不打他们兄弟俩，却常常对李靳屿使用冷暴力。有一次李思杨好奇地戴着妈妈的玉戒指上厕所，结果不小心戒指掉进马桶里，听说那戒指得二十万，他吓得屁滚尿流，把这事栽赃嫁祸给弟弟，结果那年大雪天，李靳屿被李凌白扒光了衣服丢在门外活活冻了一晚上。

李靳屿的肺一直不太好，便是那时候落下的病根，导致他现在一换季就咳嗽。李靳屿小时候不太懂他跟哥哥差在哪里，身边的亲戚朋友免不了爱拿他跟哥哥比较，他处处都比哥哥优秀，大家都爱当着母亲的面夸奖他。但他只要不是做到优秀到极致，母亲很少夸奖他。于是这么多年来他事事追求完美，导致焦虑、抑郁。而李思杨什么都不用做，母亲对他青眼有加。

父亲在时，母亲倒还会收敛。后来父亲病逝，母亲变本加厉，导致李靳屿一度怀疑自己是父亲跟哪个女人偷生的，大学的时候，甚至找人做过亲子鉴定。不过，结果倒教他有些意外，他确实是母亲亲生的。

他跟父亲还有李思杨的感情倒是不错。李思杨小时候虽然经常让他背锅，在他挨了母亲不少冷眼斥骂后，李思杨也知道母亲似乎并不喜欢这个弟弟，倒是开始处处照顾他。他们兄弟俩之间没什么嫌隙，虽然李思杨又笨又吵，但做哥哥很尽职。当年李思杨上高中，周末拉着李靳屿躲在房间里热火朝天地打了半宿游戏，被深夜才回家的李凌白撞见，二话不说把李靳屿扔到美国去了。

那年李靳屿才十三岁。

李思杨声嘶力竭地哭喊着，跪着求妈妈不要送走弟弟。李凌白当时是答应下来了，结果一个月后，李思杨去上学，李靳屿连人带行李箱直接被丢到美国读寄宿初中。学校在麻省牛顿市，离波士顿很近，李凌白有时候在波士顿出差，会让管家给李靳屿送东西。

李思杨是从那之后开始洗心革面的，再也不敢打游戏，再也不吊儿郎当，开始努力学习。那三年，兄弟俩时常视频，李思杨偶尔会让李靳屿这个比他还小三岁的天才弟弟给他辅导辅导作业，李靳屿那时就把国内的初中课程学完，已经开始学高中课程了。李思杨被这个弟弟的聪明震惊到合不拢嘴，但也知道李靳屿还是想回国参加高考。于是他常问："小屿，你恨妈妈吗？"李靳屿那时就越发沉默了，只摇摇头，没说话。李思杨心疼得不行，拍胸脯保证说："我高考一定好好考，一定把你接回来。实在不行，我也不要妈妈了，去美国陪你。"

李思杨那三年确实很努力，没日没夜地看书，头悬梁锥刺股，怎么苦怎么来。但奈何天资有限，发挥了他最大的极限也只考了所二本院校。但好在李凌白看到他的变化，便同意把李靳屿从美国接回来。

李靳屿高中那三年，大概是母子关系最和谐的时间。也许是李凌白很久没见他，可能有点儿想他，对他也不再苛待，和颜悦色得像一个真正的母亲了。

但好景不长，李靳屿大一那年暑假，李思杨突然出车祸意外死亡。所有的和谐如同一面破碎的镜子开始分崩离析，李凌白崩溃了，消沉了三个月后马上投入工作状态，开始给自己相亲。父亲死了这么多年李凌白没有改嫁，李思杨一死，她就改嫁了，并且几经周折，不顾自己的安危还要生下一个孩子。

李靳屿那时觉得自己就像一个笑话。没有人在乎他的感受，李凌白组建了新家庭后，李靳屿就变得不知何去何从，最后奶奶从南方小镇连夜坐十几个小时的长途火车风尘仆仆地赶到了北京。她本就身体不好，一身毛病，十几个小时的车程让她站都站不稳，哆哆嗦嗦地牵起李靳屿的手，八面威风地走到错愕的李凌白面前，就好像一个盖世英雄，没有七彩祥云，可能尚方宝剑也已经生锈了，但就是坚定无比地对那个女人说——

"李凌白，不是你不要他，是我们不要你了。"

屋内很静，没有人开灯，叶濛昏沉沉地半梦半睡，李靳屿把人放到床上，只开了一盏黄色的小壁灯。半弧形的小光晕落在墙角的地板上，光亮微弱，余下的两人勉强能看清对方的脸。

杨秉章在这里进行义诊有一阵了，碰见李靳屿是个意外。当年他听说这孩子跟奶奶走了，没想到就是在这个小镇上。李靳屿走后，李凌白不提，李家也没人敢提。

“你怎么认识小濛的？”杨秉章坐在床边的沙发椅上，给自己点了支烟，打开话匣子。

李靳屿把吉他包拎到电视机柜上放着，里面鼓鼓囊囊的，塞着一大捆尼龙绳。本来他想给叶濛一个教训，但如今看来是用不上了。李靳屿半坐在电视机柜上，看了眼在床上睡得满脸涨红的女人，笑了下道：“意外，我俩不熟。”

杨秉章点了点头，吐了口烟说：“她给我发微信说在这里等我，让我看看一个人。我没想到是你。”

叶濛没盖被子，睡得浅，嘴唇偶尔还在动，李靳屿一度怀疑她是不是还醒着。不过下一秒他就不怀疑了，因为叶濛大咧咧地翻了个身，侧躺变成正躺，乌黑的长发向两边散开，衣领下滑，露出骨肉匀称的胸口，大约是喝了酒的缘故，两颊连带着锁骨都泛着酡红。她皮肤细腻，能瞧见若隐若现的青筋，长得清丽，五官精致，有一种禁欲的漂亮。她比江露芝漂亮很多。

李靳屿想象了一下，如果他们早些相遇，他可能会破例主动追求她。

他走过去，不动声色地将被子扯过去，连着脑袋一起将人盖住，在她床边坐下，拧着眉低声对杨秉章说：“女人的圣母病犯了，拦都拦不住，就喜欢多管闲事。”

杨秉章看着床上被蒙得不见头不见尾的叶濛，生怕她喘不过气，小心翼翼地给拽了点儿下来，又被李靳屿毫不留情地堵上。

“她等会儿要被闷死了。”杨秉章说。

“闷死算了，最好别再烦我。”李靳屿冷冷地说。

杨秉章看着他道：“你以前对女孩子可是很绅士的。”

屋内昏暗，月亮高高地挂在窗外，清辉洒落一地，房间里静了一瞬，李靳屿两手撑着膝盖，低头自嘲地笑了下没接茬。胸腔微痒，他咳嗽了一声。

他的情况，杨秉章其实都很熟悉，多说无用，该治疗的当初都试过了，李靳屿的心结还是李凌白。别的也没再多说，杨秉章只关心了一句："最近要换季了，你注意你的肺，咳得多了去医院拿点儿药，别硬撑着。你们男孩子生病就喜欢硬撑着，跟我儿子一个样，死活不肯上医院，都当自己是铁打的！"

李靳屿撑着胳膊低头笑了笑，面上再吊儿郎当，骨子里还是有礼貌的人，顺嘴问了句杨秉章的儿子："立诚哥现在怎么样？找女朋友了吗？"

"婚都结了，孩子都能拱别家孩子了，昨天在北京学做肉包子，发视频给我包了个平平安安。你不在这几年，立诚老跟我念叨你，你有空也回去看看他。妈妈不要了，这些穿开裆裤长大的发小，你都不要了？"杨秉章说得自己都有些动容，欲言又止片刻，道，"你妈妈……"

李靳屿两只手仍撑着膝盖，微微抬头，对上杨秉章的眼睛，没什么情绪地打断他的话道："不用跟我说，跟我没什么关系。"

杨秉章就不知道说什么了，点了点头，撑着膝盖慢慢站起来："那我先走了，小濛这边，你想想怎么跟她说吧，我都配合你，你要是不想让人知道过去的事情，那我就假装不认识你。"

"那麻烦杨老了。"李靳屿也跟着站起来相送，"怎么走，我给您叫车？"

杨秉章挥了挥手："不用，酒店会帮忙叫车。小濛有这里的高级会员，他们会安排的。"走到门口，他扶着门把手又回头说了句，"靳屿，你如果不舒服的话，还是得找我开点儿药，别自暴自弃。"

李靳屿答应下来。

送走杨秉章后，叶濛在床上睡了多久，李靳屿就靠在墙上看了多久。他发现这姐睡觉有股安抚人心的力量，说难听点儿，睡得像死猪。

当然睡相还是好看的，浑身上下对外界卸下了防备，他跟杨老都是男人，虽说杨老那个年纪可能都……但她就这么放心？怎么会有这么没心没肺的人？

叶濛睡到后面，大约被被子蒙得呼吸有些困难，不知道什么时候一点儿一点儿露出红彤彤的小圆脸，嘴微微张着，像一条离水的小鱼，小口地呼吸着。

李靳屿最后坐在床边低头给人发微信，余光瞥见她在动，一只手捏着手机，头都没回，另一只手毫不留情地又把被子给她盖上。

此时已经是凌晨两点，夜空干净深沉得仿佛刚被墨水浸过，星星格外亮。

整个小镇的人都陷入沉睡，四周寂静无声，只余树叶沙沙作响。天幕下，亘古不变的银河像是一条银色绸缎在闪闪发亮，墙外的藤蔓悄无声息地抽出了鲜绿的嫩芽。

叶濛彻底被憋醒，蒙眬间瞧见一个背影宽阔的男人坐在她床边，神志没回来，瞬间踢蹬着双腿挣扎起来。

李靳屿单手跟人发着微信，另一只手隔着被子直接掐在叶濛的脖子上把她摁在床上，漫不经心地说："醒了？我这还没动手呢。"

叶濛听见他低沉带着沙哑的嗓音，回忆全回来了，估摸是跟杨叔谈出问题来了。她被控得死死的，无法动弹，索性放弃，一副任人宰割的样子平躺在床上不动了："你动手吧，要杀要剐随你。"

他反倒收了手，叶濛听到他冷哼一声，悄悄探出脑袋。李靳屿完全拿背对着她，整个人微微弓着身体，双手这会儿拿着手机不知道在跟谁发微信。这么个潇洒的背影，让叶濛心头又怦怦乱跳了下，只听他头都没回地说："醒来不检查一下？"

叶濛侧过身将被子抱在怀里，眼神直直地盯着他，笃定地道："你不敢碰我。"

李靳屿有种被人鄙视的感觉，手上动作停了下，微微转头瞥了她一眼，不屑地笑了下，随即转过头去："话别说得太满，现在才凌晨两点，我要想做点儿什么，有的是时间。"

叶濛认真地盯着他，没往下接。

她好像真的很喜欢他的长相。

李靳屿有点儿烦，随手捡起旁边的枕头丢过去挡住她的眼睛，不给她看："你是不是有哪个前男友长我这样？烦不烦？没看过长这么帅的人？"

叶濛笑得不行："是啊，我有个喜欢了十几年的'白月光'。"

李靳屿终于发完微信了，随手将手机丢到床头柜上，转头看她，牢牢盯了大概一分钟，只见他深吸一口气，收回视线，像是难以启齿，又像是自我唾弃，话锋一转，突然说：“叶濛，我自杀过。”

叶濛毫不意外，她早便看见他手腕上那道疤了。他的手腕白皙修长，独独有那么一道疤，但也不难看。

“为了前女友？”她好奇地问。

床头柜上的手机又振了振。

他摇头，又拿过手机看了眼，自嘲一笑，边回边说：“为了我妈。”

男人身体瘦削，叶濛想伸手抱抱他，但这种时候还是克制住了。

“我很爱她，可是她不爱我。”

“我妈妈很爱我。”叶濛没头没脑地说。

李靳屿差点儿被她气死：“你在炫耀吗？”

“我是说，我知道怎么爱你，你跟我谈恋爱呗，我知道怎么爱你。”叶濛撑着脑袋做出美人鱼的姿势，就着昏黄的卧室灯对着李靳屿笑吟吟地说道，样子看着非常不走心，却意外地勾人。

房间静谧无声，墙外的藤蔓似乎又长了一点儿。

“你一看就是个花心大萝卜，不要。”李靳屿面无表情地拒绝道。

第四章
花心大萝卜

小镇幽暗的路灯有一盏没一盏地亮着，照射着整条清冷的长街。深更半夜，树叶沙沙，偶尔还能听见一群青春洋溢、刚打完游戏夜归的少年嬉笑推搡着从楼底下走过。

叶濛靠坐在床头，调亮灯盏的光，男人模糊的身影顿时变得清晰利落。她斜过脑袋百无聊赖地第一次认认真真地打量起面前这个男人来。

其实跟楼底下的少年相去甚远，可李靳屿面庞白净瘦削，唇和眼皮都极薄，线条清晰，喉结明显，如果戴一副眼镜，像极了斯文败类。光这么看着，他又显得很随性散漫，走在路上会被星探递名片那种。他的眉宇还是干净清秀的，没少年们的无忧无虑，可要真像楼下那帮少年一般，叶濛也就觉得不过是个普通的帅哥，不会多看一眼，偏就这股深沉、压抑、神秘的禁忌感，配上这张英俊的脸，仿佛有根无形的线吊着她。

她想知道他的过去，想知道他的感情，想知道他究竟在什么样的家庭里长大。

李靳屿低头将微信界面关掉，手臂随意地垂在微敞的两腿之间，挺直白地告诉她："叶濛，我如果认真喜欢一个人，是不会改变的。我会永远喜欢她，而且她的眼里只能有我。"

他回头瞥她一眼，继续说：“但显然，你不是，所以你最好别招惹我。”

“你怎么知道我不是？”叶濛笑吟吟地反问，光衬得她整个人发亮。

李靳屿这会儿才注意到她锁骨下方有一长串字母文身，好像是一个人的名字。

他冷笑着将手机打开，重新调出微信的界面框，随手一点，沉静如水的房间里缓缓流出一段熟悉的对话声——

“你这打脸也太快了，你昨天还说不可能找江露芝的前男友。”

“是这么说过，此一时彼一时，人不可能一成不变嘛。平时我都没认真看他，昨天在酒吧认真看了看，长得完全在我的点上，没见过这么符合我的审美的人。错过这种极品，我还是女人吗？而且换个角度想想，小江压了我这么多年，我把她的前男友弄到手，不也翻本了？反正我也就是喜欢他的脸嘛……让江露芝占点儿便宜呗……”

叶濛听完，还是无动于衷地看着他：“那天你在？”

李靳屿锁掉手机，冷淡地说：“不在，病房护士录给我的，怕我受骗。”

叶濛扑哧笑了下：“护士姐姐喜欢你啊？这么八卦。”

“人家都生孩子了，”李靳屿长腿往前一抵，大约是累了，姿态更放松，轻嗤道，“你要真这么喜欢我的脸，行吧，我租给你，两万一个月，天天给你看？”

见她不说话，他又自嘲地笑了笑：“我不管你是真的想帮我还是为了跟江露芝争口气，都别给我找什么心理医生，不然下次我就把你捆起来丢到后山喂野狗。”

叶濛下巴冲墙角那塞得鼓鼓囊囊的吉他包一仰，了若指掌地说：“今天不也打算把我捆了？”

李靳屿哑然失笑，勾了勾嘴角：“你这么聪明，从小到大是不是没吃过亏？”

气氛轻松了些，两人心思各异，倒也难得没再针锋相对。

“你刚才说两万一个月，能亲亲吗？”叶濛又开始撩拨小弟弟。

“不能，”李靳屿想了想道，“五万吧，给亲给抱。”

叶濛故作惊讶道：“太贵了吧。”

李靳屿吊儿郎当地笑了笑，没往下接。

房间内光影摇晃，半晌，叶濛突然又问：“你真不打算跟姐姐谈吗？”

两人的嗓音都有些沙哑，李靳屿更厚些，约莫是熬夜聊天的关系，嗓子发痒，他重重地咳了声，无奈地笑着摇了摇头：“不谈，你追人都这么直接吗？”

“很含蓄了好吧。”叶濛一本正经地追问，“为什么呢？你是不打算跟我谈，还是都不打算谈了？你不能这么自暴自弃吧，我妈当初也是患上抑郁症……”

李靳屿回过身，又拿背对着她，脑袋往下垂，后颈线条分明：“你妈……最后还是自杀了，不是吗？”

“我觉得她不是自杀，只是没有证据。”叶濛摇头，始终坚持自己的疑惑。

李靳屿淡淡地最后看了她一眼，倒也挺坦诚地说：“其实我没想那么多，觉得现在生活得挺平静的，不想再多出任何事或者任何人来改变我目前的轨迹。”

“什么轨迹？”叶濛问。

李靳屿笑着说：“怎么说，也就是为了我奶奶，如果不是她，早在五年前我妈抛弃我的时候，我就已经死了。而且我现在照顾我奶奶都费劲，哪里来的心思谈恋爱？”

“那你为什么会跟江露芝谈恋爱？她就能不改变你的轨迹了？”

“因为她比你好看啊。”李靳屿睨她一眼，懒洋洋地说。

叶濛气结：“你是我见过的最没眼光的弟弟。”

李靳屿从容地反唇相讥道：“但你是我见过的眼光最好的姐姐。”

“……”

两人都没再说话，视线在明亮的光线里轻轻一碰，凝滞的瞬间，仿佛被彼此眼底的情绪吸住，静静地注视了一会儿，下一秒不约而同地低头轻笑，于是仿佛看见巍然的冰川融化，茫茫海上漂泊的渔船归港，空气中似乎有某种不可言说的情绪就这么削弱了。

之后两人再没见过。直到方雅恩出院那天，叶濛照旧陪小胖上分，直接让他躺赢到最强王者，最后还送了一套他梦寐以求的皮肤给他。小胖感动得潸然泪下，没想到叶濛送佛送到西，直接给他推了一个微信，小胖小心翼翼地点开："这啥啊，姐？"

连一旁的老太太都忍不住探过脑袋来，叶濛弓着腰，背部勾出一个圆润的弧线，给方雅恩收鞋子："MH电竞俱乐部的经理人，你不是想当电竞选手吗，他们今年马上招青训生了，但你年纪偏大，我给经理人提前打了个招呼，你可以去试试。"

"真的假的？"小胖激动不已，一蹦三尺高，难以置信地道，"你居然认识MH的经理人？"

老太太挂着生理盐水，点开了嘲讽技能："他那水平，上去给人当键盘打差不多。"

叶濛笑了下，直起身来，一抬眼，看见李靳屿站在门口。今天他倒是换了一身干净清爽的白色运动服，显得更年轻了。视线自然地在他身上停留了下，她很快就移开，对老太太说："那也不一定，去试试就知道了，青训生初级阶段培训的都是身体素质和心理素质，最后才是游戏操作。去年MH最有价值的选手，当年在青训生里技术也是最菜的，但他是所有青训生里最能沉住气的，教练就特别欣赏他，我觉得这点杨天伟跟他挺像的。"

无论游戏里别人怎么骂杨天伟菜鸡，他都脸不红心不跳，该咋送人头还是雷打不动地照送不误。

杨天伟是小胖的大名，原名叫杨伟，这一家子人起名字都有点儿缺心眼。

杨天伟备受鼓励，浑身像打满鸡血，全身血液直往一处冲，开始吹"彩虹屁"："叶濛姐，你人可真好，以后谁娶了你，这人上辈子肯定拯救了全宇宙。"

叶濛立马泼了盆冷水过去："但说实话呢，你这个年纪，很多电竞选手都已经退役了，我只是建议你去试试，没说你一定能行，你先别高兴太早。”

天才有，但极少，这不是谁都能碰上的，叶濛这个电竞外行更不是什么伯乐。她只是希望杨天伟早点儿认清自己，踏踏实实地找份工作，能帮李靳屿稍微分担一下压力，不然李靳屿那嗓子再过几个月不用下海都成鸭子了。

护士正巧过来给老太太换吊瓶，见病房闹哄哄的，视线若有似无地扫过叶濛，笑眯眯地主动搭腔："这么热闹？"

这么多护士里，老太太最不喜欢的就是她，向来不怎么搭理她。小胖还沉浸在那位经理人的朋友圈里，李靳屿本来就不爱说话，所以气氛瞬间冷了下来。护士干笑两声，对李靳屿说："帅哥，等会儿你奶奶挂完这瓶水，你来护士台找一下我。"

李靳屿说了声好。

"那不打扰你们。"护士又慢悠悠地上下打量了叶濛一眼，看得方雅恩想给把的眼珠子剜出来，暗瞪了一眼回去。

叶濛不动声色地默默收拾好东西，然后把摆在墙角的吉他拿给李靳屿："这把吉他给乔麦麦吧，谢谢她上次帮了我这么大一个忙，钱我就不转了，差不多就是一把吉他。"

李靳屿低头看了她半晌："行。"

"我还以为你不会要呢，"叶濛半开玩笑地说，"早知道买把便宜的。"

"那你退回去吧，反正也是乔麦麦的。"

两人半堵在门口，一个懒洋洋地靠着门框，一个在对面站着，有问有答，话倒是比之前多了。

"姐姐这么抠门吗？"叶濛说。

李靳屿笑而不语，看了眼地上收拾好的七七八八的包，白色运动服让他特别像个少年，靠着门框问叶濛："要帮忙吗？"

"不用，杨天伟说了他送我们上车，你留下陪奶奶吧。"

等人走了，病房恢复冷清，老太太洞若观火，对着刚钩了张椅子准备坐下来的李靳屿说："巴豆，你俩加微信了没？"

李靳屿微微顿了下，摇头：“没有。”

“不再联系联系？”老太太皱着眉，怨他不知道珍惜，“叶濛看着大大咧咧不拘小节，做事情却滴水不漏，还懂得处理人情世故。我活了这么久，就没见过这么会来事的小姑娘。多好的女人啊，你就这么给放过了。”

叶濛的驾照是大学考的，今年年底刚好得换证，不过她仍旧是个马路杀手，好在在北京这么多年坐地铁、公交车都比开车方便。这会儿方雅恩的腿伤了，叶濛被方雅恩赶鸭子上架，活生生把人家那辆新买的小高尔夫开出了即将报废的老爷车的架势。

方雅恩坐在副驾驶座上，小声提醒：“你注意到没？”

叶濛的注意力尤其集中：“嗯？什么？”

“刚才有辆自行车过去了。”方雅恩说。

叶濛瞄了眼后视镜，淡定自若地道：“注意到了，还是个老头。”

她心理素质尤其不错，后面的车辆急促尖锐的喇叭声都快成贝多芬的《命运交响曲》，她自岿然不动，老神在在地开着：“我本来说打车的，是你非要看看我技术有多烂。”

“我没想到你这么烂啊！”不过方雅恩倒是很快就习惯了这些催命似的喇叭声，泰然自若地跟叶濛聊起天来，“你跟李靳屿连微信都没加？”

叶濛在红绿灯路口缓缓踩下刹车，有点儿好笑地说：“嗯，他一副我跟他谈恋爱就是要他的命的架势，我哪里还敢惹他？”

“现在的弟弟……”方雅恩啧啧两声，叹了口气，“我跟你说，那护士绝对对李靳屿有意思，孩子都那么大了，居然还对小鲜肉勾来勾去，居然还录音。我说最近护士站的几个小姑娘怎么看你的眼神都有种看渣女的感觉。你俩现在什么情况？”

“他都把话说成这样了，我还能怎么说，就各回各家各找各妈吧，”叶濛靠在驾驶座上，不当一回事，懒散地道：“当段小插曲呗，保不准接下来又出现个长得更合我意的弟弟呢。至于其他的人，想开点儿——”

她还反过来潇洒自如地劝方雅恩：“人生嘛，不就是爱德华剪刀手咯，这里剪一段，那里插个BGM（背景音），把你完整的人生剪得七零八碎，再七拼八凑成他们想看的样子。你在每个人面前都有一段不同的三分钟视频，可只有你自己知道，其实你的人生不止那三分钟，那漫长的几万甚至几十万个小时的幕后时光，只有自己度过。所以，为什么要为了那简短的三分钟困扰自己剩下来的几万个小时呢？那都是庸人自扰。”

方雅恩被她说得哑口无言，心下酸涩，又觉得她的洒脱和自知是旁人学不来的：“哎，我就喜欢你这元气满满的样子，你要是哪天为了男人失魂落魄、半死不活的，我就跟你绝交。”

“放心，到了这个年纪，姐姐我除了迷恋点儿好看的皮囊，哄哄弟弟，是不可能动真格的了。”叶濛笑道。

日子就这么平静地过了一个月，叶濛每天面对着一百万存款不知道该如何打发。

存银行？太亏了。

买房子？别看宁绥是个小镇，房价倒是能挤进全省前三，中心地段的小区怎么也得两万一平方米起。如果她买个二三十平方米的小商铺，够是差不多够，但她问了几个朋友，镇上租金也就三四万一年，不划算。

一百万能干啥？一百万啥也干不了。叶濛痛定思痛还是决定把这钱存银行，自己去找份工作。小镇上工作也不太好找，除了公务员事业编，剩下的都是工厂、车间、小企业，还有就是银行。叶濛学的是新闻学，但在北京做了四五年的公关，属于自媒体行业，如今让她没头没脑地找份如意的工作，也挺难的。

“你干脆找个报社工作吧，《宁绥日报》《滁州晚报》现在都挺缺人的……”方雅恩在电话里建议说，“我记得你以前高中时说过你长大后最想干的事，就是当个记者。”

当记者这个想法，叶濛是早年看了一部疯人院的纪实片，19世纪一名外国女记者利用自己精湛的演技成功卧底进入疯人院，并且揭发疯人院的黑幕和真相，这种对真理的执着和对真相的捍卫着实深深震撼了她。

于是叶濛头脑一热，一头扎进了新闻专业。虽然家里几个长辈耳提面命地非要她拿到毕业证就直接回宁绥，但她当时其实还没决定是回去还是留下北漂，直到收到一家报社的实习通知，才误打误撞地决定留在北京。

叶濛就这样抱着一腔热血和对新闻的敬仰进了这个行业。可能彼此对热血和正义的理解不同，老板要她针对校园暴力写一篇报道，她前后取证调查跑了半个月，将事件真相事无巨细、原原本本地还原后，被老板原封不动地打回重写。她不解，这不就是真相吗？然而老板最后忍无可忍地指着她的脑门破口大骂的那段话至今让她难以忘记——

“本来好好的一篇能引起关注的报道，你给我写成这样？你怎么样？飞天小女警啊？”

他字字诛着叶濛的心：“这个时代，不需要真相。共情！共情懂吗？！你需要做的是用朴实无华的文字引起看客的共情心理，舆论自然会有方向，真相是什么重要吗？如果这个世界条条框框都这么分明的话，那你告诉我，为什么地球是圆的？！它就是要告诉你，你要是个规规矩矩的正方形，你活个球啊！”

…………

叶濛倒没因此怀疑人生，只是接触过之后，也确实对这个行业敬而远之。她知道，有些人是道德败坏，有些人是身不由己。

当然这些事她从没跟身边的人提过，事实上在北京那几年，受的所有委屈她都习惯在夜晚独自喝点儿酒，慢慢消化。因为母亲患有抑郁症，怕影响她的情绪，叶濛从不喜欢跟人诉苦，那些被现实割裂、支离破碎的理想呢，她也都不再跟人提起。

因为没人想听，也没人能懂。

跟方雅恩打完电话，叶濛将笔搭在鼻尖和上唇之间，神情凝重地对着iPad查看近几个月的招聘信息，很不幸都没有适合她的。唯一一家看着有点儿靠谱的广告策划公司，上面居然赤裸裸地加粗表示不找本地人。叶濛刚准备掏出手机打电话过去问问，屏幕适时亮起，是一个陌生号码打来的电话。

“喂？”她接起。

“请问是叶濛，叶小姐吗？”

“是。”

“您好，我这里是城西密室逃脱店，您还记得您在一个半月前在我们店里破了三个密室的纪录吗？是这样，我们老板想邀请您跟您的朋友过来，作为我们密室逃脱最新一季密室的试玩玩家。”

叶濛愣住了，半天才想起半个月前为了躲避“大本钟”的相亲和方雅恩刷爆了三个密室。

她迟疑地道：“可是，我的朋友脚受伤了，恐怕不能参加了。我一个人应该不行吧？”

那边的人似乎快速跟别人商量了一下，给出建议：“这样，您可以跟其他玩家拼一下吗？这季的密室最少要两个人哦。”

“可以。”

“那明天上午十点，我给您和另外一位玩家预约了。”

叶濛第二天到得还挺早，九点半就进店了，老板一眼认出她，笑眯眯地说：“小姑娘来这么早？你的同伴还没到。”

“没事，今天什么主题？”她边说边找了本推理书，坐在沙发上看了起来。

“古堡探秘。”老板神秘兮兮地说。

“恐怖的？”

老板解释说：“不怎么恐怖，就是场景有点儿……我看你上回玩恐怖木偶也挺淡定的。”

叶濛点了点头，表示了解。她玩游戏，需要清半小时的脑子，不然没办法进入状态。

大约过了半小时，叶濛似乎听见门口的风铃叮咚一声响，恍惚间听见老板低声冲来人招呼：“哎，来了？”

然后男人低低地嗯了声。

叶濛下意识地偏头瞧过去，就看见李靳屿站在门口，仍是穿着那晚在酒店穿的黑色工装外套、运动裤，脚上一双匡威，显得那双长腿修长，脚踝清瘦有力。他完全不像二十七岁，倒像个二十出头的小哥哥。

彼时，密室出口刚好出来两个意犹未尽的姑娘，还沉迷在刚才繁杂的密室谜题中，亢奋地大声复盘刚才的情形，吵得不行。两人一瞧见李靳屿，眼中顿生惊艳，立马面色羞赧地将声音压下去，甚至有些懊恼地跺了跺脚。

老板将人领过来，热情地替他俩介绍："这是李靳屿，帮我策划过几次密室主题，我们这里的固定试玩玩家。你之前破的那几个密室纪录，都是他——"

"不用介绍了，认识。"李靳屿直接打断他道，"您去忙吧。"

"呃，"老板只愣了一下，很快就反应过来，深知这个小镇圈子到底有多小，随便找一圈都是高中同学，很识趣地离开，"好，那你们聊。"

门外风铃一响，又有客人进来。叶濛把手上的书放下，对李靳屿笑了下："这么巧。"

李靳屿在她边上坐下，大咧咧地叉着腿，也勾了下嘴角："我上次听老板说，有个人这么闲刷了一晚上密室，把我的纪录都破了，没想到是你。你不用上班吗？准备抱着你那一百万养老？"

两人并排坐着，还挺像一对刚在一起没多久的情侣，进来的人都忍不住朝这边望了下，两人就像两个活字招牌。服务台的两个女服务员也时不时地悄悄朝那边打量，窃窃私语道："小屿哥跟这个姐姐有点儿养眼。"

当事人倒是浑然不觉，并肩坐在一起。

"上次是意外，躲我奶奶安排的相亲，没地方去，就来刷密室了。"叶濛反问，"你不也很闲，还有空来刷密室？"

李靳屿整个人靠着沙发，漫不经心地笑道："我来赚钱啊，你以为试玩这么轻松？要帮人修复bug（漏洞）的。"

叶濛盯着他看了一会儿，心生好奇地问道："李靳屿，我能问你个问题吗？"

“问。”

“你上过大学吗？”

李靳屿愣了愣，收了笑容，侧头回视她，身高的天然优势，使得他无论站着或坐着，永远比她高一截，气势无条件碾压她。他睨着她道：“为什么问这个？”

她抿唇示意他先说。

李靳屿忽然倾过身拿起面前倒扣的杯子给自己倒了杯水，说：“没有。”

“高中毕业？”

他喝了口水，喉结滚动着靠回沙发上，冷淡地说：“初中毕业行吗？”

叶濛点了点头，知道他没说实话，也不再追问。

老板将密室准备得差不多了，冲李靳屿打了个手势，意思是可以开始了。李靳屿站起来，最后喝了口水，慢悠悠地嘲了句：“怎么，名牌大学毕业的人，看不起我们初中生？”

叶濛也喝了口水站起来，慌忙摇头：“没有，我也不是名牌大学毕业的，你的江露芝是名牌大学毕业的，她都没有看不起你，我为什么看不起你？”

“我跟她已经分手了。”李靳屿强调道。

“好，你的前女友。”

叶濛不知道是不是她太敏感，还是真的戳到他的自尊心了，真的很神奇，她跟这个弟弟可能天生气场就不合，无论多么温柔平静的开场白，聊到最后都会有点儿硝烟味。

老板已经开启了密室通道，宣布游戏开始：“来，这次场景我可是费了些工夫，也是第一次尝试这种沉浸式剧本，你们帮我检测一下有什么bug，多提宝贵意见，谢谢两位大神了。我先介绍一些背景，你们现在在的位置就是城堡的入口，叶濛你是这座古堡的丫鬟，靳屿，你是这座古堡的少爷，这座古堡里藏着一些不为人知的秘密，你俩最好要代入角色……”

两人都戴着眼罩，看不见对方的表情，但叶濛明显感觉到李靳屿绝对在笑。

叶濛："下次你们写点儿有创意的剧本，比如公主和长工。"

李靳屿："直接开始吧。"声音带着笑意。

老板咳了声，继续说道："那我长话短说，靳屿你把眼罩摘了，然后把叶濛带到楼梯间附近一个铁笼子里。丫鬟是待解锁状态，少爷找到方法解锁丫鬟，你俩才可以一起解密室……"

叶濛被关进铁笼里后，李靳屿倒不急着找线索了，而是坐在沙发上仰着头东看看西看看，最后居然还在电视机旁玩起了桌上足球。他漫不经心地玩了两把，真把自己当少爷了。

"没玩过？"叶濛看着他的背影说。

"玩过。"他老实地回答。

"玩够了吗？姐姐看着很有耐心的样子吗？"叶濛说。

"爷也很烦哪。"李靳屿入戏得很，真像个小少爷似的，一只手掐着腰，一只手拎着一张不知道从哪儿翻出来的图快速记了下，随手将其丢到一边，叹了口气说，"老板刚才给我说，外面停电了。"

十分钟后，恢复供电，少爷终于开始认真找线索了。

叶濛站在笼子里指挥："电视机柜下面，有个密码盒，你拿过来我来解。你去找钥匙，多翻翻地毯底下、柜子底下。"

李靳屿看了眼，随手将密码盒丢过去："你那门没有锁，也没有任何肉眼能看见的解锁机制，一看就是感应门，我能找什么钥匙？"

"反正你就多找找嘛！"叶濛盘腿坐在地上，注意力全在密码盒上，声调不自觉地放柔。

李靳屿嘴角微勾。

密码盒很夸张，是摩斯密码。叶濛是学新闻的，起初计划是未来当记者，所以对暗号之类的她之前研究过很多，恰巧就研究了一下摩斯密码。她一边在心里蒙五蒙六地换算，一边默默吐槽老板为了增加游戏难度，也太不顾及剧本情景和玩家的知识储备了。

她试了一脑门汗，终于打开了第一个盒子，拿到一把钥匙和几张剧情字条，大约就是丫鬟暗恋少爷、少爷却天天花天酒地的狗血剧情。

不知道是不是被剧情影响，叶濛将钥匙丢给门外那位少爷的时候，声音也带了些怨气："喏，拿去开！"

李靳屿也刷到了不少剧情，背后被钥匙重重一砸，笑了下："你这会儿倒是入戏了。"

叶濛："这剧情太狗血了，看得我上火。怎么会有这么变态的剧情？少爷一出去找女人就把暗恋他的丫鬟关起来。"

李靳屿哼笑了声，没接话，慵懒地半坐在电视机旁的柜子上，一条线索没找，手上捏着几张纸来回翻看，不知道在研究什么。

"这位爷，"叶濛把脑袋卡在铁笼的缝中，"照你这速度，咱俩今天还能出去吗？"

密室光本就暗，笼着他修长利落的身影，使得他英俊得叫人有些挪不开眼。他头也没抬，注意力仍放在手头的几张纸上，慢悠悠地说："干吗，你很着急？"

叶濛盯着他："那要不换你进来？"

李靳屿不知道从哪儿给自己倒了杯水，喝了口，慢条斯理地说："那不行，丫鬟怎么舍得关少爷，只有少爷舍得关丫鬟。"

叶濛撩拨他道："那弟弟怎么舍得关姐姐呢？"

那位少爷终于在百忙之中抬头看了她一眼，淡然地道："舍得。"

"你到底行不行？"叶濛急了。

她有点儿幽闭恐惧症，喜欢刷密室，但不喜欢这种命运掌握在别人手里的感觉，早知道就应该让他拿丫鬟剧本。

结果下一秒，李靳屿从兜里掏出个遥控器，端着他那杯水轻轻一摁。

见鬼的是，她的门啪嗒一声弹开了。

叶濛气得简直想冲过去弹他的脑门，事实上她也那么做了："你早就找到遥控器了？"

李靳屿靠着电视机柜，瞧见朝自己跑过来的身影，下意识地侧了下头躲开，笑得不行："我说这是个bug你信吗？"

"行，你说，说不出来我把你的头打爆。"

李靳屿把之前破出来的密码盒丢给她，手插回兜里："这门要解两道锁，一道解控，一道解锁。另外一个解控的密码盒我没找到，我就随便试了下，谁知道开了。”

叶濛看了一眼，还真是，而且密码盒还是摩斯密码。

“你懂摩斯密码？”叶濛抬头扫了他一眼。

“你不也懂？”他一仰下巴指了指刚才那把钥匙，似笑非笑地说，“走吧，下一间房。”

叶濛出来才看到一地的盒子，几乎全是摩斯密码。他全都解了。叶濛不是每个都能记住的，解这个密码属于连蒙带猜型的，有时候撞上狗屎运，解开一两个是运气，再多就难了。李靳屿酣畅淋漓地解了这一地密码盒，让她心头微微一颤，心里又不免对他产生好奇。他到底经历过什么啊？

之后的剧情意外顺畅，丫鬟被少爷伤透了心投湖自尽。

“所以我现在跟个鬼在解密室。”李靳屿边找线索边说，弯腰捡起一个密码盒子，这次不是摩斯密码了，是一串数字。

叶濛敲了敲墙壁上的砖，发现几个空的，是暗格，搭腔道：“怪谁，谁让你天天出去花天酒地？”

李靳屿靠在墙上，随手试了几个密码。

叶濛随口问道：“你输的是什么？”

“爷的生日和丫鬟的生日。”他懒洋洋地说。

“哟，少爷还记得丫鬟的生日啊，不得了。”叶濛笑岔气，他真的入戏。

叶濛完全不记得什么少爷、丫鬟的生日。

故事剧情在最后的密室发生了反转，少爷在丫鬟投湖的第二天，将丫鬟的尸体打捞上来，放在刚才叶濛待的那个小笼子里。前面三间密室全部都是丫鬟的心路历程，最后一间书房就是少爷的心迹坦白，书柜里有个很大的保险柜，里面锁着关于这座古堡的秘密，只有知道这个秘密的人，才能打开最外面的门。而这次的密码，是双层加密。

第一层是摩斯密码，李靳屿立马将对应的数字写在了纸上，叶濛看他这反应速度，仿佛那个密码表就印在他的脑海里。

“你考虑过去当特工吗？”叶濛在一旁没头没脑地说。

李靳屿低头解着题，闻言瞥她一眼，拿笔又在纸上将数字圈出来，漫不经心地说："怎么，你有门路？给钱吗？我考虑一下。"

叶濛笑了笑，看着纸上被他涂得乱八七糟的草稿，像一团重重迷雾，有点儿无处着手，其实心里有若隐若现的直觉，可又说不出那是什么感觉。

2931021045242721028。

"你说这串数字看着奇怪不？"叶濛说，"会不会是二十六个字母。"

李靳屿无语地把密码上的锁头给她看，全是字母。

这不是明摆着吗？

叶濛思路转得很快："也许是这样，29，31，02，10，45，24……会不会是定位坐标？"

"不对，"李靳屿表情冷静，将数字根据他的想法重新划分，一笔笔画过去，似乎已经知道答案，"应该是，29，310，210，45，24，27，210，28……如果是作为定位坐标考虑，应该是这样，因为就咱们目前能用到的实物来说，没有一样物件能用0开头。你没发现前面的数字都没超过4吗？"

叶濛瞬间想到："电脑键盘。"

"聪明。"李靳屿笑了。

所以根据电脑键盘对应的字母，29（第二行第九列）是I，310（第三行第十列）是L，210（第二行第十列）是O，以此类推。

I Love You.

啪嗒，锁开了。

保险柜是空的，古堡唯一的秘密就是这道密码。解锁了少爷的心意，古堡的大门也就打开了。两人把对讲机交过去，老板满眼期待地问："怎么样？"

"故事剧情有点儿狗血，其他都还行，密码太多了，摩斯密码很少有人能解，当然，除了他。"叶濛直言不讳道。

老板点了点头："但很多密室爱好者挺会解的，而且我记得上面我放了摩斯密码表啊。"

“有密码表？”

叶濛诧异，一旁的李靳屿终于没憋住笑，笑得不行，跟老板说：“行了，我走了。”

男人前脚刚迈出大门，叶濛不放心，又悄悄折回去问老板：“刚刚停电了吗？”

老板一脸无辜地摇了摇头：“没有啊。”

“……”

叶濛一下楼，就看见李靳屿站在大楼门口剥了颗糖嚼，准备打车。

她站了半天，想了一会儿，慢慢走过去，低声问了句：“要不要一起吃顿饭？”

他低头睨着她，嚼糖的动作慢了下来：“吃什么？”

叶濛倒莫名有些紧张起来：“随便，我回来不是很久，对镇上的店不是很熟，你挑？”

李靳屿看了她一会儿，问她：“你想吃螃蟹吗？”

“可以。”

“走吧，我打车。”他说。

宁绥这几年发展得很快，老城北除旧布新，只寂寥地剩下个城门水洞，古街破旧的雕花小楼也全被拆得七零八落，如今市中心已经变成西城区。西城区高楼拔地而起，公园错落，马路宽阔，铁路轨道从中穿行，沉重的绿皮火车绕过群山、穿过断壁，像一条喘着粗气的长龙奔驰而过。

新开的螃蟹馆就在老火车站附近，两人刚一进门，身后火车拖着笨重的十几节车厢吭哧吭哧地驶向北方。俗话说，秋风起，蟹脚肥，这个季节的螃蟹黄多油亮，而且不腻。

“吃什么？”李靳屿把菜单丢给她，“青蟹还是梭子蟹？”

“青蟹吧，”叶濛对这家店很熟，都不用看菜单，直接说，“这里的青蟹好吃。”

李靳屿点头，叫来服务员，点完单。叶濛突然觉得这次临时起意的饭局有点儿尴尬，相顾无言，李靳屿也低着头，谁的视线都没往对方身上落，自顾自地玩了会儿手机。

李靳屿坐下不久后便拿着手机站起来朝门外走去："我出去接个电话。"

等他再回来，叶濛已经放下了手机，看着他落座，很自然地切入话题："谁的电话？"

"乔麦麦。"李靳屿坐下，也顺势把手机揣回兜里。

"我好像还没听过她唱歌。"叶濛说。

李靳屿看着她道："她晚上有驻场，去吗？"

"你去吗？"

他微微别开头，望向此刻空荡荡的铁轨说："我晚上去医院陪奶奶。"

叶濛露出遗憾的表情："那下次你去唱了，我再去。"

他无奈地勾了下嘴角，捞过一旁的酱油和醋，一边倒一边说："非要缠着我？"

"当个朋友不行吗？还是你怕自己爱上我？"叶濛掏出手机，调出一张照片竖着屏幕给他看，"自己看，我奶奶最近给我介绍了一个弟弟，年纪比你小，还比你帅。"

这倒是真的，老太太怕夜长梦多哪天叶濛又兴冲冲地收拾东西回北京，着实按着她的喜好给介绍了一个小弟弟，不过叶濛不知道自己最近怎么了，这个弟弟明明很符合她以前的审美，但她居然觉得对方太乖，没劲儿。

"自己放辣椒酱，"李靳屿把倒好的酱油和醋推过去递给她，置身事外地嗤笑了一声，"那祝你和这位弟弟天长地久，百年好合。"

服务员把提前准备好的螃蟹锅端上来，叶濛说了声谢谢，才对他说："为什么刚刚你骗我说停电了？你是不是在背那个密码表？你之前没接触过摩斯密码吗？"

李靳屿给自己弄了小碟酱油，好笑地看着她："我一个唱歌的，研究这个干吗？"

"是吗？"叶濛狐疑地眯起眼，"可是你唱歌很一般啊，没感情又没技巧，要不是长得帅，我都叫老板退钱了。”

他不以为然地拿了双筷子布在酱油小碟上，人往后一靠，还挺理直气壮地说：“长得帅不就行了？”

“你还挺会靠脸吃饭的，”叶濛乐了下，好奇心使然，问道，“那张电码，我背了一周都没背下来，你十分钟就背下来了？你之前真没接触过这些吗？”

他研究密室是真的喜欢还是只为了赚钱？

他这么聪明，为什么会没上过大学呢？

她一脑门子问号，觉得这个弟弟真神秘。

服务员此时过来上前菜。

他俩坐的是四人位，李靳屿靠着椅子没动，一只手搭在旁边的椅背上，不慌不忙地等服务员把菜上齐，才淡淡地问了句：“你知道记忆宫殿吗？”

叶濛愣了愣，这个名词并不陌生，她那个前老板勾恺就是记忆宫殿高手，A大毕业的，曾经还是什么记忆大师锦标赛的冠军。但她的记性向来不太好，她也懒得去研究这种学霸们才会费尽心思去琢磨的事情。

“知道，我的前老板就是个中高手，”她如实说，凭着模糊的记忆七拼八凑地说道，“听说是利用最熟悉的场景来记忆陌生的新鲜事物？就好像在脑海中有一座自己的房子，然后每个房间都可以储存大量信息？”

李靳屿点头，收回手道：“差不多，更简单化一点儿，不一定是房子，可以是房间，也可以是一个人，甚至可以是一张照片，只要是你熟悉的东西，你闭着眼睛就能想出来的样子，碰到需要记忆东西的时候，你就利用自己的联想能力把它们一一对应进去，这样几分钟背一张表就很简单。”

叶濛还是觉得有点儿玄乎，追问道：“怎么联想？”

他似乎不用思考，随口举了个例子：“比如数字3，你能想到什么？”

“亲亲，两个嘴唇。”颜表情里都用“3”表示亲亲嘛。

“……”李靳屿无语了一会儿，“你不觉得数字3像人的耳朵吗？

当你需要记忆和数字3相关的内容时，你可以跟人的耳朵联想起来，这种比较适用于分点记忆。说个最常见的——马斯洛需求层次理论分为：一、生理需求，二、安全需求，三、社交需求，四、尊重需求，五、自我需求。当你需要记忆这段话时，就可以利用联想。第三点是社交需求，社交不就是要用耳朵学会倾听？所以你想到3时，就想到耳朵，再联想到社交。”

“那1呢？”

“生理需求还用说吗？”他又把手搭到椅背上，似笑非笑地看着她。

叶濛突然咳了声：“2呢？”

李靳屿说：“2像不像一个问号？你就想，安全永远都是个问号，所以2是安全需求。”

“4呢？”

“4像一个蹲着的人，喜欢蹲着的人，大多数是自卑的，所以我们更应该给予他们平等的尊重。还用我说5吗？”他笑了下。

5最简单，叶濛已经想到了。5在网络用语中一般指代自己，跟自我需求很贴合。

“这种方法适合快速记忆，只要再结合你脑内的记忆宫殿，利用熟悉的场景加深记忆，就相当于一台复印机，很快会将新的信息印在脑海里。”李靳屿补充道。

叶濛仿佛打开了新世界的大门，原来这才是正确的记忆方式：“你真的只是初中生？”

“我说什么你都信吗？”李靳屿开始剥螃蟹，头也不抬地说。

“那你上过大学吧？”

“上过，没拿到毕业证，退学了。”

他低头咬了口蟹脚，没再回避，仿佛只是在讲一件跟自己无关的事。

叶濛遗憾地叹了口气。

李靳屿对此已经很习惯，大多数人听到他退学就是这副表情。

叶濛却小声抱怨道：“要是早点儿认识你就好了，说不定我就能考过江露芝了，天知道我当初背政治背到头秃。”

李靳屿咬着螃蟹微微一顿，自嘲一笑，抽了张纸巾，看着她说：“你非要跟江露芝比吗？”

“倒也不是，”叶濛看着他，眼神怨怼，“不是你说她比我好看的吗？”

“比你好看的人那么多，每个你都要比？”

叶濛很惊讶：“还有谁？”

李靳屿抽了抽嘴角，笑而不语。

叶濛不死心地追问：“弟弟，你真的觉得江露芝比我好看？”

李靳屿又不爽，咬着螃蟹腿有些咬牙切齿地说：“我说了，别叫我弟弟。”

“行吧，”叶濛不再逗他，一本正经地问了句，“所以，你的记忆宫殿是什么场景？”

她很好奇。

李靳屿不肯搭理她了，无论叶濛怎么逗他，他都板着脸不说话。

螃蟹馆生意挺好，人头攒动，雾气朦胧，熙熙攘攘之间偶尔还能碰见几张熟面孔。李靳屿看到刚才从门口进来几个男人不怀好意地冲他们这边来回打量了好几眼。

其实李靳屿当时心里有非常强烈的预感，应该站起来离开的。他觉得他的生活可能要被叶濛打乱了。可看着对面那几个男人虎视眈眈的眼神，他又怕叶濛有麻烦，整个人也就靠着椅背没动，脚大大咧咧地敞在桌下，视线淡淡地落在她身上。

叶濛背对着门口浑然不觉，还是看着他。李靳屿很不耐烦，想问问她：你到底在外头招惹了多少男人？最后，李靳屿靠在椅子上，拿脚尖轻轻地踢了下对面的叶濛，以眼神提醒她回头看一下。

两人不知道哪里来的默契，叶濛从他的眼神中读出了不要轻举妄动、不要引起对方注意、假装不经意回头看一眼的意思。叶濛心领神会，演技非常精湛地假装弄掉了筷子，快速弯下腰，侧头看了眼李靳屿给她指的九点钟方位。

她迅速回身，低声说：“我其实有点儿脸盲，认不出来。你认识吗？”

“他们在看你。”

“真不认识，”叶濛再次笃定地摇了摇头，“难道是前男友？”

李靳屿身子往前倾，跟着压低声音，半笑不笑地说：“你交过几个男朋友自己心里没点儿数？实在想不起来，你打电话给程开然问问，他记得都比你清楚。”

话音刚落，雾气十足的玻璃门再次被人推开，程开然穿着件非常不合身的西装出现在门口。程开然跟李靳屿同样挺瘦，但气质完全不同，程开然属于精瘦，以前是营养不良的瘦猴身材，完全撑不起西装。而李靳屿是清瘦、匀称，穿西装应该会很好看。

程开然一进门，那边有人就朝这边指了指，程开然便顺势朝这边望过来，一眼瞧见了这对全场最惹眼的男女。

他立马三步并作两步走到叶濛面前，疾言厉色道：“你俩怎么会在这里吃饭？”

是个男人都看得出来，程开然暗恋叶濛，李靳屿跟他其实并不算太熟，只是偶尔会帮程开然那个名义上的妹妹补补课赚点儿外快。同样，程开然也不太搭理他，有些人只稍一眼就知道彼此气场不合，不是一路人。但程开然在镇上还是给足了李靳屿面子。

李靳屿不太想，也懒得惹他，不慌不忙地剥了个蟹腿：“玩密室碰上，一起吃饭，”他低头咬了口蟹肉，漫不经心地扫了程开然一眼，混账地道，“怎么，怕我追你的妞啊？”

这还用说吗？程开然心道。

不等程开然开口，叶濛怕他死得不够快似的，故作惊讶地对李靳屿说：“你说什么呢，宝贝！我是你的妞啊！”

叶濛一副“咱俩现在是一条绳上的蚂蚱，你怎么能独自美丽呢”的表情。

李靳屿倒是很淡定，一副兵来将挡、水来土掩的架势，冷淡地道：“哦，是吗？那你要看我跟程开然打一架吗？还是说你只是想看程开然揍我一顿？”

“别担心，你要是为我挨打了，我肯定对你以身相许。”叶濛笑眯眯地说，明里暗里也警告程开然：你要是敢动他，正好我就有理由嫁给他了。

程开然算是明白了，这对狗男女早就搅和到一起了。他在原地站了五六秒，如果脸色会随着怒意变化的话，此刻他就可以去迪厅无偿工作了。最终他面色铁青、一言不发、怒气冲冲地摔门离开，导致门口那一大拨男人稀稀拉拉地站起来，也陆陆续续地跟了出去。

“哎哎哎——不吃了啊？”老板着急忙慌地追出去，“账、账还没结呢！”

叶濛冲老板温柔地笑了笑：“不好意思，把账单给我吧。”

老板为难地迟疑道：“这……”

叶濛礼貌周到，让人无法拒绝地道：“没事，等会儿我结。”

程开然没走太远，站在门外打了个电话，又领着一帮男人抽了会儿烟，旁边停着几辆整齐划一、蓄势待发的奥迪。叶濛盯着他看了会儿，对李靳屿说：“你猜他等会儿要见谁？”

李靳屿懒得猜：“吃完了吗？吃完了撤。”

叶濛将注意力放回到他身上，看着他像煞有介事地警告了一句：“下次再让我听到你说我是谁的妞，我就给你点儿颜色看看。”

“他喜欢你，你看不出来吗？”李靳屿懒得跟她兜圈子，“我跟你说过，我只想在这个镇上陪我奶奶度过余生，不想节外生枝，上次帮你完全是看在雅恩姐和钱的面子上，但我不会为了你，再去得罪程开然给自己找麻烦。”

其实他现在不在李凌白身边，情绪调节得很好，跟正常人相差无几，偶尔会出现烦躁焦虑他也都能克制。李靳屿不知道为什么，别人都看不出来，偏偏叶濛能看出来。

她说：“那你为什么跟江露芝谈恋爱？”

“因为她在北京，不用约会很省钱，还能给我奶奶一个不给我介绍其他妹子的完美理由。我说了，我是个垃圾。”他冷嘲道。

叶濛笑得从容、坦然、热烈，看着他说：“不巧，在感情方面，我也是个垃圾。你说程开然，这么多年他在我面前就像一块白布，他的心思都写在脸上。”

所以后来她跟他绝交，并不是怕他寻仇报复，也是不想再给他任何希望。谁知道如今物是人非，程开然撑着这么一股气，混到了现在，她还不能轻易惹他。年少时做事还能一刀两断，现在成年人做事，都得给彼此留回转的余地。

两人有半晌没接话。

片刻间叶濛看见窗外缓缓驶过来一辆油光锃亮的黑色奔驰车，没一会儿，程开然等人也将手中的烟头都丢了，纷纷上了旁边的奥迪车，气势恢宏地从这个小巷里井然有序地倒出去。

黑色奔驰车转弯的时候，后座车窗降下三分之一，有只手从缝里伸出来，朝外丢了个烟头，大拇指戴着一枚款式很老气却很少见的翠镶金扳指。

叶濛其实当时没想起来，直到跟李靳屿走出螃蟹馆，准备打车的时候，才想起来，整个人就如同老僧入定，瞬间定住了。李靳屿走出老远才发现她没跟上来，回头一瞧，叶濛已经朝着反方向疾步离开。

李靳屿追上去把人拉住："你干吗？"

"我去找程开然。"

"你这会儿去找他干吗？舍不得了？"

叶濛懒得跟他解释，郑重地将他推到一边："弟弟，姐姐不是跟你开玩笑的，我现在有很要紧的事情要确认，你先到一边玩儿去。"

他的语气冷了下来："你先说什么事，我告诉你去哪儿找他们。"

"你知道他们去哪儿了？"

李靳屿双手环在胸前，靠在小巷口的墙上，哧哧地笑着说："你想找程开然，还是想找那辆5567的奔驰车？"

叶濛愣了愣："你认识？"

"不认识，"李靳屿摇头，"但是外地车，我都会看一眼车牌号，记性太好没办法，看一眼就记住了。"

叶濛说："那你怎么知道他们去哪儿？"

小巷口时不时有酒足饭饱的客人出来，李靳屿把她往旁边拉了下，才说："猜啊，这个点，带着一大帮小弟，还有个外地人，他们临时改了地点，镇上就那么几家饭馆。"

叶濛迟疑地看着他，也不知道为什么，觉得他或许可以相信，于是说：“我妈死之前的几天，见过这个戴翠镶金扳指的男人。我想确认一下是不是他。”

“然后呢？”李靳屿靠着墙，好整以暇地等她给出更精确的方案，“怎么确认，打电话给程开然，问他旁边那个戴翠镶金扳指的男人是不是你妈的朋友？还是你直接冲进去跟人面对面对质，是不是他害死了你妈？”

叶濛翻了个白眼：“你当我白痴吗？如果他真是害死我妈的凶手，他怎么可能当着我的面承认。如果我妈身上真是有什么秘密，那我岂不是又把自己置于风口浪尖了？我只是想确认一下他的身份。”

李靳屿笑了下，不动声色地盯了她一会儿，给人发了一条微信语音，对准话筒，眼睛却直直地盯着她，说：“杨天伟，看一下窗外有没有一辆外地奔驰车，车牌号5567。”

紧跟着叶濛听见咻的一声。

杨天伟迅速回了条语音过来：“5567？北京牌号？好像有一辆，就在后山坡上。”

“帮我盯着。”李靳屿回复。

他随即打开地图，将几个地点一一标注出来给叶濛看：“这个时间，他们这么多人，能去的地方不多，而且程开然今天穿这么正式，对方还是北京来的，地点一定不会选太差。螃蟹馆是网红餐厅，说明这个北京人很年轻，至少四十以下。镇上还有两家网红餐厅，一家在医院附近，一家在三水塔附近。但是去三水塔要过桥，现在是高峰期，你看看桥上堵成什么样。唯一一点，医院停车场他们进不去，只能把车停在住院部废弃的后山坡上，这是程开然常干的事。”

“……”叶濛被他的一通分析弄得鸦雀无声。

两人上了车，李靳屿问了句：“那个人见过你没？”

“没有，我只是远远看见这个戴戒指的男人给了我妈一个东西。”对她妈的事，叶濛不想牵扯到第三人，万一真有什么麻烦，她毕竟是妈妈的女儿，别人非亲非故，尤其是李靳屿，于是她说，“李靳屿，你把地址发给我，我自己去就行了。”

李靳屿从窗外收回视线，瞥了她一眼，懒洋洋地说："我又没说陪你去，地址我给司机了，我等会儿直接回医院。"

"好。"叶濛松了口气。

许久没声，车外风景渐渐熟悉，车子拐入老市中心的主干道，两旁的楼房渐渐紧密低矮下来。

"有个问题很奇怪。"李靳屿盯着窗外，突然说。

叶濛："什么问题？"

李靳屿回头："程开然为什么突然决定换地方？如果这个北京人对他很重要的话，他为什么会临时带人离开，就因为被我们气到了？他做事不至于这么冲动。"

"所以你认为？"

"他不想让你看见这个人呗。所以其实不用确认，都能肯定这人跟你妈有关系。你确定你还要去吗？"

车子缓缓地在门口停下，李靳屿的话音刚落，叶濛砰一声重重且坚定地摔上车门，震得他耳朵嗡嗡作响。她俯下身，对着车窗里的李靳屿说："你说你是为了陪奶奶度过余生，而我一样，我只想知道我妈当年究竟为什么自杀。因为你不知道她有多爱我，她不可能抛下我去死的。"

叶濛的母亲是外地人，一个从小在北方长大的小姑娘。后来叶母随着父亲来南方省城做生意，认识了当时在省城读大学的叶濛的父亲，便嫁到了宁绥，从小无忧无虑、被父母捧在手心里的小姑娘，没想到自己嫁入了一个处在风口浪尖的家庭。叶家几个姑姑都不能生，叶家所有的希望都寄托在她身上，虽然老太太不说，那些期盼的眼神和日日夜夜的祈祷，还有小镇背后的闲言碎语和那些看热闹、笑话的眼神，多多少少影响到了从小就是玻璃心的叶濛的母亲，加上怀孕前后身材走样和老公的沉默窝囊，她几乎是毫不意外地患上了抑郁症。

但这些始终不影响她对叶濛的爱。

叶濛是个很懂得回馈的人，这么多年，她心里又何尝不知道，奶奶和姑姑们都想要个男孩？只是尽管她是个女孩，她们始终当宝贝一样疼。可这种爱是隔着膜的，真正毫无保留地爱她的是她妈妈。她把其他人都隔绝在膜外，给的是一种很礼貌、很官方也很周到的回馈。

只有对她母亲，她能毫无保留地将自己交给母亲。她看似热情，其实很冷情。

所以对母亲的死，她始终耿耿于怀，但凡有一点儿蛛丝马迹，就不可能错过。

戴记酒楼。

彼时，一个戴着眼镜、剃着小平头的酒店服务员从502包厢里出来，默默地在心里估算距离下一道菜上菜时间还有五分钟，可以到门口抽支烟。他刚掏出打火机，一抬头，眼前多出一沓红彤彤的毛爷爷。

叶濛等了半天也没等出来个女服务员，好在这个酒店的男女服务员服装一样，只看大小。裤子太大，叶濛没穿上，只宽松笼统地套进了上衣，还好她自己的裤子本身就是一条同色系的黑色西裤，看起来倒还挺搭。等她收拾完出来，“小平头”已经又换了一套平常备在休息室里的工作服。

“你的衣服很多啊。”叶濛打趣他。

“小平头”一副“你没见过世面”的样子：“好几套呢，在餐厅工作打翻餐盘是常有的事，你快点儿，下一道菜马上就上了，我去端给你。还有，你可千万别觉得，我帮你是因为那五百块钱，我也是有颗正义之心的，肯定不能容忍外地人在咱们的地盘上作奸犯科。”他想想又谨慎地加了句，“那人要真是个逃犯，你、你、你……等他们出了门再报警啊。”

“好、好、好，”叶濛一边绑腰带，一边敷衍地应和，“你真是个热血的好青年。”

包厢门开了一条缝，叶濛轻轻一推就开了。那男人穿的也是不太合身的西服，膀大腰圆，一根精致的爱马仕皮带勒着圆滚滚的肚子，不过李靳屿说得没错，男人很年轻，三十五六的样子，一直在转手上戴着的翠镶金扳指。

不知道怎么的，他跟程开然坐在一起的场景，让叶濛脑中立马浮现了胖头陀和瘦头陀合伙做生意，被人坑得血本无归的场景。

包厢里燃着檀香，袅袅余烟升腾而上，尽管隔着朦胧烟雾，叶濛也可以确定自己没见过他，这个男人并不是母亲死前的几天见的那个人。

但这枚翠镶金扳指，她可以确定是当时那个男人戴在手上的。

“你们要的醋鱼。”叶濛弯下腰低声说。

程开然下意识地抬头，脸色顿时一变。叶濛冷静地冲他一眨眼，示意他少安毋躁：“慢用，下一道菜还有三分钟。”

“胖头陀”没注意那么多，只抬头看了眼叶濛，微微打量：“怎么换了个女服务员？长得还挺漂亮。”

程开然看了她一会儿，接过话茬：“镇上没那么讲究，谁有空就谁来。”

叶濛轻轻关上门，走到楼梯转角，贴墙靠着，心里默数：1，2，3……

10——

“你跑这儿来干吗？”程开然一把将她拽到通道里，“你怎么知道我在这里的？”

叶濛笑了笑：“那男的是谁？”

程开然憋着一口气道：“李靳屿呢？”

叶濛执着地看着他，充耳不闻，心里已有了七八分确定。怕隔墙有耳，她镇定地掏出手机，在屏幕上打了一串字——

“你是不是在查我妈的事情？”

“我在跟他谈生意，你先走，晚点儿再跟你说。”

“小平头”刚刚没抽成烟，被打断，还被叶濛扒去了衣服，这会儿换上新的工作服，美滋滋地准备再去门口抽一根烟，刚掏出打火机，神了，眼前居然奇迹般又多出一张红彤彤的百元大钞。

“小平头”以为自己魂穿了哆啦A梦的口袋，难以置信地又把打火机塞回去看看能不能多掏几张出来——但红票子雷打不动，只有一百。

他抬头一看，一个英俊无比的男人站在他面前，笑得人畜无害地对他说：“来，帅哥，辛苦了，把衣服脱给我。”

“小平头”：又来？！

叶濛刚准备进厕所换回自己的衣服，听见楼道里一阵沉稳又冷静的脚步声，下意识地觉得有些熟悉，回头看了眼。

厕所在墙角，走廊很长，连盏灯都没有，尽头的小窗能隐隐照进一些光，静谧昏暗。叶濛逆着那束淡光，只看见一道高大的黑影朝自己这边过来。还没等她看清来人的模样，一只充满男人气息的清瘦手臂拢过来，以迅雷不及掩耳之势，根本不等她反应，来人直接单手揽住她的脖子，毫不怜香惜玉地一把将她拖进了隔壁的男厕。

李靳屿动作利落干净、有条不紊。叶濛被推到门板边上，人还歪歪斜斜地没站稳，迷蒙间瞧见他已经镇定自若地一间间推开厕所的隔间检查了一遍，确定没人，才往洗手池上一靠，对她说：“查出来了吗？那人跟你妈的死有没有关系？”

叶濛摇了摇头：“虽然没近距离看过，但只要看到我还是能认出来的，不是他。不过，你不是在医院陪奶奶吗？怎么跑过来了？”

“过来。”李靳屿单手插兜靠在洗手池边上，冲她勾手。

叶濛走到他边上。

他淡淡地说：“程开然可能会有点儿麻烦，楼下那辆5677是套牌车。”

叶濛愣了愣：“你怎么发现的？”

李靳屿说：“因为他的车牌跟车漆不一样，有些车牌旧，车漆新，是新车上旧牌，但他这个不是新车，车漆是新刷的，保险杠底下的车漆是他这辆车原本的颜色。有些套牌车是为了装门面，将别人几个八的车牌做成假车牌开上路，但5677本身也不是什么好车牌，基本上是走私车或者盗车。”

“你怎么会关注到他的车漆？”叶濛再次发问。

“因为我发现他的车里有人，”李靳屿低头看着她，声音哑得不行，“程开然这边的三辆车，几个小弟全部去吃饭了，没留人，这哥们儿一辆车还留了个人在车上。你知道为什么留人吗？因为住院部后山坡上没有专门的停车位，在这种停车高峰时间，随时有人会要求挪车，他们做的估计也不是什么正当生意，不敢在车上贴联系电话，所以如果不留人的话，别人打114只会转移到原车主的电话上，如果联系上原车主了，车主就会发现自己被套牌了。”

他说到这里，走廊外有人大声呼叫服务员。

“小平头”不知道什么时候又换了一套新的工作服，反应贼快，笑眯眯地迎上去：“来了，有什么可以帮您？”

“送两壶茶到502。”

脚步声渐渐远去。

叶濛扒开厕所门缝，悄悄看了眼，确定四下无人后，才回头对李靳屿说：“那程开然会不会被他给……他的手机落车上了，刚刚还是拿我的手机打的字。他好像真是在帮我查我妈的事。”

李靳屿不知道什么时候来到她身后站着，叶濛一回头，是他结结实实的胸膛，气息轻轻地喷在她的头顶，她只能听到心跳怦怦的声音。男人面无表情地睨着她，还假情假意地劝：“爱你到骨子里，嫁了吧。”

包间气氛有些凝滞，在程开然说完“下周能拿到货吗”之后，“胖头陀”就不置一词，而是慢条斯理地喝起了茶，两盒上好的大红袍，喝得他眼睛都吐血了，那哥们儿还一口一口地往自己的肚子里吞，也不怕烫死。

半晌，“胖头陀”吸了口茶，把茶叶末给吐回去，慢慢地说：“你很着急啊，开哥。”

程开然觉得自己太蠢，显得有点儿着急，早知道说下下周了。他到底没当过卧底，一开口就露馅了，显然这胖子对他已经有点儿起疑了。论疑心病，他还以为他病得算重了，没想到这里还有个晚期的。

也对，这哥们儿要不是疑心病这么重，能开奔驰吗？想到自己那托人买的二手奥迪，程开然心头就一片悲凉。

他像个猴子似的，露出憨厚的笑容，讪笑道：“下周不是我母亲的生日嘛，我想赶着这个机会，买件称手的礼物送给她老人家。”

“胖头陀”是做古董生意的，手上那枚扳指程开然在叶濛的妈妈家里见过。程开然一直都觉得这事有点儿巧，他这几年虽然恨极了叶濛，但其实叶濛的妈妈那几年一直在接济他，被镇上人看不起和当成落水狗痛打的时候，都是叶濛的妈妈带他回家给他做饭收拾家里。叶母自杀，叶濛耿耿于怀，程开然也难以释怀。于是，这几年他好不容易才找到这么一条门路。

可他从来不是什么聪明人，能混到现在，也全是凭着当初对老大的忠心耿耿，才得到提携。要论聪明，他可能都不及叶濛的一半，叶濛随随便便一两句话就能让他气得直接饭都不吃了。

“胖头陀”显然不太相信他的话，露出一个很不屑的笑容。

包间门突然又被人推开，叶濛再次走进来，端着一小盘水果，姿态标准宛如一个礼仪小姐，冲他们一俯身，不知道在哪儿受过专业培训，笑吟吟地温柔道：“这是我们经理送给您的免费水果拼盘。”

程开然一个头两个大，她、她、她，怎么又来了！

叶濛转身离开，仿佛突然想到似的，对程开然说：“对了，开哥，经理让我问一下您，下周您母亲的生日会上需不需要放香槟？”

然而让程开然脑袋差点儿炸掉的是，没隔一分钟，李靳屿也穿着工作服进来了。

两人配合得倒是默契，一个负责跟“胖头陀”搭话，吸引“胖头陀”的注意力，一个在换茶水的工夫，不经意间塞了张字条到程开然手心里。

程开然手心冒汗，趁着叶濛跟“胖头陀”搭话的工夫，完完全全遮挡住视线，打开字条看了眼。

“跟他说你不要了，别𡱁。”

小平头服务员好不容易得闲在男厕所抽了两口烟，转头瞧见李靳屿进来，笑眯眯地递了支烟过去。

李靳屿一开始没接，给拒绝了。

见李靳屿穿着他们同款的工作服戳在门口，“小平头”的自卑感顿时油然而生，突然就觉得人靠衣装马靠鞍这句话一定是用来骗马的。

想到这里，“小平头”讪讪地把烟夹到耳朵上，搭腔道：“帅哥，你是警察吗？”

这大概是李靳屿听过的最好笑的一句话。从来没有人说过他像警察，别说现在混得像个流氓样，就是以前当乖乖仔的时候，也没人说过他像警察。

大家说得最多的，说他是“傻白甜”。他以前是挺傻，也挺甜的，看见好看的小姐姐们，偶尔也会叫声姐姐逗她们开心。

李靳屿摇头，又将“小平头”夹在耳朵上的烟给拿了下来：“兄弟，借个火。”

“小平头”笑呵呵地给他点上。

李靳屿松松地半咬着烟，轻轻吸着，星火微微一闪，他微微垂了下眼。

烟缓缓地被吸进嘴里，肺里那成千上万的蚂蚁仿佛开始慢慢觉醒，在他的血液里游走。这感觉太激烈，他有些承受不住，猛地咳了下。

“没抽过？”“小平头”问了句，余光却瞥到他习惯性地夹烟的那骨节分明的手指尖，跟其他地方的肤色不太一样，这显然是个老烟枪。

李靳屿心不在焉地弹了下烟灰，淡淡地说：“肺不好，戒了，很少抽。”

“小平头”连哦了两声，听说戒烟又复抽的人只会抽得更凶，在心底默默地估算了下，刚刚拿了这人一百块钱，这支烟就两块钱……“小平头”心头骇然，觉得这生意要亏本。生怕李靳屿再要一支，“小平头”立马揣紧了兜里的小钱钱找个借口溜了。

李靳屿这烟其实是陪老太太戒的，他戒掉了，老太太反而没戒掉，不过她压根也没打算戒过，都是哄他的。

李靳屿的烟龄很长，他抽得也凶，很早他就明白，自己骨子里也从来不是什么乖乖仔。他为了讨李凌白的欢心，让她知道他不会和哥哥争抢什么，在人前装模作样对谁都温柔，善良得像一个天使。可事实上呢，在美国那几年，他打架、逃课、去夜店、泡吧……样样不落。他到底有多野，只有他自己知道。

好像奶奶也知道。

那个看似大咧咧的粗鲁老太太，其实最懂他。

老太太身体恢复得不是太好，胯骨骨头三个月了还没长回来，估摸又是背着他偷偷抽了不少烟。杨天伟看不住，看护更不行，李靳屿不在，没人能管住她。他每天忙得跟个陀螺似的到处给她挣医药费，老太太一点儿也不知道体谅他。

他今天心情很不好，刚刚又跟老太太吵了一架。

两人见天吵架，其实也习惯了。但这次老太太态度特别坚决，不肯住院了，嚷嚷着住院没用，骨头还不是长成这样，死活要回家。回家他更没时间照顾她。

后来医生找到他，他才知道老太太为什么急着回家。

老太太最近有咳血症状，前几天做胯部骨折复诊的时候，医生给她的肺部也拍了个CT，结果不太好，又立马做了活检，这会儿确诊了。本来医生想第一时间通知他，但老太太一直不让，说他在忙。刚刚他送完叶濛回医院医生才把结果告知他，基本确定是肺癌，但好在还是早期。

其实对这个结局，他心里早就有了准备。老太太难以控制烟瘾，加上又是这把年纪，本就是高危人群。他也知道，奶奶迟早是要离开的，可也想拼尽全力多留她几年。

医生给的建议方案很中肯，化疗，花费大量金钱、时间，病人可能还要承受一定的痛苦，但结果一定会比现在好。因为她是早期，恢复得好，带瘤生活个十来年不是问题。

若放弃治疗，省钱方便，老人不用承受痛苦，但是最多也就再活两年。一般医生不会愿意给病人这样笃定的数字，但因为是李靳屿，医生还是凭着自己的经验，给了一个时间让他自己好有个决断。

李靳屿知道老太太必定是怕钱的事，家里那些条件好些的亲戚，早在他父亲当初入赘时觉得丢份就和他们断绝来往了。这个镇上的人好面子，都看不起男人入赘。

李靳屿的卡里不过万把块钱，一次化疗的钱都不够。

李靳屿咬着烟，许久没往里吸，烟灰积了半截，正扑簌簌往下落灰。他靠着洗手池，手机被他捏在两指之间来回打圈，也没想好要打给谁。

他将电话簿从头到尾翻个遍，也没个能借钱的人。

李靳屿低着头，手指慢慢地在“李凌白”这个名字上停了下来。

他有些发抖，似要握不住手机，拇指在空中发着颤，整个人像块沉重的铁，怎么也摁不下去这个名字。

“李靳屿？”男厕所门猝不及防地被人推开。

他被吓得拨出了电话，反应了一会儿，才匆忙挂断。

等他一抬头，就看见叶濛直接推开男厕门缝，鬼头鬼脑地探了个脑袋进来，那张脸是真漂亮，眼睛仿佛会说话，一眨一眨的，渗着好奇的光，看着他说：“你躲在里面抽烟？”

他很反常地盯着她看，将烟衔在嘴边，看着她深深地吸了一口，吐气后散漫一笑道：“你又不是没看过我抽烟。”

叶濛愣了一下，回头看了眼，悄悄挤进来关上门，拿后背贴着门板，看着他小声说：“程开然跟那个胖头陀谈完了，他让咱们找个地方，等会儿过去跟咱们会合。”

厕所其实有股很难闻的味道，被他弄得烟雾缭绕的，加上这勾人样，不知道的人还以为是什么人间仙境，但其实臭得不行。

然而，两人将地点定在了李靳屿家。

因为医院附近没什么能说话的地方，咖啡厅、茶楼等公共场所都不太安全，家里更安全些。于是，他们只能去李靳屿家了。老太太住院，家里现在就他一个人住，所以还挺方便。

李靳屿家在三水塔老街，住这条街的基本上是这个镇上的一些孤寡老人，灰白的低矮破旧小楼屋檐破旧，墙皮剥落，满墙的爬山虎、牵牛花；巷口一堆腐烂到天荒地老的厨余垃圾，到处都是很浓的生活气息……

蒲扇老人、练剑老人，围棋摊、象棋摊，早餐、煎饼、包子铺，一应俱全。叶濛跟着李靳屿拐进巷子里，因为目光所及之处都是行动缓慢的老人，她感觉时间都慢了下来，却很没有活力。这里本来就是个养老街区，年轻人住在这里，就感觉有点儿压抑。

两人穿过街巷，门口有棵葱郁的老梧桐树，那里便是他家。

两道门很老旧，外面是一道铁门，里面是一扇木制门，门角有些发霉，被推开时嘎吱嘎吱作响，比门铃都管用。

李靳屿都没关门，直接进去把老太太的轮椅收到一边。叶濛站在门口没动，悄悄打量了一下这老屋的格局，其实跟她那间老祖屋差不多，三室一厅，小归小，但五脏俱全，后面还带着一个小院，种了些花花草草，还有一条嗷嗷待哺的小黄狗。

屋内很暗，窗帘拉着。房子格局简单干净，沙发上胡乱丢着几件他的外套，其中一件还是他们第一次在湖边遇见时的运动衫，这种感觉很奇妙。

那晚要号码时叶濛想的是这么一个大帅哥跟自己无缘挺可惜的，从来没想到他们之间后来会发生这么多事，心下不禁有些异样。

李靳屿倒没什么异样，随手将沙发上那几件衣服收起来丢到里间的屋子里。

"那间是你的房间吗？"叶濛问。

李靳屿扫了一眼，嗯了一声，不知是开玩笑还是认真地说："要参观吗？也没什么好看的，就一张床和几个柜子。你随便找个地方坐吧。"

"我看到电子琴了，"叶濛望了一眼，说，"你会的乐器还挺多？"

他从冰箱里拿了瓶冰水递给她，合上冰箱门说："小时候什么都学一点儿，什么都学不精，你不是说我唱歌难听吗？反正我弹得也没多好。"

话音刚落，他又把水抽回，问了句："能喝吗？"

叶濛莫名脸热，没答，一把夺过水瓶，以行动证明她能喝。

李靳屿勾了下嘴角。

两人坐了会儿，程开然就到了，风尘仆仆地进门，扬手一推将两个小弟留在门口值守。程开然看了他俩一眼，直接在对面的沙发上坐下，李靳屿跟叶濛并排坐着，这画面该死地养眼，让程开然有些不适，但还是开门见山地问："你们今天是怎么找到我的？"

叶濛说："镇上就这么大，他猜的。"

程开然看了李靳屿一眼，沉思了一会儿，这才对叶濛说道："你是不是认出了那个翠镶金扳指？"

叶濛点了点头："你也认得？"

“你去北京那几年，你妈妈为了给你赎罪，时常接济我，偶尔会带我回家给我做点儿饭，后来有个戴扳指的男人找过她几次。就是你妈死之前，国庆那周，你碰到的那个戴扳指的男人。我一直在查那个男人的下落，但至今毫无收获，后来有人给了我消息，找到扳指的主人了，但是这扳指在几年前被转手卖给了今天这个胖子。”

“这个胖子是做什么的？”

“他就是做古董生意的。于是，我想办法联系上他，看看能不能从他手中找到一些线索，”说到这里，程开然又补充了一句，“我不是为了你，是为你妈妈。”

叶濛笑了下道：“我没多想。”

就在这时，李靳屿放在桌上的电话响了，他弯腰捞过手机：“我去接个电话。”

说完，他拉上隔门，转身进到小院。

叶濛始终盯着他的背影，话却是对程开然说的：“那北京人走了没？”

“走了，我按照你们教我的，跟他说了，”程开然点了支烟，“我说下周我妈生日，如果我看不到那个古董戒就不要了。我本来也没打算真买，就是想看看他手里都有些什么渠道的古董货，看能不能找到当年那个男人。他没说什么，倒也没再怀疑我。”

凭着程开然的智商能混到现在，叶濛觉得他也挺不容易的。李靳屿接完电话回来，她对程开然说：“开开，谢谢你。”

程开然哼了声，没理她。

气氛一瞬间有些尴尬，程开然看着面前这对演技精湛又莫名契合的狗男女，气就不打一处来，一分钟也待不下去了：“算了，我走了，你走不走？”

叶濛看了李靳屿一眼，想说我能再待一会儿吗？

李靳屿直接下逐客令了，懒洋洋地靠在沙发上，对程开然说：“把你的妞带走。”

李靳屿开了音乐，一个人在房间里坐了会儿，窗帘比刚才叶濛他们在的时候拉得更紧了一点儿，其实他一直不太习惯太亮的环境。

低摇滚音乐在房间内砰砰作响，他其实很喜欢这种重金属音乐，节奏感强，宣泄度高。但他怕扰民，声音开得低，所以听上去有些沉闷、压抑，却实实在在地充斥着房间的各个角落，他心里的空虚好像终于被填满了一点儿。

他坐在房间里的电子琴后面，脖子上挂着耳机，仰着头，后脑勺顶着墙，屈着一条腿踩在凳子上，手搭着，姿态更懒了。

刚刚医院那边的人给他打了个电话，问他想好了没。

他几乎都不用想，直接说肯定要治。医生答复，要治的话，奶奶就要转病房，得提前交钱转科室。他奶奶吵着要见他，死活不肯转病房。

李靳屿不禁苦笑起来。他只能消沉这么一小会儿，等会儿还得去医院哄老太太。哄完老太太还得去挣医药费，当初他最不用为钱发愁，可后来他怎么把自己的人生作成这样的？

早知道，当年他就硬着头皮也把大学读完，至少拿到A大的文凭再说。听说双一流大学的文凭在镇上不用考试也不用面试，直接能进事业编单位。

但那时，他看见李凌白就会发抖，压根没办法跟她在一起生活，连北京都待不下去。

他的人生好像也就这样了，能起什么变化呢？

李靳屿无力地笑了下。想到这里，他低下了头，搭在膝盖上的手胡乱地抓了把头发，心里冒出一个让他自己都很嗤之以鼻的想法。

——要不他把叶濛睡了，勒索个十万二十万的？

你骨子里还真是个浑蛋啊，李靳屿。

他自嘲地勾唇笑了笑。

门外忽然传来两声重重的拍门声。

砰砰！砰砰！

李靳屿过去打开门，然后怔住了。见小肥羊又送上门了，他不耐地皱了下眉：“你回来干吗？”

“我忘拿包了。”

叶濛指了指沙发，李靳屿回头瞧了眼，微微侧过身让她进来。

此刻程开然不在，只剩下他们俩，加上这沉重、低沉的重金属音乐，气氛一下变得有些糜烂。李靳屿脖子上挂着耳机，双手抱臂，斜靠在门框上，一言不发，似乎在等她拿了包就离开。

音乐声低缓，叶濛又指了指卫生间："我能去上个厕所吗？"

李靳屿靠着门，手从胳膊里伸出来，四指虚虚朝那边一指，请她随便。

哗——厕所里传来了冲水声。

叶濛出来，就见李靳屿双手插在兜里，仍是斜倚着门框。这个房子又矮又挤，他身材高大，又有少年人的清瘦，有种反差萌，叶濛感觉他的脑袋都要戳到天花板了，整个人看起来萎靡又委屈。

叶濛走过去，在他面前站定，仰头定定地看着他，想问问他是不是又遇上什么事了，为什么看着这么难过。其实她刚刚就察觉到他的不对劲，可是被她妈妈的事分散了心神，没工夫管这个弟弟。

李靳屿被她的这种眼神看得又烦躁起来，他这个位置，刚好能看见一楼小院外的场景，程开然正站在那棵老梧桐树底下，一边抽烟，一边等她，旁边站着两个小弟。三人目光直勾勾地盯着这边。

"还不走吗？"他微微弓着背，下巴冲门外一指，嘲讽地开口道，"你的程开然弟弟还在门外等你——"

你这么盯着我合适吗？

话音落下一半，他的唇便被人含住。

李靳屿感觉脑子炸开，音符跳动得更热烈。四周那低沉而令人致郁的音乐声好像一点点地从他的世界里消失。那些从未有过的体验似乎破土而出，他荒芜的心里仿佛又抽出新芽，似乎有什么东西在疯狂生长，那只奄奄一息的小鹿，终于停下了独自舔舐伤口的动作。

那个悲凉的世界，在这一瞬间，一切都停止了，显得悄无声息。

叶濛捡起刚才扑上去时不小心被甩落的包，拍了拍灰，面无表情地说——

"再说我是他的妞，姐姐就上了你。"

第五章 追逐

屋内浑厚的音乐在他耳边嗡嗡作响，其实李靳屿没太听清叶濛的后半句话，隐约只听见“了你”两个字。

凭着她单刀直入的性子，他猜也猜到她说的是什么了。

他一时之间不知道该作何反应，又气又笑地看着她，眼里没什么情绪，脖子上挂着耳机，靠着门框，在低沉的音乐声中低着头沉默地盯了她一会儿。他不用回头，余光也能感受到，那棵老梧桐树下的程开然已经气哼哼地摔了烟二话不说就要冲过来，被两个冷静的手下一人抓一只胳膊死死地架在原地。

真正意义上算，这是他的初吻，如果六岁的时候他被邻家大姐姐骗走的那个不算的话。但他也并不想让叶濛知道，他其实连正儿八经的恋爱都没谈过。这与他目前的人设非常不符。在美国那几年他年纪太小，十三四岁，对女生的兴趣不大。尽管后来他有了兴趣，李思杨高考结束，他又回到了李凌白的眼皮子底下，当回了那个乖乖仔。

“你是真想看我被程开然打是吧？”他冷笑道。

叶濛露出一个坦荡的笑容。她本身长得不算明艳，清纯动人，说话也干脆利落，听着就让人舒服，没有小镇女人的腔调，发音也很字正腔圆：“我会跟他说清楚的，他要真动你，你打回去，打死我替你坐牢。”

李靳屿一动不动地看着她，最后视线扫了一眼身后青筋暴跳的程开然，淡淡地别开头说：“你这话对程开然很残忍，他还在帮你查真相。”

叶濛点头，不过并不打算跟他深度交流下去，难得地露出自嘲的表情：“我本来就不是完美的人，我自私、贪婪……”

你还好色。李靳屿在心里默默地补了一句。

“但我想让你开心。”叶濛很坦然也很直白地说。

李靳屿愣住。他说不上来这是什么感觉，就好像那凝固冰封的一角正在被什么东西软化。

叶濛现在倒是绅士起来了：“如果你不对刚才的行为追责的话，我就先走了。”

“什么追责？”

“我在没有经过你的同意的情况下亲了你，说实话，这算是性骚扰，”她真是相当有自知之明，拿出电话递给他，“你需要补偿，还是需要报警？”

她还真是……让人哭笑不得。

屋外的音乐已经换了一首，仍然很低沉。李靳屿侧过身，耳机依旧挂在脖子上，后背顶着墙，双手插在兜里，低头沉默片刻，下巴冲门外一点，看也没看她，说道：“走吧。”

叶濛坐上车，表情并不是很高兴，相反，她懊恼极了。她从来不是这么冲动的人，做事情就算大刀阔斧的，但至少还是个会给自己留余地的人，也不知道刚刚那一下是什么上脑，把她自己都给整蒙了。

李靳屿要是真报警，那她现在坐的可能就是一辆警车。想到这里，她额头直冒冷汗，要是被当成骚扰犯给带上警车的话，她只能厚着脸皮回北京继续给勾恺当“舔狗”了。

她倒也不是怕什么。她这人从来不受管教，就是怕老太太被气晕过去。

“你喜欢那小子？”程开然终于忍无可忍地开口。

两个小弟安安静静地坐在前头，眼神时不时瞄一眼后视镜里的两人，随时警惕这诡谲的气氛。半晌，叶濛回过神，偏头看向窗外，纠正道：“他比你大，给我支烟。”

她现在闭上眼，浑身都是李靳屿的气息，他的唇很薄，唇形清晰明显，却出人意料地软。

程开然怨气十足地狠狠砸过去一支烟，摔在叶濛手上，眼神轻蔑地说：“不是我在背后说三道四，但李靳屿这人就不是什么好男人，渣得很，镇上这些三姑六婆都被他哄得服服帖帖的，就他唱歌的那家酒吧，前几天我还撞见他跟一个女的在厕所里乱来。”

“我知道。”叶濛抽了口烟，淡吐着烟圈，眼睛微微一眯，“还有别的吗？”

程开然觉得这时候的叶濛太迷人，无力感顿时油然而生。他是最卑微的暗恋者，以为自己伪装得很好，但这会儿莫名觉得眼前这个女人一定都知道。

“他的料，我三天三夜都爆不完。”程开然不想让叶濛觉得自己对李靳屿徒生歹意，于是缓了缓神色，语气诚恳地说，“他这个人玩起来很疯的，没人拦得住。你别看他现在对老太太这么好，他又不是真孝顺。他前几年刚来的时候跟人打架，把人打得半残，现在那人还在医院里躺着。老太太赔了几十万块钱，人家才没让他坐牢。不然，现在他也就是个劳改犯。”

难道李靳屿骗她？当初他说他妈给了老太太一笔钱，其实不是捐给福利院，而是给他赔偿去了？

“年少轻狂，谁没犯过错？”叶濛不甚在意地弹了弹烟灰。

程开然强压下的怒火又冒了起来，他像一只随时会爆炸的气球，说话也恶毒起来：“好，你非要找他是吧？镇上这么多正经男人你不找，你非要找个没钱没势，除了长得像个花瓶，浑身上下一无是处活得像条狗一样的男人是吧？”

叶濛笑了笑，轻描淡写地说：“是啊，找他也不找你。”

程开然错愕地看着她，大脑突然就空白了。她真的什么都知道，他以为自己掩饰得很好，以为她会装傻一辈子，如今为了李靳屿，她终于挑明了是吗？

眼前的景象越来越熟悉，叶濛将烟掐灭，让小弟把车停在路口。当然小弟不听她的。叶濛从包里掏出一张银行卡和一张名片递给程开然："开开，去北京把脸上的疤消掉吧，这个医生可以帮你，他的技术很好，我有个同事脸上的疤跟你一样，现在已经跟正常人一样了。"

程开然迟迟未动。他觉得自己接了这张卡，他跟叶濛之间真的就彻底两清了。良久，他嚅动着嘴唇道："什么意思？"

叶濛往前送了一下卡和名片，又说："我妈的事情你不要管了，你好好过自己的生活，咱们之间，以后谁也不欠谁。我妈的死跟你无关，真要怪到别人头上，那也只能怪我，怪我不是男孩。"

"你要为了他跟我断绝来往？"程开然难以置信地道，又猛地拔高音量确认了一遍，"是吗？"

"因为他不想得罪你，总是拒绝我。"叶濛随口警告了一句，"开开，你要是敢动他，你知道的，我疯起来也没人拦得住。如果有任何人找他的麻烦，我都算在你头上。"

程开然是非常了解叶濛的，叶濛宠男友是真的宠。以前她跟一个长得很漂亮的小学弟在一起，其实看不出来叶濛有多喜欢那个小学弟，但就是把人宠得天上有地上无的，谁都不敢得罪。后来两人分手她也是真冷情，照样吃喝玩乐，也不曾见她有什么难过的表现。倒是那个小学弟，一开始看着挺高傲的，谁也不搭理，后来放不下那段感情求和的也是他。

所以，她跟李靳屿的情况顶多也就算干柴烈火，烧完就完事。

杨天伟破天荒地被选入了青训营，马上就要去北京参加集训。叶濛好心办坏事，老太太这边彻底没人照顾了。李靳屿不想花钱请看护，日夜都是自己照顾。加上转病房后费用会比这边贵上很多，他除了卖身，实在想不到有什么来钱快的办法。

"没钱了吧，很为难了吧？"老太太一脸幸灾乐祸地吃着香蕉对他说，“我说了不治，你非要治，没有那金刚钻揽什么瓷器活，你还以为自己是当初那个衣来伸手饭来张口的小少爷呢？”

“吃你的香蕉。”李靳屿对着手机正在考虑要不要写个卖身广告，很不屑地哼笑了一声，“我以前也不是什么衣来伸手饭来张口的小少爷，天底下就没有我这么倒霉的小少爷。”

老太太给他出谋划策：“要不我从这里跳下去得了，一了百了。”

李靳屿心不在焉、头也不抬地说：“从这里跳下去死不了，你要跳就爬顶楼去跳。”

“没良心。”老太太骂了句，脸上仍是笑嘻嘻的。自从检验报告出来之后，她的脾气就好了很多，好像突然尘埃落定了，剩下的日子变成干巴巴的数字之后，她对生活似乎就没那么暴躁了。

老太太把最后一口香蕉咬在嘴里，将香蕉皮完整地叠回最开始的样子，丢进垃圾桶，语气像小孩：“我现在只有一个愿望。”

“我不是阿拉丁神灯，你别对着我许愿。”李靳屿心里有种不好的预感，二话不说直接给堵回去了。

老太太不搭理他，自顾自地道：“你找个姑娘结婚，别整天对着我这个老太婆。还有，你早点儿找个房子搬出去，在镇上租房子也行，去年轻人多的地方，别在养老社区待着了。还有楼上那个老太太要是给你送东西，你别开门，那不是什么好东西，她想给自己找个小老公，盯着你好久了。”

李靳屿挑眉道：“那不正好？楼上那老太太都八十多了，等她一走，钱和房子全是我的，这样咱们把楼上楼下一打通，给你换大别墅了。”

老太太知道这小子就是嘴贫，什么话都往外说，平时对那老太太也提防得紧。她懒得再往下说了，假装头疼地把人从病房里赶了出去。

等李靳屿一走，老太太便鬼鬼祟祟地从被窝里爬出来，掏出电话仔仔细细地辨认着老年机上的数字，给医院的志愿护工打了个电话。

叶濛完全没想到会在小区的门口撞见李靳屿的奶奶。

她今天本来想出去买辆车，试驾的时候差点儿把销售人员弄疯，最后还是决定先找个师傅练练车技再说。虽然宁绥镇小，但现在去哪儿都得开车，以后她要上班的话，没有车更麻烦。

老太太看见她，激动地唤着她的名字，让护工把自己推过去：“叶濛！”

叶濛忙走过去，接过护工手里的活，低头问她：“李奶奶，您怎么从医院出来了？”

老太太挥了挥手：“我不姓李啦！我儿子入赘的，所以李靳屿跟他妈妈姓，不过其实我儿子不入赘李靳屿也不跟我姓。我姓钭，你叫我钭奶奶，或者直接点儿，你跟着李靳屿叫我奶奶都行。”

叶濛被这老太太逗得不行，推着她慢慢地往前面的公园走，一点儿不怯地半开玩笑着说：“那我就叫您奶奶啦。”

老太太舒心地长长哎了一声，好像这一声叫到她的心坎里去了，乐得不行，就差坐在轮椅上抖起腿来。

沿路都是散步的行人，来来往往，摩肩接踵。三人在人群中穿行，护工笑着打了个岔说：“老太太看见你就高兴，刚刚一直拉长了脸，不知道的还以为我欺负她呢。”

不等叶濛搭话，老太太立马对叶濛说：“叶濛，你推我去湖边坐坐，这边我还没来过。等会儿你再给李靳屿打个电话，让他来接我。”

叶濛给李靳屿打电话的时候，李靳屿其实就在这附近，不过他对面坐着一个富婆，不是叶濛这种小富即安的类型，是真的富得流油，在镇上开了好几家美容院，年利润破百万那种。

从体态上看，富婆也很富有，她正目光挑剔又满意地从上到下打量着李靳屿：“你真的可以？”

李靳屿受不了这种黏黏糊糊的眼光，心里似有万马奔腾：生活为什么要这么逼他？

紧跟着，桌上的手机蓦地振起来，他突然松了口气。要换作平时，这么个陌生号码打来电话他是不可能接的，当下却立马捞起手机来，冷声道：“抱歉，丽姐，我接个电话。”

“喂？”

他将电话举到耳边，对面的丽姐俨然一个庞然大物，挡住了他所有的视线。其实他感觉视线有点儿无处落脚，只能偏头看向窗外，于是，世界上所有的奇遇便在此刻发生——

叶濛推着他坐着轮椅的奶奶，将电话举在耳边，同时对上他的眼神。

话筒里传来她熟悉的声音："是我，叶濛。"

她下意识地扫了眼李靳屿对面的女人，目光又回到这个自甘堕落的男人身上。丽姐在这个镇上太有名，也不能怪叶濛多想。

"李靳屿，你当……？"

"当你妈，"他居然爆粗口，"手模，手模，你懂吗？"

男士手模这个项目其实在国内外都已经相当成熟，但对手模的要求比较高，掌纹不能多、不能有疤、皮肤要白净等。之前丽姐见过很多勉勉强强的男士手模，但像李靳屿这种先天条件很优秀的，她觉得是捡到宝贝了，二话不说大马金刀地就把合同拍到桌上让他签约。

但李靳屿还在犹豫。

丽姐又大笔一挥，手起刀落，将价格翻了番："我给你的这个数目可是国际超模的价格了，不信你问问同行去，上次有个长得挺帅的小伙子，我才给他500块钱一天。"

李靳屿毫不犹豫地拿过笔，洋洋洒洒地签下了自己的大名。

丽姐心满意足地收起合同，想起乔麦麦之前跟她介绍李靳屿时提过一嘴，边封合同袋边随口问了句："这钱够治你奶奶的病吗？"

这显然是不够的，但至少他能把第一期化疗费给凑齐，后面的费用后面再想办法，他现在这种情况，自然是走一步看一步了。

"不够。"李靳屿看着她如实说道。

小镇的咖啡馆人不算太多，甚至很空荡。

丽姐意料之中地点了点头，毫不避讳地直言道："那就再想想办法，这个价格算是我能给你的最高酬金了，再高就离谱了。本来酬金都是按月结的，你既然急用，我可以提前给你一笔预付款，先让奶奶把第一次化疗给做了，老人家的病不能拖。”

丽姐是这个镇上金戈铁马般的单身富婆，离异、重欲，钟情小鲜肉。不过她喜欢肌肉型的猛男，对李靳屿这种过分英俊的帅哥不太有兴趣，预付工资是她对帅哥最大的怜爱。

临走时，她送了他一瓶手膜：“你这双手虽然条件很不错，但平时也要注意保养，没事泡泡牛奶，拿保鲜膜敷一下。”随后，丽姐的视线若有似无地在他清瘦的手腕上扫了一下，“你手腕上的这个疤，我建议你去文个文身，不然每次都要后期修图很麻烦。”

李靳屿很认真地想了下：“好。”

丽姐扭着腰准备离开，临了又想起，风情万种地回头对他道：“你要是不介意的话，我有个朋友招内裤男模，姐姐可以帮你介绍。”

“谢谢。”李靳屿抽了抽嘴角，心里又开始万马奔腾了。

丽姐走后，李靳屿没有马上起来，在沙发上小坐了一会儿，才出来找她们。

叶濛从他出门就目不转睛地盯着他的手看，还真是挺适合当手模的，以前她怎么没注意到他有双漫画手，修长白净，骨节清晰。

李靳屿大约是害羞，大约也是真的烦，咳嗽了一声把手揣回兜里，不给她看，没好气地道：“你绑架我奶奶干吗？”

“我哪儿敢。”叶濛淡淡地解释说，“在我的小区门口碰见的，巧合。”

李靳屿低头扫了一眼轮椅上的老太太，老太太一个劲地冲他挤眉弄眼。他无语地别开头笑了下，原来这老太婆是有的放矢，想让叶濛当他的女朋友。

“走吧，我送你回去。”他对叶濛说。

“啊？”叶濛愣了愣，“那你奶奶呢？”

李靳屿一副“我才懒得管”的样子，长腿绕过老太太的轮椅，直接头也不回地走了，懒洋洋地道：“她那么有能耐，要我干吗？”

这祖孙俩还真是相爱相杀啊。叶濛走也不是，不走也不是。见她干戳着，老太太在一旁急得直跺脚，忙给她使眼色，假牙都快飞出来了：“傻丫头，快跟上啊！”

等两人走远，老太太才露出得逞的表情，护工将全过程收入眼中，一路推着老太太回医院，打趣道："老太太想抱重孙了吧。"

钭菊花坐在轮椅上，摇了摇头，不太放心地回头又扫了眼两人，疼爱地盯着那道修长却有些消沉的背影说："我就是想找个人陪陪他。"等确定叶濛跟上李靳屿后钭菊花才放心地收回眼神，笑着叹了一口气，"不然我一走，他就单一辈子咯。"

护工神色讶异，笑了下："不会的，您孙子这长相喜欢他的姑娘多着呢。"

"你不懂。"钭菊花敷衍地挥了挥手。

小镇的路灯仍旧随性，有一盏没一盏地亮着，将这条路照得昏昏暗暗的。沿路倒是挺热闹的，都是前往宁绥湖散步的镇民。这对扎眼的男女在人群中就显得格外出挑，隔老远叶濛也能感受到几个学生妹、学生仔惊艳打量他们的视线。

学生的眼神大胆、炽烈，不像成熟男女会掩饰逃避，所以尽管叶濛顺着那几道灼热的视线看过去，人家也没有躲避，就那么直勾勾地看着他俩，满眼藏不住的羡慕。

叶濛懂那种羡慕。她上学时对成年人的世界也特别好奇，羡慕他们理智、洒脱，也羡慕他们能光明正大地和自己喜欢的人牵手、拥吻。

人真是矛盾动物，年少时羡慕成年人的赤裸裸、坦荡，成年后又羡慕少年的青涩、暧昧。

"你这文身是在哪里文的？"李靳屿突然问了句。

叶濛瞬间从那几个学生仔身上收回视线，一下没反应过来："什么文身？"

李靳屿走在她前面，双手插在兜里转过身，倒退着走，同她说话，下巴冲她点了点："锁骨上的。"

叶濛下意识地捂了下锁骨："你什么时候看到的？"

"捂什么捂？"他嗤笑一声，漫不经心地道，"早就看光了。"

"看光可是要娶我的。"叶濛趁机说。

李靳屿笑了下："得了吧，要不我等会儿也在锁骨位置文个身给你看一下，咱俩扯平行了吧？”

他还真是难骗，叶濛说：“你文哪里？”

李靳屿嗯了声，收了笑，一边倒退着走一边伸出手腕：“丽姐说这疤太显眼。”

“你最近又缺钱了？”手模，也亏他想得出来，她愤愤地说，“小心被吃豆腐。”

“我哪天不缺钱？”他把手插回兜里，转回身继续朝前走，笑了笑说，“丽姐要真愿意，我也不介意啊，可惜人家看不上我。”

叶濛冷冷地看着他道：“哦，丽姐可以，我就不可以是吧？”

“嗯，谁都可以，就你不行。”李靳屿散漫地说道，像逗她，又不像。

叶濛气呼呼地把人领到她相熟的一个文身姐姐那里，文身店门面窄，大门还没李靳屿高。叶濛一副贩卖人口的架势斜倚在店门口，笑眯眯地询问道：“收小弟弟吗？”

那姐姐处变不惊地对着李靳屿打量了一会儿，嗑着瓜子，啧啧两声道：“什么风把你给吹来了？”

叶濛熟门熟路地进去，在店里逛了一圈，下巴指了指门口的李靳屿：“他要文身。”

门框挡住了李靳屿的脸，只看见李靳屿的脖颈，喉结处有个疤，在黑夜里像一个禁忌又性感的吻痕，文身姐姐意味深长地拿肩膀撞了叶濛一下：“哟，男友啊，这个带劲啊。”

叶濛笑了下，没否认，叫李靳屿进来。

男人弯腰进来，整个人暴露在灯下，显得又白又年轻，像个明星。文身姐姐满脸艳羡之色，咬牙在叶濛耳边轻声道：“艳福不浅哪。又是个弟弟吗？”

叶濛没搭理她，对李靳屿说：“你要文什么，跟这位姐姐说吧，叫她狮姐就行，狮子的狮。狮姐的手艺很好的，文好顶多三两天就消肿了。”

啪——狮姐把文身台的灯打开，示意男人坐下：“要文什么？”

李靳屿把手腕放到台上：“把这道疤遮掉就行。”

狮姐什么样的伤疤没见过，神态自若地扫了一眼，经验十足地给出建议：“做个心电图怎么样？长度刚好。”

李靳屿对文什么不太在意：“随便，能遮掉就行。”

“好嘞。”

狮姐动作利落，也没有废话，直接上手了。其实之前李靳屿就想文身，但架不住文身师太啰唆，有对他的这道疤好奇的，有对他这个人好奇的。他嫌太烦，就没有再去弄。

但他没想到这位狮姐看着挺八卦的一个人，办起事情来认真干脆不拖沓，两三个小时盯着他的手一动不动，眼神专注，就没挪过地方，看得出来她是真爱这行。

“狮姐。”

大约是没想到面前这个男人会开口，狮姐颇为意外地抬眼扫了他一眼，继续手上的动作：“怎么了？”

“叶濛锁骨上的文身是什么意思？”

狮姐笑了下，意味深长地看着他道：“你是想问，是不是前男友吧？”

李靳屿咳了声：“就是好奇。”

“放心，她在门外，听不见的，而且这会儿肯定睡着了，”狮姐解释说，“她以前经常带小弟弟来我这里文身，不过你别多想，她都是照顾我的生意。那文身是她妈妈的名字，不是什么前男友，你放心。”

“她妈妈叫Wyatt？”

“你英文不错啊，这发音听着我还以为我在追哪部美剧呢。”狮姐讶异地看了他一眼，紧跟着说，“这年头谁还没个英文名啊，这个名字翻译过来好像是精明、神秘的意思，叶濛给她妈起的。她当时特别喜欢一部电影，恰巧里头有个神秘又强大的人物叫这个名字，她就把名字文自己身上了。”

等处理完文身，狮姐把人原封不动地还给了躺在沙发上呼呼大睡的叶濛。

叶濛真是在哪儿都能睡，半边脸压得全是印子。她坐起来回了会儿神，才站起来对李靳屿说：“走吧，钱给了吗？”

"狮姐不肯收，说挂在你的账上。"

叶濛叹了口气，懒得计较："走吧。"

走出门，李靳屿清瘦的手腕上绑着纱布，看着莫名有点儿病娇，他给自己剥了颗奶糖，含在嘴里浑不在意地嚼着，掏出手机随口对她说了句："加个微信吧，我把钱给你。"

叶濛条件反射地拒绝道："算了吧，那点儿钱，你自己留着吧。"

叮——

风静树立，四周格外静谧，屋檐上立着几只寻食的小鸟，悠闲地并排低头瞧着他俩。也许是叶濛一闪而过的脑电波惊扰了墙头的猫，咻的一声，猫纵身跃上屋檐，把那排鸟惊得展翅高飞，发出哗啦的响声。

叶濛也如惊鸟一般看着他，试图抓住那一闪而逝的灵感："你说什么，加微信？"

李靳屿已经把手机揣回兜里，捏着他那绑着纱布的手腕似乎在忍痛，半笑不笑地往外走："很遗憾，姐姐拒绝了。"

叶濛被那声姐姐"酥"到了，下意识地去拽他，迫不及待地想要解释，结果不小心拽到了他包着纱布的手腕。李靳屿疼得倒抽了一口冷气，嘶了一声："你想废了我是吧？"

叶濛忙道歉，手上却跟着了魔似的还拽着他，一脸"我怎么会呢心肝宝贝"地道："我心疼你还来不及呢，宝贝。"

李靳屿闷笑出声，疼得不行，难得龇牙咧嘴起来："再不撒手要发炎了。"

叶濛终于反应过来，忙撒开手，一脸心疼地道："怎么样，宝贝，要不要回去看看？"

"你再叫我宝贝，我把你弄湖里去。"李靳屿忍痛道。

"行，死之前被你抱一下，我也心满意足了。"叶濛没皮没脸，很不走心地说。

"你变态吗？"

叶濛直勾勾地俯视着他，面不改色心不跳地说："李靳屿，我留在这里是为了你。如果没有遇到你，我现在可能已经回北京了。"

疼痛感终于缓过来，李靳屿直起身，叶濛又变成了仰视他。他冷着脸道：“别以为我不知道，方雅恩说你在北京混不下去了。”

甜言蜜语被识破，叶濛叹了口气：“好吧，其实还有别的原因，比如北京真是座令人焦虑的城市。那你呢，你又为什么离开北京？”

李靳屿愣了愣，说道：“谁告诉你我是从北京来的？”

现在文身都要实名制了，店家得检查证件。

“我刚刚看到你的身份证了，看到上面的地址了，北京市朝阳区的。”

叶濛连他的身份证号码都背下来了。

李靳屿不知道在想什么，轻轻转了转手腕，好像在自嘲，又好像在逃避，良久才说：“因为在那里，无论怎么做都得不到别人的认同，无论我做得多完美。”

他眼神深沉，眼睛却像一潭死水，就这个眼神让叶濛记了很久，以致后来她在北京时不时回想，在宁绥那个小镇，还困着这样一个人，一个让人万分揪心的人。

“李靳屿，我带你去一个地方。”叶濛突然说。

“去哪儿？”

“酒吧，”叶濛转身向狮姐借了车，狮姐将钥匙从店里丢出来，被叶濛稳稳地接在手里，“谢了，等会儿给你开回来。”

狮姐的车很小也很破旧，手动挡的代步车。李靳屿这么个大高个儿塞在副驾驶座都有点儿勉勉强强。他有点儿胆战心惊地系上安全带：“你确定你会开？要不还是叫车吧。”

“坐着。”叶濛霸气十足，一声令下把人吼了回来。

李靳屿一动不动，一米八几的大高个儿，坐得跟个小学生一样，然后等她启动车子。

叶濛半天没动。

李靳屿看她一眼，见她皱着眉，不知道在想什么，乖乖地出言提醒了一句：“我绑好安全带了。”

叶濛突然就有点儿不耐烦了：“等会儿，别吵。”

“……”

暮色苍茫，本就四下无人，除了墙头时而趴着、时而乱窜的猫，小巷口余下的唯一活物就是他俩。

李靳屿终于忍无可忍，偏头看向车窗外："十分钟了，再不走我回家睡觉了。"

叶濛缓缓松开拧着的眉头，指了指驾驶座底下："我很久没开手动挡的车了，中间那个是离合器还是油门？"

李靳屿淡淡地扫了一眼："那是刹车。"

车子还没挪出几米，就悲催地熄了两次火。车身上下剧烈颤动着，不知道的人，还以为他俩大半夜车震。李靳屿突然后悔自己为什么要上她的车，好好活着不好吗？他这么一想，抑郁症都被她整没了。

他牢牢地绑着安全带，后脑顶着副驾驶座颈位，头都没动，只斜着眼睨着她折腾半天也没点上火，一脸生无可恋地提醒了一句："朋友，你不挂挡吗？"

叶濛闻言跟着挂上挡，然后下意识地看了他一眼。

"先踩离合器，挂一挡，松手刹。"李靳屿懒洋洋地说。他发现时间真的是个好东西，不管你有多想不通的事情，几年后总会给你答案。生命真的不会敷衍你，他就突然明白了驾校教练为什么这么费烟。他十八岁就考了驾照，当时跟勾恺那帮人同时去考的，都是一帮男孩子，家里又有钱，早就会开车了，带他们的那个教练最省心，基本不用管他们，随便交代两句技巧，没几天他们去考试就全过。

跟他们同期的那批女孩子，隔年还没上路考。教练头都挠秃了。女人在这方面的神经，好像特别短路。

车子缓缓挪出位，叶濛终于找回点儿感觉，笑眯眯地对他说："你会开啊？要不你来？"

李靳屿转头看向窗外，嘲讽又懒懒地道："不会，没吃过猪肉还没见过猪跑啊？"

叶濛一愣，以二十迈的速度滚出僻静狭窄的小巷，狐疑地道："可杨天伟说你有驾照呀。"

"有啊，没上过路不行？"李靳屿随口说道。

叶濛笑了起来："不会开还这么跩，那你就给我闭嘴。我开车最烦有人指手画脚。”

李靳屿哼了声，爷两岁就会蹬三轮，六岁就会开赛车了。

不过他没说出来，老老实实地闭了嘴，倒也不是怕什么，只是单纯不想跟她说话。

夜色渐深，小镇万籁俱寂，在昏暗的路灯和朦胧的月色下，隐约瞧见一辆小车从幽暗的小巷里晃晃悠悠地驶出来。这一路都很安静，李靳屿闭着眼靠在驾驶座上闭目养神，叶濛专注于前方的道路，虽然这一路就没什么车。好在她当初学的就是手动挡，在颠簸中渐渐找回了手感。

等红灯的时候，叶濛转头看了眼旁边的男人。他靠着座椅，下颌清瘦，喉结清晰，那道皮肤表面的“吻痕”疤，莫名让他整个人看起来有点儿薄情。李靳屿始终闭着眼，却不知道哪里长了第三只眼，在绿灯还剩下十二秒的时候，冷淡地出声提醒道：“还有十二秒，看够了吗？”

叶濛悻悻地收回视线，一阵兵荒马乱之后又重新上路，车子抵达酒吧时是凌晨零点三十分。

李靳屿简直不敢相信，就这么五六公里路，她居然开了十几分钟。他关上车门，人靠上去，调侃道：“你开车真的让我想起一个人，就那个、那个，倒骑着毛驴那个……”他拿手点了一下，“对，阿凡提。别人倒骑毛驴都比你快。”

叶濛心说，你开得快倒是自己开啊！还不是不会开！

叶濛为了保护他的自尊心没还嘴，示意他跟自己进去。今天是周末，酒吧有驻场乐队，围得人山人海，音乐声震耳欲聋，昏暗的光线下，到处是激情四射的红男绿女摇头晃脑地尽情放纵。

一首《山海》将整个酒吧的气氛推至高潮。主唱情绪饱满，声音沙哑，比李靳屿饱满多了。同样一首《山海》，人家唱的就是对现实的妥协、对理想的嘶吼、对热爱的至死不渝，是能唱到人心里去的，引起看客的精神共鸣。

酒吧里的大多数人是对现实不满意，精神世界又很空虚的，无从改变，也无力改变，只能看着自己日日颓废。

叶濛始终觉得李靳屿不应该是这样的。

两人一进门，王牌服务员就一眼注意到了，热情地端着一盘瓜子迎了上来："小屿哥，今天怎么过来了？哟，还有小粉丝也在啊？"

不等李靳屿说话，叶濛直接让他过去在舞池中央的沙发上坐下。李靳屿无奈地仰头看着她，音乐声震天响，他几乎吼着道："你到底要干吗？"

王牌服务员紧随而至，递上菜单，在震耳欲聋的音乐声中，跟着吼道："二位喝什么？"李靳屿一眼没扫菜单，很节省地要了罐百威。叶濛懒得喊，比了个手势，意思跟他一样。

王牌服务员不怀好意地又在两人耳边喊了一嗓子："你俩要不要来一排'轰炸机'或者Four loko助助兴？"被李靳屿一脚踹开。

音乐在耳边轰轰作响，耳蜗虽然被震得发紧，但很快也就适应了，尤其是李靳屿，将运动衫拉链拉开，衣服松松地敞在两边，人半靠半坐地陷在沙发里，这里很快又成他的主场了。两人一言不发，沉默地听着歌，喝着酒。长头发、长得有点儿像汪峰的主唱过来分了两支烟给李靳屿，两人勾肩搭背，有一搭没一搭地闲扯了两句，叶濛始终坐在一旁一动不动地听着舞池里的人唱歌。

明明是她提议来这里的，现在仿佛是被李靳屿强迫着捆来的，坐得跟尊四面佛似的。

李靳屿弓着背，双肘撑在腿上，破天荒地给自己点了支烟，夹在手里，慢条斯理地吐了口烟雾。主唱见状，也倾下身去，勾住他的肩问："最近犯烟瘾了？看你抽两回了。"

"还好，没太大感觉，就无聊。"李靳屿弹了弹烟灰说。

主唱不太走心地劝了句："你的肺不好，还是少抽。"

李靳屿笑着将烟含进嘴里，半叼着，睨他："那你还分烟给我？"

"这不是客气嘛，谁知道你小子真接啊。"

"行，懂了。"李靳屿随口应了声，突然就咳嗽起来，拳头捂在嘴边挡了下说，"很久没抽了，都抽不出味道。这里还有一支，要不还你？"

他刚将手举起来，指间一空，烟就被人轻轻夺过。

李靳屿回头，叶濛接过烟去，用手指夹着，将烟含在嘴里，稍稍俯身压过来，隔着李靳屿对那边的主唱说："兄弟，借个火。"

主唱立马给她点上烟，因为主动权被占据，叶濛已经压下柔软的身子，主唱放在腿上的手几乎不用抬起，只要一摁打火机引个火苗子就能点上烟。但两人中间隔着李靳屿还没放下的手，叶濛趴过去的时候，李靳屿的手刚好碰到她软软的胸口位置。

主唱不知道紧张个什么劲，连擦几下打火机都没点上火，奇怪地咦了声："见鬼了，突然没油了吗？"

叶濛始终没撤开身子，像一团软软的轻柔水棉花，轻轻地贴着李靳屿修长、骨节突起的手背，温热的肌肤相贴，气氛暧昧，灯红酒绿间引人遐想，让人心动。如果他二十出头，或许此刻会像个毛头小子一样心脏突突跳动，血液上冲。但他现在其实很麻木，心跳跟脉搏都是正常的。

李靳屿同时夺过烟和打火机，丢到面前的矮几上，人往后一靠，对主唱说："你不是还有几首歌？"

于是主唱又唱了几首郁郁不得志、理想崩塌、信仰死亡的歌曲，叶濛觉得这主唱真是把颓丧文化宣传到了极致，难怪李靳屿愿意跟他当朋友，这简直是唱到李靳屿的心坎里去了吧。

因为外面没有适合他的江山，所以他不愿意走出去。

叶濛靠着沙发背，一只手懒洋洋地搁在上面，撑着后脑勺，挺惬意地盯着李靳屿。他长得真好，性格虽然不合她意，但也确实带劲。服务员上了一小盘花生，他慢条斯理地剥完，拍拍手上的碎屑，将杯中的酒一口气灌完。他其实很内敛，只不过笑起来，那眼底张扬的劲儿就收不住，浑身上下没一处不透着一丝清贵小少爷的劲儿。

他明明应该是一只被人圈养的金丝雀，哪该是这样，像条野狗似的窝着？

叶濛突然站起来。

李靳屿偏头瞧了她一眼，也跟着要站起来："走了？"

叶濛把他摁回去，手扶着他的肩："你先坐着。"

"你干吗去？"

叶濛笑吟吟地说："看到那边有一个很帅的小哥，我去要个微信，你乖乖坐着别动，要是有小姑娘过来找你要微信，你就说姐姐管得严，不能给。"

“你这是只许州官放火，不许百姓点灯了？”李靳屿冷笑道。

“乖啊，宝贝。”

叶濛非常不走心地安抚了他两句。

叶濛果然找到了一个拿着尤克里里的帅哥，两人不知道在聊什么，不仅加了微信，那男的居然把尤克里里都给她了。

李靳屿靠着沙发，抱着双臂冷笑。

叶濛抱着尤克里里走到键盘手面前，两人不知道说了什么，又加了微信。李靳屿看着她慢条斯理地盈盈穿行在人群中，没往他这边瞥过一眼，把乐队里的男的的微信加了个遍。

李靳屿倾身捞过刚刚那支被丢在桌上的烟，用手指夹着吸了口，然后手搭在一旁的沙发扶手上，目光越来越冷，神色越来越淡。

他再一抬头，叶濛已经抱着尤克里里端端正正地坐在高脚椅上，那双小短腿悬在空中，其实不短，但相比李靳屿那双长腿来说是短了点儿，所以都踩不到地。她像个小孩一样坐着，腿挂着。

白痴，高度能调的。

他自我感觉每次都把高脚椅调很低了，结果“汪峰”给他调得更低，他一坐下去就像坐进山谷堆里一样凹进去了。

李靳屿抽了口烟，目光笔直地看着台上的叶濛，招手叫来王牌服务员，不知道说了什么。服务员在叶濛跟乐队试音的时候，走上台去道：“叶小姐，小屿哥问您要不要把脚放下来舒服点儿？”

“好。”

等服务员调整完高脚椅的高度之后，四周就突然静下来了。

李靳屿的烟还夹在手中。

其实叶濛心里也忐忑，她从没这么费尽心思地追过男孩子，酒吧这种环境最适合唱什么歌呢？其实最适合的就是刚刚主唱那种又颓又丧的风格的歌，抑或是撕心裂肺的情歌，但这几种歌都不太适合表白。

肉麻兮兮的情歌，她更不会唱，她想唱点儿励志的歌，不能太正经，却又刚好能唱出她想给李靳屿听的意思。

跟乐队商量了很久，她决定唱一首张杰的《少年中国说》。

如果气氛渲染到位，还是蛮热血和激情的，就怕大家都丧丧的，她一个人在这里瞎打鸡血，就会显得特别“中二”。

但有时候，这种孤勇又何尝不为人感动？乐队几个成员都被感动得眼含热泪，弹得激情昂扬，眼里都是慈母笑。

他们的眼神时不时落到舞池外毫不知情的那个坐在沙发上夹着烟、隐在黑暗里的男人身上，满眼艳羡。

他们羡慕叶濛身上的坦荡、热烈，那是一种他们从来没有在其他女孩身上看见过的光。

比如此刻她在台上唱这首《少年中国说》，唱得可能并不太好听，每个调都走得格外用心，但她的眼神里就是有一种所向披靡的坚定——

“少年自有少年狂，心似骄阳万丈光，千难万挡我去闯，今朝唯我少年郎，天高海阔万里长，华夏少年意气扬——”

彼时，李靳屿的手机微微一振，是一条短信。

叶濛：“李靳屿，请允许我为你打江山。”

李靳屿那一刻深信不疑，他玩不过她。

Fang：“牛啊，在酒吧唱这么‘中二’的歌？也亏你想得出来。我以为你以前给人表演徒手摘月已经够‘中二’了，没想到这么多年过去了，你不仅‘中二’，还‘中四’了。怎么样，李靳屿弟弟答应你了吗？”

柠檬叶：“唉，适得其反，他躲得更远了。”

Fang：“这么难追？他居然不感动？我听着都感动好吗！他怎么回复你的？”

柠檬叶：“他说，他玩不过我，认输了，让我别缠着他。”

Fang：“这个尿包，而且他明明看起来也很爱玩啊，怎么就玩不过你了？虽然真要跟你比他确实差点儿，那是也没几个人能和你比了。”

柠檬叶：“我严重怀疑李靳屿可能都没有正儿八经地谈过恋爱，突然有点儿小激动。”

Fang：“从哪儿看出来的？”

柠檬叶：“渣女的嗅觉。”

Fang：“那你还没放弃？”

柠檬叶：“你第一天认识我？”

Fang：“濛妹，你是真的正儿八经爱上他了，还是只因为他长得帅，想跟他玩玩？”

叶濛盯着手机，良久才敲下字：“开玩笑，我什么时候爱过人？但也不是玩，不得不承认我对他很心动。”

Fang：“怎么说？”

柠檬叶：“我就是不想看他跟别的女人在一起了懂吗？他那天去找丽姐的时候，我以为他真的去当鸭了。要是被丽姐得手了，我真的欲哭无泪。而且，我也不想看他这么自暴自弃下去了，我想试试看能不能帮他走出来，从此让他向我称臣。”

Fang：“变态姐姐。那你现在准备怎么办？”

叶濛想了半天，回：“不知道，先吊他几天再说。”

谁知她这一吊就吊了近半个月。这半个月，李靳屿这个人仿佛从她的世界里销声匿迹了。临近春节，学生们陆续返乡，空荡荡的小镇热闹许多，连超市排队都比平时要多出几列队伍，走在街上，陌生的年轻面孔不断出现。这么个小镇，挤是挤了点儿，但倒是养眼不少。

“还吊着呢？”

叶濛这会儿正陪着方雅恩在城西的农贸市场置办年货。方雅恩东挑西拣、货比三家，终于在一家相熟的海鲜干货摊上停下来，拎着根鲇鱼棒，跟叶濛交流追小鲜肉的心得。

“唉，最近忙，”叶濛抱着袋鱿鱼丝和螃蟹干，低头边在摊位上觅食，边说，“前几天我去市里面试了一家传媒公司，年后得去上班了。”

“那你俩这段时间没见过？”方雅恩难以置信地看着她问。

“没吧，”叶濛叹了口气，摇头道，“就见过一次他的奶奶。”说到这里，她笑了下，心里跟明镜似的，“老太太大概是想撮合我俩，在小区门口假装碰见两次。不过最近我也没见她老人家了，不知道出院没。”

“可以啊，”方雅恩露出赞许的表情，“赢在起跑线上了都。”

叶濛追人从来不死缠烂打，再喜欢也不会。她永远跟放风筝似的，张弛有度，宠的时候愿意为人上天入地，放手的时候那就叫野地撒鹰，爱咋样咋样。

但她对李靳屿还是有点儿特别的，隔三岔五发一条微信问候一下。微信最终她还是用十顿螃蟹让方雅恩推给她的，结果李靳屿这个死宝贝，还是第三天才通过验证。

他的微信名叫LJY，朋友圈很干净，就转发过一两条关于老年病微信公众号的文章，然后头像也一片漆黑，不知道的人还以为他家里有人去世了。叶濛后来才发现，那是夜空，中间有非常非常微弱的星光。

她在第一条朋友圈底下，看到了杨天伟的留言："咦，哥，你怎么换头像了？"

杨天伟还给他留了很多言，他都没回复。

叶濛视察完朋友圈点了两个赞，然后时不时发几条微信逗他。

柠檬叶："宝贝，今天忙什么呢？"

柠檬叶："宝贝，天气转冷，多穿衣服。"

柠檬叶："宝贝，奶奶恢复得好吗？"

柠檬叶："宝贝，最近流感，出门记得戴口罩，给你同城快递了一箱。你要是感冒了，没人照顾奶奶哦。"

柠檬叶："我的宝贝呢？！"

李靳屿只回复了一条——

J.："死了。"

之后无论叶濛发什么，他一概不回，彻彻底底地装死了。叶濛也不再闹了，决定松一松风筝线，把手机一丢，开始正儿八经地找工作，于是她一回神，就已过去半月有余。

年关农贸市场人多嘈杂，巷子里一长溜的摊位上围的全是人，熙熙攘攘的。方雅恩过年要回一下村里，拉拉杂杂地买了一堆年货，此刻还跟老板在唇枪舌剑地讨价还价。叶濛被一股子冲天的鱼腥味熏得脑仁疼，便准备去巷口抽一支烟。

巷子外有个小广场，是奶奶们跳舞的地方。年关地小人挤的，城管局便临时清出场地给过来买年货的客人停车用。

叶濛将脑子放空，倚着巷口的电线杆，有一口没一口地抽着烟，视线有些迷离地看着前方几个小孩追着球嬉笑玩耍。她算是这个小镇上很漂亮的女人，五官精致，但不是过分精雕细琢，也不是妖艳型的，化着淡妆，眉眼间都透着温婉，有成熟女性的张扬和禁欲感。她笑着跟人插科打诨的时候，又像个小姑娘。

那几个小孩在她的视线里乱跑，看她漂亮，满嘴“姐姐姐姐”地想跟她搭话。叶濛有一搭没一搭地跟几个小孩瞎扯皮，也不知道哪里来这么多共同话题。

小孩被她哄得一愣一愣的，这个姐姐好像什么都知道，于是兴奋地呼朋引伴叫来临街一大帮小朋友围着听叶濛胡编乱造给他们讲故事。

眼见人流量经不住控制了，叶濛匆匆讲完结局，两手一拍道：“好了，讲完了，原地解散。”

小孩意犹未尽，追问英雄的结局。叶濛笑眯眯、模棱两可地说，你们长大就会知道结局啦。

英雄怎么能有结局呢？

英雄就是即使面对未知的未来，永远怀着热烈的爱去拯救世界。

话音刚落，叶濛不经意间看到一辆熟悉的车牌，眼睛微微一眯，是京A的车。

她靠着电线杆，低头漫不经心地有一下、没一下地慢慢弹着烟灰，似乎等着车上的人下来。

果然，是江露芝回来了。

江露芝一身精致的香奈儿套装，宁绥是南方小镇，冬天算不上太冷，但也不是能穿裙子的季节，而且室内除了开空调也没有集体供暖，去广场，这么穿保准能被冻得牙齿、骨头打群架。

但江露芝没有，脚上蹬着一双高跟鞋，走得优雅自如，典型的北京精英派。叶濛从北京刚回来那几天也是这样，被方雅恩吐槽了几次要风度不要温度。

现在，她低头看了看能把自己裹成熊的羽绒服，自嘲地笑了下。

她正想着怎么跟老朋友打招呼呢，一抬头，看到李靳屿也在。

那个死了的宝贝，半个月不见，又瘦了些，下巴颏儿更清晰了，身上穿着一件黑色防寒服，敞着的，露出里头的V领线衫，颈窝深凹，也是个要风度不要温度的人。

身后没再下来人，只有他们俩，江露芝锁了车，两人朝这边走来。

叶濛突然就没了打招呼的兴致，悻悻地最后吸了口烟，准备回去找方雅恩，谁知道，身后急促地传来一道清亮的女声："叶濛。"

叶濛哎了声，无奈地转回去，把烟摁灭在垃圾桶上，视线和对方对上，插科打诨道："大美女回来了？"

她没有看旁边的李靳屿，视线毫不拐弯，直直地盯着江露芝。

这三人站在一起，确实挺惹眼的，过路的行人都忍不住频频往这边看。江露芝妆浓，从头发丝到脚指头各方面都透着一种人民币好用的感觉，但也就是一种中规中矩的漂亮。叶濛的漂亮是张扬且散漫、随性，更吸引人。

她俩虽然之前老被人放在一起比，私底下也曾咬着牙互相较劲，但叶濛这人就神奇在她跟谁都能说话，即使江露芝也不例外。

江露芝说："是啊，我听勾恺说，你真不打算回北京了？"

叶濛点头："嗯，已经在这边找好工作，年后去上班了。"

江露芝开门见山地道："本来我前几天就想找你的，但被家里的事情耽搁了，一直没顾上。你是不是觉得我跟勾恺合起伙来摆了你一道？"

叶濛笑了下："重要吗？"

"重要。"江露芝自嘲地笑了下，"咱俩这么多年的同学情谊，你还不知道我的为人？我承认我私下里确实对你的事情比较在意，但是我从来没用过任何手段逼你离开北京。"

叶濛懒得再听下去："没什么逼不逼的，是我自己混不下去。还有事吗？没事我走了，方雅恩还在等我。"

她始终没看李靳屿一眼。

叶濛知道江露芝的虚荣心，当着前男友的面说这些，不就是想让李靳屿觉得她江露芝漂亮又有能力？看，别人在北京都混不下去了，只有她能混得风生水起。

"等一下，"江露芝喊住叶濛，顿了一下，才说，"勾恺让我带一句话给你，你要愿意回北京，他过了年就亲自来接你。"

第六章

戏精夫妇

一番激烈的唇枪舌剑之后，老板终于以一脸“我这店快开不下去了”的表情妥协。方雅恩心满意足地掏出手机刷支付宝，转头瞧见叶濛抽完烟回来，笑眯眯地说：“我买了几斤小咸鱼，你回去给老太太带着，顺便给李——”

话音未落，方雅恩看见身后同时进来的江露芝和李靳屿，突然明白为什么叶濛去抽支烟抽成了一脸“柠檬精”。视线只稍稍停留几秒，霎时间方雅恩将后半句话咽回了肚子里，然后清了清嗓子拌蒜加葱道：“给你那个小男友也留了点儿。”

叶濛无语地在她的胳膊上掐了下，提醒她别没事找事。谁知道方雅恩出其不意地又补充道：“真的，那男护士不错，人长得帅，又刚毕业，还懂事听话，更没什么乱七八糟的前女友。”

前段时间老太太确实着人给叶濛介绍了一个小弟弟护士，比她小四岁，长得也很“奶”。那时李靳屿拒绝她拒绝得很彻底，她便尝试着跟人吃了顿饭，发现挺没滋没味的，也就没再和对方接触。

叶濛知道方雅恩是替她刺激李靳屿，就跟看戏似的，完全置身事外地笑着看方雅恩，小声道：“你幼不幼稚？”

然而方雅恩在这里含沙射影地说一通，门口的两人根本没什么表情。江露芝让李靳屿在门口等她，李靳屿倒是挺听话的，低着头戳在门口，很乖地真没进来。

方雅恩留过级，早年又是镇上的一姐，江露芝这种在外地混得风生水起的精英派见了她还是会老老实实地打招呼叫声“雅恩姐”。

其实江露芝对人很礼貌周到，但方雅恩就是不喜欢她，觉得她太功利，城府深，上学时不太搭理她，毕了业也不太喜欢跟她接触。方雅恩冷淡地嗯了声，便扯着叶濛准备直接离开。

“叶濛，请等一下。”江露芝突然出声喊住她俩，“勾恺让我从北京给你带了一样东西，我差点儿给忘了。就在我的车上，要不我们现在一起过去拿一下？”

叶濛觉得勾恺给不了什么重要的东西，江露芝多半是想带她和方雅恩近距离参观一下她那辆骚气冲天的保时捷。

“什么东西？不是什么重要的东西就扔了吧。”叶濛说。

江露芝也很无奈，摊手说：“我只负责把这个东西带到。我知道你不想看见我，但你了解勾恺的，你今天不拿，我改天还得往你家送一趟。或者我把钥匙给门口的帅哥，你跟他去一趟？”

她说完直接从包里掏出钥匙二话不说丢给门口的李靳屿：“弟弟，你陪她去我车里取个东西，就在后座上，有个白色的盒子。”

李靳屿今天看起来格外精神。他之前鬓角发偏长，刘海时常遮眼，不说话的时候，会显得整个人有些阴郁。如今他把两鬓的头发剃短，露出饱满干净的额头，两颊轮廓线更清晰流畅，脸很瘦，眼睛像浸了水的黑色玻璃球，整个人干净、年轻得不可方物，眉宇间多了些少年气，像个精神小伙。

连方雅恩这种对颜值免疫的已婚妇女都小声在叶濛耳边说：“这小子正儿八经地收拾起来，估计真能迷倒一片人。”

叶濛倒觉得李靳屿这样帅是帅，但跟街上普通的帅哥就没什么太大区别了，还是以前那样惹人怜。

方雅恩的车停在后巷，她反向走去开车。叶濛则跟着李靳屿挤在置办年货的人潮中，鼻子早已闻不到浓重的海鲜味，反倒能闻到李靳屿身上很淡的男士香水味。

“你喷香水了？”叶濛随口问了句。

农贸市场很嘈杂，吆喝声、叫卖声、吵架声……不绝于耳。李靳屿没听清，下意识地弯腰低头凑近了些：“嗯？”

气息喷在叶濛的脸上，她冷着脸又重复了一遍。

李靳屿这回听清了，低头看着她，摇头强调说：“并没有。”

叶濛跟了勾恺这么多年，对男士香水了如指掌，闻个前后调都能猜中大半——见个前女友花样这么多，他还狡辩，一点儿都不可爱。她冷笑着哦了声，懒得再搭腔。

“你不信？”李靳屿看来还不算太直男，也能感觉出叶濛嘲讽的语气，解释道，“是我奶奶，她太久没洗澡了，我早上给她喷了点儿香水，家里只有一瓶男士香水，还是杨天伟的。”他单手拎起胸口的衣料随意地低头闻了下，自己也闻到了，“可能沾上了。”

“哦，”叶濛一本正经地问，“奶奶的身体怎么样了？”

“还在恢复。”李靳屿没多说。

叶濛也没什么好问的，又哦了一声。

李靳屿回：“嗯。”

叶濛：“哦。”

李靳屿仍道：“嗯。”

“哦。”

“嗯。”

“哦。”

“嗯。”

“……”

两人一路哦嗯着走到车边，李靳屿娴熟地解了锁，叶濛心下又是冷笑了一声。她一言不发地弯腰从后座上拿出白色盒子，说道：“走了。”

李靳屿手撑着后座的车顶，站在敞开的车门边，低头无奈地笑了下。

方雅恩的车迟迟没开出来，叶濛只能抱着个白色盒子站在路边漫无目的地等。李靳屿则关上车门，半靠坐在那骚气冲天的保时捷车头上，也没走。

在镇上，保时捷的回头率已经很高，加上这么一个人模狗样的帅哥明目张胆地靠着车头，这几乎成了一处亮丽的5A级景点，凡是路过的人都不由得频频回头看过去。

景点本人在一本正经地玩手机。

李靳屿在翻叶濛的朋友圈。她的朋友圈内容很多，什么时兴内容她都会发，并且还全部开放。他翻得手都麻了终于在2019年三四月份的时候，看到一张她跟勾恺的合照。

柠檬叶：“刚落地广州，订错酒店了。勾老板说不能报，让我睡大街。”

方雅恩回她：“那他睡哪儿？”

柠檬叶回复：“他说他有钱，睡总统套房，可以不用报。”

方雅恩回复：“他明显想让你去睡他的总统套房。”

底下配图是两张叶濛一脸茫然地坐在晃晃荡荡的秋千上啃冰棍的照片，她似乎在挡镜头不想让人拍，结果拍照的人很会抓拍，一下就抓到了这个模糊又错愕的镜头。

李靳屿可以想象到那晚两人有多暧昧，不然叶濛也不会单独拍了一张勾恺坐着抽烟的照片。

勾恺是他们那帮人里最会拍照的一个，家里有间更衣室，各式各样的相机和长短镜头堆积如山。以前李靳屿每年都会送他一些很难买到的相机和数不胜数的镜头。

说实话，这么久没见，勾恺泡妞的手段倒是越来越高明。

李靳屿把手机揣回兜里，抬头看了看站在路边的叶濛，又低头想了两三秒，似乎在下什么决定。他正准备踏出去，身后猝不及防地传来江露芝的声音：“弟弟，想什么呢？走吧。”

江露芝跟叶濛都很喜欢叫他弟弟。叶濛纯粹是调侃，语气带有情趣，甚至是暧昧的；江露芝是纯拿他当弟弟，有种长辈使唤晚辈的意思。

保时捷的后备厢在前面，刚好被李靳屿一屁股坐了。他听见声响收回踏出去的脚步，只能往边上让。江露芝将一大包燕窝和海鲜干扔进去，对他说：“燕窝买给奶奶吃，你们男生也可以吃的。我还让超市给订了一条名烟，到时候一起给奶奶送过去。”

不等李靳屿说什么，江露芝立马抢在前头说：“别拒绝，这次确实是我的错，我该给你们赔礼道歉的。特别是奶奶，是我辜负了她。我不知道哪些奶奶能吃哪些不能吃，所以才让你陪我过来，不然买多了也是浪费。”

什么话都被她说了，李靳屿只能摸摸鼻子，跟她上车。

江露芝刚把车倒出来，余光瞥见叶濛还站在路边，随口问了句：“东西给她了吗？”

李靳屿懒洋洋地把手肘撑在车窗上，嗯了声。

江露芝打着方向盘，紧跟着叹了口气，有种无计可施的无奈感：“没办法。”

李靳屿不太懂女人之间的矛盾和小情绪，也懒得发表任何意见，保持沉默片刻后，将搭在窗沿上的手收回，低头看了眼手机，状似无意地问了句：“姐姐们关系不好吗？因为那个勾什么的？”

彼时叶濛已经抱着白色礼物盒上了方雅恩的小高尔夫。江露芝踩着刹车跟在后面，反问道：“她漂亮吗？你觉得她漂亮还是我漂亮？”

为什么女人都喜欢问这种问题？

李靳屿定定地看了她一会儿，江露芝自嘲地把头转了过去。

“你俩抢男朋友吗？”他问。

江露芝将车转出小巷口，拐上主干道说：“勾恺是我们的老板，我跟他可没别的关系。”

勾恺追女人向来不择手段，叶濛也是单刀直入的性格，这俩不就是天雷勾地火，真有什么关系似乎也不太奇怪。李靳屿却只觉得这世界真小。

江露芝说：“不过据我所知，她跟勾恺没成过。勾恺其实很看不起她，因为她学新闻的，但又不是名校毕业，专业技术不过硬，人又懒散没什么斗志，但就像一只小强，在哪儿都能混下去。你就是随随便便把她往难民区一丢，她也能跟那里的人混出个联合区长来。”

李靳屿听着，低头翻看手机微信上叶濛的留言，那一声声宝贝叫得真是勤。听闻此言，他忍不住勾了勾嘴角。不过他想到她有半个月没给他发信息，嘴唇又不由得抿成一条直线。

两人心思各异，江露芝仿佛找到了一个发泄口，一路开着车，滔滔不绝地跟他大倒苦水：“她找人调查我，认为是我跟勾恺一起踹走了她。说实话，这公司不是我的，我只是个合作法务，想怎么折腾还不是勾恺一句话的事？”

“为什么？”李靳屿眼皮都没抬。

“不是太了解，但我知道勾恺这人有点儿变态，”江露芝说，“我只听他说过三言两语，他希望叶濛不要变，又想要叶濛依赖他，做一条他随时随地能叫到、仰他鼻息生存的‘舔狗’。叶濛不甘心，想在北京立足，私下想要自立门户，被勾恺发现，就把她架空了，什么项目都不给她，叶濛气不过就辞职了。勾恺大概没料到叶濛真会走，本以为她顶多闹个两天脾气就回去了，现在又舍不下呗，这不，过完年说要亲自过来哄。”

叶濛一上车，就把白色的礼物盒打开看了眼，看完之后内心毫无波澜，面无表情地丢到后座去了。

方雅恩好奇地回头扫了一眼：“什么东西？”

叶濛拿脑袋顶着车窗，漫不经心地说：“相机。”

方雅恩啧啧了两声：“艳照啊，没想到你俩还挺会玩的嘛。”

“你那一脑袋黄色废料什么时候能洗洗？”叶濛直起身，靠着车座，看了她一眼说，“是那次去广东出差的照片，那天晚上鬼迷心窍差点儿被他睡了。他大概觉得我看着这台相机能有点儿什么美好回忆，不好意思，我还真没有。”

“其实，我还挺支持你回去的，我觉得你不应该在这里。”

“我不回去，我年后去市里上班，过几天去那边租房子。”叶濛说。

方雅恩愣了愣：“那不追弟弟啦？”

叶濛骂道：“他就是个茅坑里的石头，又臭又硬。我就是泡坛酸菜现在也该发酵了啊。他还真敢跟江露芝出来，也不怕别人真拿他当‘小三’。”

“这事是我亏欠靳屿，他不是‘小三’，我当时也是跟男朋友赌气才听了我妈的话回来跟靳屿相亲的，”江露芝坐在昏暗的病房里，轻声细语地诚挚给老太太道歉，“后来，我无意中得知我前男友要结婚，决定先斩后奏跟他领了证，之后的事情您也知道了，家里乱成一锅粥，实在没顾上靳屿这边，所以这次我是专门过来赔礼道歉的。如果镇上有传靳屿不好的话，我一定会让我妈妈跟他们解释清楚。”

奶奶眼神哀怨，三番五次地叹气，最终还是惋惜地说了句：“不用，是我们靳屿没福气。”

江露芝看着老太太，愧疚满满，也不知该如何做才能显得更有诚意，下意识地转头去看李靳屿，发现人已经不在。

江露芝找了一圈也没找到人，最终只能给李靳屿发了一条微信。

江：“靳屿，我已经跟奶奶说清楚，十分抱歉。如果镇上还有传你不好的话，我会帮你澄清的。总之，照顾好奶奶，自己也保重。”

昏暗静谧的楼道里，手机叮咚声响。

嘀嗒一声，有人解锁，一道微弱的屏幕光亮起，李靳屿坐在最上面的台阶上，长腿越过两三级台阶踩着地。

他回了个嗯，随手将手机丢在一边，将脑袋埋进屈着的膝盖间，漫不经心地揉着隐隐作痛的太阳穴。

楼梯口传来隐隐的说话声，是一个男护士。宁绥仅一个三甲医院，翻遍了整个医院也只有一个男护士。

“高护士，这么早下班？今天心情不错哦？发年终奖啦？”

“年终奖早发啦，”男护士声音高扬，语气里有藏不住的兴奋和笑意，“是一个很喜欢的姐姐要请我吃饭，之前相亲认识的，人家对我好像一直不冷不热的，今天突然约我去戴记吃饭。”

“戴记？这地方可不便宜，看来咱们小高护士要脱单啦？”

“星座说最近有桃花，不知道准不准。不说啦，姐，我先下班啦！10床的病人帮我看着点儿，那奶奶刚做完化疗，晚上可能会呕吐。”

这男护士刚毕业不久，确实长得很帅，也很乖，人也阳光，对病人耐心细致，每次来给老太太换药的时候，一口一声奶奶叫得很亲热。

可不知道为什么，今天男护士来给奶奶换药的时候，李靳屿听着不太舒服，心里陡然生出一种感觉——他抢走了叶濛，还要抢自己的奶奶。

可叶濛什么时候成你的了？你不是拒绝了吗？你不是坚决不谈恋爱吗？你不是不想改变生活轨迹？你不是不想再有任何人闯进你和奶奶的

生活吗？你不是说你再也不要把自己交到别人手上了吗？！

顶楼楼道昏暗空旷，没人会上来，很僻静。不知道是谁又发了一条信息过来，手机叮咚一声，屏幕骤然亮起的微光在这个孤寂的角落显得有些凄切。

他其实已经很久很久没有过这种感受了，头昏脑涨、焦虑不安，感觉什么都抓不住，太阳穴一抽一抽地拉着他的全身精神，疼得他快喘不过气来。

血液里仿佛有千万只蚂蚁在爬，爬过他的手、他的脊柱、他的神经，最后成群涌入他的胸腔和心脏，占据了他所有能呼吸的空间。

他感觉很难受，但不知道为什么难受，脑中空空荡荡的，只剩下李凌白那句话——

"你是罪恶的种子。你是不是觉得哥哥分享了你的爱？错了，李靳屿，永远没有人爱你，没有人，没有东西是属于你的，你占有欲这么强，就是有病！

"你有病！你就是有病！

"你抓不住！你永远都抓不住！"

…………

大脑仿佛被人侵占，李凌白狰狞的面目渐渐清晰起来，李靳屿终于承受不住，抱着脑袋，声嘶力竭地发出一声难以遏制的低沉嘶吼。

苍穹像被破开一道口子，天地再无宁日。

然后天彻底黑下来，阴郁沉闷得像一块大黑幕，笼罩着整个小镇，楼道里再也看不见一丝光亮。

彼时，叶濛坐在戴记，哼着小曲，发了一条朋友圈。

柠檬叶："戴记换厨师了？啊，那下次就不用带我的宝贝来了。"

李靳屿刷到这条朋友圈时，人已经回病房了，"宝贝"两个字尤其刺眼和让他不舒服。杨天伟还不知好歹地在底下留言："想当姐姐的宝贝。"

叶濛很快回道："排队哦。"

李靳屿感觉太阳穴隐隐作痛，后脑神经似乎要跳出来，每抽一下，连着背后的脊柱神经疼得他喘不上气，连呼吸都不敢太用力，他只能轻轻地、轻轻地努力平息自己。

这种情绪他太了解。李凌白有句话其实没说错，他从小对自己的东西占有欲特别强，什么都想要抓在手里，谁都不准碰。小时候爸爸问他，要不要再添个小弟弟，李思杨高兴地拍手说好，他冷着脸不说话。爸爸问他是不是不愿意，他说是。

李凌白当即铁青着脸色摔了碗。可他也无法觍着脸去跟妈妈说：你再要个弟弟吧。因为他知道，再来个弟弟他会彻底变成这个家里的透明人。

从那之后，李凌白对他更是深恶痛绝。

李凌白说她早有预感，从他第一次抢哥哥的玩具开始，他就是一个不同寻常的小孩。

李靳屿当时觉得很冤，是哥哥先抢他的玩具。

他天生又比一般的小孩聪慧，记忆力超群，尤其对数字敏感，听过一遍就会立马背下来。他以前是家里的人形电话本，只要是听过的电话号码，永远会在他的脑海中留存。而且他的脑中好像有个很大很大的记忆储藏库，他小时候是这么觉得的，反正永远不会记不住东西。

因此，他跟一般小孩的差距又体现出来了。

李凌白并不因此高兴，甚至觉得他就是电影里说的那种变态神童，可能体内住着一个恶贯满盈的成年人。总之，她从没觉得这是一种恩赐。

他也曾是个气势如虹的少年，也有过屠龙梦，如今只剩下残垣断壁。他那个悲凉的世界，万物荒凉。他的理想和热血，一次次被人扑灭，没人能在大海里偏安一隅。

所以，他只打算守在罪恶的地底，卸下他的一身反骨，等他心底最后那簇小火苗熄灭。

病房昏暗，窗帘紧闭，时间很慢，一分一秒他似都能听见。

老太太已经睡着，李靳屿守在病床边上，靠着墙，双手像灌了铅一样握着手机，无力地垂在叉着的腿间。他闭着眼，仰头懒散地靠着，却能清晰地感受到自己的心跳声。

因为前几年长期失眠，他窦性心律不齐，有时快有时慢。这样的人情绪不稳、暴躁，比如现在，他总想砸点儿什么东西来发泄自己的情绪。

他滚着喉结，一点点压制内心蠢蠢欲动的暴力因子，低头举起手机，将叶濛的微信删除了，又把头像换回原来黑漆漆的图片。

李靳屿起身去厕所，掬了一捧水扑在脸上，发丝凌乱地贴在脸上，他性感但又嫩得出水，像一棵干干净净、无人染指的小白杨树。

他长得真就是个标准的帅哥，皮肤偏白，手腕上青筋突起，比一般人明显很多。但无论他怎么邋遢或打扮，看着都没什么区别，就是一棵比别人长得正却懒散点儿的小白杨。

水渍顺着他清晰的喉结，慢慢没入他的衣领里，浸湿他的胸口。最后李靳屿直接将线衫外套拽掉，光裸着上身，半靠在洗手台上，给自己点了支烟。

他吞吐着烟雾，平复着情绪，可心中始终像鼓着一个气球，不断胀大，撑开他的胸腔。刚刚在楼梯间好不容易压下去的情绪，却像爬山虎一样密密麻麻地爬满了他的心脏，将他的心脏禁锢得死死的，一动就疼。然后有人拿着刀片，一小块一小块地将那些不健康的部分狠狠地剜掉。

就好像他天生是个畸形儿，该被所有人矫正。

他面带讥讽地看着镜中的自己。

李靳屿，你在挣扎什么？你的骄傲和自尊都被人踩过了。你还剩下什么？叶濛一句要为你打江山，你当真了是吗？

你在希望什么？

你希望李凌白跪在地上乞求这么多年来对你家庭暴力的原谅？

还是说你希望重回WMC（世界记忆锦标赛）的赛场？

算了吧，你早过了这个年纪，记忆力也大不如前了。你没发现吗？你已经没有记忆宫殿了，而且脑力开发过度，会提前色衰，你以后想靠这张脸吃软饭是不行了。

当年他一声不吭地放弃比赛，拱手将那年的冠军让给了韩国。直到三年后，冠军才被勾恺重新拿回来。

最后，他和老师师生恩尽，遭队友唾弃，别人还以为他承受不住这些谩骂的压力退学自杀。

他对这些其实都无所谓，只不过是老师那句“靳屿，你是我这辈子最得意，也最难以向人启齿的学生”让他至今无法抬头。

李靳屿抽完烟，边套上衣服边走出病房厕所。老太太睡得沉，没有要醒的迹象，他过去给她掖好被子，突然听到叮叮一声响，抽屉里老太太的手机骤然连响两下。

李靳屿站在床边，拉开抽屉，确认没吵醒老太太，才扫了一眼手机。

老太太的手机还是黄屏诺基亚，没有上网功能，只能接收短信息和打电话。屏幕上是一串熟悉的陌生号码，老太太没备注，但他一眼就认出，这是李凌白的号码。

“妈，能让李靳屿来一趟北京吗？”

“他把我拉黑了，我这边有急事需要找他。”

之后，李靳屿销声匿迹很多天，没去医院，请了个护工照顾老太太。他也没再去酒吧唱歌，仿佛这人在镇上凭空消失了。

直到除夕那天，叶濛下午参加同学聚会时，接到一个陌生电话，从北京那边打来的。她从北京回来后，这种疑似推销、买房、买基金的电话一直没断过，心下不觉有他，直接给挂断了。

席间觥筹交错，老同学们在鼓噪的气氛中敬酒，再装腔作势地互相调侃两句，欢声笑语接连不断，热闹非凡。叶濛却变得惴惴不安起来，心下有种让她难以言说的第六感，总觉得这个电话跟李靳屿有关。她满腹疑惑地坐在热情格外高涨的一堆老同学中间，一边心不在焉地应付他们的插科打诨，一边沉下心思，揣度刚刚的电话。

“叶濛是不是有男朋友了？怎么没把小男友带过来？”有人看了前几天她的朋友圈，打趣道。

“说明还没玩够啊，是不是啊，姐？你也三十好几了，该定下来了。”说这话的是个男生，圆脸庞，身材矮小粗壮，活像一颗行走的猪肉丸子。仗着自己年纪是全班最小的，他管谁都叫姐，没眼色嘴还欠。

叶濛当年就对这颗“猪肉丸子”过敏，当初拒绝他的时候，话说得难听了点儿。没想到这小子记这么久，还打趣她的年龄。满打满算她今年才二十九，也不恼，淡淡地抿了口酒，笑着往身后的椅子上靠，一副死性不改还越发毒舌起来的样子："马步啊，如果男朋友是你的话，那我可能永远都玩不够。"

马步气得脸涨成猪肝色，活像被人蘸了酱油。方雅恩在旁边捂嘴笑，大概是同叶濛想到一块儿去了。方雅恩刚想怼一句"你个癞蛤蟆就别想吃天鹅肉了"，谁料下一秒，有人毫无预兆地突然提起江露芝，虽然江露芝今天没来。

"听说江露芝真嫁了个北京人？"

话匣子一下被人打开，众人七嘴八舌地议论开来。

"之前她不是还跟咱们镇上一个男的谈恋爱吗？那人叫什么，想不起来了。"

"李靳屿。"有人提醒道。

"对，他在酒吧唱歌，长得是真帅。那天我跟几个小姐妹特意去看了，还加了微信，感觉也是个'海王'。"

"你管呢，长这么帅，睡了你就不亏。"

"也对，那他岂不是又单身了？"

小姐妹立马兴奋地怂恿道："你要不要发条信息约一下？"

"你别胡说，"女同学的脸一下子涨得通红，"我妈让我最好找个公务员。"话是这么说，这人眼里却写着跃跃欲试。

方雅恩扫了叶濛一眼，见她无动于衷，还置若罔闻地给自己倒酒，半晌才听她神情自若地接了句话："公务员挺好的。"

女同学也不知道自己是哪根神经作祟，下意识地反驳叶濛："我相亲过几个公务员，觉得很没劲。但我爸妈也没强迫我一定要找公务员，他们觉得我自己喜欢最重要。我是觉得，人生也不能太稳定，不然没激情。"

叶濛笑了下："那你去追。"

男生立马跟着起哄道："来，咱们打个赌，就赌咱们刘宜宜能不能约到这个男的。这样你就算被拒绝了，到时候也不会太丢脸，你就说跟朋友玩游戏呗！"

借口都有人替她找好了，刘宜宜求之不得，很爽快地答应了。

刘宜宜调出李靳屿的微信，对话框一片空白，两人显然加了微信之后就没聊过，被小姐妹满脸嫌弃地吐槽：“什么呀，你之前都没找他聊过呀？太冈了吧。”

刘宜宜微红着脸，在想措辞。

“出去抽支烟。”叶濛拿起手机站起来走了出去。

方雅恩跟着出去，两人靠在走廊的吸烟区，有一搭没一搭地吞云吐雾，旁边站着几个大腹便便出来应酬的中年男人，看着像乡镇的领导。

方雅恩视若无睹地对叶濛说：“玩出火了吧？要是让刘宜宜追到手，看你怎么办？”

叶濛一手夹着烟，一手拿着手机，正在考虑要不要给那个陌生号码回个电话过去，闻言头也没抬地说：“追到就追到，我还能在一棵树上吊死啊？等会儿，我打个电话。”

她说着不动声色地往边上挪了两步，将电话拨了出去。

那边的人接得很快：“喂？”

叶濛抽了口烟说：“你刚才找我？”

对方操着一口广东口音说：“是这样的，小姐，我这里是楼盘中心，最近有个——”

“谢谢，不需要，我不在北京。”

叶濛直接挂断电话，有些失望地长吐了口气，以后再也不信第六感这种东西了。

北京除夕下着瓢泼大雨，千万道水柱淌成河，狂风呼啸，树木妖魔化般倾斜着，任何一个画面都像一幅毕加索的油画，抽象得很。

小哥收好电话急匆匆地从北京协和出来，心急火燎地跨上他的小电驴一溜烟冲进雨幕中，骑到一半，他才脑中灵光一闪，拍着头盔反应过来！刚才那个电话好像不在他的电话销售名单里，刚刚医院有个男人找他借了手机，或许这是那个男人的朋友？

可是现在他手里有个急件合同要送，他再折回去也来不及了。

算了算了，不管了，人家肯定会再找别的手机打的，他这份合同要是送晚了，对方再过两小时关账，年前老板收不到钱，奖金也就泡汤了。

于是，歪歪扭扭的小电驴突然加速，绝尘而去，消失在一片令人迷醉的城市霓虹中。

年初一，叶濛才旁敲侧击地从小高嘴里得知，李靳屿最近不在镇上，去北京了，具体做什么他没说，只说回来可能得年初五了。

那晚在戴记，两人已经达成共识，叶濛说会拿小高当亲弟弟。小高虽然对叶濛有好感，但仔细想想，两人还是当朋友合适，他实在不想给人当上门女婿。

那晚小高被灌了些酒，话也多，叶濛才从他嘴里模模糊糊知道一些情况。原来李靳屿的奶奶得了肺癌，他之前去做手模就是为了给奶奶挣医药费。

那他这次去北京干吗？总不至于做手模做到北京去了吧？

"他去献血了，"老太太坐在床头，给自己剥了根香蕉，漫不经心地对叶濛解释说，"他弟弟年前开着他的玩具车去小区门口拿快递，结果那小子调皮，把玩具车开到马路上，被车撞了，大出血，生命垂危，弄不好还要换肾。"

"亲弟弟吗？"叶濛问。

"不是，他妈妈改嫁，前几年刚生的，现在刚五六岁。"

"血库里没血吗？为什么让他跑一趟，不会还要让李靳屿捐肾给他弟弟吧？"

老太太哼了一声，似乎都不愿意提李靳屿的妈妈："那应该不至于，他是什么熊猫血我不懂，反正挺罕见的。你看，李靳屿可不可怜，平时丢在这里不闻不问的，一出事他妈就想到他了。"

年初五，小可怜蛋儿回来了。

叶濛坐在车里，看着李靳屿从人头攒动的火车站里走出来，高高瘦瘦的，很扎眼。他里头是一件白色T恤，底下是黑色运动带三条杠的休闲裤，套着件黑白拼接夹克，脚上仍是那双高帮鞋，脸上还戴着口罩，莫名像大学里休假的小哥哥。

嘀嘀——

她不轻不重地摁了下喇叭提醒他，然后降下车窗。李靳屿挎着个大大的黑色斜挎包，双手插在衣兜里，全身上下也就露出一双好看的桃花眼，隔着人流盯了她几秒。

此时镇上暮霭渐起，路灯没亮，微弱的霞光里，两人在微凉的空气中紧紧地盯着彼此。

他的眼睛看着真深情，好像他爱了她很久，如果不是知道他天生一双深情眼，盯个垃圾桶都像在盯自己的女朋友，叶濛估计会立马血液沸腾，心中快马扬起气势如虹的金鞭，满腔皆是“胸中有丘壑，立马振山河”的爱意。

叶濛将他送回家，自己去停车。李靳屿也没管她，在社区的胡同口喂了两口流浪猫，才拍拍小猫的脑袋大步流星地往楼里走去。

不过他没关门，叶濛进去，只见他已经脱了外套，穿着一件宽松的白T恤，人高马大地站在窄小的院子里，漫不经心地玩着摔炮，那种丢地上就会炸开的炮。

过年都不让放烟花爆竹，小孩也只能玩这种过过手瘾，没想到这么大个男人，还这么幼稚。

耳边嘭嘭的炸响声越来越清晰，叶濛推开院子的落地窗走了过去。

小院里还有个鱼缸，跟人齐高，里头养了几条小金鱼，被他嘭嘭的炸炮声吓得四处乱窜。李靳屿靠着鱼缸，没回头看她，也没再往地上扔摔炮，蹲下去逗那条小黄狗。从上车到现在，他似乎一句话都不打算同她说。

“李靳屿？”叶濛决定还是哄哄他。

“……”某人还是蹲着逗狗。

“李靳屿。”

嘭！他一言不发，站起来靠着鱼缸又开始摔炮仗。

“李靳屿。”

嘭！他又摔了一个。

叶濛的暴脾气上来了，耐心很有限，她警告地怒道：“算了，我走了，你慢慢玩，最好把这小破屋给炸了，奶奶出院后你等着挨打吧！”

“叶濛，你要不要跟我试试？”身后突然传来低沉嘶哑的声音。

李靳屿其实是不知道该怎么开口，现在在心里唾弃自己，觉得自己是真的道德有问题，明知道叶濛跟小高护士的事，还是厚着脸皮问了。

月亮一点点地爬上来，此刻的小镇已经一片漆黑，路灯依次亮起，河边都是散步的行人，他们踩着月光投下的影子，谈笑风生，孤独好像将小院里这个男人的影子拉长，显得他格外凄凉。

他不知道是嗓子还没完全好，还是这次去北京又跟他妈妈吵架情况加重了，声音很沙哑，声带像是被砂纸磨过。他清了清嗓子，还是不行，便嘶哑低沉地开口——

“你还要我吗？”

他慵懒地靠着鱼缸，一边在心底骂自己，一边又漫不经心地随口丢出一句：“你跟小高分手了吗？没有的话，当我没说。”

叶濛哭笑不得，无奈地看着他：“方雅恩说什么，你还真信？”

他仍是靠着鱼缸，手上的炮仗已经被扔完了，他已经没什么可抓的，只能转头看向她，那深沉的眼里竟然有一些难以控制的情绪，压抑而苦涩。

小院的篱笆墙外传来连天的麻将声、鞭炮声、小孩的呼朋唤友声，亮着的灯火里，梦想与现实似乎在黑暗中相逢。

然后他侧过身，拿背靠着鱼缸，伸手将她拉过来，两人贴着鱼缸。

李靳屿低头看着她说：“是啊，我最好骗了，所以你别欺负我。”

本该是下雪的天气，外面却毫无预兆地变得阴雨绵绵，昏黄的路灯下雨丝如绵密的牛毛。看着河面上被雨水激起的涟漪，路人纷纷意兴阑珊地往回走，谈笑声渐行渐远，从他的院墙外悄然路过，随着各家各户的关门告别声，四周又恢复宁静，静得能听见雨水落到树叶上的声音。

叶濛没有预想中的欣喜若狂，她只是觉得心疼，用这种方式让他对自己妥协。她轻轻挣脱李靳屿拽着她的手，看着倚在鱼缸上的人，低声问道：“你真想跟我试试？”

李靳屿似乎没想到她会挣脱他，有些意外地愣了会儿神，然后缓缓直起身走过去，从院门口杂乱无章地堆着的几箱东西里，一次性单手拎了四罐啤酒出来，随手摆在茶几上，人大大咧咧地在沙发上坐下。

“你不想就算了，”李靳屿随手给自己开了罐酒，喝了口，又掏出手机看了一眼，没什么情绪地将其丢到茶几上，“当我没说。”

叶濛坐过去，比平时的安全距离更近一些，两人炽热的肌肤几乎要贴在一起。李靳屿没有像往常那样坐开些，若无其事地一口一口灌酒。

这屋子仿佛在一瞬间被人放了块炭进来，气氛似乎烧了起来。

叶濛轻轻夺下他的酒藏在自己背后，低声哄道：“别喝了，宝贝。”

李靳屿一言不发，固执地要倾身再去拿新的酒。

叶濛立马摁住他的瓶口，连带着将他清瘦温热的手指一把抓住，触感明显，心下仿佛被人浇过一捧温水，将那些不明情绪冲刷掉了：“我只是想问，你是喜欢我呢，还是被小高刺激的？”

他反问：“那你呢，你真的喜欢我吗？”

叶濛如实说：“我很喜欢你啊，但是说实话，我喜欢过很多人，也受过伤，还到了这个年纪，女孩本来又比男孩早熟，所以我现在对待感情比较理智，不会再为了爱情死去活来。”

其实他们也就差两岁而已，怎么被她说得像他小了她二十岁似的？

李靳屿靠着沙发，两腿叉着，啤酒随手搭在腿间，被叶濛用手压着，他却埋着头，胸腔起伏，声音沉闷：“你谈过几次？”

“三次。”

“都是姐弟恋？”

“不是。”

大猪蹄子。李靳屿双手捏着酒，没好气地一下把她的手撣开，拉开环，说：“我可能喜欢你吧，我现在还不太清楚。”

“我不知道是你对我太好了，我不想把你让给别人，还是真的已经喜欢上你了，”他两指捏着酒罐拎起来喝了口酒，自嘲地笑了笑，倒也没遮掩，坦诚地掀了底牌，“我分不清，因为我没喜欢过谁，这是第一次谈恋爱。”

“初恋啊，那是会热烈一些，”叶濛若有所思地点头，逗他，“不过二十七岁才开始初恋是不是晚了点儿？撒谎吧你，这么多年一个让你动心的人都没有？”

李靳屿一边喝酒一边看她，眼底是浓浓的嘲讽之色，一脸“你明知故问”的表情。

他眼角已经有些泛红，叶濛发现他其实并不太能喝酒，两瓶啤酒下去眼角就红了，人醉醺醺地仰在沙发上，半懒散半认真地看着她，嗓音更哑了：“你以后都不回北京了吗？”

“你想回吗？”叶濛小心翼翼地抽走他手里的酒，将其放到茶几上。

李靳屿把空了的手放下去。他这次从北京回来好像特别累，靠在沙发上，用胳膊肘挡住眼睛，半天才吸着气闷声说：“不回。”

不知道他什么时候开了空调，气温正在攀升，叶濛忍不住脱了外套，只穿着一件白色的高领紧身毛衣，裹着她骨肉匀称的上身。她轻轻拨了拨他自然垂着的手指，低声问：“很委屈吗？过去的事情。”

屋内屋外都安静，只剩下绵密的雨落在窗篷上发出的嘭嘭声。

半晌，李靳屿仍盖着眼睛，低低地嗯了声。

叶濛一直觉得他算是很能忍，什么都扛得住。他到底经历了什么，能让一个男人变得这么抬不起头来。

叶濛牵着他的手，将他的胳膊从眼睛上拿下来，温柔地低声说：“好，我留在这里陪你，直到你好起来。”

李靳屿虽然闭着眼，但被她牵着的手忽然收拢了，修长的手指慢慢地插进她的指缝间，跟她十指紧扣。

叶濛半跪在沙发上，脑袋已经凑到他耳边，吹着气，有点儿得寸进尺地问：“弟弟，我能亲你吗？”

李靳屿仰着头靠在沙发背上，终于睁开眼睛，无奈地看着她，失笑道：“姐姐你能别这么猴急吗？我们确定关系过一分钟了吗？”

叶濛跟他反方向趴着，脑袋跟他一样搁在沙发背上，跪着，好奇地追问道：“你跟江露芝亲过吗？”

李靳屿松开她的手，从沙发上起来，倾身去拿了酒抿了口，有点儿无奈地说：“亲过能阻止你亲我吗？”

叶濛嘁了声，从沙发上下来：“你也别太装纯，不知道的人还以为我猥亵儿童呢。”

“我一个男的，装什么纯。”李靳屿跷着二郎腿笑不可遏地说，“你给我点儿时间反应一下不行吗？”

说着他站起来，拿起他刚刚脱下丢在沙发上的外套毫不留情地罩在叶濛的脑袋上，眼不见为净，防狼似的说：“我等会儿去医院看奶奶，先去洗个澡，你别偷看。”

呸！

他这是拿谁当色狼呢？！叶濛差点儿以为自己拿错剧本了，义愤填膺地一字一顿叫他的名字：“李、靳、屿！”

“不许拿下来，不然一个月都不让你亲。”他在卧室里一边找换洗的衣服，一边懒洋洋地说。

浴室门是坏的，老太太滑倒那天给撞坏了，一刮风就哐哐乱撞，他后来就给拆了，至今还没装回去。反正这家里现在也就他一个人住，偶尔杨天伟会来，他那几天就尽量不洗澡。

他虽然没那么纯，但也还没到可以让叶濛光明正大地看他洗澡的地步。

他拿好东西进去，三两下剥干净衣服，还剩了条内裤，回头看了眼叶濛，后者头上老老实实地盖着他的外套，等他转回去，身后传来声音：“李靳屿。”

“嗯？”

“你去医院献血了？”叶濛被盖着脑袋，忽然没头没脑地问了句。

水声哗啦啦地响起，李靳屿将水声调得小了些，慢慢抹着肥皂说：“你去看我奶奶了？”

“我闻出来的，你的外套上有一股消毒水的味道。”叶濛说。

“你要说你是吸血鬼更可信一些，”李靳屿笑道，“还能闻出我身上少了几百cc的血。”

“我觉得我就是能，你身上少一根头发我都能感觉到。你现在整个人都是我的，没有我的允许，不许再跑去北京给你妈献血。”

“好，没有下次了。”他低头笑了笑。

“你在北京是不是遇到什么事了？”

他自从来宁绥之后就再没回过北京。其实他发现自己内心对北京隐隐还有一种期望。他起初是逃避，逃避这座城市，逃避所有人，可现在他发现人一旦当了一次鸵鸟后，就永远无法再抬头。

他当初是不想回北京，现在是回不去了。

北京没有属于他的家。李凌白的别墅已经住进了别人，他们融洽快乐，和睦体面，保姆、管家全部换了人，主仆情深。他则像是一个流浪汉，误闯入别人的城堡，在那座充满人情味的别墅里，格格不入地待了五天，彻底意识到他是真的回不去了。

那个小孩，满屋子放的都是他曾经看过的书，包括他所有关于记忆宫殿的书。

那小孩资质太差，李靳屿只看了两句话，就知道他的记忆力和逻辑推理能力都不太行，需要单项训练，还需要非常高强度的专注力训练，因为他看的书永远翻不过第三页。

但他看到李凌白在小孩的本子上写了一句话："儿子，你要相信自己是最棒的！"

李凌白现在好像换了个人，变得很温柔、婉约。这小子的待遇，真是前所未有地好，当初连李思杨都没享的福全让他一个人享了。

除夕当晚，两人撕破脸皮，剑拔弩张地大吵了一架。李凌白怕他反悔不肯给她儿子献血，叫人收了他的手机。李靳屿这才在医院找人借了手机。

"是想让我去北京接你吗？"

李靳屿已经洗完澡，湿头发也没擦干，换上了干净的T恤和宽松的运动裤靠在沙发上，双手搭在腿间，老神在在地笑着摇头："不是，我是想问问你，喜不喜欢吃豆腐蛋糕，我记得以前有家豆腐蛋糕很好吃，我跟朋友们经常去吃，但是我后来找半天没找到，心态崩了。"

叶濛断断续续地听下来，抱着他充满男性气息的外套，说："啧啧，看来你以前还是个富家小开。那追你的姐姐们排到香山了吧？"

他侧着头失笑道："嗯，很多，不过没你这么上赶着往上贴的。"

"你骂我倒贴？刚刚是谁主动的？我现在反悔了，姐姐不陪你玩了。"叶濛拿外套砸他，作势起身要走。

手却蓦然被人牢牢拽住，叶濛回头瞧他。

“我倒贴，行吗？”李靳屿低着头说，头发湿漉漉的，几滴水还顺着他的喉结慢慢往下滚，没入他的衣领，画面性感至极。只见他抬头对上她的视线，一副伤风败俗的坏样说：“我本来以为你跟小高护士在一起了，我都打算勾引你分手了。”

“弟弟，你现在的思想真的有点儿问题，”叶濛立马坐下来，说完又气鼓鼓地不知道跟谁生闷气，“我现在真想抽死江露芝，人一旦被迫降低道德底线之后，有了第一次就会有第二次，这就跟出轨一样，只有零次和无数次的区别。你当‘小三’当上瘾了，宝贝？”

“你管每个男朋友都叫宝贝吗？”

“你需要特殊待遇吗？我还有很多称呼，宝宝贝、宝贝贝、贝宝宝、honey（亲爱的）、last love（最后的爱）、muscle baby（肌肉宝贝）？”

李靳屿开始吹头发，听到这个muscle baby还是胆战了一下，懒得搭理她。

叶濛等他吹头发，靠在门框上正绞尽脑汁地想改他的微信名，最终改成很土的baby baby baby。

李靳屿冷笑道：“你改成贾斯汀·比伯更好。”

“你把我改成honey honey honey。”

“不改，”他无动于衷地放下吹风机，忍不住吐槽道，“油腻。”

叶濛觉得这句话她只能给他回一个“对方并不想说话并向你砸了一堆小学生作业”的表情包，谁知道居然跳出加好友的提示。叶濛猛然回过神道：“李靳屿，你把我删了？”

“你才知道？删你半个月了，”李靳屿随便抓了两下头发，走出来拿起沙发上的手机，冷声道，“这半个月你又浪飞了吧，一条信息没给我发？”

微信界面有几百条信息提示，大多是群里的，李靳屿基本上没怎么看，不过个人的他也都没看，难怪以前她发信息给他他都不回，原来他压根就不看。

叶濛问：“你都没看微信吗？”

“什么？”李靳屿正在把她加回去。

“私信啊。”

他走向卧室，头也不回地说：“很少看。”

叶濛跟过去，靠着卧室的门框，再次打量这间充满他的生活气息的卧室，角落里摆着一架电子琴、两个不大不小却塞满了各式各样的书籍的书架，床、柜子将窄小的空间挤得满满当当的。叶濛对男性的卧室其实格外抵触，包括男朋友的，总觉得不干净，又脏又乱，让她没安全感。但不知道是不是李靳屿住的缘故，她竟然觉得意外地温馨干净和有安全感，有股立马打包行李住进来的冲动。

“那万一有事找你呢？”

“有事找我不会打电话吗？”李靳屿从衣柜里抽出一件防寒服套上，“微信上找的不是想约炮就是想借钱。你要跟我去医院还是回家？”

“陪你。”

李靳屿隔着柜门深深地看她一眼，半晌后，又从柜子里抽出一件同款的长防寒服丢过去，很冷漠地说：“那穿这个，晚上降温。我身子骨弱，是不会脱衣服给你的。”

老太太恢复得还算不错，马上要进行第二期化疗，晚上过去医生又紧锣密鼓地找李靳屿谈了一轮，意思是又到缴手术费的时候了。

但李靳屿现在不缺钱，立马给医院的住院账户上打了五万块钱。

李凌白给了他二十万，当是他卖血的钱。要不是为了这钱，他也不会往北京跑，那小孩要真死了跟他也没关系，那都是李凌白的报应。他很没良心地想。

“你真跟巴豆在一起啦？”老太太含着没下咽的香蕉，甚至还有点儿不敢相信自己的耳朵，用力掏了掏耳朵，竭尽全力地想将叶濛的每个字都听清楚。

叶濛点了点头：“他提的。”

老太太终于守得云开见月明，饱含热泪，连连点头，激动得假牙差点儿飞出来：“好、好……”

叶濛这人说话做事从来给自己留三分，知道老太太存的什么心思，怕她失望，心情起伏太大影响身体恢复，便不敢把话说太满，只能说：“先处着呗，要是不合适，奶奶您也别着急，肯定会有更适合李靳屿的人。”

谁知道这话被进来的李靳屿听了个正着，老太太立马咽下半含着的香蕉，强行扭转尴尬的气氛：“合适的、合适的，你俩都这么漂亮英俊，完全天造地设、狼狈为奸。”

“……”

两人下楼准备找地方吃晚饭，叶濛坐在车里折腾半天车载导航，李靳屿则大手大脚地坐在副驾驶座上，看她折腾得一脑门汗，没有要帮忙的意思。

“帮个忙啊，男朋友。”

李靳屿回头看她一眼：“这破车我也不懂。”

“……”

这好歹也是一辆要二十万、带着矩阵式全闪的LED大灯的别克君威好吗？

“知道你以前是个少爷了好吧？”叶濛说，“那么请问，少爷您想吃什么呢？三文鱼还是牛排？还是咱们镇上最大的连锁饭店？我分分钟给你订到位子。”

“厉害，”李靳屿敷衍地扯了下嘴角，“那先连锁饭店吧。”

叶濛气势十足地一脚油门将别克轰上路，一路风驰电掣地穿过鳞次栉比的路灯、窄窄的马路以及一座座恢宏大气的酒店都被她毫不留情地甩在身后，坚定不移地直冲着前方那最豪华的连锁饭店进发！

五分钟后，车子终于四平八稳地在目的地停了下来。李靳屿看着窗外门口那几个红彤彤地亮着灯的亚克力水晶招牌——福建沙县小吃。

“现在改吃三文鱼还来得及吗？”

两人刚进去，便看见了坐在角落的乔麦麦，那张小桌子边还挤着两个男人，看上去年纪比乔麦麦大很多。

乔麦麦始终低着头，两个五大三粗的男人说着不入流的黄段子，看见叶濛进来，眼神略恶意猥琐地盯着叶濛裙子下的腿上下打量。

叶濛两人互视一眼，默契十足地找了张距他们四五张桌子远的位子坐了下来。

两人并排坐着，叶濛点了两份饭，回头悄悄观察了一下，在李靳屿耳边说：“你妹好像被人控制了。”

李靳屿低头假装看菜单，笑了下，漫不经心地说：“又不是什么邪术，谁能控制她？是高利贷的人。”

叶濛低声道：“那五十万你帮她借的高利贷？”

“不是，”李靳屿抿了口茶水，在她耳边低声说，“她自己借的，想红想疯了，到处借钱给营销公司拍什么短视频。”

“你不管啊？”

李靳屿把菜单一丢，回头扫了那边一眼，冷眼旁观道：“我要是能管，她今天就不会跟这些人来往。我说过几百次了，她自己不听，非要去找麻烦。”

谁料身后传来椅子挪动的声音，他们准备带着乔麦麦走了，叶濛这才注意到两个男人手上拎的全是摄影器材，乔麦麦则跟个游魂一样，神情呆滞地跟着他们走。

叶濛跟李靳屿迅速对视一眼，仿佛真跟老太太说的那样，天造地设、狼狈为奸。

叶濛突然掀了桌子站起来，表情浮夸地尖叫起来：“李靳屿，你浑蛋！”

李靳屿则懒懒散散地靠在椅子上，叉着腿，还在装模作样地玩手机，一脸渣男样地配合着她：“我又怎么了？我又没碰那女的。”

这个点沙县人很多，这平地一声惊雷，不说乔麦麦那几人，连余下的顾客也纷纷转头错愕地盯着他俩瞧。服务员在一片好奇的目光中，镇定自若地给这位“渣男”送上了一屉热气腾腾的蒸饺。

李靳屿从容地靠在椅子上，仿佛真就欠了一身风流债，一副纵横情场的老姿态，长手捞过隔壁桌的酱油和醋，这时候还不忘问她：“要不要辣椒？”

叶濛突然就觉得以后他俩真没法吵架，李靳屿拿捏她完全绰绰有余，全看他的心情了。这么一想着，她就更入戏了，就差拎着小手绢，如泣如诉道——

"你碰了，你碰了，你们还拍了照片。呜呜呜——你个渣男，我在家尽心尽力地为你照顾老太太和妹妹，你居然在外面玩女人。"

这话一出，李靳屿真是百口嘲谤、万目睚眦。围观群众的目光瞬间变了，不过几道"吃瓜"的视线中，居然还夹杂着一丝丝难以言说的艳羡。

李靳屿听得一头黑线，她用不用这么真情实感地黑他啊？他本来都慢悠悠地夹了一个饺子往嘴里塞，听到这话，直接把筷子给撂了，半真半假地威胁道："欠收拾是不是？"

叶濛宛如林中松竹，坚韧不拔地要把戏演下去："我要跟你分手，你先把你妹妹欠我的那五十万块钱还给我。你妹妹不是恰好也在那边吗？我去跟她说。"

乔麦麦低着头，对身旁的事置若罔闻，好像真的不太对劲儿。那两个男人结完账正准备走人，叶濛手疾眼快，一把拽住落在后面的乔麦麦，笑吟吟地冲两个男人说："两位大哥，请等一下。"

乔麦麦猝不及防地被叶濛拉住手腕，终于有所察觉，麻木地抬起头瞧着她，那宛如死海的眼底，突然闪过一丝惊诧和慌乱之色。乔麦麦的第一反应就是想躲。

叶濛轻轻地在她的手腕上敲了下，示意她别慌。

乔麦麦僵住。

她浑身上下冰凉，像一具没有任何血色的枯骨，叶濛心下也是猛地一跳，仿佛握住了一根毫无生命体征的枯枝。叶濛怕被那两人看出破绽，直直地看着乔麦麦说："乔麦麦，我跟你哥分手了，所以请你把欠我的五十万块钱还给我。"

一整个下午，乔麦麦被那两个自称招人体模特的"摄影师"胁迫着拍下了不雅照，他们在她身上抚摸着找寻灵感，以拿了他们高额报酬不听话就要公布底片为由逼迫着她拍下了一组性虐主题的照片……她惊恐地尖叫，想要逃离，最终却没有成功。

乔麦麦不算个保守的姑娘，所以当初朋友找上她的时候，她满口答应了，人体模特也算是个挣钱的职业。谁知道她遇上了两个变态，那两台罪恶的相机里，全是她的照片。

乔麦麦全身的知觉已经麻木，但她还是能感觉到叶濛在她的手上轻轻敲了三下。

这是她跟哥哥之间的暗号，之前跟哥哥一起玩密室逃脱的时候，解出来的其中一个密码，缩写是——BHP。

别害怕，哥哥在。

乔麦麦克制着自己战栗的身体，低声说："我没钱。"

叶濛淡定地笑了笑说："没钱你就不能走，我是一刻也不想再跟你哥过下去了，现在咱们必须马上把话说清楚，欠我的钱，你究竟什么时候还？"

乔麦麦呆滞地看了一圈，没看见李靳屿，心底有些没底，又怕连累叶濛，只能期期艾艾地道："我、我等一下……还有事。"

叶濛将目光转向旁边的两个男人，尽量让自己笑得人畜无害，对乔麦麦说："那很抱歉，我只能报警了，你跟你哥欠我的钱，我只能找警察处理了哦。别说我不念旧情，是你哥太渣了。"

"没必要报警，"其中一个拎着三脚架的男人突然开口，"我跟我兄弟去后面的巷子里抽两支烟，你们尽快把钱的事情说清楚。"

两人说完朝巷子后走去，稍微矮点儿的男人警惕性极高，时不时回头瞧叶濛一眼，心下疑惑地道："不会出事吧，哥？"

拎三脚架的男人说："出事你不会跑啊？应该不会出事，乔麦麦这么缺钱，不可能主动跟那女的说我们是做什么的来断自己的财路，除非她不想在镇上混了。放心吧，能干这行的人都不是什么贞洁烈女，先盯着，如果有什么异样，我们就先跑，回头再弄死乔麦麦这个臭婊子。"说完，他眼里闪过一丝狠厉之色。

"臭婊子。"矮个男人跟着骂了一句。

两人站在巷口边骂边给自己点上烟，浓烈的烟草气息吸入肺里，两人精神大振，目光逐渐变得猥琐，像两只潜伏在黑夜下的草丛里伺机捕猎的青蛙。矮个儿男人一脚踩上墙面，非常粗鲁地吐了口气："嘿嘿，不知道那女的干不干，她的身材可比乔麦麦带劲儿多了，前凸后翘的，还有那双腿，刚才她一进门我就注意到了。下次要不找人把她弄晕带过来？”

叶濛拿着手机计算器，一本正经地跟乔麦麦坐在门口的位子上计算五十万块钱如果分期还的话，需要多久才能还清，每期又需要还多少。

看她这认真劲儿，乔麦麦心里不由得生出一种错觉，好像自己真的欠了她五十万块钱。乔麦麦四下看了眼：“我哥呢？”

叶濛头也不抬地在手机上一通乱摁：“不知道，可能已经回家睡大觉了吧。”

“那我们坐在这里干什么？”

“等。”

“等什么？”

叶濛低头看了眼时间：“等七点四十五，老太太们练完广场舞。”

这条巷子是条“L”形的封闭小巷，巷长几丈，“L”尾部拐角位置以前是镇上挺有钱的人家的后院门，但后来这家人举家迁至广东，院子空置下来，结果早几年又不巧死了个人，原主觉得不太吉利，便着人将后门给封死了。这边其实就是条一丈来宽的死胡同，里头是没有监控的。

但整条巷子的对面有个居民楼的监控，能把“L”的“I”部分照得一览无余，里头出不来人，对外面进去的人一查监控就一清二楚。

李靳屿百无聊赖地倚着巷子尽头拐角处的墙，单手插兜，另一只手不知道从哪儿捡来个棒球，往地上一遍遍地丢，弹起又淡定从容地稳稳接住，几个来回，僻静的巷子里，只听到几声规律的砸球声，却瞧不见人。

两个男人听得有些心慌。

“哥，你听见了吗？”

“有人在后面打球吧，你慌什么？亏心事做多了？”

“你不亏心啊？咱们虽然没做什么实质性的坏事，但那婊子要是真的找警察，咱们拍那么多照片也很麻烦的。”

“怕你就别干！”男人骂了一句，“刚才胆子不是还大得很，想迷晕那女的？”

又是一阵猥琐的笑响起，三脚架男人加了句："放心吧，咱们只是拍几张照片，没事的。"

七点四十五，李靳屿仍是淡定从容地一下下弹着球，最后看了眼时间，巷子外忽然变得嘈杂起来，应该是老太太们一如既往地跳起了广场舞。

再过个一分钟，人流量最大，老太太会密集地穿过巷子口，直接可以挡住照到这个巷子的监控，但他还是得注意监控的角度。

"老太太的密度我能理解，毕竟她们都喜欢挤在一起走，但她们的身高能挡住我哥吗？"乔麦麦问。

叶濛直觉是不能的，但李靳屿说可以，那就应该可以，他可能计算过角度。不过李靳屿的观察力还是让叶濛震惊了一下，毕竟不是谁都能精准地记住老太太们的生活作息和监控器的角度。他平时得多无聊啊，这种细节都关注。

"乔麦麦，你要报警吗？"叶濛看着她问。

乔麦麦愣了愣，似乎没料到叶濛早就想到了，心下苦涩地道："你们都猜到了？"

叶濛抱着胳膊，靠在椅子上说："这里有眼睛的人应该都能猜到那两个男的是干什么勾当的。只不过他们不愿意给自己惹麻烦，他是你哥，没办法。"

乔麦麦心头一颤，终于明白过来这拔树撼山似的阵仗是为了什么。他们这么大费周章地又是假装吵架，又是利用老太太挡监控，如果不是为了顾及她的颜面，他俩直接报警，轻轻松松地等警察过来处理就行。但这样，她大概没脸在这边生活了吧？

乔麦麦双唇干裂，仿佛被黏住了，良久，她嚅动着双唇道："我哥把他们引进去是为了删底片吗？"

"不然呢，揍他们一顿吗？你哥这身子骨吃得消吗？"叶濛低头看了眼时间，指节敲了下桌子，"不过他得用点儿特殊手段，只能挡监控了。我去把车开过来，你哥应该快出来了。"

"兄弟，你说认真的？你真有路子？"

两个男人叼着烟，难以置信地互视一眼，其中那个拎三脚架的男人顺手给李靳屿递上了一支烟。李靳屿没接，仍是单手插兜地靠着墙，漫不经心地一下一下丢着棒球玩，笑了下，说："有，听说过暗网吗？"

拎三脚架的男人说："听过，但是不太确定暗网上的买家到底靠不靠谱。"

"这么跟你们说，你们平时接触的买家，通过微信和QQ，都是实名的，任何一种方式都有被抓的可能，只有暗网没有，因为暗网上的所有信息都是虚拟的，警方只能追踪到国外的服务器。"

可以这么说，暗网上存在一批无法预估的买家，如果他们的片子能在暗网上打开渠道，相当于这兄弟俩发横财了。但是暗网因为审查严格，防止警方卧底神不知鬼不觉地潜入，一般人是很难在暗网上打开销路的。他们也一直在找这个路子。

不过拎三脚架的男人还是警惕地问了句："我们要怎么相信你？"

李靳屿低头打开手机，用浏览器匿名输入一个IP地址，页面突然跳出一个蓝绿色的网页，全是英文字母。他快速输入一串密码之后，登录一个账号，将订单截图给他们看了下，是昨晚刚买的片，淡淡地问："兄弟，信了吗？"

两人啧了下，没想到这哥们儿看的东西还挺刺激的。

矮个儿男人说："你女朋友这么好看，还看片啊？"

李靳屿哼笑了声，收起手机揣回兜里，倚在墙上，懒洋洋地抛着手里的棒球说："如果不是我妹，这事我也懒得管，她都向我求救了，没办法，当哥哥的总该尽一份力不是？"

两个男人其实还没明白过来乔麦麦是什么时候求救的，难道是他们猥琐得太明显了？

但如果他们沉下心来想想，这场交易注定是有失偏颇的。乔麦麦只是他们的一个小模特之一，李靳屿要的只是删掉她的底片，对他们来说损失并不大。而如果他们能借此机会换来暗网的渠道，带给他们的将是一张蜘蛛网般的潜在暗网客户。就算这小子骗了他们，他们损失的也不过是乔麦麦这么一个小模特，这场交易怎么看怎么划算。

拎三脚架的男人还是留了个心眼，说："那这样，你先帮我联系上路子，我们一定把你妹妹的底片删掉。”

李靳屿扑哧笑了，一脸散漫地道：“你们没资格跟我谈条件，乔麦麦只是我表妹，又不是我老婆，也不是我的亲妹妹，我跟她的感情没那么深，你们删不删，这生意做不做，你们要不要赚钱，我随便的。”

哇，这个人渣。坏人就怕六亲不认的人渣，此刻，主动权显然是掌握在李靳屿的手里。

“不做我走了。”李靳屿直接扔了球，准备离开。

“等一下，”拎三脚架的男人沉吟片刻，一咬牙，痛快地道：“删，现在删掉，你帮我们搞定暗网的路子。”

矮个儿男人似乎还有些犹豫，迟疑地道：“哥！你怎么知道这小子靠不靠谱？”

拎三脚架的男人充耳不闻地将相机里的存储卡取出来，心中只剩下拼一把的决心：“他又不是要全部照片，乔麦麦的而已，就算没了她的，我们还有别的货，把你的相机里的卡也给他！”

李靳屿接过两张SD卡：“我怎么知道你们有没有备份，云盘呢？”

“都没来得及上传，照片全部在这里，这相机里的卡都是新换的，只拍过你表妹，”说着，拎三脚架的男人又把云盘打开，把手机打开，“删得一干二净了。”

“行，等我的消息。”李靳屿转身走了。

矮个儿男人还有些愤愤不平，在身后说道：“这小子六亲不认的，哥，咱们别上当了！”

巷子很僻静，也很干净，墙角没有乱七八糟的破铜烂铁，一路全是整洁的石砖墙，墙角开着一株蜡梅，遗世独立。一片淡黄色的花瓣掉落在地上，干净得像一个刚出世的小姑娘。

叶濛已经把车开到巷子口，李靳屿走到拐角处的时候，车灯猝不及防地打进来，将整个漆黑幽静的巷子深处照得透亮，甚至有些刺眼。那两个男人看见李靳屿缓缓地停下脚步，像是想起什么似的，突然转身朝他们走来。

李靳屿背后是一束光，车灯明亮，粉尘在空气中肆意飞扬，将他整个人照得清晰很多。他们发现这个男人眉目很英俊，皮肤白皙，看着一身风流，眼神却很冷淡。

矮个儿男人还没反应过来，就猝不及防地被李靳屿抓着衣领顶上墙，并且轻轻地在他肩上漫不经心地替他掸了掸灰，笑了下，说：“我这人是六亲不认，只认女朋友，下次再盯着我女朋友的腿看，信不信我能神不知鬼不觉地把你的眼珠挖掉。”

李靳屿一上车就将SD卡扔给后座上的乔麦麦，乔麦麦仍心有余悸，一言不发地埋着头。李靳屿坐在副驾驶座上，从后视镜里波澜不惊地看了她一眼，跟她确认：“还有没有别的东西？”

乔麦麦哪敢看他，此刻在后座上，像朵凋谢的玫瑰无地自容地垂着个脑袋，紧张地抠着手心里的两张SD卡，瓮声瓮气地说：“没了。”

李靳屿不再说话，偏头看向窗外。车内的气氛有些诡异，叶濛瞧着这僵持的兄妹俩，隐隐在心头叹了口气：“安全带。”

李靳屿都不用回头看，随手一抽，给自己扣上安全带，一句话不同她说。

嘿，叶濛只能回头询问乔麦麦：“你家在哪儿？”

乔麦麦的父母都在广东做生意，她跟杨天伟都属于放养状态，如今杨天伟去了北京参加什么青训生的选拔，现在家里只剩下乔麦麦一个人。

“这段时间她先住我那儿。”李靳屿说。

“啊，你俩单住？”叶濛有些惊讶。

李靳屿手肘支着车窗沿，被她浮想联翩的脑回路弄得哭笑不得，回头睨她一眼，冷嘲热讽地勾了下嘴角：“怎么，你要是不放心，也搬进来啊。”

“……”

叶濛一脚油门把车子轰到社区大门口，乔麦麦一下车就冲出去吐了个人仰马翻，颤抖地扶着老社区大门生锈的铁栏杆，站都站不稳。

叶濛和李靳屿默契十足地坐在车里，静静地看着她吐，连姿态都差不多，一个拿左手撑着窗沿，一个拿右手撑着窗沿，齐齐看着窗外的乔麦麦。

“你妹没事吧？”

李靳屿："没事，时间长了就习惯了。"

"我还是下去看看吧。"

叶濛作势要下车，被李靳屿拉住，李靳屿叹了口气："你去停车，我先带她进去。"

叶濛没想到今晚会再回到这边，但乔麦麦的情况，李靳屿虽是她哥，但到底是个男人，不太方便问，叶濛只能临时充当起知心嫂子的角色。

但她也不是什么好脾气的人，聊着聊着就觉得这小姑娘胆子太大，等乔麦麦说完，语气也不甚耐烦起来："就为了两万块钱？"

乔麦麦看着叶濛，叶濛很漂亮，气质尤佳，温柔又充满底气。但不知道为什么，乔麦麦心里油然生出一股子害怕的感觉，这女人怎么比她哥哥还恐怖？说话声音也越来越没底气，嗓子仿佛被人打了结，乔麦麦磕磕巴巴地道："我、我……就想买把好点儿的吉他。"

叶濛哪会是什么知心姐姐，现在只想拎着这个妹妹暴揍一顿，就为了两万块钱害他们现在得绕这么大一个弯子处理这件麻烦事。

李靳屿哪有什么暗网信息，那个所谓的暗网网页只是他刚刚在车里用简单的编程制作的一个假网页信息，得亏那两个人没什么文化，但凡里头有个懂计算机的人，立马就能瞧出端倪。当然李靳屿也做了二手准备，即使真被瞧出蛛丝马迹也有脱身的借口。

至于叶濛和李靳屿为什么要大费周章地演那场戏，不过是为了让他们加深对李靳屿"人渣"的印象。人渣最怕跟人渣谈判，这种较量就好比看谁更没底线，他们一旦探不到李靳屿的底线，就很容易对目前的利益屈服。

李靳屿当时说，这种谈判技巧虽然不适用于所有人，但绝对适合那两个男人。

两人关在李靳屿的房间里，叶濛看着那两个塞得满满当当的书柜，突然很好奇李靳屿平时都会看些什么书。她的视线在上头来来回回打量，最后定在《记忆宫殿》上，底下还压着一本《抑郁症患者的自白：世界对我有恶意》。

她的心像是被人拿刀狠狠地扎了一下。

她看着乔麦麦说："他今天刚从北京回来，你知道他干吗去了吗？给人当血袋去了，我也不知道他现在身体还吃不吃得消，他已经很累了，回头还要照顾奶奶，你们不心疼他，我心疼，所以这件事我不想让他再插手——"

"报警吧，姐姐。"乔麦麦目光空洞地盯着地板，像个没生气的提线娃娃，突然开口说。

"这件事交给我，行吗？"叶濛说。

乔麦麦抬头看着她，还是坚持说道："直接报警吧，我知道他们的房子租在哪里，里面还有很多这种录像带，警察带人去一找就能找到。"

叶濛不再坚持，妥协地看着她："好。"

然而谁也没想到，这个案子两天后迅速给结了。还不等叶濛带乔麦麦去报警，那两个人就已经提前落网了，当地警察在他们的出租屋里搜出大量黄色视频，形式多样，连最早的录像带都还保留着。

听说这案子还是北京的警方转地方公安，派警察去抓的人。

北京的警方接到大量黄色视频举报，立马就查到了上传视频的IP地址，马上逮捕文件就派下来了。

乔麦麦从公安局录完笔录出来，对叶濛说："是我哥举报的。"

叶濛也猜到了，李靳屿此刻不在，正在医院陪老太太。叶濛倚着车门问道："怎么举报到北京那边去了？"

乔麦麦说："是北京的哥哥，杨天伟举报的。"

李靳屿手里确实有真的暗网地址，只不过暗网地址被他加了密，给那两个人的时候，骗他们说现在暗网渠道很谨慎，只能用这种摩斯电码加密的方式，解开密码就是地址。他们需要找懂这种电码和计算机的人。

于是，那两个人自然需要在网上搜索类似的信息，系统就会推荐相关的信息给他们。李靳屿只是让杨天伟找黑客黑进他们的电脑，推送了一条跟黑客相关的信息给他们。

于是那两个人自然而然地找上了杨天伟这个假冒的黑客。两人找到杨天伟之后，就在解密的过程中，杨天伟让黑客将木马程序放进那两个人的电脑里，紧跟着，那几百个黄色视频其实都是杨天伟用那两个人的IP地址上传的。

“他们估计都不知道自己到底是被谁举报的。”乔麦麦给李靳屿发了一条消息后轻松地上了叶濛的车。

彼时，李靳屿正在医院里，手机叮咚发出两声响，同时接到那位黑客的老婆的信息：“‘傻白甜’，什么时候回北京？”

李靳屿：“不回了，替我谢谢你老公。”

向园：“不用，你记得保密，他现在在科研所，怕被老师骂。”

李靳屿：“知道。”

向园：“如果你不回来，过几天你哥忌日，我替你送捧小雏菊。别难过嘛，‘傻白甜’，不管别人怎么变，我跟家冕还是爱你的。”

李靳屿想回：我已经有人爱了。可又觉得这话太满，叶濛又没说爱他，便摇摇头删掉。

李靳屿：“嗯，我奶奶醒了，不说了。”

乔麦麦最近情绪不太稳定，夜里总做噩梦。

叶濛跟李靳屿总是聊不上几句，她就尖叫着醒来，两人只能轮流进去看一会儿，再出来说话。这会儿是叶濛掩上房门出来：“要不明天带她看一下心理医生？”

两人有一搭没一搭地聊着。

“嗯，我等会儿问问她。”

“你跟麦麦感情很好吗？”

李靳屿想了想说：“我之前都在北京，她没离开过这里，其实我们没怎么见过。我几年前来的，感情也就那样，但也算是这几年我身边留得住的人。”

叶濛表示了解：“我本来不想让你再插手管这事，她都决定报警了。”

李靳屿大大咧咧地叉着腿半靠在沙发上，一只胳膊肘懒洋洋地搭在沙发背上，刚好圈住她坐的位置，转头看着被他虚揽在怀里的人：“为什么不想我插手？”

客厅安静的一隅，传来细细密密、低柔、暧昧的谈话声。

“一旦露出马脚，我怕你被那两个垃圾缠上，后续事情会麻烦，还不如直接交给警方。”

“心疼我？”

“你是我男朋友，我不心疼你心疼谁？”叶濛把橘子分成两半，另一半塞他手里，“其实不报警，我也有办法。”

“什么办法？”李靳屿没动。

“黑吃黑啊。”

“什么黑吃黑？”李靳屿边说，边将茶几上那篮备受宠爱的橘子拎走。

叶濛瞧见他拎走那篮橘子，可因为光线太暗，实在看不清放在哪儿，只能作罢：“吃你几个橘子，用不用这么小气？”

李靳屿冷笑道：“你要去找程开然？”

“是啊，”叶濛逗他，“这镇上好像只有他能保护我了呀。”

李靳屿不是很上套，把电视一关，一副“行，我保护不了你，你还坐在这里干吗”的表情，开始赶人了。

客厅本就没开灯，窗帘也拉着，电视机屏幕一暗，整个客厅就陷入漆黑一片当中，模模糊糊能瞧见两个朦胧的人影，半靠半坐在沙发上。

李靳屿姿态太过懒散，整个人脱了外套，慵懒至极地靠在沙发上。年轻的身体，炙热的灵魂，犹如一下被点亮的春光，旖旎暧昧的气氛在空中静静流淌。

谁也没有主动开口。

叶濛不怕黑，但有轻微的夜盲症，尤其在陌生的环境里，会非常没有安全感，如果是在幽闭的电梯里，她现在可能已经崩溃了。

整颗心七上八下仿佛被人拉着，她不太喜欢这种被人掌控的感觉。她只能缓缓朝后靠过去，如意料中那样，贴到了温热坚硬的胸膛。

李靳屿低头，声音听不出情绪，胸腔微微起伏：“贴过来干吗？”

“开灯，李靳屿。”叶濛的声音有些发颤。

“不开。”

“你故意的？”叶濛终于后知后觉，“你是不是知道我有夜盲症？”

男人的声音懒洋洋的："嗯。"

叶濛反应过来："因为刚刚的橘子？"

他这才说："之前就怀疑，刚刚只是确定了一下。你没发现你自己走路都喜欢走在路灯下面吗？在哪儿都开手机电筒，跟只萤火虫似的。"

叶濛再次折服于他的观察力之下："好，姐姐服了，开灯可以吗？你要看我哭吗？"

"哭一个我看看。"李靳屿有种占山为王的感觉，忍不住逗她。

"你这是在吃醋吗？因为我说了要去找程开然？我跟你开玩笑的，你大概不知道你雅恩姐之前是干什么的吧？"

"我没有，我从来不吃醋。"李靳屿咳嗽了一声。

"那你把灯打开。"

李靳屿好整以暇地将胳膊肘搭在沙发背上，从旁边随手捞了一个橘子，一边给她剥，一边漫不经心地开口："那我问你一个问题。"

叶濛因为紧张而浑身僵直，索性靠在他敞着的怀里，寻了个舒服的姿势窝着："你说。"

他虽然瘦，但到底是男人，胸膛宽阔又紧实，完全是一具充满男人味的鲜活躯壳，叶濛贴上去才觉得他其实很有料。

心脏宛如疯了的锣鼓，怦怦直跳，她心下感慨，还好，自己快三十岁了，心还会猛跳，不然她觉得自己快成一潭死水了。

李靳屿仰着，两手将她圈在怀里，剥完橘子之后将橘皮往茶几的小盒里一丢，低头给她喂了一瓣进去："你上次说喜欢了十几年的白月光是谁？你喜欢我的脸，是因为我跟他长得像吗？"

"我说是的话，你会跟我分手吗？"

"嗯，但你不能骗我，"李靳屿边喂，边将她的鬓发塞到耳后说，"你要是骗我，被我发现……"他想了下，"后果自负。"

叶濛是这时候发现李靳屿其实很不好惹的。

但她已经惹了，窝在他怀里，笃定地摇头道："没有、没有，真没有。上次我是开玩笑的，不信你问方雅恩，这么多年，我交过几个男朋友她都知道。"

"好，对不上口供，你就完了。"李靳屿半开玩笑地说，弯腰又替她拿了个橘子，"还吃吗？"

叶濛转身趴过去，在热烘烘的气息中，双手捧住他的脸，低声问："可以吃你吗？"

客厅幽静，小院的篱笆墙外雨打芭蕉，池塘里的鱼儿正踊跃且亢奋地跃出水面。昏黄的路灯下，小镇空无一人的马路掩映在一片萧瑟的雨水之下。

李靳屿看她像条鱼，在他怀里滑溜得不行，把她往上抱了下，慵懒地踮了下脚，反正今天左右是躲不过去了："在这里？等会儿乔麦麦出来怎么办？"

叶濛已经猴急地抱着他的脖子啃了一口，低头咬他喉结上的疤，轻轻吮着，含混地说道："就亲亲……"

李靳屿咽了下口水，手扶上她的腰掐了一把，声音也变了，低低地道："嗯。"

篱笆院外杂乱无章地堆着一些稻草，行人走过，踩得嘎吱作响，和着楼上老太太低喃的诵经声，偶尔掺杂着几声寂寞的狗吠，看似安静的小镇巷弄里细碎声不断。

屋内沙发上，这小小一隅昏暗安静，孤男寡女，年轻的身体紧贴着，即使着了火也无人在意。

叶濛趴在他身上，沿着脖子亲上去，最后停在唇边。她深深地看着他，仿佛要将他狠狠地刻在自己的脑海里，冷静正经的李靳屿，洞若观火的李靳屿，聪明伶俐的李靳屿，慵懒欠扁的李靳屿，还有此刻让她觉得深深震撼和心动的李靳屿。

他深深地看着她，眼里都是缱绻情意，深沉而隐忍。

四下静谧，任何异响都能打动两个人的心脏，而啄吻声听起来异常热烈，楼上的诵经声也越发清晰，密密地传入他俩的耳朵里，她在努力治愈他。

没有转经筒，没有佛光，也没有所谓的神祇，她在一段段低沉的经文里，虔诚地吻住男人的眉眼，低声在他耳边说："李靳屿，相信我，世界对你没有恶意。"

第七章
病娇弟弟

密密麻麻的雨丝像一张巨大的网，笼罩着这个宁静却又充满生活气息的小镇，也困住了那些躁动的心。院墙外，路灯昏黄，空旷无人，门口的千年老树像一位耄耋老人低垂眉眼，仿佛在等远方的归人。而屋内年轻的生命力，似乎还在蔓延。

客厅里黑灯瞎火的，伸手不见五指，叶濛却还是能准确地亲到李靳屿的嘴唇，两人温热的气息交融在一起，李靳屿被抵在沙发上，看她趴在自己身上，鼻间萦绕着她身上淡淡的香水味，跟江露芝那种方圆十里飘香的“移动香飘飘奶茶味”不太一样，让人觉得很舒服，很好闻。

沙发像棉花一样软，两人几乎要陷入地底，他的唇被人含着、吮着，李靳屿只能乖乖地半躺半靠着，不知道是不会还是装纯，反正没半点儿回应，全然是为了满足她的色胆。

然而，亲了一会儿，他发现叶濛却尤其专注在他的喉结上。

被亲得嗓子发痒，他忍无可忍，一只手扶在她的腰上，另一只手一把揽住她纤细的后脖颈，往后一提，气笑道：“你属狗？能不能别咬？”

叶濛继续亲他，声音都变了，显得低沉暧昧：“你这个疤怎么来的？”

李靳屿愣了愣，调整了一下姿势，低声说：“小时候跟我哥爬上爬下，不小心磕到的。”

“很性感啊，”叶濛夸赞，低头又在他的唇上啄了口，“我很喜欢。”

李靳屿看着她，有些不自在地别开了头。

“不习惯？”叶濛俯视着他，突然停下来，“初吻？”

李靳屿很委屈地看着她：“嗯。”

叶濛笑得花枝乱颤。不知是屋内潮湿，还是他的眼神越发深沉，眼里像氤氲着浓浓的水汽，仿佛一只受伤的小鹿，渴望有人停下来看看他。

“我教你。”

虽然叶濛猴急，但这会儿就很顾及他的情绪，小口小口地在他的唇上轻啄，贴心地低声询问他的感受：“怎么样？难受吗？介不介意我这样吻你？”

一瞬间，李靳屿怀疑自己跟她是不是拿反剧本了，却又很受用她如此在乎他的感受，总比她一开始像条小狗一样趴在他身上发泄式地乱咬来得强。

但叶濛发现他始终没回应，有些泄气地捧着他的脸说：“你是不是有洁癖？”

李靳屿叹了口气，也很无奈：“从小就有点儿。”

她循序渐进地问：“跟你的抑郁症有关系吗？”

“嗯。”

“对那方面的需求不高？”

“……”李靳屿如实说，“就觉得有点儿恶心。”

果然，叶濛看过很多大数据报告，那方面需求低是抑郁症的一个显著特征。

像他这种可能还没开过荤的人，需求恐怕就更低了。

叶濛：“到什么程度？我这样抱你、亲你，可以吗？”

“可以，没你说的那么夸张，就是还不太习惯，可能还不熟？”

叶濛被他这一本正经地分析的模样弄得有点儿好笑，懂他的意思，认下这锅：“好，是姐姐太急了。”

显然，他还没太进入恋爱状态，连亲吻都显得这么生涩。叶濛倒不气馁，向来有耐心，尤其在培养男朋友方面。

“其实交换唾液，也是增进双方感情的重要一环，彼此除了在精神上合拍，还能在身体上达成更高的契合，比如你中有我，我中有你。”叶濛胡乱说道。

李靳屿怕她摔下去，脚踩在茶几上，忍不住笑骂：“女流氓。”

叶濛不置可否，看着他英俊的眉眼，心下动容，举手发誓道：“再亲一会儿，我保证不伸舌头。”

“嗯。”李靳屿应道。

话音刚落，两人的唇刚刚贴上，啪嗒一声，客厅的灯骤然被人打开，乔麦麦像个游魂似的穿着睡衣突然出现在门口：“哥？叶濛姐？”

“……”

“……”

沙发上的人一阵兵荒马乱，主要是叶濛，主动占便宜的女流氓到底是心虚的，二话不说就从他身上滚下来，混乱之中一脚踢翻了旁边的垃圾桶，满袋黄灿灿的橘子皮滚落到地上，她只能尴尬地抹着后脖颈，对李靳屿说：“妹妹睡醒了，我走了。”

李靳屿这个被吃豆腐的人倒显得淡定很多，领口凌乱地敞着，人懒洋洋地靠在沙发上，一副刚被人欺凌过的样子，还报复性地故意指挥她：“把垃圾带出去。”

“……”你个病娇。

叶濛走后，李靳屿坐在沙发上搓了搓脸。这房子老旧，家具设施都有些潮湿发霉，南方的冬天回暖快，年后几天就是立春，现在隐隐已经有些潮气了。这屋子里，即使开了灯也不太亮，灯光昏暗，笼着他年轻修长的身体。

李靳屿将手肘撑在腿上，双手搓着脸，倒不是因为被表妹撞见跟女朋友亲热而感到尴尬，而是感觉疲惫，从北京回来后他就没好好休息过。

“你还不去睡吗？”他埋着脸说。

乔麦麦没离开过那个位置，跟个稻草人似的戳了老半天，终于问出连日来心中的困惑：“哥，你跟叶濛姐在一起了吗？”

“嗯。”

“我好像打扰到你们了，我要不要搬回去？”

“不用，过段时间再说吧。”

乔麦麦一走，叶濛这个猴急的人，恐怕不会放过他。

李靳屿都被自己心里的这个想法逗笑。他在躲叶濛吗？他又改口道：“什么时候搬，你自己决定吧。”

乔麦麦走到他身边坐下，好奇地问了句：“跟叶濛这种姐姐谈恋爱是什么感觉？”

“这种姐姐？”李靳屿回头瞧她，“哪种？”

乔麦麦塞了一瓣橘子到嘴里，仔细回忆跟叶濛相处的点点滴滴，说：“你看，她长得跟露芝姐是两个类型的，很漂亮，是自然的漂亮，不是露芝姐那种充满玻尿酸的漂亮，光看照片是真的很漂亮，但如果露芝姐跟叶濛姐站在一起，就被比下去了。叶濛姐这个人身上的气质真的很奇特，她开朗大方，偏偏又很有女人味，跟谁都能侃，又不会让人觉得她太浪，每天把自己打扮得干干净净的，看着就很舒服。反正不知道是不是我的错觉，跟她站在一起，我就永远有底气，觉得这样的姐姐很吸引人，所以想知道跟她谈恋爱是什么感觉。”

不知道李靳屿什么时候给自己点了支烟，含进嘴里，吐了口气，说：“就是你跟她表白，她可能都会答应的感觉，”他弹了弹烟灰，说，“抓不住。”

同样，在方雅恩得知叶濛已经将李靳屿搞定之后，也发出了同样的灵魂拷问：“跟这种弟弟谈恋爱是什么感觉？”

两人当时在车里，方雅恩的老公也在，车子停在医院的地下停车场里，等着李靳屿从楼上下来，四人准备来个情侣周末约会。

叶濛坐在副驾驶座上，低头给李靳屿发位置，闻言笑了：“这种弟弟，哪种？”

方雅恩敞着窗，给自己点了支烟说：“就这种又高又帅，还奶，看起来满身故事，又有点儿丧和颓，但该死的还带点儿性感，远看有点儿高冷禁欲的极品弟弟。”

叶濛笑得不行，往后座上一指："不怕你老公回去收拾你？"

方雅恩的老公在机关单位上班，很健谈，模样很周正，戴着一副无框眼镜，听到叶濛的调侃，笑了笑没说话。

叶濛收好手机，一脸泡在蜜罐里的样子："反正就是又当姐姐又当妹妹的感觉。"

方雅恩弹着烟灰，状似嫌弃地道："啧啧，瞧把你迷的。"

话音刚落，李靳屿从电梯里出来了，叶濛一眼看到了他。两天没见，看着那个高大的身影，她有些控制不住，心怦怦地跳。

方雅恩把烟掐了，郑重其事地迎接这个在叶濛空窗了N久之后的首任男友。

等后座的车门被打开，还不等李靳屿上车，方雅恩率先介绍道："这是我老公，陈健，在招商局工作，从现在起，你俩也算是闺密了。"

男人之间的诡异气氛差点儿让叶濛在副驾驶座上笑岔气，怕李靳屿认生尴尬，她补了句："李靳屿，你跟着我叫姐夫就行。"

被强行"闺密"的两个男人，在尴尬地打过一声招呼之后就保持沉默，安静得像一幅画。尤其是李靳屿，从后视镜里瞧过去，眉眼清晰，五官英俊得像个活雕塑。

方雅恩自结婚后是真的很多年没看过几个像样的帅哥了，如今托她闺密的福，还载上了这么一个极品中的极品。

一路闲扯了两句，气氛终于不那么尴尬了，陈健到底是机关单位出来的好手，自来熟得很，一下就把气氛带热络了。李靳屿本身也不是什么高冷的人，加上方雅恩的推波助澜，两人很快就熟络起来。

大多是李靳屿顺着陈健的话题说，他很少自己起话题，陈健聊到什么，他都能接两句。陈健发现李靳屿其实很随和，聊什么都能捧场，但偏偏给人一股淡淡的距离感，有点儿怎么都靠不近的感觉。

如果对方不是叶濛的男朋友，平时在工作里他是最不喜欢和这样的人打交道的。陈健这人就是嘴碎，下了车就没忍住，悄悄在方雅恩耳边说："我觉得这个男的不太好相处。"

方雅恩冷眼睨他："你以为谁都跟你似的这么好相处，是个女的都能跟你搭上话。”

陈健呸了口，笃定地说：“我就把话撂这儿，他俩长久不了。”

“不用你操心，我姐们儿要是玩腻了，保不齐下一个男朋友更高更帅。但你要是在他俩面前乱说话，小心我回去把你藏在吹风机里的私房钱都没收了！”

几人来的餐厅在镇上很有名，每天都有大量的人大排长龙，这场饭局组得太临时，叶濛好不容易才托人提前拿到一个号。

他们的位置在大堂靠窗的地方。叶濛花了三倍的价钱跟人换的，因为可以看到整个静谧如圆镜一般的宁绥湖。这个位置，基本上不提前三四天订很难订到，叶濛软磨硬泡地跟人撒了一下午娇，对方才同意三百块钱换给她。

只能说，这年头的人真的很冷漠。

要不是为了给李靳屿补过生日，她真的不想当这个冤大头。她昨天才知道，李靳屿的生日上个月就过了。听乔麦麦说，那天他把自己锁在家里，门都没出。

大厅里挤满了人，无空桌，门口还密密麻麻地排着一条长龙。排队的人眼神警惕地关注着有没有马上吃完的人，李靳屿跟叶濛一进去，就吸引了不少目光。

陈健算是第一次感受到什么叫炸街，路过哪儿，哪儿就有目光扫过来。方雅恩大概跟他们待久了，也挺自在的，而两个主角大概是从小到大就被人看习惯了，完全没当回事。

只有他一个人在这里畏畏缩缩，被这些眼神看得有些窘迫。

大概就是因为这种情绪，陈健后来心理不太平衡。他现在工作不错，有房有车有孩子，父母健在，家庭美满，长得也人模人样的。从小到大，他其实一直是众星捧月的存在，就算现在不管走到哪儿，在同龄人里也算是个人生赢家。

然而到了这几个人里，他发现大家关注的重点好像都偏了，于是他也不知道自己到底是出于什么心态，开始盘问李靳屿。

“小李，你在镇上买房了吗？”陈健点完菜，把菜单递给李靳屿时随口问了句。

宁绥镇今年的房价直逼两万一平方米，年初新开的楼盘已经要两万出头，还抢手得很，没点儿关系的人都很难拿到好的楼层。陈健这种公务员只要父母给交首付，公积金还房贷，小镇消费不高，所以压力不算大。

李靳屿接过菜单，愣了下，说：“没有。”

陈健点了点头，给出自认为有用的信息：“有兴趣看看房子吗？最近有个小区开盘了，我有朋友跟老总关系还不错，可以帮你拿到比较好的楼层。你如果打算跟叶濛结婚的话，得早点儿准备，镇上好的地皮不多，该开发的都开发完了。”

他哪有钱买房子，生活过得已经够紧迫了。

李靳屿看了叶濛一眼，还是很客气地回了句：“好。”

方雅恩狠狠地瞪了陈健一眼，但陈健觉得问题无伤大雅，紧跟着又问了一句：“你的工作呢？”

这要是再听不出这里面的不怀好意，那李靳屿这么几年大概是白混了。不等他说话，叶濛抱着菜单，冷不丁地问了句：“姐夫吃丸子吗？”

“不吃。”陈健发现叶濛的眼神里有警告的意思，还是挺怕这姑娘的，看着人畜无害，其实狠着呢，于是讪讪地闭上了嘴。

谁料李靳屿低头笑了下：“我无业游民。”

陈健一脸“这不怪我，他自己说的哦”的表情，心下也轻松了不少，长得帅有什么用，人活着得有脑子啊，于是真心实意地开始打官腔：“可以尝试着考考公务员看，你这个年纪现在报个补习班还来得及。”

方雅恩烦得不行：“你能不逢人就劝别人考公务员吗？就你们是铁饭碗是吧？”

陈健还一副委屈巴巴的表情：“我就随口一说。”

李靳屿把脖子上的围巾摘下来，说：“我考不了。”

“为什么？”这下连方雅恩都好奇了，难道他坐过牢？

“我只有高中文凭。”

啧啧，陈健在心里叹息，估计李靳屿还是个职高文凭，果然上帝只给他留了一扇窗。

陈健说："有极少数的省考还是能考的，你明年可以关注一下。"

李靳屿不是太有兴趣，上班就没什么时间照顾奶奶了，但嘴上还是很客套礼貌地说："好。"

同时，李靳屿放在桌上的手机叮咚响了一声，他低头看去。

叶濛："看窗外。"

嘭嘭——一声震耳欲聋的巨响传来，几乎是在他一转头的同时，叶濛突然贴过来，在众目睽睽之下，也不顾对面两个人惊呆的眼神，或许还有四周投射过来的目光，大大方方地在他的唇上亲了下。李靳屿愣怔着，看着静谧的湖边仿佛突然朝漆黑的夜空中射出一道银蛇，银蛇在空中炸开。

与此同时，餐厅还贴心地给配上了BGM（背景音）。

窗外的烟火如同一道道流星，接二连三地朝空中飞去，在空中绽出绚烂的花朵，风也压不住的星火纷纷扬扬地升起再坠落，就连墙角的花也显得格外艳丽。

整个世界好像突然就亮了。

而餐厅里，音乐悠扬，激情飞扬。

然后，李靳屿听见叶濛在他耳边低声说——

"你知道我有多羡慕你的高中文凭吗？"

"嗯？"

"因为它比我更早认识你。生日快乐，宝贝。"

方雅恩服了。

陈健也服了。

论追弟弟，叶濛说第二，没人敢称第一。

吃完饭，方雅恩拽着陈健直接撤了，叶濛牵着李靳屿去逛宁绥湖。湖边灯盏仍是有一盏没一盏地亮着，昏暗的光线衬得平静的湖面波光粼粼。

两人停在第一次见面的栏杆旁，叶濛说："干吗一直不说话，不感动吗？"

李靳屿往栏杆上一靠，低头看她："你之后要住市里了？"

“嗯，要去上班了，不能混吃等死啊。”叶濛双手扶上栏杆，叹了口气。

李靳屿没说话，视线从没离开过她，静静地靠着栏杆，始终没接话。

叶濛最受不了他这样的眼神，主动凑过去抱他，将脑袋埋在他的胸口，感受年轻男人鲜活的生命力和心跳。

李靳屿靠着栏杆，把她搂在自己怀里，低头深深地看了她一眼，低声说：“我可能不会好了。”

叶濛愣了愣，下意识地从他怀里仰头去看他，却被他捂住眼睛。叶濛拿手挡了下，听到他说：“别看，我在表白。”

下一秒，她感觉唇被人轻轻咬住，一点点地吮着。

“我一直都希望有个人能帮我走出来，可我唯独不希望这个人是你。”

湖边行人寥寥，但偶有夜跑的人路过。李靳屿旁若无人地亲着她的脖子、耳根……

叶濛整个人仿佛烧了起来，越来越烫，从后脊背一直麻到脚底心。她听见自己怦怦如擂鼓的心跳声，听到他在耳边说：

“因为我知道，我肯定会喜欢上你，没有意外。”

方雅恩铁青着脸回到家，将车钥匙一扔，一声不吭地踢掉鞋子，砰一声，气势汹汹地摔上了卧室门。陈健用脚指头想也知道她是为了刚才在餐厅他盘问李靳屿的事情生气，心头也有着怒气，外套都没来得及脱就跟她进去，谁料门被锁住了。

陈健气急败坏地拧了几下门把手，没拧开，不由得怒火中烧，隔着房门冲里头狠狠地吼了一嗓子：“方雅恩，你别在这里给我摆谱，我就是随便盘问了那小子两句，用你在这里抱不平？我就是故意给他难堪怎么了？他就是没文化，虚有其表，就迷你们这些女人的浅眼皮子！”

方雅恩憋着一肚子火，知道陈健这人从小被父母宠坏，以自我为中心惯了，但没想到他会如此小心眼和这么没风度，一下也有些失控，平日里积压的那些情绪一下就爆发了，言辞犀利地同他争吵起来。

“李靳屿是我的姐们儿的男朋友，我去之前就跟你打过预防针，人家比你年纪小，也不在机关单位上班，家里还有个生病的老太太要照顾，生活挺不容易的。你倒好，哪壶不开提哪壶，人家哪儿不如意，你可着哪儿说，你考虑过我的感受吗？叶濛是我最好的姐们儿，空窗这么多年，好不容易谈一次恋爱，你在那边捣什么乱？你这么见不得她找男朋友，陈健，你是不是喜欢她啊？”

方雅恩问这话，倒也没有吃醋的意思，对她来说，就算陈健真的喜欢叶濛，她顶多拍拍屁股跟陈健离婚，但丝毫不会影响她跟叶濛的感情。叶濛虽然有时看着很没谱，但对姐们儿的老公向来是敬而远之的。

陈健重重地呸了一口，很不屑地道：“我能喜欢她？当着满餐厅的人又是放烟火又是亲嘴的，也就她干得出来这么不要脸的事，你大概都不知道马步那帮人以前在背后怎么说她。”

马步是叶濛和方雅恩的高中同学，前几天刚刚参加完同学会，包括当时说想追李靳屿的刘宜宜，都是一个班的。他们是平行班，成绩都不尽如人意，除了江露芝高三转到重点班去了北京之后，余下的人落榜的落榜，考公的考公，啃老的啃老，基本都留在镇上。

陈健跟马步在一个单位，一起进进出出的，便也成了好兄弟。尽管方雅恩苦口婆心地劝陈健马步不是什么好东西，让陈健离他远点儿，陈健一句“男人的事你不懂”便给敷衍过去了。

方雅恩现在懂了，陈健为什么能跟马步成为朋友，却跟李靳屿合不来，他跟李靳屿之间差了不知道几万个马步。

她打开门，冲陈健冷冷一笑道：“马步就是一个吃不到葡萄说葡萄酸的懒人！但我真是没想到，有生之年还能从你嘴里听到这么不尊敬女性的字眼，你在背后是不是也跟别人这么说过我呢？”

陈健脸色一僵，疾言否认道：“你胡说什么呢？你是我老婆，我能跟别人这么说你？”

方雅恩脸上已经没有多余的情绪：“说实话，我以前顶多就觉得你自私、不体贴，也不细心，但至少人老实。上次我摔断了腿，你出差一个月没回来，医院里里外外都是叶濛和李靳屿在照顾我，你来过吗？

你妈除了来带走孩子，看过我一眼吗？一次都没有。说实话，我跟叶濛是从小穿开裆裤就认识的姐们儿，说句难听的，你在我这里算个什么东西？”

“我看你是看着叶濛找了个年轻力壮的男朋友，羡慕了吧！”陈健的脸色越来越难看，“这世界上最不是东西的人不是我，是你，你当初要不是拿孩子逼我，老子会跟你结婚？”

湖边很暗，淡淡地洒着微弱的月光，树影重重叠叠。湖水在月光中闪着粼粼的银光，四周静谧，此时已无一个夜跑或闲散的路人，唯独剩下栏杆旁那两道静静抱着的身影。

时间静静地流逝，明净的湖面上泛着轻轻的涟漪，仿佛有成千上万的碎银子洒满湖面，亮得反光。叶濛这时候将他看得格外清楚，觉得她要收回当初说他是一般的帅哥那句话了。这男人即使放在帅哥堆里，也是相当鹤立鸡群的——清晰的轮廓线、唇薄、英俊。光看脸会让人觉得这个男人过于清瘦，但叶濛抱他的时候发现他并不算瘦，身形很匀称，穿上西装再戴副眼镜，就是妥妥的斯文败类了。

她窝在李靳屿怀里，李靳屿则慵懒地靠着栏杆，一手搂着她的腰，一手撑在栏杆上，低着头自在地盯着她。

叶濛像个树袋熊似的，搂着他的窄腰，闷在他怀里一言不发，好像很害羞。李靳屿忍不住笑了下，手从栏杆上放下来，捏着她的后脖颈把她提溜起来，对上自己的眼睛，毫不留情地戳穿她道：“装什么纯，这种话你没听过上千，也听过上百了吧。”

叶濛仰着头，脑袋仍贴着他温热的胸膛，听着他有力的心跳，安全感十足：“你跟他们不一样啊。”

他哧地笑了一声，不吃这套，别开头说：“少来。”

“你长得最好看。”

“哦。”他突然冷漠起来，仍是别着头看旁边刺啦刺啦一闪一闪得快报废的湖灯。

叶濛捏着他的脸，强行把他扭过来，说：“咱俩就别吃这种莫名其妙的飞醋了，我知道，你是初恋，我呢前科累累，但我发誓，弟弟，但凡让我提前知道这个世界上有你的存在，我一定马不停蹄、连滚带爬地飞奔去找你。”

“得了吧，还是让我多清净几年，”李靳屿任其捏着他的脸，扯了扯嘴角，冷笑道，“而且咱俩的感情还没到那份上，不过你哄男朋友的功力让我怀疑你谈了不止三个。我给你个机会说实话，你别骗我。”

叶濛怕他推开她，双手又去抱他的腰，身躯和他贴得紧紧的，柔软的胸口压着他：“好吧，六个。”

李靳屿浑身一僵。

“好吧，事实上是九个。”

“……”

“哦，其实正儿八经地算是十个。”

叶濛看到他越来越黑的脸，窝在他怀里笑得不行。李靳屿发觉她笑得一颤一颤的肩，冷声说：“你玩我？”不等叶濛回答，李靳屿靠着栏杆面无表情地捏着她的脸提起来，微微俯下身，那双好看的凤眼此刻正深深地看着她，哑声问道：“到底几个？嗯？”

那双眼睛真深情，叶濛被他看得心脏怦怦响，仿佛里头有一只疯狂作乱的小鹿在砸她的房梁，她感觉她的房子要塌了，鬼使神差地只能抱着他如实地喃喃道：“就三个，真的就三个。”

“勾恺呢？”李靳屿问，“算在里面吗？”

叶濛一愣，正想问他怎么知道勾恺，脑中突然冒出上次在农贸市场江露芝说的勾恺年后要过来的话，说：“不算，他是我的老板。我又不是疯了，跟他谈恋爱。”说到这里，叶濛故作不耐地道，“李靳屿，我在你眼里真这么随便？难道就因为是我主动追的你？”

不是叶濛随便，是他太了解勾恺了。李靳屿刚要说话，叶濛的手机响了。

讲了两三秒，她快速挂断电话，对李靳屿说：“陈健要跟方雅恩离婚，我现在要过去接她。”

“为什么突然离婚？”李靳屿问。

叶濛轻轻地摇头，看着懒懒散散地靠在围栏上的男人自嘲地说：

“八成是因为今天这顿饭，陈健一向不太喜欢我，跟我们以前的高中同学马步是同单位的，马步以前追过我，被我拒绝了，估计在背后说了不少我的坏话，加上刚刚我在餐厅里那样，陈健估计跟你一样，觉得我很随便，说了些不好听的话，方雅恩肯定为我抱不平——”

腰一沉，叶濛猝不及防地被人单手搂到怀里，李靳屿一手插兜，一手搂着她的腰让她严丝合缝地跟自己温热的身躯贴在一起，低头看着她。在这僻静的角落，月光皎洁，湖水轻荡，他的眼睛里像氤氲着一股不安的湖水，深沉却认真地看着她：“我没有跟陈健一样，这件事，你现在如果没时间听，我以后跟你解释行吗？”

叶濛其实也没真生气，但直觉这事跟勾恺有关，看着他一副委屈样，点了点头：“那我们现在先去接方雅恩。”

李靳屿没动，高高大大的一个人，跟黏在栏杆上似的，叶濛怎么拽都拽不动：“你长栏杆上啦？”

男人仍是懒洋洋地靠着栏杆，双手插在兜里仍由她拽着，岿然不动。

奇怪，不知道是不是错觉，叶濛居然从他的眼神里读出了恋恋不舍，不过稍纵即逝，转瞬他已经居高临下地看着她，然后有点儿不自在，故作掩饰地别开头说：“那你亲我一下。”

“啊？”

这时候你求什么欢呢？方雅恩都快露宿街头了。

“刚刚我们不是吵架了吗？”李靳屿说。

这算哪门子吵架，小孩子吗？就算吵架，和好还要互相亲一下？虽然心里胡乱地想着，但她的身体很诚实，很不受诱惑地捧着他的脸亲了上去。不知道李靳屿什么时候掏出了手机，举得高高的，咔嚓一声，骤亮的闪光灯将他们这昏暗的角落给照得透亮——树叶飞扬，花芽绽放，仿佛在一瞬间骤然被人按下暂停键，画面里的人紧紧相依，女人恋恋不舍地吮咬着男人的唇。叶濛闭着眼睛，李靳屿睁着眼看着她，眼底全是漫不经心的笑意，竟然有种说不出的“即使蜉蝣如我，为你朝生也为你暮死，甚至为你颠倒乾坤”的浪漫。

两人打车回去开叶濛的车，李靳屿坐副驾驶座，叶濛一上车到了私密空间里，就忍不住调侃他："没想到你居然有拍艳照的癖好，看不出来啊，弟弟。下次你可以拍点儿更激烈的画面。"

别克上路，风驰电掣，叶濛的车技比之前好多了，至少在空无一人的街头，能开到八十迈。沉沉夜色被尽数甩在身后，车子一路疾驰，路灯将画面照得昏黄，此时夜深，沿路连条狗都看不见，画面看着温馨又凄凉。

李靳屿咳了一下，偏头看着窗外，连恐带吓地说："行，我等会儿就发朋友圈。"

叶濛将车缓缓地在方雅恩的小区门口停下，听他这么一说，想起他那毫无人气的朋友圈状态，笑了下，给方雅恩发完定位信息随手把手机往扶手箱里一丢，丝毫不带怕甚至用手指挑衅似的轻轻刮过他冷峻的侧脸："谁不发谁是小狗。"

李靳屿把她的手打开，甘拜下风："行，服了，没你脸皮厚。"

叶濛坐正，不再调戏他，笑了笑："那张真的挺好看的，发给我，我要当成朋友圈背景。"

"不要。"

"你害什么羞呀，刚刚在湖边情话说得比谁都溜，我才甘拜下风。"

李靳屿转头瞧她，默不作声地盯她一会儿，冷冷地说："好，没下次了。"

"别啊，宝贝。"叶濛见他真急了，解开安全带倾身过去搂着他的脖子想亲一会儿，李靳屿纹丝不动，压根不配合她，还冷酷无情地别开头，一副就不想被调戏的样子："方雅恩来了。"

方雅恩真提着大包小包的东西丁零哐啷像收废品似的从车子后面过来，手上还牵着个半大的男孩子。

李靳屿下车替她放行李，小孩站在一旁乖乖地打招呼："靳屿哥哥好。"

李靳屿摸了摸他的脑袋，叶濛在一旁故作吃味地说："你咋都不跟我打招呼呢？"

小孩冲她做了个鬼脸："叶濛阿姨。"

叶濛气炸，追着要打他："死小孩，欠收拾了是不是？把变形金刚还给我。"

等上了车，气氛终于静下来，叶濛瞧着方雅恩铁青的脸色，也没了开玩笑的心思，看了眼李靳屿，才正色道："你跟陈健吵架，不会是因为我跟李靳屿吧？"

"少往自己脸上贴金。"方雅恩的脸色不太好。

"那你说说为什么？我看看还有没有必要做工作。"叶濛说。

方雅恩没说话，不想当着孩子的面说这些。叶濛其实还是大大咧咧的，没考虑到后面的佳宇其实已经到了什么都懂的年纪。

一直没插话的李靳屿突然不动声色地接过话茬说："没油了，前面有个加油站，你去加个油，我带佳宇下去买点儿吃的。"

叶濛低头一看，还真是，立马听从他的建议将车子转了个弯。佳宇很听话地跟着李靳屿下车，叶濛跟方雅恩坐在车里，看着那一大一小的身影渐行渐远地朝着门口的便利店走去，陈佳宇在前头兴奋地一蹦一跳，李靳屿高高大大的身影跟在后面淡定地走，时不时还拿手拦一下怕陈佳宇摔，昏黄的街灯将他俩的身影不断地拉长，叶濛突然觉得这幅画面很窝心，如果这是她跟李靳屿的孩子，人生好像……就很圆满了？

"李靳屿很心细。"方雅恩在后头突然说，看着那两人，第一次没劝姐们儿玩腻了就早点儿散，反而语重心长地说了句，"我这一路算是阅人无数，包括前几年在广东做生意，见过那么多有钱有势的假绅士，他算是我见过的男人里最不像绅士的绅士，他的教养是渗进骨子里的。你好好珍惜吧，这说不定是个宝。"

那一大一小已经进去，叶濛隔着玻璃，能看见高高的货架后面，李靳屿那傲人的脑袋。她半开玩笑地说："要不跟陈健真离了，我把他让给你？"

"别逗，你俩说不定谁栽谁手里，"方雅恩看着叶濛幸灾乐祸地说，"李靳屿可没表面上看起来这么纯良。"

"他表面上看起来也不纯良啊，坏得很，"叶濛笑了笑说，"说实话吧，你跟陈健为什么吵架？真因为我？”

方雅恩言简意赅地把起因结果交代完毕，最后说：“其实跟你没什么关系，是我跟陈健的婚姻早就出了问题，也怪我自己识人不清，当时听说那人结了婚，一气之下就急匆匆地跟陈健糊里糊涂地领了结婚证。”

叶濛安静地听完，叹了口气道：“还是因为我，刚刚吃饭的时候我就觉得不对劲儿，陈健把对我的恶意转移到李靳屿身上了，逼问的那些问题，哪个不是想让李靳屿难堪？李靳屿顾着我跟你的关系，一忍再忍，问什么答什么。李靳屿不是没上过大学，是退学了，因为抑郁症。他其实很聪明的，记忆力很好，我的老板，勾恺你知道吧，世界记忆锦标赛的冠军，我感觉他的记忆力比我的老板都好，属于过目不忘的那种。”

便利店里，那一大一小已经出来，这边油也正巧加完，叶濛把车开过去：“你接下去打算怎么办？真要离婚，佳宇估计判给陈健的可能性更高，毕竟他是公务员。如果你还想继续跟他生活下去，只要陈健是个值得你托付终身的男人，我跟陈健的问题可以谈，让我跪着跟他道歉都行。但所有事实都证明，他是妈宝又没担当，不值得任何人托付。”

“道歉个屁，你跟陈健压根就没有矛盾，平时你对他够客气了。说句难听的，他跟马步关系好无非想拍马步他爹的马屁，所以才跟马步一起吐槽你。我以前觉得他忠厚老实，就是瞎了眼，结婚证就是一面照妖镜，男人结婚前都装得正正经经的，结婚后什么妖魔鬼怪都现原形了。我跟他过不下去，不是这一次，而是这几年来，他所有的懒散、对婚姻的不重视、对孩子的敷衍以及对外面那些花花草草的留恋，我都看在眼里。这婚我是要离的，孩子的抚养权我也会拼命争取。”

叶濛也不再劝，她们姐儿俩从来都是心照不宣，不干涉对方做任何决定，只用站在背后为她摇旗呐喊即可，即使错了，也彼此扛着，因为她们谁也没有千里眼，压根不知道哪条路是对的、哪条路是错的。好朋友就是，不管你选择走哪条路，即使荆棘遍地，只要一起默默陪彼此走到终点就行。

把方雅恩送到酒店，叶濛跟李靳屿在车里坐了会儿。叶濛敞着车窗，一只手夹着烟搭在窗外，收回抽了口，心疼地吐着淡白的烟雾说："以后再有人像陈健这样对你刨根问底的，你别搭理就行了，不用委屈自己。她们都知道，我这人重色轻友，谁要是惹我男朋友不高兴了，大家都别好过。"

"你什么时候去市里上班？"李靳屿压根没搭理她这话。

"十号之后，还没等到正式通知。"

话音刚落，手机叮咚一声响了，叶濛从扶手箱里捞出手机一瞧，两眼差点儿一抹黑——真是巧了，这就来消息了，叶濛无语地把手机举给他看。

"这位哥哥，你还真是神了，我等了大半个月的入职信息，你一问就给我召唤出来了。你是魔鬼吧？"

李靳屿无奈地看着她："你不是早就准备好了？现在在这儿哭丧干什么？"

"准备什么准备，我准备去上班前把你给睡了的，人家现在通知我后天去报到，你看，咱们是今晚还是明晚找个时间把事给办了？"叶濛半开玩笑地把烟掐了，逗他说。

"我还真是服了。"李靳屿仰在座椅上，斜睨她一眼，极其无奈地偏头看向窗外，笑骂了一句。

叶濛把车开回家，停在小区楼下："你真的不用我送？"

李靳屿坐在副驾驶座上有些困倦地带着鼻音嗯了声："进去吧，你这车技，我楼下那个大爷踩三轮都比你稳。我等会儿走回去。"

叶濛点了点头，解开安全带，想起什么似的，俯身过去："亲一下。"

李靳屿撑了一天，困得不行，看着她冲他讨好地笑，人仰在副驾驶座上，睨她一会儿，眼睛蒙眬得像是蒙了一层化不开的沙，极其敷衍地笑着低头在她的唇上轻轻地碰了下："行了吗？"

叶濛得逞地笑了笑，等回到家洗完澡躺上床，给李靳屿发去一条微信。

彼时，李靳屿刚到家，手机在兜里一振，微信响了一下。

濛："宝贝。"

LJY："在。"

濛："宝贝宝贝宝贝。"

LJY："困，睡了。"

濛："明天去看电影吧？我知道镇上有家私人影院，包间的那种。放心，没监控的。"

LJY："嗯。"

濛："［发怒］，你跟别的女生聊微信都这么惜字如金吗？"

没过一会儿，李靳屿都懒得回，直接发了一张跟别的女生聊微信的截图——

刘宜宜："在吗？"

LJY："？"

刘宜宜："李靳屿吗？"

LJY："？"

刘宜宜："你还记得我吗？我在银行上班的，西城新开了一家影院，我明天想请你看电影可以吗？"

LJY："bao qian yue le nü peng you（抱歉约了女朋友）。"

刘宜宜："你有女朋友了？"

LJY："en（嗯）。"

叶濛没想到刘宜宜还没放弃，本来看李靳屿这边没什么动静，以为她早就放弃了，没想到这姑娘还在暗暗地约李靳屿？

紧跟着，手机一振，他又发进来一条消息。

LJY："屏幕碎了，显示不出字。我都是用拼音的，光这么一句话，花了哥哥我五分钟。"

LJY："女朋友待遇，开心吗？"

雨露寒霜，润化人心，浓重的夜幕下，星星像是稀疏的灯盏，闪着微弱的光，层层叠叠地缀在天边，黑夜像一块巨大又滑腻的黑森林蛋糕，裹着一层层甜蜜的惊喜。

叶濛没回他消息，而是将刘宜宜的朋友圈一丝不苟地检查了一遍。虽然她俩是高中同学，但叶濛跟她不太熟，平时互动也少得可怜。刘宜宜是典型的小镇小资女，家庭条件优越，自己又在银行工作，长得也可爱，放到相亲市场上确实是抢手货。跟江露芝这种从头精致到脚却容易给人造成压迫感的高级白领不同，刘宜宜显然更是当媳妇的不二人选。

刘宜宜的朋友圈很日常，一天时间紧锣密鼓地能发五六条状态，猫狗、工作、和闺密喝下午茶等有的没的东西，又没房贷、车贷，赚的钱一分不用打算，全给自己花，挺无忧无虑的一个女孩。李靳屿如果跟她在一起，未必不比跟自己幸福。毕竟刘宜宜的父母都是医生，老太太的身体可算有了着落。

叶濛抱着被子窝在床头专心致志地翻了老半天，也没看到李靳屿给她留过言或者点过赞，他好像很少刷朋友圈，叶濛几乎没看到他给谁留过言或者点过赞。包括对她也是，他别说留言，点赞都没有。叶濛此刻好想翻翻李靳屿的手机，到底有哪个幸运儿能收到他的点赞或者评论。

叶濛一口气翻到去年五月，终于看到刘宜宜发了一条跟李靳屿相关的朋友圈。

“第一次在镇上看见这么帅的帅哥，我还要到了微信，哈哈。”

底下有个同学回复：“说不定对你有好感哦。”

刘宜宜回了个娇羞的表情。

看到这里，叶濛靠着床头拨了个电话过去，响了几声后，才被人不紧不慢地接起来：“嗯？”

叶濛掀开被子，一骨碌从床上下来，走进更衣室打开衣柜，一边在一排排按照面料、颜色归置整齐的衣服里挑拣着，一边气定神闲地对着电话那头的人说：“我怎么觉得你是在跟我炫耀有人追你呢？想看我吃醋啊，李靳屿？”

电话那边的人静了一瞬，然后叶濛模模糊糊地听见那边有淅淅沥沥的水声，还以为窗外又下起了雨，不自觉地抬头朝外望了一眼，只听话筒里传来李靳屿漫不经心的声音：“那你吃吗？”

叶濛心头忽地一热，仿佛有热水滚过，烫得她一个激灵。她谈恋爱向来不喜欢被男友占上风，于是镇定自若地从那密密麻麻、五花八门的衣服里挑出一件墨绿色前后开衩的紧身半裙，拎在身上比画了一下。更衣室明亮的灯光衬得她整个人泛着细腻的白光，细瘦的锁骨深深凹陷，极具韵致，仍冷淡地对着电话说：“不吃。”

“哦。”那边的人不说话了。

她随即将裙子挂回去，目光继续漫无目的地睃巡，开始挑选上衣，懒懒地说：“但我现在不太爽，所以打算过去睡你。”

话音刚落，电话那边突然传来猛烈的咳嗽声，李靳屿清了清喑哑的嗓子，认𡰪地说：“我服了，叶濛，不逗你了。”

“说‘姐姐我错了’。”

“……”

叶濛将身上的吊带睡衣脱下来，换上低领衬衫和那条前后开衩的墨绿色半裙，露出细瘦白净的脚踝，锁骨下的文身像是无边黑夜里的傲慢蝴蝶，循着春光飞舞，有种禁欲的性感。她随手拨弄了两下头发，对着镜子准备戴耳环，轻佻地道：“不说？那我过去了，等会儿给我开门。”

“姐姐，我错了。”李靳屿低沉喑哑的声音从电话那头传过来，像是梗着脖子，咬着牙，从齿缝里一字一顿咬着说的，似乎心有不甘。

“听着好像不太服气，”叶濛不依不饶，已经半蹲在鞋柜处，铁了心要给他一个教训，“我在选高跟鞋咯，尖嘴的还是鱼口的？哪双比较好脱呢？”

李靳屿彻底服了，浑身发热地站在雾蒙蒙的浴室里。浴室门已经装回去，水汽在空气中弥漫，一圈圈像蝴蝶翅上的金边，反射出不寻常的光。他感觉自己如果再不从这里出去，马上就要憋死了。

李靳屿一只手举着电话，一只手撑上雾面玻璃无奈地低头失笑，嗓音闷闷地说：“你要怎么样才不闹？”

语气听起来还真是委屈，怕成这样，他这么性冷淡的吗？叶濛觉得自己像个强占邻家弟弟的女霸总，索性更过分一点儿，说道：“那明天见面的时候，你强吻我一下，然后要久一点儿，别敷衍，热情一点儿。”

“……”

李靳屿心里像有一万头羊驼给她跪下了。这么白痴的要求她居然都提得出来。

“无聊。”

叶濛又开始了，慢条斯理地说：“这双绑带的好像不错，这双刚买，我还没穿过。”

“好，明天强吻你。”

叶濛终于憋不住，哈哈大笑地仰倒在地上，满地打滚，半天没停下来。

李靳屿不知道是真急了，还是害羞，没好气地说：“挂了。”

“等一下，”叶濛占尽上风，痛快极了，心情舒畅地把鞋子放回去，关上鞋柜说，“其实刘宜宜是我的同学，我打电话本来只是想跟你说一声，拒绝她的时候给人家留点儿面子。毕竟她爸妈都是人民医院的医生，你奶奶的病，说不定咱们以后还要求人家帮忙。”

李靳屿说：“还有吗？”

“没了。”

“行，挂了。”

“你这么着急干吗？”

“因为你男朋友在洗澡，等会儿马上要没水了。”

叶濛躺回床上：“能现场直播吗？”

“……”

“不开视频也行，边洗边聊吧，我想听听你的声音。”

“嗯。”

“你是不是每个对你有好感的女生的微信都加啊？”

李靳屿索性开了扩音把手机放在洗手台上，拧开水匆匆把身上都快干了的泡沫冲干净，然后随手在腰间围了条浴巾，走出来说：“我那是老板要求，老板说她们又不是真的喜欢听我唱歌，我要是不加微信她们以后不来了生意变差他就没必要请我了。酒吧之外，我没加过女生的微信。”

“这话笼统了吧，”叶濛说，“那天你还在医院加了方雅恩。”

李靳屿没说话，应该在吹头发，电话那头传来轰轰如雷鸣般的吹风机声音。叶濛以为他没听见，便通着电话等。她还挺喜欢听他在话筒那边自顾自地做自己的事，仿佛在寂寞深重的夜色里，有了一丝不可告人的温暖。

她的房间里只开了一盏橘红色的小壁灯，话筒里吹风机嗡嗡作响。叶濛又环顾了一下自己这个在小镇上算是装修精致、奢华的房间。他那间狭窄的屋子，每次进去的时候，她都觉得他有点儿委屈，生活得缩手缩脚。老太太记性不太好，总忘记东西藏哪儿，于是李靳屿把她常用的一些药品和东西挂在客厅的篮子里，方便她找。但就委屈他，随着东西越来越多，篮子也越挂越多，那傲人的身躯眼看着就走哪儿撞哪儿。不过他记性好，对篮子的分布烂熟于心，即使黑灯瞎火，也能准确地歪着头避开。

话筒里，吹风机的声音停了下来。

“那你要这么算，讲不清楚了，我说的是那些想追我的人。”李靳屿吹完头发，捞起手机走出去。

叶濛回神，鬼使神差地问了句：“如果那天在湖边，我找你要了微信，你会给我吗？”

他换了身干净的居家服，弯腰从地上拎了瓶百威，坐进沙发里扯开拉环，想了一下，如实地说：“不会。”

“是没兴趣还是不敢给？”

“讨论这个有意义吗？”

叶濛脱口而出道：“女人就喜欢讨论一些假设性的问题，你不知道吗？比如你妈跟我掉进水里——”

“救你。”

那边的人几乎是毫不犹豫地说，说完之后便陷入漫长的沉默，仿佛已经顺着问题沉入了漫无边际的海底。叶濛突然意识到这个问题对他其实毫无意义，甚至可能在他的伤口上撒了一把盐，他好像又陷入了自我怀疑当中。

她诚挚地道歉，轻声透过话筒唤他：“宝贝？”

李靳屿嗯了声：“在。”

“需要我现在过去陪你吗？”叶濛哄着他说。

“不用，你睡吧。我没事，就有点儿困。”李靳屿说。

“那明天不看电影了，”叶濛柔声说，“明天早上我去医院帮你看奶奶，下午过去家里找你，你睡晚一点儿，好不好？”

“不用——”

叶濛打断他的话道：“那你要我现在就过去照顾你吗？”

李靳屿无奈地笑了下，透过话筒，他的嗓音真有种少年的干净和磁性，像烈日里的清酒，好听得让人清醒：“嗯，知道了。”

叶濛挂断电话叹了口气，李靳屿这个男人有时候劲儿劲儿的，就很想让人欺负他，可真把人欺负了，心疼的又是她自己。造孽啊，她怎么招回这么一个让人欲罢不能的男朋友？

可一想到昨晚在湖边，他心无旁骛地一点点吻着她，说那些话、那张脸，她就忍不住脸红心跳，就像丝丝缕缕的细雨中夹着风雪，那风雪落在她身上，让她猝不及防地浑身打了个冷战，紧跟着热血回流，心脏怦怦直跳。李靳屿看着人畜无害，时不时总能给她惊喜。

叶濛觉得自己像个情窦初开的少女，一整晚都是想着他入睡的。

洗完澡出来，整个人冷静多了，抛开乱七八糟的情绪，叶濛收拾好自己便开车去了医院。老太太正一板一眼地跟着大夫做晨间操，见她进来，高兴地一挥手把人赶走，明目张胆地开始偷懒：“不做了、不做了，我孙媳妇儿来了。”

叶濛听得老脸一红，咳了声，随即神态自若地对大夫说：“您别管我，我买了粥，等你们做完再吃。”

大夫笑容可掬地对老太太说：“孙媳都发话了，您做完再吃。”

老太太实在讨厌极了这晨间操，手脚都抬不上去，还非得她使劲儿抬抬手抬抬脚，强人所难，无时无刻不在提醒她就是个残废。这会儿也不太高兴地瞪着叶濛。

叶濛靠着门框，拿着手机把老太太不情不愿的动作拍了个一清二楚，传给李靳屿。

濛：“任务1/5，老太太晨间操达成。［爱心］［爱心］［爱心］［爱心］［爱心］［爱心］”

李靳屿其实刚醒不久，盖着被子，还蒙头趴着，在半梦半醒之间醒神。屋内昏暗，窗帘紧紧闭着，一丝微弱的光都漏不进来，却依稀能听见街坊四邻的问好声、支摊儿声、叫卖声以及掺杂着几声狗叫和奶猫的呜咽声。

李靳屿的手机突然振了一下。尽管早前振了好几下，他也懒得伸手，这会儿直觉可能是叶濛发来的消息，这才把手从被子里伸出来，困倦地睁眼扫了一眼，还真是。他撑着身子靠坐到床头开始醒神。

濛："任务2/5，老太太吃香蕉达成。[爱心][爱心][爱心][爱心][爱心][爱心]"

李靳屿随手回了个爱心，将手机丢在床上，开始下床洗漱。

居然回爱心了，叶濛干劲儿十足，一口气把所有工作都做了，拍了照给李靳屿传过去。

濛："任务3/5，老太太上厕所达成。[爱心][爱心][爱心][爱心][爱心][爱心]"

看着镜头里一脸错愕的老太太，李靳屿一头黑线地回。

LJY："不用拍照！"

濛："任务4/5，老太太散步达成。[爱心][爱心][爱心][爱心][爱心][爱心]"

LJY："嗯。"

濛："任务5/5，老太太玩消消乐达成[爱心][爱心][爱心][爱心][爱心][爱心]。宝贝，手机要留给她吗？她在恳求我。"

LJY："别留，给她玩半小时就行，不然她还会看咱俩的聊天记录。"

濛："她拉着我的衣角，好可怜。"

LJY："别搭理她。"

濛："[爱心][爱心][爱心][爱心]，那我出来了，手机带走了，老太太拉着我央求了好久都没给她。"

李靳屿刚准备刷牙，手机又振了一下。

濛："等会儿记得强吻我。昨晚答应的。"

LJY："……"

LJY："嗯。"

叶濛刚上车，看着李靳屿回复的那个冷淡的嗯，心情莫名亢奋，仿佛争先恐后地涌出一大群雀跃的小鱼儿，在她心底上蹿下跳，好不欢乐。谁说姐弟恋不快乐，调戏男朋友真的快乐，吃“狗粮”的才不快乐呢。

濛：“需要剧本吗？我分分钟给你安排。”

LJY：“不用。”

濛：“好的，五分钟，马上就位。”

叶濛边开车边真情实感地发散思维，等会儿多少要挣扎一下，尽管她男朋友很诱人，亲下来基本上没有抗拒的可能，但至少今天，她得勉为其难地反抗一下。为了增加刺激度，她要不要视情景而定地甩他一巴掌呢？

算了，李靳屿可能会以为她疯了，而且她也不舍得。

不多不少，恰恰五分钟，叶濛将车停进社区里的停车位，还像煞有介事地轻轻摁了下喇叭，提醒屋里的李靳屿——她到了。

然后她下车，沿着灰白的雕花屋檐往里走，这个点还挺热闹，小巷里四处支着五花八门的早点摊儿，三两成堆，嗑瓜子聊天的、下棋逗趣的，一如既往全是精神矍铄的老人，看不见一张年轻面孔。唯独那个异类，叶濛刚拐过弯，一只咸鱼干猝不及防地直直朝她刺来，嘿，这里还有人拿着咸鱼干堵在巷子口练太极剑的。老头神情肃穆，不太高兴她的突然出现，白她一眼，单脚起势，一招仆步横扫给她让了路。

叶濛小心翼翼地抬脚跨过去。

等她怀揣着激动的心情，走到李靳屿家门口时，发现他家的门竟然敞着，有个老太太佝偻着背站在他家门口。李靳屿穿着一身干净的居家服，单手插兜，另一只手递了一把葱给她，抬头看见叶濛站在楼门口，便没锁门，直接转身进去了。

等老太太走后，叶濛走进去，把门锁上了。

李靳屿大大咧咧地叉着腿仰头靠在沙发上，脑袋上罩着一条灰色的薄毯，似乎一副没太睡醒的样子。

关了门，屋内很暗，窗帘始终紧拉着，只有院子的落地门那边进一丝微弱的光线，将这间如同暗室的屋子照得微亮。屋内很潮，墙面霉点斑驳，家具也散着隐隐的霉味。但只要李靳屿安安静静地坐在那里，叶濛就觉得再脏的地方也像是天堂。

叶濛走过去坐下，毛毯罩了他的上半身，只露出凌乱的头发和一双修长匀称的长腿。叶濛心疼地摸摸他的头发说：“宝贝，还困？”

李靳屿似是终于有了点儿力气，低低地嗯了声，然后将身上的毛毯扯掉，弓着背，眼神困倦地从矮几上捞过烟衔在嘴里低头点燃，吞云吐雾片刻，仿佛头脑清醒了些，眼神也恢复清明。他一手夹着烟，一手拿着打火机在指间把玩，微微侧过头，那双充满倦意的深情眼，一动不动地盯着叶濛瞧。

叶濛被他这种眼神看得心猿意马，心怦怦跳，一把夺过他的烟给灭了：“睡醒别抽烟，我给你剥个橘子吃，嗯？”

李靳屿半梦半醒这会儿特别乖，又嗯了一声，熟练地把玩着打火机，静静地等她剥橘子。

叶濛看那幽蓝色的火苗在他的指间蹿来蹿去，一边心不在焉地剥橘子，一边问：“跟哪儿学的这些花里胡哨的东西？”

“美国。”

“哟，你还在美国待过啊？看来以前你家里不是一般有钱啊。”

李靳屿勉强地牵着嘴角笑笑没接话，其实在想，如果叶濛知道他在美国那几年是个怎么没人性的样子，还会不会像昨晚那样欺负他、调戏他？

但老虎窝久了，也会误以为自己是猫。

他装乖乖仔装了这么多年，其实都有点儿分不清，到底美国那个是他，还是李凌白眼皮子底下这个乖乖仔才是他。或许他天生骨子里就有两个天差地别的人格，不然李凌白怎么说他天生反骨，是罪恶的种子呢？

李靳屿没回答，把打火机往矮几上一丢，有些懒散地把她扯过来，低头凑过去吻她。

叶濛觉得有点儿不符合她脑中的设想，轻轻抵着他的胸膛推了一下：“不是这种啊宝贝，没你这么温柔的，你不会强吻吗？要那种狠的、不顾一切的、疯狂的、没人性的。来，我给你示范一下。”

李靳屿一副老僧入定的样子，不动声色地看着她，一言不发地抬手虚虚一让，示意她来。

叶濛在心里叹口气，怎么就找了个恋爱小白痴呢？

叶濛一边失望地想，一边却很粗暴地将他牢牢地抵在沙发上，双手揪住他的衣领，往自己身前一拉，提了口气不顾一切地咬住他的唇，舌尖二话不说直抵进去，吩咐他："打开。"

李靳屿听话地张开嘴。

叶濛猛地睁眼："李靳屿，你、你、你吃大蒜！！"

李靳屿笑得不行，直接搂住她摁在自己怀里，叶濛这会儿是真的不用演了，百般挣扎想要推开他。李靳屿漫不经心地将她控在怀里，扣着她的手腕，直接反客为主，翻身将她压在沙发上。叶濛仰着脖子躲他的吻，李靳屿只能一口咬在她的下巴上，若有似无地轻轻含了口。她只觉血液凝固，听见他低声道："躲什么？"

叶濛浑身一麻，头发仿佛瞬间奓开，理智尚存，只能连连求饶："宝贝，你去刷牙行不行——"

"不要。"他埋在她细腻的颈窝间。

昏暗的房间里，他们肌肤相贴，静谧无声，依稀还能听见篱笆院外清洁工拿着大扫帚唰唰唰地扫马路的声音。叶濛身上压着男人高大的身躯，她觉得自己全身血液沸腾。

李靳屿却还是一副冷冷淡淡的样子，手指捏着她的下巴，逼她同自己对视，气息一点点地逼近，声音带着一股刚睡醒的沙哑说："说'我错了'。"

"我错了，宝贝。"叶濛软着嗓音，在他耳边吹气。

"叫哥哥。"

叶濛仰在沙发上，露出白皙嫩滑的颈子，乌黑长发散在白色布艺沙发上，眼睛湿漉漉的，不知是刚才急的，还是这会儿因他这强势要占回上风的样子笑出了眼泪，她又眨眨眼低声认了句："我错了，哥哥。"

"……"

李靳屿翻身坐起来，边穿拖鞋边骂道："没骨气。"

李靳屿在厕所刷牙的时候，把门锁了。叶濛抱着胳膊靠着门框还在外面没骨气地"哥哥哥哥"地叫，李靳屿把水一关，将牙刷含在嘴里把门打开，靠着洗手池，一边刷牙一边冷淡地冲她说："闭嘴行吗？不知道的人以为我家狗变鸡了。”

叶濛不以为意，笑吟吟地说：“咱们今天有什么安排呀？”

他咕噜咕噜吐掉水，说：“你说。”

叶濛走过去抱住他的腰，下巴顶在他的胸膛上，仰头看着他说：“我就想陪你在家待一天，这样抱着你就行。”

李靳屿刷牙的动作停了下来，他倒也没推开她，任由她抱着，只微微抬手，含了口水又转头吐掉，也没管嘴角残余着的零星牙膏沫，人还是背靠着洗手池，熟稔地打开水龙头，边冲牙刷，边低头睨着她，笑了下：“你跟你以前的每个男朋友在一起，都这么黏人吗？”

叶濛摇头：“我说只有跟你才这样，你信吗？”

鬼才信，李靳屿随手把牙刷插回牙杯里，放到一边，嗤笑道：“你觉得我会信吗？”

李靳屿回房间换了身干净衣服，还特意锁了门。叶濛看他这小心翼翼防着她的样子，差点儿笑岔气，在门外总忍不住故意逗他：“实话告诉你，我祖上是开锁师傅，你这种锁是防不住我的，分分钟给你拧开，信不信？”

里头的人压根不搭理她。过了几秒，门打开了，李靳屿刚把一件黑色套头卫衣套上，显然还没来得及穿好，一边开门一边漫不经心地耸了两下肩把衣服理好，领口还压着圆圆的一圈白领，叠穿了两层。他这是防谁呢？

“你不怕被我打的话，就撬。”

他的房间很小，其实没什么地方坐了，一个大衣柜，两个装满书的书架，然后便是墙角那架看起来跟这个屋子格格不入、遗世独立的电子琴。李靳屿坐在电子琴和墙之间的椅子上，叶濛只能坐在琴对面的床上，这样两人刚好面对面。

叶濛发现男生最奇怪的一点，换套衣服整个人就精神了。不管李靳屿之前看起来多累，此刻头发也凌乱，但洗了把脸，露出饱满的额头，倒也意外地精神，黑色衬得他皮肤更白，露出清晰的喉结和流畅的脖颈线，右耳耳钉闪着淡淡的光，却因为皮肤白皙，显得又痞又干净。

这个人真是随便一收拾，都让人惊艳。叶濛睡醒如果不捯饬上半小时，是显不出人样的。

墙上的老钟在嘀嗒嘀嗒声中闷闷地匀速前进。

李靳屿大大咧咧地靠在墙上，腿叉着，盯着她看了一会儿，大概觉得这样很无聊，左手猝不及防地在电子琴上重重地弹了几个音，提醒她回神："真打算这么跟我消磨时间？"

"我明天要去市里了，你不想多看我几眼？"叶濛双手撑在他的床边看着他说。

"多看几眼你就不会走了吗？"李靳屿说。

"你不想我走啊？"叶濛面露惊喜，"那你早说呀。"

李靳屿没什么情绪地靠在墙上，没说话，后脑顶着墙。因为电子琴架得高，他仍是居高临下地盯着她，垂着眼，眼睛仿佛被水浸过的黑色玻璃球，显得格外深沉地看着她。

他觉得叶濛真的很神奇，明明看着很有主见的一个女人，并不是无所事事的样子，做什么总有自己的底气，心里不知道是捧着火炬还是圣水，眼神里总有所向披靡的坚定，看着阳光得不行。

在他面前，她却总能露出小女人的一面，看起来似乎不太愿意被他拿捏，但总是忍不住被他轻而易举地拿捏住。

李靳屿开口道："我说不想你走，你就不去入职了？"

叶濛走过去，笨拙地在电子琴上摁出一串旋律，李靳屿勉强能听出来是"一闪一闪亮晶晶"。

她大大咧咧的语气夹在如此单调的音乐声中，却显得格外真诚："又不是什么重要的工作，我目前的存款也不着急工作养活自己，大不了回来镇上考个事业单位，你要真不想我走就说，我肯定先考虑宝贝你的。"

李靳屿笑了下，把她对自己的琴毛手毛脚的手给拿开："算了，你还是去市里上班吧。我觉得现在这样就挺好的，还是慢慢来吧。而且奶奶的二期化疗要开始了，我也没什么时间天天陪你在家里耗。"

失望是意料之中的，她知道李靳屿这个弟弟身上这股傲娇的劲儿，他是一定不会开口让她别走的。而且在李靳屿心里，奶奶毋庸置疑比任何人都重要，她说不定还没门口的小黄狗重要。

叶濛沉思半晌，给自己点了支烟，在狭小的房间里，细白的指间燃着明灭的星火，在烟雾缭绕里问他："会唱粤语歌吗？"

"你想听什么？"

"随便。"

他的粤语还挺标准的，叶濛觉得她又要收回那句话了。他唱歌不是没有感情，是懒得带感情。

叶濛发现李靳屿是左撇子。除了吃饭拿筷子用右手，他抱她的时候、单手弹琴的时候，都是左手优先。他弹得很敷衍，但至少唱得不敷衍。李靳屿没低头看琴谱，一只手弹伴奏。整个人就慵懒地靠着墙，眼神也慵懒，但看她时，是认真且深情的，是他天生的优势。叶濛要不是很早就体会到了追"小狼狗"的乐趣，也不会这么执着于姐弟恋了。

叶濛被他的眼神里的情绪吸引，沉溺其中，加上不知道他是故意的还是偏就凑巧，唱了一首《饿狼传说》，看上去异常性感。她的眼神再也离不开他，她索性抱着膝盖坐在地上，同他的眼神抵死纠缠。不知怎么的叶濛就觉得四周的空气里好像悬着针，随时能扎到她的皮肤上。她小心翼翼地在他令人沉迷和窒息的眼神里，汲取着彼此呼吸间的氧气。

音乐声停了很久，屋内安静无声，树梢间隐隐能听见鸟鸣，仿佛要抖落这春日白雪，与这春日平分秋色。他们像两个孤独的旅人，也像两个游走在银河彼端的异世人，终于寻找到现实里那不可告人的慰藉，告诫沉沦在世俗里的人们，他们是同类。

叶濛站在墙角处，抽了口烟，抬起他的下巴，慢慢地将烟气渡进他嘴里，然后重重吻住他，仿佛用尽了前所未有的温柔，一点点地吮他的唇。静谧的房间里仿佛燃着壁炉，热度攀升，却只能听到他俩跟发泄似的啄吻声。

气氛透着一种消沉的糜烂感觉，他们彼此沉溺，互相慰藉。

"李靳屿，我没玩你。"她捧着他的脸，边吻边说。

"嗯。"李靳屿回吻着她。

第八章
不速之客

春雨冲刷着一整个沉闷的冬天，腐烂到地底的花终于在雨水中洗去了泥泞，露出鲜嫩的或红艳或橙黄的花瓣，苍白的天空像一块褪色的花布，变得干净明朗。

叶濛上班第一天就险些迟到。她还没来得及租房，原本打算早起直接开车去市里，因为从宁绥开车过去也就四十分钟。镇上还挺多人在市里上班都住在宁绥的，就是有点儿耗油钱。

她头天在李靳屿家里待到十一点，手机没电，回家累得倒头便睡，忘记充电。早上闹钟没响，要不是她爸起床洗漱的时候动静太大，恐怕她这会儿还在酣畅淋漓的睡梦中。

叶濛游手好闲几个月，每天高枕无忧，睡到日上三竿起，偶尔出门泡弟弟。叶爸不太管她，反正家里人也不用她养活，老太太对她的唯一年终指标就是赶紧找个人结婚。

今天看她起得这么早，还认认真真地化妆，把自己收拾妥帖，叶爸一边对着镜子端庄肃穆地打领带，一边好奇地问了句："大小姐转性了？起这么早？"

叶濛对着镜子描眉，这才想起她好像还没跟家里人说过："啊，我去上班。"

叶爸震惊了一下，套上西装外套："你找工作了？"

叶濛抹上口红，对着厕所镜子满意地抿了下嘴唇，突然想亲一下李靳屿。谈恋爱真是让人春心荡漾，想到有段时间不能见了，她心里难免有些失落，对门外的叶爸说："嗯，在市里，过段时间我可能搬到市里去住，你有好的房源吗？没有的话，我自己托人找。"

叶爸早已习惯这闺女风风火火的性子，她有时候就是懒得去做，真决定做什么了，基本是大刀阔斧不给任何人反应的机会。她这性子八成随了老太太，他虽这么想，心里免不了还是觉得空落落的，给自己换上皮鞋，说："不能住在家里吗？"

住家里她怎么跟李靳屿谈恋爱啊？俩小年轻总不能老窝在他那个养老社区吧。李靳屿不介意，她是真的受不了那些哀哀戚戚的眼神。而且等他奶奶出院，他俩真的没地方去了。

"咋了，您还舍不得我啊？"叶濛化完妆，还没换衣服，靠着厕所的门，笑眯眯地看着她爹，"我谈恋爱了，总得有点儿个人空间吧。"

叶爸难以置信地确认道："真的？"

叶濛转身回房间："反正差不多就那样，您让奶奶别再给我瞎介绍什么弟弟了。上次那小高护士我还请人家吃了一顿戴记，花了我小一千块钱。我去上班了，记得帮我问房源，叶副行长。"

叶爸是镇上一家小银行分行的副行长，听起来挺气派的，实则没什么权，除了在单位还能使唤使唤下属，到了外头也没几个人买他的账。叶爸又是儒雅的性子，跟叶濛截然相反，中庸派典型代表，谁也不得罪，所以一直没得到上级领导的重视，在这家小分行温温暾暾、兢兢业业地干了三十来年，也就混了一个小副行长。

大事靠不着他，小事用不着他，所以在叶家，他还不如叶濛的二姑顶用，二姑至少还是县医院的急诊科医生，得个头疼脑热的病，至少还能帮着提前排个号。

所以叶濛也都习惯了凡事不跟他商量，不过老叶刚出门那落寞的样子，还真是让叶濛的心忍不住咯噔了一下，遂到公司楼下停好车，拿起手机发了条信息过去。

"老叶，别难过，我还是爱您的。我也就搬出去几天，万一这工作我干得不舒服，或者老板没人性影响我谈恋爱的话，我可能立马就滚回去找你们了。毕竟老妈走的时候说了让我好好照顾您。您在我心里也是一盏明灯，反正您帮我做的决定、让我走的每一条路，我只要避开，就绝对不摔跟头。我能获得如今的成功，也是离不开您孜孜不倦的教诲。[爱心]”

说来也奇怪，她对李靳屿能大胆地表达自己的爱，可对着老叶，那些肉麻兮兮的话就说不出来，反正每次说到最后，都会忍不住损两句。

果不其然，老叶回了个气势汹汹的“滚”字。

叶濛仰在驾驶座上哈哈大笑，心情大好，又给李靳屿发了条微信。

濛：“宝贝，成功抵达。给你买了部手机，过两天寄到，注意一下快递。”

彼时，李靳屿已经靠在病房的门框上，监督老太太做晨间操了。他身上还穿着昨天的卫衣，外面套了件薄薄的运动衫，拉链拉到下巴，挡住了大半张脸，尽管如此，脸上还是戴着口罩，只露出瘦削的下巴。

老太太不情不愿地伸伸手、伸伸脚，眼神贼贼的，想趁他不注意躺下。李靳屿淡淡地看着她，蒙着口罩说：“还有三个。”

老太太：“你戴口罩干吗？”

李靳屿的手机在兜里振了一下，他边掏出手机边说：“叶濛说医院病毒多，容易交叉感染。”

老太太虽然着急他结婚，但他谈了恋爱吧，她又莫名有点儿吃醋，哼了一声，给自己剥了根香蕉，说：“我以前让你戴，你不戴，女朋友说戴你就戴，啧啧。”

李靳屿单手插兜倚在门边，正低头给叶濛回信息，听见这话，抬眼扫了老太太一眼，笑了下说：“不是你让我谈恋爱的吗？谈了，你又吃她的醋？”

LJY：“不用给我买手机，我有钱，只是懒得换。”

李靳屿买部手机的钱还是有的，只是换了手机，他的照片、谱子，还有老太太的吃药备忘录等信息都需要更新，他嫌太麻烦。

“我就随便说说，”老太太也就逞口舌之快，笑眯眯地问，“怎么样，谈好了吗？什么时候生孩子？”

“……”

李靳屿发完消息把手机揣回兜里，眼神很冷淡：“您问问杨天伟，他能不能立马给你搞个孩子，我这边您别指望了。”

“为什么？叶濛那么好，你玩她啊？”老太太神经再大条，也听出些不寻常了，随即语重心长地教育道，“巴豆，你可不能学外头那些坏小子。”

叶濛那边很快又回消息过来。

濛：“我没什么爱好，就是喜欢给男朋友花钱，你连我的这点儿爱好都要剥夺？嗯？这么残忍啊宝贝？”

濛：“你要是不喜欢，就退下，我找个愿意让我花钱、让我宠的男朋友。”

然而，叶濛刚发完这条消息就急匆匆地撤回了，李靳屿忍不住勾了勾嘴角，才对老太太说：“我没玩，但是结婚和生孩子也真的没考虑过，这离我太遥远了。我不知道怎么跟孩子相处，也不知道怎么养孩子，所以您不要对我抱太大希望。杨天伟如果愿意生，我入股，给他的孩子资助点儿抚养费。”

叶濛入职的这家公司还挺空闲的。一上午有专人带她参观了一下公司大致的结构，余下的时间她便坐在自己的工位上发呆。公司是做广告策划的，替人承包发布会、展览会、年会等，每个人手头都有自己的项目、叶濛刚入职，人事把她分进了一个组，不过人家一听她是从北京回来的，生怕她把自己的工作给抢了，不是特别愿意带她，不冷不热地随手丢了两份表格让她把这几年公司的客户名单给全部整理汇总出来。

她三下五除二地把客户给整理完了，还根据近几年的合作明细和金额给分门别类，几个重要的星标客户都做了重点分析。工作效率高，余下的时间，她就很无聊了。

跟她同时入职的还有一个小姑娘，是个大学应届毕业生，就显得比她受欢迎多了，部门几个同事对叶濛有所提防，对这个小姑娘倒是不设防，吃饭和茶话会都会主动叫上她，一些细碎的项目策划工作也都愿意交给她做，比如写PPT、修改内容方案等。

相比她这个一上午就对着一张表格发呆的闲人，另一个姑娘实在好太多，而且就连小弟弟们也都主动先加了那个小姑娘的微信。她在北京刚入职那阵也是被人这么众星捧月般对待，公司上下不管多少岁的男性，永远对二十出头的小姑娘呵护有加，照顾备至。叶濛趴在工位桌上长吁短叹，突然发现，这个世界其实对快三十岁这个阶段的女性挺不友好的。

于是叶濛便将下巴搁在桌上，忍不住发了一条感慨的朋友圈。彼时，李靳屿回过来一条信息，手机振得她的牙齿有点儿麻。

LJY："叹什么？别撤回啊。"

紧跟着他又发来一条信息，大概看了她的朋友圈。

LJY："世界怎么对你不友好了？"

叶濛将一上午的遭遇组织了一段最精练的语言发给李靳屿，他那边不知道在忙什么，许久没回。叶濛觉得又不好了，连男朋友都这么冷淡。

她半开玩笑地又发过去一条："宝贝，连你也欺负我？"

过了好久，李靳屿仍没回，她有点儿急了："李靳屿，你是不是翅膀硬了？"

李靳屿此刻正一脸无语地站在医院的厕所里，刚才手机猝不及防地从衣兜里滑出来掉进坑里，此刻正大大咧咧地仰面躺在坑底，屏幕还亮着凄惨的光，并且他还能清晰地看见叶濛略显焦虑的微信信息一条条地弹出来。

半个小时后，叶濛终于收到李靳屿姗姗来迟的回复。

LJY："哪儿敢，也没欺负你，手机掉厕所里了。"

濛："啊？那怎么办？"

LJY："捡了。"

濛："徒手？你不是有洁癖吗？"

LJY："高铭给了我一双筷子。"

濛："感谢小高护士对我的男朋友伸出援助之手。"

LJY："哦。请他吃饭吧，吃戴记。"

濛："宝贝，你怎么这么可爱，想亲你。"

LJY："少来。"

叶濛的朋友圈此刻正在疯转青岛的樱花街，她随手转过去发给了李靳屿："4月去青岛看樱花啊。我找人照顾奶奶，就去三天好不好？我想在樱花下面吻你。"

LJY："嗯。"

濛："想我没？"

LJY："你不用上班？"

濛："反正也没人愿意让我接手，我心安理得地玩手机了。啊，我的朋友圈又有人发卡农的粉色海豚，想带宝贝去卡农，想让宝贝看粉色海豚。听说看到粉色海豚，幸运就会降临。"

有一年过年李凌白在泰国租了个度假酒店，他们就去卡农看了粉色海豚，其实也一般。大概他是男人吧，对这些东西没什么感触，或许叶濛会喜欢。

LJY："你有护照吗？"

濛："没有，还没出过国。我过几天去办，你有吧？"

LJY："嗯。"他的护照都快盖满两本了，不过现在也放着蒙灰了。

濛："想我吗？李靳屿，我这一周都不回来哦。"

LJY："那你住哪儿？"

濛："公司有临时宿舍。我周末去找房子，确切地说，可能要下周末你才能见到我。"

说是一整周都不回来的人，当天晚上出现在了李靳屿家门口，听着那急促的拍门声，李靳屿还以为是哪里着火了。他刚洗完澡，头发还湿漉漉的，甚至来不及吹，只能拿毛巾擦着去开门。

叶濛穿着一身紧致的套装，锁骨上的文身被衬衫遮住，露出纤瘦白净的小腿。她清瘦、成熟又充满烟火气，好像春雨里的娇花，满身风雨，风尘仆仆地站在他家门外，仿若神明降下的一簇花丛，不小心落在了他的门外，又好像是慕名而来，同他相见。

她笑吟吟地扑进他怀里，两具年轻火热的身体紧紧地贴在一起。

门都没来得及关，大敞着供人观赏，李靳屿背靠着门框，低头看着怀里明艳的女人："不是说下周？"

叶濛抱着他，心里就踏实不少，然后仰头，将尖瘦的下巴顶在他硬朗的胸膛上，眼睛像是含了春雨里的水，湿漉漉地盯着他，藏着一股她与生俱来的盛气，却说着世间最柔软和赤诚的情话："想你了。怎么办？才上一天班，我就想辞职了。是我太久没谈恋爱了吗？为什么你对我的吸引力这么大？"

李靳屿不置可否，毛巾挂在脖子上，懒洋洋地靠在门上，双手插在兜里低头看她半晌，听她诉说抓心挠肝的相思，然后左手从兜里拿出来，捏住她的下巴左摇右晃地逗她："明天上班怎么办？嗯？"

叶濛被捏嘟了嘴，任他捏着，嘟嘟囔囔地小声说："我早起一个小时就行，六点起来，八点能打卡。我可以睡这里吗？我保证不干别的。"

李靳屿后悔了。

当叶濛从后备厢里依次拿出她的洗漱包、化妆包以及一包一次性透明包装的蕾丝黑色内衣，并且有条不紊地一一摆进他生活的每个角落，同他的东西亲密地贴在一起时，他就知道，这女人有备而来。

李靳屿的头发已经快干了，他穿着一身宽松的居家服，脖子上仍然挂着毛巾，有点儿无语地看着她拿出一个据他目测至少装了二十支口红的口红架摆在洗手台上，与他孤零零的剃须刀放在一起。

他将手插在兜里，倚着厕所门框，真诚地发问："你一晚上要擦这么多口红吗？"

叶濛不动声色地让他挑一支。

李靳屿沉思片刻，就随手指了一支看起来最长、最省钱的口红。

叶濛点了点头，把东西都整齐地摆好，这才不慌不忙地涂上那支他指定的口红——阿玛尼苹果红，涂上后饱和感很足，亮闪闪的，裹着她轮廓分明的唇线，使得她的唇娇艳欲滴得像一朵刚采撷下来的玫瑰，瓣叶上还盛着晶莹剔透的饱满露珠，让人忍不住想尝一口，看看是不是甜的。

叶濛踮脚亲了亲他的脸颊，仰着头在他耳边轻轻吐气，低声问："好看吗？"

李靳屿发现她的花样真的很多，但还是老老实实地嗯了一声，然后单手捞过她的腰，把她控在怀里，侧着头俯下身想亲她。叶濛这会儿倒拿乔了，轻轻侧头避开，李靳屿愣了愣，只听她逗他道："明天涂这支去上班好不好？"

李靳屿抬起头，靠在墙上微垂着眼懒懒地睨她，冷笑道："想让公司里的弟弟们主动过来要微信吗？"

"是啊，我这人向来不喜欢输，"叶濛倚在他怀里，抬眼瞧他，眼里有股骄纵的傲气，成熟妩媚却又明亮动人，说道："尤其是输给乳臭未干的小妹妹。"

李靳屿不知道她说真的还是假的，叶濛这人凡事喜欢占上风是真的，尽管那里面可能没有她感兴趣的弟弟，但是这种从众星捧月到无人问津的感觉确实有点儿不好受。更何况眼前这位还是对年龄尤其敏感的三十岁的姐姐。

他表示理解，冷淡地哦了声，转身趿拉着拖鞋进卧室，准备关灯睡觉。

叶濛倒没急着进去，准备出去抽支烟冷静冷静。她站在小院僻静的墙根处，被小院篱笆外昏黄的路灯淡淡地笼着。李靳屿嫌她的睡衣太裸露，给了一套自己的T恤长裤，此刻被她宽宽大大地罩在身上。叶濛蹲着抽烟，葱白细长的指间夹着一根细细的女式烟。她微微眯着眼，眼神空洞没焦距，看起来似乎在跟地上那只一天到晚不声不响地趴着的小黄狗对视，但小黄狗知道她没在看它。它知道，这个看起来淡然、孤傲却又世俗的女人，看什么都不太走心。

叶濛蹲着吸了口烟，唇间吐出烟雾，她轻轻弹了弹烟灰，仰头重重吐了口气，看着虚无缥缈的烟丝一点点地融进黑夜的浓雾中。她像一条小鱼似的，仰着头，张着嘴，对着如海面一般空阔苍茫的夜幕，小口小口地吐着烟圈，似乎在消化什么，又似乎只是百无聊赖地在玩。

她现在只是有点儿迷茫。她谈过几段无疾而终的恋爱，没有一次像现在这么没把握。这段感情看起来她处处占上风，实际带节奏的人还是李靳屿，这是她在这段感情中最不自在的一点。她最不喜欢被人拿捏，更不喜欢被男朋友拿捏。

今晚下了班本来准备直接跟同事回宿舍的，但是她最后还是把车开回来了，就为了看他一眼，这对她来说确实是一个不太好的信号。最可怕的是，李靳屿谈恋爱这种冷淡得随时能抽身的傲慢姿态，让她不免有些气馁和犹豫。她是否该及时止损，还是同他这么不计后果地抵死纠缠下去？

她最后视线淡然地落在那条小黄狗身上，她知道，这条狗不太喜欢她，看她的眼神总是充满畏惧和警惕，还有点儿说不清的幽怨，好像她霸占了它的主人。她自嘲地勾着嘴角笑了笑，把烟轻轻摁灭在地上，边摁边头也不抬地安慰它说："别瞪我，在你主人心里，我可没你重要。"

说完，叶濛叹了口气，裹挟着湿冷的夜风，起身进屋。

她轻手轻脚地卸了妆，洗干净自己，抱了床被子去睡沙发。两人真要睡一起，她很难保证自己不对他做什么。李靳屿蒙着被子睡的，好像没什么安全感，睡觉连脑袋都蒙着，不见头不见尾，巨大一团地缩着，看着格外惹人怜。她俯身，还是没忍住拨开被子，在李靳屿的唇上亲了亲，低声道了句："宝贝，晚安。"

李靳屿睁眼，看她抱着被子，愣了愣："你去哪儿？"

叶濛一副"我可说话算话"的样子："睡沙发，不然你让我躺在你边上挺尸吗？"

李靳屿仰面躺着，眼神清明地盯着她看了会儿，觉得她在欲擒故纵，决定不管她。他还真不信，她能在沙发上窝一晚上，淡淡地说："好，帮我把门带上。"

"嗯，"叶濛又在他的唇上亲了一下，神情自然地叮嘱，"我明天六点起来，你不用管我，我自己直接走。我会帮你订一份早餐让人送过来，你九点之前起来吃就行，下次我再回来，是真的至少得两周后——"

月亮明亮地挂在窗外，像一颗被煎熟的蛋黄，是最漂亮的金黄色，屋内没有开灯，窗帘敞开着，那淡淡的月光便若有似无地透了进来，衬得屋内有些昏暗，他的眼神像是浇在冰川上的温水，似乎要将她融化。

李靳屿蓦然仰起头咬住她的唇，低声说："如果这两周想你怎么办？"

叶濛心里跟上了发条似的骤然发紧，刚刚在小院里乱七八糟的情绪瞬间烟消云散，她恋恋不舍地吮住他的唇，回吻他："只要你说，我就回来找你。"

"嗯。"他低低地应道。

屋内静谧，两人密密接吻，啄吻声越发清晰，连小院里无聊到发霉的小黄狗都瞬间精神抖擞地从地上起来，被刺激得只能撒丫子在篱笆小院里一圈圈跑着散发荷尔蒙。

叶濛最终还是睡在他边上，窝在他怀里，临睡前昏昏沉沉呢喃着问了句："门外那条狗叫什么名字？"

"我奶奶养的，"他的声音充满了困意，"她都叫它平安。"

"平安不太喜欢我。"叶濛委屈地说。

"它谁都不喜欢，"李靳屿却睡不着了，撑坐起来，靠着床头就着月色点了支烟，将打火机放回床头，说，"你下次买点儿火腿肠哄哄它，它其实很好哄。"

叶濛还是侧躺在里侧，手撑在脸下，闭着眼睛笑了下："你好哄还是它好哄啊？"

"不知道，"李靳屿掐了烟，低头看她，捏了下她的耳朵，"你拿我跟狗比？"

叶濛仍是笑，意有所指地说："那狗比你厉害。"

李靳屿哪能听不出来她的意思，一只脚屈着，人昏沉沉地靠着床头，沉默地看她半晌，随后又拿了支烟，漫不经心地咬在嘴里，没看她，垂着眼一边点烟一边轻描淡写地说："你跟你的上一个男朋友为什么分手？"

叶濛下意识地睁眼，情人之间总是会试探着想知道彼此的过去。但她没想到李靳屿会心血来潮地主动问这个，其实她的记忆也模糊了，太久了，四五年前的事。

"忘了，忘了是他出轨还是我出轨了。"

李靳屿叼着根半燃的烟，星火在昏暗的房间里像随时能引爆炸弹的引信，人靠在床头，一只清瘦的手臂搁在他屈起的膝盖上，低着头眼神暗沉地瞧她，似乎万万没想到答案是这样。

叶濛窝在被子里笑得不行，最后直接趴在他怀里笑得抽筋。李靳屿重重地捏了下她的下巴，语气有点儿对她束手无策的感觉："嘴里能不能说句实话？"

叶濛彻底又没了睡意，从被窝里爬出来，也找他拿了支烟抽，半靠着床头对他吞云吐雾地道："开玩笑的，是真忘了，就很鸡毛蒜皮的一些小事，我跟你说过，我只跟你谈恋爱这样是没骗你，我跟他们十天半个月不联系都无所谓的，但是跟你就不行。我时时刻刻都想给你发微信——"她惆怅地吐了口烟，"大概这就是报应。"

李靳屿笑了下，转头看向窗外，没往下接。

叶濛也没再说话，两人自顾自地抽着烟，间或接个吻。时间像个老太太似的，在迟缓中毫无意外地一点点流逝。叶濛在抽最后一根烟的时候终于没忍住，在吞云吐雾的颓靡氛围里仰头看着他，侧身跨到他身上，弓着线条流畅、凹陷的腰背，屈膝往下爬，然后抬头在烟雾缭绕里看着他暗沉的眼神。她像一朵刚绽放的娇艳玫瑰，又像一朵未经人事的小花蕊，对他的身体充满兴趣，极度好奇，又怕吓到他，附在他耳边，小心翼翼又格外讨好他地问道："手可以吗？"

良久，她听到他嗯了声，满足了她的好奇心。

她极度照顾他的情绪，小声问："难受吗？"

"还好。"他说，其实还是有点儿反胃，但看着她的时候，感觉又会好一点儿，于是李靳屿在昏暗的房间里，尽管四周空气热烈得跟火烧似的，像被人塞了一个小火球进来，煎蛋黄般的明月，似乎都快被这气氛给烧煳了。他冷淡又隐着欲望的目光一直盯着她的脸。叶濛知他喜欢看，便始终抬头对着他的视线，觉得自己要化在他那双隐忍压抑着情绪的眼里。李靳屿最后靠着床头闭上眼，低低咳了声，沙哑地提醒她说："拿纸裹着，别弄到你身上。"

次日，叶濛走后，李靳屿在厕所里待了很久，直到手机在洗手台上轻轻振了一下，他才有些乏力地从地上起来，拿过手机扫了一眼。

濛："宝贝，我订了粥，八点半送到，你拿到立马吃，凉了对胃不好。还有，手机今天派送，注意快递。［爱心］"

紧跟着，李靳屿看见朋友圈有个小红点的头像是她，点进去看到她刚刚分享了一首戳爷的歌——*For Him*（为了他）。

叶濛开车开到半路，等红灯的时候，手机屏幕猝不及防地亮起，一个电话打进来。一瞧名字，她勾了勾嘴角，真是久违。

叶濛戴上蓝牙耳机，双手扶着方向盘，看着前方的红灯读秒，对着电话那头的人漫不经心地道："喂。"

"是我。"电话那头的男声很清朗、磁性，但跟李靳屿低沉慵懒的声音不太一样，这人更柔一点儿，音色更圆润一些。

"知道。"叶濛懒懒地道。

勾恺说："我在你家楼下，你在哪儿？"

叶濛一脑门问号，压根没注意到前方红绿灯已经跳转："什么东西？"

勾恺耐着性子又重复了一遍："我在宁绥，你家楼下。"

勾恺觉得这个小镇没那么破，拳头大点儿地方五脏俱全，水门洞下泊着几条破旧的乌篷船。小镇四面环山，清晨朦朦胧胧的浓雾像一条仙女的淡白色袖带轻轻萦绕在翠绿的山尖，透着水墨画一般的恬静。沿街商铺窗明几净，道路整洁，车辆稀少，绿植整齐挺拔地一字排开，小巷里充斥着吆喝声、叫卖声、高谈阔论声，有种老北京的热闹感，却又没那么繁华。

"这地方还真适合养老。"勾恺见到叶濛后，发自内心地感慨道。

自从去年十月叶濛辞职后，两人有近半年没见，勾恺还是老样子，一副富家小开模样，一身名牌好几万，端端正正地坐在咖啡厅里，显得格格不入。他掸了掸西装上的灰，半开玩笑地对她说："几个月不见，你看上去老了。"

叶濛表情慵懒地靠在他对面的椅子上，抿了口面前的蓝山，一如既往地难喝："所以呢？我请了半天假，坐在这儿听你跟我说我老了？"

勾恺不置可否地笑了下，从兜里掏出他那块随身携带、常年不换的灰色小手帕，一边轻轻擦拭着他面前那咖啡杯，一边慢条斯理地说："你这猴急的性子，什么时候能改改？"

空荡荡的街上有人卖麻糍，一块钱二十个那种，推辆小车，车头挂着个喇叭高调地循环播放着叫卖。叶濛在这嘈杂的环境中，对他露出了一个非常友好的笑容："你知道的，我快没耐心了。"

勾恺太熟悉了，瞧她真急了，把西装外套脱下来，挂在椅背上，正襟危坐道："好，我来认错。我跟你道歉，跟我回去可以吗？"

"没了？"叶濛挑眉道。

勾恺嗯哼了一声，继续说："我跟江露芝他们的事务所解除合作了，特地来请你回去，满意了吗？公司不能没有你，你养的那些多肉都快死了，花鸟市场的老板说你不在，不能再按以往的价格给我们了。小何后来买回来的那些多肉，都长得像倭瓜。"

叶濛懒得跟他废话："我不回去，我有男朋友了，马上结婚。"

"带出来，我见见。"勾恺不动声色地拿小手帕垫着杯柄，抿了口咖啡。

"不要。你别打扰他。"

勾恺又是嗯哼一声，露出一种意味深长的眼神："看来是个弟弟，比你小？"

"嗯，"叶濛没什么耐心了，拧了拧眉，丝毫不回避地直视他说，"勾恺，我非常清楚你在想什么。你当初任凭他们把我跟了两年的新河项目拿走，架空我，不就是觉得我一个三本学校毕业的学生妄想留在北京买房，跟那些双一流大学毕业的高才生争资源，想让我认清自己。如果不是因为你，我哪有今天？我努力工作，你打压我，怕我自力更生。你就想让我在你身边什么都不做，当一条'舔狗'，觉得这才符合我三本院校学生的身份和资源是吗？"

勾恺很讨厌敷衍的人，更不屑与低学历的人来往，二本往下，对勾恺来说，都是学历低到尘埃里不配开花的种子。但叶濛对他来说是个意外。

他很喜欢她身上那股子懒散劲儿，记性是差了点儿，但有时候他以为她要出丑的时候，偏偏她能来个绝地反杀，让人很惊喜。他就是被她这种若有似无的惊奇感给吸引着，就想知道她脑子里到底在想什么。

后来大概他把她宠坏了，宠得她以为自己真有资格跟那些从小努力刻苦、努力上名校的人一样了，不自量力地想要在北京有立足之地。这让他觉得，叶濛就像他讨厌的那些暴发户一样，因为他们素质不够，有时候还真拿命运的眷顾当成自己的实力。而很多时候勤勤恳恳读书的学生却始终不名一文。然而名利场里，这样的暴发户多如牛毛，那些人甚至认为他们跟勾恺这些从小接受严苛教育和富有修养学识的名门贵子毫无区别。

勾恺说："但你跟那些三本院校毕业生的区别在于，你有我。"

叶濛扑哧笑了："我不会回去的。我跟我男朋友说好了，我留在这边陪他。"

"叶濛，你会后悔的。"勾恺说。

"我不会。"

勾恺笑了下，收好手帕，突然岔开话题："相机收到了吧？"

相机？叶濛完全忘了这回事，仔细一想，好像那天就忘了从方雅恩车上把相机拿下来："嗯。"

"你是不是没看照片？"

那有什么好看的？

这在勾恺的意料之中，他看着她，冷不丁地露出胜券在握的笑，对她娓娓道来："年前公司接了两笔订单，其中一笔来自国外，有位来自新加坡的华人藏家希望通过我们公司帮他在国内拍卖一件藏品，我把照片放在相机里了，你看了或许会改变主意。"

勾恺是做古董拍卖生意的，或者说他家祖上三代都是做这个的，再早些，他的祖师爷或许还是个寻龙分金的摸金校尉。不过现在生意做大了，什么领域他都喜欢插一脚，除了影视业。他不太喜欢看电影。

叶濛的耐心已经耗尽："你不说我回去就把相机砸了。"

勾恺深信她会这么做，于是只得说："这件藏品是你找了很久的翠镶金扳指。你不是说这跟你妈妈的死有关吗？你不想见见这位华人藏家吗？你的东西和职位我还给你保留着。"

方雅恩打电话给李靳屿的时候，他刚洗漱完从厕所出来，准备回房间换身衣服就去医院。他将电话举在耳边，随手抽了一件白色短袖出来："雅恩姐。"

方雅恩就比叶濛大一岁，但李靳屿叫姐姐叫得自在多了。

方雅恩立马感受到了这股无形的距离感，端起了长辈的态度："嗯，你在哪儿？我开车过去接你。"

李靳屿套上短袖，刚把脑袋探出来，愣了愣："啊？"

"叶濛早上走的时候给我打了个电话，说你早上起来看起来胃不太舒服，让我过去接你去医院看看。正好我今天脚也要复查，一起过去吧，你把你家地址发个定位给我。"

"好，我微信发你。"

李靳屿挂掉电话，衣服也没穿好，半只袖子还没穿进去，裸露着大半个肩膀，线条流畅，肌理不粗犷，感觉清瘦却意外地有力。他把地址发给方雅恩，就在床边坐着没动，双手捏着手机发了一会儿呆，然后低头主动给叶濛发去一条微信。

LJY："我没事，可能就是有点儿不适应。"

她大概在忙，第一次没有秒回信息。以前她好像长在手机上一样，都是秒回信息。

方雅恩的车很快就到了，李靳屿拿起手机走出去，将门锁上。

方雅恩示意他坐后面就行，李靳屿一挤进去就猝不及防地压到一个白色的盒子。他把东西抽出来，方雅恩脸色骤然一变，这才想起来，上次叶濛忘了拿走这东西。方雅恩让叶濛找个时间拿回去，叶濛直接二话不说地让她扔了就行。这败家玩意儿，这东西好歹也得万把块钱，扔了太遭罪了，于是方雅恩就给放在后座上，等叶濛自己想起来过来拿。前几天方雅恩跟陈健闹离婚，这件事一直被她抛到脑后了，今天刚把财产分割完，车归她，房子归他。结果她忘了，这玩意儿还在车上。

"这东西是不是叶濛的？"

李靳屿也认出来了，这是那天从江露芝的车上拿下来的那个白色盒子，勾恺给的。他打开盖子看了眼，有点儿哭笑不得。勾恺泡妞的手段真让人服了，拿李靳屿当初送给他的相机借花献佛地送给叶濛。

李靳屿本来觉得没什么，想着给叶濛收好，给叶濛带回去。好歹这阴错阳差地也算是他送给她的第一件礼物了，这相机配上镜头至少得三万块钱。勾恺真够可以的，泡妞能这么省。

结果，不知道方雅恩为什么心虚，说这相机是她的。

那李靳屿就有点儿好奇了，这相机里能有什么东西让方雅恩替叶濛紧张的？这要不是他送给勾恺的，他还真不会怀疑。于是他人畜无害地靠在后座上，故作不知，懒洋洋地问了句："那我可以看看相册吗？"

看什么看，方雅恩顶着一头冷汗地在心里骂道，又感慨：原来人长得再帅、再有谱，该吃的醋一样不会少，真是甜蜜的烦恼。不过她面上还是笑呵呵地想替闺密打掩护，谁知道一着急打错了方向盘，绕了一条远路。

"雅恩姐，你越开越远了。"李靳屿提醒她。

方雅恩故作镇定地解释说："你懂什么，现在是上班高峰期，我都往这边开的。"

说话间，李靳屿已经冷笑着打开了相机，看似平静地一张张照片慢慢翻阅过去。

方雅恩急了："哎，你这弟弟怎么说不听呢？我这不是怕你多想嘛。"

李靳屿已经不说话了，那张冷峻的脸拉得老长，眉骨清晰，透着前所未有的冷淡情绪。他转头看着窗外，冷漠的侧脸更显英俊。方雅恩心里对李靳屿的长相真是一万个满意，不知道他小时候吃的什么，帅成这样。

她不疾不徐地开着车，越过上班高峰车流，打灯减缓车速，小心翼翼地透过后视镜打量他的神色说："你看，不让你看你非要看，哪儿来的直觉？现在看了你又生气，干吗没事给自己添堵？再说，现在你俩不是挺好的吗？那都是一年前的事了，他们已经很久没见了。而且叶濛也说了要留在这边陪你，你在这里气也没用，她又不知道。"

话音刚落，方雅恩总算体会了一把什么叫屋漏偏逢连夜雨。她越忙乱地遮掩，老天爷就像个顽童似的，越要敲锣打鼓地揭开这幕戏。

小镇生活安逸舒适，镇上咖啡厅不多，生意好的也就那么几家。刚刚他们经过的这一家是镇上最偏远、去的人最少的店。按理说她往医院开是绝不会开到这边来的，但是刚才被相机这么一打岔，她开错路了，冥冥之中给叶濛当了次猪队友。

方雅恩见过一次勾恺。她刚结婚那会儿，去北京找叶濛玩，私底下三人吃过一顿饭。勾恺风度翩翩的，跟普通有钱人不太一样，模样长得也很帅，那比李靳屿是差远了，但放在人堆里也是一表人才、丰神俊朗的青年才俊。而且，勾恺戴着副金丝边眼镜看起来很绅士，唯独让她有点儿不舒服的就是，勾恺谈吐间有一种压迫人于无形的卓越感，这是与生俱来的。

所以她看见两人站在那家咖啡厅门口的时候，恨不得自己的车能原地消失。

勾恺穿着熨烫妥帖、笔挺的成套西装，梳着整洁的油头，就像个从电视里走出来的富家小开，不过今天没戴眼镜，看起来比较休闲，适合约会。

李靳屿也看到了那两个人。他跟勾恺很久没见了，但勾恺还是这样，活得跟个框似的，从里到外、从头发丝到脚尖，都是个规规矩矩的绅士。李靳屿是装乖，勾恺从小是真乖，虽然女朋友众多，感情上是个渣男，但他对每个女人都很温柔。在学业或者事业上，他算是无可挑剔。

方雅恩叹了口气，最后只能说："叶濛真的很在乎你。她早上走的时候给我打电话，担心你的胃，又怕你自己不重视，叮嘱我一定要过来把你接过去。有什么话，你至少问清楚了再说，别跟她吵架。我最了解她，真把她逼急了，她就是爱谁谁。还有，她不太喜欢占有欲太强的男生，偶尔吵个架有助于增进感情，但你要是想控制她，那就别想了，她毕竟是个成熟的女人，不是恋爱饱的二十出头的小姑娘了。"

方雅恩迟疑地透过后视镜扫了李靳屿一眼，心里一面心疼他，一面又只能摆出一副老大姐的架势恐吓道："就算她以后犯了错，我也永远是站在她那边的，所以你别作太过火了。"

"嗯。"李靳屿低声说。

方雅恩的眼泪差点儿出来。李靳屿怎么这么卑微，为什么这么乖？叶濛要是真敢对不起他，她都看不下去了！

老太太今天精神状态很好，脸上沟壑横生倒也不显苍老，莫名还有些细腻红润。她嘴里碎碎念叨着昨晚做了个很吉祥的梦，李靳屿一言不发地坐在一旁听着，正在微信上跟酒吧老板联系着等奶奶出院他就复工。

老太太喋喋不休地说："我昨晚梦见你和叶濛结婚了，还给我生了个大胖小子。那小不点儿，比你小时候好看多了，白白胖胖的，一定好养，我觉得这是老天爷给我的启示。"

李靳屿直接屏蔽掉了她的话，充耳不闻地说："还有两分钟，做晨间操了。"

老太太撇嘴，眼神瞥到他挂在门把上的一袋药："你刚刚怎么拿药进来？哪里不舒服啊？"

李靳屿说："胃，没事。"

老太太又开始碎碎念了："你最近是不是都没按时吃早饭？你们年轻人就是不注意自己的身体，你不把自己折腾明白了，就过意不去是不是？"

李靳屿不说话，低头看手机，可是今天手机像沉入了潭底，格外安静。

老太太说："你上次去北京，李凌白是不是给你钱了？"

"嗯，"李靳屿声音很低地如实说，"二十万。"

"造孽哟！"老太太喟然长叹一声，旁边床的病友听见都被吸引了目光，以为老太太要说"你怎么能拿人家的钱呢"。

结果老太太说："你怎么不多要点儿？你都没钱娶媳妇儿！"

李靳屿笑了下："你当初要是骨气不那么硬，非把钱给捐了，现在我也不会没钱娶媳妇儿。"

老太太又蔫巴巴地长叹了："造孽哟，造孽哟。"

李靳屿今天没打算走，中途回了一趟家，把叶濛的相机带回去，又洗了个澡换了身衣服，晚上准备在这里对付一晚，明天再回去。结果他刚把老太太给哄入睡，手机就响了。

濛："宝贝，什么时候回来，我在你家门口。"

病房的人都睡了，护士站还有几个护士在小声聊天，看病人。几个护士轻声细语，絮絮地聊着，消磨值班时光，眼神却时不时地往一旁的长椅上瞧。李靳屿坐在充满消毒水味的走廊长椅上，姿态随意。高大年轻的帅哥，总是极具吸引力的。

LJY：“我今天住医院。”

濛：“啊，你不回来吗？我在你家门口哦。”

LJY：“嗯，不回。”

濛：“啊，那我把东西放在你家门口，你明天早上回来记得收。是豆腐蛋糕，我今天看到市里有卖，就买了一些回来给你和奶奶。我走啦。”

LJY：“嗯。”

月亮仿佛在煎蛋黄，亮了一会儿，给自己翻了个身，这边好像就没那么黄了，淡淡地透过树缝轻轻洒下来，像沿路给他铺了一条银色的缎带，一切事物仿佛被按下了暂停键。李靳屿慢慢悠悠地往家走，好像在跟蜗牛比慢。

他到家的时候发现，叶濛也没走。

一个说不回还是回来了，一个说走了也还是没走。

他站在树荫下看了她几秒，叶濛一身灰色西装，显得干净成熟，多情温柔，充满烟火气，笑吟吟地靠在他家的门口看着他。他忍住心里那些酸酸涩涩的情绪，告诉自己算了。

李靳屿站了一会儿，垂下眼走过去开门。

叶濛不动声色地从后面抱住他，脸贴上他的背，得逞似的故意消遣他：“不是说不回来吗？嗯——”

嘭一声巨响，开到一半的门被人猛然关上，叶濛脑中嗡嗡作响，她还来不及反应，已经被人重重地顶上了冷硬的门板，唇被人狠狠地咬住。李靳屿前所未有地发狠，将她整个人顶在门上，一只手撑着门，一只手没轻没重地捏着她的下巴，劈头盖脸就是一通狠咬。

他一边亲，一边咬。叶濛吃疼，脑仁隐隐发涨，整个人却贴在门板上被他控制得动弹不得。下巴被捏得泛酸，像嚼了一片柠檬在嘴里，她对他小声地求饶道：“李靳屿，松一下手。”

“不要。”他冷声拒绝，然后捏着她的下巴，突然一言不发地将她转过身去，让她面贴着门，他从背后抱着吻她、咬她。李靳屿此刻真的像条没人管的野狗，有一下没一下地狠咬着她。两人气息火热地交缠在一起，像是要烧着了，叶濛感觉身后贴着一个大火炉。她勉强地在他的身体和门板的夹缝中转过身，小心翼翼地去捧他的脸，然后拿鼻尖轻轻地去蹭他温热的鼻子。他身上的味道永远很干净、舒服，尽管她现在热得要疯掉了，可还是很冷静地问了句：“李靳屿，你怎么了？不高兴？”

李靳屿再次狠狠地堵住她的嘴。叶濛整个人头皮发麻，气息紊乱，心尖尖好像被电了一下，浑身发抖。她头脑发昏，含混地吞下他所有的气息，感觉已经天旋地转，整栋楼都要塌了。她意乱情迷地低声哄着他：“进去再说，好吗？”

她这话挺及时的，楼上传来了脚步声，还有拄拐的声音，有人下楼了。

他却纹丝不动地吻着她。

叶濛急了，不带这么玩的，大晚上的找刺激？他俩不怕心脏病发，只怕下来那个老太太或者老头要当场心脏病发。

然而这种躁动的气氛，往往越紧张就越刺激。心跳得像是在打鼓，脚步声越来越近，像踩在她心上，每一下都带着胁迫力，叶濛快要站不住了。殊不知李靳屿一边若无其事地强吻着她，一边用钥匙开了门，在楼梯拐角处那道影子放大的最后一秒，毫不犹豫地把叶濛推了进去，嘭地关上门，将人压在门板上继续亲。

这么一系列动作，黑灯瞎火的他做得一气呵成，行云流水，两人的嘴都没离开过彼此。李靳屿这心理素质是真不错。

亲完后，两人也没开灯，就在黑暗中坐在客厅的沙发上休息。两人就着小院外的一点点薄光，勉强能看清彼此的脸。叶濛躺在李靳屿的腿上，他脱了外套盖在她身上，自己则只穿了一件在这个天气略显单薄的短袖T恤，疲倦地靠在沙发上闭目养神。

叶濛仰面躺在他的腿上，玩着手指说：“市里的工作我辞了，可能得回一趟北京。”

屋内静谧，溜进的小束月光像洗涤过的纱布带，轻柔地铺在地面上，两人依稀还能听见被锁在小院外的平安嘎巴嘎巴嘎巴地吃狗粮的声音。

李靳屿始终闭着眼：“然后呢？”

“然后就跟你说一声，这趟去得会比较久，我是真的不能随时回来看你了。”

“哦，”李靳屿终于动了下，倾身越过她，从沙发上拿了支烟后又慵懒地靠回去，看也没看她，咬着烟，垂眼点燃，一边点一边轻描淡写、无关痛痒地说，“那分手吧。”

叶濛觉得他不像在开玩笑，整个人蓦地坐起来，难以置信地看着他：“什么意思？”

李靳屿没再说话了。

叶濛解释说：“我去北京是去查我妈的事。”

李靳屿嗯了声，靠在沙发上，仰头盯着天花板，喉结突出，一口一口跟玩似的吐着烟圈，声音还挺平静地说：“跟勾恺吗？他今天来找你了，我看见了，雅恩姐没告诉你吗？我跟她一起在车上看见的。”

叶濛跟方雅恩从来不掺和彼此之间的感情问题，除非是真的遇上渣男出轨现场，也只会直接干净利落地给对方一脚让他离自己的朋友远一点儿，这种问题，一般不会掺和，因为怕越帮越忙。

叶濛发现他其实脾气很硬，非常不好哄，比平安难哄多了。她心里仿佛有什么东西在流淌，感觉好像有点儿抓不住，她立马说：“我跟你说过我不喜欢他吧，这次跟他去北京，我只是去确认一下我妈的消息。”

李靳屿睨她一眼，冷冷地笑了下，一手夹烟，一手突然捞过旁边的相机，修长的手指迅速摁了两下，调出照片，丢给她看：“你不喜欢他会亲他？亲成这样，你告诉我你不喜欢他？叶濛，我说过，你别骗我。”

“为什么相机会在你这里？”叶濛愣住。

李靳屿漫不经心地弹了弹烟灰，还记得礼貌地跟她道歉：“在雅恩姐的车上看见的，对不起，没经过你的同意看你的照片。我只是好奇。”

说完，李靳屿抽完最后一口烟，靠在沙发上自嘲地笑了下，直接用手指把烟给掐灭了：“还有，我介意的不是这些照片。刚才回来的路上，我想了很多，最后决定把今天的事情当作不知道，不跟你吵架。可你告诉我，你要跟他回北京。”

李靳屿最后搓了一下脸，双手撑在腿上，弓着背，有些消沉地埋着头，月光静静流淌，好像起了风，将那轻纱般的月色吹到他俩之间，视线变得模糊，把他俩给隔开了。

半晌，他说了一句。

“叶濛，玩我有意思吗？”

不知道过了多久，屋外的平安好像把狗粮吃完了，又或者是察觉到屋内降到冰点的气氛，低低地趴在地上呜咽着，好像在劝他们别吵架，有话好好说。

叶濛不知道该怎么说，才能让他相信她跟勾恺什么关系都没有。

她苦笑地说：“李靳屿，我说的每句话都是真的，我对你的感情是真的。说句不要脸的话，我没有这么觍着脸追过人，又是放烟火又是主动亲人的。因为是你，我总是把自己的底线一放再放，可你呢，你在原地踏步。哪怕你向我走一步，我都不会像现在这么无力。我跟勾恺之间没什么好解释的，我没喜欢过他，唯独就是那次不该跟他去广东出差，空窗太久差点儿被他乘虚而入。我说过，如果我知道这世界上还有你，我不会再看别人一眼。如果你很介意我跟勾恺亲过这件事，行，那咱们分手。”

“我介意的是你现在要跟他走！”李靳屿突然狠狠地踹了一脚面前的矮几，陈年失修的地板被磨出一阵刺耳又尖锐的声响，惊得院落里的平安一下从地上弹起来，小脑袋卡在院子落地门缝里朝着黑漆漆的屋子里看。墙上的钟摆仿佛停摆，画面好像定格了，树梢间惊落几声蝉鸣，蚂蚁抬头仔细聆听。一切好像又在一瞬间恢复如常。

叶濛觉得这样的李靳屿似乎很陌生。

她什么都没再说，直接拿包走人了。

她不太喜欢在气头上跟对方掰扯。她不知道李靳屿，但了解她自己，再往下说，她恐怕要被一些莫名的情绪支配着说出一些难听和绝情的话来。

她把脑袋埋进方向盘里，静静看着爬满藤蔓的屋子，黑漆漆的始终没开灯，门还敞着，她没有给他关门，他自己也没关。他在一楼，楼外就有停车位，今天回来得早，她运气好抢到了车位，于是便坐在车里盯着那敞着的门，生怕他关上了，就连同他的心一起给关上了。

之后一连几天，两人都没见面，微信也没发一条，手机安静得跟坏了似的。老太太咬着香蕉建议李靳屿："拿回厂里修吧，坏了，都不会响了。"

连朋友圈都安静不少，两人互相较着劲儿，谁都不发。李靳屿本来就不怎么发，倒是叶濛这个朋友圈狂魔安静了很多，这么多天一条朋友圈都没发。杨天伟这个点赞狂魔还把催更消息发到了李靳屿的手机上："濛姐怎么了？现在她都不发朋友圈了，不会是失恋了吧？"

LJY："gun（滚）。"

小杨生煎："你怎么还没去修手机啊？等我这段时间青训营的打杂费发下来，我给你买部新的。"

LJY："by（'不要'的拼音首字母）。"

小杨生煎："这是什么意思？不用？不要？你这是怎么回事，连拼音都懒得给我打了吗？"

LJY："en（嗯）。"

"什么时候走？"

这厢，方雅恩跟叶濛在上次放烟火的餐厅吃饭，大厅位置，看不到窗外的宁绥湖。

"下周一。"叶濛点了个四喜锅，正往里头涮丸子。

没想到才过了这么几天，就已经物是人非，方雅恩心中感慨万千，自动自发地揽下这锅，举杯致歉道："这件事算我的，我当时真的是一着急就开错路了，不然死活也碰不上。"

叶濛摇头："就算没撞上，李靳屿知道我要走，这架还是得吵。跟你没关系，他气的是觉得我骗了他，答应留在这里，结果又走了。"

方雅恩说："那你俩现在是什么情况？分了吗？"

叶濛放下筷子，突然没头没尾地问了句："民政局周末开门吗？"

方雅恩夹的肉丸子闻声惊落，骨碌碌滚回锅底，她举着落空的筷子瞠目结舌地望着叶濛："我才挣扎着从婚姻这座围城里爬出来，你这是打算直接拿着大炮轰开城门？"

叶濛被她逗笑，冲一旁的服务员打了个响指，要了一箱酒，只淡淡地问了句："不吃金针菇吗？"

"少给我岔开话题，"方雅恩冲她翻了个大白眼，"我警告你啊，结婚还是要慎重，李靳屿这小子难得是难得，但你有没有仔细了解过他的家庭背景？他家里有没有欠外债啊？他有没有极品亲戚之类的？结婚可不是一拍脑门就能干的事，我可不想你跟我一样，一屁股蹲儿摔进泥潭里。"

叶濛从容不迫地夹了一筷子热气腾腾的金针菇在碗里凉着，答非所问地说："我无所谓，不行再离呗，我就是太惯着他了，把他宠得无法无天了，居然都敢跟我踹茶儿。算了，婚后我再慢慢调教，总能养回来的。"

"你俩谁调教谁还不一定呢，"方雅恩有点儿不容乐观地看着她，郑重其事地又劝了一句，"你还是想想清楚吧，结婚没这么简单。你真想跟他过一辈子？你真爱上他了？"

叶濛若有所思，秀眉轻轻一拧，随即又神态自若地吃着碗里的金针菇，反问道："你爱陈健吗？"

方雅恩当即哑口无言。她跟陈健领证可不就是脑门一热嘛。别说爱，两人结了婚之后，连婚前那点儿好感都消磨殆尽了。正当她愣神之际，服务员抱着一箱晃得叮当作响的啤酒过来了。

姐妹俩很久没喝酒了，方雅恩是个酒鬼，酒量深不见底，基本没醉过。叶濛不太行，跟李靳屿都属于两杯倒的类型，李靳屿比她强点儿，至少能喝五六杯。叶濛还有点儿酒精过敏，基本上一杯下去，脖子立马整片泛红。

但她开酒还挺熟练，直接用牙咬开一瓶，没心没肺地冲方雅恩举起酒瓶子，示意要跟方雅恩碰一个。

方雅恩没动，叶濛才意兴阑珊地放下酒瓶子，对她娓娓道来：“我在北京的时候，感觉格格不入，很寂寞，赚再多的钱都填不满心里的空荡。但跟李靳屿在一起之后，我其实根本没有帮过他什么，是他在治愈我。是我舍不得这点儿温暖，从来没有一个男人让我这么心动过。”

这话震动到了方雅恩，叶濛很少这么真情实感地向她吐露心声，更何况还是为了一个男人。她那双多情灵动的眼里，隐隐泛着的流光溢彩真叫人心动，方雅恩很久没有过这种感觉了。看叶濛谈恋爱，方雅恩真的完全被带回到当初那种春心萌动的状态里了，莫名脸热。

“你跟陈健就是没激情，太冷静，有时候婚姻就是需要一点儿激情，”叶濛热得脱了外套，细白的脖颈已经隐隐泛起了红光，一喝酒话就多了，“但说实话，我也三十了。你觉得我还能像个小姑娘一样爱来爱去的吗？我要考虑太多现实因素了，比如我爸，自从我妈走后他一直单着，没敢再找。他以为我不知道，别看他㞞，他就是看我没成家，怕我觉得他背叛了我，不适应，尽管遇上有些还不错的阿姨也不敢跟人家多来往。还有我奶奶，她明年奔九了，多自责啊，生出三个姑姑不会生孩子，我又不肯结婚，天天在家唱《葬花吟》，哭哭啼啼地说叶家因为她断后她下去要给列祖列宗请罪，思想很封建。可我能怎么办？我享受了他们所有的爱和包容，还能当那个列祖列宗眼里的不肖子吗？”

老人的思想虽然封建，那是祖祖辈辈下来根深蒂固的影响，不可能改变的，作为孩子，大多也不愿见老人失望。

说到这里，叶濛叹了口气：“我从来没跟谁说过我爱他，也可能是因为我真的没爱过。还有就是我觉得爱太沉重，给对方是负担。你时时刻刻提醒着人家，不就是要人家记着这份情吗？反正最好他也别说，不然我会觉得有负担。而且结婚有时候不就是一时冲动才干的事？谁要是深思熟虑之后告诉我她想结婚，我会觉得这人傻。”

方雅恩被她说得无言以对，又无从反驳——是啊，自身条件这么好的女人，怎么会想去用婚姻束缚自己？

她终于在人头攒动的餐厅里，开了瓶酒，冲叶濛一举：“敬自由的女性，也敬我们炽热独立的灵魂。”

两人相视一笑，酒过三巡，餐厅的人寥寥无几，灯也暗了一半，只余她们这昏暗凌乱的一角。酒精作祟下，叶濛歪歪扭扭地斜趴在桌上，浑身泛红，眼前晕着一圈圈白光。她聚焦不了视线，难受地将头埋进去，有些瓮声瓮气地对方雅恩说：“给李靳屿发微信，让他来接我。”

方雅恩顾念李靳屿还得打车过来太麻烦，索性找了代驾直接把叶濛完完整整地送到了他家门口。李靳屿到的时候，叶濛迷迷糊糊地抱着双腿，坐在他家门口的地上，脑袋昏昏沉沉地埋在膝盖上，像一只幼小无助的蚕蛹，瑟缩在楼道口昏暗的角落里，显得楚楚可怜。

听见钥匙插进锁孔里的碰撞声，叶濛在渗着月光的楼道里，茫茫然地抬起了头，浑浑噩噩地看着他。

嘭！李靳屿进去了，甚至把门关上了。叶濛仰着脑袋笑了下，然后难受地埋下头，他真的不要她了。

下一秒，门又开了。

叶濛感觉自己被人打横抱了起来。她下意识地搂紧他的脖子，埋在他的颈窝间，低声问：“你刚刚去哪儿了？”

“程开然家。”

“你去找他干吗？”她迷糊地呢喃道。

“给程晶晶送东西。”

确实，程晶晶对记忆宫殿感兴趣，所以他给她送过去一些关于记忆宫殿的资料。

“程晶晶是不是喜欢你呀？”她故意点着他的鼻子说。

屋内还没来得及开灯，煎蛋黄般的月亮挂在漆黑的夜空中，月光将这一方小小的院落照得有些昏暗。什么都没变，跟那晚几乎无缝连接。不知李靳屿这几天是怎么度过的，他好像压根没收拾，连那天猛地挨了他一脚的矮几，都还是嚣张地原样斜摆着，半截身子被推得老远，地板上还有一道被矮几腿磨出的浅浅痕迹。

院外明月高悬，路灯昏黄，偶尔有行人从稻草边走过，嘎吱轻响，惊得趴着赏月色的平安耳朵一竖，仔细聆听动静。

“所以你现在是想在我这里找补回来是吗？”

李靳屿边说边将她抱到沙发上，叶濛反应极快，反手牢牢地搂住他的脖子，不让他起身。李靳屿只能被迫弓着身，低头没什么表情地俯视着她。

感受到他的气息，叶濛头晕脑涨，心头猛地一跳，仰躺在沙发上，任凭头发散着，用尽力气勾着他，细嫩滑腻的颈窝处，青筋凸显。往日里眼底装着一股盛气的她，此刻放低了所有姿态，眼神含情又小心地看着他：“真的不要我了吗？”

嘀嗒嘀嗒，墙上的挂钟摇摆声清晰可闻。

李靳屿就那么看着她，看了很久，看得叶濛口干舌燥。平安从地上爬起来慵懒地抖了抖身子，从门缝这边悄悄地探了一下头，似乎在眼巴巴地等着今日份额的狗粮。然而它在灰暗的黑白世界里，只模模糊糊地瞧见沙发上两道纠缠的人影。

叶濛不松手，李靳屿索性在地板上坐了下来，一只腿屈着，手搭在膝盖上，背靠着沙发，任由叶濛圈着他的脖子，在黑漆漆的屋子里，咬了支烟在嘴里，一边擦亮打火机，一边把球给她丢回去：“是你不要我。”

叶濛把他的烟拿掉，勾着他的脖子，仰头将自己凑过去：“亲我。”

李靳屿没搭理她，睨她一眼，低头继续懒懒地把玩着打火机。

“亲我。”叶濛又重复了一遍。

李靳屿拧了下眉，似乎被她缠得没办法，很敷衍地低头在她的唇上啄了一下。

他将一条腿打直，刚好顶在矮几腿边上，一条腿屈着，一手搭着膝盖，一副坐地生根烂也烂在这里的架势，一动不动。叶濛哪能满足，翻身从沙发上下来，将他压在沙发边上，俯身像只不讲道理的小兽去咬他的喉结。

李靳屿仰着头靠着沙发，手上仍把玩着打火机，但也没把她推开，随她咬。

黑暗中，叶濛的亲吻声连同打火机时不时发出的声响，混着钟摆规律的嘀嗒声，像柔软的细沙，一点点顺着他心里的洞灌进去，直至将洞填满。

她一边亲，一边问："你是不是怕我去北京跟他发生什么？"

"你不怕我留在这里跟别人好了？"李靳屿提醒她，"比如刘宜宜。"

叶濛忽然停下来，捧着他的脸："你说真的？"

李靳屿别开头，不肯让她碰："不知道，我这人控制力不太好，向来管不住自己，说不定她再追一下，我就不想跟你好了。"

"……"

叶濛从他身上下来，坐在他旁边点了支烟，静默的气氛显得有些紧迫，谁也没说话。平安推了一下门，李靳屿起身出去给它倒了点儿狗粮，等回来的时候，叶濛抽完一支烟，整个人似乎清醒了一点儿，漫不经心地把烟头摁灭在烟灰缸里。其实烟头早已没了火星，但她仍有一搭没一搭地摁着，眼睛涣散地盯着那处，冷不丁地说："李靳屿，我们结婚。"

不知李靳屿是不是没听见，默不作声地从厨房里拿了些水给平安，又走进来。叶濛以为他没听见想要再说一遍，谁知道他说："我结不了。"

叶濛愣了愣，下意识地问："你结过了？"

李靳屿站在冰箱前，拿出两包挂面，终于认真地看了她一眼："没有，你知道我的情况，结婚只会拖累你。"

说完，他走进厨房，准备煮两碗面，一碗给平安，一碗给自己。

叶濛跟进去，冷冷地靠着厨房的门盯着他："所以你从来没有想过跟我结婚是吗？"

李靳屿打开火，靠在流理台边等水烧开："嗯。"

叶濛终于明白之前那种抓不住的感觉从哪里来了，她仿佛在冰天雪地里被人兜头浇了一盆冷水，甚至已经不会笑了，表情僵硬地说："所以，李靳屿，是你在玩我啊。"

"我没有。"李靳屿转过身道。

叶濛冷笑道："嗯，你没有，你只是觉得有个女的愿意这么倒贴着掏心掏肺地对你，你很享受是吧，先谈着、耗着呗，她以后嫁不出去了，只能赖着你了呗。你多跩啊，随便招招手，都有人愿意倒贴着跟你。”

叶濛转身走了出去。他听见门外传来急促又愤然的换鞋声，知道这次她走了，可能就不会再回来找他了。他们真的就这么结束了。

李靳屿坐在沙发上看她换鞋。叶濛喝了酒，这会儿脑子可能还不太清醒，一边的高跟鞋的扣子怎么也扣不进去。她看着完全不像三十岁的人，身段盈盈，李靳屿突然想起以前看《西厢记》，张生遇见莺莺时说的那句话：“人间天上，看莺莺强如做道场，温香软玉，休道是相亲傍。”

叶濛现在是老太太绣花，死活封不上扣，急了，索性不穿鞋，光着脚拎着鞋就要出去。

李靳屿弓着背，手撑在膝盖上抽着烟，弹了弹烟灰，看也没看她，冷淡地说：“把你的相机拿走。”

叶濛又拎着鞋子走了回来，手刚伸出去捞相机，下一秒被一只温热的手拽住。

李靳屿直接把她拉到自己的腿上，另一只手夹着烟，大约是怕烫到她，高高举着。而叶濛重心不稳，被人摁在腿上。

“你凭什么这么说？”李靳屿仰头看着她，叶濛这会儿才看到他的眼睛是红的，像一头小兽，“给承诺的是你，反悔的是你，说走就走的也是你。你说结婚就结婚，我就是一条狗，你也得给我喘气的机会吧？结婚我是没想过，但是我除了你，就没喜欢过别人。你给过我时间考虑吗？这几天你给我打过一个电话吗？发过一条微信吗？你知道我是怎么过的吗？你高兴了来哄哄我，不高兴了就晾着我，我怎么知道结婚后，你又会把我晾几天？啊？”

“这话不公平，你也没给我打电话和发微信——”她下意识地觉得自己摸到热热的东西，一低头，惊呼道，“你的手怎么流血了？刚刚在厨房割到了吗？”

“你管我。”李靳屿作势要抽回手。

叶濛立马把他的食指含进嘴里，坐在他怀里不让他动，声音含混地说："别动，你家是不是都不做饭？菜刀都生锈了！小心得破伤风。家里有没有医药箱？你先消一下毒，我们打车去医院。"

李靳屿会做饭，只是不太做，第一嫌麻烦，第二老太太嫌他做的东西不好吃，索性都是买着吃。偶尔他一个人的时候会下碗面，厨房也就是个摆设，菜刀生锈也在所难免。

李靳屿看了她一会儿，神情有些不自在地别开眼，才说："户口本在我奶奶那里。"

叶濛含着他的手指，微微一顿，李靳屿更不自在了，烦得不行，仰靠在沙发上，垂着眼睨着她："你非要结婚吗？"

"嗯。"她又重重地含了一口他的手指，点头。

周末民政局没开门，两人周一一大早去的民政局。李靳屿头天晚上去医院找老太太拿了户口本。老太太以为他要卖房子，战战兢兢地将户口本藏得更严实了，哆嗦着说："你要户口本干吗？我那老破房子可不值钱的。"

李靳屿高高大大的身影站在病房里，像个地狱使者，冷淡地看着她："谁卖你的房子，我结婚，过了这个村就没这个店了，我数三下。

"一。"

哗啦——户口本扇着页，跟裹了层龙卷风似的，横冲直撞地摔到他的胸前，还伴随着老太太含混不清却势如破竹的呐喊："赶紧把这个店给我盘回来！"

周一，砰砰两声巨响，两个红章迎风盖下。

那天是惊蛰，像匍匐于天空中的春雷，沉闷而轰响，惊醒了世间的所有兵荒马乱以及和风细雨的虔诚未来。

第九章
结婚

那天民政局的人格外多，他们九点到的，居然还要排队。大厅偏巧有对夫妻要办离婚手续，气氛有些尴尬，李靳屿和叶濛就坐在他们旁边一言不发地玩手机，听他们冷言冷语地盎盂相击，往日的浓情蜜意似乎都成了此刻讽刺对方的利剑。

女的说：“这回你妈满意了，让她再给你找个比你小的。”

男的说：“这件事怪我妈吗？你别把责任都往我妈身上推，你也就比我大三岁，刚开始结婚的时候，我妈还说女大三抱金砖，当你是亲生闺女好吧？”

女的说：“我觉得我妈说得对，嫁给比自己小的男人，还真是挺需要勇气的，因为这种男的一般还没断奶。我跟你妈的矛盾你认真解决过吗？你妈年纪大，做事情不讲究，抹完脚的毛巾能给孩子抹脸，孩子立马就细菌感染，这样的事怪不怪你妈？我的领导送我回家，你妈怕我给你戴绿帽子，拿着消毒液往我领导身上喷，你觉得这样的事不怪你妈？”

男的说：“那领导暗恋你，你以为我不知道？你为什么坐他的车回家？谁知道你俩在车里干了什么龌龊事。而且那天你回来为什么换了内裤？你早上穿出门的明明不是那条。你敢说你没做对不起我的事？你要不是以前那么浪，我妈能拿消毒液喷人吗？”

女的骂道：“滚，我现在跟你说话都嫌污染空气。”

叶濛玩不下去手机了，站起来对李靳屿说："我出去抽支烟。"

民政局门外有两尊威严庄重的石狮子，但龇牙咧嘴的模样略显顽皮喜庆，听老人说喜凤狮像，饱含浓情蜜意，预祝新人天长地久。

叶濛看着这两尊惟妙惟肖的石狮，便莫名觉得有些神圣，又把烟和打火机丢回包里，在门口孤零零地站了会儿，沉思片刻，从包里掏出手机，给方雅恩发去一条微信。

柠檬叶："我现在在民政局。"

Fang："你牛。"

柠檬叶："我现在有种拐骗小孩的感觉，虽然他已经二十七了。"

Fang："你牛。"

柠檬叶："能不能好好说话？"

Fang："好，你该不是后悔了吧？"

柠檬叶："没有，不过我今晚八点的飞机，我怕他等会儿要闹。"

Fang："你没告诉他？"

柠檬叶："我们那天晚上还吵架呢，怎么讲？这两天我们也没怎么说话，他估计还在生气我要走的事。我现在都不知道怎么哄他了。"

Fang："你不能晚一天走？好歹撑过今晚的新婚夜啊，在床上好好哄一哄呗。"

柠檬叶："不行，明天早上九点约了一个非常重要的客户，我已经把时间推到最晚了。要不是因为他，我上周就跟勾恺回去了。"

Fang："那我爱莫能助了，总不能叫我帮你哄吧。别，我年纪大了，尴尬癌，你那些小女生的套路，我弄不来。"

叶濛叹了口气刚把手机揣回包里，一抬头就看见李靳屿靠在石狮像上看了她一会儿。他把手插进兜里，说："不是出来抽烟吗？"

"轮到我们了吗？"叶濛把包背好说道。

小镇的清晨盛满薄雾，李靳屿穿得很少，一身很简单的黑色运动服，拉链拉上去挡住下半张脸，显得整个人瘦瘦高高的。他好像怎么样都容易吸引目光，刚才去填写申请资料的时候，工作人员还频频打量他。两人站在民政局门口，一人一边靠着一尊石狮子，中间隔着一条延伸入正厅的路道，时不时有人从他俩中间穿过，有兴高采烈地拿着结婚证的，也有恓恓惶惶地拿着离婚证的。

叶濛觉得她此刻好像行走在一片孤海中，有杂草丛生，也有珊瑚无边。而面前这个男人，可能是她以后要一起度过余生的，是所有充满风雨和荆棘抑或是甜蜜平淡的闲暇时光里唯一的慰藉。

李靳屿只露着一双黑白分明的眼，没什么情绪地盯着她："你是不是不想领了？"

"没有，"叶濛低头看了眼时间，"进去吧，先过去拍照。"

李靳屿没动，仍是手插着兜，叶濛忍不住逗他："还是你想再考虑考虑刘宜宜？她家条件可比我好不少哦。"

李靳屿白她一眼，往里走："我当你是吃醋了。"

两人并排坐着拍照，背景是一块红艳艳的大喜红布，两人还在有一搭、没一搭地斗着嘴，谁也不认输，尤其在吃醋这个话题上。叶濛挺郑重其事地说："跟姐姐谈恋爱的好处就是，姐姐一般不跟小朋友吃醋。"

摄影师在对镜头，对着镜头里的俊男美女笑得一脸欣慰，这才叫帅得"惨绝人寰"。

李靳屿冷静地回过头睨她："你说谁小朋友？你就比我大两岁，我二十七，别说得我像十七。"

叶濛也回头，忍不住逗他："可你就是我眼里的小朋友啊，特别想疼你的那种。"

摄影师捕不到镜头，大声提醒道："两位，看镜头看镜头！"

两人又齐齐看镜头，李靳屿哼笑道："少来。"

叶濛对着镜头笑出服务行业标准的八牙笑容，笑眯眯地从喉咙里挤出声来："大你两岁，就是大你一辈子，你一辈子都得叫我姐姐。"

李靳屿转头吊着眉梢看她，似乎被气到，摄影师更气，妙语连珠道："哎！看镜头啊帅哥，你俩是水龙头吗？滔滔不绝的。"

李靳屿又转过头，露出一口整齐干净的白牙，嘴角微微扬着，十分阳光，像一棵绿意浓郁干净挺拔的小白杨。嘴上却狠狠地道："做梦。"

砰砰——两个戳跟流水线似的盖完，叶濛还觉得不太真实，坐在车上对着红本本和他俩挨在一起的合照看了许久，震惊地发现，李靳屿这人笑起来嘴角居然有个小梨涡！

“这不是渣男标配吗？”叶濛哀叹。

李靳屿坐在副驾驶座上，一把夺过红本本合上，连同他自己那本随手扔到后座上，冷淡地问：“去哪儿？”

叶濛双手撑在方向盘上，趴着脑袋看他，心情还有点儿没缓过来，半开玩笑地冲他说：“要不开个单身派对去，马上要步入婚姻生活了，咱俩先各玩各的，算是跟外面的花花世界正式告个别？”

“要不就现在去离婚。”

叶濛笑得不行：“你还真的……禁不起逗，”她仍趴着脑袋，一下子也不想动了，懒懒地说，“刚认识你的时候，我还以为你是个‘海王’，微信里天天有女的跟你告白那种。”

李靳屿一副慵懒的样子靠在副驾驶座的侧门上，眼神没什么焦距地看着她。他已经习惯性地盯着她看，有时候其实什么也没想，但只要她在，他就喜欢盯着她。其实他现在困得不行，昨晚一晚上没睡，去医院拿完户口本就在沙发上坐了一夜。结婚这件事，叶濛如果不这样逼他，他或许根本不会提上日程，或许一辈子也就这样了。他没房没车，没正经工作，家里还有个需要他照顾的老太太，没想太多，也不敢想太多。叶濛想要跟他在一起，他就陪着她，如果哪天她腻了，他随时可以过回自己原来波澜不惊、平静如死水的生活。

“你才是鱼塘奶奶。”他淡淡地骂了回去。

叶濛仍是一动不动地趴在方向盘上看着他，嘴角的笑意渐渐收敛，有些痴痴地看着他。李靳屿也靠着副驾驶座的车门静静地回视着她，车厢里仿佛有春水在静静流淌，他们似乎要溶解在彼此的视线里。

叶濛爬过去，跨坐到他身上，捧着他的脸亲了下去：“姐姐教你接吻。”

“嗯。”

“等会儿跟我回家？”她的声音不自觉地变了调。

“嗯，见你奶奶？”李靳屿也压低了声音，在彼此的呼吸中一点点去找对方的唇。

“差不多，我还没跟他们说，”叶濛蓦地吃疼，“哎呀，你别咬我！”

李靳屿一边咬，一边还重重地掐了一下她的腰："这种事情你先斩后奏，你不怕你奶奶心脏病发？"

叶家敞着大门，老太太听说今天叶濛要带男朋友回来，让小姑张罗着布了一桌子丰盛的菜，堪比满汉全席，连摆盘都尤其讲究，每道菜上都做了雕花装饰。然而此刻，气氛沉闷得像是被一个闷雷劈过，无一人敢动筷。大家倒也不是不满意李靳屿，而是因为叶濛随口丢出的一句话。

整桌菜只有一条鱼动过一个缺口，其他的菜没人动过一下，也就叶濛夹了一筷子鱼敢往自己嘴里塞，漫不经心地说："我俩领证了，他没有入赘，孩子跟他姓。"

她说完，就拉着李靳屿上楼了，也不顾楼底下是什么光景。老太太那张宛若千年青苔的脸，苍蝇在她脸上都停不住脚了。

"什么入赘？"

李靳屿被她扯进房间里，低声问了句。

谁知道一进门，他就看见摊在地上刚刚收拾好的行李箱，脸色冷了下来，跟楼下的老太太比有过之而无不及："你什么时候走？"

"今晚八点的飞机。"叶濛把行李箱往边上一踢，拉着他的手将他推到床上，屈着膝跨上去，低头吻他，"先别生气，我没办法，明天早上九点约了那个华人收藏家，我已经把时间拖到最晚了。我八点的飞机，落地到家怎么也得两三点了，你体谅体谅我，嗯？"

李靳屿想说，体谅你妈。

我现在还真是体谅你妈。

他别开头，不让她亲。

叶濛咬他的耳朵，哈着气："你要是不难受，走之前我再帮你弄一次？嗯？"

楼下仍旧在演默片，无人说话。老太太铁青着一张脸，叶家男人默不作声，表演眼观鼻鼻观心的状态。姑姑们面面相觑，在餐桌上娴熟地用眼神交流彼此的想法。

她们的想法很统一。

——这件事叶濛办得贼漂亮。

但大姑桂芬还是信誓旦旦地开口说："妈，这件事我们是绝对支持你的。"

"必须。"众人附和。

老太太的脸色莫名地缓和了些："那孩子叫什么，李什么？"

小姑提醒道："李靳屿。"

二姑趁机跟着说："这孩子长得是真俊，我没在这镇上看过这么好看的男孩子。看着也很乖，叶濛挑人还是挺有眼光的。他应该是个乖孩子。"

"叫他俩先下来吃饭。"老太太一锤定音道。

屋内，叶濛趴在他耳边说完，李靳屿则仰躺在床上，窗外是繁华的灯火，车轮辚辚地轧过马路，在他俩耳边沙沙作响。那双小鹿一般沉静却又压抑着情绪的眼睛，看了她一会儿，黑暗里，他低头娴熟地去解他的运动裤裤绳，也不顾那渐渐逼近的脚步声，一副非常恶劣又冷淡的姿态，说出一句让叶濛想把他拎起来打一顿的混账话。

"行，用嘴。"

这小畜生。

"这是性冷淡的人说的话？"叶濛跪趴在他身上，撑着身子看他，一只手捏着他的下巴，恶狠狠地教训道，"我是不是太惯着你了？嗯？敢跟我提这种要求？"

李靳屿被她锁在身下，一只手垫在脑袋后，一只手还慢条斯理地往外扯开运动裤的裤绳，吊起眉梢道："不行？"

绝对不行，叶濛没给他一巴掌算是心疼他。就算这人是李靳屿，也不行，别说这种事她本来就抗拒，更别说还是为了讨好男人，她还没那么"舔"。

暮霭笼着这座恬静安逸的小镇，昏暗的光下，不知道是不是因为她即将离开，天穹巨幕下的夜晚显得格外苍茫。

李靳屿看了她两三秒，把手从脑后抽出来，揽住叶濛的后脖颈，将她压向自己，阴郁的眼神在她脸上来回睃巡，口气竟然有些病娇："你并不爱我啊，姐姐。"

叶濛突然有点儿不清楚，自己这是招了一只什么妖孽回来。

她跪伏在他身上，愣了一会儿，轻轻拍他的脸颊，按捺下性子劝说道："清醒点儿宝贝，咱们认识到结婚不过三个月，都算得上是闪婚了。我当然喜欢你，愿意哄你、宠你，但你要说爱，那就扯远了。我觉得，在现实生活中，大多数人的婚姻谈不上'爱'这个字，要么是合适，要么是赌。只有很少数的一部分幸运的人才会真正嫁给所谓的爱情。"

"那我们是什么？"李靳屿低声问。

"赌，"叶濛平静地看着他说，"我不甘心就这么跟你分手，愿意用婚姻跟你赌一把。你不也是赌我不舍得跟你分手才拿分手逼我吗？"

李靳屿平静地看着她道："我没有。"

叶濛将手肘微微一屈，压下柔软的腰身，随即捏着他的下巴左右晃了晃，忍不住逗他，重新占回上风："那你是真的想跟我分手咯？"

李靳屿不动声色地挣开她的手，憋闷地道："我觉得我被你骗了。"

"为什么？"叶濛不动了，老老实实地撑着身子看着他。

"不知道，"他淡淡地别开头，看着窗外苍茫的暮色冷淡地说，"我只知道，你没有嘴上说的那么喜欢我。"

但我好像比我以为的更喜欢你。

叶濛埋在他干净的颈窝里轻轻吸了口气，笑出声道："哎，有没有人叫过你'傻白甜'？"

李靳屿："……"

叶濛低头去吻他："游戏还没开始呢，你怎么知道谁赢谁输？"

李靳屿被迫承受着她的吻，手在她的腰上泄愤似的狠狠地掐了一把。叶濛吃疼，花样百出地咬他。李靳屿玩不过她，拧着眉道："轻点儿。"

叶濛就喜欢他这副病娇的样子，不自觉地加重了力道。李靳屿只能死死地掐她的腰来发泄，两人仿佛开始斗角，谁也不肯服软，像两头斗兽场里多日未进食的饿狮，恣肆地厮杀，拼死捍卫属于自己的领地，又渴望在对方的地盘上称王。

不知是谁先软下来，剑拔弩张的气氛缓和了些，只剩下愈渐清晰和令人脸红心跳的啄吻声。谁料门啪嗒一声被人从外面推开，传来小姑的声音："濛，你跟李靳屿先下去把饭吃——"

像是一个鼓胀的粉红泡泡被人一针戳破，昏暗的画面清晰起来，两人像两颗玻璃球似的光速弹开。叶濛掐着腰无语地靠站在墙边，李靳屿坐在床上低头摸鼻子。

老太太瞧着李靳屿越发满意，五官英俊，像是从电视机里走出来的男人，长得比明星还好看，尤其那双漂亮得像小猫儿一般的眼珠子，看得真惹人疼，不像她家叶濛似的，俩黑不溜秋的眼珠子灵活得跟算盘珠子似的，看着聪明伶俐，主意多了也惹人烦。而且，李靳屿很有教养，坐有坐相，站有站相，不松垮，更不局促，看人淡定从容，只安安静静地夹自己跟前的菜。

老太太对这种懂事的孩子特别疼，关怀备至地让小姑把桌上的菜换换位，又体贴入微地发现他并不吃辣，让二姑把桌上的辣菜都撤走，紧紧密密地凑了一整桌菜，他多少都能夹一点儿。

叶濛突然觉得，李靳屿很会装啊，比谁都会，尤其会在长辈面前装乖，把自己搞得楚楚可怜。还坐有坐相，平日里最没坐相的就是他了，懒洋洋的跟个流氓似的。她再一次觉得，自己招回来的绝对是个妖孽。

两人去往市机场的路上下起了雨。

绵密的雨水在车前挡玻璃上汇成了汩汩的流水。叶濛坐在车里，看着窗外雨雾朦胧，像是一张遮天巨网，兜着所有人。手机在安静的车里发出一声振响。

勾恺："人已经接到，你过来没？"

柠檬叶："嗯。去机场的路上。"

勾恺："等你。"

柠檬叶："不用，我直接回以前的房子。"

勾恺："不用紧张，不是我一个人，还有邰明霄。"

叶濛没心思再回，手机恢复安静，没再发出一声响。

临出门前，李靳屿就没怎么同她说过话，靠在墙上，沉默地抽着烟。她知道他不太高兴，也顾不上收东西了，更顾不上什么东西齐不齐的，等到了再买吧。她随手将空荡荡的行李箱合上，趁着最后一点儿温存时间，起身去抱他。

李靳屿没有回应，靠着墙，一只手插在兜里，一只手夹着烟，怕烟头烫到她，只将手微微抬了抬，然后低头，眼神冷淡地看着她。

“我处理完事情立马回来，不会待太久的，可以吗？”

“我说不可以你会退机票吗？”他往她脸上喷了口烟。

“李靳屿，你别无理取闹哦。”

“一个月，”他忽而低头认真地看着她，指间的星火已燃至末端，“一个月不回来，我就不等你了。”

叶濛再次抱紧他：“怎么，你要跟我离婚？”

李靳屿用手指掐了烟，仍没有回抱住她，将双手插进兜里，声音低沉地道：“嗯。”

不是对叶濛没信心，而是他太了解那座城市，高高在上，霓虹繁华。他忘记了是谁说的，北京是一个极少数当你谈及梦想时，别人不会觉得你是个傻子的地方。你甚至会被城市里那些虚伪的灯光所迷惑，觉得自己就是生活的主角，在平凡的生活中期待着那些从天而降的奇遇，舍不得离开。

更何况，他无比了解勾恺，打一个巴掌给一块糖这种把戏勾恺最擅长。勾恺一旦对谁有什么执念，只会用尽一切办法把人留在自己身边。

临出发前，叶濛还是在厕所帮李靳屿弄了一次。浴室的毛玻璃上映着两道纠缠的人影，仿佛停在树梢的两只交颈的鸳鸯，贴着耳，喁喁私语。氤氲的浓雾中，流水哗哗坠地成花，溅湿了他们身上的每一寸地方，气氛显得暧昧朦胧。

李靳屿整个人弓着腰，手撑着毛玻璃面，低着头眼神隐忍压抑地看着她，表情不舍。叶濛单手勾着他的脖子，紧紧拥着他，下巴垫在他的肩上，轻轻动作，贴耳低声问：“李靳屿，你是不是离不开我了？”

“不知道。”他嗓音沙哑地道。

“不知道是还是不是？”叶濛慢悠悠地追问，逗他，“不说我松手了。”

李靳屿的手仍撑着玻璃，将她顶在毛玻璃上。他低头把脑袋埋进她的颈窝里，狠狠咬了一口，闷声道：“你就知道欺负我。”

叶濛感觉心被烫了一下，仿佛要化了，笑倒在他怀里。李靳屿低头重重地吻住她，咬她，恼羞成怒道："动啊。"

飞机晚点，叶濛落地北京时已经十二点。北京仍是雾蒙蒙的，跟小镇的空气没法比，一下飞机，她有点儿没适应过来，咳了声，在四周的人嫌弃的目光中，戴上了口罩。

口罩……她又开始想李靳屿了。两人这才分开几个小时。她低头看了眼手机，安安静静的，乖得不行。

她提着行李慢悠悠地走着，本想直接打车回之前的房子，谁料在接机口看见一张熟悉的面孔。来人穿着一身笔挺的西装三件套，油头粉面的，和勾恺一个路子，是郃明霄。

郃明霄是勾恺的发小，也是个挺有头脑的富家小开，北京圈里的百事通，小开圈里的交际花。相比勾恺的精于算计，郃明霄非常爽朗大方。之前在北京，三人经常一起喝酒聊天消解事业上的苦闷。郃明霄长得很帅，但就是不太高，一米七三，勾恺算上头发和皮鞋垫勉勉强强到一米八。以前叶濛不觉得他俩矮，但自从跟李靳屿在一起之后，发现这俩人是真的矮。

郃明霄非常绅士地接过她手中的箱子，指了指身后的广告牌，像个吉祥物似的说："北京欢迎你。"

两人没急着上车，立在郃明霄那辆几百万的兰博基尼边上抽了会儿烟。叶濛里头是一套灰色休闲西装，干净利落，外头随意地披了件刚刚从行李箱里抽出来的呢大衣，乌黑的长发卷成大波浪，温柔地在背后起伏，整个人成熟温婉，有女人的魅力却又有干练和洒脱气。郃明霄是个不吝于夸奖别人的人，无论多少次看见叶濛都发自内心地感慨："你们镇上的女人是不是都长你这样？你们那儿的水土是不是特别养人？回去这半年，你怎么越发光彩照人了呢？"

两人并排靠着车门，脚踩在马路牙子上，叶濛给自己点了支烟，斜睨他一眼，不屑地笑了："少在这儿吹捧我。"

郃明霄笑了笑说："这次回来准备待多久？勾老板恐怕是不会这么轻易放你走的。"

叶濛靠着车门，夹着烟的手不自觉地轻轻弹了弹，仰着头，看着整座城市鳞次栉比的高楼和满城繁华的灯火，迷离地微微眯了眯眼，说：“办完事情就走，他留不住我。”

“你跟勾恺……”

“我结婚了，”叶濛打断他的话，把烟掐了，“上车。”

郜明霄默默地在背后站了一会儿，无声地哇哦了一下，感觉这事精彩了。

夜景一路被甩在身后，郜明霄边开车边给她说：“这个新加坡华人收藏家我们联系了很久，他都不愿意本人出面，这次是勾恺费了很大的力气，他才愿意从新加坡往国内跑这一趟。不然他的合同一般是由秘书代签的。”

“还有新河的案子，我已经给你拿回来了。新河这块大肉，别人啃不下来。”郜明霄叨叨个不停，“说实话，搞关系这块，还真得你来。你别理勾恺，他就是从小生活优越，看不惯别人捡现成便宜。你要让他去给人做小伏低，他宁可不要这单生意也不可能觍着脸子去给人捧这场子，所以去年半年，要不是我撑着，签约率不知道降到哪儿去了。看来还是得咱俩合作啊，也不愧你这人间交际花的名称了。”

“你确定你不是在骂我？”叶濛看着窗外说。

“真没有，夸你。”

叶濛不说话，低头看手机，因为她发现朋友圈更新那里出现一个几乎从来不会出现的头像，一片黑漆漆的。宝贝发朋友圈了？

这可真难得啊。

会是什么内容呢？他不会是要跟她告白吧？

他会发什么呢？

叶濛顶着脑中的三连问，怀揣着激动的心情小心翼翼地打开了朋友圈。

他发了十条朋友圈，一溜拉下去全是他的，还全是照片，在他家拍的，好像都是那帮搞音乐的朋友。照片拍得不是太清楚，角度都很昏暗，三两人成堆，那消沉糜烂的氛围，不知道的人还以为这帮小崽子聚在一起嗑药。乔麦麦也在，她那些花枝招展的小姐妹也在。

很好，小畜生。

“哥，你发朋友圈了？”乔麦麦拨开众人坐到李靳屿身边。

李靳屿一身松垮的白色运动服，干净耀眼，引得那几个小姐妹眼神就没从他身上挪开过，几人蠢蠢欲动地跟乔麦麦旁敲侧击地打听着李靳屿有没有女友。不知乔麦麦是不是被叶濛收买，对外统一口径——李靳屿有个非常漂亮多金还极其宠他的天仙姐姐女友。小姐妹们一脸艳羡，大失所望又觉心有不甘，甚至有点儿不人道地想过去搭讪加个微信也好。

“乔麦麦哥哥好帅啊。”“他这种都不能用帅来形容了。那手、那喉结……那是吻痕吗？我死了，好‘苏’。”

几个小姑娘津津有味、窃窃私语地交流着。

那边人间“苏”神将运动服拉链拉到顶，下巴藏在领子里，坐在沙发一端闭目养神，淡淡地对乔麦麦嗯了声。

“你是不是不知道朋友圈一次性可以发九张图？”乔麦麦不明所以地翻着他的朋友圈建议说，“你这样一条条地刷屏会被人拉黑的。”

“哦。”人间“苏”神又拿起手机懒懒地低头看了眼。

彼时，叶濛上楼放了行李，没着急收拾，脱了外套随手挂在沙发上，从酒柜里拎出一瓶葡萄酒准备招待邰明霄。不过她半天没找到开瓶器，正跪在地上漫无目的地摸索，邰明霄笑着把她从地上拉起来说：“行了，这一地灰蹭的，我明天给你找人收拾一下，今晚先这么睡吧。明天要见那华裔，你早点儿休息，咱们不急这一会儿。我今天就是过来跟你表个态，不管怎么样，我很欢迎你回来。”说完，他给了她一个绅士十足的拥抱。

叶濛笑了下，把酒斜着塞回酒柜，说了声谢谢。两人又倚着半导体酒柜不痛不痒地聊了些近况，邰明霄看时间差不多了，起身道别，临走时又想到什么，站在门口对她道：“叶濛，虽然咱俩是通过勾恺认识的，但我是真心拿你当朋友的，也真心希望你能留在北京。”

邰明霄是个很爽朗阳光的人，身边不乏优秀的女性，红颜知已也绝非叶濛这么一个，但他对感情很坦荡也很明确，没勾恺那么爱算计。叶濛不是邰明霄喜欢的类型，却是他欣赏的女性之一。

他俩有一点特别像——跟谁都能插科打诨，分寸拿捏到位，不引人反感。勾恺说他俩即使被丢到非洲语言不通的部落里，估计很快也能混个小酋长，因为他们深谙人性的弱点。郜明霄是副总，负责公司客户关系维稳，叶濛则是他一手提拔上来的人。维护人际关系，是一门很大的学问，他俩不敢说满载而归，顶多是半桶水，但合在一起，不说颠倒乾坤，颠七倒八把人弄迷糊总是没问题的。郜明霄和叶濛算是客户公关领域的头牌，业内还有个CP（情侣）雅号——“夜宵摊”。

当初要不是勾恺从中阻拦，叶濛辞职后也有不少公司朝她抛出橄榄枝。但叶濛这个学历、出身都不是太优秀的人，突然开始锋芒毕露，勾恺就雷霆大怒。他始终觉得，叶濛是运气好捡了便宜。叶濛除非不在北京混，不然怎么也得留在他身边。所以叶濛一声不吭地回老家了。

郜明霄走后，叶濛懒得动，倚着沙发抽烟，消解舟车劳顿的疲累。她抽烟不太规律，烟瘾不算大，有时候十天半个月也想不到抽一支，偶尔闲下来没事做的时候，会忍不住一支支地抽。

女人夹着烟的指尖细瘦如葱白，她五官漂亮，算不上妖娆，成熟干净，穿西装的时候干练得格外性冷淡，抽烟的时候，眼神颓唐，像一朵厌世的玫瑰，做什么都懒懒恹恹的，透着一路风尘仆仆的消沉。

李靳屿的虚张声势在叶濛这里看来就是一个要不到糖吃的小朋友的表现。她是从来不会跟小朋友计较的。说实话她交往过这么几个弟弟，还没怎么正儿八经地吃过男友的醋。她混多了人情世故，有健康恋爱观的成年人世界是不兴这套的，而且她对男友的包容度高，只要对方不是太过分，她都能忍。跟弟弟们谈恋爱就是这点不好，弟弟们容忍度低，占有欲强。

但真让叶濛吃上醋了，那基本就是面临分手的结局。叶濛这人有时候就是这么无情，谁没了谁过不下去？下一个更乖啊。所以有时候弟弟们作过头了，叶濛基本上是没什么耐心的，拍拍屁股走人。

消解完两支烟的工夫，叶濛心情挺平静，像没事人一样给李靳屿发去一条微信。

濛：“我到了，好累，宝贝晚安。”

李靳屿感觉自己这重重的铁拳仿佛生了锈，一拳头打在了棉花上，打在水上还能弹个响，现在真是无声无息地落了空。他坐在沙发一角，把手机一丢，啪一声扔到矮几上，吸了口气，微微倾身又从矮几上拿了包烟，取出一支来，随手捞过打火机对身旁给他出谋划策的兄弟说："她睡了。"

"没吃醋？"

李靳屿吸了口烟："没。"

兄弟骂了句，眉毛眼睛挑出一个高难度的弧度，仿佛惊讶得要分家一样："这姐姐什么路子啊？"

李靳屿夹烟的手撑在沙发上，笑了下："野路子。"

"要不你过去搂个小妹妹，我给你俩拍张照，然后让乔麦麦发给她。你发过去就是纯刺激她，她就算吃醋也会忍着不说的。"

"不去。"

那几个妹妹眼神没从他身上移开过，看他抽烟，看他跟兄弟聊天，李靳屿不是没感觉。

兄弟再次建议说："那要不你搂乔麦麦吧，我不拍脸，让乔麦麦窝在你怀里，捂着脸。那总行了吧？"

李靳屿伸了伸懒腰，踢了踢腿。

乔麦麦拍完非常不确定地看了李靳屿一眼："哥，你确定要这么作死？"

李靳屿抽着烟心里也不太确定，但一旁的兄弟说得头头是道："这不叫作死，李靳屿第一次谈恋爱，没安全感正常。而且据我谈过两次刻骨铭心的恋爱得出的深刻经验，真正爱你的女人，但凡出现在你身边五米之内的异性，她们都会警惕留意，看是否对自己构成威胁；但凡有异性有可能是你的理想型，她们会拿出八倍镜仔细观察，并且随时准备将人击毙。"

"这么夸张？"李靳屿听着还挺羡慕。

兄弟一脸"你真的没见过世面"的表情："女人吃起醋来，能立马从单细胞生物进化成福尔摩斯这种智商超过180的非人类。不吃醋，要么这女的懒，不愿意进化，要么就是她不喜欢你。"

叶濛第二天醒得早，下意识地掏手机刷了下朋友圈，惊呆了。

这小畜生居然还发自拍。这自拍也太渣男了吧？李靳屿的唇形本来就有点儿渣男嘴，他不笑的时候看起来冷淡至极，肆意笑开的时候，嘴角尖尖细细的，像阳光少年。但如果他像现在这样，抿着嘴角微微上扬的时候，就有点儿渣男的邪气。加上这个谜之视角，好像是仰拍的，他看起来全然就是个不折不扣的渣男钓鱼照。还好他没用滤镜，但原相机硬照的像素看着反而更跩。

叶濛都忍不住想评论一句："看见了吗，渣男就长这样。"

李靳屿别说自拍，上次拍完他俩的亲吻照，叶濛后来想偷照片无意间翻了下他的相册，发现除了那张接吻照，其余都是颇具文艺气息的风景照。更别说在朋友圈发自拍，算是空前绝后的行为，炸出朋友圈众僵尸给他点赞评论。叶濛不点赞不知道，一点赞吓一跳，她跟李靳屿的共同好友居然还挺多，不过大多是一些姐姐妹妹。看来他在酒吧加了不少人啊。

杨天伟、乔麦麦、方雅恩、江露芝、刘宜宜等路人甲乙丙丁，一众共同好友已经给他点赞了。底下也有了她能共享看见的评论——

小杨生煎："哥，来我们战队，什么都不用干，用脸滚键盘就行，绝对火。"

刘宜宜："很帅啊。呵呵。"

江露芝："……"

Fang："你有没有亲戚跟你年纪差不多的男的？"

LJY回复Fang："@杨天伟"

Fang回复LJY："滚。"

刘宜宜："……"

小杨生煎回复Fang："我怎么就滚了？"

连叶濛的奶奶都留言了：

雨珊123："很精神，小伙子。"

LJY回复雨珊123："谢谢奶奶。"

老太太挺会用微信的，微信头像是叶濛学生时代的自拍照。老太太还特别爱用微信摇附近的人，经常摇到一些男的问她："微信头像是你自己吗？”老太太：“我孙女。”大部分男的不当回事：“真爱开玩笑，小姐姐好漂亮。”老太太权当他们在夸奖叶濛：“从小就好看。”一开始隐晦的话老太太还听不太懂，有一搭没一搭地回答着对方，后来聊得深入了才知道对方到底是什么意思，骂骂咧咧地把附近的人这个功能给关了。都是什么新型癞蛤蟆，净想着吃天鹅肉。

事情比叶濛预想的要进展顺利。李靳屿这种会装乖的弟弟，就是能收拢老太太的心。

叶濛也跟着发了一条：

柠檬叶：“哥哥的手不是手，是春风河畔的温柔。”

叶濛本想调戏两句就算了，李靳屿肯定不会搭理她的，谁知道她刷牙的时候，放在洗手台上的手机突然跳出朋友圈提醒。眼皮莫名一跳，她下意识地点开：

LJY回复柠檬叶：“哥哥的腿还可以荡秋千。”

朋友圈一众能看见这条评论的小姐妹心里都隐隐有些泛酸，人间“苏”神这是在追叶濛？这感觉就好像是，你曾经追过，或者被对方拒绝过的那个对谁都冷冷淡淡的男人，突然有了恋爱的苗头。你心里也只能微微一酸表示敬意。

她们还不了解叶濛啊，见色起意，来者不拒，哼。

叶濛没来得及回，手机放在洗手池上疯狂振起来。她随手摁下接听键，继续刷牙，是邰明霄打来的电话，声音冷静：“一个不太好的消息。”

叶濛一顿，太阳穴突突突直跳，刷牙的动作缓了下来，低声问：“什么消息？”

邰明霄静默片刻，才开口道：“那个新加坡收藏家临时取消了跟我们的面谈。”

叶濛一瞬间思绪凝滞，定了会儿，又快速刷了两下，漱干净口后低声问：“理由呢？”

邰明霄说：“说是临时要回新加坡一趟。”

“几点的飞机？”叶濛低头看了眼时间，处变不惊地走进更衣室随手拎了套西装，一边打电话一边镇定自若地给自己换上衣服，“酒店去机场的路上还有一个小时，我可以在车上跟他谈，给我一个小时就行。”

“别忙了，”郃明霄似乎抽了口烟，长叹了口气说，“他昨晚凌晨三点退的房，走得很急。你到公司来再说。”

叶濛一进大楼，就看见熟悉的保安和人流，那股窒息感扑面而来。她在楼道口抽了支烟，情绪稍微缓解了一些，才去摁电梯。她迎面碰见了很多熟悉的面孔，一如既往地带着热情的笑容毕恭毕敬地冲她点头致意，各种久违的称呼萦绕在她的耳畔。

“濛总早。”

“叶总早。”

“濛濛姐早，吃早餐了吗？金拱门最新出的夹腿汉堡要不要给你来一份？”

夹不夹腿叶濛不知道，但大家对她算是夹道欢迎了，知道她今天回来，在门口的队伍里夹杂着熟悉或陌生的面孔。众人大张旗鼓地对她表示热烈欢迎，不管这里头有几分真情几分假意，成年人的世界，有时候面子工程也不是说到位就到位的。

但叶濛这人就善于弄面子工程，要论客套，她比谁都客套。一一招呼过去，她谁都没落下，连新来的人她都能自然地牵上话头：“这链子挺好看的，加个微信，等会儿把链接发给我。”

小姑娘显然没她老练，红着脸害羞地道：“好、好的。”

等人走了，小姑娘才意犹未尽、颤颤巍巍地问了一句：“这……就是叶濛啊？”

小姜来这个艺术品精品公司才三月余，但时常听几位同事念叨几个名字。老总勾恺从小在古玩城泡大的，所以他的专业知识算是不错。而郃明霄是这个行业的百事通，永远一手掌握所有的行业资讯，当然也包括八卦消息，人彬彬有礼也谦和温柔，休息的时候还会在茶水间跟公司里的妹子们聊些五花八门的八卦。

叶濛跟郃明霄是一个路子的，爱调戏年轻新人，工作的时候一丝不苟的，挺认真，私底下就没边了。勾恺就显得冷峻一点儿，整天冷着一张脸，对员工都不太亲切。当然一直以来都是勾恺负责专业类的工作，另外两个负责维稳。这个维稳可不只是包括客户关系的维稳，还有对员工的维稳。勾恺高高在上，天生具有优越感，是不太擅长和这些容易受伤的玻璃心小朋友沟通的，尤其是刚入职场的员工。

于是叶濛和邰明霄就成了这些人和勾恺之间的桥梁，两个人天天一唱一和地变着法儿怼勾恺。每天大家上班看他们仨聊天都是一出精彩纷呈的大戏，引得隔壁公司的人都心急火燎地想跳槽过来追剧。两人总能合着伙帮他们从“勾扒皮”那里谋一点儿福利，比如女性的“大姨妈”假。他们算是最早实行的一批企业之一。

还有一次，员工加班只能把猫带来公司，结果猫不小心从他们公司楼上摔下去，二十六楼，直接摔死。叶濛跟邰明霄又从“勾扒皮”那里抠出一笔金额不小的经费，作为每月的员工意外支出，比如谁家猫狗意外死亡，公司可以出一笔丧葬费，好好给它办一个追悼会。如果当月没有任何意外发生，那就月底大伙一起撮一顿，反正这钱都是从勾恺的口袋里掏的。

那时候，整个公司到处充斥着欢声笑语。但叶濛走后，公司氛围就变了。

“还好那个新合伙人走了，叶总回来了，”老同事一脸欣慰地对小姜说，“以后你就知道了，也不单单是因为她跟邰总对我们好，我们就喜欢他们，是有时候很喜欢他们的处事态度，懂得处理自己的欲求，谦卑坦诚又热烈。想成为他们这样的人，成不了，所以大家就希望在自己力所能及的范围内，多看看他们也是一种激励嘛。”

小姜：“你是不是喜欢邰总啊？”

“嘿！”同事呵了声，匆匆结束这个令人懊恼的话题。

三人坐在勾恺的办公室里开会，叶濛和邰明霄并排坐在勾恺那张偌大的冰冷办公桌对面。邰明霄百无聊赖地玩着面前的地球仪：“所以他昨晚给你发了条消息，就急匆匆地领着秘书回去了？”

勾恺则仰在老板椅上，手里拎着个小地球仪也在转：“是的。”

“还有什么办法能联系到他？”叶濛问。

勾恺看了下时间：“他五点的飞机，这会儿应该还在飞机上。他和秘书的手机都打不通，只能等他十二点下了飞机，我再跟他联系。”

郜明霄停下手里的动作，建议道：“要不你把地址给我们，我跟叶濛跑一趟新加坡？”

勾恺：“可以，自己买机票。”

“他那枚戒指至少320万，这单签了，分成还不是进你的口袋，你抠搜个什么劲儿？”

“你们在我这儿挖的钱还少？”

“签不签这单无所谓，我只想见见那个华裔，”叶濛笑了笑，“你不签，我可以让刘扬那边的人签，反正咱勾总不差钱。”

郜明霄立马跟着道：“那可不，人生自古谁无死，咱勾总拉屎都不用纸。”

叶濛：“留取丹心照汗青，勾总也就一小文青。”

“闭嘴，”勾恺黑着脸签下了差旅单，“出门，左转。”

李靳屿的奶奶最近出院，徐美澜得知他奶奶住院后，隔三岔五地来过好几趟。在昏暗的病房里，两个瘦骨嶙峋的八十岁老太太真挚热切地握着对方的手，发自内心地鼓励着彼此：“国泰民安，年岁很好。孩子们刚结婚，来年说不定还能抱孙子，说什么也要坚持下去，钭菊花同志。”

许是看徐美澜身子骨这么硬朗，钭菊花自那之后便嚷嚷着要出院，这不，刚回家就开始拉肚子了。李靳屿去医院开了点儿药回来，换了鞋去给老太太烧热水，兑成半温，拆了两颗白绿的胶囊捏在手里，趿拉着拖鞋，满屋子绕了一圈才在院子里找到老太太，把水递过去：“梁医生开的药，这几天叮嘱我不让你抽烟。”

老太太抱着平安，坐在那张废置已久的轮椅上。她太久没回来，轮椅的一边轮胎瘪瘪地漏着气。老太太乖乖地吃了药，二话不说赶他离开：“你快去看书吧，别管我了。”

南方天气已经回潮，墙缝、地板间冒着水珠和潮气，天气已经渐渐回暖。李靳屿敞怀套着件宽松的运动服，里头是一件薄薄的T恤，整个人清瘦干净，站在这小院的方寸之地上，篱笆院外的桃花已经慢慢地抽了一些芽出来，粉粉嫩嫩地搔着枝头，仿佛给这个刚新婚的小新郎添了抹情意。

李靳屿拎来气筒，单腿跪下，准备给轮椅的轮胎补些气，听她这么说，头也不抬，默不作声地上好气筒，才回道："我不看书。"

"那桌上摊的两本公务员考试手册是给平安买的啊？你想把平安培养成警犬啊？"老太太啧了声，继续说，"不就是想给媳妇儿稳定的生活嘛，有什么不好意思的。你们小年轻谈恋爱不都是热火朝天、爱来爱去的？怎么你跟叶濛都不发这种我爱你、你爱我的消息？顶多她叫你一声宝贝，你还死要脸地只嗯一下。你叫回去啊，'宝贝我爱你'这样，热火一点儿。"

热火你个鬼。

李靳屿仍是单膝跪着，闻声抬头，一只手肘撑着膝盖，歪着脑袋气笑了："您又偷看我的聊天记录？"

老太太撇嘴："我不小心看见的。"

"你是不是逼我给手机设密码啊？"

"我那不是玩消消乐的时候不小心看见的吗？"

李靳屿气得想把她那轮椅两边轮胎的气门芯都给拔了，让她老老实实地坐在这里反省："您再偷看我的聊天记录，我把消消乐的记录给您删了，让您一关一关地从头开始玩。"

"这还能删？"

"能，上次杨天伟就删过乔麦麦的。乔麦麦气得把他的键盘灌了水。"

老太太下意识地抱紧了平安，忐忑不安地嘟囔道："那你是要了我的老命，我好不容易才玩到1187关。"

叶濛好在回去办了护照，加急申请了商务签，立马就飞了趟新加坡，但是无功而返。邰明霄觉得这事有点儿奇怪，在回程的飞机上同她聊了起来。两人买的是头等舱，在空姐温柔的注视中，将声音压得很低："你说会不会有人从中捣乱？"

"理由呢？"叶濛盖着毯子，戴着眼罩，回了一句。

"不知道，"邰明霄也戴着眼罩，两人各自靠着椅背，"但我觉得天底下的事没有这么巧的。勾恺说王兴生五点上了飞机，可你也看到了，他老婆并不知道这件事。而且王兴生百分之九十九没有上飞往新加坡的飞机。”

“你说他会不会跟他的秘书有什么关系？我看他老婆的眼神不太对，她好像对老公这种失踪行为习以为常了。”叶濛说。

郜明霄摘下眼罩向空姐要了杯咖啡：“也不是没有可能，因为事实就是昨晚王兴生和他的秘书开的一间房。但是为什么两人在凌晨三点突然离开，取消跟我们的会面，你难道不觉得这件事奇怪吗？”

叶濛抿了口红酒说：“你不会怀疑勾恺吧？他为什么这么做？”

“骗你回来？”郜明霄笑了下，“不知道，我只是猜测，别紧张，或许王兴生真的只是临时有事。你知道他们这种古董收藏家，随时随地接到消息有地方拍卖什么藏品，他们就会二话不说地赶过去。”

李靳屿看了一会儿书。平安在院外接二连三地狂吠，大概入了春，平安看着窗外经过的小母狗格外暴躁，那双狗眼如饥似渴地看着他。李靳屿一身清爽地斜倚着小院侧边的鱼缸，漫不经心地一颗一颗给他丢狗粮。

平安直挺挺地站在地上，一口狗粮都不肯吃，正宗的黑玻璃球眼珠子直勾勾、眼巴巴地看着李靳屿，乞求地摇着尾巴，眼神仿佛写着：哥我快憋死了。

李靳屿心知肚明，逗它：“憋着。”

姐姐冷落你，你这是拿我撒气啊？平安仿佛在呐喊。

冷落吗？两个人不过才一两天没联系而已，自从在朋友圈发了那条信息后，两人就没有互动过了，这算冷落吗？李靳屿心想，狗东西没见过世面，才一天而已。

是啊，才一天而已，他怎么就觉得过了好久好久？

一天有24小时，1440分钟，86400秒。

一天就显得很短暂了吧，“1”这个数字很渺小吧，就好像一大片金灿灿的麦田里，一粒细小的小麦看起来似乎毫不起眼。可如果把一天换算成86400秒，这个数字够庞大了吧？

是啊，在过去的86400秒里，他好像只重复做了一件事——想她。

机场轰鸣声渐重，嗡嗡嗡地压在上空。

叶濛下飞机时已经凌晨三点了，坐上车后，打开手机就看见李靳屿更新了一条简短的朋友圈。他最近真的是在朋友圈买房子了，不过这条动态还是很李靳屿的，就很踟地分享了一首歌的链接，发朋友圈从来不说话的他，第一次带了一句很短的发言。

LJY：“你是有多嚣张。”

叶濛还以为他怎么了，点进去看，才松了口气，原来这句话是这首歌的歌词。

叶濛本想给他发条信息说自己刚下飞机，但一看时间是凌晨三点，又怕不明不白地把人吵醒。她犹豫的瞬间，郃明霄已经把车开出来了，降下车窗冲她道：“走，我先送你回家。”

车子驾轻就熟地驶上高架，叶濛坐在车里欣赏斑斓璀璨的繁华夜景，决定明早再给李靳屿打个电话。

郃明霄调低电台声，转头问她：“我怎么觉得你这次回来变了很多？”

叶濛收回望着窗外的视线，不自觉地说：“有吗？”

“有。”郃明霄点点头，真诚地发出内心的疑问，“怎么突然想到去结婚的？”

叶濛跟郃明霄算是无话不说，把事情原委简单地叙述了一下：“勾恺来找我被他撞见，然后他知道我要回来，没安全感，跟我闹分手，我不想分，就问他愿不愿意跟我赌一把。然后……我们就领证了。”

郃明霄倒不意外，这像是她会干的事：“也是，像你这种忙起工作来就六亲不认的女人，恐怕人家被冷落个两天，等你回去人家孩子都跟别人生了。”但郃明霄见惯了叶濛在客户面前叱咤风云的样子，真的想象不出来她谈恋爱是什么样子。他拐下高架，又问了句：“看来这个男人对你的影响很大啊，你们怎么认识的？”

“在医院里认识的。”

郃明霄挑眉问道：“白衣天使啊？”

叶濛笑了下，神秘地说：“黑衣天使。”

郃明霄看她一脸稀罕劲儿，也跟着笑了下，半开玩笑地说：“不知道的人还以为你嫁给阎罗王了。”

“差不多了，反正他也是个不太让人省心的小阎罗王。”叶濛无奈地叹了口气。

“得了，明明看你乐在其中，”郜明霄一眼看破，笑着骂她得了便宜还卖乖，“下回带出来见见，至少让我看看我兄弟到底输在哪儿了吧？”

“嗯，再说吧，他不一定愿意。”

“怎么会不愿意？你带他来，我负责一条龙服务，让他了解了解咱老北京的文化底蕴，保证他想留下来。”郜明霄拍着胸脯一副地头蛇的架势说。

叶濛笑了笑没说话。

她洗完澡时已经是凌晨四点多，天边泛起一抹鱼肚白，灰蒙蒙的。楼下已有人早起，锅碗瓢盆丁零当啷响，神清气爽地隔着窗在做早餐。她怕吵醒李靳屿，睡前只发了一条朋友圈。

濛：“刚下飞机，歌很好听，晚安。”

李靳屿一晚上没睡好，几乎每隔两个小时脑中便有根神经自动自发地拽着他醒过来。直到他六点再次睁眼，便刷到了叶濛的这条朋友圈。

于是他彻底睡不着了，气得把趴在小院里呼呼大睡的平安强行拉出去遛了一圈。平安昨晚超常发挥，一口气打了三炮，现在腿还软，走路也迷迷糊糊的，蔫蔫地被他牵着，有点儿生无可恋。

早晨六点的江南，天微微亮，雾气蒙蒙，恬静的河面像一面氤氲着雾气的镜子，映着四周苍翠绵延起伏的青山，显得不太真切，却透着水墨画一般的韵致。街头巷尾却已经陆陆续续支起各式各样的早餐摊，豆浆油条、杂粮煎饼、糯米团子……混着喧哗声、叫卖声，无处不透着小镇的烟火气。

李靳屿套着件长到膝盖的黑色防寒服，脑袋上戴着顶黑色渔夫帽，大大咧咧地坐在宁绥湖边的长椅上。他其实习惯裸睡，里头是真空的，刚出来时随便套了件运动裤和马靴，拉链拉到顶，露着精瘦的锁骨，上身除了外头这件防寒服，什么都没穿了。

他把吃了一半的饼丢给平安：“吃吧，我今天决定绝食了。这是你最后的晚餐。”

原本半眯着眼趴在地上补回笼觉的平安，瞬间一个激灵从地上爬起来警觉地看着他。

平安一脑门问号：哥？不至于吧？

“我觉得，”李靳屿看着湖边的杨柳，苍劲有力，好像少年的腰，迎风张扬，“我被套牢了，我上当了、被骗了。”

平安愤愤地呜咽：等她回来，我替你咬她！

李靳屿似乎能读懂平安的每个眼神，笑着往后靠了靠，寻了个更慵懒的坐姿，没什么良心地挠它的下巴颏，说：“直接咬死吧，一点儿都不心疼。”

说完，他漫不经心地从兜里摸出手机，又看了一遍那条朋友圈。

还歌好听，你不知道发条消息过来吗，不知道别人想你想得快疯了吗？

他的手机是不是坏了啊？

李靳屿试探着给杨天伟发了一条信息，只有一个句号。

杨天伟秒回。

小杨生煎：“想我了啊？”

李靳屿再给奶奶发了一条。

LJY：“奶奶早。”

徐美澜秒回。

雨珊123：“宝贝早，要不要过来吃早点？”

原来叶濛他们家叫宝贝是遗传，没什么特殊的。

LJY：“吃过了，谢谢奶奶。”

徐美澜这次发了一条语音过来。

“对了，靳屿，把你的生辰八字再给我一下，我让小姑去算算日子，婚礼这些事该办起来了。”

李靳屿最后点开叶濛的微信，叉着长腿，中间夹着平安肥硕的身子，两手捏着手机，搭在平安圆滚滚的脑袋上。他低着头，在充满甜腥味、泛着涟漪的宁绥湖边，他们第一次相遇的那个地点，噼里啪啦、毫不犹豫地输入——

LJY：“你是不是跟勾恺在一起？”

然后他靠着长椅抽了支烟后，又不耐烦地将字删掉，觉得自己有点儿无理取闹。

LJY："你就一点儿都不想我吗？"

删掉，这样显得他太卑微。

LJY："我准备考公务员。"

他又噼里啪啦一通删。干吗告诉你。

最后李靳屿发了一条。

LJY："奶奶说给我们办婚礼。"

叶濛是被一个电话吵醒的。她磨蹭到近五点才昏昏睡去，九点被急促的铃声打断清梦。她算是有起床气的人，不太耐烦地喂了声，结果对方一句话把她从床上惊醒了。

电话是郃明霄打来的，他的声音前所未有地沉重和凛冽："王兴生死了。"

叶濛仿佛被定在床上，五脏六腑都停止了工作，对这句话消化了良久，手茫然地抓了把头发，才追问道："在哪儿发现的？"

"在鹳山区的一座废弃车厂里，"郃明霄没了平日里开玩笑的心思，声音难得严肃起来，"那家车厂早年是我一个非常要好的朋友家里开的，后来他哥哥飙车意外死亡，车厂就关掉了。警察在他们的车里，发现大量安眠药和胰岛素注射液，两人还同时割了腕，不排除殉情的可能。"

叶濛半天才回过神："他俩真的有关系？"

"显而易见，"郃明霄说，"但现在有个乌龙，王兴生死了，秘书似乎还在抢救。"

叶濛挂了电话，都没来得及看手机，匆匆收拾了一下，直接去了警局。勾恺被警方带走调查，因为各种邮件和短信都明晃晃地记录，王兴生跑国内这趟是勾恺强烈要求的。

新加坡华裔到国内谈合约，却突然跟秘书殉情，这么看，这个案子显得诡异了一点儿。

叶濛跟郃明霄坐在鹳山区分局门口的车里等勾恺录完笔录，有一搭没一搭地聊着天。

“至少证明勾恺还没那么阴险狡诈，这不是他逼你回来使的手段，王兴生真的在国内。”

叶濛盯着鹳山区分局的牌子，问：“你真的相信他俩是殉情？”

郃明霄：“车内确实有遗书，遗书内容真挚热切，把对老婆和家庭的忏悔但又不愿意回归家庭的矛盾写得淋漓尽致，通过鉴定笔迹也确实是王兴生的。从手机搜索记录里，警方还发现王兴生和秘书都是字母圈的会员。”

字母圈？

叶濛对此有点儿陌生。

郃明霄解释道：“就是一些重口味的情趣，一般是满足变态的心理和生理上的快感，比如男朋友会称自己的女朋友叫小母狗。”

叶濛听得一脑门问号：“快感在哪儿？”

郃明霄：“这就是这个圈子的乐趣。所以你说王兴生跟这位秘书真的殉情，也不是不可能。”后头有车进来，郃明霄把车挪了个位置说，“基于这样一个背景，王兴生和秘书做什么警方都不会觉得太奇怪。”

叶濛突然说：“去王兴生住的酒店。”

郃明霄愣了愣：“啊？”

“你不觉得王兴生和他老婆的关系很奇怪吗？我们昨天去他家的时候，他老婆的反应明显是早就知道王兴生和秘书有一腿了，而且他老婆对王兴生的去向一无所知，神色也很冷漠。你有没有注意到，昨天他家里有个文件袋。如果我没猜错，那应该是离婚协议书。”

郃明霄听她这么说也觉得有点儿别扭，但还是问了句：“怎么断定的？”

“那文件袋是诚然律所的。”

“江露芝他们事务所？”郃明霄恍然大悟道，“那就不奇怪了，他们律所最出名的就是打离婚官司。”

“他们应该是在国内领的结婚证，在新加坡大使馆做过公证的，才找国内的律所办离婚。”叶濛随口问了句，“对了，车厂那边有监控吗？”

“以前是有的，但这个车厂废弃快十年了，我不太确定。”郃明霄看着窗外，怅然若失地道，“其实车厂的监控位置，我那个朋友最清楚，每个监控的分布点和角度他都门儿清，我们几个人从小就喜欢赛车，一到十八岁就立马考了驾照。他哥那时候还没出意外，我们就经常半夜偷他家的一些改装赛车出去疯，只有他能帮我们精准地避开每个监控不被他妈发现。他的脑子是我们这群人里最好使的，勾恺那唬人的记忆宫殿还是跟他学的。”

“他现在人在哪儿？”

郃明霄摇头，无奈地说：“不知道，他离开北京了。至于他具体去哪儿，没人知道。因为当年发生了一些不太愉快的事。”

叶濛浑然不觉，点了支烟，静静地等下文。

郃明霄靠在驾驶座上，眼神涣散地盯着不远处的灌木林，记忆仿佛被拉远：“勾恺的办公室的奖杯你见过吧？就那个世界记忆锦标赛。他高中就参加过，拿了总冠军，然后就被人惦记上了。记忆协会的几个老头想利用他在学生当中推行记忆宫殿这种偏门的学习方法，说白了，就是想找那些病急乱投医的家长大赚一笔。”

“所以，记忆宫殿是骗人的？”

郃明霄摇头：“那倒不是骗人。只是这种东西见仁见智了，会用记忆宫殿的人，本来也挺聪明的，又不是所有学生都跟他一样这么聪明能自学的，这玩意儿有门槛的，但协会的老头想在普通学生当中推行这种方法赚钱。这怎么可能？他那时候单纯好骗啊，哪里知道人心险恶，以为是真让他给别人介绍学习方法，那几个老头背着他赚钱，然后被学生家长投诉到教育局。最后老头们是被处分了，但他连带着背了好几年的污名。他那时候在伦敦参加各国高校的团队联赛，但国内的处分一下来，学校论坛上大家都骂疯了。为了不影响队友和老师，他就退赛了。”

叶濛的手机一振，她低头看见那行字，心仿佛被烫了一下。

LJY：“我想你想得快疯了。”

第十章

黏人弟弟

当天晚上九点。

手机突兀地振起来，像被人安了个电力十足的小马达，在矮几上疯狂扭动着身躯，整个房子仿佛都天摇地动地嗡嗡发响，拨电话的人的急促心情可见一斑。然而电话迟迟无人接听，刚洗完澡的男人窝在沙发上，垂着湿漉漉还带着晶莹剔透的水珠的发梢，脖子上挂着条灰色毛巾，手里握着电视遥控器正在挑台，跟听不见似的。

“一天看手机八百次，这会儿电话来了，你倒是不接了。作死。”

老太太看不过去，骂骂咧咧地滚着轮椅过来，一把拿起桌上的手机接起来：“喂，叶濛吗？”

电话那头的人愣了一下，又马上说：“啊，是我，奶奶，李靳屿呢？”

老太太看了李靳屿一眼，眼神狡黠，小声嘟囔道：“生气呢。”

李靳屿立马从沙发上弹起来，隔着茶几要去夺手机，没什么情绪地沉声道：“手机给我。”

“你不是不想接吗？”老太太说什么也不肯把手机给他，一边滑着轮椅逃之夭夭，一边诱敌深入地跟叶濛打小报告，“李靳屿这几天不知道跟谁生闷气，平安都快被他整疯了，一天遛七八趟。”

叶濛在电话那头轻笑：“您把电话给他吧。”

老太太这才把手机递过去。

李靳屿面无表情地单手插着兜，拿着电话出门了，老太太诧异地在后头嘿了声："还出去打？"

这是旧式养老小区，住户十有八九是老人，总共二十多栋，每栋楼底层有道安全门。李靳屿他们家在一楼，安全门进来还得上四五级的小台阶。李靳屿就坐在那四五级的小台阶上和叶濛打电话。

一楼的感应灯年久失修，四周黑漆漆一片，月光透过安全门的铁栅栏割裂着透进来，像一块块规整的银色地毯，整齐划一地铺在地上。李靳屿坐在楼梯上，一条腿踩在台阶上，一条腿直接嚣张地越过几级台阶，踩到地上，高大挺拔的身影将楼道口堵了个严严实实。

"想我了？"电话那头的女人声音里压着笑意，听起来比门外的桃花还春风得意。

李靳屿心里窝着一股无名火，收回腿，两只脚都踩在台阶上，冷着脸说："很得意是吗？"

"我没有得意。相反，我觉得我错了。"

"哪里错了？"

"哪儿都错了，让我的男孩儿这么想我，就是一种错。"

李靳屿觉得这女人真是太会说情话了。他没说话，装模作样地盯着地上清冷的月光。

叶濛低声细语地继续哄他："我这周请个假回去陪你好不好？"

她又给他下套，这周请个假，意思请完假还得回去，再回来也不定是什么时候了。

"宝贝？"

"别叫我宝贝，"李靳屿头疼地说，"早上你奶奶也叫我宝贝，我还听见她管我奶奶也叫宝贝，我快神经错乱了，当不起你们家这祖传的宝贝。"

叶濛刚洗完澡，裹着浴巾站在秤前称体重，继续逗他："那你想听我叫你什么？叫哥哥还是老公啊？"

李靳屿后颈莫名一麻，他低着头咳了声："你的事情查完了吗？"

叶濛擦了两下身上，将浴巾扯掉，露出光裸嫩滑的肌肤。她身材很好，凹凸有致，每一寸都恰到好处，不多一分，不少一分。除了她不太爱上健身房，没有刻意训练出来的马甲线，其余的地方该大的大、该瘦的瘦，是一具非常成熟艳丽的女性胴体。

她套上吊带睡裙，叹了口气："出了点儿小意外，那个新加坡华裔死了。警方还在查，可能还需要一段时间。"

"死在哪儿？"李靳屿随口问了句。

"鹳山区一个废弃车厂。"

李靳屿又把脚踩回最底下的台阶，低着头，脖子上的毛巾跟着晃了晃，没什么情绪地哦了声。

"李靳屿，你认不认识郜明霄？"叶濛突然没头没尾地问了句。

"不认识。"

"好吧，"叶濛没再追问，"奶奶最近还好吗？"

"你看她刚刚抢手机的样子像是不好吗？"

"那你呢，好不好？"她低声问道。

"你看到我发的消息了吗？"

"看到了。"

他踮了下脚，冷嘲道："你觉得我好不好？"

叶濛坐在沙发上有一口没一口地抿着红酒，这才后知后觉，恍然大悟道："原来那首歌是给我看的？"

李靳屿微微仰头，看着栅栏外的月亮，冷笑道："装吧你。"

叶濛无奈地笑了下："宝贝，讲点儿道理，我工作忙的时候，脑袋确实会掉根弦。我没你那么聪明，一心可以几用，一边看书考公务员还能一边想我想得发疯。"

"奶奶告诉你的？"李靳屿微愣。

"是啊，"叶濛说，"她给我发过消息，说你想考公务员。"

这个间谍。

李靳屿给自己点了支烟提神，吞云吐雾了一会儿，把楼道弄得烟雾缭绕，说："手机上你别发太露骨的话，她喜欢翻我的聊天记录。"

这话听得叶濛又想欺负他了，忍不住逗他，仿佛通过电流，隔空在他的心上狠狠刮了一下："怎么算露骨？想用嘴跟哥哥玩荡秋千算不算露骨？嗯？”

“……”李靳屿咬着烟，仰着头，后脑顶在墙上，喉结忍不住滚了滚，白皙的皮肤在月光下格外明显，整个耳朵都是红的，“你除了调戏我、欺负我，还能干吗？”

“你不是想我想得快疯了？”叶濛笑。

李靳屿抽完最后一口烟，侧身坐回去，一手举着电话，一手懒懒地搁在大腿上，漫不经心地拿脚尖将地上的烟头给踢灭，嘴硬地说：“我想狗想得快疯了。”

叶濛在电话那头笑声如银铃：“你怎么这么可爱。”

两人几乎同时道——

“少来。”

“少来。”

口气如出一辙，叶濛宛如拿了一本“李靳屿使用手册”，了如指掌地说：“我就知道你要说这两个字，你好像一害羞就喜欢说这两个字。”

“挂了。”

“恼羞成怒了？”

“我去上厕所。”

“能直播吗，想看看小靳屿，好久没见了。”

“你闭嘴！”

叶濛几乎能想象到他的耳朵有多红了，笑够了，终于言归正传，不逗他了，正色道：“这周末我回去，代我跟奶奶问声好。我先挂了，明天还得去趟车厂。”

他低低地嗯了声。

叶濛笑了下：“宝贝，亲一下。”

李靳屿感觉一根烟已经提不了神，从地上站起来，靠着墙，这么几天绷着的神经终于松懈下来，困意铺天盖地地袭来。他懒懒又傲娇地揉着眼睛，嗤笑了下，懒洋洋地喊了声，道：“不要。”

王兴生的案子在网上掀起过一阵昙花一现的轩然大波。因为他死法稀奇，加上媒体为博眼球断章取义，半真半假地给这两个人编了个凄美惨烈的爱情故事，导致网友争相转发，激烈讨论，引起了社会舆论的热烈关注。直到警方连续捉了几个造谣的账号杀鸡儆猴之后，这件事才陆陆续续地降下这莫名其妙的热度。

叶濛第二天跟邰明霄去了一趟鹳山区的车厂，鹳山偏城郊，附近还有个赛车俱乐部，这么多年始终开着。L&N赛车俱乐部和车厂的直线距离大约有一公里。邰明霄先带她去俱乐部转了一圈："这老板是个专业F1方程赛车手，主业是搞无人机摄影的。我们以前没事干就耗在这儿，看他们飙车。后头有个九门岭你知道吧？那边是盘山公路，路宽人稀，飙车圣地。这附近荒无人烟，你有什么想问的，可以问问这个老板。他跟我那个朋友的哥哥是兄弟。这边的信息他比较了解。"

"老板人呢？我怎么称呼他？"

"老板姓黎，叫黎忱。我们都叫他忱哥，或者叫黎老板就行。"

没一会儿，黎忱拎着头盔进来了，邰明霄抬了下手打招呼："忱哥！"

黎忱下意识地回头，将头盔放在进来那处的吧台桌上，交代了两句，才冲他们这边走来。叶濛只能说，这是她见过的第一个长得跟李靳屿不相上下的男人，成熟稳重，谈吐也风趣。

"改行当侦探啦？"黎忱对他俩打趣道，明明没比他们大多少，却全然拿他们当小孩儿，遗憾地道，"非常不巧，那晚我没有开门。"

"门口的监控呢？能看到附近的车辆进出吗？"叶濛问，"他们去车厂一定会经过你的门口。"

黎忱长得跟李靳屿有点儿像，都是那种眉眼清晰、渣里渣气的，但性格绝对没有李靳屿那么讨喜，他算是个很会来事的男人："你是警察吗？调监控可是要通过司法部门同意的哦，小妹妹。"

"你要是没有四十的话，就不要叫我小妹妹，"叶濛说，"我只是想确认一下，他们绕这么远的路来这边自杀，用的还是车厂里的废车，那说明他们并不是开车过来的。我就好奇他们是怎么过来的，那个时间点，公交车都停了。如果他们是打车的话，我想看能不能联系上司机。"

"理解，"黎忱彬彬有礼地说，朝门口虚虚地抬手一指，"但是真的非常遗憾，几天前我们这边发生了一起斗殴事件，门口的监控摄像头被人砸坏了。我这几天出国了，一直没开门，所以也没来得及修。不是我不给你们看，而是警察来了我也是这个答复。”

郃明霄这才插嘴道：“这么巧？”

“是啊，天底下的事有时候就是巧得令人发指，”黎忱拿下巴指了指叶濛，问郃明霄，“你的女友啊？”

郃明霄忙摆手：“同事，我女朋友的位置可始终给你妹留着。”

“放屁，”黎忱笑了下，知道他爱插科打诨，嘴里没句实话，“你俩查这案子干吗？把事情交给警察叔叔不好吗？”

郃明霄说：“死者是我们的客户，我们的老板现在也被传唤调查了，还被限制出境哪儿也去不了，弄得员工都人心惶惶的。叶濛跟这个客户很久了，她身上还有点儿私人的事情想问问他，就索性看看有没有什么能帮忙的。对了，车厂那边现在的监控还能用吗？”

黎忱抱着胳膊摇了摇头：“这事你得问李家那二公子。按理说监控只要不拆，都能用。”

郃明霄露出苦涩的笑：“我要是能联系上他，还问你？”

黎忱笑笑，建议说：“要不，你试试他妈？”

郃明霄㞞得缩了缩脖子：“试你妹，我可不敢惹那个女人，跟她说话我都觉得全球永远不会变暖，冰川永远不会融化。”

两人从黎忱的店里出来，在车里抽了会儿烟，话题又扯回到昨天说的那事的后续上。

“他退了赛之后，学校论坛其实骂得更凶，对他所有的质疑仿佛一夜之间都冒了出来，觉得他就是跟那些老头合伙骗钱。后来网友又知道他家里有钱，就合理怀疑他的保送名额也是花钱买来的，有些成绩一直被他压的学生还举报到教育局要求严查他的保送名额是否有失公允。但其实了解他的人都知道，他从小记忆力就比我们好很多，大家跟他打牌都是输，几百个电话号码他看一遍就记住了。他后来记东西越来越场景化，你随便说一个日子和地点、几点几分，他能准确地说出那时候银行门口经过几个人、每个人的穿着打扮，还有路过的每一辆车的车牌号，跟监控一模一样，我们都震惊得不行。勾恺就是受了他的启发，从零基础入门开始学习的。”

叶濛问道：“然后呢？”

“我这朋友，有抑郁症。”

“他也有抑郁症？”叶濛脱口道。

邰明霄愣了愣：“还有谁有？”

叶濛下意识地否认：“没谁，我的一个朋友。”

“现在这病还挺普遍的，他其实有点儿强迫症，对什么都追求极致，属于完美型人格，”邰明霄没当回事，继续说，“反正那段时间他挺难的，他哥又刚死不久，他跟家里的关系很差，他几乎处于孤立无援的地步，天天在这后头的九门岭飙车。”

王兴生的案子依旧没结案，警方也始终对这件案子保持着高度的警惕，但又苦于找不到证据，想等ICU的秘书苏醒再盘问。网上对事件的真相众说纷纭，有人认为是秘书诱骗王兴生自杀，但临时反悔，不然为什么都过了这么久，秘书还能被抢救回来？就算秘书苏醒，也只是她的一面之词，无从调查。

也有网友觉得这种说法不成立，因为自杀对秘书没有任何好处，相反王兴生名下的所有财产将归他老婆所有，这不是替他人作嫁衣吗？

但秘书一直没醒，这个案子变得越发扑朔迷离。直到周五这天，邰明霄一进公司公文包都没来得及放，就急匆匆地走进叶濛的办公室。叶濛难得穿了一身OL（白领丽人）套裙，像故意穿了小码的，裹着她玲珑有致的身段，海藻般的长发温柔地散在背后，半倚着桌沿有一口没一口地喝着咖啡。邰明霄从不吝啬对美女的欣赏，尽管在这种火急火燎的紧要关头，还是不紧不慢地哇哦了一声，才神秘兮兮地告诉她：“一个好消息、一个坏消息，先听哪个？”

“你要是有两张嘴就好了，”叶濛抿了口咖啡说，“好消息。”

“你不是怀疑你妈的案子跟这个案子有关联吗？我明天晚上帮你约了梁警官，就是负责王兴生的案子的警官，他说愿意听听你的想法，可以把这两个案子联系起来，看看有没有突破口。”

叶濛蹙眉，放下咖啡：“不行，我今天要回一趟宁绥，晚上八点的机票。”

郜明霄也是没想到还有这事：“你不早说。你先听完坏消息再决定要不要回去吧。王兴生的案子，因为网络舆论太大，上头施加了压力，下周必须破案。”

叶濛抬头瞧他，不解地说：“这不是挺好的嘛，好消息啊。”

郜明霄挑眉，似乎没想到她这么单纯，冷不丁地提醒道：“但如果下周找不到任何证据和线索，下面为了完成任务，很有可能会以自杀结案。跟你妈当年的案子像不像？”

“……”

叶濛不回来了。

李靳屿正在吃饭，这次倒没生气，靠在椅子里，不痛不痒地哦了一声，叮嘱了一句：“那你自己小心一点儿。”

叶濛觉得他这么懂事，愧疚感更重，心都化了：“你在干吗呢？”

李靳屿看了眼对面的方雅恩，说：“跟你的姐们儿吃饭。”

“方雅恩吗？”叶濛故作吃惊地道，“你居然勾搭我的姐们儿，你个小渣渣。”

两人吃的火锅，中间隔着腾腾热气，雾气浓烈，连方雅恩是方是圆他都看不太清。李靳屿拿起筷子，低下头，捞了一筷子青菜塞进嘴里，懒洋洋且欠扁地说：“是啊，还吃的鸳鸯锅，羡慕吗？”

叶濛是真的羡慕，可怜巴巴地说：“真羡慕能跟我老公一起吃饭的女人。”

李靳屿笑了下，把手机放到桌上，开了扩音，人慵懒地靠着椅背，一边涮毛肚，一边嘲她：“少来。”

叶濛对他俩是百分百信任，但还是好奇：“你俩怎么一起吃饭？”

李靳屿咳了声道：“正巧碰到就一起吃了。”

“咳嗽是掩饰的征兆，李靳屿，你有事瞒着我。”

不愧是拥有李靳屿使用手册的女人。

他把毛肚捞出来，又咳了声，低头咬进嘴里，开始渣言渣语道：“反正就是凑巧碰到了，而且我就算三心二意、脚踩两只船，你也得有本事回来再跟我算账。”

北京三月，春寒料峭，天空有了几分清明，云层高叠。

叶濛跟梁警官约在黎忱的俱乐部见面，俱乐部是个空旷的大仓库，各种汽车零件和杂物堆叠，墙体全部用一个个形状不一却倍显个性的轮胎堆砌起来。人说话时都隐隐有回音。

梁警官看着年纪不大，面颊黑瘦。一双浓眉大眼，精神饱满。两人短暂寒暄之后，梁运安开门见山地道：“我昨天大致翻了下八年前你妈妈那起案子的卷宗，你认为两个案子的共同点在哪儿？”

叶濛说：“我如果说直觉，你会不会觉得太草率了？”

“没关系，但我们警察办案还是得讲究证据，”梁运安笑得很温柔，黝黑的脸衬得牙齿雪白，“还是你不相信我？这两个案子从自杀的手法和角度来看，都不具备并案调查的条件，而且你妈妈的案子已经结案了。这是难点之一。”

叶濛今天穿得很休闲，一身清爽的运动服，看起来像刚毕业不久的大学生。

她靠在轮胎椅上，点头说：“我知道。八年前我妈死之后，我曾跟很多抑郁症患者接触过，只是发现重郁患者对自杀的计划不会这么细致，大多到了后期，患者精神上会出现一些令他们无法掌控或者痛苦的幻觉，他们并不是真的想结束生命，而是当他们被幻觉控制的时候，会想通过一种猛烈的击打行为来摆脱这种痛苦的幻觉，比如撞墙、跳楼和割腕都是手段之一，很少有患者到死都保持清醒的意志。有数据显示，自杀的患者跳楼时大多数还是面朝下，因为还有求生欲。”

梁运安若有所思地补充道：“但我们调查过，王兴生没有患上抑郁症，他跟秘书都没有类似的精神疾病。”

“对，但王兴生是上海人，他长居新加坡，为什么带着秘书来国内自杀？”叶濛直接点出疑点，“这趟行程不在王兴生的计划内，王兴生跟我的老板的合约本来定的是由秘书代签，但我的老板强烈要求王兴生出面，王兴生才不得不跑这一趟。王兴生又没有患抑郁症，按理说更不可能情绪上来就随便找个地方自杀。而且这地方并不随便，他应该是千挑万选，才找了这么一个没有监控的废弃车厂。我在北京生活了近十年，都不知道鹳山区有这么一个废弃车厂。王兴生是如何在一夜之间找到这么个地方的？是谁告诉他的？又或者说，他在这之前是否见过什么人？”

梁运安表情凝重地看着她：“但我们查过他所有的手机信息和社交软件，包括通话记录，都很正常，连在新加坡的电脑联网记录我们都查了，没有任何可疑人员的来往。我们把他删除的信息也都恢复了，删除的都是一些在外面怕被老婆发现的撩妹信息。没有可疑的地方。”

梁运安对叶濛说得还是很保守。毕竟所里有规定，不能跟无关人员讨论本案，这次他贸然联系叶濛，也是想看看能否通过两个案子的结合找到突破口，所以只能透露目前警方公布过的信息。

“酒店当天的监控，你们看了吗？”叶濛沉思片刻后问。

“查了，很正常，除了王兴生下楼在餐厅吃过两次饭，他没见过任何人，”梁运安说，“这案子棘手就棘手在这里，我们所有人都觉得这个华裔自杀得很诡异，但找不出任何有关的第三人。如果下周还没有突破性进展，我怕我们局长顶不住压力。”

两人一阵沉默，就在这时，面前放下两杯插着柠檬片的鸡尾酒。黎忱穿着一身桀骜不驯的机车服，在梁运安旁边坐下：“我亲手调的，给两位侦探朋友提提神。”

叶濛今天才发现他原来也戴耳钉，而且跟李靳屿那个还是同款，就一个小圆环，款式很普通，满大街都是。她盯着看了会儿，道：“您这耳钉不错。”

黎忱微微一笑，侧耳道：“你要吗？我家里一大堆。”

叶濛笑着摇了摇头，要也得回家找李靳屿要。

梁运安咳了声，说道：“言归正传，咱说说你妈妈的案子吧？”

“打断一下，”谁料黎忱神色淡定地笑了笑，冷不丁地说，“我这儿有东西，你们看吗？”

两人几乎同时瞧过去，黎忱低头点开一个视频，把手机丢到桌上：“我门口的监控是坏了，但我想起来我的车那几天一直停在门口。昨晚我没事给你们翻了下行车记录仪，不过很遗憾的是，这车我不太开，行车记录仪从买来开始就没清理过，内存满了，最近几天都只有几秒的视频。”

“没有循环覆盖功能吗？”叶濛问。

黎忱勾着嘴角笑了下，说：“很早之前的一台破车，我给它装行车记录仪这件事，我都挺惊讶的，我本来以为这车没有。3月17号那天凌晨五点，有个几秒的镜头，我们这边来往的车辆不多，又是这个时间点，很容易排查。”

梁运安狐疑地道：“你们不是老在后头的九门岭飙车？这个时间段飙车的人不是最多？”

黎忱斜眼看他，一副良好市民的样子：“不是被你们封了？现在我们哪儿敢顶风作案。再说你看这车像是用来飙车的吗？开两公里就得散架吧？”

“黎老板就别卖乖了。真当我们不知道？”梁运安看着视频笑了下，又跟叶濛确认了一遍：“王兴生是17号凌晨三点离开酒店的？”

叶濛点头。但他们警方接到车厂的报案是18号早上，因为情况恶劣，上头特意封锁了消息。所以叶濛当时还不知道王兴生其实已经在国内死亡了，还跟郜明霄闷头跑了一趟新加坡。直到20号，这事在网络上引起了轩然大波，警察联络到了勾恺，他们才知道王兴生死了。

梁运安直觉不太对，王兴生的死亡时间是18号早上九点。如果17号他就在车厂这边，那这一整天的时间都跟秘书待在车上？但秘书体内没有王兴生的体液，至少王兴生死前的四十八小时之内，他们没有发生过性行为。

南风吹拂，空气有些潮湿，墙角霉绿斑点层层叠叠，顺着墙皮扑簌簌地往下落。小区里的防盗窗里，已挂满了花花绿绿的床单，桃花如同女人的胭脂，慢慢爬满了干枯的枝头，泛起风也压不住的骚动。

李靳屿靠着墙，狗绳松松地一圈圈卷在手上，另一只手夹着根烟抽，按捺着性子等平安完事。平安今天精力充沛，一遍又一遍的，烦人得很，看着还有点儿挑衅的意思。

“差不多得了。”李靳屿不耐烦了。

平安呜咽了两声，似乎不太满意，往后退了两步，不愿走。

李靳屿靠墙蹲下去，勾了勾手指：“过来。”

平安偃旗息鼓地走过去，李靳屿看着它，直接在地上把烟摁灭，给它套上狗绳，认真地用男人的口吻劝了句：“照顾点儿人家的感受行吗？这么上赶着，显得你没见过世面。”

平安挑起它的狗眼，表情不屑：你见过？

“虽然我也没怎么见过世面，”李靳屿拍拍它的脑袋，鄙视道，“但哥哥比你能忍。”

晚上，李靳屿看了会儿书，手机蓦然一振，方雅恩猝不及防地弹了视频过来。画面里是陈佳宇的小胖脸，肉嘟嘟的，泛着兴奋的潮红，他隔着手机奶声奶气地叫李靳屿：“靳屿哥哥，我昨天用你教的办法，今天在课堂上背课文被老师表扬啦！”

李靳屿笑起来，真就跟个大哥哥似的，眼神干净清澈：“那让你妈妈奖励你。”

“我妈允许我玩一会儿手机。嘿嘿。”陈佳宇没心没肺地笑起来。

“嗯，”李靳屿说，“方法自己留着，不要教给别人。”

陈佳宇跟程晶晶不一样，程晶晶了解记忆宫殿，对这方面进行过系统的学习，而且有相当狂热的兴趣。但陈佳宇年纪小，才上小学，没有自主思辨的能力，方雅恩可以理解这种方法，但其他家长不一定理解，指不定又当他是骗子。

陈佳宇愣了愣：“为什么？”

李靳屿想了下，发梢垂着，拖长了声音嗯了声，低声告诉他：“因为告诉别人，你就拿不到第一了。这种方法比较奇怪，一旦告诉第二个人，第一个人就没用了。”

这么厉害？陈佳宇惊叹，立马把小本本捂严实了，掷地有声地给他保证：“我一定不会告诉别人的！”

“乖。”

两人又闲扯了两句。李靳屿问他：“学习快乐吗？”

陈佳宇老气横秋地说：“我快乐不快乐不知道，反正我妈是挺快乐的。”

结果方雅恩对他一顿暴揍，二话不说地夺回手机，匆匆说道：“行了，不打扰你了，挂了啊，我得伺候他去睡了。对了，叶濛说什么时候回来没有？”

李靳屿大大咧咧地窝在椅子上，漫不经心地转着笔说：“没有。”

“慢慢来吧，你俩的日子还长呢，”方雅恩被陈佳宇折腾得画面不太稳定，摇摇晃晃的，“她妈妈的事情其实我知道得不太多，当初就只知道她妈妈在北京自杀，一家人就火急火燎地赶过去，结果这案子没几天就匆匆结了。她在北京留了这么多年，我猜她也是因为放不下妈妈……”

窗外桃花挂满枝头，开出烂漫的春日山河。李靳屿挂了视频，心不在焉地盯着桃花看了会儿，电话在桌上振了好一会儿，他才接起来。

“怎么这么久啊？”叶濛抱怨道，“宝贝，忙什么呢？”

“看书。”李靳屿懒懒地说。

“放屁，刚才在跟谁视频？”

李靳屿看着窗外迷人的桃花，给自己点了支烟，靠回椅子上，无动于衷地抬了下手，弹着烟灰，语气有些意外，慵懒地轻轻啧了声，说：“这都被你知道了，监控我？”

叶濛轻声细语，温柔地道：“我刚才给你拨视频了，显示对方忙，说明你在跟别人视频聊天。这都不知道吗你？”

“不知道。”他老实地说。

“男的女的？”她小声追问。

李靳屿把烟摁在烟灰缸里，低声道：“吃醋？”

“不至于，就是好奇你能跟谁视频。”

“你的姐们儿。”

“哦，聊什么呢？”

“帮佳宇背课文，他前几天被老师骂，昨天在路上碰到，方雅恩就问我有没有什么办法。”李靳屿握着电话，起身去客厅拿了瓶水。

话音刚落，那边叶濛突然哀怨连天：“妈呀，有两个客户邮件，我先回了。”

李靳屿淡淡地嗯了声："那挂了。"

"别、别挂，我马上好，"叶濛说，"宝贝，我们开视频好吗？"

李靳屿刚要说好，叶濛那边夹着电话，一边手忙脚乱地噼里啪啦敲着键盘回邮件，一边对着话筒半开玩笑半认真地接了句："可以跟小靳屿打个招呼吗？"

李靳屿一手举着电话，一手正拿手压着泛酸的眼窝解乏，摁到一半无语地笑出来，骂道："你一天不调戏它能死？"

李靳屿想洗完澡再跟她开视频，叶濛不肯，非要他开着视频，画面就对着空荡荡的小屋子。

然后等他洗完澡裸着上身出现，叶濛终于露出心满意足、神清气爽的笑容："我等了这么久，就是为了等这一刻啊。啊宝贝，你居然有人鱼线！"

李靳屿本来也带了上衣，套到一半，想了半天又将其脱了丢回篓子里，只穿了条灰色的运动裤就走出来了，知道她肯定是这副没见过世面的反应。

手机竖在桌上，画面里，不知道男人是不是故意的，慢慢倾身逼近摄像头。

叶濛的镜头里，就是一片赤裸裸、令人垂涎欲滴的男性身体。李靳屿身材很好，宽肩窄腰，肌理清晰，不像看上去那么瘦，身上还有一层薄肌肉，尤其是腰间若隐若现的人鱼线，两条规整的"V"形线条缓缓没入他没扎好的裤腰里。

"宝贝你干吗？"叶濛说。

画面里还是他引人遐想的人鱼线，他的声音悠悠地从话筒里传来："关窗。"

啪一声，他锁了窗，又听哗啦一声，还拉上了窗帘。

然后他坐下来，裸着上身，下身一条灰色的运动裤，裤腰带没扎，松松垮垮地散在腰间，整个人窝在椅子里。叶濛透过镜头看得一清二楚，叹了口气，今晚注定是个不眠夜。

他看了她一会儿，突然用食指重重地叩了叩面前的桌沿，示意她回神："来，聊一聊。"

“聊什么？我怎么觉得你在故意取悦我呢？”

叶濛想翻翻她的李靳屿使用小手册，看看有没有美男计这招。

“嗯。”

叶濛第一次见他这么主动，狐疑地问：“宝贝，你有事求我啊？”

李靳屿刚洗完澡，头发半干半湿，显得格外鲜嫩，像一片郁郁葱葱、筋络清晰、刚长出来的叶片，很可口。只见他喉结微微滚了滚，眼神直勾勾地盯着她，低声说：“你到底什么时候回来？”

叶濛觉得气氛有点儿不对劲儿，他的眼神似乎也不太正常：“你是不是……想我帮你弄？”

他全然跟刚才劝平安见好就收的模样判若两人，压抑地嗯了一声。

叶濛忽然正襟危坐地追问道：“我第一次帮你弄的时候，你是吐了吗？我那天早上在厕所听到了，我当时以为你胃不好。”

“嗯。”

“那第二次呢？”

李靳屿倾身从床上随手抽了件衣服过来套头上，说：“好一点儿，没吐。”

叶濛不说话了，脸色有点儿难看，欲言又止地看着他。

李靳屿套上短袖T恤，拎了拎胸口的衣料调整坐姿，将衣服穿正后，见她沉默不语，看着镜头低声问道：“怎么了？”

“你是觉得我恶心吗？是因为我交过几个男朋友？宝贝，我——”

他突然打断她说：“我是觉得自己恶心。”然后眼神幽深地静静看她许久，一直没再开口。

屋内很静，偶尔能听见隔壁老太太零星的咳嗽声，窗外车轮轧着石板路辚辚碾过，叶濛一时间也不知道该怎么往下接，脑中突然有些空白。愣了片刻，她看到他将拳头虚虚地抵在嘴边，轻咳了一声，低着头道：“我看过医生，医生说我只是有点儿心理障碍，你帮我弄过之后，我好像对这件事没那么抵触了。但是好像得看着你才行，我自己还是觉得恶心，其实有时候不是没感觉，就是怕，宁可忍着。”

“为什么？”

那时候他十六岁，刚从美国回来，为了哥哥，他被人不闻不问地丢弃了三年，做什么错什么，而哥哥永远是家人的掌上明珠。他小心翼翼地在人家的屋檐下像蝼蚁一样喘息着，遭受了李凌白长达十来年的家庭暴力，无论他做什么，都得不到认可。人在压力大，或者躁郁的时候，总会想通过某种方式来解压。

有一种方式，便捷又快速，就是比较废纸，但至少那一刻，他可以不用想着去取悦任何人。

直到有一天，他开着音乐，戴着耳机在房间里忘了锁门，被李凌白猝不及防地推开门。耳机里的靡靡之音成了绝响，在他耳边隆隆作响。他整个人骤然发紧，全身肌肉仿佛被打了肉毒杆菌，僵硬得一动不会动。

他像一把绷得紧紧的弓，期盼着李凌白不要说难听的话。然而李凌白在门口站了半晌，看着那些凌乱的纸团，露出一种极其厌恶的神情，仿佛看见了世界上最肮脏的角落里的淤泥腐烂，散发着令人呕吐的腥味，捂着鼻子，像是对他忍无可忍地扬声恶骂道：“你怎么这么恶心！！”

李靳屿当时不过十六岁。十六岁的男孩儿，不管怎样，都是一个个干净明亮、偶尔莽撞却怀有坚定希望、鲜衣怒马的少年。

可他不是，他觉得他好像就是全身皮肤溃烂、没有一寸能看的恶性皮肤病人，甚至已经从表皮烂到根里了。

自那之后，他每次都会想起李凌白那句话，自己弄完都会吐好一阵。医生说这是男孩子在成长发育过程中，父母在性教育方面没有给予正确的引导，甚至用保守思想的性压抑来扼杀孩子，导致李靳屿出现了呕吐反胃、性压抑等不正常的生理状态。

叶濛心疼又震惊，一时无言，等回过神，憋了半天才说：“宝贝，要不咱们开着视频……”

“不要，”李靳屿站起来，突然离开画面，声音继续传来，“我没事，就是怕你胡思乱想，你交过几个男朋友我都无所谓，跟你没关系。”

叶濛的声音变得意味深长：“真的吗？真的无所谓吗？”

他没回来，似乎在吹头发，吹风机的声音轰隆隆地传过来，他随意地吹了几下，只听啪的一声，他轻轻地把吹风机丢回桌上，人又坐回来了：“是啊，你还有没交代的吗？”

“好吧，那我如实说了啊。你别生气哦。”

“嗯，我不生气。”但他的声音已经明显冷淡下来。

叶濛笑起来：“才怪，你这声音听起来，感觉等我回去就要暴揍我一顿。”

“你先回来再说。”

叶濛得寸进尺地道：“你求我。”

“你先说，我再看看有没有必要求你回来。”李靳屿冷硬地说。

叶濛咯咯笑出声：“你怎么这么爱吃醋。”

李靳屿不依不饶：“我没吃醋，你快说。”

叶濛笑得不行，逗他：“就不告诉你。”

李靳屿面色不悦地看了她一会儿，作势伸手要关视频：“行吧，挂了，骗子。”

叶濛忙拦住他：“宝贝！”

“屁。”

叶濛撒娇：“哎呀，宝贝！”

李靳屿冷着脸道：“走开。”

叶濛又娇滴滴地叫了一声：“老公！”

李靳屿更凶：“你别回来了！”

“你舍得吗？”

“下一个更乖，这不是你跟方雅恩说的吗？”

“你听到了？”叶濛震惊地问。

“陈佳宇告诉我的。”

“那个小浑蛋。”

两人插科打诨地闹了一阵，最后叶濛拿着手机倒在乳白色的地毯上，笑得七仰八叉：“好了，不闹你了，早点儿睡吧。我没骗你，前男友就那几个。”

李靳屿却突然不说话，看了她良久。

叶濛从地上坐起来准备收手机，狐疑地问：“怎么了，还不信？”

他的眼神隐忍而克制，像藏着一丛火，他突然问了一句："妈妈对你很重要吗？"

叶濛愣了愣，不明所以地点了点头，转念又蓦然想起他的妈妈，觉得他可能不太理解她为什么执意要留在北京查这件事，按捺着性子解释道："很重要，你见过流星吗？我妈以前在西北的时候见过很多，她说有一种流星名字叫四角流星，就比正常的流星会更少见。她说如果有些不被期待的人离开，就会变成四角流星。我妈是个文青，说话有点儿文绉绉的。反正就是我很爱她，不管几角的流星，我都希望她在天上高高地挂着。"

这天，叶濛刚见完几个古董商，屁股还没坐热，就接到梁运安的电话，案子终于有了新进展。警方查了17号当晚酒店的所有监控，发现王兴生跟他的秘书从酒店的地下车库消失后就几乎没有被监控拍到过。但因为工作量太大，他们不眠不休地排查了几个日夜，也都一无所获。

直到那天他们见了黎忱提供的行车记录仪视频，联系到那辆车的司机。司机承认当晚接过王兴生和一个女人，并且两人当时的目的地并非车厂，而是九门岭盘山公路后面的骊山村。

叶濛问："他们去骊山村做什么？"

"王兴生的秘书是骊山人，"梁运安沉了口气说，"但他们还没到骊山村，王兴生跟秘书吵了一架，就在九门岭下了车。那个路段前几年因为黎忱那帮人一直在飙车出过事故，封路封了很长时间，今年刚恢复通路，但最近一直在修路，监控是看不到的。所以我们不确定王兴生他们是否到了骊山村。"

梁运安说："司机说当晚秘书的情绪很激动，好像发现王兴生骗了她。"

"王兴生的秘书是骊山人？回骊山是不是必须得经过车厂和九门岭？"

"是的。"

叶濛因自己脑中的这个想法，慢慢渗出了一丝汗。

"我觉得网友说得没错，王兴生的秘书有很大的嫌疑。"

“可遗书的笔迹怎么解释？”

“如果是秘书的情人这种身份，王兴生的笔迹她要模仿应该不难，又或者是秘书诱骗、胁迫他写下？”

这一点有待参考。但王兴生体内的安眠药量比秘书的确实多很多，这点在法医报告中有呈现。

其实警方也已经对王兴生的秘书的人际关系展开调查，事情好歹算是有了些眉目。

梁运安最后在电话里提醒叶濛道：“如果这个案子真是王兴生的秘书做的，并且她想通过这种方式脱罪的话，那你妈妈的案子……”

叶濛仰靠在老板椅上，举着电话，低头一笑，有些心灰意懒地说：“也许是我想太多了，可能我妈确实是自杀的，毕竟她有抑郁症。”

梁运安只能柔声宽慰她：“先别急，这案子有进展我再跟你说。”

晚上，叶濛正跟李靳屿视频，突然传来一声急促的门铃。叶濛放下手机忙不迭地从地毯上坐起来摘下耳机说：“宝贝，等我一下，可能是我的外卖到了。”

李靳屿桌上摊着本公务员手册，他一边低头漫不经心地翻，一边头也不抬地对镜头说：“哥哥劝你一句，少吃外卖，对身体不好。”

叶濛回他：“那哥哥来给我做呀。”

“回去就给你做。”他懒懒地应着，嘴角勾着一抹淡笑，笑起来比窗外的桃花还明媚。

叶濛不信，毫不留情地谑他：“呸，我才不信呢，上次切个菜还把手给切了。”

那边，屋外的老太太大着嗓门喊他，李靳屿靠在椅子上，懒洋洋地应了声，随后放下书，对叶濛说：“先挂了吧，奶奶估计饿了，我去给她下碗面。”

“别饿着奶奶，”叶濛善解人意地连连点头，“去吧去吧，宝贝，亲一下。”

两人都匆匆地吻了下屏幕。一个转身给老太太下面去了，一个吻完急急忙忙地从地毯上起来去开门，都忘记关掉视频。

“来，帮个忙。”

叶濛一打开门，看见邰明霄站在门外，跟一个穿着黄色“脚程”外卖服的小哥一人一胳膊架着一个烂醉如泥的人二话不说挤了进来。不等她张口，邰明霄便疾声道：“勾恺在楼下被刘扬那帮孙子给阴了，先在你这儿躲一躲，等他缓缓神，我安排了秘书等会儿过来送衣服。你等会儿开一下门。”

“我不。”叶濛倚着门框，抱着胳膊说。

邰明霄压根没搭理她，自顾自地脱掉鞋，和外卖小哥费尽九牛二虎之力将勾恺扔进厕所里，然后又风风火火地走到客厅开始翻箱倒柜地找解酒药。

眼见邰明霄急得绅士风度全无，叶濛无奈地叹了口气，走过去从电视柜最底下的抽屉里拿出两颗药板丢过去：“最后两颗，不知道有没有过期。”

外包装已经没了，就剩光秃秃的两板药片，看不出日期。邰明霄看了半晌，问：“还有别的吗？”

叶濛懒洋洋地坐在电视柜上，摊手道：“那没了。”

两人悄悄地对视一眼，邰明霄把心一横，走进去，脸不红心不跳地对勾恺说：“刚买的，把药吃了，我先下去应付那几个孙子，你在叶濛这里休息一会儿，舒服了再下来，今晚绝不能这么轻易饶过他们。”

同样是做古董生意的，勾恺虽然看起来精于算计，但至少诚恳，对文物有天然的敬畏心，刘扬那帮人就纯粹为了倒钱。古董这行水深，来钱快，利用投机心理和人们心中的贪欲跟人吹得天花乱坠，什么宝贝到他们手里，就算真价值千万，也是在仓库里放着蒙尘的。说句难听点儿的话，那就是个诈骗公司。

本来两家公司井水不犯河水，但刘扬这人就是个墙角的棍子，喜欢在暗地里使劲儿，这次偏就让他捡了个漏，利用王兴生的事借题发挥。

“这个微博账号专爆业内八卦，”邰明霄把手机递过去，“盯咱们很久了，王兴生一死，我就知道他们肯定会出来胡说八道混淆视线，果然，没几天他们就把王兴生自杀这个屎盆子扣咱们万兴头上了。”

叶濛他们是正规的艺术品投资公司，是持有正规的拍卖许可证的。但行业内其实还有很多套壳，甚至都没有正规拍卖许可证的皮包公司。

凭着销售员的花言巧语让那些收藏主真的以为自己手中可能两千块都不值的宝贝价值千万，心甘情愿地抱着侥幸心理签下需要先交三四万鉴定费和保管费的合同。偏偏吃亏的人还告不了他，因为合同的条款都是合法的，而且大多数普通人不太懂合同，匆匆一浏览就马虎大意地签了，身边的朋友要是劝他谨慎，他还蹬鼻子上脸地觉得朋友妨碍他发财。等合约时间一到，宝贝归还，他们拿走三四万，这单生意算是成了。

但叶濛他们这种正规的艺术品投资公司，是不需要提前缴纳任何费用的，更没有所谓的鉴定费，藏品成功拍卖出去之后，他们才会从中收取一笔佣金。这两年行业竞争激烈，四郊多垒，他们也没少被人泼过莫须有的脏水。客户自杀这种事在行业内也确实时有发生，但叶濛他们来往的都是一些国内外资深收藏家，自杀这种事与他们绝缘的。王兴生是第一个，好不容易让对手逮着话柄了，可不就是往死里抹黑他们？

“那些人说王兴生是因为被我们骗了宝贝。拜托，那戒指我从头到尾连影子都没看见过。我看刘扬这孙子在暗地里使了不少劲儿，什么知情人爆料，我一看这打了马赛克的头像就是这孙子的。”

叶濛扫了微博一眼，忽然有点儿明白邰明霄为什么这么大动肝火。刘扬有一条说的是：“万兴这家公司水很深的，老总和副总都是富二代，家底都不干净。就那个副总整天以为自己是妇女之友，长得矮不说，像个倭瓜，开辆兰博基尼，人还没车高。”

“人身攻击我都忍了，他居然造谣我家底不干净。我爷爷奶奶可是勤勤恳恳地为祖国耕了一辈子的田，”邰明霄收好手机，气势汹汹地要出门，“我先下楼了，看我不弄死那孙子。”

论喝酒，几个刘扬都不是邰明霄的对手。叶濛嗯了声，双手抱臂，靠着门框随口问了句：“对了，王兴生的所有遗产都给他老婆了？那戒指是不是也在他老婆那里？”

“应该吧，”邰明霄愣了愣，一边穿上鞋，一边有点儿摸不着北地问，“你还想着合同？”

叶濛摇了摇头：“没，你先去吧，回头再聊。”

邰明霄点头，提前吃了剩下那颗解酒药，带着一身蓄势待发的暴风骤雨气势汹汹地离开，取刘扬的狗头去了。

"你是不是跟它们造谣了？！"狗头猛地被人捶了一下，平安委屈巴巴地耷拉着尾巴，呜咽两声，似乎有点儿不服，只听老太太坐在轮椅上劈头盖脸一通训着平安，"那帮狗崽子还在胡同口堵我呢，你是不是跟它们说我打你了？"

老太太作势又抬手，平安也抬起它的前蹄去压她的手，两眼之间的眼皮蹙起，一筹莫展，满眼写着"有话不能好好说嘛非得这么动手动脚的"。

李靳屿把面端过来放到桌上，食指懒懒地叩了叩桌板，对老太太说了声"吃饭"，又转身进厨房，弄了小半碗面条给平安。

平安吃完面条，趴在地上看着那个高高大大的身影进进出出。

老太太最近口味有点儿刁，吃什么都觉得淡，一不高兴就唠叨不休，对着平安挑三拣四。李靳屿给她弄了点儿酱菜，又炒了个酸菜豆腐让她就着吃，让她少找平安的麻烦。

平安感动得呜呜呜蹭着他的长腿，被他毫不留情地拎开，转头往锅里添了点儿水。老太太在客厅吃着面条，有一搭没一搭地跟他聊天。

"你现在还是不想生孩子吗？"

"嗯。"

"为什么？小孩子很可爱的。"

李靳屿靠着厨房的流理台，锅里煮着东西，冒着热气，他起锅，将东西盛出来，给老太太把最后一盘菜送出来，又转身回去收拾厨房，说："还是那句话，我养不好，而且我不觉得可爱。"

"或许叶濛喜欢呢？"

月色朦胧，春寒料峭，夜色夹着几分冷意。篱笆小院外围着几个小孩嬉皮笑脸地在玩炸炮，李靳屿裹了件防寒服，靠在小院的鱼缸上抽烟。看着那几个小孩儿无忧无虑的身影，他仿佛看见那天在农贸市场外，叶濛夹着烟倚在电线杆上，眉飞色舞地给那帮孩子讲故事时的样子。

那天他坐在江露芝的车里，被叶濛眼底张扬的笑意带动了。

就好像隔着一个长长的万花筒，他这边是黑漆漆的单调画面，她却拥有着变幻莫测、精彩纷呈的世界。他觉得自己像一个窥探者，隔着三棱镜看光的那一端的世界——她的成熟理智、温柔张扬、肆意纵情。他被深深吸引着，非常不要脸地暗暗享受着她大胆热烈的追求。

叶濛插科打诨是不分对象，看她一本正经地忽悠那些小孩儿，他当时很想笑。那故事本就是个悲剧，所谓英雄不过就是个假象，人类神化了他们，给那些平凡人扣上了“英雄”的帽子，逼他们一次次为了拯救地球而出征，平凡人则心安理得地享受自己的平凡，直到最后一名英雄战死，地球被侵略。

或许为了保留孩子心中的美好，她没把故事最后的结局告诉他们。

李靳屿觉得以后就算他们有了孩子，他俩在教育方面可能还得干一架。想到这里，他不由自主地低头笑了下，把烟掐了，转身回房。客厅漆黑，老太太已经睡了，把灯关了。他去厨房倒了杯水，摸黑回了房间。

李靳屿坐下，懒洋洋地拿起书，结果发现刚刚跟叶濛的视频没关。他刚想问她外卖到了没，结果听见一个熟悉的声音从话筒里传来。

“郜明霄呢？”

画面里黑漆漆一片，李靳屿只能听见声音。叶濛的手机可能是反过来屏幕朝下盖着的。

李靳屿也把手机反过来盖着。

叶濛说：“在楼下，你换完衣服就赶紧下去吧。”

窗外一片静谧，深沉暮色里寂寥地挂着几颗星星。不知是不是为了体谅他这偷听者的心情，平日里叫唤连天的猫都安静地趴着，不叫春了，院外的桃花在无声地盛放。

李靳屿连外套都没来得及脱，这会儿又怕引起那边的注意，只能穿着那件保暖性十足的防寒服一动不动地靠在椅子上。老太太怕冷，这几天屋内还开了暖气，热得不像话。他感觉自己现在就是个火球，连带着五脏六腑都烧起来了，两只手臂松松地搭在桌上，青筋都冒起来了。

勾恺无可奈何地长长叹了口气：“那男的跟你是怎么认识的？”

“谁？我老公？”

“是。”

“关你什么事？”

“你跟郜明霄能说，跟我不能说？看来你对我还是有好感？”

“神经病，你怎么不说我讨厌你？”

“因爱才生恨，”勾恺轻松惬意地笑了笑，“说说吧，你老公是哪儿的人？宁绥那边的？”

“无可奉告，你换好衣服赶紧给我下去。”

勾恺嘲讽地笑道：“怎么，他就这么见不得人？也对，你们那个小破镇能有什么拿得出手的男人？还是你压根没结婚，骗我的？嗯？”

“要我给你看结婚证吗？”

“好啊。”

叶濛没说话了。不知道是不是不想给勾恺看。

李靳屿面色阴冷。他拿着笔在纸上漫无目的地涂涂画画，也不知道自己在画什么，因为会有沙沙声，他不能肆无忌惮地发泄，只能一笔一画轻轻地在纸上描，看起来格外认真，像一个刚学画画的小孩儿似的。

不知道勾恺丢了个什么东西过去，话筒里传来短促的啪一声响。

勾恺说：“景苑的钥匙，你之前不是看中那套房子了吗？我给你买下来了。叶濛，我希望你留下来，他配不上你。”

李靳屿的手机没电了。他没听见声音，下意识地抬头瞧了眼，屏幕黑了。

他冷笑着转回头，开始大力、肆意地在纸上涂涂画画。此刻他已经丝毫不觉得热了，心好像被人兜头浇了一盆冰水，唰地冷了下来。

李靳屿靠在椅子上，敞怀穿着一件防寒服，额间、发梢的汗水顺着他冷峻的侧脸一路没入他的衣领里。他仍面无表情地继续画着，纸被戳破了也不管，一直画到笔墨越来越淡，只剩下一道道杂乱无章的痕迹，好像被无数车轮碾过的沙土，纵横交错，凌乱不堪。

啪！他猛地把笔一摔，墙头的猫吓得心惊肉跳地蹿下来，惊恐连连地喵了两声。

笔尖连带着他无处发泄的怒火，以破竹之势生生扎进纱网窗子里，他却只习以为常地冷冷看着。

叶濛察觉到李靳屿不对劲儿的时候，立马请假回了趟宁绥。走前她给梁运安打了个电话，如果案子有进展请务必第一时间联系她。梁运安答应下来，稍稍透露了一些案子的进展："八九不离十了。下周有新进展再跟你详谈。"

叶濛上飞机的时候，给李靳屿发了条信息，仍没有得到回复。在空姐最后提示关手机的时候，叶濛又匆匆把他们这两天的对话仔细浏览了一遍。

柠檬叶："宝贝，等会儿开视频？"

LJY："不了。有事。"

柠檬叶："好吧，那明天吧。"

LJY："嗯。"

第二天两人视频的时候，李靳屿比平常看上去冷很多，大多数时间在沉默地看书，偶尔抬头看她一眼，叶濛让他亲亲他也不愿意。

叶濛一早的飞机，又转了趟高铁，抵达宁绥的时候，已经是傍晚，夕阳沉沉地压在天边，整个画面赤红得像是濒临末日、火山喷发前的场景。

叶濛放下行李，还顾不上跟老太太说两句话，就火烧眉毛地往李靳屿家赶。

李靳屿不在家，就他奶奶一个人在家，老太太在院子里浇花，家里的大门敞着，李靳屿应该刚出去不久。老太太一回头瞧见叶濛，热情地冲她招手："小孙媳妇儿回来啦！快过来，让奶奶瞧瞧胖了没。"

叶濛笑呵呵走进去，仍是一身常穿的灰色西装，偏休闲风，显得成熟又干练，脚上是一双高跟鞋，噔噔噔地在这间窄小潮湿的三居室里发响。

她笑吟吟地问："奶奶的身体怎么样？"

"好很多了。"钭菊花说，"李靳屿带平安去散步了，才出去没多久。"

叶濛在自家奶奶面前迫不及待地恨不得立马飞到李靳屿面前，在李靳屿的奶奶面前倒显得没那么急迫，陪着老太太聊了一会儿。她插科打诨的本事就在这会儿显示出来了，什么都能聊，一个在北京半个多月都没回来的人，居然还能说起些小镇的话题逗老太太开心，说得还津津有味的。

老太太假牙都要笑掉了："你怎么知道的？那卖烧饼的老王刚被抓不久。"

所以说叶濛会维持人际关系。有时候人跟人之间得有共同话题，她在北京，李靳屿在宁绥，久而久之，两人总有一天会无话可说，因为这是地差。所以她时不时会跟方雅恩打听一些镇上的事，跟李靳屿聊天的时候，两人不怕没共同话题。如果两个人总是自顾自地说自己这边的事，很快就会没耐心了。

"我百事通啊。"叶濛笑眯眯地说。

老太太更乐。两人又乱七八糟地聊了会儿，眼看天色渐黑，暮色四合，大门冷落地敞着，李靳屿还没有回来的迹象，叶濛有点儿待不住了，心痒难耐。

"奶奶，我出去抽支烟。"

老太太何尝不了解她，心知肚明地看着她，提醒道："这孩子今天遛这么久，多半又是找平安的女朋友去了。"

"平安还有固定的女朋友？"叶濛有点儿震惊。

"可不嘛，"老太太想了想，谨慎地换了一下措辞，"也不太固定，一个月换一个吧。"

叶濛在门口抽了支烟，跟着老太太给的指示，沿着巷子往外走，沿途碰见那个拿咸鱼干练太极剑的老大爷倍感亲切："爷爷厉害。"

老大爷很高冷，翻了个白眼不太搭理她，又是一个横叉劈手，劲风十足地从她身边滑过去。

叶濛再一抬头，脚步停了下来。黄昏的巷子尽头站着一个她朝思暮想的男人，牵着一条狗。他身后拖着长长的影子，清瘦颀长的身形在这个破旧暗沉的狭窄巷子里，显得格外突兀。

男人过分英俊、过分年轻，跟这条破败陈旧看起来死气沉沉的老街格格不入。老巷子的风，似乎从四面八方吹进来，携着路边的杨柳条，仿若少年的腰，让她瞬间挪不动脚步。

许久没面对面、鲜活地立在她眼前，刹那间，李靳屿闯入她的视线里，她还是惊艳了一下。

他看起来好像完全没打扮，穿得很随意，里头是白T恤，蓝色的牛仔衬衫敞着，外头套了件薄羽绒服，下身是万年不变的运动裤，裤脚嚣张不羁地扎进靴子里，显得很懒散，但又好像是刻意打扮过的。

咸鱼干老头突然在她耳边说了句："你男人吧？他在这里磨蹭好久了，快带走，影响我练鱼！"

叶濛走过去想抱李靳屿，还没走到跟前，少年似乎被杨柳撞了一下腰，就见他一手牵着平安，一手插着兜，对她视若无睹地绕开了："平安，回家。"

叶濛在原地尴尬地立了会儿，讪讪地收回敞着的怀抱，只能灰溜溜地跟上去，去牵他揣在裤兜里的手，仰着头瞧他："生气了？"

他倒没把手抽出来，仍由她牵着，低头扫了她一眼："你怎么回来了？"

"我给你发消息你没看见？"

"没看手机。"

"放屁，那你今天打扮给谁看？"叶濛戳穿他，又由衷地屈服于眼前的美色之下，夸奖了一句，"很少看你这么穿，很帅啊。"

"给平安的女朋友看，行吗？"他呛道。

平安嗷呜了两声。主人真是把口是心非的本领发挥到极致了。今天一早他就起来洗澡洗头还一反常态地换了好几身衣服，头都磨磨蹭蹭地洗了两遍，也不知道这么煞费苦心地折腾出来有什么不一样。反正在它看来，跟它这一身狗毛是没什么区别的。

他还言不由衷地说什么给它女朋友看的。情窦初开的男孩子真是让狗都忍不住为他捏一把汗。但平安自始至终知道，李靳屿是个很温柔、绅士的男人，嘴上不说，可将细节做得比谁都好。主人脾气很好，平安几乎没见他冲谁发过火，除了上次对姐姐踹茶几。平安都吓得心惊肉跳，从没见他如此暴跳如雷。所以它知道，他是真的很在乎姐姐，很怕姐姐离开他。

有时候平安看他，也像隔着一个长长的万花筒。他在光的另一边，有着繁华的人间烟火。它只能守着单调的黑白世界。李靳屿的朋友不多，家里也很少来人，或者说他在这个破败的小镇上其实没什么交心朋友，交心狗倒是有一条。

他俩偶尔也会对影成三人，在那个开满桃花的小院里互诉衷肠。

这几天平安发现他睡眠很浅，经常半夜出来喝水。它耳朵灵，李靳屿那边掀开被子它就能察觉他可能要起来，然后摇着尾巴走到院门边上，冲他呜咽两嗓子。

李靳屿穿着睡衣倚着小院门，一手插在兜里，一手端着杯水，低着头，睡眼惺忪地看着它：“狗都不用睡觉吗？”

平安嗷呜了两声。

“想女朋友了？”李靳屿低头问它，“还是想换女朋友了？”

平安：“……”

李靳屿拎着水杯的手垂到身侧，微微眯着眼，看着窗外雾气朦胧的夜色，懒洋洋地自顾自说：“再忍忍，才一个月。哥哥最近忙，没空给你找女朋友。”

平安知道他在忙什么，忙着跟姐姐生气。每次姐姐打电话过来他都好久才接，有时候甚至故意不接，还骗姐姐说自己在洗澡。有时候，姐姐忙得一天也顾不上给他打一个电话，他就气得狠狠薅它的毛。

平安被薅烦了，气得差点儿想给他当场表演一个狗急跳墙。好几次它都想拿它短小精悍的小爪握住他宽阔的男人肩，像尔康摇紫薇那样狠狠地晃他：你为什么不告诉姐姐你吃醋了呢？！

后来平安明白了。李靳屿说姐姐不喜欢占有欲太强的男人，所以他心里忍不住一个劲儿地拼命吃醋，可又不敢让她知道他吃醋了，怕姐姐不喜欢他了。

唉，男人真难，还是当狗好。平安侥幸地叹了口气。

金色的夕阳没入山峦，暮色严丝合缝地贴着山峰和屋檐。夜风在树丛间沙沙作响，波光粼粼的湖面荡着春寒，裹挟着一阵阵凉意钻进叶濛的衣缝里。她出来得急没拿外套，身上就一件薄如纸片的西装外套，刺骨的寒风肆无忌惮地涌入她的领口。

紧跟着平安就感觉自己被人抱起来了，下一秒，被塞入一个柔软又陌生的怀抱里。叶濛措手不及，茫然地接过平安。

李靳屿说：“它的毛保暖。”

平安："……"

叶濛："……"

李靳屿又补了一句，"不然养狗干吗？"

平安："……"

话虽这么说，两人进门的时候，叶濛怀里抱着肥硕的平安，身上还披着李靳屿的外套。老太太瞧他俩这恩爱劲儿，心里欢喜，笑眯眯地说："李靳屿，你给叶濛弄点儿吃的，她一下飞机就过来了，估计都没吃上饭。"

"你没吃？"李靳屿问。

叶濛舟车劳顿，一进门就疲惫不堪地坐在鞋柜上，仰头看着他可怜巴巴地说："是啊，一早的飞机，连飞机餐都没有，还转了一天车，一口东西都没吃。"

李靳屿把她拉了起来："去外面吃吧，家里没东西吃。"

叶濛不动，把高跟鞋脱下来："不想出去了，脚快断了。你随便给我下碗面就行。"

"我给你叫外卖？"

叶濛仰头看着他，拉着他的手轻轻地晃了晃："你不能给我做吗？"

"你不是说我做的东西不好吃？"李靳屿掏出手机。

叶濛立马抢下手机，央求着："我都没吃过，做吧做吧。"

李靳屿妥协，嗯了声："那你去房间里躺一会儿，我做好了叫你。"

叶濛睡不着，在他的床上躺了一会儿。老太太滚着轮椅进来了，手里还颤巍巍地攥着一个红包，趁其不备塞到枕头底下。叶濛愣了愣，疑惑地坐了起来："奶奶？"

"那天你俩领证太急了，李靳屿说你当晚就去了北京，我也没来得及给你红包。里头还有个金戒指，本来应该让李靳屿的妈妈给你，但是那女人很早就跟我们家断关系了，戒指也退了回来，就一直放在我这里，不然说什么也不该是我这个老太婆给你，显得我们家李靳屿家底单薄，像个没人疼的孩子。"

老太太不同往日说笑那般，神情压抑地看着叶濛，苍老的眼皮不知叠了几层，脸上深浅不一的沟壑似乎微微抽搐了一下，像是被戳到了什么痛处，哽咽难言。

叶濛难得被老太太给难倒了，一堆话在口中也不知道该怎么安慰老太太。这个时候无论说什么都显得不够厚重，她低声说："奶奶，我会对他好的。"

"奶奶不是这个意思。"老太太握了握她的手，叹了口气又说，"婚姻这个东西，其实也就是两个人搬进一间空屋子里，运气好的夫妻，屋子里或许什么都没有，添些普通家具便能平平安安地度过一生；命运多舛的夫妻，或许还需要清扫屋子，除掉那满墙的蜘蛛网、满地的杂草，彼此要扶持着把这些生活中的障碍一一扫出去，再慢慢添些自己喜欢的家具。等这家成形了，你们的感情也就稳定了。所以光你对他好没用，他也得对你好。我希望你们是平等的。他爸爸命不好，生到我家来，原本就矮人一截，偏偏又跟富贵人家搅和上，被人摆弄半辈子，到死坟头上还刻着人家的姓。这都是冤孽。"老太太唉声叹气地离去。

叶濛进厨房的时候，李靳屿刚把面条下到锅里，他扫了她一眼："不睡了？"

叶濛走过去，从背后抱住他，神秘兮兮地小声跟他炫耀："奶奶给了我一个红包和你们家祖传的戒指。"

"不想要？"他无动于衷地看着锅里的水。

"没有，"叶濛将脸贴在他的背上，"奶奶给了我一万块钱，这钱是不是太多了？我本来只想拿戒指的，但奶奶不肯，我又怕驳了老人家的面子，让她不高兴，所以来问问你，这钱我能拿吗？"

"拿着吧，我过两天还给她。"

叶濛抱着他就觉得心安，不知怎么的，困意莫名袭来，闭上眼睛喃喃地说："奶奶说你把酒吧的工作辞了，你那儿还有钱吗？"

李靳屿嗯了声，把面条盛出来："有，工作暂时不找了，等考完试再说。"

后面的人没声了，呼吸渐渐平稳。李靳屿回头看了一眼，发现她是真的睡着了，关了火，把人从地上抱起来放去床上。

叶濛再次睡醒是凌晨三点，李靳屿还在看书，桌上亮着一盏暗黄色的灯，将卧室照得朦胧又温馨。

“宝贝。”她侧身躺着，眼神困倦，低低叫了声。

李靳屿回过头来，叶濛这才发现，他里头好像什么都没穿，只外头套了件防寒服，衣服敞着，以她的角度，刚好能看见窗外那缀满枝头的桃花。这画面下的他像极了名满全城的风流公子哥，看得她心脏怦怦跳。

“醒了？”李靳屿说，“饿吗？”

“就是饿醒的。”

他回过头，拿背对着她，低着头继续看书，冷淡地说：“饿着吧，面已经坨了，不能吃了。”

叶濛摸着饥肠辘辘的肚子说：“不能再下一碗吗？”

“不能，最后一碗被你浪费了，”李靳屿说着按亮旁边的手机看了一眼，说，“三点，再熬两个小时，五点隔壁有早餐店开门。”

“行吧，我五点起来去吃。”

“睡得着吗？”李靳屿说，“睡不着我去看看平安的狗粮还有没有。”

叶濛一直以为是自己回来晚了，弟弟闹别扭，跟她生气，总拿话堵她，哄两天就没事了，所以也处处让着他：“好啊，老鼠药我都吃，只要是你给的。”

李靳屿像是故意气她，头也不回地犟道：“我明天就去买。”

然而，李靳屿几乎一夜没睡，陪着叶濛一直到早上五点，两人起床去隔壁吃早饭。等回来，他睡了个回笼觉，叶濛回家洗了个澡收拾东西。

两人匆匆领了证，两家的人都没正儿八经地见过面，她就这么住到人家家里好像也有点儿不合适。叶濛跟老太太商量了一下，李靳屿要照顾老太太肯定是不能离开那边的，又不能把两人接过来，不然老叶该尴尬了。叶濛想来想去还是自己先住那边，等以后老太太的情况好一点儿了，他们再看看要不要在外面买套自己的房子。

徐美澜这会儿才回过神来，自己这从小捧在掌心里宠着的孙女是真的嫁人了，看着她提着行李大步流星地走出家门的时候，也才回过味来，她这一生算是看到头了。她颤颤巍巍地捂着眼睛，似乎也知道事情无回旋的余地，对着大女儿潸然泪下："老叶家的根，算是断在这儿了。"

叶桂兰沉默良久，看着西边赤红的余晖，直到叶濛的车缓缓拐出小区路口，好像目送着她走上人生的另一条路——

"妈，别怪她。自从她妈妈走后，我从没看她这么高兴过。她能跟一个喜欢的人结婚，应该是件很幸福的事，相比什么根不根的，我更希望叶濛开心。人这一生就是互相让步，他们这一代其实比我们更辛苦，面临的诱惑多，困难也多。我们这些做大人的能不添乱，就别给他们添乱了。"

李靳屿一觉睡到下午四点。确切地说，他是被厨房里的乒乓声给震醒的，都不知道该怎么形容这鸡飞狗跳的画面。

叶濛身上系着一条不知道从哪儿扒拉出来的围裙，大概是她自带的，站在离煤气灶大概一米的位置，一手锅铲，一手锅盖，脑袋上居然还套着一个也不知道从哪儿扒拉出来的头盔，火开得老大，油一加进去，直接轰一声炸了锅，锅底起了烈烈的火舌。整个厨房一亮，不知道的人，大概还以为他家在研究什么爆炸性武器。

平安一直吠个不停，随时准备报警的样子。老太太倒是一脸淡定地坐在轮椅上指挥着叶濛灭火："快、快，浇水！"

"浇水就溅她一脸油，你想让我的老婆毁容？"李靳屿立马走过去，接过叶濛手中的铲子和锅盖，直接把锅盖上，汹涌的火势瞬间偃旗息鼓了，像是一条被降伏的小龙，被关进了小黑锅里，再也不能张牙舞爪地对着她。叶濛吓得抱紧李靳屿，又怕他生气，立马弱弱地解释说："我看你睡一天了，想说晚上给你们炒两个菜，但这个煤气灶吧，好像有自己的想法。"

叶濛像个八爪鱼似的搂着他的脖子挂在他身上，李靳屿的睡衣都被她扯掉半截。他侧头睨了她一眼："你没做过饭？"

"没有啊，我奶奶连锅都不让我洗。"叶濛心有余悸地说。

李靳屿："那你还嫌弃我做的东西难吃？"

"我没嫌你啊，我是心疼你。"叶濛说。

"少来。"

老太太是待不下去了，悄无声息地滚着轮椅离开。主要她也是怕李靳屿训她，直接溜回房间把门给锁了，然后悄悄拿两团棉花堵上自己的耳朵，眼不见心不烦。

叶濛一仰下巴指着厨房门外的空地："你奶奶走了。"

李靳屿嗯了声，把锅铲扔回池子里："她怕我骂她。"

"我说，你奶奶走了。"叶濛又意味深长地重复了一遍。

李靳屿靠着流理台，叶濛将自己身上所有的重量都压在他身上挂着，李靳屿感觉叶濛其实挺重的，他的脖子都快断了，只能用手托住她的腰臀，不过最后的倔强让他只愿意用单手托她，另一只手仍懒懒地插在兜里。

窗外天空黄澄澄的，夕阳悄悄透进一抹金黄的光束，刚好打在叶濛身上，将她照了个透亮，使她看起来像是个闪闪发光的金元宝。李靳屿靠在光源外，整个人冷冷地隐在暗中。一阴一阳的两个人，像被割裂开的两个世界，凭着一己私欲厮混在一起。

他们的脸贴得极近，李靳屿每一次眨眼，睫毛就像是一把轻柔的鹅毛刷子轻轻扫过她的脸，每扫一下，她的胸腔便跟着收紧一分。她牢牢地盯着他说："十五下了，你还不亲我吗？"

他迟迟未动，始终没吻下去，侧开头说道："我问你，这次回来还回去吗？"

"回，我至少得等这个案子有个结果了再说。"

李靳屿一手插在兜里不动，另一只手拍了拍她的尾椎骨，一副顾全大局、善解人意的样子说："行，下去吧。"

叶濛愣了愣，只听他说话的语气里有种打击报复的痛快："等你什么时候决定留下来再说。这段时间就辛苦你了，忍忍吧。"

叶濛无奈地靠在厨房的门上跟他讲道理摆事实，但无论叶濛怎么苦口婆心地解释，李靳屿都充耳不闻地将她拨到一边，有条不紊地开火，深情款款的仿佛要为她做一顿大餐："乔麦麦的小姨做了点儿剁椒送过来，晚上给你做个剁椒鱼头？”

叶濛喋喋不休地说着，被他毫无预兆地打断后，愣了愣说了声好，又立马接上刚才的话题：“这个案子比我想象中的要复杂很多，我知道你怕我在北京留下来。你放心，案子一结束，我立马向勾恺辞职。”

李靳屿置若罔闻，打开冰箱拿了两个鸡蛋：“煮的还是煎的？”

“煎的，”叶濛下意识地回道，紧跟着又恳切地道，“宝贝，给我点儿时间好吗？”

李靳屿刚单手把蛋打进碗里，端着碗，终于抬头扫了她一眼，窗外的暮色仿佛压在他的眉眼之间，他冷声道：“也就是说，如果这案子三五年内不结束，你就三五年都不回来对吧？你知道三五年对我们来说意味着什么吗？你以为你在北京待个三五年，还能那么轻易地离开吗？”

叶濛嘟囔着说：“哪有这么久？你是不是太看不起现在的警察了？”

李靳屿竭力克制，手上青筋暴起。啪一声，他丢下碗，手插进兜里，别开头看向窗外：“我不想跟你吵架。”

直到吃完晚饭两人都没再说过一句话。老太太倒不觉得奇怪，小夫妻嘛，诱惑多，磨合就更多了，大大咧咧地塞着两团棉花回房间了。那一整晚两人都没说话，叶濛窝在沙发上看电视，李靳屿则靠着小院的鱼缸看书，偶尔丢两颗狗粮逗逗平安。

叶濛也不知道电视上放了什么，脑子里想的全是外面那个小畜生。

小畜生在背书。

小畜生在逗狗。

小畜生还发朋友圈，拍了一张很有感觉的夜景。

不得不说，李靳屿的拍照水平真的不赖，角度抓得极其刁钻，每张照片都让人感觉风有风的故事、树有树的故事，神秘感十足。

叶濛拍了张自拍，发过去给他。

濛：“发你的朋友圈。”

叶濛听见院子外头叮咚一声微信提示响起，然后没了动静，他估计冷着脸在回复了，叶濛几乎都能想到他的表情。

下一秒，屋内的叮咚声响起。

LJY：“怎么，现在结婚还要公开的吗？姐姐这么玩不起？”

濛："行，咱俩看看谁玩不起。"

叶濛又拍了一张更露骨的自拍，发了朋友圈。

下一秒，叶濛听见小院的门哗啦一声被人狠狠推开，寒风涌入，屋内仿佛瞬间降了几摄氏度。

"玩得起"的人不出意料地进来了，李靳屿高高大大的，单手插着兜，一声不吭地站在沙发前，弯下身夺过她的手机，二话不说就把照片给删了，然后随手将手机丢还给她，语气冷淡得不带任何感情："最后一遍警告你，吵架归吵架，别在我这儿找死。"

被警告了之后，叶濛老实了。李靳屿也没走，陪着她窝在沙发上看电视，表情冷冷淡淡的，谁也不爱搭理谁，两人的嘴倒是一刻也没闲着。

"我是你老婆，李靳屿，你就不能体谅体谅我？"

"我还比你小两岁呢，你为什么不能体谅体谅我？"

"你是怕我跟别人跑了吗？"

"对，你不怕，你从来没吃过我的醋。"

"吃过，你跟江露芝在一起这件事，我吃醋到现在。"

"那也是江露芝，换作别人，你压根无所谓。"

两人你一言我一语，电视机智能屏幕机械地演绎着无人关心的画面，那一集来来回回地重复播了好几遍，他们也压根没发觉。直到桌上的手机突兀地亮起，"勾恺"两个字明晃晃地出现在屏幕上，叶濛看都没看一眼，一脚把手机踹远了。

李靳屿冷笑，一言不发地继续看电视。

手机跟着了魔似的，一直疯狂地振动，非要她接不可。

勾恺打到第五次的时候，李靳屿直接站了起来，丢下了一句："要是我在这里不方便你俩调情的话，我出去行吧？"

叶濛也彻底没了耐心，接起电话就是一声怒骂："如果你没有十万火急的事情，我回去就让郃明霄把你的客户名单全网发一遍。"

勾恺大概是隔着电话线也感觉到叶濛是真急了，一句话没说，立马把电话给挂了。

深情眼

耳东兔子 著

下册

青岛出版社
QINGDAO PUBLISHING HOUSE

第十一章 矛盾爆发

李靳屿穿着睡衣就出门了，连外套都没拿。叶濛也不知道大半夜的他会上哪儿去，也没穿外套就急急忙忙地追出去了。结果李靳屿没走远，在安全门的楼道口处倚着墙抽烟，月色朦胧地被割裂进来，像一层轻盈的薄纱铺在地面上。

叶濛走过去在他面前站定，一时间也不知道该怎么开口。沉默了半晌，她就看他靠着墙，有一口没一口地抽着烟，楼道口被弄得烟雾缭绕，气氛却格外静默。他单单穿着睡衣看着整个人很单薄，眼皮也薄薄的，冷淡地垂着。脱了衣服，他明明是有薄肌肉的。叶濛去牵他的手，李靳屿的手掌也又薄又宽，他没挣脱她的手，乖乖地任由她牵着。

不过这种乖巧也就保持了一会儿，抽完一根烟，李靳屿就甩开她的手，进屋去了。他没烟抽了，满屋子翻箱倒柜地找了半天，也没找到半根能抽的烟。

他坐在沙发上，一只手肘撑着膝盖，弓着背，修长的手指在抽屉里翻找，全是空烟盒。他窝火地将烟盒全给捏瘪了，冷着脸全给扔进了垃圾桶里。最后他又抱着胳膊在沙发上靠了会儿，试图将那股无处发泄的无名火给压下去。

然而无果，他只能站起来出去买烟。

叶濛抱住他，不让他走："别抽烟了。你要真那么不高兴，抽我行了吧？”

李靳屿拉开她，低着头换鞋：“你别犯贱。”

叶濛发现李靳屿冷下脸的时候是真的冷淡，说话也扎人。她也窝着火，紧赶慢赶地回来，怎么也哄不好人，耐心彻底耗尽，也被李靳屿这副油盐不进的样子给气得急火攻心快驾鹤西去了。

她贴在门上，仰头看着面前这个高高大大的男人，声音也怒了：“你再说一遍。”

“走开。”李靳屿套上外套，一副雷打不动要出去的样子。

叶濛威胁道：“你要出去今晚我就回家。”

“随便你，”李靳屿居高临下，冷淡地看着她，“你回北京去找勾恺我也没意见。”

叶濛无奈地道：“这醋你要吃到什么时候——”

“我也想知道这醋我能吃到什么时候！”李靳屿终于忍无可忍，突然暴喝道，“你以为我想吃啊？你偷吃倒是把嘴擦干净啊！干吗要让我知道？！啊？”他顿了顿，又道，“勾恺问你你为什么不告诉他我是你老公，你他妈是不是还想着跟他旧情复燃啊？！”

叶濛这才后知后觉地明白过来那晚的乌龙事，冷笑道：“原来你就是这么想我的？”

叶濛看了他老半天，低头打开手机，不知道点开了一个什么网页，狠狠地将手机朝他的胸口砸了过去。

上面是一行清晰的百度百科——李靳屿，记忆宫殿2008年世界冠军。

其实她一查，网上都是他的消息。

“我问你认不认识郃明霄，你说不认识，结果我发现郃明霄跟我讲的每一个故事都跟你那些辉煌的过去有关，就连那个赛车俱乐部的老板黎忱都戴着跟你一模一样的耳钉。你那么牛的过去你从没跟我提过，我哪里知道你过去到底经历过什么？愿不愿意跟他们相认啊？”

郃明霄说起那个朋友的时候总是怅然若失。她起初不太在意，内心也毫无波澜，有时候压根没注意去听他到底说了什么。直到那天她跟梁运安在黎忱的俱乐部见面，看见那个风流不羁的黎老板戴着跟李靳屿一模一样的耳钉，虽然款式很烂大街，甚至毫无意义，但这么多巧合撞在一起，叶濛那么洞若观火的一个人，如果不是被王兴生的案子分了些精力，早该察觉异样的。于是当天她就上网搜了下关于记忆宫殿的那个比赛，结果令她哭笑不得的是，毫无遮掩，网上都是他的消息。

下一秒，她的大脑里涌入一个奇怪的想法。李靳屿否认认识郃明霄这帮人，是不是跟这个黎老板有什么关系？毕竟两人戴着耳钉，偏偏一左一右，够暧昧。她那几天其实也控制不住地胡思乱想，但最终都生生将这些乱七八糟、不合逻辑的想法给压下去了。

两人站在门口。叶濛贴着门，李靳屿低头看着她。这昏暗的一隅，仿佛跟外面的月色割裂开来。他们就像突然被冰封住的世界，两人一动不动地盯着彼此冒火的眼神，四周空气里仿若悬着密密麻麻的针，扯一下都撕心裂肺地疼。

“我不是不问，是不舍得问，怕你难过，怕你想起一些不该想的事情，”叶濛也忍无可忍，心口窝着一股无名火，胸脯剧烈地起伏着，血液在她身体里肆无忌惮地拱着火，她也不顾一切地说，“但你今天这些话，换作别人，我能跟你分手一万次，绝对没机会和好的那种！”

说完她绕开他，直接回了他的卧室。叶濛实在不想跟他上演这种大半夜出去你追我赶，“你听我解释我不听”这种戏码，然后引来四面八方的邻居围观，成为他们第二天茶余饭后的谈资。她关上门，无关痛痒地说了句：“你要出去买烟，我不拦你，明天早上我回北京。”

等叶濛进去，隔壁的房门悄悄打开了一条缝，老太太将脑袋卡在门缝里，眼神嗔怪，小声地对李靳屿说：“我跟你说的你都忘了？”

卧室门一关，客厅又没开灯，唯独电视机屏幕亮着幽蓝的光，模模糊糊地笼着他的身影。李靳屿想看一下时间，墙上的钟罢工，然后他发现手机也不知道被他丢哪儿去了。他来这边之后就没有戴手表的习惯了，于是只能一个个掀过沙发上的抱枕毫无章法地一通找，头也不回地淡淡对老太太说：“您去睡。”

小夫妻还是吵一吵好，感情都是吵出来的。老太太也不多言语，叹了口气，把门关上。

李靳屿没找到手机，靠在沙发上坐了会儿，老远看见叶濛的手机还孤零零地躺在地上。他走过去将其捡起来，屏幕支离破碎，惨兮兮地将手机桌面四分五裂。他叹了口气，她用了这么大劲儿砸他，想也知道有多生气。他下意识地捂了捂胸口——这叫什么？痛感后知。他看见这惨烈的屏幕，胸骨这会儿才后知后觉地隐隐作疼，吸气都仿佛针扎一样。

他拧着眉，仰着头有些难受地咝了一声。

叶濛等了一晚上，也没等来李靳屿的解释和挽留，起来收拾东西决定回去。她一打开门，李靳屿还是穿着昨晚单薄的睡衣，身上披着一条灰色的毛毯，两条腿大大咧咧地叉着，仰着脑袋靠在沙发上，脑门上还贴着一张退烧贴，似乎还在睡。

老太太从厨房里出来，将食指竖在嘴巴上，冲她嘘了声，小声说："发烧了，38.3℃。刚刚他还起来给你煮了点儿蛋粥，我去给你盛。"

"我自己来吧，"叶濛走进厨房，弯腰从柜子里拿了两个碗，盛好一碗递给老太太，"家里有药吗？要不要我等会儿去社区医院买点儿？"

"有的，不用去买。"

老太太接过粥，叶濛显然不太做家务，盛碗粥也半进半出的，老太太心疼地嘬了一口漏在边缘的粥粒接着说："我这孙子身子骨弱，一年得有个一两次感冒发烧的，家里都常备着药。"

叶濛看她这样，在心里默默记下，下次盛粥一定不要弄洒出去。

叶濛盛第二碗粥的时候就小心翼翼多了，问了句："李靳屿经常发烧吗？"

老太太说："你不用担心，不影响生孩子的。他就是从小肺不太好。小时候被那个没良心的女人关在屋外冻坏了，发烧送到医院都差点儿没救回来，落了病根子。"

叶濛默了会儿。其实就他俩现在这样，生孩子都不知道是猴年马月的事了。

"那他还抽烟？"

老太太对着碗吹气，嚼了嚼粥说："其实之前他戒了，是陪我一起戒的，最近考试压力大吧，又抽上了。"

叶濛又盛了一碗粥，端出去给李靳屿。不知道他是一直没醒还是装睡，耳钉也不知道什么时候摘了。叶濛心里莫名一堵，突然觉得他跟黎忱的关系有点儿耐人寻味。李靳屿闭着眼的时候，整个人都说不出地冷淡，唯独那双小鹿状的眼睛一睁开，眼里好像有钩子。那双深情眼，或坦荡，或冷淡，或懒散，却始终逃不开内心那股子压抑，看着就让人心疼。

但现在他乖乖躺着、一副任人蹂躏的样子，跟昨晚那冷着脸呛她的欠扁样判若两人。而且，不知道他是不是故意卖乖，现在脑门上贴的还是“儿童退烧贴”。

挺合适的，这人两岁最多了。

“起来，把粥吃了。”叶濛端着碗，硬着头皮说了一句。

李靳屿迟迟未动，跟没听见似的。

叶濛冷着声音说：“别装睡了，我看见你的眼睛动了。”

李靳屿把头直起来，一只手压着脖颈懒洋洋地活动了一下筋骨，接过她的粥说：“没常识吗？人睡觉眼睛本来就会动。”

叶濛没再搭理他，转身回房间去收拾行李。李靳屿肩上披着一条毯子，神情冷淡地靠在门上看着她事无巨细地把前两天搬出来的东西又一一收进去：“几点的飞机？我送你去机场？”

叶濛头也不抬，没好气地道：“怎么，这就开始炫你的赛车技术了是吗？秋名山车神啊？哦不对，九门岭车王。”

李靳屿是真发烧，总觉得墙体漏风。他收紧肩上的毛毯，把自己裹得像个灯罩，咳了一声，无辜地说：“我打车。”

叶濛是真受不了他这劲儿，啪一声粗暴地盖上行李箱：“不用，我等你烧退了再走，等会儿出去找方雅恩。”

“嗯，”他又若有似无地咳了一声说，“你去找雅恩姐吧，我自己去医院。”

“……”

县医院人满为患，这个季节发热门诊几乎排不上号。叶濛给急诊的二姑打了个电话，让帮忙提前挂个号，她马上带李靳屿过去。她本来是不想带李靳屿去医院的，他身子骨这么弱，万一交叉感染更麻烦。急诊人也多，狭窄阴暗的过道里都是候诊的病人，李靳屿进去之前给了她一个口罩："你别感染了。"

叶濛叹了口气戴上口罩，心里莫名地蹿出来一个很邪恶的念头。李三岁要是每天都像今天这么乖……天天病着吧还是！

她不冷不热地嗯了声，说知道了。

两人不再说话，过道拥挤，病人摩肩接踵。叶濛不想同他坐在一起，便一直靠在急诊门口的墙上。李靳屿则戴着口罩大叉着腿，靠在对面的候诊椅上，眼神跟粘在她身上似的，叶濛恨不得把他的视线给撕下来。

叶濛被他瞧得烦，便瞪他：看什么看，没看过美女啊？

李靳屿戴上口罩后，便只剩下一双深情眼，那么不要脸地盯着她，谁招架得住？

他还笑起来，眼角弯弯的，乖得不行。

叶濛决定等会儿去给他买个眼罩，不然太容易原谅他了。

拿完药两人下电梯的时候，出了点儿小插曲，她碰上了千百年碰不上一次的前男友，甚至没想起对方的名字。过了好久她才愣愣地试探着问了句："张淼吗？这么巧。"

张淼戴着一副眼镜，很斯文，身边牵着老婆和孩子，刚从四楼的儿科下来，彬彬有礼地跟她说："孩子有点儿发热。你老公？"

叶濛本没多想，但李靳屿这个醋王，弄得她心头猛然一紧，怕他又要生闷气，连笑都不敢太过张扬，只能谨小慎微地点点头说："嗯，他也有点儿发烧。"

谁知道李靳屿正正经经、友好地冲张淼点头道："你好，抱歉，感冒，不太方便摘口罩。"

张淼长得五官端正，而李靳屿长得勾引人。

原来他会好好说话啊，正经跟人交流起来还挺像那么回事的，有点儿斯文败类的感觉。

晚上，四人小火锅一人一锅。方雅恩跟叶濛坐对面，李靳屿和陈佳宇坐对面，四个人面前都冒着腾腾的热气，火锅店四周玻璃蒙上了一层雾气，朦朦胧胧的，让人看不清街外的风景。

陈佳宇神采飞扬地跟李靳屿说着自己最近成绩突飞猛进，兴奋得小脸通红，直夸他教的办法真的有用，而且记住了就忘不掉。他感觉自己要踏上人生巅峰了，最近同桌小丽妹妹看他的眼神都充满了崇拜。

叶濛笑着逗他："你这是马上要谈女朋友的节奏啊？"

陈佳宇老气横秋地说："谈什么女朋友，学习不快乐吗？"

李靳屿没说什么，给叶濛剥了两只螃蟹腿都被她生生地夹了出去。

这下连方雅恩都看出他俩有矛盾，趁李靳屿去上厕所的工夫，小声刺探了一句："你俩这是怎么了？"

叶濛又把那螃蟹夹回来，吃掉了："吵架。"

方雅恩笑了笑："为什么？"

"勾恺。"

"唉，我就说小弟弟醋劲儿大，"方雅恩一副过来人的心态，"磨合磨合就好了。"

叶濛从李靳屿的锅里夹了点儿鱼滑到自己的碗里，说："醋劲儿大，说话也难听。吵起架来，你都不会想到他嘴里能蹦出那些话。"

"不会跟陈健一样，骂你骚了吧？"

方雅恩做诧异状，绝对想不出那些话能从李靳屿嘴里说出来。

"那倒没有，"叶濛冷笑道，"骂我犯贱。"

方雅恩是了解她的，淡淡地点头道："那是该掰扯掰扯。"

晚上，叶濛趴在地上收拾东西。她刚洗完澡，头发还湿漉漉地挂着水，身上就一件单薄的吊带睡衣，罩着她凹凸有致的身形。屋内开着暖气，李靳屿担心她感冒，直接把空调开到三十摄氏度。他把自己闷得火热，一头汗，像个火炉，看着她清清爽爽地在面前走来走去，好像也挺解渴的。

屋内亮着一盏插灯，是叶濛在网上买的那种小夜灯，光亮很微弱，只能将房间照得蒙蒙亮。没办法，叶濛一开大灯，就被坐在床头开关旁的男人二话不说给关了。

李靳屿懒懒地靠着床，一条腿屈着，一条腿伸直，一只手搭在屈着的那条腿的膝盖上，表情冷淡，不知道是在玩灯还是玩她。

叶濛去院子抽了支烟。李靳屿将另一条腿也收起来，冷冷地看着她收拾好的行李箱，恨不得一把火给她烧了。

叶濛抽完烟，裹着一身夜色准备进屋，小院的门却被人牢牢地堵着。男人高大的身躯像一堵结实的墙，连条缝都不给她留，昏暗的月色下，篱笆小院外仿佛淌了一条银色的河水。他一手插兜，一手夹着烟垂在身侧。

昨晚那一幕仿佛倒置，叶濛冷着脸道："让开。"

李靳屿深深地看着她，最终一个字没说，侧着身子让开了。

后来，叶濛半夜起身去厨房倒水喝，发现李靳屿在里头抽烟。

李靳屿单薄的身体靠着流理台，不知道在想什么，低着头眼神没什么焦距地盯着某一处，像一条没人要的丧家犬。眉头紧紧地皱成一个"川"字，嘴里有一口没一口地抽着烟，一只手始终插在兜里，另一只夹烟的手偶尔会撑在流理台边沿，然后便一动不动，沉默好半晌。

叶濛便是在那会儿彻底心疼了。蓦然间那人听见声响，抬头瞧见她又不动声色地将烟放到嘴边盯着她吸了口，随即冷淡地别开眼看向别处。

叶濛本来想过去缓和下关系，但瞧他一言不发、爱搭不理的样子，又把到嘴边的话吞了回去。于是她只能装模作样地过去给自己倒水，水壶就在他身后，被他挡着，她只能倚着流理台，从他背后把手伸过去。

滴滴答答地灌完水，她就准备撤了。

她刚起身，腰就被人搂住。李靳屿最后抽了一口烟，低头漫不经心地把烟摁灭，然后一边把烟灰缸放到窗台上，一边把她搂到怀里，烟雾从她耳边散开，他低头去亲她的耳骨，任凭那烟雾挡她的眼，小心翼翼又试探地低声在她耳边道歉，声音低沉，一遍又一遍地哄着她："我错了，叶濛，我错了……"

"我认识邰明霄，他是我从小玩到大的兄弟。还有勾恺，我比你更清楚他是一个什么样的人。黎忱是我哥最好的朋友，你还想知道什么？"李靳屿在她耳边，压着声音无措地说，大概是真的急了，"我都告诉你，包括我一个月打几次飞机。可以吗？嗯？"

叶濛顺杆爬，冷淡地反问道："哦，几次？"

李靳屿将头埋在她的颈子里，认真地想了想，声音闷闷地道：“两次。”

好像是少了点儿，在叶濛的意料之中，这也意味着他一个月还得吐两次。但她也表示尊敬地淡淡一挑眉道：“胃吃得消吗？”

李靳屿深深地吸了口气：“会习惯性反流，所以不能吃太辣太腥的东西。”

“娇气。”

“嗯，从小就挺娇气的，幸好生在有钱人家。虽然我妈讨厌我，但至少吃穿住行也没短我的，穿不好，她还觉得我丢她的脸。她对钱向来很大方。”

难怪他衣品这么好，穿什么都有味道。这就是从小从金钱堆里爬出来的小少爷啊，气质、教养都渗进了骨子里，现在就是披个麻袋都好看。

叶濛低头看他一眼，突然问道：“李靳屿，你现在还吃抗抑郁的药吗？”

“没吃，”李靳屿低头开始亲她，沿着脖颈一路亲到下巴，“三年前转中度就断药了，医生说对肾肝功能有影响，除非控制不住情绪我才会吃。”

叶濛别开头，不让他亲，推开他的脑袋，严厉地道：“好好说话。”

李靳屿调正姿态，把她拉得老远，人靠着流理台，双手老老实实地插进兜里，典型得了便宜还卖乖的样子：“那你站远点儿。”

叶濛突然之间不知道该说什么、问什么了，叹了口气，深更半夜又怕吵醒老太太，只说：“算了，明天再说，先睡觉行吗？”

李靳屿点了点头。

叶濛转身回房，仿佛跟想起什么似的，又突然回头冷冷地冲他道：“把烟灰缸倒掉，放在窗台上插花？”

不用她提醒，李靳屿其实已经在拿烟灰缸了，但还是乖乖地应了声：“好。”

叶濛头也不回，又说了一句：“明天开始跟我戒烟！”

他一边将烟灰倒进垃圾桶里，一边乖乖应声："好。"

叶濛哪里睡得着，回来三天，两人三天都在吵架，气都气饱了。叶濛躺在床上，一边心疼他，一边又不想这么快原谅他，心仿佛被割成两半，一半放在烈火里灼烧，一半在冰雪上化着，煎熬得不行。

叶濛在这边感觉火烧火燎的，李靳屿倒是静静地躺着，呼吸均匀。

叶濛窝在被子里愤愤地咬着指头。

每次都是她主动，每次都是。

臭弟弟。

李浑蛋。

最终还是她忍不住侧过身，拿脸对着他。李靳屿仰面躺着，闭着眼，眼尾形成一条温柔的弧度，密密的睫毛像画了眼线，根根分明，整齐地耷在眼皮下方，五官深刻，皮肤白皙。

叶濛心里惶惶的，像有个无形的沙漏，她掌不住这流逝的沙子，但又总觉得时间不能就这么过去，于是不自觉地覆过去，在他轮廓清晰的唇上亲了一下。

李靳屿睁眼看向她，眼神清明，显然也没睡着，讨好地问："还要吗？"

叶濛撑着身子，气不打一处来，捏他的脸："你怎么总是一副我要强了你的样子？"

然后她迫使他抬着下巴，一手撑着床，身体下压，呼吸喷在他的脸上，得寸进尺、恶声恶气地道："委屈巴巴的样子给谁看？"

他乖乖地躺着，眼皮也不眨，坦荡地与她对视："给你看，想让你心疼我，别生我的气了行吗？"

叶濛捏着他的两颊晃了晃，继续装腔作势地道："所以就是装可怜。"

他眼神澄净而明亮："我没装，我只是长得可怜。"

"就你这长相，要是去酒吧买醉，别人都觉得这女的干得真漂亮。"

叶濛讥诮地看着他，有一下没一下地晃着他的下巴，有点儿怒不可遏："昨天那个跩得二五八万一样的李靳屿去哪儿了？不是说我犯贱吗？我缠着你是吧？我逼着你跟我结婚的是吧？你吃定我了是吗？”

李靳屿捧住她的脸，仰头含住她的唇轻轻吮了下，快速地躺了回去：“我错了。”

叶濛又吐出一句威胁：“别以为亲一下就没事了——”

他仰起头，又面不改色地亲了一下。

叶濛看他不动声色、不依不饶地求和，恨不得掐死这个小浑蛋。眼里冒着不甘心的火，人却已经情不自禁地低头去吻他。最终她还是小声骂了句：“小浑蛋，再有下次饶不了你。”

小浑蛋这次小心翼翼地伸出舌头在她的唇齿间轻轻试探，叶濛反口咬住了他的舌尖。

李靳屿含着她的唇，把被子一掀，猝不及防地翻身将她压在身下，姿势调换，他低着头，眼神在她的脸上来回睃巡，然后开始亲她。月亮高高地挂在天边，照亮这一方天地。屋内所有声音都消失，窗外高墙上的猫仿佛观看到了电影的序章，刺溜一声从墙上跃下，自动自发地潇洒离场。

叶濛两手不自觉地搂上他的脖子，深深地将自己送了过去。

屋内只余两人密密的啄吻声以及越来越深入的唾液交换声。

最后叶濛从床头柜上抽了几张纸给他裹着：“难受吗？”

男人的声音已经变了调，眼神隐忍：“还好。”

“我问你的胃，你想不想吐？”

李靳屿看着她，心像棉花一样软：“没事。”

“奶奶真不会听见吗？”叶濛半信半疑地又问。

“不会。”他低头看了她一眼，眼睛都红了。

直到李靳屿终于舒坦，血液里仿佛有东西渐渐冷下来，这次一点儿反胃的感觉都没有了，前所未有地神清气爽，抽着烟靠在床头看她收拾残局。

“放着吧，我明天收拾，”李靳屿把烟灭了，把她搂过来压在身下，脑袋埋在她香汗淋漓的肩上蹭了蹭，低声问，“明天还走吗？”

“别蹭，脏死了，都是汗，”叶濛推他，“我去洗个澡。”

李靳屿把她摁住，笑了下道：“这个时候洗澡，你是真想让奶奶知道咱俩干了什么？我不嫌你脏就行了，先这么睡吧。”

“好吧，”叶濛也懒，仰头看着身上的男人，“你怎么都不出汗的？我从小就有点儿盗汗，运动量一大就更不行了。”

“这还算运动量大？”李靳屿笑道，“那以后你不得淌水了？”

叶濛：“……”

两个人第二天都起晚了。李靳屿起得早半个小时，叶濛醒的时候，他已经在厨房里做早饭了，锅底嗞嗞地响，正在煎蛋。叶濛揉着眼睛过去，从背后抱住他，睡眼惺忪地贴着他的背接着睡。

李靳屿单手又打了个蛋进去，把蛋壳丢到垃圾桶里，回头瞧她一眼，任凭她拿他当睡枕，也没说话。

叶濛是真的累，居然就这么抱着他也睡了半个小时。李靳屿做完饭直接关了火，连厨房都没收拾，只能靠着流理台把她拎到前面，给她当肉垫，也就这么看她睡了半个小时。

“我的睡相好看吗？”她悠悠转醒，揉着眼睛看他。

李靳屿看着自己胸前一大片被她洇湿的口水印，扯起来给她看，笑着问：“你自己觉得呢？”

叶濛转身走了。

刷牙的时候，叶濛看见李靳屿回去换衣服，愤愤地含着牙刷倚着卧室门道：“昨天还说不嫌弃我，怎么，我的口水有毒啊？”

李靳屿将上身脱了个干净，露着性感的人鱼线，正在套短袖，刚进个头，看都没看她，套好衣服漫不经心地把床上散着的几件T恤收起来：“谁嫌你了，我出去遛平安，等会儿还得去趟超市。你刷完牙进来换衣服，咱们车上说。”

宁绥县城路窄车又多，八九点这个时间是上班高峰，全是火急火燎一路横冲直撞地赶着争分夺秒去打卡的上班族，时不时不免有车祸发生。叶濛慢慢悠悠地跟在车流里，车技一般，在北京大半个月没车开，前阵子好不容易练出点儿手感，这会儿又全都还回去了。

旁边又过去一个吭哧吭哧地踩着三轮的大爷，这场景格外熟悉。

“……”

叶濛发现李靳屿成了她男朋友之后，开车就再也没说过她，坐在副驾驶座上冷眼旁观，顶多偶尔提醒她打个方向，但是绝对不会唠叨。这样的老公真是打着灯笼都难找。

“不是说车上说吗？”叶濛转头问他。

李靳屿面无表情地立马把她的脑袋拨回去：“你先专心开车。”

最终这次谈话在超市中得以顺利进行。

“我跟郃明霄他们从小几乎是穿一条裤子长大的。我在北京唯一不后悔的日子，就是认识了他们。虽然别人觉得勾恺阴诡狡诈，但他对朋友确实很好。郃明霄说勾恺其实跟我很像，但郃明霄不知道的是，勾恺是真乖，我是假乖，我是装给我妈看的。所以那时候，我阻止你去北京，怕你真的喜欢上勾恺。因为雅恩姐说你喜欢乖的男生。”

“你跟勾恺一点儿都不像好吗？郃明霄眼瞎。”叶濛抱着几包鱿鱼丝反驳道。

李靳屿继续说：“我退赛之后，论坛上大家铺天盖地地骂我，外行的人觉得记忆宫殿就是骗术，压根不可能有这种记忆方法；内行的人觉得我辱了记忆宫殿的名声，我被弄得里外不是人。”

李靳屿戴了他们第一次相遇时戴的渔夫帽，整个人靠在货架旁的石柱上。叶濛忽然觉得时间飞逝，在湖边时，她压根想不到他俩会有现在的发展。当时她根本没想到两个人会结婚，只是单纯想加个帅哥的微信，后又觉得这个帅哥太像渣男，硬生生从加微信转到了去螃蟹馆。

四周目光聚集，有羡慕的、探究的、蠢蠢欲动的。李靳屿那模样，她要是再掏出部手机出来，别人搞不好以为他们是什么网红街拍。

“宝贝，算了，别说了。”叶濛实在不想听他提这些伤心事，掏出手机大声逗他说，“来，大明星看镜头，拍完这组，咱们还得赶下一组。”

李靳屿一头雾水，但还是一动不动地任她拍。

叶濛随手拍了几张照，故作惊叹地道：“天哪，这都不用修片了，果然摄影师越贵越好。”

周围的目光越来越多了。李靳屿闲闲地靠着货架：“设备这么简陋，贵在哪儿？”

“丑人才需要设备呢，”叶濛蹲着找角度，“我随便给你调个滤镜，就是超市大片质感。”

她不拍照不知道，一拍照立马就把李靳屿这双眼睛给突显出来了。他连看镜头都深情款款的，叶濛装模作样地收起手机：“天，不愧是大明星，快、快、快，盖好帽子，别让粉丝看出来。”

周围的人的目光越来越好奇，甚至有人举起手机拍照。出门的时候，李靳屿还被收银小妹给悄悄拦住，以为李靳屿真是哪个大明星，含羞带怯地问能不能要个签名。

李靳屿无语地扫了叶濛一眼，礼貌地跟人说道：“抱歉，我老婆跟我闹着玩的。”

两人在地下车库找到车，上车前，叶濛解开车锁没急着上车，倚着车门笑问：“宝贝，看明白了吗？”

李靳屿低头嗯了声：“什么？”

“别人对我们的评价太多，骂或者夸，都改变不了我们本质是怎样一个人。就好比刚才，有多少路人被我们带偏了节奏？大家都以为你是大明星，事实不过是那么短暂的几分钟接触，他们就对你下了定论。过去那些论坛上对你的污言秽语再多，他们也并不了解真正的你。凭我做公关这么多年的经验，真正的路人大多不发声，任何人在公开场合发言基本上基于某种立场，无非讨厌你或者喜欢你，剩下的都是看戏的人。而你只要记住，看戏的才是生活中的大多数人，他们自己的事都忙不过来，任何事件在他们眼里就是一阵风，过眼就忘。这就是中国的舆论环境。”

这话是在理。李靳屿给她打开车门，一手撑着车顶看着她说：“你觉得我在乎这些吗？”

“人家这不是担心嘛！”叶濛被他圈在他的身体和车门之间，娇嗔道。

“我离开北京之后没联系过他们，不是怕面对这些流言蜚语，是觉得没必要。我跟我妈断绝关系，就不再是那个圈子的人了，我过成现在这样，如果被他们知道，他们一定会想方设法地让我回北京。回去对我没意义，我不想打乱现在的生活节奏。”

停车场空荡荡的，稍微大点儿声说话似乎都有回音。

李靳屿圈着她，一手撑在车门上，万年不变的运动衫拉链封到顶。叶濛背靠着车，一边听他说话，一边心不在焉地低头玩着他拉到顶的拉链，来回拨弄着。

“好，我知道，你以前跟我说过，你想陪着奶奶嘛。”

身旁似乎有车要出去，车灯骤然亮起，叶濛下意识地眯了下眼，然后在辚辚滚出的车轮声中被人吻住双唇。他吻得越来越娴熟，叶濛险些站不住，攀着他的脖子。

吻完，他不禁低头笑了下。

“说句可能会被打的话，我还是想陪能一起睡的人，当然我还是祝奶奶长命百岁。”

“我只是个能睡的人是吧？行啊，李靳屿，你现在真是越来越不要脸了。”叶濛作势要踹他。

李靳屿笑着躲上车。

晚上。

“什么时候回去？”

李靳屿关掉灯，拿被子严丝合缝地罩住两人，连同脑袋一起罩了进去。叶濛感觉到四面八方濡湿温热的气息，自己像被蒸馒头一样。黑漆漆、热烘烘的环境和他宽阔温热、充满生命力的身体，意外地显得温馨，仿佛全世界就只剩下这抵死缠绵的一方天地。

叶濛：“看你的表现。”

“怎么表现？”他压着她，声音沙哑地问，“嗯？姐姐你想要吗？我可以用嘴的。”

“李靳屿，你就是个臭流氓。”

他附在她耳边，笑得整个人发颤，还不要脸地补了句：“我认真的，真可以。我不嫌你。”

“内衣都不会解吧你？”

“我又不是智障。”

叶濛困得就差拿俩火柴撑着眼皮：“睡不睡？”

“你真的不要？不难受吗？听说三十岁的女人，嗯……”

“李靳屿，你信不信我打爆你的头？”

叶濛没到三十，却也有了三十的危机。李靳屿虽然比她小两岁，可男生又不显老，加上他那张怎么捯饬都略显张扬的英俊脸，看上去也就像个干净清瘦的二十出头的小哥哥。

年纪这个话题一旦被提及，叶濛也免不了俗地多想。

第二天清晨她特意起了个大早，破天荒地在厕所里开始化妆。老太太养的都是糙糙的男孩儿，早上洗漱也就瓢泼水的工夫，不会耽误太久。见叶濛半天没出来，老太太也挺好奇地扒拉着门缝看，只瞧叶濛一笔笔、大匠运斤地往自己脸上描画，蛾眉曼睩，瞧着尤其精致。

“真好看，像十八岁的小姑娘，嫁早了，李靳屿捡着便宜了。”

老太太哄叶濛比李靳屿还上道，全拣叶濛爱听的话说。叶濛被逗乐，转身靠在洗手池上惨兮兮地向她告状：“李靳屿昨晚嫌我年纪大。”

老太太一拍大腿正要怒，不等她开口，厕所门被人警告似的咚咚敲了两下。

李靳屿刚睡醒，睡眼惺忪地从门口路过，没停下来，径直去给自己倒水，伴着清澈的倒水声，意味深长地淡淡提醒她：“别乱告状，结合下当时的语境，我说那话是什么意思，要不要当着奶奶的面给你解释一下？”

叶濛正在卷脑门上的空气刘海：“你给我闭嘴。”

李靳屿倚着餐桌喝水，笑了下问：“早餐吃什么？”

叶濛突然想起来，顶着刘海卷从厕所出来像个无头苍蝇似的找了一圈。

“找什么？”李靳屿放下水杯问。

“昨天在超市买的那袋东西呢？”

“在我背后，”李靳屿靠着餐桌，人高高大大的，将东西挡了个结实，把袋子从背后拉出来，说，“没来得及收拾。”

叶濛把她买的吐司面包挑出来，塞李厨师怀里：“我要吃三明治。”

“昨天不说。”李靳屿颠了颠手中的面包说，“家里没沙拉酱。”

“我买了果酱，什锦味的，裹上一层也很好吃。我妈以前就给我做这个，很想吃。”

李厨师看了她一会儿，成功地掌控住了叶濛的胃：“求我。”

叶濛瞧着他这嘚瑟劲儿，下一秒面无表情地转头，冲厕所门口的老太太一笑，撒着娇央求道：“奶奶，李靳屿——”

李靳屿一把捂住她的嘴，搂着她的脖子连人带面包地拖进厨房，不给她告状的机会。叶濛像条从水里被活捉上来的鱼一样乱蹦跶地挣扎着：“哎，我的妆还没化完呢！”

李靳屿不容分说地擒着她的两只手，牢牢地把她压在流理台上：“别负隅顽抗了。”

然后他把她脑袋上的刘海卷摘下来丢在台上，又问了一遍昨晚的问题：“说吧，我要怎么表现？”

叶濛没想到他这么孜孜不倦。

她悠悠地说：“我还没想好呢。”

李靳屿松开她，低头去拆面包袋，闷声说：“行，你就故意吊着我。”

“哪有，我吊谁也不吊着你啊。”

“养鱼呢你？”李靳屿转身给她烤面包，“没有面包机，给你煎一下？”

“好。”叶濛这次自动自发地钻进他和流理台之间的缝隙里，抱着他，仰头讨好地在他的唇上亲了下，又把脑袋埋进他怀里抱着他，听着他平稳有力的心跳声，仿佛一个喃喃自语的木鱼，抚慰着她躁动的心。

时间好像变慢了，她仿佛能看见窗外那些花朵渐渐变色，万物有条不紊地生长，不知名的种子似乎也在角落里千岁一时地抽出嫩芽。这个男人就好像立在烟火人间，可又偏不在俗世间。

他怎么可以那么安静？怎么可以那么治愈？

“李靳屿，你可真是个宝贝。”叶濛如获至宝一般收紧胳膊。

下午，巷子里有人在噼里啪啦地做糖炒板栗，锅铲砰砰啪啪跟交响乐似的响，空气中弥漫着一股甜甜的香气，又有点儿像有人在烤面包。

两人在屋里，开着窗，一个看书，一个饶有兴趣地玩着电子琴。叶濛怕吵着他，想说要不要出去看会儿电视，李靳屿不让走。

谁料那股香味越来越浓烈，叶濛嘴馋："老公，我想吃糖板栗。"

李靳屿正在看申论，抬头扫她一眼，合上书道："我现在去给你买？"

叶濛想了想，不想打扰他看书，又给忍住了："不要、不要，你先看书吧。我出去看会儿电视，这里太香了。"

李靳屿站起来把窗一关，又拿起桌上的运动香水喷了下，瞬间盖住了刚才空气中浓烈的香甜味。

叶濛明白了，李靳屿就是不想她走。她逗他道："宝贝，你可真黏人。"

"没你黏人。"他反驳道。

"是吗？那我现在走咯。"她威胁道。

李靳屿瞪她。

叶濛笑得不行，过去捧着他的脸，轻轻啄了下他的唇："你怎么这么可爱。"他怎么这么让人疼得想下手呀。

两人一站一坐，叶濛站在他的椅子背后，李靳屿靠在椅子上，仰着脑袋。两人交错着寻找彼此的唇，密密地同彼此接吻。窗外的春光似乎落了进来，满室旖旎芬芳。

好一通狠亲之后，叶濛直起身，看见桌上压着一张他手写的曲谱。没有歌词，叶濛便看不懂，以为是他原创的，藏得这么好。

"不是原创的，"李靳屿抬头瞥她，随口说道，"看不懂吗？"

叶濛白了他一眼："你故意讽刺我吗？我唱歌什么样，你没听过？"

李靳屿被她提醒，蓦然想起那首《少年中国说》，笑着低下头去，叹了口气："我当时就应该录下来。"

"干吗，留着以后嘲笑我？"

"让你自己看看当时你追我是什么样子，现在追到手又是什么样子。”

叶濛听这话有哀怨的意思，低下头去捏他的脸：“我对你不好吗？你这么大的怨气。”

李靳屿还是刚才同她接吻的姿势，仰着头乖乖地任由她捏自己的脸，手在她的脑门上轻轻地弹了下：“结婚都快一个月了，你跟我睡过几晚？”

“有的是时间，你着什么急？”

李靳屿直起身道：“中国女人的平均寿命是七十九岁，我虽然比你小两岁，但是中国男人的平均寿命也只有七十四岁，算起来咱俩还能相处的日子也就剩下四十来年了，你觉得时间很长？”

“四十年还不长？”

“你觉得几年算不长？”

“十年吧，十年一个轮回。”

他瞥她一眼，视线落回到书上，若有所思又冷淡地边点着头边说：“行，那咱俩三十年后再见吧。”

叶濛没听到这话，注意力已经被谱子最底下的那句话给吸引走了，默默辨认了一遍，居然是她当初发在朋友圈的那首歌。

“这是戳爷的谱子啊？是那首*For Him*？”

叶濛拿着谱子在他面前晃了晃，掌握了把柄似的，笑眯眯地问：“为了我学的啊？”

李靳屿一把夺回谱子，冷冰冰地道：“三十年后再来吧，小店已关张。”

叶濛笑着俯下身去吻他。

“你真是可爱。”

李靳屿将她拽下来按到腿上，猝不及防地反口咬住她，颇有技巧地去缠她的舌头，

叶濛被他挑逗得频频失守，一下没接住招，小声地质问道——

“你、你、你，你是不是看什么不正经的东西了？”

“嗯。”

暮色四合，黑漆漆的夜幕静静笼罩下来，粼粼的清水河像一条银丝带般蜿蜒漫长，一眼望不见尽头，像是一条不归路，潺潺地延伸至不知名的远方。

小院里响起零星几声急促的狗吠，家里来客人了，还是位不速之客。

叶濛当时在睡觉。两人如胶似漆，一下午没出过房门，后来叶濛索性坐下来陪他看书。李靳屿靠在椅子上，一边看书一边漫不经心地把玩着叶濛的手。

叶濛任他捏着自己手，脑袋贴在桌上欣赏她老公的背书英姿，居然也没审美疲劳，好像也能消磨时间。临近傍晚时，叶濛终于撑不住了，眼皮颤颤巍巍地开始打架，最后慢慢严丝合缝地贴上，彻底睡过去。

李靳屿也没叫醒她，换了本行政能力接着看，两人的手就没松开过。

不速之客是李靳屿的表婶。钭菊花子孙缘薄，膝下就一个独孙，亲戚关系也淡薄，唯独剩下一个妹妹与她相依为命。妹妹那支家族人丁兴旺，子孙满堂，但都无甚出息，除了杨天伟的爸爸，前几年不懂事好赌欠了一屁股债，这几年才算老老实实地在广东做生意还债。其余的几个人天天游手好闲，躺在家里睡大觉还做着发财梦。

这表婶便是其中之一，一登门准没好事，不是借钱就是给李靳屿做媒。

“这年头，媒人也难做。”叶濛在表婶进门的瞬间就醒了，因为平安一直在叫，似乎也不太喜欢这个来客。

她刚睡醒，口干舌燥，睡眼惺忪地趴在桌上可怜巴巴地抠着李靳屿的手心：“老公，我口渴。”

李靳屿这会儿不想出去同表婶正面交锋，靠着椅背翻着书，欠扁地懒懒问道：“口水喝吗？”

叶濛一只胳膊垫在脑袋下，另一只手牵着他的手互相把玩着，笑趴在桌上，眼神忽然下移，逗他：“喝别的可以吗？”

“喝什么？”

李靳屿没反应过来，茫然地瞧过去，对上她意有所指的眼神，视线也跟着她不由自主地下移，突然反应过来，莫名地被呛到，猝不及防地剧烈咳嗽起来，然后忍不住笑着骂了个字。

叶濛笑趴，眼里像晕染了此刻窗外的胭脂云，清丽又有着随风而动的肆意和漫不经心。

客厅里，平安终于不叫了，安静地趴着。

“李靳屿在家啊？”表婶听见咳嗽声，往李靳屿那间紧闭的卧室门瞥了眼，对老太太说，“怎么都不出来见见婶呢？”

“人家在里头陪老婆，”老太太坐在轮椅上盖着小毛毯，翻了个白眼，“谁要陪你这个老婆子。”

表婶面露异色，惊诧地道：“哟，李靳屿结婚了？”

“嗯，”老太太不露声色，“还没来得及通知，等他俩办酒席再通知你们。”

表婶忍不住好奇地打听：“哪家的？”

“到时候你不就知道了？”老太太不太耐烦地道，“你今天到底来干吗？”

表婶心道，瞧老太太这态度，估摸这孙媳妇儿也不怎么拿得出手。于是她清了清嗓子，端正了一下坐姿，小声地刺探了一句：“听说李靳屿他亲妈在北京有个挺大的古董公司？”

老太太冷眼瞧着她：“关你什么事？”

表婶讪讪一笑道：“是杨高义，高义觉得在镇上没什么出息，想去北京发展发展，能不能让李靳屿的亲妈帮帮忙啊？大家都是亲戚，你看杨天伟现在在北京混得不错，听高义说，杨天伟昨天买了一双球鞋就两千块钱呢。”

老太太是老，但还不糊涂，明白了这话的意思。

她儿子这是瞧上杨天伟在北京过上了好日子，目中涂朱眼红上了，也想找途径去北京发展。

“你从小就把杨高义惯坏了，他可没杨天伟能吃苦。”老太太讥讽地道。

表婶立马说：“高义能吃苦的，这孩子生来我们家哪里享过什么福呀。你看别人家地底下随便挖个什么宝贝出来，一倒手几套洋房就到手了，咱们家这块地守了这么些年，啥宝贝都没出过。”

宁绥也有千年历史，镇上倒古董的人数不胜数，早年发家致富的家庭也不计其数。杨家兄弟死守这块地不愿离开也是有原因的，因为总有农民三不五时地从地里挖些宝贝出来，再找外地文物贩子一倒手，赚得盆满钵满。那时候是僧多粥少，后来政府专门划了几千亩地作为文化遗址保护，在新文物法修订之后，严厉禁止倒卖文物，再有出土的宝贝全都强制要求上交地方文物局，私下倒卖文物的人一律重判。

重刑之下，人们收敛了许多，文物贩子不再猖獗，但都转为地下。时至今日，镇上还有不少贩子蹲点。有些农民在自家地底下挖出宝贝还是不愿意上交，就偷偷找文物贩子给卖了。

别人家的田地就跟观音点了圣水似的，寸土寸金，直往外冒人民币。他们杨家地震也震不出来几两宝贝。表婶一家算是心灰意懒了，于是瞧着前两天杨天伟发的朋友圈，心生妒意，便想来找李靳屿这个便宜表侄寻个路子。

两人屋里还是刚才的氛围。叶濛没了睡意，一只手垫着脑袋百无聊赖地趴在桌上，玩她老公修长的手指，时不时亲两口他的指尖，看起来是真稀罕。李靳屿任她闹，偶尔记到兴头上，会去拧她的耳朵，让她别闹，安静一会儿。

叶濛无聊得紧，下巴搭在桌上，终于忍不住问：“宝贝，你还要看多久？”

“无聊了？”李靳屿问。

“有点儿。”

李靳屿把书一丢，把她拉过来摁在自己叉着的腿间，自己则懒洋洋地仰在椅子上看着她：“先陪你玩会儿？”

叶濛坐在他身上，玩他胸口的运动服拉链，说：“你怎么不问我那天勾恺为什么在我家？”

李靳屿看她毫无章法地拉开拉链又封上，任由她来来回回地折腾，垂着眼角，低声说：“不想问了。”

叶濛叹了口气，俯下身去捧他的脸，把事情一五一十地娓娓道来，最后同他鼻尖蹭鼻尖，讨好地说：“你以后吃醋也要看对象好不？勾恺长得又不帅，而且还那么矮，我又不是疯了，放着盘亮条顺的老公不要，去外面偷吃？”

两人面贴面，呼吸近在咫尺，温热濡湿的气息喷洒在彼此的脸上。

“盘亮条顺是形容女人的，你是不是找打？”李靳屿一点儿都没有威慑力地说。

叶濛毫不留情地点破他：“装什么？听我这么说，你心里明明很爽。”

两人贴得极近，余光里全是彼此火热的眼神。李靳屿很想亲她，最终还是忍了忍，咳了声，装模作样地说：“没有，一般般爽。”

叶濛笑倒在他身上。

两人闹了一会儿，却听门外的人吵了起来。

两人对视一眼，二话不说站起来出去。表婶一见李靳屿出来，眼睛一亮，立马丢下老太太朝他们这边疾步过来。

老太太腿脚不便拦不住她，只能急赤白脸地在她身后怒吼：“你跟他说也没用，那女人跟我们家没关系！”

表婶不管不顾地径自朝他们这边走来，看了眼李靳屿身后的叶濛，先问：“这是你的老婆？”

李靳屿不冷不热地嗯了声：“你有事吗？”

表婶便将在外头跟老太太说的话又啰啰唆唆地对李靳屿重复了一遍。

李靳屿越听面色越冷，一声不吭，但始终没有打断她。

等表婶终于絮絮叨叨地说完，他才说：“对不起，帮不了，我妈不认我。”

叶濛心疼不已，看着他越来越冷的冰山脸，眼底聚着从未有过的寒气。

表婶仍不知好歹地道：“她怎么会不认你？你好歹是亲生的，天下没有不爱孩子的妈——”

“她就是。”

“你是不是不愿意帮忙啊？李靳屿，你可不能这样，”表婶压根不听，倚老卖老，不依不饶地强人所难道，“这件事我还就交给你办了，你可得给我办得漂漂亮亮的——”

叶濛哪还听得下去，把李靳屿拉到自己身后，温柔地打断她道：“表婶，您还有事吗？”

表婶心中打了几年的如意算盘，仿佛在这刻停了。

老太太跟妹妹相依为命，自己膝下无多子，所以对妹妹那族的孩子们也总是心软。她有时候手头不宽裕或者杨高义需要添什么大件东西的时候，便过来跟老太太卖惨，老太太二话不说都是掏家底给钱。说起来老太太也真像宝藏，怎么掏也掏不完。每回她来老太太总能给个八千一万的，够他们家半年的开支了。这一老一小，一个行动不便，一个不太计较，表婶看准了他们好捏，一捏就捏了这么多年。现在突然凭空冒出个女主人，这便意味着她以后没那么好找老太太要钱了。

表婶心头自然不悦，看叶濛那护老公的劲儿，一个连妈都不认的弃子而已，不知道的人还以为是什么镶钻的宝贝呢。表婶嘴很脏，把她逼急了什么话都往外蹦，泼妇骂街都不够形容的。但此刻毕竟有求于人，她还是忍了忍。

“叶濛是吧？我是李靳屿的表婶，杨高义也是李靳屿的表弟。年轻人嘛，我们希望他能出去闯一闯——”

“我听到了，您说过了，”这表婶说话啰唆，一句话来回说，叶濛没李靳屿那么好的耐心，直接打断她道，“李靳屿不是说了他帮不了吗？这样，我建议您上招聘网看看。”

“什么网？”

“58同城、大街网，实在不行，您上世纪佳缘看看，说不定就有富婆喜欢替你养儿子。”

这人是骂她儿子啃老？

表婶听出了这话里的讽刺意味，脸上有点儿挂不住：“你怎么说话的？”

“您不是听不懂人话吗？这话您倒是听懂了？”叶濛笑了下，“李靳屿说他帮不了，您怎么跟聋了似的？”

叶濛打一巴掌给一颗糖，眼看表婶脸色急转直下，立马说：“您让杨高义联系我吧，我或许有办法。”

表婶一愣，神色迅速缓和："你说真的？你是做什么的？"

叶濛开玩笑地说："贩卖人口。您不相信我就算了。"

表婶这会儿心都吊在叶濛身上了，哪还敢质疑，刚才那点儿不痛快如同过眼云烟，她立马笑眯眯地说："你给我个电话，我回去让杨高义联系你！"

等表婶一脸满意地离开，屋里的一老一小外加一条狗都不太满意地看着叶濛。

李靳屿转身回屋，叶濛跟了进去。这回门敞着，两人压根没顾上关，他坐下，把叶濛拉到自己腿上坐着："你这么喜欢管闲事？"

叶濛惊叹道："没心肝，我是心疼你。"

"我不想你跟那些人扯上关系，他们就是吸血虫，有第一次就有第二次，永远不知道满足。还有，你在北京哪里来这么大的面子？啊？你要是因为这件事欠勾恺人情，我弄不死你。"他仰着头，警告似的，猛地掐了一把她的腰。

叶濛怕痒，笑着躲开。

李靳屿更不悦，一个劲儿地掐她，没轻没重地在她腰上捏，表情恶狠狠的，看似又只是在逗她："躲什么？啊？躲什么躲？嗯？"

"我又没说真帮他找，你急什么？"

李靳屿："那你就不该答应，表婶这人，你答应的事要是不做她能烦死你。"

"哎呀，"叶濛央求道，"我说了我有办法，你就相信我行吗？老公，我要吃晚饭。"

李靳屿懒洋洋地去拿书："累了，不想做。"

叶濛说："行吧，那今天出去吃。"

李靳屿迅速又进入看书状态了："不要，叫外卖吧，家里吃。"

叶濛意会，笑眯眯地坐在他的腿上，笑他："你真的好黏人哦。晚上要不要一起洗澡啊？"

厕所门有一块是毛玻璃，李靳屿了如指掌地说："奶奶会偷看。"

"她现在就在偷看。"叶濛说。

李靳屿下意识地回头看了眼，老太太果然一边假装喂狗，一边时不时地往他们这边瞟。

李靳屿将视线转回书上，一动不动、装模作样地看了一会儿，然后随手将她从自己的腿上拽起来，冷淡地说："去关门，我想亲你。"

"稀罕。"叶濛关上门的同时，客厅里老太太嘴里也随之蹦出这两个字。

等两人再次一本正经地打开门出来，老太太嘴里又蹦出几个字："臭小子，假正经。"

杨高义很快联系上叶濛，发了自己的简历过来。

相比杨天伟，杨高义显得油嘴滑舌得多，还附了一句话："谢谢漂亮姐姐。"

叶濛没理他，打开简历扫了一眼。杨高义长得真的挺不错的，三庭五眼标准。她一边翻一边不自觉地说了句："你们家的基因真好啊，杨高义还挺帅的，跟表婶一点儿都不像，我怎么觉得跟你长得这么像？"

李靳屿冷嗤了一声。

叶濛当时没在意，只觉得他大概是听到她夸别人有点儿吃醋。谁知道呢？后来见到杨高义本人，她着实吃了一惊。她对照着本人和照片，眉目狰狞地对比了一下，一堆话堵在嗓子眼里，最终委婉地表示："你这图修得着实……有点儿过分哪。"

他这还是照着李靳屿修的吧？

杨高义解释说："李靳屿长得帅，我们家的弟弟们求职求学的一寸照都是拿他的一寸照去找照相馆修的。毕竟大家是表兄弟嘛，多少肯定有点儿像。"

像个屁。叶濛有点儿暴躁。

李靳屿可没有你这绿豆眼。

杨高义本人算不上难看，顶多就是五官周正，但就是照片修得太惊艳，看到本人落差感太大。她终于明白李靳屿冷笑什么了，合着他早知道了。

叶濛叹了口气，摊开手道："把李靳屿的一寸照交出来。"

晚上回家，叶濛还受了一波嘲讽。李靳屿在房里看书，见她回来，回头瞧她一眼，眼神戏谑又得意："怎么样？帅吗？我们家的基因是不是还挺不错的？"

叶濛愤愤不平地道："杨高义这个诈骗犯，居然还拿这照片当微信头像，他怎么不干脆拿你的照片当头像呢？"

她又觍着脸补了句："宝贝，你真的帅。"

"少来，"李靳屿随手翻过两页书，仿佛在拓印一样，头也不抬地随口问道，"吃了吗？没吃我给你做。"

"吃了。"

李靳屿挑眉："吃什么了？"

"海鲜日料。"

"啧啧，"他有些吃味地连连摇头，"请杨高义吃饭就吃海鲜日料，请我吃饭就去沙县连锁店是吗？"

"杨高义请的。我舍得花这钱吗？"叶濛弯下腰，就着微弱的灯光，俯身捧着他的脸去亲他，"我的钱，怎么可能给除了我老公之外的人花？"

窗敞着，窗帘没拉，殷红的桃花一簇簇地挤满枝丫。安静地趴在墙头的猫轻轻喵了一声，像是电影序幕的开场，呼朋引伴地前来围观。

李靳屿的记忆宫殿正叠到最后一个场景，还有两个知识点没堆完。

他仍盯着书，一边一页页扫过去，一边漫不经心地同她接吻。

等记完，他把书一丢，重重地在她的唇上一咬，低声在她耳边说了一句话。

"帮我弄。"

叶濛办事效率高，真给杨高义找了个机会，是一个职场面试节目，录取概率还挺高。

之前勾恺参加过这个职场节目，叶濛恰好认识那个节目的编导。她俩关系还不错，对方大致看了下杨高义的简历，爽快地比了个"OK"的手势："给你安排。"

一周后节目组工作人员就通知杨高义去录制。

头天晚上，叶濛接到邰明霄的电话，他跟勾恺下周要飞一趟法国，听说有个法国收藏家将中国流失海外近百年的“长钟鼎”拿出来拍卖了。

“那可是国宝。”叶濛震惊地道，“哪家拍卖行？”

“伽德。”郜明霄说，“现在业内所有收到消息的朋友都已经赶过去了，这次不是为了钱，是为了拿回本就属于我们中国人的东西。所以恭喜你，你的假期结束了，赶紧回来吧。”

第十二章 当年的目击者

中国近年来文物流失严重，追索难，因为难以界定流失海外的文物是否通过合法途径出去的。比如“长钟鼎”这种国宝级文物，百年前就被当时的文物贩子贩卖出境，无从追索。于是国内很多爱国人士便愿意用民间回购的方式收回这些国宝，摆在自己家里，好过颠沛流离地流落海外。

但其实文物局不太提倡这种方式。民间回购会盲目提升文物价值，不少文物会因为爱国人士一场激情四射的拍卖，令收藏家们临时起意盲目地跟拍，导致最后莫名拍出天价，甚至有企业会从中做文章，获取巨额的差价利益。

但这次“长钟鼎”突然现世，又是重量级国宝，也没人顾上文物局提倡不提倡，国内有钱的收藏家、拍卖行一窝蜂地全拥去了法国。而且这次郃明霄和勾恺同时出马，说明形势还挺严峻。重量级文物不比普通文物，不光国内收藏家们趋之若鹜，国外也有很多老眼虎视眈眈地盯着。

他俩匆匆离开，叶濛临危受命，得回公司主持大局。这消息仿佛一瓢冷水浇散了这两日的甜蜜。

叶濛心头惴惴地挂掉电话，回到房间，看见李靳屿在安静地看书，嘴里还难得地哼着歌，哼的居然还是一首甜甜的、跟他的风格迥异的英文歌，但意外地好听。

看来他的心情是真不错。

约莫感觉到她灼热专注的视线，李靳屿抬头瞥了她一眼，冲她勾了勾手，低头继续看书，懒懒地轻声道："过来。"

叶濛过去坐在他的腿上。

李靳屿逗了她一下，捏着她的下巴晃了晃，继续看书道："怎么这副表情，不高兴？"

"你下次再拿花洒滋我一脸，我罢工了。"

"你的技术太差，还不许我有点儿意见了？"

"这次是你自己要的啊。"

"行，我错了。"他看着书，抿了下嘴，非常不走心地道歉道。

"……"

叶濛坐在他的腿上，别开脸，佯怒道："认错太快，没诚意，我严重怀疑你下次还会再犯。"

李靳屿随手把她的脸掰回来亲了下，口气还是懒洋洋的："宝贝我错了。行吗？"

她那会儿就被这声宝贝叫得真的体会了一下什么叫心跳漏跳了一拍，说起来真有点儿飘飘然的感觉，血液汹涌而澎湃地在她的身体里翻滚。她很少有怦然心动的感觉，那天算一个瞬间，就好像——银河为之倾倒，黑夜里的繁星春水全部朝她滚滚而来。

叶濛不忍破坏气氛。一晚上她都有点儿心不在焉，窝在李靳屿怀里看电视也没滋没味的，麻木地一片片往自己嘴里塞薯片。她吃到第三包的时候，薯片被李靳屿随手抽走，举得老高不给她拿。他低头用下巴点了点："嘴都起泡了。"

叶濛拿着手机照了下，还真是。她仰头，噘了下嘴："亲亲就好了。"

李靳屿笑了下，低头在她的唇上啄了一口："要不要给你戳了？"

"别，戳了会起一片。"叶濛说着又从他怀里爬起来，穿上鞋。一晚上她就没消停过，喝水、上厕所，喝水、上厕所……

李靳屿二话不说把她扯回来，搂着腰摁在自己身上，不太高兴地道："你就不能老实待会儿？"

"宝贝，我想喝水。"

"别喝了，喝了一会儿又要上厕所。"

"可是我渴——"

李靳屿直接吻住她，一手扶着她的腰，一手扣着她的后脑勺，舌头不管不顾地探进去，低声哄着她："还渴吗？"

叶濛摇头："可是我想抽烟。"

"……"

两人坐在楼道口，安全栅门外是清水一般的月光，树梢、树缝间皆是茫茫月色。

叶濛坐在靠着墙的那边，茫然地看着门外。李靳屿则倚着楼梯扶手，一手插兜，一手自然地垂着，修长的指间夹着一支未燃尽的烟，有一会儿没抽，积了老长一截烟灰。他低头一声不吭地看着她。

楼梯间烟雾缭绕，一个成熟干练，眉眼间神色坦荡，一个清瘦干净，眉眼冷淡。

两人一站一坐，沉默地抽着各自手里的烟。自那晚之后，两人说戒烟就戒，但这件事不是蚯蚓断尾一刀两断的，偶尔还得来一两支。

叶濛仰着头，对着天花板吐了口烟圈，随口问了句："其实，宝贝你有没有想过跟郃明霄他们联系一下？毕竟听起来，你们的感情好像真的不错。"

李靳屿似是回神，手微微颤了下，烟灰扑簌簌往下掉。他有所感应，低头随手弹了下烟灰，薄薄的眼皮很冷地耷拉着，头也不抬地说："我有你就够了。"

叶濛愣了愣，靠墙瞧着他，烟叼在嘴里任它慢慢燃烧，一口没抽。

这话听着悦耳，却像一块沉沉的大石头压在她的心口，她一下没喘上气。

李靳屿见她一直不说话，低头笑了下，也没抽了，直至手里的烟自然地燃尽，问了句："我是不是让你有负担了？"

叶濛低头，把烟灭了："没有。"

她觉得李靳屿仍然把所有人拒绝在外，他只是把她拉进了他的世界里，然后锁起来。这几天叶濛一直纵着他，陪他大门不出二门不迈，陪他看书、接吻，取悦他，哄他开心。两个人看起来如胶似漆、浓情蜜意，但这种相处方式多少有点儿病态。

激情的潮水退去之后，粗糙、凹凸不平的礁石和淤泥才会浮出水面。

她在北京有朋友，有事业，有忙不完的电话和文件，而只有她的李靳屿要忍着寂寞和空虚，面对这一地滩涂，面对那些狰狞不堪的礁石。

就上次那样，他都那么想她。而且这几天两人形影不离，又这么如胶似漆，她去了北京，李靳屿怕是真会疯。

"等你从北京回来就好了。"李靳屿眼神有点儿乱，他低下头去，一下一下地踉着烟，就是不看她。

"这次我可能没那么快能再回来，"叶濛叹了口气，又给自己点了支烟，把打火机丢到一边说，"宝贝，我不是一定要逼你回北京，但你不觉得你跟这里格格不入？你是真的喜欢这里，还是只想逃避？"

李靳屿一声不吭地弯腰捞过烟盒，就着她嘴里的烟头又点燃一支烟，靠回去，声音冷淡下来："你想说什么？"

"我就是希望你能有自己的朋友圈，有除了我之外，能跟你分享喜怒哀乐的朋友。你没发现，你现在的生活都是围着我转吗？"

李靳屿冷嘲道："你还是觉得有负担。"

叶濛立马举手做发誓状："我真没有，如果你能像杨天伟一样乐观开朗，你怎么围着我转，我都没意见。"

李靳屿却看着她问："你是不是明天要去北京了？"

"对，但这跟我们的谈话无关，我只是怕你——"叶濛没瞒他。

"怕我太想你，怕我缠着你，是吗？"

"不是——"

"我不会了。"

叶濛愣了："啊？"

李靳屿一手插兜一手夹烟地倚在栏杆上，在沉静如水的月光中，仰头盯着天花板看了一会儿，把所有的情绪都压了回去，滚着喉结最后吸了口烟，烟雾从他的唇间、鼻间慢慢地逸出，压抑隐忍的目光落到她身上，他说："我这次不会打扰你了。你想我了给我打个电话就行，我等你回来。不管多久我都等，行吗？"

叶濛叹了口气，发现自己鸡同鸭讲，再说下去也毫无意义。李靳屿只会觉得她是怕他打扰她工作。

晚上李靳屿雷打不动地看书到两点。他的自控力真的没话说，就算第二天天塌下来，该做的事情他一件不落，有条不紊地做完再睡觉。墙头的猫都叫了两轮春，月亮高高地挂在天边，静谧的街巷陆陆续续响起一些细碎的声音，他才关掉灯。

李靳屿把叶濛亲醒了，叶濛迷糊间在他怀里寻了个舒服的姿势，脑袋埋在他的颈窝里，浑浑噩噩地汲取着他身上的气息，低声说："李靳屿，你要是想我了，可以来北京找我，我给你买机票，奶奶和平安可以送去我家。行吗？"

"嗯。"

别说他，这次她都有点儿舍不得离开。他们紧紧相拥，像两条相濡以沫的小鱼，纠缠在一起，抵死缠绵。

一周后。

"长钟鼎"被一位英国收藏家Oliver以450万欧元的高价拍走的消息上了热搜，国内一时间舆论哗然，而彼时国内有一家名叫瀚海阑干的拍卖公司被推上了风口浪尖。

"这次要不是瀚海阑干紧咬不放，也不至于被Oliver捡这个空子，"邰明霄一下飞机就忍不住跟开车来接他俩的叶濛吐槽，打开空调说，"李凌白这几年做事情越来越激进了。"

叶濛将车子驶上高架，闻言愣了愣："李凌白？这次她亲自出马了？"

叶濛对这次的情况一无所知，但对瀚海阑干和李凌白是略有耳闻的。瀚海阑干是业内知名的国际拍卖公司，家大业大，客户遍布全球。更可气的是，人家背靠着一座偌大的金山——瀚海集团。

如果不是这次吵架，李靳屿将自己的身份对她和盘托出，她这会儿都不知道他妈叫李凌白。李凌白在业内因为雷霆手段而大名鼎鼎，做事情也算是颇有分寸的。所以她这次失手，又导致国宝“长钟鼎”流入英国，业内人士对她的印象算是大打折扣。

郜明霄对那晚的拍卖会仍是耿耿于怀：“‘长钟鼎’这次吸引了很多国内外的大拿拍卖公司，最巧的是，瀚海阑干的老爷子不太行了。瀚海底下分支较多，内部互相斗法。我猜李凌白这次对这‘长钟鼎’志在必得跟老爷子有很大关系。李家老爷子早年在瀚海集团有不少股份，也是瀚海的大股东之一，这么一块大肥肉，李凌白还能不出马啊？她必须得拿回‘长钟鼎’向老爷子邀功，不过这回马失前蹄了。要不是她紧咬着不放，价格根本不会被抬得这么高。这就是文物局最怕出现的情况，价格高出文物实价致使文物流到国外，想再追回这件国宝就难了。”

郜明霄还有些愤愤不平，忍不住骂了句脏话：“我听说李凌白去的时候，就脑壳疼。咱们小公司跟他们没法比，他们大公司一出手就是几千万人民币。叫到200万欧元的时候，老勾直接就放弃了，这价格逼退了很多华人。本来她以为这次宝贝非她莫属了，谁知道最后杀出来个英国人。这个结局我是万万没料到的。”

“这叫世事难料。”叶濛说。

她也没想到，李凌白成了她的婆婆，虽然李凌白不认李靳屿。

车子有条不紊地汇入车流，整座城市霓虹闪烁，瑰丽的夜色一点点映入眼帘，坐在后座上始终一言不发的勾恺突然开口：“我那天晚上给你打电话，你干吗那么大火气？”

“你被人打断好事，火气不大？”叶濛打了转向灯，没好气地道。

勾恺转头看向窗外，心情颇不错地欣赏着一闪而过的夜景，戳破了她的谎言：“别掩饰了，听你的声音你就是在跟他吵架。我跟你说了，你这老公配不上你。”

“是吗？”叶濛懒得搭理他，“随便你怎么觉得。”

李靳屿这周真的很乖，乖乖看书，乖乖地等着她打电话，偶尔可能会给她发一条消息。

LJY：“小院里的衣服给你收进来了。”

叶濛这时候会顺势问一句："好，你在干吗？"

LJY："看书。"

过了一会儿，他又追发过来一条，

LJY："奶奶用你的口红，我帮你把厕所里的口红都收起来了。"

濛："没事，给她涂吧，我用不完。"

LJY："她给平安涂。"

濛："奶奶跟平安开心就好，宝贝，我去开会。"

LJY："好，我去看书。"

然后两个人就再也无话，他就真的什么也不给她发，安安静静地等她忙完了再给他打电话。这么久了，他没发过一次脾气，没闹过一次别扭，朋友圈也安安静静的。

很久后，叶濛才从老太太的口中得知，李靳屿那段时间不是矫情，也不是卖乖，而是真的努力在学着像个正常人一样去喜欢她。

"他有时候很想你，书也看不进去，就一个人在院子里坐一天。

"我问他做什么，他说他的脑海里有一座记忆宫殿，他想把你放进去，这样以后一闭眼就可以看见你了。"

叶濛跟梁运安匆匆见过一面，王兴生的案子断了线索，一直没进展。市局现在也是焦头烂额，他们局长现在更是顶着重重五指大山，因为舆论压力不断，上头三令五申，不断下达破案期限。他们今年的奖金可能需要倒找了，这案子还是像一团乱麻，毫无头绪，连先前的线索也都断了。

他们局长还是把压力扛住了，放了话，但凡这案子有任何疑点都不能匆匆结案。

"对了，"梁运安说，"我们聊一下你妈妈那个案子。我始终觉得这两个案子可能存在某种联系。你妈妈的车是在九门岭的崖底发现的，对吧？"

叶濛点头："是。我妈是嫁到宁绥的，她偶尔会到北京古玩城帮人鉴定古董。"

"那次她也是去帮人鉴定古董？"

“是，那时我恰好在北京读书，我妈顺道过来看我。她来时情绪就很不对，但她有抑郁症，我当时没多想，因为平时她隔三岔五就会发一次病。我当时看着她吃完药就让她赶紧回酒店休息。”

“之后呢？”

“之后警察就找到我，说我妈自杀了。”

“你妈那几天去过古玩城？”

“嗯，怎么了？”

“哪个古玩城？”

“镇南古玩城。我不太清楚，只听我妈提过一次。”

“你没记错？”

“嗯。”

梁运安沉思片刻，随即问道：“王兴生是镇南古玩城的常客，会不会那次就是他找你妈去鉴定古董？”

叶濛摇了摇头。她没听妈妈提过这事，无从得知。

这一日，表婶又找上门来，一点儿好脸色不给，大声责问李靳屿：“你那个老婆呢？”

李靳屿刚打开门，兜头被吼了一句，不太耐烦地问：“什么事？”

表婶气急败坏，一个屎盆子不由分说地扣了下来：“我们家高义从北京回来了，但是不知道受了什么刺激，把自己关在屋里一天一夜，说什么也不肯开门！你那个女的到底对我们家高义做了什么？”

表婶说完，就地撒泼，一屁股坐在地上，死乞白赖地不肯走，也不肯让李靳屿关门。

李靳屿打电话给杨高义让他把他妈领回去，杨高义还挺听话，放下电话就跑过来了。看见眼前这胡搅蛮缠的一幕，他也是无语得很：“妈，你又发什么疯？”

表婶不管不顾，两腿一蹬抵着李靳屿家的门框，无赖地道：“妈还不是被你逼的！妈以为你在北京被人欺负了，这不是找你哥要个说法？”

人群密集的筒子楼里，哪家嗓门大点儿都会立马有人趴在窗上观望，别说这闹得惊天动地的，李靳屿家门口已经围了厚厚的一圈人在探头探脑地瞧好戏。李靳屿是挺冷淡的，但杨高义比李靳屿小四五岁，正是好面子的年纪，觉得丢人现眼，想把她拽走，可表婶就像一头蛮牛，怎么拽都纹丝不动。

杨高义气急，索性撒开了闹，把人往地上一推，暴跳如雷地将所有的火泼了回去："没人欺负我！我今天这样还不都是因为你？"

表婶愣住，万万没想到自己这向来乖顺的儿子竟然朝她动了手！

她忽觉世界塌了，歇斯底里起来，一把拽掉麻花辫，疯狂揉着头发，疯狂尖叫，眼底像燃着火光，一副要将叶濛生吞活剥的样子："那女人给你灌了什么迷魂汤啊？杨高义，你动手打你老娘！"

杨高义看着这个疯婆娘一样的妈，也不顾一切地喊道："是啊！我就是被她灌迷魂汤了！"

杨高义在北京是遭了些罪。节目组片场那几个老板嘉宾都不是省油的灯，说话一针见血，刀刀毙命。杨高义没怎么见过风浪，说话自满夸张，眼神又不够坚定，甚至对自己的人生计划也不够明确，一会儿说想从事行政方面的工作，一会儿又说对公关感兴趣，像棵墙头草飘忽不定，对哪个嘉宾都有点儿阿谀谄媚的意思，典型的见人说人话、见鬼说鬼话。

有个老板嘉宾提醒他："你这套手段在你们小镇上或许挺有用，但北京是个讲本事和理想的地方。本事我们暂时没看到，但是理想呢？你有理想吗？"

杨高义当时还没意识到问题所在，下意识地就说："有啊，科学家、医生，这都是我从小的理想。"

唰——二十盏灯毫不留情地瞬间全灭。

杨高义下了会场也没明白这到底是怎么回事。

叶濛站在会场外的监控器前看见了全程直播。杨高义出来后，叶濛看他情绪低落，神情恍惚，便带他去吃了顿饭。

包间里只有他们两个人，服务员热情有礼地守在门口，替客人添茶倒水。

杨高义突然就觉得这女人很有钱，长得还这么漂亮，白皙无瑕的皮肤，依稀可以瞧见皮肤底下青色的筋络。杨高义觉得她很像一朵睡莲，不说话的时候冷静孤傲，跟人聊天时又散漫肆意充满情趣，不过身上最吸引人的还是那股子烟火气。

她坐在包间里，给他倒了杯水，淡淡地问："知道为什么他们全都不要你吗？"

杨高义："你知道？"

"老板们都不喜欢听假话，"叶濛温柔地将水转给他，又给自己倒了一杯，说，"当然，他们也不太喜欢听实话。但有些人喜欢听实话，有些人喜欢听假话，比较惨的是，你刚刚在喜欢听假话的人那里说了实话，又在喜欢听实话的人那里说了假话。两头不讨好，没人会给你留灯。"

杨高义好像打开了新世界的大门，觉得叶濛有点儿特别，很少有女人会把话说得这么直接："你对他们好像很了解？"

叶濛笑了笑："我的老板之前参加过这个节目，跟他们有过接触，我不算了解。"

杨高义："我今天表现得很差吗？"

叶濛没说话了，良久才又开口："简单来说，这只是一场面试，影响不了你什么。"

当然，这画面如果播出去的话，那就完全不一样了，杨高义的表现基本上可以被网友截一段段小视频放在微博上评年度最尴尬求职表现。叶濛本来想让表婶认清一下她儿子的本质，但发现其实杨高义就是被惯坏了，因为没经历过什么风浪，显得有些单纯。

杨高义坐立不安地问："视频会播出吗？"

"编导姐姐考虑你年纪轻，会剪掉一些对话，不会对你有什么负面影响。"这其实是叶濛提的。

杨高义暗暗松了口气。

"拍马屁这门功夫你没学到位就别乱拍，不然很容易拍到马蹄子上。"

"人每一步都要踩在实处。你现在就像一个小孩儿，这边有个苹果想要去摘，那边有个香蕉你觉得不错，如果总是这样，你很快就会迷失在果园里走不出去。北京这地方诱惑太多，老板们最怕的就是这种人。他们最喜欢那种有坚定目标、始终知道自己想要什么的人，哪怕有的只是一个很小的目标。”

这是那天叶濛最后对他说的两句话，杨高义觉得很有道理。

这会儿围观的人越来越多，老远都开始有人驻足。

杨高义多少了解他的母亲，人越劝，她越来劲儿，不搭理她吧，她自觉没趣就消停了，所以他最后吼了一句：“我就是被她灌迷魂汤了，你要闹就闹，最好闹到全镇人都知道，你儿子被哥哥的老婆灌迷魂汤了！有意思了吗？”

这方法果然奏效，表婶脸上挂不住，看了眼始终没搭理她的李靳屿，一骨碌从地上爬了起来。

表婶走时，还骂骂咧咧地啐了一口围观的路人：“看什么看，你家没孩子？！”

晚上同事聚餐，难得三巨头都在，同事们热情高涨。酒过三巡后，一桌人倒了一片，勾恺又喝吐了，眼前一片狼藉，横七竖八地倒了一溜喝完的空瓶，筷子跟上香一样插在米饭里。

只剩下郜明霄嗑着瓜子跟公司里的小姑娘聊业内的八卦——小姑娘们听多了，也学鸡贼了，可不听他忽悠。

八卦说到上回郜明霄跟勾恺去法国拍“长钟鼎”的Oliver身上，这位英国绅士可是上过《时代周刊》的顶级精英。小姑娘们对他充满幻想，不满地驳斥道：“人家Oliver是绅士好吗？怎么可能是你说的那样？”

“造谣啊，郜总，小心人家告你诽谤。”有人威胁道。

“单纯，我跟你们老总可是亲眼看着两个法国女人排着队进他的房间的，注意，排着队。”

“你又不知道他们在房间里干吗。”

“行吧，反正你们女人就是崇洋媚外。外国男人就是好，我们中国男人就矮他们一截。”郜明霄最后又挣扎了一下，“真不是我诓你们，你们不信可以问叶总，她之前在广东拍卖会上见过这位Oliver。”

叶濛没怎么喝酒，神志清醒地靠在一边听他们聊八卦，偶尔抽烟，偶尔加入插科打诨，态度张弛有度。这会儿有半晌没接嘴，瞧着郜明霄往她身上引火，她才笑着说了一句：“你讲你的八卦，扯我干吗？”

郜明霄：“这都不能说？你也别太神秘了，你看看她们一个个对你好奇的眼神。”

万兴这家公司，老总和副总都不太神秘了，最神秘的是这个公关客户部的叶总。叶濛不太喜欢聊自己的事，跟人聊天话题永远围绕在别人身上，聊什么都行，聊到自己的话题时就会被她三言两语地带过。别的不行，插科打诨她最行。

她在北京没有归属感，所以活得不像在宁绥那样肆意。在北京，她觉得自己就像宁绥的李靳屿，心上也紧紧地关着一道大门。这也是为什么她能在那个小镇上一眼看到他就觉得他们是同类，只不过他们一个在北、一个在南。

所以她不相信李靳屿离开从小长大的北京，留在那个和他格格不入的小镇上会有归属感。

叶濛笑了下道：“你们想问什么？”

她本以为这帮小姑娘会问Oliver的事，谁知道她们争先恐后地蹦出一连串和她有关的问题——

“叶总的男朋友是做什么的呀？”

“叶总谈过几个男朋友呀？”

叶濛愣了愣：“我没跟你们说过吗？”

几个人一脑门子问号：“什么？”

“我结婚了，老公比我小两岁，在老家，准备考公务员。”

大家茫然，叶濛更茫然。她也没瞒着，怎么这帮小姑娘都跟刚认识她似的？郜明霄这会儿有点儿得意了，趁机挽回点儿印象分：“所以说嘛，你们说我嘴巴没把门，叶总结婚这件事我可一个字都没跟你们透露，我瞒得好吧？”

“……”

包括叶濛在内，众人响亮地齐声道：“这件事有什么好瞒的！！”

郜明霄：“……”

气氛一时沉默下来。

新来的小姜弱弱地帮郜明霄说话：“可能大家都觉得叶总不是那种会这么早结婚的人，所以都下意识地没注意。”

郜明霄颇有感触：“哎，小姜说得在理。”

大家对此意见倒是挺一致的，频频点头。

“我以为叶总怎么也得撑过三十五再结婚，毕竟优秀的女人总是热衷于单身。”

“听郜总说，追叶总的男人很多啊。我一直以为这几年叶总保持单身的原因，可能是眼光挑剔。冒昧问一下，老家那个弟弟是怎么逼你结婚的？”

众人万万没想到，叶濛会吐出一句让所有人跌破眼镜的话：“是我逼他的。”

他们很难想象，这个看起来成熟理智、做任何事都对分寸拿捏有度的叶总，居然也用逼婚这招留住男人。

“他在你们宁绥是首富的儿子？”

“不是，他跟他奶奶住在一起。”

是啊，首富的儿子怎么会准备考公务员呢？这听起来，怎么都是普普通通的一个男人。

就在这时，手机在静谧的包间里蓦然一振，是来自老家那个弟弟的两条消息。

李靳屿发来了他的身份证照片。他拍得很随意，懒懒地叉着的腿也入了镜，身后还有平安的半个身子。

身份证上的一寸照是杨高义那张精修照的正版图，男人眉眼分明，五官标准到无可挑剔，只不过眼神冷冷的，不如本人看上去有生气。

下一条是文字信息。

LJY：“有点儿想你，帮我买票。”

濛：“有点儿而已？”

LJY：“我想你想得手都酸了，行吗？”

李靳屿将奶奶和平安送到了徐美澜家去。钭菊花头天晚上还斩钉截铁地扭头说不去，结果第二天特地起了个大早，平时洗澡都要李靳屿三催五请的老太太，还破天荒地连带着洗了个头。李靳屿给她吹头发的时候，隐隐闻到了一阵痱子粉的味道："您长痱子了？"

"你才长痱子呢。"老太太嘟囔了一句。

她是用爽身粉来盖味的，都说老人身上有股味道，李靳屿不嫌弃她，叶濛也不嫌弃她，可叶濛的奶奶就不一定了。因为上次徐美澜来医院瞧她的时候，徐美澜身上可是香气扑鼻的。

吹完头发，钭菊花又骨碌骨碌地滚着轮椅回到房间，翻箱倒柜地找了半天，终于从箱底里找出一件新衣服，正要换上，一回头就瞧见自家那英俊的孙子正倚着门框似笑非笑地看着她。

别扭的心思被人看破，钭菊花难免有些窘迫，气急败坏地吼道："关门！老太太没尊严，换衣服随便看啊？"

李靳屿哪儿敢，尽管落魄至此，骨子里还是个绅士，对任何年龄段的女性都给予基本的尊重，小女孩儿换衣服他也知道找借口回避。刚回来那几天其实还挺不适应的，他从没住过这么小的房子。这整间屋子加起来的使用面积可能还没他以前住的房子的一个厕所大。李靳屿当时跟着老太太一进门，整个人就蒙了。

李凌白那么有钱，居然不给她前夫的妈妈买套好房子。老太太似乎知道他在想什么，立马给他解释说是自己不要的。老太太骨头还挺硬的，她说什么也不肯要李凌白的钱。

老太太本来不觉得这房子小，李靳屿一来，便知道小在哪儿了。李靳屿一个大高个儿，又是个正值青春年少的男孩子，一进门就像棵白杨树一样戳在屋子里。那时候电灯还是那种老式的挂灯，笔直地从天花板上吊下来，李靳屿那时候经常撞到灯。有时候老太太在屋里缝点儿东西，看见客厅里模糊的灯影摇摇晃晃，便知道他又撞上灯了，紧跟着就会听见一声低骂。

他骂的是男孩子们特有的口头禅，老太太也老听杨天伟说，李靳屿说得比较少，只有烦了、急了的时候才会蹦出一句。老太太当时还戴着老花镜在穿针，小心翼翼地将线穿过去，撇着嘴有模有样地跟着学了句，不满地嘀咕："有什么好骂的。"

李靳屿那时候怕上厕所尴尬，只有等老太太出去溜达了才起来，晚上又要等老太太彻底睡着了才去放水洗澡，或者点支烟抽。

他整夜整夜失眠，睡不着就整晚坐在小院里抽烟。他奶奶睡眠质量很好，不像一般老人家睡眠浅，有一点儿动静就醒。老太太睡觉雷打不动，不太起夜。他那时候刚从鬼门关走回来，对什么都潦草敷衍，也不太爱说话，对老太太也都是一副爱搭不理的样子，有时候烦了还会把她挣开。绅士的底线他能守住，绅士的风度那时候全无，他会极其厌世地赶她："您能别管我吗？"

老太太脾气也不太好，见这孙子不太好教训，把碗一摔，说道："你爱吃不吃，你要不是我亲孙子，我才懒得管你！"

李靳屿少年意气当头，一焦虑，也把抽一半的烟给摔了："那我亲妈怎么不管我啊？"

老太太这人向来节俭，见不得人浪费，也不管这小少爷以前是什么性子，从地上把那支烟捡起来拍了拍灰，将滤嘴塞回李靳屿的嘴里："要抽就抽完，下次再抽一半给丢了，小心我抽你。"

小少爷的性子其实还挺不错的，人人都夸他聪明有教养，但他一发病就像一只被囚笼困住的小兽，发出无力而张狂的嘶吼声。其实少年这种看似张牙舞爪的狠戾样子在老太太面前是有点儿虚张声势的。老太太风雨不惊，但脾气差，是真会动手那种，听说爷爷就是这么被她打死的。当然这只是镇上的传说，李靳屿知道爷爷其实是病死的。

李凌白从来不打他，只会使用冷暴力。老太太是真舍得下手打他，气极了狠狠拍他的背，就像郜明霄的外婆一样，拿着鸡毛掸子追着郜明霄气都不带喘的，能跑半个北京城。

李靳屿后来渐渐适应了，跟老太太的关系日渐和谐，脾气越来越隐忍。老太太倒是越来越别扭，大概是这几年身体不好，总是给他惹麻烦，老太太心里过意不去，以各种凶骂行为掩饰自己的情绪。

李靳屿对这些也都不当一回事，给她关上门，也没离开，背缓缓地靠上门。

他双手插在兜里，仰着头，后脑勺顶着门板，眼睛直直地盯着天花板，样子难得不懒散，认真地靠着，似乎在回忆这几年跟老太太相处的时光——脸上挂着的笑意渐渐被压平。大脑不过一遍不知道，过了一遍感觉像放电影一样，他直接从片头拉到片尾对比就显著了。当初那个盖世英雄一样坐了十几个小时的火车风尘仆仆地从宁绥赶到北京护着他、八面威风的老太太，好像在一夕之间老去了。她这几年生病，李靳屿也没觉得她有什么变化，也许只是因为朝夕相对，没太注意。所有的痕迹都刻在岁月里，只不过被她用细沙抚平了。风一吹，痕迹便露了出来，经不起琢磨。

他这段时间围着叶濛转，等回过神，才发现奶奶其实已经一个人走了很远了，那前头是什么，弥漫着层层迷雾，他看不清，而那迷雾后面不管是什么，总归不是他期盼的情景。

李靳屿有些难忍地闭了闭眼，背对着门板，低声说："奶奶，我很快回来。我去看一眼就成。"

"别啊，多看几眼，省得你整天想。"

钭菊花说完，哼着小曲，又给自己上了一层爽身粉，一捧捧粉末四处撒落着，床头柜上都落了一层白白的粉，好像尘封多年的灰。

前一天，北京。

梁运安约见叶濛。他今天难得没戴眼镜，换了一副隐形眼镜，穿着一件熨烫妥帖的白衬衫，扣子扣得一丝不苟，瞧上去又年轻几分。

"相亲去了？"叶濛笑着问。

梁运安叹了口气，还真是："没办法，家里人着急，就算悬着一脑袋人命我也得见见那姑娘。"

"怎么样，合适吗？"

梁运安脸红红的，看来是对姑娘挺有好感的："还行吧，我这工作也不知道人家能不能瞧上我。人家是个外科医生。"

叶濛难得见他露出这种不自信的表情："你以前没谈过恋爱吗？"

"谈过，五年，分了。"

叶濛不再追问。梁运安反倒一愣，以为她至少也会问一句谈了五年怎么分了："你这人真的很让人挫败哎。"

叶濛笑了笑，抿了口水："抱歉，个人习惯。我不太喜欢听人说分手，总觉得不吉利。"

梁运安诧异地道："没想到你还信风水。"

叶濛将话说得有所保留："做文物这行的人，多少信点儿，吃的就是风水这行饭，不说信仰吧，对神明多少有颗敬畏之心。"

梁运安点了点头，敲了敲桌子："说回案子吧。"

王兴生17号凌晨三点离开酒店，上了那台丰田车之后来到了九门岭，下车后便失踪了。之后警察再没在监控录像里找到关于他和秘书张丽的任何踪迹。直到18号九点有人报警，警方在车厂发现他的尸体。

这就是这个案件目前全部的时间线。因为王兴生的社会关系复杂，警方越往深挖发现他身上的谜团越多，所以只能从时间线下手，一点点抽丝剥茧。

"确定他17号来了九门岭之后就没离开吗？"

梁运安不太确定，照实说："这个排查量很大，做不到万无一失。"

如果王兴生没离开九门岭，17号这一整天待在这边干吗？又或者，他就算离开了九门岭，又去了哪里？为什么最后又回到这边？

"他们身上没有打斗过的痕迹，也就是说现场应该没有第三人。"

叶濛又问："车厂确定没有监控吗？"

梁运安说："确定，里里外外全查看过，唯独门口的保安室监控还能用，其他都是坏的。"

"保安室？"

"嗯，我们查了，无可用信息。"梁运安抿了口水，突然想起来，嗯了声，囫囵吞下水，说，"我昨天又去市局翻了下你妈妈那个案子的详细案宗，你知不知道你妈妈当时的案子其实是有一个目击者的？"

叶濛本来在看窗外，此时夜幕沉沉地压下来，商业街店铺林立，霓虹灯勾勒着CBD中心鳞次栉比的高楼。听见梁运安这话，她蓦然转回头来，眼神错愕，显然是不知道这事的。

她的反应像是在梁运安的意料之中，他这才娓娓道来："九门岭这段路八年前公路没翻修，还是野山路，没监控，所以成了这些富家子的飙车基地。特别是夜里两三点的时候，城里这些少爷有什么需要解决的私人恩怨就往那地方去。”

九门岭是鹳山区最危险的一段盘山公路，整条路段有十九个一百八十度急转弯，路窄弯急。那会儿路边还没装护栏，一边山崖险峻怪石遍布，一边壁立千仞高耸入云，仿佛在高空中游走于云雾间。驾龄十几年的老司机过这段路都会老老实实地摁喇叭，除了那些喜欢寻找刺激的富家小开，没人敢在这个路段生事。后来出了事，富二代们兜不住，警察把路封了，去年才重新开始修路加宽，但很多小急弯处还是没有监控。

梁运安说：“那个目击者，在你妈出事的第二天来警局报过案。”

“说什么？”

叶濛不知道怎么的，眉心仿佛连着心跳，跳得格外夸张，耳朵嗡嗡作响，有一瞬间似乎听不清声音。

梁运安二十六岁，看着面颊黝黑，成熟稳重，但实际比李靳屿还小一岁，警校刚毕业就被分到鹳山来了。大概是不太适应穿这么一丝不苟的衬衫，他生涩地一边低头解开领口的扣子，一边说：“说他当时看到车里有两个人，副驾驶座上还有一个男人。”

叶濛微微蹙眉问道：“他指认了吗？为什么当时警察没有告诉我这些？”

梁运安解完扣子终于舒坦了，抬头看着她：“警察不会告诉你的。”

叶濛蹙眉，坐姿渐渐僵硬：“为什么？”

“因为他第二天又否认了，说自己记错车牌了。”梁运安说。

“他现在在哪儿？我能联系他吗？”

“案宗上用的是化名，我晚上翻翻档案。”

晚上梁运安并没有给她电话，第二天中午，叶濛正要去见新河的老董事长，这人她跟了两年。董事长于文青算是个老收藏家，在业内颇具威望，去年在法国伽德的秋拍会上购回一个价值两亿的青花碗。就算不能合作，她想着能跟于老交个朋友也成。

但显然于文青看不上她这个黄毛丫头，更看不上他们万兴这家小公司。叶濛刚上车，车子缓缓挪出车位，助理便抱着一堆文件，坐在副驾驶座上把她的电话拎起来："梁警官。"

叶濛侧了下头，将头发拨到一边，塞上蓝牙耳机说："帮我接蓝牙。"

"我查到了，"梁运安在食堂吃饭，电话那边都是不锈钢盘子匆匆堆叠的铿锵声，"这人现在好像不在北京，户口也迁走了。"

车子慢慢汇入车流中，叶濛的车技其实还是很一般，急刹踩个不停，助理已经颤颤巍巍地双手拉上了车旁边的拉手，小声地道："姐，您开车都不看我这边的后视镜吗？"

叶濛扫了她一眼："哦，忘了。"说着漫不经心地看了一眼后视镜。

"……"

紧跟着，她问梁运安："叫什么名字？"

"嗯……"梁运安嘴里嚼着饭，心不在焉地又跟着纸上记着的名字和身份证号码对了一遍，才说，"李靳屿。"

叶濛以为是同音，又或者是自己太想他了，听错了。她严重怀疑是自己的耳朵出了问题，随即一把拽掉耳塞，直接让助理将通话外放到车里，压着几乎要跳出来的心脏，冷静地问："怎么写？"

但她的声音都是冷的，紧绷着，仿佛下一秒就要断掉。

梁运安隔着电话丝毫没发现她的紧张，一边匆匆埋头扒饭一边给她拆字解释："木子李、革字旁的靳、岛屿的屿。"

叶濛一个急刹，直接把车靠边停了："梁运安，把这个人的身份证号码发给我，谢谢。"

小助理瞧她这神色，有点儿坐立难安，小声问："咱们下午还去吗？"

叶濛一手搭着方向盘，一手捏着手机，冷着脸道："为什么不去？"

手机叮咚一声响，梁运安将身份证号发过来了。叶濛随之将昨晚李靳屿发给她的身份证照片调出来一一对照。

李靳屿。

110105199310280058。

晚上，李靳屿将钭菊花送到了徐美澜家里。

大门敞着，徐美澜正在厨房里使唤小姑做饭，小姑嫌她烦：“到底我做还是你做啊？不吃拉倒。”

徐美澜：“这么跟你妈说话，没教养。”她一转头，看见李靳屿推着钭菊花站在门口，笑眯眯地热情招呼道，“宝贝来了，吃了吗？”

“吃了，”李靳屿将钭菊花推过去，“我明天去一趟北京——”

徐美澜笑着打断他道：“知道啦，濛濛来电话啦，你多玩两天，奶奶交给我们。”

徐美澜笑起来跟叶濛很像，眼睛都是弯弯的，表情温柔又带着点儿调侃。

李靳屿没急着走，陪老太太待了会儿。老太太在家捯饬了一天，现在把自己打扮得跟个礼物似的，此刻看到徐美澜倒有点儿不好意思了，一言不发，时不时拿眼神瞟他。李靳屿觉得好笑，逗她：“害羞？”

“害羞个屁。”钭菊花骂。

徐美澜听见，啊了声。钭菊花瞬间又偃旗息鼓了：“没……没事。”

李靳屿突然发现，奶奶其实很喜欢徐美澜，她看徐美澜的眼神有点儿像看自己的女神。

叶濛打电话过来时，李靳屿在陪徐美澜聊天，没说两句就匆匆挂了。等他拨回去时，叶濛又去洗澡了。

最终等李靳屿从徐美澜家里出去，两边才算是接通电话。李靳屿一手插在兜里，一手将电话举在耳边，闲散地朝楼下走去，感慨道：“咱俩有时差吗，为什么总错过？”

“我也想知道呢，为什么总错过？”

“怎么了？”李靳屿站在黑漆漆的楼栋口。

叶濛憋了一天，终于忍不住说：“我妈的案子，你知道但为什么没跟我提过半个字？”

李靳屿愣了愣：“什么你妈的案子？”

叶濛吸了口气，仿佛在最后忍耐："我妈、九门岭、自杀的车。你想起来了吗？你当时报案说我妈车里还有个人。"

李靳屿沉默了仿佛一个世纪那么漫长。

叶濛没了耐心："说话！"

半晌，她听见话筒那边有司机嘀嘀嘀地鸣了几声喇叭，然后才听到李靳屿低沉的声音夹杂在风声里、喇叭声里：

"我没什么好说的，我真的不知道九门岭的案子和你妈妈有关。"

叶濛："好，我当你是真的不知道，那当初你为什么报案？后来又为什么说自己记错车牌了？"

李靳屿沿着昏暗的路灯往回走，最终在路边停了下来。

"我确实记错了。"他还是这么对叶濛说道。

叶濛心想，自己是不是太惯着他了："李靳屿，你是不是在赌我不舍得跟你发火？"

李靳屿确实不知道这件案子跟她妈有关。叶濛从没跟他提过，当初他其实找方雅恩旁敲侧击地问过，但方雅恩压根不知道北京当时发生了什么，只说叶濛的妈妈是自杀的，甚至连九门岭这个地方都没提过。

李靳屿无比清楚，此刻在叶濛心里，还是妈妈比较重要吧。

跟叶濛结婚这么久，他发现自己沉溺于跟她在一起的快乐中，甚至有些自私自利地刻意忽略了在他脑中可能出现的某种巧合。

他发现自己不是什么好人，过去不是，现在也不是。

"你发吧，我受着。"他说。

叶濛没再说话，直接把电话挂掉了。

李靳屿又拨了电话过去，不等他说话，她接起来劈头盖脸地就朝他泼了一盆火："别人说记错车牌了有可能，你有可能吗？你是不是觉得我喜欢你喜欢到可以忽略我妈的死了？你平时怎么闹，我都不跟你计较，但这是我的底线。如果你不告诉我实话，如果你抱着侥幸心理在赌，那我可以告诉你，你不用试探了，你没我妈重要。"

李靳屿好像不会说话了，在电话那边沉默着。

不知过了多久，叶濛知道他还在听，话筒里不断传来汽车鸣笛声，偶尔夹杂两声熟悉的叫卖声，唯独没有他的声音，连呼吸都若有似无。

“你还是没有什么话要对我说是吗？”叶濛问。

良久，他终于低声开口：“我明天还能去找你吗？”

叶濛开了扩音将电话放在洗手台上，撑着两手，低头静默地看着屏幕，最终咬牙说：“如果你没什么要对我说的话，就不用来了。”

他好像哑了，再也不愿说话。叶濛怀疑他把电话扔掉自己走了。

李靳屿坐在江边的石阶上。

一条腿伸直，懒懒地搭着，一条腿踩在台阶上屈着膝盖。他将手肘撑在膝盖上，指间夹着烟，一声不吭地坐在台阶上抽烟。电话就搁在他旁边，没挂断，开着扩音，也不知他有没有在听。

晚风徐徐地吹着，湖面荡着若有似无的涟漪，粼粼波光映在他深沉压抑的眼里。

他眼神不聚焦，散漫地盯着远处，眼睛微微眯着，连喷出的烟雾都比平时淡。他抽烟大多是排解情绪，一般吸进去就吐出来，连喉咙都不过。可今天，那烟丝在嘴里含了老半天，慢慢随着他滚动的喉结一点一点地往下吞，吞进肺腔里，狠狠扫了一圈，他才懒懒地吐出一些薄雾来，有时候甚至干脆不吐。

旁边扫地的大爷瞧这年轻英俊的男人抽烟抽得这么凶，仔细一瞅，嘿，红双喜，还不是什么好烟，于是心疼得直摇头。

叶濛看不见这边的情形，等了半天也听不见他有任何反应，狠了狠心下了最后通牒：“我不可能让你瞒着我妈的事而跟你在一起。你至少给我一个解释，不然咱俩就离婚。”

马路宽阔，行人匆匆，路灯昏黄得像萤火。

李靳屿站起身往回走，最后却停在巷子口。他站在那棵老樟树下，看着车来车往、人间万象。

咸鱼干大爷雷打不动地在巷子口练鱼，路口有个卖糖葫芦的老太太，路过的小孩儿都眼馋，拽着妈妈的手不肯走。妈妈说这玩意儿垃圾不能吃，弄得老太太窘迫地把摊位往旁边挪了挪。

他想如果是他跟叶濛的孩子，叶濛一定会买下糖葫芦，温柔地告诉孩子：就吃一个好不好？

他们还会有孩子吗？

李靳屿眼睛红红地看着小孩儿，那双清澈得如同黑玻璃珠子的眼里，映着灼灼的灯火。

他仰头看月亮，月亮不说话，高高在上地挂在天边，无论你悲伤、高兴、难过还是快乐，天一亮，它便沉下去，明天照常升起。

他又转头看路灯，蛾子在扑那灯火，一簇簇、一团团，明知没有结局，仍孜孜不倦地绕着那灯光飞。

李靳屿微微一仰头，眼泪落了下来。

他自己浑然不觉，直到路边那小孩儿多瞧了他两眼。

原来真正的难过，是眼泪掉下来自己都不知道。虽然他赌的时候早有心理准备，但没想到自己在她心里这么不堪一击。他不敢跟阿姨比。他哪儿敢。

第二天，叶濛的手机上收到一条飞机票退票通知。因为当时买票留的是她的电话。

“国航小秘书温馨提醒：李靳屿先生，您申请的退票订单538273228×××已完成退票手续……”

那之后一个月，两人一个电话都没打，微信聊天也在那天戛然而止，对话仿佛就成了结局，没人再更新。

叶濛有时候会给老太太打个电话，问李靳屿在做什么。老太太悄悄告诉她，李靳屿在看书。叶濛心里那块悬着的大石头好像就下去了一些。至少，他没有放弃看书。

“你俩怎么了？”老太太怕李靳屿听见，捂着话筒，声音像是从掖着的被子里发出来的。

“他这几天还好吗？”

“挺好的，看起来还挺正常的，就是不太爱说话。”

“那就好，您帮我好好照顾他，有什么情况跟我说行吗？”

“跟你说什么呀，你在北京又管不着。你好好忙你的，他一个男孩子，有什么事扛不过去？你别担心。”

结果不出两天，老太太便主动给叶濛打了个电话：“李靳屿好像病得挺严重的，最近一直咳个不停。”

叶濛把刚签完的文件交到助理手上，举着电话低声问：“上医院了吗？”

“没有，他不肯去。”

叶濛往后靠，仰在老板椅上，默默转了个圈，又坐回去，手搭回桌沿：“您把电话给他。”

老太太隔着房门冲里头嚷嚷道：“李靳屿，你老婆的电话。”

几秒后，叶濛听见一声开门声，然后熟悉的拖鞋声从听筒那边传来，耳边先是响过几声剧烈的咳嗽声。

时隔一个月，再次听见他的声音，叶濛觉得有点儿陌生。他好像变了很多，又说不出哪里不一样，整个人好像沉稳了很多，但还是连喂都懒得说，只低低地嗯了声，表示在听。

“奶奶说你咳嗽？”

“嗯。”他低低地应。

两人都犟着，这电话仿佛是一根无形的绳，彼此各占据一端，扯着、拉着，来回挣扎着，又静默僵持着，无非想将对方从电话那头拽回来，谁也不愿先松手。最终还是叶濛败下阵来，生硬地说：“去医院拍个片。”

老太太在看电视，正播到少儿不宜的画面，男女主角亲吻的角度拍得也挺热火的，都能看见舌头。老太太尴尬地把头别过去，李靳屿仰在沙发上，一把捞过遥控器索性把电视给关了，对着电话那头的人说：“不用，我没事。”

叶濛不容置喙地道：“我联系我二姑了。”

李靳屿拧了下眉，声音不耐：“我说了不用。”

叶濛连名带姓地叫他：“李靳屿！”

“你不用这么凶，我去行了吧！”他说。

叶濛也不知道自己这又是哪里凶了。

像是被自己的情绪呛住，李靳屿又忍不住咳了两声，冷淡地说：“你还有事吗？没事我挂了。”

电视一关，老太太就咕咚咕咚地滚着轮椅走了，客厅里只剩下他一个人。平安惬意地趴在小院外，盯着鱼缸里的小鱼。

“你还坚持是吗？”叶濛忍了一个多月，终于忍不住说，“警察已经查到李凌白了，你还瞒着是吗？死的那个新加坡华人收藏家17号上午去找过你妈。”

李靳屿：“所以呢，跟你妈的案子有什么关系？”

“没有，但是你妈被警方调查，这事提醒我了。你当时改口供，是不是跟你妈有关？”

“她对我那么差，我有必要这样做吗？”

“八年前，你就是个渴望母爱的大学生，我觉得很有必要。”

“什么话都被你说了，我说什么你都不信。”

叶濛失去了耐性：“那你倒是告诉我。你一个字都不说，到底是为了保护谁？”

“我他妈能保护谁啊？！”李靳屿突然大吼。

那边的人猛地就没声了，李靳屿深吸一口气，缓和了神色，说：“你先回来，行吗？”

“你觉得我现在还回得去吗？如果我妈的死真的跟你妈有关，你觉得咱俩还能过下去吗？”

“过不下去就离，我不缠着你。你先回来。”

“我不弄清楚这件事，不会回去。而且不弄清楚这件事，我不知道该怎么面对你。”

李靳屿忽然问：“你爱我吗？”

又是一阵沉默，李靳屿心头像是被人狠狠地剜了一刀，那刀甚至觉得不够似的在他心里头一下一下地钻着，他疼得发慌，觉得自己快疯了。他又哭了，这才一个月，快把他一辈子的眼泪都流光了。

李靳屿仰靠在沙发上看着天花板，一手拿电话，一手压着泛红的眼角，像是一摊烂泥，毫无情绪，一颗眼泪顺着他的眼角滑落。他无奈地笑了下，然后用手抹掉眼泪，坐了起来，腿大大咧咧地叉着，整个人颓丧地弓着背坐着。

他梗着脖子茫然地盯着她放在门口的高跟鞋，好一会儿才颓然地低声开口道：“我改口供是因为我哥。那晚的目击者不止我一个，还有我哥。但是我第二天怎么想也觉得不对，就去警局了。我不知道你妈的死跟我妈有没有关系，或许有吧，因为后来我在我家见到了那个男人。我哥怕我妈有麻烦，让我去改口供。尽管她对我很差，但我也不想她出事，所以答应了我哥。你也可以说我是个渴望母爱的畸形大学生。这就是当年我知道的那部分。你赢了。你跟我提离婚，知道我会难过，会舍不得，可还是提了。叶濛，你真的不爱我。”

李靳屿耗尽全身力气，挂掉电话，压着火气把手机往门上狠狠一砸，发出砰一声巨响。

然后他两手肘撑着大腿，埋着头不知道在想什么。

哭你妈。

他红着眼睛骂了句。

他哭了一会儿就站起身来，出去给平安倒了狗粮。平安似乎很感激他在这种情绪中还能顾及它的胃。他倒完狗粮，手机又响了。他以为是叶濛，可惜不是，是杨天伟发的一条消息问他在干吗。

他也不知道自己在干吗。

手机又振了一下，这回是个电话，陌生号码打来的，他直接挂断了电话。

然而手机又锲而不舍地响了起来。

李靳屿吸了口气，接通了电话。他这回连嗯都懒得嗯，静静等对方开口，如果是推销的人立马就挂，去你的绅士风度。

那边传来一个久违的声音：“靳屿，我是外公。”

李靳屿愣了愣，缓缓僵住，大脑忽然转不动。

李家环境复杂，子孙多，明争暗斗不断。李长津自十年前身患重疾，便卧床不起，说话也含混，人都认不全，才顾不上这些乱七八糟的事情。

但李家这么多孩子里，李长津偏最喜欢李靳屿，就连他也看出李凌白的偏心，但也无奈。李长津在时，李凌白倒不敢太造次，谁料李长津一瘫痪，她便同李靳屿断绝了关系。

这些事，躺在病床上的李长津自然是不知的。然而谁知道前些日子宣称病情恶化的李长津，这两日竟头脑清醒地能认人了。

这不，他刚醒来，听说自己这贴心孙子流落在外，立马二话不说地逼问其下落，然后一个电话就追到这里了。

“受苦了，靳屿。”

李靳屿对外公的印象还停留在高中时的情景。自他上高中，李长津生病后，他便没再见过外公了。

但李长津算是他这么多年在李家唯一的温暖存在了。李靳屿身上的风度、教养，还有钢琴技能，都是李长津这个顶级绅士手把手教的。

李长津温润地再度开口道：“过几天我派人去接你，你不要随你妈胡闹，谁我都可以不认，唯独你我不能不认。”

李靳屿拒绝了李长津。

四月，草长莺飞，芳菲尽染。

把话挑开之后，叶濛没再打回过一个电话，连老太太那边都不曾接到过她的电话。李靳屿也没给她打过电话，但偶尔两人会有几条微信联系，有时候是叶濛主动发，有时候是李靳屿主动发，对话言简意赅。

濛：“吃了吗？”

LJY：“吃了。”

濛：“好。我去忙了。”

LJY：“好。”

或者是——

LJY：“睡了吗？”

濛：“嗯。有事？”

LJY：“没。”

濛：“晚安。”

这种聊胜于无的对话在过去的一周时间里发生了数次，彼此都心照不宣，不去提那个敏感的话题。那晚的声嘶力竭和李靳屿的眼泪也始终没能打动叶濛，她只是在静静地等，等一个结局，等警察给她一个真相——李凌白是否无辜。无论李凌白和李靳屿的关系有多差，如果她妈妈的死真的跟李凌白有关，她不可能粉饰太平。任何事她都可以为了李靳屿不断打破自己的底线，唯独这件事，她无法说服自己。

李靳屿重新换了身份证照片，因为叶濛说那张一寸照看着有点儿压抑没生气，那是他十六岁的时候拍的，中间丢过一次，补办后有效期延续到2023年，他就一直没换。他努力挤出了一个笑，摄影师说“你还是别笑了”。但他发现怎么拍都没生气，一样死气沉沉的。

后来李靳屿无意间在家中看到了结婚证上的照片，笑得很张扬肆意，旁边的叶濛笑得温柔宠溺。

那天叶濛的话仿佛又在耳边响起——“你就是我眼里的小朋友啊，特别想疼你的那种。”

李靳屿低头看了眼日期，不过也就上个月的事情，却恍如隔世。

时间的长河里，他们好像虚无缥缈的沙砾，很快便淹没在芸芸众生之中，山海依旧，风雨不惊。有人喜结新欢，有人抛却旧爱，有人终于在茫茫人海中举杯相逢，也有人放下屠刀立地成佛。这世界每一天都在变化着，除了他。

这一场等待太漫长，李靳屿最终没了耐心。

四月中旬的时候他给叶濛发了一张离婚协议书。

叶濛没回。

四月下旬，他从医院出来，又给叶濛发了一张病危通知书，也没能把她逼回来。

因为叶濛一眼看破他的伎俩：“我二姑的字我还是能认出来的。”

LJY：“我想见你。”

叶濛没再回。

四月中，杨天伟从北京回来过一次。李靳屿把自己关在屋子里一整天，连灯都没开。杨天伟有他们家的钥匙，一进屋看到黑漆漆的，还以为家里没人，一屁股朝着沙发坐去，下一秒立马尖叫着弹起来，吓得面如土色：“什么玩意儿？”

男人窝在沙发上，一条腿打直，一条腿屈着，胳膊肘挡在眼睛上，声音低沉萎靡：“干吗？”

他的嗓音沙哑的颗粒感几乎可以用颗颗分明来形容。

杨天伟知道他嗓子本来就不好，这会儿听见却心头一震，狐疑地道：“不是听说你最近准备考公务员吗？怎么又把嗓子搞成这样？”

李靳屿睡不下去，坐了起来，倾身捞过矮几上的烟盒晃了晃，空的。他随手将烟盒给捏瘪，隔空抛进垃圾桶里，颓靡地往后一靠，仰着头，继续拿胳膊挡着眼睛，问杨天伟：“有烟吗？”

嗓子都哑成这样了，三个字只能让人听见俩，中间的烟字都给吞了。

他又清了清嗓子，吐出一字：“烟。”

杨天伟把烟扔过去，转头瞧见矮几上插满烟头的烟灰缸，像颗仙人球，震惊地狠狠推了李靳屿一下，咆哮道：“这全是你干的？你还要不要命啊？你疯了！”

这浑厚的声音振聋发聩，李靳屿被他吼得有点儿蒙。这一屋老弱病残，好些天没听见这么中气十足的声音，不太适应，耳朵被他震得嗡嗡发响。

李靳屿一边低头将烟衔在嘴里，一边垂着薄薄的眼皮，低声说：“轻点儿，奶奶在睡觉。”

李靳屿说完，没忍住咳嗽了两声，把刚含进去的烟又咳了出来。

他连烟都快含不住了！自己离开也就两三个月，他这是上西天历劫去了？

杨天伟再瞧不下去李靳屿这副病恹恹的快死的样子，一把将他手里的烟和打火机全给夺了过来，脱口又吼了他一句：“你看看你自己现在都白成什么样了，锁骨下都能看见血管了！”说完他拉开窗帘，让光不遗余力地照进来，屋子里亮了些，空气清新许多。然后杨天伟在他身边坐下，给自己点了支烟：“说吧，你遇上什么事了，要钱还是要命？”

李靳屿一动不动地仰靠在沙发上，胳膊肘仍挡着眼睛，一声不吭。半晌，他才轻描淡写、自嘲式地挤出两个字：“要命。”

有了光，空气里的灰尘反而更透，到处都是。杨天伟盯着看了老半天，静默了一瞬，然后他说：“实在不行我帮你扛半条，但你别把自己往死里逼。”

李靳屿不说话。

“因为叶濛？”

他们没公开，朋友圈几乎没发过关于结婚的事，李靳屿什么性子杨天伟最知道。叶濛最近也发得少，但从之前两人零星的互动还是能瞧出一些猫腻的，他哥虽然表面上看起来渣渣的，但很少在朋友圈里主动调戏谁，叶濛是第一个。

叶濛到北京的第一周就请他吃饭了，随口告诉他一个惊人的消息——她跟他哥结婚了。

杨天伟当下就像个动画片里的小人一样，石化、分裂——惊掉眼镜、下巴，然后整个人四分五裂，变成了零散的碎片。最后好不容易把自己拼凑完整，他回过神来，拿手机把李靳屿轰炸了一晚上："你怎么追到的""你追我的女神你追我的女神你个禽兽""你居然对姐姐下手你个臭不要脸的东西""睡不着了你赔我姐姐"。

杨天伟忘了李靳屿当时回了什么，或许压根就没回吧。杨天伟叹了口气，告诉他："我前几天在北京碰到她了。"

李靳屿还是坐起来点了支烟，杨天伟只看了眼，不再管他，自顾自地继续说："我们队里吃庆功宴，他们公司聚餐，就凑巧碰上了，聊了两句。"

李靳屿弓着背，拿烟的手微微一顿，将烟含进嘴里，虚笼着打火机点燃，还是问了句："说什么？"

"瞎聊，没聊到你，"杨天伟给了他致命一击，"我不知道你俩发生什么事了啊，姐姐什么都没说，但她的状态也很不好。你还记得咱俩第一次在病房见到她吗？"

客厅烟雾缭绕的，院外平安在嘎嘣嘎嘣地嚼着狗粮。李靳屿倾身弹着烟灰，低嗯了声。

杨天伟说："我不知道怎么形容，就是觉得挺心疼的。因为我是隔了这么久才见她一次，她在病房的那个时候，姐姐还是姐姐，做什么都很有底气，眼里有光。但我这次在北京见到她，就觉得她好像有点儿没底气，也没以前那么坦荡了。"

听到这里，李靳屿终于抬头瞧他，烟含在嘴里一动不动，积了半截灰。

杨天伟把烟插进那"仙人球"里，有点儿茫然地说："不过你好像比她更惨，我本来打算回来训你一顿的，现在我不知道说什么了。我也不会安慰人，只能用我最喜欢的火影中的一句话来告诉你，唾手可得的幸福不会长久，历经苦难的幸福才不会轻易崩塌。好了，我去看看我姨奶奶。”

晚上，三人吃完饭，杨天伟没走，拎着快餐盒出去丢垃圾，顺便牵着平安出去溜达。钭菊花抹完爽身粉，从房里出来，突然对李靳屿说：“巴豆，我想去徐美澜家住几天。”

李靳屿把烟掐了：“为什么？”

钭菊花嘟囔着说：“我不太想跟你住在一起了，你一天到晚管着我，这不让那不让，徐美澜还会带我去跳广场舞，你会吗？”

“你这脚能跳吗？”他看着她说。

钭菊花翻了个白眼：“不能跳我在旁边看看总可以吧，老太太喜欢的东西你都不喜欢。徐美澜说了她给我腾了个房间，等叶濛以后回来，就索性让我搬过去跟他们一起住，她那房子贼大，听说还是栋老别墅。”

“是不是我外公给你打电话了？”李靳屿问。

钭菊花挥了挥手：“什么你外公？不知道、不知道，你明天送我去徐美澜家，剩下的，你爱去找谁就去找谁。”

李靳屿沉默半晌，眼神无焦距地盯着矮几的一角，然后又难受地别开，开口道：“对不起，奶奶。”

钭菊花一脸“你是不是神经病”的表情：“干吗，发什么疯？”

“我必须得回去一趟。”

“回吧、回吧，从小被爱包围的人哪，吃过一点儿苦，就觉得人生举步维艰，眼里容不下一粒沙子；心里全是苦的人，享受一点儿美好的时光，可不就念念不忘了呗。都是太年轻。”

说完，钭菊花咕咚咕咚地滚着轮椅走了。

那暮年的背影，微微佝偻着，就着傍晚的余晖，她慢慢滑着轮椅，最后缓缓地停在钟摆下，那双沧桑的眼，仿佛能看见那些蒙尘的岁月。她好像在跟自己说，又好像是在同他说——

“等来年迎春花开了，一定要好好松一松院子里的土。”

李靳屿离开宁绥之前，跟方雅恩在医院对面吃了一顿饭。显然她多少知道一点儿最近发生的事，叶濛跟她聊了不少。其实李靳屿心里还放心了些，至少还有人能听她说话。他最后把手上的两本记忆宫殿的书交给她道："如果佳宇感兴趣的话，我可以从北京把我之前的书都寄过来，如果他觉得吃力就别勉强。"

方雅恩接过书放在一边，然后一手搭在桌沿，一手戳着筷子说："真打算回去了吗？"

李靳屿靠在椅子上，没怎么吃东西，只喝了两口水，嗯了声。

"吃饭吧，你这段时间瘦了这么多，叶濛看见肯定会心疼的。"方雅恩随后看着窗外，在阳光下，绿叶光彩熠熠的。她叹了口气："为什么突然决定回去了？"

"你觉得姐姐是个什么样的人？"他顺着她的视线，去看窗外，随口问了句。

方雅恩第一次听他这么叫叶濛，突然发现李靳屿眼里好像有什么不太一样。她认真想了想，一大堆词在她嘴里滚着，最后她选了两个最贴切的："坦荡，有底气。"

李靳屿点了点头："所以我选择回去。"

她坦荡豁达，纵情纵欲，爱恨明确，从不亏欠。也正因为这样，她眼底有光，做什么都充满底气。而他满身阴暗，被深渊活埋的人，居然妄图拉她为伍，守着他内心那点儿烛火，跟他藏头露尾、不明不白地过一辈子。

他握着杯子，来回摩挲着杯壁，眼神落在上面，自嘲地开口："那天杨天伟说，她因为我，没了底气。我才发现，比起她不爱我，我更不能忍受她怀疑自己。"

哗啦——郃明霄推开门，一股浓烈的酒味扑鼻而来。他拧了拧眉，这是把半个酒柜的酒都倒出来了吧。郃明霄绕了一圈，在厕所找到正在洗脸的叶濛，额发被她打湿，沾在两颊前，她正拿着一块洗脸巾抹脸，揉搓到下半张脸，看见郃明霄甩着车钥匙一脸得意扬扬地出现在门口，惊是惊了一下，但很快恢复冷淡："你怎么进来的？我改密码了。"

“你猜。”

叶濛懒得猜，踩着垃圾桶把洗脸巾扔掉：“爱说不说。”

郃明霄叹了口气：“大姐，你没锁门啊，昨晚又喝高了？门都不锁？小心被人入室强奸啊。”

“是吗？我记得我锁了。”

“不然我怎么进来的？你这喝了多少酒？怎么满屋子酒味？”郃明霄往后头扫了一眼。

“没有，”叶濛关上水，“昨天不小心打翻了一瓶红酒。你来干吗？”

郃明霄不信，狗鼻子闻了闻，叶濛一身酒味。他没追根究底，甩着车钥匙，讪讪一笑道：“早上不用去公司了，下午让你飞一趟广州。”

然而叶濛不知道的是，她上飞机的前一秒，刚把手机调成飞行模式，下一秒，就有一条状态刷爆她的朋友圈，因为有人连发了三十条——

郃明霄：“老子一个爆哭，‘傻白甜’回来了！！！”

第十三章
“傻白甜”回北京

飞机抵达广州，在广州上空整整盘旋了四十分钟才降落。等叶濛下飞机，朋友圈已经空空如也，郜明霄把刚才发的三十条朋友圈删得一干二净。所以叶濛毫无所觉地一边拿着手机打车一边拖着行李往航站楼外走。

叶濛代替勾恺来参加广州的青花瓷展览，这趟差出得挺临时，没来得及订酒店，展览馆周围的酒店没空余的房间了，连附近的小宾馆都出乎意料地爆满，能入住的酒店距离展览馆最近也得一个小时的车程。从机场过去至少得两个小时。于是，叶濛一上出租车又昏昏沉沉地睡着了，脖子上的颈枕都没摘。

她掐着这点醒来，却发现广州城堵得水泄不通，而路程才过半，且原本还万里晴空的广州，此刻外头狂风暴雨，雨大得像是要将天地连成一线，雨水在车玻璃上流淌成河。这会儿正值下班高峰，夜幕里，出租车夹在城市密集的车流中缓缓前行，所有人都跟赶着去投胎似的见缝插针地加塞，急促的喇叭声响成一片。

“广州受雷雨云团影响，全市出现大到暴雨……请市民出行注意安全。”

司机调低电台的音量，小声地抱怨了一句：“这交完班又得九点了，老婆又要抱怨咯！”

平日里偶尔也爱跟司机唠嗑的叶濛，今天格外沉默，司机也瞧出来这美女心情不太好，连睡觉都一直拧着眉头。

司机约莫是快下班了，心情愉悦地哼着小曲，不紧不慢地换了个电台听相声。

窗外车流仍停滞不前。刺眼的车灯照得玻璃外的世界白茫茫一片，好似梵高的抽象画，霓虹灯同车灯交相辉映，雨雾朦胧，整个世界变得光怪陆离。

从梁运安告诉叶濛李靳屿是目击者那日起，她连日来的情绪都没有得到很好发泄。她觉得自己像一个高压锅，被人用小火焖烤着，一点点沸腾，不知道什么时候就会炸。她找不到火源，不知道怎么关火，只能不断地拿水泼自己，生生地将那些压在她身上的火全部浇灭。

她不回去，是怕自己保不齐哪天就炸了，头脑一热，真把婚离了。她不想在这种时候去做任何决定，因为对方是李靳屿，她总舍不得。

她只能压抑自己，却可笑地发现，她其实动摇了。她不再爱憎坦荡，不再是非分明。她妄图混混沌沌地度过余生。愧疚、贪恋、自我厌恶和对未来的恐惧，这些情绪交织在一起，积压在她的胸口，让她一遍遍问自己：叶濛你真的要这样吗？

你真的要放弃三十年的信仰和人格，去守护一个甚至可能隐瞒了你母亲的死亡真相的男人？你真的要放弃自己吗？

妈妈可能真的是自杀的。

心底有个声音在说。

你就是爱上他了啊，别找借口了。

心底还有个嘲讽的声音响起。

妈妈还说过，人生不能走回头路，所以你要走好脚下的每一步，不求出人头地，但求事事尽心。

“姑娘，明城大酒店到了。”司机挂上“空车”牌，出口提醒她。

叶濛朝外头望了一眼，顿时无语：“我是名城，名字的名。”

司机啊了声，不敢相信似的确认了一遍，才知道真的送错了，立马甩锅道：“你怎么不早说。”

叶濛压着最后的耐心说：“我说过啊，您当时在打电话没注意听吧？”

“那你自己开一下导航嘛，这下好了，”司机一边查地址一边还在絮絮叨叨地解释，“反方向，绕回去又是一个多小时。”

叶濛认为自己也有责任，憋闷地看着窗外，没再多指责，只说了句：“您往回开吧，车费我照样算给您。”

谁料司机不乐意：“我马上要交班了，你下去再打一辆吧？”

人倒霉的时候，喝口凉水都塞牙。叶濛认栽，下去拿行李，然后在大雨滂沱中，拖着行李又足足等了二十分钟才打到一辆车。

等她到酒店，浑身已经湿透，狼狈不堪的像只落汤鸡。

然而屋漏偏逢连夜雨。叶濛打开行李箱，才知道她早上出门走得急，匆忙间拎错行李箱了。她把前几天从上海出差回来的行李箱给带过来了，里头只有一箱子没收拾的脏衣服。她翻了翻，没一件能穿的。

她当时还挺冷静的，默默合上行李箱，将其推到一旁，然后仰在窗口的贵妃榻上，开了半扇窗，漠然地抽着烟，眼神空洞地盯着地板，对这一天乱七八糟的事情，好像已经麻木了一样，只感觉血液在凝固，空气也在凝固。

她一点儿情绪都没有，抽完半包烟，面无表情地脱掉衣服，进去洗澡。

雾气朦胧的浴室里，氤氲着水汽的玻璃上依稀能瞧见一道纤瘦凹凸的身影，长发及腰，身体的每一处似乎都透着成熟精致韵味，却又像少女漫画里那些身材曼妙的不经事的少女。

叶濛一边哗哗地放着水，一边用酒店的肥皂抹自己脸上的妆。不知道是眼睛进了皂沫隐隐有些发涩，还是连日来的压抑情绪终于将她压垮了，第一颗眼泪滚出来的时候，她若无其事地抹去，继续洗脸。

渐渐地，眼泪越抹越多，仿佛决了堤的天河，不断滑落。她再也无法忽视，知道自己情绪饱和了，再也忍不住，缓缓地蹲了下去。

一开始，她的哭声淹没在水流声里，像动物的哀啼。后来，这声音再也发泄不了她心里的难过，她开始放声痛哭，整个浴室里回荡着她撕心裂肺的哭声。

就好像平静的海面突然掀起一阵惊涛骇浪，将她卷入漫无边际的大海里，她拼命挣扎、嘶吼——汹涌冰冷的海水不断没过她的胸口、脖子、嘴巴，直到那股窒息的感觉慢慢没过她的头顶……

她哭得声嘶力竭，嗓音嘶哑，最后呜咽了几下，抽泣着缓缓止住眼泪，像个孤独又无助的小孩儿，一下一下抽着肩，茫然地仰头盯着浴室雾气氤氲的天花板。

原来，人难过时是得发出点儿声音的。

叶濛在广州无声无息地病了一场，自愈之后打道回府。

回北京的时候叶濛带回了一个小孩儿，十八岁，男孩儿。

邰明霄开车去接她，两人打着电话。他没接蓝牙，开着免提。李靳屿和勾恺都在车里。

“哪儿捡的？”

叶濛刚下飞机，带着那小孩儿在取行李：“六榕寺，刚拜完佛，许了个愿，想做点儿好人好事。他说要来北京找妈妈，你找人打听一下，”说完她温柔地低声问了句，“你妈妈叫什么？”

男孩儿还算高，至少一米七八，叶濛跟他说话还要仰着头，他模样长得也清秀，白白嫩嫩的，就是比较内向，说话也轻声细语的：“周琴。”

邰明霄说话毫不顾忌：“你真当我什么人都管？”

叶濛像是知道他会这么说，提着行李往外走，匆匆说道：“到了再跟你说。”

叶濛熟门熟路地找到邰明霄接她的地点，不知道那个车位是不是被邰明霄给买了，每回车子都是雷打不动地停这边，很好找。她带着周雨走了过去。

地下停车场空荡荡的，她今天素面朝天，衣服两三天没换，又刚从飞机上下来，连头发都是乱的，脖子上夹着个颈枕，除了脚上那双噔噔噔作响的高跟鞋有点儿气场，简直像个刚出土的文物，灰头土脸的。

李靳屿不在，她怎么打扮都无所谓。

邰明霄和勾恺靠着副驾驶座车门聊天，副驾驶座的车窗降着，叶濛一开始没注意里面有人，因为勾恺的大半个身子挡住了车窗，她隐隐只能瞧见那人前额的碎发和慵懒地半挂在车窗外的手。他穿着白衬衫，袖口半卷搭在小臂处，露出清瘦的手臂，腕上还戴着表，骨节分明的手里夹着半根烟，一动不动。这姿势像是他一边抽烟，一边在低头看手机。

叶濛几乎是一眼认出这抽烟的姿势。

李靳屿坐在她车上时也是这样，有时候手搭在窗沿上老半天也不抽一下烟，挂在窗外边弹着烟灰边看手机，等想起来的时候，烟已经烧了大半截，然后他会抽一口直接灭了。他就这么懒懒散散的，不像勾恺和邰明霄抽一支烟猴急地几口解决。

但叶濛又很快否定了自己的想法。因为她走近一瞧，李靳屿如果没疯的话，应该不会买块三十万的表戴。

然而，那人猝不及防地推开副驾驶座车门走下车来，叶濛陡然间以为是李靳屿的双胞胎兄弟，直到两人视线相碰，他意味深长地看着她，叶濛确定了，除了那小浑蛋还能是谁？

李靳屿一身白衬衫、黑西裤。只有脱光了见过的人才知道，他穿衣显瘦，但整个人的骨架其实并不小。他的肩宽且平直，背薄腰窄，锁骨像八字，在胸前成一条凹陷的直线，每一寸胸肌都恰到好处。穿上衬衫和西裤，整个人就显得清瘦，气质干净；运动鞋换成了一双尖头皮鞋，瞬间成了清贵小公子。他一米八五的身高站在邰明霄和勾恺身旁是碾压性的气势，但他懒洋洋地靠着车门，给足了俩人面子。

李靳屿这个男人，活像一把尺子，身上哪儿都标准，明明平时看着挺不错的男生往他旁边一站，就突然没味道了，多少差点儿意思。

两人近一个多月没见。没见到其实还好，但一见到那小浑蛋活生生地站在自己面前，干干净净的，像一棵挺拔的小白杨，她才发现自己其实已经想他想疯了。她心跳急促，第一次连五脏六腑都被牵扯着乱撞。

可她又觉得这种感觉难以言喻，就好像曾见过一朵烂到泥水里的花，洗去污浊，忽然重新抽出了嫩绿的芽，甚至比你以为的品种更高贵。

“你这三天都没换衣服？看着怎么这么狼狈？”

邰明霄的一句话把叶濛的魂魄给勾了回来，她这才蓦然想起自己这会儿到底有多狼狈，穿着皱巴巴的衣服，大病一场后脸色也难看。她实在不愿意让李靳屿看到自己这副鬼样子，低着头匆匆应了声，让周雨先上车。

一路上，郃明霄开车，李靳屿坐在副驾驶座，后排坐着勾恺、周雨和叶濛。叶濛坐在李靳屿后面，能从后视镜里看到他。他的衬衫扣子扣得一丝不苟，喉结上的疤还在。这个疤真的神奇，在宁绥的时候，叶濛觉得看着有种压抑的性感，可到了这里，有种淡淡的疏离感。

她哪能想到，他们曾在宁绥相逢——感情热烈、赤诚，敢跟真心硬碰硬，甚至为彼此赌上一生。这世界有多冷漠，他们就有多疯狂。他们相拥亲吻，甚至纵情泄欲，为彼此聊以慰藉。

郃明霄短暂地给他俩相互介绍了一下，李靳屿没主动同她相认，叶濛便一直没说话。

"'傻白甜'，这就是我跟你说的那位漂亮姐姐。"

李靳屿淡淡地嗯了声。

郃明霄又饶有兴致地回头同叶濛说："我之前跟你说过那发小，记得吧？前两天他刚被他家老爷子给接回来，正式介绍一下，李靳屿，木子李，革字旁的靳，就靳东的靳，岛屿的屿。"

叶濛觉得很好笑。

这名字的介绍，她听过三遍，三遍都是从别人嘴里说的——杨天伟、梁运安、郃明霄。

她看着后视镜，也淡淡地嗯了声。

李靳屿问周雨："你俩怎么认识的？"

周雨轻声细语地跟他们解释着他跟叶濛的相遇经过。

那天下大雨，叶濛去六榕寺上香问缘，看见周雨身上挂着个牌子，跪在地上行乞，想要点儿路费上京去寻母亲。别人看他有手有脚，还这般年轻，便觉得这人必定好吃懒做，都不予以同情。

周雨始终低头跪着，一句话不说，有人给他丢钱，他便鞠躬，嘲讽、讥笑那些眼神他都不理会。叶濛知道十乞九骗，但还是往里头丢了一百块钱。约莫是没见过这么大面额的纸币，周雨有些感激地抬头看了她一眼，又给她深深鞠了个躬。

结果等她上完香出来，雨势渐大，叶濛走出寺门的时候，周雨已经晕倒在路边。她便立马叫车把他送去医院，护士问她是不是病人亲属，她说不是，护士又问她医药费怎么结，叶濛把他行乞的碗丢了过去，除了她那张一百的，还有一些零零散散的十块纸币。

周雨只是普通的感冒和发烧，但因为跪太久有点儿低血糖。好了，现在叶濛把他送进医院，一上午他好不容易讨来的那些寥寥可数的钱，又全砸手里了。周雨急得涨红着脸，又要跪回去。

叶濛无奈地叹了口气："走吧，我带你去北京。"

李靳屿回头问他："你有手有脚，为什么不去找份工作？工地里工资按天结的，凑点儿路费不用两天。"

叶濛心想，你这会儿倒是站着说话不腰疼了。你当初买票还不是花姐姐的钱。

"他找过。"叶濛插嘴道，"他力气小，老被工地里的老工头欺负，一天没结几个钱，还天天有人打架，他不参与就被打，没办法，钱也没拿就走人了。"

李靳屿终于从后视镜里看了她一眼，哦了声。

周雨就是少年身材，排骨一样瘦，李靳屿他们是男人的身形，宽肩窄腰。如果说在宁绥的李靳屿有点儿阴郁，那么这个周雨就是有点儿阴柔，长相也像女孩儿。

因为长相，周雨很自卑："以前同学都叫我娘娘腔，觉得我喜欢男人。我被人取笑惯了，也不太在意，谁知道工地里的人都是真刀实枪地打，我觉得我打一次就要被打死了，第二天就跑了。"

叶濛安慰他道："不用理会，你长得很好看。"

邰明霄开着车，也跟着宽慰说："对啊，你长得很好看，跟我这兄弟不相上下啊。我这兄弟可是从小帅到大，从小学开始就是那什么校草的。"他说李靳屿。

李靳屿看着窗外冷淡地说："走开。"

邰明霄笑了笑："那你怎么安排这小子啊，不能你俩住吧？一男一女多不合适。"

“我都结婚了，怕什么？”叶濛说。

郜明霄一脸心有余悸的样子：“结婚了才怕好不好？十八岁的小弟弟好歹也什么都懂了，我十八岁时女朋友都谈过俩了，而且你那醋坛子老公要是知道了这事，不得疯啊？不合适不合适。”

一直没说话的勾恺又开始了：“我就说你那小镇老公配不上你。”

叶濛：“……”

李靳屿：“……”

车厢内静默半晌，叶濛对郜明霄说：“那住你那儿吧，等他找到妈妈再说。”

“不行不行，我最近刚找一个女朋友，办事的时候多不方便啊。”

呸！

“住我那儿吧。”李靳屿说。

叶濛看着他，问：“你住哪儿啊？”

郜明霄立马狗腿地解释说：“丰汇园，老爷子刚给了他一套院子，两千万。怎么样，心动吗？你要不要改嫁？”

叶濛嘁了声。

李靳屿听出她口气里的不屑，没说什么，回头对周雨说：“有行李吗？没有的话等会儿带你去买，不过要先送这位姐姐回家。”

周雨看了叶濛一眼，似乎在征求她的同意，见她没说什么，才点了点头。

安顿好周雨，车子抵达叶濛家楼下。

然而临下车时叶濛才知道今天李靳屿为什么会在车上，他们仨要去黎忱的俱乐部，就顺便一起过来了。叶濛下车去拿行李，李靳屿和勾恺下车抽烟。李靳屿半坐靠着车头，一手夹烟一手握着手机不知道在给谁发微信，还有一搭没一搭地跟勾恺闲聊，时不时轻笑。

她以为是他甘愿平庸，现在才发现，“甘愿平庸”就已经不平庸。

她曾一直希望他来北京面对过去的一切，打开他的心结，可现在看着来到北京的李靳屿，却有一种疏离感。他整个人冷冷淡淡，仿佛孑然一身，透着对万物不喜的冷漠。

“这个点去找黎忱干吗？”叶濛问在后备厢处帮她拿箱子的郜明

霄，“快九点了。”

郜明霄嘭一声关上后备厢门，一脸兴奋，眼底闪着跃跃欲试的光：“当然是去飙车啊。九门岭车神回来了，我们不得玩一把？快，你上去吧。”

叶濛上楼的动作显得有点儿不高兴，高跟鞋发出装腔作势的噔噔声。李靳屿对这个声音很熟悉，她每次走路走累了，便装模作样地蹬高跟鞋，想要他抱。

郜明霄是丈二和尚摸不着头脑，不过他哪管叶濛高不高兴，心已经迫不及待地飞到九门岭了，兴冲冲地回身吆喝两位少爷上车。李靳屿靠着他那辆小百万的爱驹，不紧不慢地冲他举了举手里的烟蒂：“抽完这支。”

等楼上的灯骤然亮起，李靳屿才把烟摁灭，懒洋洋地站直身，打开车门上车，边绑安全带边随口问了句：“她怎么了？”

郜明霄：“什么？”

“小姐姐看起来不太高兴哪，”李靳屿神情轻佻，下巴冲车外的楼上一仰，“你跟她说什么了？”

郜明霄跟叶濛一般大，勾恺比他们几个都大两岁，算起来这里头李靳屿最小。哦，现在还有个周雨。想到这里，李靳屿回头看了眼坐在后座上始终一言不发的男孩儿。

郜明霄掰下车镜照了照，有种要登台唱戏的整肃感，边照边说：“不知道，女人嘛，都有那几天，我刚才就说咱们要去飙车，不知道踩到她的哪根神经了。”

飙车对李靳屿来说已经是很久以前的事情了。自从他哥车祸死后，他几乎很少碰车，算不上PTSD（创伤后应激障碍），只是也厌倦了这种需要用肾上腺激素来麻痹自己的活动。

所以无论郜明霄怎么热情似火地再三邀请，李靳屿一身金贵地夹着烟、跷着二郎腿坐在俱乐部的轮胎椅里，像个浪子回头的纨绔子弟：“我没兴趣。”

郜明霄本以为他这次肯回来，是已经放下过去打算重新开始，合着自己想多了，压根没有这回事。那“傻白甜”为什么回来呢？而且他依稀感觉这次“傻白甜”回来，像变了个人。倒也不是说变化有多大，说话习惯、气质还是老样子。李靳屿以前在李家不受疼爱，李凌白对他不闻不问，但他至少像个有家的孩子。而此刻的李靳屿，完全是百无禁忌，有种无家无室孑然一身的感觉。

不过郃明霄也没强他所难，毕竟当初李思杨出车祸的时候，李靳屿可是惨兮兮地目睹全程。于是，郃明霄拍了拍他的肩，以示宽慰：“那我去了。”

俱乐部门外就是九门岭那段险峻的盘山公路，那座神秘的山头像群山的王，四周小山环绕，唯独它孤峰自立，蜿蜒的柏油路像一座旋转楼梯扶摇直上，直登山顶。山顶缭绕着朦胧的雾气，好似一条仙女的袖带。

这座城市所有的刺激全都在这里，这些年轻人尽情发泄着内心的情绪，而这样的生活，李靳屿早就过腻了。

“也不知道是好事还是坏事，”黎忱看着那条公路，听着那些年轻人疯狂放肆的尖叫声，说，“我总觉得你变了。”

李靳屿仍是靠在椅子上，跷着二郎腿，笑着弹了下烟灰，对他的话不置可否。

“变坏了。”黎忱又笃定地补充了一句。

李靳屿吸了口烟，笑着摇了摇头：“我本来就这样，只是现在懒得装。”

突然，油门声在山间发出沉闷的轰鸣，为夜晚的游戏拉开了序幕。李靳屿对这声音无比熟悉，下意识地低头看了眼手表，如果快的话，他八分钟到山顶，郃明霄会比他晚三十秒左右。副驾驶座上要是有人的话，他或许还可以接个吻。

一瞬间，两辆除了颜色，形状别无二致的跑车如同刚出笼的猛兽在山间疾驰、咆哮着往山顶冲去。他们这么乐此不疲地在这里厮杀，其实也不光是为了这片刻的刺激感受。男人的乐趣其实也挺无聊的，俱乐部有个不成文的规定——九门岭山顶常年插着一面小旗子，上面是登顶纪录保持者的名字。

最早这是李靳屿和黎忱打赌，那时候十八九岁的少年好胜心强，信誓旦旦地想改江山。黎忱到底大他八岁，又是职业赛车手，一直没让他赢过。但其实黎忱心里挺清楚自己胜在哪儿，但凡再给李靳屿两年，那上头的名字恐怕就易主了。但后来少年走了。这条规矩保留至今，隔三岔五便有好胜者来挑战，始终没打破纪录，那小旗子上一直是黎忱的名字。

黎忱的纪录是七分五十六秒，而李靳屿二十岁那年的最快纪录是八分零二秒。这也是这几年来，唯一一个跟他的成绩相差在十秒内的人。

“不再去试试？”黎忱心里竟有些期盼。

金贵少爷惜命得很：“算了，没什么兴趣。”李靳屿活动了一下脖子，灭了烟站起来，“我去一趟车厂。”

“老车厂？”黎忱狐疑地跟着站起身来，“你去那儿干吗？”

“看一下监控。”

黎忱跟着走出去，将那帮小孩儿甩在身后，两人并肩迎着夜风往车厂走着：“你不会也来查那什么新加坡华藏的案子吧？”

“嗯，好奇。”李靳屿说。

李靳屿不是什么好奇心旺盛的人，一回来就毫不遮掩地直奔这里，显然目的太过直接。黎忱多少有点儿了解他，于是在李靳屿大大咧咧地叉着腿，像个大爷似的靠在保安室的椅子上有一下没一下地翻着过去一个月的监控画面时，黎忱也有一搭没一搭地盘问起来。

“这几年你上哪儿去了？”

李靳屿姿态随意地靠在椅子上，因为太过随意，显得有点儿像是在看什么无聊至极的电影，手上还剥着刚从黎忱的俱乐部拿的几颗花生，剥好后懒洋洋地丢进嘴里，眼睛盯着电脑画面，却偏偏还能跟黎忱一问一答。

“我奶奶家。”

他向来一心三四用都没什么问题。黎忱则靠着保安室的大门，有些意料之外地点了点头说：“做什么呢？”

李靳屿盯着那一动不动的监控画面，又心不在焉地敲了下键盘的进度条说：“混日子。”

黎忱抱着胳膊，往里头探了一眼："这画面从刚才到现在动过吗？"

"没有。"李靳屿如实说。

车厂保安室的监控能保留的是近两个月的监控画面，加上这边几乎没人来，画面几乎都是静止的，要在这么漫长的一段时间里找出一点儿蛛丝马迹，简直比大海捞针还难。

但李靳屿不这么认为，低头看了眼手机："有时候静止的东西一旦动起来，它就是致命的。"

李靳屿再抬头时，眼神突然一变，渐渐定住，似乎有发现。然后他盯着屏幕看了会儿，下一秒一把捞过桌上的手机低着头噼里啪啦一通查。

黎忱好奇地凑了过去："发现什么了？"

李靳屿充耳未闻，一边看手机，一边将进度条来回倒，确认了两遍，笃定自己没有看错。然后他随手将画面用手机截下来给黎忱看，但两张图在黎忱眼里几乎是一模一样的，没什么区别。如果不是对视频画面尤其敏感或者像李靳屿这种脑袋里有记忆宫殿的人，很难看出有什么不一样的地方。

这对黎忱来说，就是他最头疼的游戏——找不同。

李靳屿谑他："两棵树你看不出来，给你换成俩美女，哥你能打通关吧？"

黎忱盯着手机失笑道："我是那种人吗？"

李靳屿轻笑。他跟一般人不太一样，看监控时脑中自动成像，两张图会自动重叠，不同的地方会尤其明显，哪怕只是在树丛里多出一只小蚂蚁，也逃不过他的眼。

"监控被人剪过。"他关了监控室的电脑，靠在椅子上，好像只是在陈述一件无关紧要的事情。

黎忱鸡皮疙瘩都起来了，后背汗毛全体竖立。因为是深夜，又是身处偏僻郊区，对这混了这么多年的车厂他突然觉得陌生恐怖。他甚至不敢回头，总觉得背后有股凉飕飕的风，仿佛有只爪子在他背后阴森森地等着他投入天罗地网。

李靳屿站起来，靠着桌沿，双手插进兜里，声音却一如既往地镇定："17号的监控画面被人替换成了10号的监控画面，也就是案发前一周的。其实就算这边人少，监控画面没什么变化，但根据每天的天气变化和风级不同，还有阳光的阴影角度不同，也能看出每天的画面或多或少还是有点儿区别的。看见那棵树了吗？我刚才扫了眼17号和10号的监控，这两天不管从树叶的晃动幅度还是阳光的阴影角度来说，几乎都是一模一样的，仔细看就知道这其实是同一段视频，而且我刚刚查了，17号的北京风很小，远达不到画面里的程度。"

那晚叶濛睡得很早，李靳屿没有再找过她，手机也仿佛石沉大海，毫无动静。

这天，梁运安来找她，两人照旧坐在公司楼下的咖啡厅里，服务员看见他俩已经笑眯眯地熟门熟路招呼道："还是两杯拿铁？"

咖啡厅人不多，说话声也小，嗡嗡嗡的，各自忙碌，谁也不曾将注意力往别人身上放。

叶濛开门见山道："有进展了？"

梁运安郑重其事地点头，脸上是从未出现过的严肃神情："这次有人提供了一个关键线索，经过我们公安技术部门的分析，车厂的监控确实有问题，有人将17号的监控视频调换了，所以我们一直无法确定王兴生进入车厂的时间。"

叶濛："谁发现的？"

梁运安一开始以为是叶濛发现的问题，一时也想不出还有谁会这么信任他。因为被送到警局的密封文件袋上写的是"梁运安警官亲启"。

"不知道，有人匿名将资料寄到警局的，应该也是关注这个案子的一些大神吧。这真的挺牛的，因为那个废弃车厂的监控一天到晚压根没人，别说人，连只蚂蚁都没有，画面几乎都不动的，我们技术组的警员看一个睡一个。当时为了尽快破案，我们找了十组人将那个保安室前后两个月的监控画面查看了一遍，都没有发现。"

叶濛点了点头："那李凌白呢？"

"申请保释了。李凌白否认自己在那几天见过王兴生，而且奇怪的是，看李凌白的行程，17号她确实在国外。她有不在场证明，我们没办法，只能放人了。我们现在最大的谜团就是王兴生17号到底去了哪里？”梁运安有点儿走投无路、抓耳挠腮地说，“我现在想把那个匿名寄监控带的哥们儿逮过来，让他帮我查17号全城的监控。我就不信王兴生还能人间蒸发了不成。”

叶濛笑了笑，心道那不得把人累死啊。然而这时手机突然响起，她低头看了一眼，石沉大海那位又浮出水面了。

“是我。”他的声音像刚睡醒，模糊慵懒。

叶濛嗯了声。

李靳屿：“不方便说话？”

叶濛发现他回北京之后整个人的气场都变强了，不知道怎么的，这么一句话反倒把她问得局促起来。叶濛向梁运安示意了一下，表示自己出去接个电话，边走边清了清嗓子，对那边的人说：“没有。”

不知李靳屿是否被传染，跟着咳了声，低笑了声说：“方便的话，现在来一下我家，定位发你。”

这边是金融街，但好像又立于喧嚣尘世之外，很清静。叶濛沿着一条长长的巷子，慢慢地拐入人间深处，里头更静，青砖白墙黑瓦，墙头挂着蔓蔓枝枝的叶片，青翠发亮，在晨曦下好似海面上的轻舟。

不得不说，李靳屿的老爷子真会挑地方。这座院子安静清幽，不知道为什么，人一走进来，巷间和煦的风一点儿都不阴凉，有点儿春天的暖意，仿佛踏入涓涓细流的温水中，轻轻冲刷着身上的焦躁和不安，整个人都温和了。

不过她很快就炸掉了。

“你说什么？”叶濛有些不可思议地看着李靳屿，“周雨失踪了？”

李靳屿困倦地侧靠着房门，还没睡醒，那双勾人的眼睛甚至还闭着，双手插在兜里，懒洋洋地嗯了声。

叶濛站在门口，看着被洗劫一空、如台风过境的房间，眉毛高高挑起，仍难以置信地道：“他还拿走了你的刮胡刀、衬衫、内裤？”

"一条都没给我留。"李靳屿闭着眼睛强调了下。

叶濛悄无声息地往下看，瞧了一眼他的灰色运动裤。

"没穿，挂空挡了。"

李靳屿闭着眼睛，不知道从哪儿感知到的她的视线，下一秒睁开眼，表情无辜得很："不信？要我脱了给你看吗？你的宝贝弟弟还拿走了我那三十万的表。"

超市的人络绎不绝，叶濛蹲在内衣裤区被琳琅满目的男式内裤晃花了眼。面料？型号？四角？三角？子弹又是什么玩意儿？

两人开着视频，叶濛被远程指挥着购物，发蒙地问："大号还是小号？"

"你又不是没摸过，感觉不出来？"

她一字一顿地道："大号还是小号？"

李靳屿笑着报了个尺码。

叶濛觉得自己像个卖力的超市导购员，竭尽全力地跟视频里挑三拣四的金贵少爷推销："这种呢？纯棉质地，平民中的王者体验，贴身柔软，就是没你的码了。小号将就一下？"

李靳屿则坐在院子里，喝着咖啡，很难商量："不要。"

叶濛又开始漫无目的地搜索，随后眼睛一亮："啊，这个好，角斗士，绝对猛男。"

"……"都什么玩意儿。

"或者这个，穿上它，月朦胧，鸟朦胧。"

"你才朦胧。"

叶濛又拿起一条："还有子弹的。"

"我不穿子弹的。"

叶濛好奇地问："不过这子弹的到底是什么玩意儿？"

"要不你买一条，我穿给你看？"金贵少爷说。

"……"

李靳屿笑了下，得了便宜又开始卖乖，沐浴着清晨里碎金般的薄光，跷着二郎腿仰靠在椅子上，拿手遮着额顶的光，轻描淡写地道：

“行了，逗你的，你随便买两条，回来帮我带包烟和打火机，周雨这小子连我的打火机都拿走了。”

叶濛还是难以置信，结账的时候将视频转换成了语音：“你是不是欺负他了？”

然后她隐隐听见电话那头的李靳屿似乎轻轻哼笑了一声，声音像清晨的雾，慵懒低沉：“怎么，你以为我吃他的醋啊？还是你明知道我会吃醋，故意把他带回来气我？”

叶濛冷笑道：“你来北京跟我说过一个字吗？”

“我没跟你吵架，你不用这样，”少爷起身去洗脸，“算了，你回来再说。”

李靳屿这院子抵宁绥的五六个，光一个厕所就顶宁绥的半个套间。院子里还种了两棵石榴树，枝叶密密麻麻地垂在墙外。他显然刚搬进来不久，里头没什么家具，到处都空荡荡的。这里本来东西就不多，被周雨这么一“洗劫”，看起来几乎就是个刚粉刷完墙的空壳子。

叶濛回来的时候，李靳屿在卫生间洗脸，挂着一脸水珠，发梢湿漉漉地贴在额角。他每次洗完脸或者洗完澡整个人就嫩得不行，皮肤白得发光，特别像一片刚经过清水洗涤的绿叶，脉络清晰，干净清新。

她把东西丢过去，倚着卫生间的门终于心平气和地问了句：“平安和奶奶你怎么安顿的？”

李靳屿脸也没擦，拿着东西直接出来了。叶濛这才发现厕所里连毛巾都被拿走了。

只见他淡定自若地顶着湿漉漉的脸回卧室换衣服去了，卧室门大大方方地敞着，而且他还没走进去，就直接当着她的面，浑不在意地拉起睡衣的衣角脱掉，露出单薄的后背和平直的肩臂。李靳屿的身形从后面看，宛若一个标准的衣架。

“奶奶在你家，”他低着头自下而上扣着衬衫扣子，脸上湿漉漉的，还在往下滴水，“平安我送给方雅恩了，俩老太太照顾一条狗不太方便，方雅恩会定期带平安去看奶奶的。”他说完，低头要解裤子，发现她像个木偶似的一动不动地看着他，眼神还挺如饥似渴的。

李靳屿长手一伸，轻轻带了一下门。他没关门，门斜了个六十五度角，角度算得尤其精准，刚好挡住叶濛的视线。

等他换完衣服，再次把门打开，已经坐在床边低着头在套袜子了。

他的卧室很大，除了一张床和床前摆的一台近六十寸的电脑，再无他物。哦，还有个摊着的行李箱，还是Rimowa的，叶濛拧了拧眉。李靳屿似乎知道她在想什么，笑了下解释说："我回了趟我妈那里，这都是以前的东西，不是现在买的。"

他仍是那天那套衬衫和西裤，只不过胸前和袖口的扣子都没扣，露出干净清瘦的锁骨和小臂，还有水珠顺着他流畅的脖颈慢慢滑入他的领子里，额头的碎发和鬓发都是湿的，这副样子太像刚完事，这会儿来个人铁定以为他俩刚做完。重点是，他还拍了拍床边的位置："过来，聊会儿。"这游刃有余的富家小开样，让叶濛觉得自己像他招的小姐。

"……"

床是榻榻米形式，床上丢着两个凌乱的类似游戏手柄的东西。看来这几天他是忙着跟那帮狐朋狗友打游戏了。

李靳屿两手向后撑，半倒在床上，头微微仰着，似乎又看穿了她的心思，活动了一下脖子，看也没看她，神情慵懒地说道："没打游戏，也没飙车，这几天都在忙别的事。"

叶濛败下阵来，叹了口气说："周雨的事，你打算怎么办？报警吗？"

"不用，"李靳屿坐起来，漫不经心地给自己点了支烟，"我给他的手机装了定位器，他没离开北京。"

难怪他这么从容不迫还指挥她去买内裤。

"你早发现了是吧？"

李靳屿看着她，说："没那么早，我只是发现他会偷我的烟抽，十七八岁的小孩儿有点儿这种小偷小摸的习惯就不太正常，所以我观察了他两天。"说到这里，他斜睨着她，弹了下烟灰，笑着说，"你捡回来的这个宝贝弟弟，很有趣。"

"这件事你是不是得嘲笑我一辈子？"

"没有，"他淡淡地举了下手，有点儿像发誓的意思，"我只是提醒你，以后别看人家小孩儿长得好看就往家里领，你坑我就算了，差点儿坑了郜明霄。”

那天她大哭一场之后，仍觉不痛快。人有时候就是这样的，觉得迷茫的时候，便想找个精神支柱。她做古董这行久了，多少有点儿信风水和神佛，于是回来之前便去了一趟听说在当地很灵的六榕寺求签问缘。她问的是她跟李靳屿的结果，那日的签解是，让她多积福报日后便一定能有收获。谁能料到，周雨偏巧在那时出现，她只觉得这是冥冥之中的安排。

叶濛被他这么讥讽，还是忍了忍说：“你回北京为什么不找我？”

李靳屿又往后仰，一只手撑着床，两条腿屈着，一只手弹着烟灰，淡淡地说：“我怕你不想看见我，我也不想像以前那样黏着你让你难做。”

叶濛别开头道：“你是来这边朋友多了，不需要我了吧。”

“如果你非要这么想——”

“我也没办法，”叶濛打断他的话，回头冷冷地看着他说，“你要这么说是吗？”

李靳屿笑着把烟掐了，人坐直，把一条腿盘上床，正对着她，那双没有一丝一毫修饰的眼睛，直直地从上到下将她扫了一遍，才说：“我发现女人真的矛盾，你忘了你当初在宁绥怎么跟我说的了？你说我需要有自己的朋友圈，我现在有了，你又觉得我不需要你了。虽然我刚刚没这个意思，但我还是要跟你解释一下，我刚刚只是想说，我在努力变成你想要的样子。”

“那我要你变回去呢？我不要你现在这个样子，你知不知道你现在看着真的很冷淡。”

李靳屿似乎冷笑了一下：“变回去，然后呢？你能掩耳盗铃地跟我过一辈子吗？你妈的事情你不想知道真相了吗？这次一个梁运安告诉你，我是目击者，你能立马打电话来质问我甚至用离婚威胁我，那下次呢？别人再告诉你你妈的死跟我妈有关，你是不是又要跟我提离婚？”

他说：“我累了，受不了这种一天把自己的心放在火上烤，一天又放在冰水里冷冻的日子了，也受不了自己像条狗一样巴巴地在家里等着你回来。”说完，他怕叶濛多想，又补了一句，“我也没有跟你的妈妈比较的意思，以前是我不懂事，所以，在你妈妈的案子查清楚之前，我不想再给你增加任何负担了。事实上，就算我联系你，你看，咱俩坐在一起还是吵架，你不难受吗？而且这还解决不了实质问题。”

她难受得快疯了，可诚然如他所说，她不可能混混沌沌地粉饰太平，跟他去维持这样一段婚姻。

这话题再讨论下去也是没结果的，李靳屿看她红着眼睛，哪还敢继续往下说。叶濛要是掉一滴眼泪，李靳屿更受不了。他逼自己别开眼，低头一边扣上袖扣一边说：“先说周雨的事，他妈妈的事你知道多少？”

叶濛也收了情绪，缓和了语气道：“他是单亲家庭，跟妈妈相依为命，说是他妈妈为了治病拿了一个什么传家宝到北京古董公司找人鉴定。我就让他跟着我回来，正好我可以让郜明霄帮忙问问。”

“问出什么来了吗？”

“没有，”叶濛也有些狐疑，“郜明霄打听了两天，都没消息。”

李靳屿说：“不用问了，根本没这个人。”

“什么？”叶濛瞬间愣住，简直不敢相信自己的耳朵。她这会儿才觉得自己最近的智商到底有多不在线。

“周雨来北京不是找妈妈的，”李靳屿打开手机，将定位追踪仪上的行动路线拉了出来，“这是他这几天的行动轨迹。他妈丢了，他连报案都没报过，而且就像你说的，他妈来北京卖传家宝治病，他要找人，可他连古董公司、古玩市场、医院这些地方都没去过，至少也得去火车站查个监控，他都没去。”

“那他去哪儿了？”

李靳屿看了她一眼，似乎有点儿不想告诉她。

“说啊。”

他低头道：“夜店、酒吧，还有去红灯区找小姐。”

“他才十八岁啊！”叶濛握着手机吼了一句。

李靳屿笑着把手机抽回来丢到一旁，看着她说：“十八岁怎么了？十八岁该长的地方也长好了啊，姐姐。”

“他在哪儿啊？”

“娉林洞。”

娉林洞也在鹳山区，九街十八巷，每条昏暗僻静的巷子里都有那么一两家按摩店或者洗头房亮着暧昧的红光，而周雨在这个地方一待就是两天。除了昨晚他匆匆回了趟家，风卷残云般带走了李靳屿的东西，然后又回到了这里。

娉林洞门口有个大大的牌坊，如果不知道这里头是做什么勾当的人，不会觉得奇怪。但如果知道这里是做什么生意的人，便会觉得这牌坊有点儿像古代的青楼。

街上几乎无人，叶濛把车停在了娉林洞对面的马路边。就着昏暗的月光和路灯，两人并排倚着驾驶座那边的车门抽烟，整条街上就他们两个人，车灯亮着，打着光。

“周雨怕是被什么妖精上了身吧？待了两天？他不怕精尽人亡啊？”叶濛说。

李靳屿懒洋洋地靠着车门，一手插在兜里，笑了下说：“十七八岁的男孩子精力旺盛，这种事怪不得人家小姐。”

“……”

两人往里走，叶濛突然觉得跟李靳屿来这里就是个错误，门口那些袒胸露乳的姑娘一个个看见他眼睛就开始冒红光，还有人干脆就站在墙根处，大大方方地冲他招手：“帅哥，按摩吗？”

两人停下脚步，随之淡淡地互视一眼，叶濛知道他要做什么。

“姐姐，打听件事。”李靳屿已经回头跟那女人搭上话了。

昏暗的巷子里，女人的声音仿佛化成了水，胸脯海浪一样软软地起伏着，眼里全是调戏：“什么事呀，帅哥？”

李靳屿还没问，就听见巷子转角处传来一阵急促往回跑的脚步声。那脚步声先是踢踢踏踏的，然后突然慢了下来，来人大概是听了两秒墙角，立马惊慌失措地落荒而逃。不用想，这人一定是周雨。

叶濛也反应过来，同李靳屿对视一眼，已经二话不说地往回跑：“我去开车，你去追。我看过地图，那边出去就是松安路，我在松安路路口堵他！”

压根不用到松安路，李靳屿追了一条街直接抄近路就把周雨给堵了，还慢慢悠悠地倚着斑驳的墙抽了根烟等了他一小会儿。周雨跑得气喘吁吁，弯着腰，双手撑在膝盖上，上气不接下气，狼狈不堪地看了李靳屿一会儿，下一秒又猝不及防地撒腿往反方向逃跑。

结果他又被李靳屿堵在另一条巷子里。

周雨这次更喘，嗓子开始冒烟，喉咙里仿佛都是吹不散的沙子，对面那个男人却依旧淡定从容地倚着墙抽烟。

周雨双手撑在膝盖上，一边警惕地看着他，一边深深地吸了口气，最后一次蓄满全身的力气，像一张刚拉开的弓箭那样蓄势待发，然后掉头就跑！

这次那个男人好像没追上来，他身前抱着一个黑色大包，跌跌撞撞地往前方有着黄色光亮的路口全力以赴地冲过去。他用尽了全身力气，肺里全是冰冷的空气，一边跑甚至一边咳嗽，时不时地回头看身后那个男人有没有追上来。

嘀嘀——

周雨蓦然回头，这才发现路口横着一辆车。他缓缓停下来，知道自己逃不出去了，本以为是冲向了光明，谁知道那朦胧的月色好像一座牢笼，铺天盖地地笼罩下来。

然而李靳屿比他更早到，从另一条巷子的拐角处悠悠然地走了出来。

周雨觉得自己像被他耍了一样，一步步被这个男人逼进他布置好的陷阱里，瞠目结舌地喃喃道："你、你、你！！"

如果说九门岭是富二代们的天堂，是这座城市夜晚的激情所在，那么娉林洞就是小姐、嫖客们的逍遥地，是这座城市最见不得人的地方。而这个地方的环境，简直堪比臭水沟，斑驳发霉的墙体、满地发臭的污水、横陈在沟壑里的死老鼠的尸体，甚至还有被流浪狗翻倒的垃圾桶里被使用过的避孕套、验孕棒、带着血的卫生巾。

怎么看，这个环境怎么让人绝望，像一座怎么都逃不出去的人间炼狱。

李靳屿就在这样一个破烂不堪，甚至令人作呕的环境里，缓缓地朝着周雨走去。

周雨当时觉得，像李靳屿这种高高在上的阔少爷，怎么会懂他们这种底层人的绝望和无助呢？为了一块三十万的手表，对方居然可以在这种地方不遗余力地跟他周旋，甚至像玩老鼠一样追赶他。

周雨不敢想象自己落到对方手里会遭受怎样非人的折磨，毕竟他们这些富二代折磨人的花样最多。他想到这里，身子忍不住微微颤抖起来。

然而他没想到，李靳屿拎着一根不知道从哪儿捡的棒球棍，一手插兜，一手将棒球棍顶在自己后面的墙上，下巴冲门口的车随意一仰，明明这样子看着很坏，对自己说出的话却很绅士："手表你喜欢就拿着吧，但是你得跟姐姐道个歉，她差点儿因为你又自责了。"

周雨张口就说手表已经卖掉了，他愿意向叶濛道歉。

然而收到周雨的道歉的叶濛坚持要报警，手机已经举到耳边，结果被李靳屿随手抽掉。叶濛转头看他，正要斥他怎么能这么纵容周雨，却听到李靳屿说："我有话要先问他。"

两人倚着车门堵在昏暗的巷子口，周雨胸前抱着一个黑色大包，神情害怕地瑟缩在墙角，这画面倒像是两个成年人在打劫一个手无缚鸡之力的高中生。

巷子口隐隐散发着一股浓重的臭味，周雨觉得自己都快窒息了。可面前这个看起来贵气的阔少爷，却浑然不觉得难受，连眉毛都没拧一下。他可真能忍，周雨心想。

李靳屿随手把叶濛的手机丢进车里，双手环在胸前，语气散漫又好奇地问："睡什么小姐要花三十万？你告诉我一下，我有点儿没见过世面。"

叶濛下意识地瞥了他一眼，只见他眼睛紧紧盯着周雨，看起来是真好奇。

周雨低着头，嘴唇像粘了胶水，紧紧抿着，一句话不肯说。他此刻恨不得整个人化进这臭水沟里，随之东流。

"据我所知，这边的小姐也就三百块钱一晚，"李靳屿看着他笑了下，"说句难听的，你就是找了个处女，也不用花三十万吧？嗯？"

说完，他慢慢地站直身，一步步朝周雨走过去，周雨下意识地往后退了两步。

“帮人赎身?

“拿去赌了?

“你花了我的钱，怎么也得告诉我这钱花在哪儿了吧？”

李靳屿像一匹颇具耐心又绅士风度十足的狼，每句话都显得漫不经心，却又咄咄逼人。

周雨眼见退无可退，开始悄悄打量怎么找机会偷跑，却被李靳屿的一句话生生地钉在原地。

“别想了。娉林洞的九街十八巷我都知道怎么抄近道，也知道在哪儿堵你，再跑就没意思了。我的耐心有限，你要是什么都不想说，那咱就报警。这钱不是小数目，你如果拿去犯了法，以后警察找到我，我会很麻烦。说实话，你要不是她捡回来的，你以为你还能有机会站在这里？早在你偷拿我的烟的那天我就把你扔出去了。”

为什么这边乱，因为娉林洞的九街十八巷是罕见的每条巷子都通，在空中俯瞰，就像一个大迷宫，如果不是非常熟悉此处地形的人，很容易会被人甩掉，所以这边的不法勾当屡见不鲜。因为即使警察来了，犯事的人逃脱的概率也大。

周雨当然不相信，觉得李靳屿在唬他，抱着书包缩到墙角，支支吾吾地道：“像……你这样的人，恐怕都没来过这里，怎么会这么熟悉这里的路？”

“听过记忆宫殿吗？”不等李靳屿说什么，叶濛走了过来，没什么表情地说，“他看过一遍地图就记住了，不需要来过这里？所以你还不说吗？我们真的会报警，不是唬你的。我也没什么耐心了。”

不知道为什么，相比李靳屿，周雨反而更怕叶濛。这个姐姐就像一个定时炸弹，随时会引爆那种。

周雨终于退到墙根处，心头惶然，最终像一摊烂泥一样贴着墙缓缓滑倒在地，抱着脑袋低声说：“我不是找小姐，我是来找一个叫‘引真大师’的人。”

周雨简直就是贫民窟里翻版的李靳屿，除了他们家没有李家这么有钱，他们承受了同样的家暴。叶濛终于明白自己当时决定带周雨回来的冲动来自哪里，甚至心里一直隐隐觉得这是冥冥之中的安排。其实当时郜明霄的一句话，他们都没有注意，周雨有点儿像李靳屿，特别是那双眼睛。但偏巧周雨生得没李靳屿好看，显得过于阴柔。

周雨的爸爸是个赌鬼，三天两头打老婆和孩子，周雨有五六个弟弟妹妹。但周雨的爸爸谁也不打，只打周雨和周雨的妈妈。因为周雨天生女相，性格又懦弱，说话嗓音也跟女人一样尖细，直白点儿说就是娘。镇上的人都说这孩子投错胎，是他爸的报应，又在背地里嘲笑周雨不是他爸亲生的，于是周爸时常打他出气。周雨十岁那年，爸爸疯了，说要杀了妈妈。爸爸怒火滔天地抓着妈妈的头往墙上狠狠砸去，妈妈哭得声嘶力竭，无论她怎么求饶，周雨的爸爸也不肯放过她，甚至一遍遍地抓着周雨的妈妈的头狠狠往墙上撞。那声音，就像有人拿着一个大铁锤在重重地凿墙，周雨无法想象当时妈妈的脑袋该有多痛！

几个弟弟妹妹都觉得爸爸只是发泄发泄，忍忍就过去了，谁也不敢吱声。

周雨很绝望，因为只有他听到妈妈奄奄一息的求饶声和哭泣声，也知道他爸爸打人到底有多痛。那晚周雨偷偷跑出去报了警，后来警察来了，妈妈险些丢掉一条命。可然后呢？周雨当时只有十岁，却告诉警察他要告爸爸家暴，然而他的妈妈一直沉默不语，像一具没有温度的干尸。当时的警察又哪会把一个十岁小孩儿的话当真，草草问了两句就走了。

结果可想而知，因为妈妈的软弱，周雨又被父亲抡着打到半死。周雨的父亲足足打了周雨一个小时，一边打一边骂他小贱蹄子。周雨的妈妈还是不说话，像死了一样。周雨想，自己大概也在那晚死去了。

然而周雨没想到，上了高中，他的噩梦才开始。起初是因为他说话尖声细气，被同学取笑，渐渐地，取笑变成了恶意玩弄。他们最开心的不过是想看他尖着嗓子大叫：“你们够了没有？！”

他们激怒他、欺负他，不过是想看他这个娘娘腔怎么发火。他们一天的快感都来自他的丑态。对周雨来说，这些羞辱跟爸爸的毒打比起来都算不了什么。他们爱笑便让他们笑，他觉得他既然是个异类，就应该活在地底。直到有一天，他跟一个富二代起了冲突。

而这个富二代折磨人的方法简直花样百出。

富二代想寻点儿刺激，便逼着周雨去偷钱，去掀女生的裙子，还拍下视频放到论坛上，让周雨成为众矢之的。周雨如果不答应照做，富二代就二话不说把他拖进厕所去打，打完了狠狠地踱上两脚。

十七八岁本应该是见山是山、见海是海的年纪，可周雨被这个恶魔一步步地拖进了深渊里。

后来周雨被逼得退了学。但偷东西这种事情，一回生两回熟，三回就会上瘾，周雨发现自己已经戒不掉这种瘾了。他甚至不知道自己什么时候偷了这件东西，就是不知不觉地伸手去拿了。

有一回，他在外头偷到了这位“引真大师”身上，结果还被捉了现行。那时候他的手法已经很老到，在那之前他从没失过手。那是他第一次失手。

引真大师瞧他年纪轻轻，并没有同他计较，甚至苦口婆心地劝他回头是岸，临走时还从一个布袋子里掏出一本书送给他。

听到这里，靠在车上的李靳屿轻轻弹了弹烟灰，问：“什么书？”

这本书周雨随身带着，他每天几乎都要看好几遍，里面有很多话写进了他的心坎里，但他不知道该不该把书拿出来，迟疑地看着两人。

李靳屿皱了皱眉，没耐心了。

周雨立马将书掏了出来：“就这本，《门》。”

整本书的书皮是全白的，没有任何腰封之类的设计，就正中央一个大大的“门”字，甚至连作者是谁都没写。书的设计很简洁，但也很盗版。李靳屿靠在车门上低着头，一手插兜，一手掂着书来回翻看了一下，很快便无语了：“亏你还上过学，这是非法出版物你看不出来？”

周雨当然知道这是非法出版物。他正要说话，旁边猝不及防地插入一个声音。

“我怎么看着这书觉得这么眼熟呢？”叶濛把书抽了过去。

李靳屿又觉得可能是自己孤陋寡闻了，悠闲地靠着车门，双手环在胸前，做出一副洗耳恭听的样子：“来，两位，给哥哥说说，这是什么惊世巨作？”

叶濛就着昏黄的路灯翻了两页书："我确定我没看过内容，但书封我好像在哪儿见过。你别吵，让我想想。"

李靳屿怕她眼睛看瞎，一把抽过书，丢回周雨的怀里，继续靠着车门问道："然后呢？你为什么找这个'引真大师'？"

周雨说："'引真大师'说人活着得有点儿信仰，不能像我这样不明不白地活着。'引真大师'说如果我看了这本书想入门的话，就到北京的嫏林洞找他。"

李靳屿说："所以呢？你把手表给他了？入门费是吧？"

周雨摇了摇头："'引真大师'是好人，不会要我的东西的，而且我没见到'引真大师'，来的是一个光头男人，长得跟'引真大师'有些相像，但我可以确定他们不是一个人。"

"表呢？"叶濛只关心这事。

周雨对李靳屿说："我不是故意要拿你的表的。我只是想拿你的衬衫穿，衬衫当时就丢在洗衣机上，我着急忙慌地往包里塞，出来翻包的时候才知道里面夹着你的手表。那个男人说，入门之前得把身上最值钱的东西扔进一个筐里，以此表示我们的诚心。我不敢扔你的表，就把我妈给我的玉佩扔进去了，结果那帮人觉得我不够诚心，把我赶出来了，表被他们拿走了。"

"走吧，报警。"李靳屿二话不说，转身上车。

叶濛没跟上去，而是低头靠着车门，一动不动。她不动，周雨更不敢动，眼神小心翼翼地打量着她。最终叶濛只是冷淡地瞥了他一眼，什么都没说。

她打开车门上车后，淡淡地扫了周雨一眼："上来。"

等三人坐定，叶濛坐了一会儿，对李靳屿说："我想起在哪里看见过这本书了。"

李靳屿回头看着她："在哪里？"

"我妈那儿。"叶濛说，"当初我妈死后，警察交给我们的遗物里，就有这本书，是在我妈的车里发现的。"

李靳屿："你妈信什么东西吗？"

叶濛摇头："我说不上来，好像没有，但我去北京读书之后，其实家里发生的事情我知道得不多。”

李靳屿头也没回，向后冲周雨摊手道：“把书给我。”

周雨老实巴交地把书递过去。

李靳屿低着头随手翻了翻。

叶濛开着车，时不时瞅他两眼，看着李靳屿低头认真看书的样子，好像又回到了宁绥那时候。他看书，她就趴在桌上看着他，数他密密麻麻的睫毛，玩他的手。

他那时候又乖又闷骚，一点儿都不像现在这样咄咄逼人，像只小猫，有时候高冷有时候黏人。

李靳屿随手翻了两下书，发现没什么异常，都是一堆心灵“鸡汤”，就是网上随处可见的那种，叶濛的妈妈被骗正常，周雨这种年轻人居然还能上当。李靳屿挺诧异地把书丢还给他道：“年轻人都不上网吗？这种心灵毒‘鸡汤’你要想听的话，我旁边这位姐姐分分钟能给你编三本。”

叶濛斜眼看过去：“你是在骂我吗？”

“没有，夸你呢，”李靳屿大大咧咧地靠着座椅背，懒洋洋地踮了下脚，垂着眼皮睨她，甚至摆出一副跟她清算旧账的架势：“你不是挺能说的吗？不是还要为我打江山吗？江山呢？在哪儿呢？”

周雨一头雾水，壮着胆子小声问了句：“你们是什么关系啊？”

李靳屿一副贼欠扁的样子，漫不经心地看着窗外的夜色：“你猜。”

结果叶濛的手机响了，来电人是郃明霄。

等挂掉电话，叶濛摘掉蓝牙耳机，对李靳屿说：“我现在得去接勾恺，我把你和周雨放在警局门口？”

李靳屿：“回丰汇园。”

叶濛愣了愣：“你不报警了？那伙人明显是个传销组织。”

李靳屿淡淡地说：“你别管了，去忙吧。”

两人下车，李靳屿和周雨站在大门口。

院子里有股淡淡的石榴叶的清香，李靳屿一边摁密码锁，一边对周雨说："有什么东西要用，跟我说了再拿，再偷一次，我直接把你扔进警局。我留你下来，不是想拯救你，是要见'引真'，你给我想办法。"

其实周雨性格唯唯诺诺的，李靳屿这种气势周雨压根招架不住，只能点头说："知道了。"

"还有，这件事不要让姐姐知道。"李靳屿边进卧室，边懒洋洋地叮嘱了一句。

梁运安万万没想到，那位匿名寄监控带的小哥会主动找上他。

梁运安在心中做了很多设想，这位匿名大神应该是骨瘦如柴的技术宅，再或者也可能是满脸痘痘的二次元宅男，甚至可能是个油头肥耳的大叔。

但他完全没想到，那人会是眼前这个英俊男人，甚至用英俊形容都太过肤浅，眼前的人看着太干净、清瘦，五官深刻，眼角有淡淡上翘的弧度，显得整个人有点儿清心寡欲，但是一笑起来就不清心寡欲了。

"梁警官，我是李靳屿。"他扶着门框，彬彬有礼地做着自我介绍。

梁运安觉得这名字有点儿熟悉，可一下没想起来到底在哪儿听过这个名字。

"叶濛妈妈一案的目击者。"李靳屿又补充了一句。

"啊！是这个、是这个。"梁运安懊恼地拍着生锈的大脑，忙说，"我记得你！啊，是叶濛让你来找我的吗？你俩是什么关系？"

李靳屿说："夫妻。"

梁运安震惊得差点儿瞳孔地震："难怪那天她的反应那么大。"

李靳屿说："我暂时不想让叶濛知道我找你这件事，所以就冒昧地私下托人联系到你。"

"为什么？"

"先进来再说吧。"

两人坐到沙发上，屋里还有个人。梁运安愣了愣，问李靳屿："这是？"

李靳屿穿着一身松垮的睡衣，双手插在兜里：“周雨，打个招呼。”

周雨唯命是从：“梁警官你好，我是周雨。”

太阳只剩下半圆，挂在天边，赤红色的霞光一层层地落进小院里，透过密密的石榴树枝叶，落下稀疏斑驳的光影。梁运安看完李靳屿给的所有资料，沉默了一会儿，才郑重其事地说：“这件事太大，我觉得得报市局处理。”说完他看了眼周雨，眼神有所顾忌：“如果这小子没撒谎的话，娉林洞的事我们警方都在关注，从没听过‘引真大师’这号人物。”

周雨被质疑，心急如焚地道：“我没撒谎，我发誓说的每句话都是真的！”

梁运安没搭理他，接着对李靳屿说：“你这边还有什么线索？”

李靳屿扫了周雨一眼，周雨自动自发地去院子里了。李靳屿这才说：“叶濛的妈妈自杀那晚，我在对方的车上看见的那个男人就是王兴生。但这件事我不想让叶濛知道，因为那天晚上，王兴生跟她妈妈在车里发生了关系。”

梁运安心头一紧：“你看见了？”

“嗯。”李靳屿低着头说。

他弓着背，胳膊肘撑在大腿上，埋着头，好久都没说话，半晌后，才哑着嗓子说：“确切地说是我哥看见了。知道她妈妈死了之后，我哥不愿意报警，我不敢说我没看见的事情，所以当时只说车里还有个男人。后来我在家里看见王兴生，怕给我妈惹麻烦，就听我哥的话回去改了口供。

“我这几天反反复复在看这本非法出版物，突然发现一个问题，这些‘鸡汤’灌输的都是一个思想——消除他们对死亡的恐惧。对普通人来说，死亡背后是无间地狱，但是对有信仰的人来说，死亡背后可能是另一扇通往天堂的门。像周雨、叶濛的妈妈……有无数对生活充满恐惧的人，会听信这个‘引真大师’的洗脑说法，而所谓的寻找信仰，只是引诱他们自杀。”

梁运安觉得李靳屿这个脑洞开得有点儿大，听得头皮发麻："王兴生呢？他有钱有势，应该不会听从这个'引真大师'的洗脑说法。王兴生的案子或许跟这位'引真大师'无关？"

"不，王兴生的案子更诡异，就像你说的，他有钱有势，也没有患抑郁症，更没有理由自杀。现场的监控还被人改过，还有他17号失踪了一整天，种种迹象都表明，他不是单纯的自杀。我总觉得，王兴生好像想告诉我们什么。"

那晚，梁运安匆匆地从李靳屿家里离开。两天后，他给李靳屿打了个电话，声音难掩激动情绪："我们昨天特地派人又去了一趟王兴生家，好家伙，他家里真的有那本非法出版物。还有个好消息通知你，因为两个案子的共同点太多，你老婆的妈妈的案子，我们会申请并案重查。"

李靳屿挂掉电话，站在小院里，看着披着霞光的石榴树，这么多年来沉浮不定的心，忽然在这一瞬间安定下来。

周雨却有点儿惊魂未定："所以，我要是入了'门'，就是去找死？"

虽然说活着也没什么意思，可周雨觉得自己苟延残喘地活到现在也太不容易了。

李靳屿倚着院门，低头扫他一眼，转回头继续看着那棵石榴树，懒懒地点了点头："目前看来是这样，但无论怎么样，我还是要见见这位'引真大师'。感谢姐姐吧，没有她，你大概已经被'引真'洗脑了。"

周五，瀚海阑干有场慈善拍卖会，听说是李凌白为了上次"长钟鼎"失拍事件特意举办的，李长津和李靳屿都会出席。

上午叶濛一进办公室，邰明霄便把邀请函响亮地甩在她的办公桌上："慈善拍卖，李凌白又来挽回口碑了。"

叶濛懒洋洋地仰在老板椅上，来回翻看着邀请函："我很好奇，李家到底多有钱？去年一年在全国各地开了三十场慈善拍卖会，现在古董生意这么好做吗？为什么咱们谈个客户还要求爷爷告奶奶的，恨不得给他们当孙子？”

郃明霄一屁股坐在她的办公桌上，一本正经地给她解释道：“给你打个比方，我跟勾恺两个家族的财力加起来可能还没李家的一半。李长津本身就有四分之一的英国血统，比Oliver绅士多了，快八十了还风度翩翩，说实话，现在的小姑娘都喜欢这种人。”

“大哥，我问的是古董生意这么好做吗？你跟我扯血统？”叶濛好笑地看着他。

郃明霄叹了口气道：“你以为中国的古董都在中国啊？早年流失在国外的那些东西才是大宝贝，而且在咱们国家是国宝，那是要上交国库的东西，在外国人手里才是真正私有化，所以为什么他们的古董生意好做，因为李长津有国外背景啊。”

“……”

郃明霄又说：“我听说今天晚上李家有大战。李凌白想接受李长津手里的股份，但李长津将手上所有的股份都给了大儿子，李凌白一分钱都没捞到，余下还有百分之十五的股份，你猜李长津给了谁？”

叶濛眉心跳了一下。

“李靳屿啊，从此以后，他就是京城最有钱的公子哥了。”郃明霄发自内心地感叹了一句。

“最有钱的公子哥就这么点儿股份？”

“姐们儿，”郃明霄一脸“你不懂”的样子，“这么点儿股份已经可以呼风唤雨了好吧？”

郃明霄一拍脑袋瓜，灵光一闪道：“我得赶紧让泱泱抓紧了。”

叶濛感觉心头一紧：“什么泱泱？”

郃明霄：“郃泱泱，我妹妹，要不是当年我看不得我妹妹早恋把两人的事给搅黄了，他俩早成了，李靳屿为这事还记恨我好多年呢。”

第十四章
隐婚

李家大宅。

在拍卖会开始前三个小时，李靳屿弓着背，一只手夹着烟，搭在二楼阳台的栏杆上，手机举在耳边，面无表情地看着李凌白的车缓缓地从树影幢幢的大门开进来，耳边是梁运安抱有遗憾的声音：“我昨天跟市局申请，本来想邀请你协助我们破案，但李凌白目前还是嫌疑人之一，你又是她的儿子，基于回避制度，上头没同意，不过我会再争取试试的。唉，你这脑袋放着不用太可惜了……”

车门打开，紧跟着，李凌白盛气凌人的高跟鞋声在花园里噔噔作响。李靳屿弹了下烟灰：“嗯，了解。”

梁运安无可奈何地说：“我们的头就是个爆炒的鹅卵石子，油盐不进，我再找机会劝劝他。我是百分百相信你的——不过我们头因为你这件事受了些启发，昨天找了几个像你这样的记忆专家，希望也能有进展吧。”

“好，祝你们早日破案。”

叮咚声响，别墅电梯到二楼，李靳屿适时地挂断电话，把手机揣回兜里，一手夹着烟抽了口，目光盯着缓缓打开的电梯门。

一个面容清丽的女人从里头走出来。李凌白保养得非常好，五十出头，皮肤仍然通透有光泽，甚至看起来比很多年轻小姑娘水嫩。李靳屿知道她会定期去医院打各种针，但这么久没见，不得不说，这张脸相比从前，其实松垮了很多，而且，有点儿整容脸的样子。

李凌白却觉得李靳屿越长越妖孽，快三十了，还是二十七？她记不清，反正她是觉得这张脸几乎没怎么变，好像还比从前更白了，轮廓更分明，更有男人味了。更可怕的是——那双深黑色的眼睛，一如既往地干净，永远清澈无辜得好像所有人都欠了他的样子。

李靳屿倚着栏杆，把烟掐了，冲她扯了扯嘴角，叫了声："妈。"

他还是那副样子，这么多年一点儿都没变，装模作样。李凌白冷冰冰地嗯了声："你外公呢？"

"在书房。"李靳屿说。

李凌白没理他了，回头嘱咐秘书看好她的宝贝儿子，当然是说那个个子可能还没到李靳屿的大腿根的小孩儿。小孩儿叫李卓峰。其实李卓峰长得不太像李凌白，瘦骨嶙峋的身子显得整个人有些干枯，看着像一个行将就木的老人，完全没有小朋友的天真和朝气。但好在那双葡萄似的眼睛很明亮，不得不说，李凌白虽喜欢整容，但她底子确实好。李靳屿和李卓峰的眼睛都像极了她。

李凌白大约不怎么跟李卓峰提李靳屿，所以李卓峰对他陌生又好奇，怯生生地叫了声："哥。"

李靳屿对这个便宜弟弟没什么特殊的感情，不讨厌也不喜欢，只靠在栏杆上淡淡地嗯了声。然而李卓峰似乎想走过来找他，结果被秘书小姐牢牢地扒住肩膀摁在怀里，好像李靳屿是什么洪水猛兽。看来李凌白对他是枕戈待旦了。

李靳屿便决定逗逗李卓峰，一手插兜，一手懒洋洋地冲着李卓峰勾了勾。李卓峰受了蛊惑般鬼使神差地挣开秘书小姐的手，飞蛾扑火一般朝李靳屿冲了过去。秘书小姐脑中只有一个念头——李卓峰这个二哥，要是铁了心想勾引谁，还真没女人能躲过，而且老少皆宜啊。

李靳屿从兜里摸出一颗糖："吃吗？"

李卓峰眼馋地点了点头。

"哥给你剥？"

"好。"

李靳屿倚着栏杆，夹着烟，三两下剥开糖纸，随手将糖喂进小孩儿的嘴里，另一只手将糖纸揉作一团递给李卓峰，轻轻拍了一下他的脑袋瓜，看着他的眼睛慢慢地说："帮哥哥丢进那个棕色的垃圾桶里。"

不知两人聊了什么，李长津雷霆震怒，李凌白脸色铁青地领着秘书风风火火地离开了。晚上的慈善拍卖会，李长津没有出席，李靳屿自然也没来。郃泱泱兴冲冲地扑了个空，失落地坐在位子上支着下巴像望夫石一样，眼巴巴地看着拍卖会展台的第一排处那两个空荡荡的位子，其中一个写着李靳屿的名字。

郃泱泱穿着一件薄纱抹胸鱼尾裙，露出精细的锁骨、天鹅颈和几乎要翩翩飞舞的蝴蝶骨，像一只花蝴蝶，漂亮得不可方物，胸口位置扎着一个大大的蝴蝶结，整个人看起来就像一个礼物，恨不得能被李靳屿亲手拆掉。

她确实是李靳屿会喜欢的那种类型——乖巧、懂事、好骗。

郃泱泱一边刷微博一边跟她亲哥闲聊。郃泱泱是典型的饭圈女孩儿，整个微博首页都是各种明星的个站和粉头大V，还爱管李靳屿叫哥哥："哥哥今天真的不来了？"

郃明霄刚跟李靳屿通完电话："嗯，说是老爷子拉着他去打高尔夫了。"

"不是吧？那我今天这妆不是白化了？"郃泱泱垂头丧气地抱怨道。

"哥能让你白化吗？"郃明霄饶有兴致地扫了她一眼，"他打完高尔夫会过来接我们。"

"真的？"郃泱泱有点儿激动。

"嗯，到时候哥找个理由消失，你抓紧机会啊。"

郃泱泱两眼泛着光，却突然静下来。

"怎么了？"郃明霄不解地问。

郃泱泱忽然又有一种近乡情怯的感觉："你说哥哥这么几年在外面，会不会有女朋友了啊？"

"不可能，'傻白甜'这么单纯，这么多年来对女人不都清心寡欲得跟个和尚似的？我有时候都怀疑他的性取向是不是有点儿问题，”郜明霄为了增强自己这话的说服力，还踩了一下坐在一旁自始至终不发一言的叶濛，“看见没，我身边这位大美女，那天在车上，他可是连看都没看她一眼。叶濛当时跟他搭话，他也只是冷冷淡淡地哦了声。”

叶濛：“……”

郜泱泱眼睛像冒着星星：“哥哥也太清心寡欲了吧，面对叶姐姐这种顶级大美女他都没动心吗？”

“完全没有，”郜明霄斩钉截铁地摇头，“不用担心，反倒是上次你要向他表白那次，我故意拉着他打球到半夜，他记恨我好几年呢。”

郜泱泱面颊微微泛红，眼底是难掩的欣喜之色，也有少女怀春的犹疑和不自信：“哥，是你想多了吧？”

“哇，你真的越活越回去了，”郜明霄简直要被这个胆小如鼠的妹妹给气死了，“你小时候跟他玩过家家的勇气呢？谈恋爱不就是从想多开始的吗？我想多了以为你暗恋我，你想多了以为我喜欢你，然后两个人渐渐开始注意彼此。你要是时时刻刻提醒自己这不应该那不应该，活着还有什么意思？人生还没开始，你已经自我阉割了。”

“那我等会儿怎么……办啊？”郜泱泱已经有点儿跃跃欲试了。

郜明霄给出建议：“表白，强吻。”

听到这里，叶濛突然呛了一声。

郜明霄：“你看，你叶姐姐也觉得我这个办法很好。”

砰的一声，球攻上果岭，李长津转身将球杆递给身旁的球童，拿了块白手帕慢条斯理地擦拭着手上的汗，扫了一眼一旁靠着的李靳屿：“其实生活跟打高尔夫球一样，你得放低姿态去打，而不是没挥几次杆，就急着抬头去找球，看球的落点。真正高尔夫球打得好的人，要先学会低头。”

李靳屿知道他意有所指，倚着球柱，笑着低了下头：“我的姿态还不够低？要我跪下吗？”

李长津笑了笑没说话，在旁边的椅子上坐下，示意球童把球杆给李靳屿：“来，让外公看看，八岁教你的高尔夫技术现在如何。”

李靳屿很久没打了，也不太喜欢这种绅士活动，所以不露声色地靠了会儿，然后才懒洋洋地伸手接过球童手里的球杆，态度散漫地说了句："打完这局，我不陪您了啊。"

李长津挥了挥手："先打，再打个信天翁给外公看看。"

所谓信天翁也就是高尔夫球里的一杆进洞，比如标准杆为三杆的高尔夫球，如果打出了一杆进洞，这种球叫老鹰球；如果标准杆为四杆的一杆进洞，这种球便叫信天翁。

李长津打了一辈子球也没打出个信天翁，反倒是李靳屿在八岁那年懵懵懂懂地打出了个信天翁。

现在的李靳屿自然打不出来了，但也算勉强合格，打了个小鸟球——两杆进洞。

李长津有些失望："刚刚脑子在想什么？"

李靳屿把球杆交给球童，在李长津身旁坐下，两腿叉着，搭着手，埋头沉默了一会儿才说："想您为什么要把股份给我，又为什么我妈没得到一分钱。"

李长津扭过身，一边给自己倒茶，一边看着他说："心疼你妈了？"

李靳屿笑了下："说实话嘛，她毕竟是我妈——"

李长津老神在在，从容自如地轻轻吹着茶叶末："行了，在我面前不用装了，我知道你在调查她。"

高尔夫球场格外亮，这是李长津的私人球场，空旷得只有他们俩，李靳屿脸上的笑意渐渐凝住。

李长津眼神深沉，像一片广袤的森林，平静的黑夜底下，掩着无数的危机，好像风云变换不过在他的一念之间："这百分之十五的股份，能让你放过你妈吗？"

李靳屿低着头沉默半晌，舔了下嘴角，喉结微微滚动，冷笑道："所以她在背后究竟做了多少见不得人的事，您愿意拿股份来收买我？"

李长津摇了摇头："靳屿，这股份不是今天才定下给你的，是从你出生那天开始，我就说过等你成年后，会将瀚海百分之十五的股份转给你。只是我病来如山倒，你又流落南方。”说到这里，李长津再次意味深长地看了他一眼，语重心长地道，“站在权力和金钱的顶端，你就会发现，很多事情其实让人身不由己。你真的相信这个世界有公允存在吗？你真的相信战胜邪恶的一方一定是绝对的正义吗？不，这世界从来都不公平，战胜邪恶的势力有可能是另一股更邪恶的势力。因为每个人心里都有恶，所有人都懂兔死狐悲这个道理，但是大多数人没意识到，当兔子死了，自己或许就是那只可悲的狐狸，因为事情没有永远的对立面。”

“所以我妈做的事情，您默许了是吗？”李靳屿像是忍无可忍，侧着头，语气有些重地说，“包括她跟Oliver合作，恶意抬价，让国人望而却步，最后‘长钟鼎’被一个外国人收入囊中，或许永远也回不了中国的事？您知道她从中拿了多少回扣吗？”

李长津显然是震惊的，那双苍老的眼里波澜壮阔，情绪暗涌：“你确定吗？这种事没证据不能乱说。”

李靳屿两手搭成塔状，低着头没说话。

李长津叹了口气：“算了，我以为她只是玩弄权术，如果真涉及这种层面的事，我必定第一个不放过她。她这几年做事确实越来越激进，很多圈内老前辈对她越来越不满。那天小刘给我看了一个叫什么微博上的扒皮帖子，人家把咱们家扒了个底朝天。”

自从“长钟鼎”流拍，国内收藏界的华人对李凌白已经怨声载道，积压多年的愤懑终于浮出水面。得亏李凌白有个好公关，每次网上有点儿蠢蠢欲动的小火苗就会被他及时浇灭，不了了之。

然而这次国宝流失，还以这么高的价格被外国人拍走，算是触了所有文物爱好者的逆鳞。李凌白彻底被人扒了个底儿掉，还连累了李长津。

邰泱泱正在拍卖会现场看这个扒皮帖看得津津有味，还幸灾乐祸地评头论足：“哥哥的妈妈，料好多啊。我就知道她的鼻子肯定是做的，不然怎么会那么挺？不过她保养得真的挺好的，那皮肤完全看不出来她已经五十了。”

叶濛发现这个邰泱泱挺有意思的，一般心上人的妈妈被人这么扒皮，多少应该有点儿气愤加看不下去，她是吃瓜吃得美滋滋的，还不断拿胳膊肘捅她哥哥，大惊小怪地道："哇，原来李卓峰是人工授精得来的？难怪他这么营养不良的样子，跟哥哥一点儿都不像，哥哥真的好帅啊。咦，这张照片是不是从他的学生证上抠下来的？样子看起来水嫩水嫩的。"

郃泱泱又操心地道："唉，已经有人开始扒哥哥了，别啊，他有那么多黑历史，禁不住扒的，校内论坛上一搜，全是他当年做的那些事。"

叶濛突然觉得这姑娘有点儿可爱："手机拿过来看看。"

郃泱泱啊了声，立马兴致昂扬地跟她分享起来："我跟你说，哥哥真的好可怜的，以前那件事根本不是他的错，他就是好心被当成驴肝肺，被那几个老头骗了，结果那些没良心的坏人把他推出来顶缸，哥哥都没为自己辩解过一句。"

"他为什么不辩解？"

"哥哥是为了保护那些小孩子啊。因为后来事情闹大了，国外有人站出来挺哥哥，舆论的风向就有些变了。结果协会那几个老头一看事情还有转圜的余地，二话不说就把所有的责任都推到了当时的那群小孩儿身上。然后你知道的，哥哥长成那个样子，学校里也有不少喜欢他的女孩子，老头就利用那些无知少女带节奏，她们开始在论坛上疯狂地攻击那些小孩子，说他们自己没智商还怪哥哥。如果哥哥再解释记忆宫殿什么的，那些女孩子恐怕更要疯了，所以哥哥什么都没解释，直接退了当时正在参加的一个比赛，让风波平息。"

拍卖会散场，人流渐渐拥出去，李凌白从头到尾就没现身。众人心里也都非常清楚，这不过是她用来挽回口碑的手段罢了，一场慈善，三百万成交额，清晰透明一分钱不少地全部捐给希望小学。

微博上评论热门又是万年不变的统一说辞："赞！这才是中国的企业家！"

如果不是圈内人，大多数路人对李凌白的口碑还是很认可的，至少她是每年都兢兢业业，并且为数不多的愿意致力于公益事业的慈善家。

有时候一个圈就是一堵墙，墙外的人看着那红杏枝头高高挂，光鲜亮丽，只有墙里的人知道这里面到底裹着什么鸡屎鸟蛋。

李靳屿已经等在门外，仍穿着衬衫和西裤。他来北京之后，好像衣服就只剩下这种黑白衬衫了，在朦胧、迷离的夜色里，显得极简约又冷漠。他似乎又瘦了些，腰上的衣服看着有些松垮。

那天郜泱泱临阵脱逃，没表白、没强吻，反而在李靳屿出现前的一瞬间，像只偷吃奶酪的小老鼠，落荒而逃。

李靳屿手插着兜，靠在墙上，看着张皇失措地落跑的“花蝴蝶”，问郜明霄：“你妹怎么了？她怎么见了我跟见了鬼似的？”

郜明霄恨得牙痒痒，最后只能咬着牙说：“算了，下次再说。对了，我得去一趟公司，先走了。”随后他急匆匆地对叶濛说：“车我开走了，你打个车吧。”

叶濛嗯了声，然后就只剩下她和李靳屿了。

五月的北京风狂且急，毫无章法地在身后哗哗地刮着。两人背后像一个刚刚被狂风骤雨扫荡过的世界，纸屑、风沙、树叶……被卷到半空中飘浮着，树梢间甚至传来沙沙沙的摩挲声，天地间混沌一片，他们好像身处乱世之中的两个旅人，被彼此的目光生生地定在原地。

叶濛今天一身蓝色西装，里头是件低领西装小背心，露出胸口一大片白皙细嫩的皮肤，显得成熟干练，散发着春情之欲，偏像乱世里被风吹乱却傲然独立的玫瑰。她难得笑得明媚肆意，偏头怔怔地瞧了他好一会儿，然后抽出一只环在胸前的手，冲他轻轻勾了勾手指。

李靳屿走过去，不等他说话，叶濛就搂住他的脖子将自己送上去，在车水马龙、霓虹闪烁的十字路口轻轻踮着脚吻住他。

郜明霄刚上车，但凡他这时候往窗外看一眼，便会瞧见那昏暗得像末世一样的路口，上演着这令人心动而又震惊的一幕。而他浑然不觉地哼着小曲，打开电台，慢慢将车拐出了十字路口。两人亲吻的画面像一幅唯美的画远远地映在他的车子的后视镜上，不断被拉长，然后不断缩小，他却没有给予一个眼神。

李靳屿意图加深这个吻，叶濛却松开他要退回去。

李靳屿揽着她的腰不肯放。但凡这会儿两人身旁有人经过，都能听见这个男人很不要脸地在女人的耳边低声邀请她更进一步：“去我那儿？”

这低沉诱惑的嗓音听得人耳郭一热，心跳骤然怦怦狂跳。他说着这样直白坦率的话，就好似他们是一对大胆奔放的纵欲男女，只图一夜的爽快。

叶濛则浅尝辄止，轻轻推开他，有点儿得逞地道：“不要。我等会儿要飞一趟海南，陪不了你。”

“去做什么？”

“有个宝石展，勾恺让我去看看。”

李靳屿算是听出来了，冷眼睨着她道：“故意逗我的？”

叶濛笑了笑，拍了拍他的脸：“谁知道你这么不禁逗啊，弟弟。”

“看来这两天你的心情不错？”李靳屿心想无所谓了，只要她高兴就好。

“还行吧。”叶濛懒懒地说。

“行吧，我送你回家。”

那晚之后，叶濛在海南待了一周。那一周，两人的关系似乎又有了一丝新的变化，偶尔两人会通电话，偶尔视频连线，偶尔会像从前一样，开着视频然后什么都不说，就静静地看着彼此的眉眼，好像在乱世中寻找彼此内心最后的那一丁点儿温暖。李靳屿发现最近叶濛看他的眼神越来越缠绵，温柔得像云上的风，又像一朵化雨的云。

叶濛从海南回来那天是郃泱泱的生日，这帮富二代大概都有毒吧，一有点儿什么高兴或者不高兴的事，就喜欢在朋友圈刷屏，这毛病的源头不知道是在谁那儿。郃泱泱那天发了十几条朋友圈，一一晒着哥哥们送的精致昂贵的礼物。

给郃泱泱买礼物那天，李靳屿其实打电话问过叶濛：“郃泱泱要过生日了，你说买什么？”

叶濛当时在汗蒸，整个人仿佛蜕了一层皮，白得发光，看不到一丁点儿毛孔，皮肤就像一片嫩白的花瓣，纤细的脖颈上仿佛还挂着清晨的露珠，显得水嫩清透。她听了这话说：“随便你啊，你以前送什么？”

“以前，”李靳屿似乎在电话里短暂地回忆了一下，“不记得了。"

"小姑娘嘛，无非喜欢首饰、珠宝之类的东西咯。"紧跟着，叶濛若无其事地说。

李靳屿当时在黎忱的俱乐部，倚着俱乐部的大门，看那帮十八九岁的小孩儿在对面蜿蜒的公路上飙车，耳边是绵延不绝的尖叫声和沉闷的轰油门声。他面无表情地说："是吗？那我送她一条项链？手链？要不，我干脆送个戒指好了。"

"可以啊，随便你。"叶濛还是一副无所谓的样子。

李靳屿当时肺都快气炸了，觉得那会儿在汗蒸的应该是他，胸闷得都快透不上气了："挂了！"

那天之后，两人再没联系过了。叶濛此刻正翻着邰泱泱的朋友圈照片，真看到一个钻石戒指。

邰泱泱："哥哥送的戒指哦！爱心。"

叶濛心态平和地点了个赞，再无后话。

日子平淡无澜地翻过两页，周六，叶濛快被这种压抑的情绪憋爆炸了，给黎忱打了个电话。

黎忱那边听着很热闹，叶濛耳边全是说话声，依稀间还听见了邰泱泱叫哥哥的声音，以及那熟悉冷淡的一声嗯。

"人很多？"

黎忱走到外头，静了些，耳边尽是呼啸的风声："对，邰明霄组了个烧烤局。"

"我想飙车，你那边有车借我吗？"

黎忱熟稔地答应了下来："你过来吧，我给你找一辆。"

等他挂了电话再进去，邰明霄举着两串刚烤好的香菇递给一旁的邰泱泱的小姐妹，随口问了句："谁啊？你老婆啊？"

黎忱坐下，接着穿肉、涮酱，心不在焉地答道："叶濛啊，说要过来飙车。"

邰明霄以为自己听错了，掏了掏耳朵："她疯了啊？"

颇有个性的车厂里三三两两地聚着一堆年轻人，李靳屿这段时间一直窝在黎忱这里，不飙车，也不干什么，反正就窝着。弄得黎忱天天得过来看店，一到周末还得热火朝天地伺候这帮小孩儿涮肉。

黎忱神情麻木，认为自己是个毫无感情的涮肉机器，说道："不知道，大概她跟她老公吵架了吧，又不是第一次了，你惊讶什么？"

郃明霄惊讶得眉毛都要飞起来了："她以前来过？！"

黎忱说："一个月前吧，来过一次，也是因为跟她老公吵架了。"

郃明霄骂了一句："这丫头居然不告诉我，不拿我当朋友啊。"

此时坐在沙发上一本正经地看财经新闻、西装笔挺的勾恺，又嗤之以鼻地道："我就说他那乡下老公配不上她。"

郃明霄一边扇烤炉的炭，一边看热闹不嫌事大地怂恿道："这话我都听出老茧来了，有本事你挖墙脚。"

勾恺说："你以为我不敢挖啊？"

郃明霄嘁了声。他真是一把烤肉好手，这么会儿工夫又手脚麻利地烤好了一串香菇递给一旁的小姑娘们，还不忘讥讽勾恺："你暗暗拿勺子刨的吧？就你这速度，挖到猴年马月啊。"

没多久叶濛就到了，去了黎忱的更衣室准备换赛车服。黎忱倒没急着出去，靠着门框跟她闲聊："你要不要挑战一下山顶的小红旗啊？"

"什么小红旗？"

"就是挑战我的纪录，七分五十八秒，赢了小红旗上就改你的名字。"

"无聊，"叶濛没兴趣，"你要是把山顶那块地给我，我还试试看，一面小红旗，我闲着无聊？"

黎忱懒洋洋地靠着门，啧啧摇头道："你可别看不起那面小红旗，那可是F1方程式的冠军旗，仅此一面的好吧？"

"算了，我的车技不飞出去就谢天谢地了。"

"行吧，"黎忱不再勉强，临走前忽然想起一件事情，提醒了一句，"等会儿换衣服不要进错房间了，隔壁那间房有摄像机，要被拍走了别说我没提醒你啊。"

"你这么变态，在更衣室里放摄像机？"

黎忱笑了下道："不是，是郃明霄的妹妹，听说等会儿她要向李家那二公子表白，想记录下来，就提前放了台摄像机。这件事就李靳屿不知道，你别告诉他。”

“嗯。”

黎忱把车钥匙丢给她，转身准备回去给那帮小孩儿烤肉，结果一转头，看见那八卦的当事人斜斜地倚着更衣室门口的墙，吓得心惊肉跳：“你这小子怎么走路没声的？吓我一大跳。你听见了吧？当我没说，你自己装不知道吧。”

黎忱真是被这帮小孩儿闹得脑袋疼，当机立断地决定送走这拨人后就歇业两天。

事实上，李靳屿一进门，郃泱泱的小姐妹们瞬间相互对视，彼此心照不宣地频频打量那扇紧闭的门，有人小声说：“他好像去找那个超漂亮的姐姐了。”

郃泱泱正沉迷于偶像刚发的微博中，一边回复无数个爱心，一边心态贼稳地说：“不用担心，他不喜欢那个姐姐的。”

“真的吗？”众人面面相觑，心存疑惑。

郃泱泱又给她们喂了一颗定心丸：“真的啊，我亲哥说的。他俩第一次见面，叶濛姐姐主动搭讪，哥哥都没给过一个眼神。”

姑娘们纷纷感叹：“靳屿哥真的人如其名，好冷淡，好禁欲。”

“哥哥是真的清心寡欲呢，而且很纯情，这么多年来就没谈过一个女朋友。”

黎忱的更衣室其实算不上什么正规更衣室，三四平方米，四边摆着一个货架，上面丢着乱七八糟的杂物，头盔、车子零部件，还有一些杂七杂八的破铜烂铁。李靳屿个子高，一进来空间瞬间变得逼仄，叶濛转个身都困难，生怕踢到旁边的破铜烂铁，发出些不太正常的声音，引起外面的人的注意。

“李靳屿，你让开。”叶濛被他圈在门板之间。

“你发什么疯呢？”李靳屿像一堵冰冷又硬实的墙，但只有他自己知道心脏还在不正常地抽动，“你飙什么车？啊？你要不高兴，告诉我啊。你吓唬我是吗？”

刚才从黎忱嘴里听说叶濛要来飙车，李靳屿就大脑一片空白。从他哥死后，他就再也没有过这种心里发慌发紧的感觉。他现在心脏还在抽疼，每说一句话，都要重重地吸一口气，疼痛才能缓和下来。

他低头去看她，然后把她紧紧地抱进怀里，按着她的脑袋，心疼得发紧，摩挲着她的头发："你心里到底是怎么想的，能不能告诉我？别拿这种事情吓我行吗？"

"我没有吓唬你，我真的需要发泄。"

李靳屿将她抵在门板上，昏暗的杂物间里灰尘扑满天，静谧得呼吸间都是彼此的气息。叶濛甚至能听见他那强劲又压抑的心跳声，然后他一手撑在门板上，一手搂着她的腰，顺着她的发顶一路吻下去，最后温柔缱绻地含住她的耳垂，舌尖轻轻刮着她清秀的耳郭，一声声地哄道："我开，我带你上山顶，嗯？"

于是，李靳屿在俱乐部众人惊讶又茫然的眼神中，还有几位小弟弟一本正经地叼着扑克牌准备大杀特杀的时候，冲黎忱要了他那辆车的钥匙。黎忱顿觉不可思议，眼睛冒光："你开？"

李靳屿脸上没什么情绪，周身气压很低，声音也低："嗯，我带姐姐去兜一圈。"

以前李靳屿的车就没上过女人，这是众所周知的事，但今天这车要上女人，那几个小弟弟的扑克牌毫无疑问地齐刷刷被惊掉了。

黎忱哪还顾得上给他们烤肉啊，兴致大起："走、走、走，给咱小少爷掐表去。"

勾恺大大咧咧地道："走、走、走，掐表去、掐表去，肯定没我快。"

郃明霄眼里闪着激动之色："我上次跑到八分十五了。李靳屿这么多年不开车，我赌他进不了八分半。"

一群人还在起哄："走、走、走，掐表去！"

男人们还神经大条地在为李靳屿重出江湖而兴奋，女人们已经敏锐地察觉到这两人关系不一般了。

郃泱泱"吃瓜"吃着吃着吃到自己家，手机也毫无防备地惊掉了，咋舌地看着自己身边的小姐妹："我好像又盲目自信了？"

小姐妹安慰她道："没事、没事，姐姐这么漂亮，身材又棒，胸还这么大，泱泱，你虽败犹荣。”

九门岭是一座隐匿在城市中的寻欢地，山峰巍峨耸立，独霸着一方山头，群山为它俯首。车子沿着蜿蜒的柏油公路一路疾驰，便能看见波澜壮阔的云海，像笼着一层薄薄的面纱，又似欲语还休的少女。然而入了夜，这里就成了黑暗的少年，青山寥落，重峦叠嶂，显得神秘又刺激。

柏油马路空荡荡的，像一条清新的雾带逶迤而温柔地缠绕至山顶。山脚下围着一群异常躁动的年轻人。郃泱泱举着手机还在兴致勃勃地拍李靳屿：“哇、哇、哇，我上次看哥哥飙车已经是五六年前了，帅得差点儿没把我送走……”手机镜头不小心扫到了正准备上车的叶濛，郃泱泱再次兴奋，“姐姐也美炸了，绝了绝了，突然觉得他们好配，我想嗑CP了，呜呜呜，想找画手画图了。”

小姐妹A：“……”

小姐妹B：“……”

小姐妹C：“泱泱，你也别太过分了，姐姐结婚了。”

“也对，”郃泱泱意兴阑珊地收起手机，“那我还是别拍了，万一被别人看到对姐姐不好。”

叶濛此时已经换回来时的衣服，一件薄如轻纱的白色衬衫柔软地贴着她的上身，领口处系着一条同色系的假领丝巾，下身套着后高开衩的墨绿色鱼尾裙，紧紧地裹着她凹凸有致的身形和腰线。

叶濛不算骨瘦如柴，骨架小，身上的每一寸肉都跟用尺子量过似的标准、匀称。有句话叫过满则亏，叶濛身上永远拥有一种刚刚好的气质，就好像一朵花盛放到最佳状态。她要是愿意，永远能让别人看见那种状态——成熟热烈、妖媚冷艳，一副没什么不敢玩的样子。这样一个女人出现在这里，对这些寻求刺激的富家子弟来说，是一剂极具诱惑的猛药。所有人从一开始对李靳屿重出江湖的亢奋转变成了——啊，这尤物姐姐要是能上他们的车就好了。

李靳屿跟黎忱在一旁抽烟，叶濛倚着一辆红色轿跑的车门等着，山间的风像是一只小孩儿的手，总是肆意地拨乱她的头发，挡住她的视线。叶濛靠着车门，随性地将所有头发拨至脑后，露出那张漂亮精致的脸，眉头是拧着的，似乎等得有点儿不耐烦了。

李靳屿接收到信号，低头笑了下。她这么没耐心。

他穿得就比较随意了，在黎忱这里窝了好几天，衬衫、西裤都是好几天前的，但整个人清瘦又白，透着一种消沉的英俊。李靳屿靠着另一辆从山脚开上来的车的车门，双手插兜，仰头看着一望无垠的黑色天幕，下颌弧度流畅，喉结一上一下地微微滚动着，不知道在想什么。

黎忱是知道的，李靳屿在给自己做心理建设。李靳屿当年目睹了他哥的车祸，应该有轻微的PTSD症状，不然不至于这么多年连车都不敢开。

“要是不行就别勉强。”黎忱看他一动不动，忍不住劝道。

李靳屿直起身，只说了句没事，就拎着头盔走了，懒洋洋地回了句：“哥，你到山顶等我们，今晚那旗我要改名字。”

黎忱有点儿震惊地看着他拎的头盔，不可思议地想：这小子胆子真的变小了啊，以前可是怎么都劝不动他戴上这玩意儿的。

等他再定睛一看，得嘞，头盔是给叶濛的，果然李靳屿就不是个怕死的人。

叶濛戴着头盔坐在副驾驶座上，感觉自己像个外星人，掰下遮阳板左右照了照，不太爽，感觉发泄不出来了：“可以不戴吗？”

比赛圈外围着一群人，但距离他们很遥远。李靳屿这边驾驶座的车门还敞着，他一脚踩在车外的地上，一脚随意地搭在车里，人大大咧咧地靠着驾驶座，扫了她一眼，然后无情地拒绝道：“不行。”

“为什么？你开车，还有什么不放心的？”她的声音闷闷的，像从锅里传出来的。

李靳屿启动发动机，一只脚仍散漫不羁地踩在车外，衬衫袖口随意地卷了两下折在他清瘦的小臂处，漫不经心地扫了一眼圈外那些男的，给她打开空调：“因为今天你太漂亮了，所以不行。”

“那你也戴上！”叶濛嘟囔道。

李靳屿把脚收进来，关上了车门：“等你什么时候吃我的醋了再说吧。”

“那你干脆拿件隔离服把我套起来吧。”

关了门，李靳屿侧着身子，后背顶着车门，整个人斜过来看她，眼神像蜜糖似的黏在她身上撕都撕不下来：“你以为我没想过？”

叶濛：“……”

李靳屿笑了笑，不逗她了，坐直身子，一手控住方向盘，一手挂上挡位：“出发了。”

叶濛还是不说话，神情木木的。

李靳屿弹了下她硬邦邦的头盔：“说话。”

叶濛感觉大脑被敲出了回音，暴躁地道：“听见啦——”

话音未落，她的声音瞬间被轰然响起的油门声盖过，一辆红色轿跑如同离弦之箭一般冲出，低矮的底盘贴着柏油公路疯狂地疾驰，好比一头饿了很多年的猎豹，全身上下的力量在一瞬间涌向它敏捷的四肢，出笼的刹那，疯狂地朝着终点的猎物奔去！

叶濛被这股突如其来的推力狠狠地甩向椅背。

“爽吗？”李靳屿单手控着方向盘，开着车，没看她，看了眼后视镜，没什么情绪地问她。

“爽”这个字从他嘴里说出来，变得格外直白，叶濛甚至有点儿想歪，看着他冷淡的神情，心跳又骤然加快了，全身的血液似乎都在往头上冲。

说实话，真的挺爽的，整个人被抛向椅背时大脑有种酥麻感，跟她自己开车全然不是一种感受。

“爽。”她如实说道。

他嗯了声，看着后视镜，仍然没什么情绪地说：“还有更爽的。”

这糟糕的对话，叶濛听着就感觉心潮澎湃，血液乱涌，有点儿激动：“什、什么？”

李靳屿睨她一眼，听她这声音就知道她肯定想多了，笑了下道：“姐姐在想什么？”

“没什么。”叶濛别开头，甩开纷乱的思绪。

他低头看了眼计时器，突然降下车速：“到山顶十分钟，聊聊吧。”

“嗯。”

山间的夜景在窗外掠过，月亮被掩在群山后，发着微弱的光。其实除了那一下突如其来的推背感，李靳屿开得不算快，叶濛甚至觉得他压根没认真开车，懒洋洋地靠着驾驶座的椅背，一只手搭在车窗沿上，一只手握着方向盘。后头有辆车，远光灯闪了两下，应该是黎忱提醒他要超车，李靳屿让了道，给他过。

叶濛问了句：“你要是历史纪录创新低，他们会嘲笑你吗？”

“无所谓，”李靳屿懒懒地看了她一眼，“你是不是生我的气？”

两人一问一答，还挺有来有往的。

头盔里面传来闷闷的一声：“是。”

“因为什么？”

“因为你变了。”

李靳屿看了眼后视镜，漫不经心地说：“举个例子。”

叶濛一股脑地倒来：“你来北京之后，就像个高高在上的公子哥。对，我曾经是说过你需要有自己的朋友圈，是说过让你别整天围着我转，但我当时是希望你能走出来，并不觉得你是我的负担。你来北京之后就像变了个人，对我爱搭不理的，想起我的时候就逗我两下。我就当你是报复我了，报复就报复吧，可郜泱泱又算什么？你送她戒指？如果你是存心想看我吃醋，好，你成功了。我吃醋了。”

“还有吗？”

“我以前在北京的时候，就觉得融不进这座城市，这里繁华，又处处充满诱惑。但无论我在这里赚多少钱，我都没有归属感，你懂吗？我本来以为你来了我会好的，结果你来了之后，我反而发现我更孤独了，压根融不进你的朋友圈。郜明霄、勾恺、黎忱，你们这样的人好像天生就站在权力的顶端，我就像一只蝼蚁在仰望你，这样的感情，我觉得我承受不起。我想回宁绥了。”

叶濛的眼泪落了下来，大颗大颗地砸在手背上。她转过头，茫然地看着车窗外疾驰而过的山景，九门岭底下是嶙峋的怪石，是望不见底的深渊，是吞了她母亲的恶魔。

李靳屿听她声音不对劲儿，侧头瞧她，那湿漉漉的手背令他心头一紧。他有点儿无力又懊恼地仰了下头："别哭，你这样我没法开车。"

叶濛将手伸进头盔里，轻轻抹了下眼泪，这隐忍委屈的样子，更让李靳屿受不了。他直接踩下刹车准备靠边停车。

叶濛急了："你别停车啊！我不哭了。"

李靳屿阴沉着脸，吸了口气："坐好。"说完，油门声蓦然变大，车子像一只沉睡千年的森林之王，苏醒之后，仰天长啸一声，在山间绵延不断地盘旋着！

黎忱早已经抵达山顶的小红旗处，听见不远处的油门声也知道李靳屿快到了。他下车来，倚着车门等着，低头看了眼手表，预估李靳屿需要八分二十六秒。

李靳屿冲破终点线时时间跟黎忱预估的差不多，差了三秒。他掐完表，拿着车里的对讲机给起点处的人报成绩："八分二十三。"

然后对讲机里传来此起彼伏的喝倒彩声，勾恺幸灾乐祸地道："果然没我快。"

李靳屿把车停稳，拉了电子刹，回头看了眼已经被后半程的车速给吓蒙的叶濛。

她刚刚在仪表盘上看见了什么？二百二十迈？这人疯了？

"吓到了？"李靳屿递了颗糖过去给她压惊。

"嗯，太快了，腿有点儿软。"

"好，那下次不开了。"

"可是挺爽的。"叶濛觉得自己的腿有点儿软，好像踩在棉花上，现在绝对不能下车，说不定会倒在地上。可是她又觉得真的爽翻了，浑身的毛细血管仿佛都张开了。

"可以再来一次吗？"她瓮声瓮气地央求道。

李靳屿熄了火，把脚从刹车上放下来，没什么情绪地靠了会儿，听见这话，转头盯着她，毫无原则地应："好。"

"还不下车吗？"

"叶濛……"李靳屿突然叫她。叶濛转过头去看着他，发现他并没有看她，而是低头在看方向盘，低声说："我不是故意冷着你，也没有高高在上。我把你藏起来，不是报复你，只是不想让我妈知道你的存在。”

“李凌白吗？你是不是查到什么了？”

“有一些线索，但暂时跟你妈的事无关。”

“你是不是怕她对我做什么？”

李靳屿苦笑了一下，默认：“因为我发现我完全不了解她。我以前觉得她只是贪恋权势，不爱我，至少还是爱我哥的，现在我发现，她什么都不爱，只爱她自己。前几年新河的董事长于文青的儿子被人绑架，有人怀疑就是她干的，因为对方当时索要赎金的金额很诡异，似乎对于文青的财务状况非常了解，偏偏就让于文青一时之间难以筹到这么多现金，而且这笔钱后来甚至并没有被绑匪拿走，但于文青因此缺席了一场青花瓷的专场拍卖，那晚，一个六棱骨的鱼纹瓷流入新加坡。你知道吗？于叔从小看着我跟我哥长大，跟我们家是世交，于叔的那个儿子，一口一个凌白阿姨地叫她。”

叶濛是知道这个案子的。她想方设法地接近于文青，却发现于文青对人异常防备。她把头盔摘掉，长发如瀑布般散下来，凌乱又温柔地披在身后，错愕地看着他，眼里是浓浓的难以置信之色。

李靳屿说：“我没有变，更没有想过让你融进我的圈子，因为我根本没想过要留在这里。我只想赶紧解决完这些事情，就带你回宁绥，不管你愿不愿意继续跟我过下去。”

“今天也不是我叫郃泱泱来的。我这几天一直窝在黎忱这里，就是躲着她，哪里知道郃明霄这个没眼力见的家伙还叫了一帮人过来准备让他妹妹表白。而且我没送过郃泱泱戒指，那戒指是郃明霄送给她的毕业礼物，我就包了个红包给她。我都没送过礼物给你，怎么会送她戒指啊，我又不是疯了。”说完，他关掉车里最后的电源灯，准备下车，“脚恢复了吗？我抱你下车？”

叶濛叹了口气：“你不怕被黎忱看见啦？”

两辆骚气冲天的轿跑并排停着，黎忱其实就站在他们旁边。

李靳屿降下车窗，朝窗外倚着车门抽烟的男人瞥了眼，淡淡地说：“黎忱是这帮人里，最有分寸的一个。我就是当着他的面亲你，他也不会多嘴问一句我跟你的关系。”

黎忱万万没想到自己会看见这样一幕，算是人生中的第一次吧，烟都给吓掉了。这事说出去那帮小子大概都不会信。

李靳屿当着他的面，强吻了叶濛。

李靳屿把叶濛顶在车门上，两手不由分说地压在她的身体两侧。叶濛当然不肯，像一条刚被人从水里打捞上来的鱼儿，拼命地在他怀里扑腾着。黎忱看也不是，不看也不是，只能尴尬地低头盯着自己的脚尖，依稀还能听见两人唇齿纠缠间的接吻声，伴随着叶濛浅浅的、不可思议的惊呼声："李靳屿，你别——"

李靳屿压根不给她喘息的机会，掐着她的后脖颈，亲得那叫一个嚣张跋扈："黎忱都不敢看，你怕什么？嗯？"

黎忱死死地盯着自己的脚尖，感觉能盯出一个洞来了，心想："傻白甜"你这两年在外面到底学了什么啊？挖掘机吗？已婚的人你也敢碰！

李靳屿还要跑一轮，这轮正式卡秒。黎忱估摸他这轮是想改名字了，出发时的油门声都比前一轮要大，而且那油门声仿佛一只困兽在笼中发出的咆哮，甚至可以用猖獗来形容，绵延不绝地响彻山间，几乎没断过。一直到最后一分钟，发动机低沉的嗡嗡声再次被人加重，高亢地响彻沉寂已久的山谷，黎忱知道，他在冲刺。

山风呼啸，苟且的万物似乎发出生命最后的咆哮，丛林里仿佛有无数只手朝他们伸来，似乎要将他们给拽进那怪石遍布的崖底。叶濛觉得自己头顶像悬着一把剑，随时能扎进她的脑门，心仿佛提到嗓子眼，紧张的同时又觉得刺激得让人发疯——浑身的毛孔都收缩起来。直到车轮摩擦着地面冲过终点线，李靳屿甚至非常炫技地来了个原地漂移才停下来。紧绷的身体渐渐放松，全身收缩着的毛孔一瞬间舒张开来。

叶濛是真的有快感了，终于明白这些富家子弟为什么喜欢泡在这里。还好黎忱不收钱，不然这地方绝对是个销金窟。

李靳屿自己其实是没什么快感的。他将车子熄了火，懒洋洋地斜倚着车门，松开领口的衬衫扣，看她跃跃欲试还想再来一次的样子，笑了下，漫不经心地打开天窗，特别喜欢她这种没见过世面的样子："看天空。”

叶濛终于明白刚才他为什么要原地漂移了。

天窗顶上，漆黑的夜空中挂着一轮弯月，他停的这个角度正好有两颗若隐若现的星星，从天窗里看出去，就好像黑夜里挂着一张温柔又慈悲的笑脸，似乎能包容万物。

叶濛此刻从车里望出去，感觉不再是一片混沌、天地不分，突然就觉得看山是山，看水是水，天际辽阔，青山仿佛也精神抖擞。

叶濛解开安全带，拿掉头盔往后座上一丢，二话不说就俯身过去吻住他。

她甚至跨坐在他身上，背后是方向盘，捧着他的脸颤颤地说：“对不起。”

李靳屿仰着脑袋靠在驾驶座上，被她亲得整个人疯了一样烫，嗓子干涩，滚了滚喉结，闭着眼睛一边心不在焉地回吻她一边低声同她说：“不想听这个，姐姐，亲亲我。”

山间的风一阵又一阵地吹来，似永不停歇。

身后的发动机轰鸣声渐渐清晰，两个人闭着眼睛在那高亢刺激甚至越来越近的轰鸣声中，激烈而又缠绵地吻着，谁都不想放过彼此。

叶濛的眼泪滚烫地落在他的心头：“李靳屿，这辈子无论怎么互相折磨，我都不会再放弃你了。我这段时间都快疯了。”

所以，我们一定要走下去，走到星河万顷，走到所有的风为你停。

第二轮的陪跑还是黎忱，黎忱一下车看到他俩又亲上了，脑袋都要炸了，因为李靳屿不知道，这次黎忱的副驾驶座上还坐了个郃明霄。李靳屿这次足足甩了黎忱二十秒，郃明霄此刻正精神亢奋，叫嚣着要下车，刚推开车门，就被门外的黎忱面无表情地锁了回去。

郃明霄以为黎忱是输了比赛发邪火呢，仿若一只被关在笼子里的小鸟，叉着腰拍打着车窗，疯狂地对黎忱进行着无声的辱骂。

黎忱憋着一通无名火，忍不住在心里破口大骂：李靳屿你没完了是吧！

李靳屿第二轮的成绩是七分四十五秒，新纪录诞生。这成绩像一颗火热的煤球一下投进冰冷的湖水里，顿时水花四溅。那帮富家小开突然兴奋起来，神经末梢仿佛被人点燃的引信，脑袋里冒着噼里啪啦的火光，眼底闪着跃跃欲试的冲动，纷纷开始摩拳擦掌。

九门岭的深夜，神秘的山峰、缭绕的浓雾，好似被人兜头泼了一盆滚烫的开水，仿佛整个山顶都沸腾了。油门轰鸣声接二连三、经久不息地盘旋在山顶，他们好像在发泄，又好像在狂欢，在庆祝森林之王的苏醒，庆祝黑暗少年归来。

直到所有人都尽兴，沸腾的血液终于在一趟趟的较量中慢慢冷却下去。

李靳屿是不肯带叶濛玩了，倚在一旁冷眼旁观了好几轮。叶濛也不开口求他，就自己忍着。李靳屿又舍不得看她这副委曲求全的样子，最后一圈，还是没忍住让黎忱把车钥匙丢给他，靠在车上懒洋洋地对叶濛说："走，最后一圈。"

那一瞬间，李靳屿真的完完全全体会到了什么叫女人爱慕的眼神，看起来她简直比任何时候都喜欢他。他打开车门上车，不知道哪里来的一股气："我真是何德何能啊，能看到姐姐对我露出这种眼神。"

他一边说，一边表情不太爽地挂挡，硬着心肠说："最后一圈，以后不管你怎么求我都没用。"

叶濛镇定自若地丢出一句："那如果我愿意用嘴帮你呢？"

"谢谢啊，我没那需求，"李靳屿别开眼，看向窗外，心不在焉地说，"姐姐要几圈？"

叶濛笑岔了气。

凌晨三点，所有人才精疲力竭、又困又饿地回到黎忱的车厂。

邰明霄刚刚在车上疯狂辱骂黎忱，嗓子都骂哑了，整个人心力交瘁地往沙发上一倒，拿了个抱枕垫在脑袋下，大声嚷嚷着："我好饿啊！有人投喂吗？"

这话一出，八方呼应，众人纷纷表示都饿了。

偌大的车厂，横"尸"遍野，黎忱进门时已经没有落脚地。黎忱二话不说踹了离门口最近的邰明霄一脚："你压着我老婆的抱枕了！"

“矫情。”郜明霄闭着眼睛很不屑地把脑袋下的抱枕抽出来丢还给他。

黎忱又狠狠地踹了他一脚。

郜明霄立马抱头求饶：“哥，错了，错了，帮我们弄点儿烧烤吧，饿死了都！”

黎忱憋着一肚子火，又踹了他一脚，头也不回地道：“滚。”

众人一回到地势低矮的车厂，对面的九门岭似乎成了一座高不可攀的山峰，他们刚才疯狂尖叫和肆意冲刺的那条盘山公路好像一座盘绕的天梯，掩在浓雾背后，随着飘荡的云层时隐时现，宛如神秘的仙境。

“这山原来这么高？”叶濛看着那腾云驾雾的场景，心里不自觉地有点儿后怕，喃喃道。

两人没进去，李靳屿靠着车门抽烟看她，低头弹了下烟灰：“怕了？”

“这么看着是有点儿，”叶濛心有余悸，“很高啊，你看，山峰都快戳到月亮了，我突然觉得我刚才捡回一条命。”

李靳屿倚着车门笑着看她没往下接，好像丝毫没将这座山放在眼里，只云淡风轻地问了句：“饿吗？”

叶濛突然又觉得他这不可一世的样子也挺戳人的，心头小鹿又开始哐哐撞大墙，饥肠辘辘地道：“有点儿。”

“吃烧烤吗？”

“在这儿吗？”叶濛觉得不太妥，“他们都在呢。”

李靳屿却只关心：“想不想吃？”

“吃。”叶濛毫不犹豫地说。她晚饭都没吃，这会儿紧绷的神经突然松懈，其实耗氧量很大，饿得胃都痛了，这附近又没夜宵摊。

“嗯，等会儿。”李靳屿说。

叶濛以为是等会儿趁他们睡了，偷偷摸摸地煮点儿吃的总不会被人发现，谁知道李靳屿三两口抽完一支烟扔在地上，一边低着头拿脚尖踱灭，一边大声冲门里喊道：“有人要吃烧烤吗？”

他这一问顿时一呼百应，所有人都举着四只好吃懒做的小蹄子，嗷嗷待哺的声音从里头传来——

"我！"

"我！"

"我！"

"我、我、我！"

为了光明正大地给她烤几串吃的，李靳屿几乎把所有人都喂了。郜明霄浑浑噩噩地张着嘴，机械地要李靳屿一口一个香菇塞他嘴里，气得叶濛想把他拍昏过去。

李靳屿的衬衫已经脏得不行，他索性把袖口和领口的扣子都解开，胸口裸露着一大片干净的皮肤，腰摆也松松垮垮地半扎不扎地掉在西裤外。奇怪的是，叶濛却一点儿都不觉得他邋遢，甚至性感得让她想把他摁在沙发上狠狠地亲，尤其是那喉结，跟郜明霄说话的时候有一下没一下地滚动着，慵懒得不像话。

叶濛坐在他身边，李靳屿大多时候在看她，偶尔看看烧烤架将烤串翻个身继续盯着她看，嘴里却一直跟身后躺在沙发上像死猪一样一动不动的郜明霄闲聊。

郜明霄上下眼皮在打架，压根不知道这两个人在他眼皮底下调情，嘴里还没把门地一直在撮合："李靳屿，你去帮我看看泱泱在哪儿？"

李靳屿看了眼在地上大手大脚地摊着，睡相跟郜明霄几乎一模一样的女孩子，没什么情绪地说："在你脚下。"

所有人几乎都睡了，除了旁边有张单人沙发上聚着四五个男生全神贯注地在打游戏，其余人已经横七竖八地全躺下了。这帮富家小开其实都挺随意的，偶尔也有个别有洁癖——接受不了这么混乱地一堆人像"尸体"一样横陈在一起，连夜开车回城里，大多数人已经对这种年轻人的生活方式习以为常。

郜泱泱从小跟他们混，更习惯，就是睡姿不太优美，她还穿着裙子。叶濛把沙发上这帮男人胡乱堆在一起的外套，给那帮小女生一人盖了一件。

郜泱泱今天其实没睡太好，困得不行，临睡前总觉得还有件事情没做，睡着的时候感觉脑子里似乎一直吊着一根线，半梦半醒间，感觉有人给自己盖了件衣服。她一睁眼看见居然是叶濛，紧跟着又闻到一阵香味，困意瞬间消散了一大半，揉着眼睛坐了起来：“姐姐，你怎么没睡啊？”

叶濛道：“我马上就走了，你们别睡地上，容易着凉。”

“好。”郃泱泱好像突然想起自己有什么事情没做了，揉着揉着眼睛就停了动作。

她又听到叶濛说：“要不要起来吃点儿东西？”

郃泱泱那点儿心思又飞到了爪哇国，忙不迭地连连点头：“要啊、要啊。”

叶濛：“李靳屿那边还有烤剩下的吃的，他们吃不完，让你的朋友们也起来吃点儿吧。”

郃泱泱看着沙发上懒洋洋的男人，眼睛瞬间一亮：“哥哥好帅。”

叶濛：“……”

郃泱泱的朋友们一睁眼，也是这种反应，李靳屿这男人真是极品。

李靳屿把所有烤完的东西都给这帮小姐妹了，又淡淡地叮嘱了一句：“如果不够的话冰箱里还有几串羊肉串，可以拿来烤，不会的话可以叫我，别把地方弄着了。”

郃泱泱她们齐齐地小鸡啄米般乖乖点头，眼睛冒光：“哥哥，你去睡觉吗？”

“我去外面抽支烟。”李靳屿捞起桌上的烟和打火机，拿在手里，一边低头扣上第四颗衬衫扣子一边说，“你们吃完去二楼睡，那边有沙发，女孩子别睡地上。”

等他走远，小姐妹们推推搡搡，兴奋地窃窃私语道：“哥哥真的禁欲。”

“他真的好冷淡啊。”小姐妹跺着脚，“哥哥真的帅，我觉得他比你的偶像还帅，他要是混娱乐圈，应该会很红吧？”

“他是不是跟我们不太熟才这样啊？泱泱，他私底下跟你哥哥在一起时也这样吗？”

郃泱泱啃着小蘑菇，说道：“哥哥本来就这样啦，好像对什么都不喜欢，也没什么特别讨厌的东西，反正对一切就很无所谓，孑然一身的感觉。”

"很难想象他这么冷淡的一个人，爱上一个人是什么样子。"

"泱泱，你还表白吗？"

郜泱泱没心没肺地嚼着李靳屿烤的小蘑菇，其实他烤的东西不太好吃，显然也是从小没干过这些活的，但郜泱泱还是把焦的部分给吃下去了："我再考虑考虑。我突然觉得我不配。"

话音刚落，有个小姐妹上完厕所回来，紧张兮兮地看着几人道："我、我……刚才好像看见哥哥又去找姐姐了。"

"哥哥不是说去外面抽烟吗？"

"不知道，我没看清，但是我好像看见哥哥关门了。"

"没事的吧，姐姐都结婚了，哥哥可能只是进去拿东西。"

"你们在聊什么？"身后突然传来一道公鸭嗓。

所有人都吓了一跳，回头一瞧是沙发上的郜明霄醒了，几人忙拍了拍紧张的小心脏："吓死我了，是靳屿哥，又去找叶濛姐姐了。"

"哦，你们放一百八十颗心吧，"郜明霄又懒洋洋地躺回去，放心地闭上眼道，"我当什么事呢，他俩不可能的。你们别在这儿八卦了啊，叶濛很爱她老公的。而且我哥们儿又不是疯了，他这条件，招招手要什么女人没有，看上一个已婚妇女？"

这话像是一颗定心丸，所有人仿佛都安下心来，并且深以为然地频频点头。

谁料那小姐妹突然想起来，视线扫了一圈，小声说："他俩好像进了泱泱放摄像机的房间。"

小姑娘们一拍大腿道："真的吗？镜头在泱泱的手机上吧？不对，泱泱没开镜头吧？"

"对啊，我没开。"郜泱泱说。

"我开了啊，那时候在九门岭泱泱不是说她不甘心还是想试试吗？我特地赶回来开的，怕到时候来不及。"其中一个小姑娘举手说。

郜明霄无语地翻了个身："你们无不无聊，他俩要有事，我把脑袋割下来给你们当球踢。"

郜泱泱也说："还是别了，万一哥哥跟姐姐在说什么重要的事，不太好。"

叶濛找了半天也没找到自己换下来的那双高跟鞋。

不知道谁给她拎到了这边的房间。她刚进去，李靳屿后脚就跟了进来，关上门，衬衫半扎不扎地挂在西裤外头，倚着门板居高临下地看着她换鞋。

两个人一句话没说，但叶濛看他的眼神也知道这人进来想干吗。

她觉得他的眼里有火，一点点慢慢地爬到了她身上。她甚至找不到火源，闷闷地烤着她，她觉得越来越热，心脏好像被人挤压一样闷得喘不上气来，再待下去估计要出事。

镜头还是被邰泱泱打开了。因为勾恺听到动静也起来了，让邰泱泱打开看看。

邰明霄还是很无语地躺在沙发上，一脸鄙夷和唾弃地道："你们就是不相信叶濛，也得相信'傻白甜'啊——"

话音未落，四周全是倒抽凉气的声音。

小姐妹感觉自己头皮发麻，全身神经紧绷，捂着嘴，难以置信地瞪大眼睛："他俩这是在接吻？"

邰明霄如遭雷击，瞬间清醒，一个鲤鱼打挺，从沙发上弹了起来。

勾恺抽着烟，脸如锅底一般黑："打开语音。"

邰泱泱打开语音之后，整个画面变得格外香艳，因为大家还能听见两人的接吻声。

画面里，那两人抵死缠绵，李靳屿十指紧扣着她的十指高举着压到头顶的门板上，闭着眼睛吻着她，不是那种温柔的试探，而是非常霸道甚至带有情色意味的勾引。叶濛似乎还有些半推半就，一边害怕被人发现，一边又抗拒不了李靳屿赤裸裸的勾引，轻轻推拒着他。

李靳屿低声说："下次别这么穿了。"

"为什么？"

"我想把他们的眼睛挖掉。"

邰明霄连连惊叫，也无法表达他此刻内心深深的震撼，所有人都将"呆若木鸡"这个成语发挥得淋漓尽致。

"疯了、疯了。听听，这霸道的语气，不知道的人，还以为他是正牌老公。

"李靳屿是真敢啊，已婚的人他也不放过。

"怎么办、怎么办？"

郃明霄急得像热锅上的蚂蚁，郃泱泱一脸镇定地道："哥哥接吻也太带感了。"

画面里的两个人似乎终于离开彼此的唇了，小姐妹们看得那叫一个脸红心跳、神魂出窍。然后李靳屿一手撑着门板，心不在焉地玩着叶濛的耳垂，声音冷淡，直白地道："等会儿去我那儿？"

李靳屿是铁了心要勾引叶濛出轨了啊。

郃明霄急得抓耳挠腮，恨不得一巴掌打在勾恺凉凉的脑壳上："这才叫挖墙脚！专业挖掘机！一挖一个准！"

这、这、这也太刺激了。

哥哥这么游刃有余，一定不是第一次了。小姐妹们心头失落，惶惶地想着。

外头静谧无声，所有人面面相觑，仿佛看见顶级渣男现场撩妹。

所有人正屏息凝神之际，屏幕突然黑了，完蛋，被发现了。果然，下一秒郃泱泱就听见杂物间的门把徐徐转动的声响。她手疾眼快地连忙把手机往沙发底下丢去。尽管他们刚刚看得还挺义愤填膺甚至想冲进去教育教育李靳屿，但偷窥多少有点儿理亏。

于是一伙人顿时作鸟兽散——假装睡觉的睡觉，假装打游戏的打游戏，假装吃烧烤的吃烧烤，只有勾恺一动不动地坐在沙发上抽烟。

烧烤已经吃完了，桌上只剩几根光秃秃的扦子。然后郃明霄非常震惊地看着自己的妹妹惊慌失措间居然随手从垃圾桶里捡起了刚才丢掉的鸡翅。郃明霄刚想骂她，结果身后的门锁啪嗒开了，他立马捞起一旁的外套二话不说地罩在自己的脸上倒下去挺尸。

脚步声渐近，郃明霄感觉自己的肚子上重重一沉，没敢掀开衣服，胆战心惊地用手摸了摸，是相机，还是滚烫的。

郃泱泱心惊胆战地啃着那串从垃圾桶里拔出来的鸡翅，呆呆地仰视着面前这个男人——果然很激烈，哥哥嘴上还沾着姐姐的口红，脖子上好像也有口红印。姐姐啃哥哥的脖子了吗？

李靳屿脸上没什么表情，衬衫仍松松垮垮地挂在西裤外，只不过胸前的扣子扣得一丝不苟。他一手插在兜里，一手伸向郜泱泱："手机给我。"

郜泱泱二话不说从沙发底下摸出手机，老老实实地递了过去。

李靳屿两三下将视频给删了，手机丢还给她，另一只手也插回兜里问："备份呢？"

郜泱泱老实地说："还没来得及备份。"

李靳屿嗯了声转身离开，然而经过勾恺身边的时候，却听勾恺冷冷地问道："李靳屿，你不解释一下吗？"

所有人齐刷刷地瞧过去，大概是没想到向来少言寡语的勾恺会这么直接问出口。郜泱泱手心冒汗，好怕哥哥跟勾恺打起来，然后下意识地扫了眼那间门虚掩着一条缝的储物间。姐姐都不出来帮一下哥哥吗？

李靳屿低头看着勾恺，一点儿看不出被抓包、被偷窥的窘迫，从容地反问："解释什么？你是她的老公吗？"

郜泱泱此时甚至在心里觉得：如果刚刚哥哥姐姐在里头做了，哥哥出来估计也不会觉得难堪，永远是处变不惊、冷冷淡淡、不悲不喜的样子，就好像一个泥塑人，让人压根瞧不出情绪。郜泱泱真是好奇，哥哥会吃醋吗？会生气吗？会打人吗？会想一个人想得发疯吗？

李靳屿用手背一点点擦掉嘴角的口红，好像刚跟人打了一架，漫不经心地擦着嘴角的血，低头看着沾上口红的手，说："没什么好解释的，就没忍住亲了她。我强迫她的，姐姐很爱她的老公，没打算跟我出轨。"

勾恺："……"

郜明霄嘴巴张得能塞下鸡蛋，他脱口问了句："你真的喜欢叶濛啊？"

"还行吧，一般。"李靳屿这么说，擦干净嘴后又用手抹掉脖子上的口红，看起来好像也真是就一般，然后把手揣回兜里，一副对万物不喜的样子，却还是绅士风度十足地提醒了一句，"我这人就这样，对长得漂亮的人就多看两眼，你们要八卦、要骂，骂我就算了，别骂姐姐啊，不然，九门岭见。"

这是什么殿堂级渣男！

两人开车回城里。道路两旁是间隔规律的白杨树，像城市的守卫者，日复一日地挺立在晨风中。凌晨五点的郊区街道上空无一人，格外宁静，没有白日里的喧嚣，路灯混着鱼肚白的天光，散发着温馨的温度。

一路上只有他们这一辆车，等他们的车子渐渐驶入城市主干道后，又变成车水马龙的繁华。

彼时才五点半，叶濛看了眼副驾驶座上一直没说话的男人，冷不丁地问了句："你真的不知道那房间里有摄像机？刚刚黎忱跟你说过。"

李靳屿一晚上没睡，有点儿困，靠在副驾驶座上闭目养神，听见她说话，眼皮都没抬，语气却莫名有点儿挑衅："那姐姐既然知道，怎么还让我亲啊？你故意的吧？"

"你别强词夺理啊！"这不是今晚飙车太兴奋了嘛，她是完完全全忘记这件事了。

叶濛无奈地打着方向盘，将车开出去："说实话，我可能真是年纪大了，在你走过来之前的那几秒，我脑子里还隐隐记得有这么一回事，结果你一抱我，我的大脑就一片空白了。"

李靳屿睁开眼，故作惊讶地看着她："我的诱惑力有这么大？"

"别得了便宜还卖乖啊，"叶濛瞪了他一眼，"你是不是故意的？你都知道泱泱要表白，明明听见了黎忱的话。"

李靳屿笑了下，伸手将电台音量调低了些，看起来心不在焉，但无比诚恳地道："真不是，你那时候说你要飙车，我的脑子里就装不下别的事了，黎忱跟我讲什么我确实没听到，我知道泱泱要表白——"

"嗯，泱泱。"叶濛不动声色地睨了他一眼。

"邰泱泱，"李靳屿咳了声，郑重地道，"知道她要表白，是因为邰明霄今天太反常了，我猜到的。"

等车子慢慢地驶进丰汇园，叶濛找了个车位停下，想了想还是建议说，"要不我们还是公开吧，我真怕他们误解你。"

李靳屿睡醒一觉，脑子转得慢，靠在副驾驶座椅上闭着眼醒神，嗓音低哑，带了点儿熬夜的疲倦："不误解你就行了，我无所谓。"

叶濛表情凝重地想了一会儿，还是拿起扶手箱上的手机道：“不要，我要打电话告诉郃明霄，不然他们误会你是‘小三’怎么办？”

结果手机被人一把抽掉，随手往后座上一扔，李靳屿解掉安全带，人侧过来，脑袋也侧着，靠在驾驶座上，表情带着刚睡醒的慵懒，冲她勾了勾手。

叶濛也侧靠着椅背，两人面对面地看着彼此。李靳屿昨晚一夜没睡，大概是真的困，又闭上了眼睛，懒洋洋地道：“我给姐姐当‘小三’不刺激吗？”

此时已天光大亮，李靳屿院子里那棵石榴树似乎吐出了一簇簇鲜绿的嫩芽，墙角的月季舒展着嫩黄的身姿，吸收着清晨的甘露。大约是开了空调的缘故，车玻璃上起了一层薄雾，但也不妨碍外面清透明亮、山水分明。

叶濛惊骇地脱口道：“宝贝，你是不是变态啊？”

“是，”李靳屿无所谓地道，“还有更变态的。”

“我给你当‘小三’更刺激，你要不要试试？”叶濛白他一眼。

李靳屿笑得不行：“我不打算公开，也不想他们误解你出轨。今天这事完全是意外。我当时要不是被你气到，也不会没听见黎忱说话。我要是知道那里面有摄像头，根本不会跟你进去。他们也就八卦两天，我不找你了，郃明霄和勾恺也就觉得我是一时冲动而已。所以接下来，姐姐要是想我了，可能得忍忍了。”

“好。”叶濛被说服了。

李靳屿揽着她的脖子将她搂到身前，含着嘴唇吮了会儿：“除了你妈的案子，我身上还有外公百分之十五的股份，我妈不会就这么善罢甘休的。家里现在很乱，我不想把你扯进来。等这些事过去了，你想要什么我都给你。”

叶濛被迫承受着他的吻，断断续续地说：“我懂你的想法，你只是想保护我。”

两人一进门便主题明确地直奔厕所。

叶濛没亲两下，单刀直入地就要蹲下去。李靳屿当时还挺克制且矜持地拦了下，那混着欲念的嗓音低沉得要命：“要不还是算了。”

叶濛不管不顾地蹲在地上，正要抽他的皮带的时候，看到浴缸里冒出一颗光秃秃的脑袋，吓得差点儿失声尖叫，但还是镇定地拿手戳了戳李靳屿的大腿，示意他往后看。

李靳屿撑着门板，下意识地回头瞧了一眼，声音瞬间冷了下来：“你在这里干吗？”

周雨最近的遭遇也挺一言难尽的，梁运安想利用他跟“引真大师”牵上线，把周雨发展成了手里的暗线。周雨这几天天天被梁运安拉着到处在“引真大师”有可能出现的地方踩点。

结果他累到在厕所洗衣服时洗着洗着就躺进浴缸里睡着了。李靳屿这厕所非常大，浴缸还有台阶设计，谁也没注意到那里躺着个人。

周雨其实什么都没看到，迷糊地转醒，挠着脑袋就走出去了：“大老板、叶濛姐，早啊。”

两人靠着旁边的洗手台给他让路，叶濛看着他的背影，问了一句：“他怎么叫你大老板啊？你不会让他给你打工吧？”

一天被人打断两次，李靳屿心里憋着无名火，浑身的骨头都不舒坦，想拎出来重新抖搂抖搂。他低头扣着皮带，扫了她一眼说：“不然呢？我凭什么让他白吃白喝地供着他啊？”

等门外传来卧室的关门声，叶濛又挂到李靳屿身上去了，捏着他的脸晃了晃：“要不咱们回房去？”

“嗯。”

“你还要吗？”

“要。”他低着头，闷闷地说。

李靳屿的卧室依旧简洁明亮，深色的大床，一台孤零零的电脑摆在床头，外加一个随时拎起来就能走的行李箱。他看起来确实没打算在这边长住。

叶濛凹凸有致的身体柔软得像春风里的拂柳，贴在男人硬实的身躯和门板之间。她急切地搂着他的脖子亲着，李靳屿一手撑着门板，一手搂着她的腰，低着头密密地同她接吻。

叶濛正要蹲下去，李靳屿一手压着她的两只手控在头顶压着，另一只手去摸她的裙子拉链，突然有点儿不乐意地重重缠着她的舌头。叶濛好像有预感，总觉得那一瞬间他似乎有话要说，便下意识地睁眼了。

窗帘没拉，大大的落地窗洒进了满城春色，像普罗门的光，落在李靳屿的背上，所有的罪与罚，好像在那一瞬间都可以得到原谅。

“姐姐，”李靳屿停下来，脑袋搭在她的肩上，眼睛看着地面，顿了顿，自嘲地道，“我爱你。”

像是检讨一样，说完他抬起了头。

不知道是否他说得过于收敛或掩饰，还是因那股子自傲而显得没有想象中那样深情款款，反而带着一丝不羁和少年的张扬劲儿，却让她心神一恍。

叶濛不知道该怎么形容他当时的眼神，其实李靳屿到现在眼里仍依稀藏着蓬勃的少年气，那深黑的眼底并不是畏惧，更没有怯懦，反而很肆无忌惮，肆无忌惮到让人觉得他异于天地间的万物，是可以操纵岁月的神，在朗朗乾坤下，透露着少年未尽的意气。

“如果我妈利用你让我做什么，我真的什么都会做，”他又顿了顿，喉结滚了滚，别开眼，像是要哭，“包括杀人、放火。”

谁还会在乎这满城的春色？

那会儿好像是六点，清晨的第一缕光落进院子里，石榴树下是斑驳的光影，墙角的无名花在默默绽放，树上的鸟儿在轻轻歌唱，空气是干燥清爽的，那春光落在地上，像是干柴遇烈火。

李靳屿以为叶濛会感动地亲他，然后告诉他她也爱他。然而叶濛并没有这样做，她在满室明亮的光里，冷静下来之后，看了他好半晌，然后一本正经、用前所未有的严肃语气告诉他：“不可以那么做，任何事情都有解决的手段，我永远站在法律这边，你要是杀人放火，我第一个报警抓你。”

他当时哭笑不得。

“论破坏气氛，你真是一把好手。”

李靳屿说着，有点儿无奈地抓起她的双手，高举着压过头顶，跟她十指紧扣，然后他弓着背，那晦暗不明的眼神，像是在挑衅，更像是在欣赏什么稀罕物似的，在她身上来回扫视，压着声音调侃道："姐姐，你真的好正啊。"

她干净得像一面透明玻璃，什么光照上去就折射什么光，月光泼过去，也是一身清亮。他觉得自己要疯了。

"才发现？"叶濛以为他说身材，"我上高中时就这么大了。"

李靳屿低下头笑出了声，手仍扣着她，顺着她的话，懒洋洋地朝下看了一眼："多大啊？"

"比现在小点儿吧，但那时候感觉挺羞耻的，上体育课班里的男生都老盯着我看，我就会在里面裹一层束身衣。我感觉那时候有点儿限制发育了，不然现在更大——"

她抱有遗憾的话音未落，唇被人重重咬住，呢喃着道："嗯，轻点儿——"

两人之间有种诡异的磁场，呼吸、眼神，处处都燃着星火，好像无论相隔多远，也总能吸到一起去。李靳屿将她顶在门上，像条渴水的小鱼，张着小口喘得不行，可他一副慵懒样，衬衫扣子已经解到最后两颗，隐隐能瞧见平坦的腹肌。他居高临下地看着她，眼里看不出任何欲望，甚至有点儿清心寡欲，可偏就浪荡地问了一句："姐姐，做吗？"

叶濛感觉大脑嗡一声，骤然睁眼，仿佛这满屋的春光突然又亮了一些，激动得口齿不清地道："你、你、你，行了？"

李靳屿轻笑道："看来你忍很久了？委屈你了吗？"

"倒也不是，你真的可以吗？别勉强啊宝贝，我还能忍忍的。"叶濛这么说。

李靳屿再次将她顶在门上，裙子猝不及防地被推到腰际，然后叶濛听见他解皮带的声音以及非常无奈的一声叹息："不知道，我们试试吧。"

李靳屿不知道叶濛之前怎样，但他毕竟是第一次，确实紧张，在不紧不慢地抽了两支烟后，又磨磨蹭蹭地去洗了个澡。磨了这么会儿洋工，等他回来时，叶濛没撑住睡了过去。

李靳屿吹干头发，上身赤裸地靠在床头等她醒。榻榻米很矮，李靳没一会儿便跑来了一个年轻的女人，女人一身简单大气的装扮，怀里抱着一个粉雕玉琢的奶娃娃，走进了电梯。

“你要去几层？”沈繁星看她抱着孩子，直接问了一句。

“十四层，谢谢。”

“不客气。”她一边说着，一边抬手按了十四层的楼层键。

“晚晚，跟阿姨说谢谢。”

沈繁星看过去，却见那孩子那张粉嫩嫩的小脸上，一双乌溜溜的大眼睛正一眨一眨地看着她，她的心不知为什么突然动了动。

孩子没有说谢谢，反倒是挥动着一双胳膊，朝着沈繁星奶声奶气地吐出了两个字：“抱抱。”

沈繁星险些被孩子的声音给萌化，当即张开双臂将孩子小心翼翼地抱在了怀里。

宝宝搂着她的脖子，在她白皙的脸上啵地亲了一口。

一旁的年轻妈妈连连道歉：“不好意思，晚晚平常不这样的。”

沈繁星笑了笑，逗弄着怀里的奶娃：“晚晚喜欢阿姨？”

宝宝点了点头，沈繁星脸上的笑意更深了，心中更多了几分柔软和暖意。

薄景川静静地看着沈繁星的温柔笑脸，眸色渐渐变得幽暗。

“爸爸。”一道奶音在电梯里响了起来，薄景川挑眉，却看见那孩子正趴在沈繁星的肩头，瞪着一双漆黑的大眼睛望着他。

“爸爸。”

电梯里一片寂静。

沈繁星转身，惊讶地看着他。

年轻妈妈连忙将孩子抱了过来：“晚晚，不要乱叫！”

宝宝还是指着薄景川，眨着大眼睛：“帅，叔叔，爸爸……”

沈繁星似乎明白了什么，有些哭笑不得：“晚晚是觉得叔叔帅，所以才喊‘爸爸’的吗？”

宝宝摇摇头：“爸爸……”

年轻妈妈的视线此刻终于放到了薄景川的脸上，只一眼，就让她的脸色变了变，她连忙将孩子的头按在了自己的怀里：“晚晚，别乱叫，那是叔叔。”

“叔叔……是……叔叔……”

“对，都是叔叔……”

沈繁星完全不知道这母女俩的对话到底是什么意思，正在这个时候，电梯停下，年轻妈妈抱着孩子走出了电梯。

看着母女两个离开，沈繁星转头，看着薄景川：“看看你，连奶娃娃都招。”

薄景川低头看着她，面无表情地说道：“我好歹招的都是异性，而你却男女通吃。”

“我什么时候男女通吃了？”

“呵。”薄景川冷笑一声，招惹了还不自知，更可恨。

沈繁星蹙眉：“你才是，男女老少通吃。”

“什么？”

“你不知道吗？网上已经有人把你跟俞特助当原型写成耽美小说了，你不知道？”

“什么耽美小说？”

沈繁星捂嘴笑了起来：“耽美小说就是男人与男人之间的言情小说，而且还有小黄文……”

薄景川俊美的脸瞬间黑了下来：“谁写的？”活得不耐烦了吗？

沈繁星耸肩：“我哪儿知道？”

电梯到了十六层，薄景川拉着沈繁星的手却一直没有放开。

“怎么了？”

他将她搂在怀里，低头在她的额头上吻了一下，问道：“今天出去感觉怎么样？”

沈繁星点点头：“还好呀。一下子多了那么多小叔子。”

薄景川扯了扯唇：“以后不想带你出去了。”

“为什么？我今天哪里做错了吗？”

薄景川成功地将她今天说过的话还给了她：“你太能给我制造情敌了。”

沈家。

沈千柔晚餐也没有吃，这会儿正被杨丽薇强行拉下楼，坐在沙发上喝牛奶。

今天的事情发布到网上后，他们几乎是在第一时间砸钱将消息撤下去的。

沈千柔安静地坐在沙发上，握着杯子，低着头一语不发，眼泪却吧嗒吧嗒地落了下来。

“奶奶、爸、妈，对不起，我又给你们惹麻烦了。”

“你不要什么错都往自己身上揽，这件事我们很清楚。”姜蓉蓉脸色阴沉，沈繁星能把周年庆搅成那种局面，又有什么事情是她做不出来的！

沈千柔伸手擦了擦眼泪，哽咽着说道：“因为跟恒哥哥在一起，所以我对姐姐一直都很愧疚，可我真的不知道我到底该怎么做才能得到她的原谅……”

“那个丫头在国外几年，我看也成了野性子，自从跟苏恒分手后，这短短几天，惹出了多少事情？在国内不安分，那就把她再送出国去！再让她这么无法无天下去，沈家就要彻底毁在她的手上了！真是孽障！”

姜蓉蓉这几天一直在做噩梦，梦里几乎全是沈繁星在周年庆上那副愤怒的嘴脸，更让她无法释怀的还是沈繁星的那句像是在发毒誓的话，每次听到她都会被吓出一身冷汗。

抚了抚胸口，她道：“德凡，这件事情你看着办，公司不能白白损失这么多钱。还有，千柔的生日也快到了，你们安排一下。”

姜蓉蓉的话说得隐晦，但是在场的人都听懂了。

沈千柔的脸上露出一抹不易察觉的笑。

沈繁星，你再得意又有什么用？就连你最在乎的东西，怕是也要失去了。

第二天上午九点多，沈繁星和薄景川已经到了薄老太太的住所。

老太太早就迫不及待地在院子里等着了，看到两个人手拉着手走过来，她的脸上简直笑开了一朵花。

薄景川：“奶奶。”

沈繁星也跟着喊了一句：“奶奶。”

“哎！我的乖孙媳妇儿！”薄老太太的双手紧紧地握在一起，她爽朗又干脆地应了一声。

“……”

“……”

沈繁星有些尴尬地笑了笑，直接被老太太忽略的薄景川也只是默默地抿了抿唇。

薄老太太一脸欢喜地看着沈繁星……的肚子，恨不得能直接看出曾孙子。

来蓉在旁边无奈：“老夫人……”

“嗯？”老太太的视线几乎黏在了沈繁星的肚子上，应了一声来蓉的呼唤，也没有将视线收回来。

来蓉无奈，只好开口道：“大少爷，沈小姐，先进屋吧。”

几个人进屋聊了一会儿，厨房里提前准备午餐，沈繁星说要去帮忙，薄老太太也没阻止，任由她去了。

然后趁着这个空当，薄老太太逮住薄景川，低声问道：“怎么样，臭小子，我年尾能抱上曾孙吗？”

年尾？那不是现在就得怀上吗？

薄景川拿着茶杯举止优雅地喝了一口茶，淡淡地回答道：“抱不上。”

“你们在避孕？”

薄景川眉峰不动：“没有。”

老太太捏紧了手里的茶杯：“繁星丫头身体弱？”

“不是。”

“那是你……”

薄景川抬头冷冷地看了老人一眼。

老人抿了抿唇，应该不会，一年四次的体检可不是白做的。

于是老人小心翼翼地问：“难不成你们两个，还没有……”

“这种事情急不来，我们还没有结婚……”

“那你赶紧求婚呀！”

薄景川喝水的动作一顿，缓缓抬起头，疑惑地说道："求婚？"

薄老太太翻了一个白眼，这个榆木疙瘩。

"你追求人家，不会连礼物都没有送过吧？"

薄景川蹙眉："好像没有。"

如果不是下不去手，老太太早就将手里的杯子扔到薄景川身上了。

"约过会没有？"

薄景川沉默了半晌，摇头："没有。"

老太太差点儿背过气去，指着薄景川，怒道："我要是繁星，迟早甩了你！"

薄景川的脸色顿时难看起来，但是老太太说的那几点，听起来似乎又好像是恋人之间做的最正常的事情，他连恋人之间最基本的事情都没有做。

"哪个女人不喜欢浪漫？你个让人不省心的榆木疙瘩！"老太太极力控制着自己的脾气，将茶杯重重地放在了茶几上。

薄景川盯着溢出来的茶水，神色渐渐凝重起来。

薄老太太气得不行，本来还想着看情况帮帮忙的，结果却连帮都不知道从哪里开始。

"唉，我的曾孙什么时候才抱得上哟！"

沈繁星从厨房出来的时候，正好听到老太太这一句哀怨，心中顿时紧了紧。

"景行呢！景行那臭小子呢！他在外边浪荡了那么久，就真的没有给我不小心弄个曾孙出来吗？"

不小心弄个出来……

沈繁星有些怜悯地看了薄景川一眼，看来奶奶是真急呀。

被张姨赶出厨房，沈繁星只好端着被塞到手里的果盘重新走进客厅。

薄老太太拉着繁星的手，一脸心疼地看着她："繁星丫头，委屈你了。"

沈繁星摇摇头，抬头看了薄景川一眼，他也正看着她，他看起来似乎在想些什么。

他的心思似乎全在她的身上，她甚至怀疑，他连奶奶刚才说了什么都没听进去。

而这个时候，来蓉拿着电话走了过来，笑着说道：“老太太，二少爷来电话了。”

“哼，这个臭小子，还知道他有个奶奶呀！”

来蓉只是淡淡地笑着将电话递到了老太太的手里。

“小祖宗，您这大贵人打电话来是有什么事情吗？”

电话那端传来一声轻轻的笑声：“有，很重要、很重要的事情。”

老太太撇撇嘴：“没良心的野小子！什么事？”

“当然是想您啦！”

老太太嘁了一声，嘴上虽然不依不饶，但是脸上已经满是被取悦的笑容。

“油嘴滑舌，把哄小姑娘那一套放到我身上了。你这个臭小子，想我还不回来看看我？！”

“奶奶少安毋躁，等我在这边安顿好了就回去看您。到时候给您一个大惊喜哦。”

老太太一听，觉得自己兴许心想事成了，一双眼睛闪闪发亮：“什么惊喜？该不会是我有曾孙了吧？”

那边的人顿了一下：“呃……这倒是没有。”

老太太的脸瞬间垮了下来，薄景行似乎察觉到了不对劲，连忙说道：“奶奶，抱曾孙这件事情您还是先从我哥身上下功夫吧……他都没有孩子，我怎么好意思有呢，是吧？”

“什么混账逻辑？他没孩子为什么你就不好意思有了？！你们兄弟两个，一个比一个不省心，是想要气死我……”

“那什么……过几天我就回去看您，放心，到时候我一定帮您看着哥，好好让他给您生一窝曾孙。我这边还有事，好忙好忙，奶奶再见！”

“一窝曾孙……有什么事……你能忙什么……喂，这个臭小子！”

薄景行话说得太快，老太太根本来不及反应，电话便被挂断了。

老太太气得将电话摔给来蓉，怒道：“还不如不打电话！就知道气我！”

来蓉无奈地笑着说道：“二少爷每次打电话您都提这个，估计他都怕了……”

“怕什么怕，赶紧给我生一个不就好了……”老太太嘟囔了一句，也没有刚刚那么生气了。

沈繁星坐在一旁，倒是有些如坐针毡了。

奶奶有多着急抱曾孙，她在认识奶奶的第一天就知道了，那么在奶奶的眼里，她和薄景川的进度，是不是真的太慢了？

薄景川因为临时有电话，站起身走到门外接电话去了。

老太太看了沈繁星一眼，叹了一口气，问道：“繁星丫头，你觉得景川怎么样？”

沈繁星的脊背直了些：“他很好，奶奶。”

“我看得出来，他很中意你。他向来不喜欢别人介入他的事情，可一些事情，往往不是他自己能够决定的……

“你知道的，薄家这样庞大的家族，里面的事情太多了。作为薄家的长子，他从小便被家里人作为继承人培养，而他也从来没有让我们失望过。他从小经历过什么，我虽看在眼里，但是真正的滋味，却只有他自己懂……”老太太说着，顿了一下，慈爱的脸上渐渐换上了一种沉重的表情，“我不想我的孙子变成一个只会围着家族转的傀儡，他该拥有这世俗中的任何一种感情，这是我们每个人从生下来就拥有的东西，哪怕是痛苦，也是他的权利，是不是？”

沈繁星微微侧头，看到客厅露台上男人正在打电话的挺拔身影，心中涌上一股酸涩，所有人只看得到他光鲜亮丽的外表，却不知道他到底有着怎样的经历，就连她，有时候都觉得他无所不能。

他永远都是一副完美的姿态，他那稳重睿智的模样，足以证明他是一个拥有着可怕自我控制力的冷静男人。

“繁星丫头，没有一个人是完美的，他可以不负家族所望，把企业管理得井然有序，却不代表他在感情上就一定是通透的……你多担待他一些。”

沈繁星抿了抿唇：“是他一直在担待我……”

如果不是他的强势和霸道，她不会跟他发展到如此地步，在感情中她才是被动的那一方。

薄老太太叹了一口气，语重心长地说道：“丫头，要懂得把握呀。”

沈繁星的胸口一震。

薄景川这个时候已经收了电话走了进来，高大挺拔的身体俯下，坐在了沈繁星的旁边。

熟悉的清冽气息扑面而来，那非凡的气场让沈繁星的心跳陡然加速，她不由得低了低头，企图遮住发烫的脸。

“怎么了？”薄景川低头看她，微凉的手掌覆上她的额头，“哪里不舒服吗？”

沈繁星有些仓惶地抬起头看了他一眼，连忙摇头：“没有。”

她那张清丽的脸上有红色的薄云。

薄景川的手顿了顿，他不动声色地将手收了回来，拿起旁边切好的水果，递给了沈繁星。

沈繁星接过，放到了嘴里，被盐水浸泡过的菠萝很甜。

薄景川坐在她身旁，修长的双腿交叠在一起，在将水果递给她之后，侧撑着头看着她。

光线在他俊美的脸上扫出一片剪影，他的五官立体、深邃，黑眸中反射出的光全数落在了她的脸上。

看着她将水果一点点吃完，他轻启薄唇，淡淡地问道：“好吃吗？”

沈繁星点点头：“很好吃。你要不要尝一尝？”

薄景川摇摇头，温柔地说道：“你吃吧。”

来蓉在一旁开口提醒：“沈小姐，大少爷不大爱吃甜的。”

沈繁星一顿，转头看向薄景川。

薄景川盯着她水润莹亮的唇瓣，扯了扯唇：“也不尽然，只不过有点儿挑剔罢了。”

来蓉不解地看了薄景川一眼，他不是一向不爱吃甜的吗？哪里来的挑剔一说？

餐后，沈繁星本来想要帮忙收拾餐桌的，用人却跑过来跟她说她包里的手机一直在响。

实际上从昨天晚上开始，苏恒的短信和电话就没有断过，沈繁星一直没有理会他，却没想到，他的执念竟然如此深。

可她拿出手机看到来电显示的时候，却发现不是苏恒，而是沈德凡，也就是她所谓的父亲。

顿了一下，她拿着手机走到了客厅的露台，接通了电话。

“有事？”她冷冷地问道。

“孽障，这是你跟父亲说话的态度吗？！”沈德凡愤怒的声音当即隔着话筒传了过来。

“父亲？呵，你只是沈千柔的父亲。”

“混账东西！你简直六亲不认！千柔怎么说都是你的亲妹妹，你三番五次害她还不够，这次居然在公众场合让她给你磕头？你知不知道她现在是公众人物？你这几天给她招的黑还不够多吗？！”

沈繁星握着手机，一手抚着额头，连连冷笑：“不作就不会死。每次她得逞了，可怜的是她，现在玩崩了，最可怜的还是她，你们天天看着她那一张丧气脸，不嫌烦吗？”

“那还不全是你害的……”

沈繁星耐心全无：“有事说事，没事我挂了。”

“你敢！马上给我回家一趟，我有事情跟你说。”沈德凡生怕沈繁星挂断电话，像是机关枪一样将话一口气说了出来。

沈繁星挑了挑眉，顿了两秒：“好，我一会儿回去。”

一句话说完，她便挂断了电话，沈德凡后来又说什么了，她根本没听。收起手机回到客厅时，薄景川正站在客厅里望着她。

“怎么了？有事？”

沈繁星摇摇头，顿了一秒，她说道：“沈家人来的电话，让我现在回去一趟。”

薄景川微微蹙眉：“你答应了？”

“嗯。”沈繁星走到沙发跟前，将手机放到了包里，拿起茶几上的水喝了一口，随后问道，“奶奶午休？”

“嗯。”

放下水杯，沈繁星走到薄景川身前，仰着头望着他，说道：“我也有些困，帮我找间房间。”

薄景川惊讶地问道：“你不走？”

沈繁星撇嘴："没好事，让他们等。"

薄景川勾唇，伸手拉住了她的手。沈繁星连忙朝着四周看了看，用人都在无声地工作，完全没有注意到这里。

"做什么？"

"带你去房间休息。"

"哦。"沈繁星顺从地被他拉着走，可当去往房间的路越来越熟悉时，沈繁星的脚步便越发沉重了起来，直到站在门口，看着薄景川打开房门的时候，她瞬间有一种想要逃的念头，然后她也这样做了，结果却直接被男人抱了起来朝着屋里走去。

"薄景川！"沈繁星惊呼了一声，下意识地伸手搂住了他的肩膀。

薄景川将她直接放到了床上，双手撑在床沿，将她圈在胸膛里。

"睡在这里，嗯？"

沈繁星红着脸，一手撑着身后柔软的床，一手搭在薄景川的肩膀上没有来得及收回。

"可是……"沈繁星为难地说。

"怎么？"他俊美的脸近在咫尺，明明一脸温柔的表情，却透着一股强烈的吸引力，散发着致命的魅惑，直逼她的命门。

沈繁星俏脸红透，低声说道："你这间房……对我来说太羞耻了……"

"为什么？"

沈繁星抿了抿唇，没说话，这种羞耻的事情，还是不提为好。

"那如果我睡在这里，你呢？"薄景川挑眉，还没等到她回话，便听到了咔嚓一声响。

两个人齐齐看向门口，顿了一下，又齐齐转过头，互相看着彼此。

几秒后，薄景川勾了勾唇："出不去了。"

沈繁星无奈地叹气，她怎么就忘了奶奶这号人物了呢？

"不过我也没打算离开。"薄景川说着，弯下身握住了她的脚腕。

沈繁星的腿下意识地往回缩了缩，她不是害怕他的碰触，而是因为她看出了他的意图，这样一个男人单膝跪在那里给她脱鞋，她有些承受不起。

握着她脚腕的手紧了几分，阻止了她的逃避，他轻柔地将她的鞋放到了一边，然后直起身，再弯身将她抱进了被子，之后在她的注视下，侧身躺在了她的身边。

沈繁星的身子有些紧绷，薄景川却捧着她的头，长臂穿过她的脖颈，让她枕在了自己的臂弯，将她拢到了怀里。

熟悉的、清冽的香味瞬间将她笼罩，沈繁星的双手轻轻抵在薄景川的胸膛上，他的胸膛结实硬朗。

薄景川似乎在她的头顶吻了一下，然后便传来了他低沉的声音：“睡吧。”

沈繁星眨了眨眼睛，看着自己的右手，似乎在惊奇她居然能触摸到他的声音，他开口间与胸腔的共鸣发出的震颤，就在她的掌心。

“嗯……”她轻轻应了一声。

沈繁星闭上眼睛，却被自己的心跳声搞得连假寐都做不到，房间太安静，她觉得自己的心跳声薄景川听得一清二楚。她的身体仍旧紧绷着。

“睡不着？”头顶突然传来低低哑哑的声音，沈繁星又绷了绷身子。

片刻后，她从他的胸膛里抬起头，望着他漆黑的眸子。

“有点儿紧张……”

薄景川敛眉看着她，轻启薄唇，低哑的声音随之传来：“是不是觉得，被奶奶花心思关在了这里，我们躺在一张床上，你又被我抱在怀里，迟早都会发生点儿什么，而现在什么都不做，又不知道什么时候会做，所以提心吊胆？”

沈繁星的眼珠转了一圈，她似是思索了一下，然后点了点头：“好像是这么一回事。”

薄景川顿了一下，看着她，突然轻轻地笑了起来：“那就先做点儿什么吧。”

薄景川的话音一落下，他便一个翻身，瞬间来到了她平躺着的身子的上方。

沈繁星眼前一晃，再定神，入眼处便是男人漆黑的眸子。他的瞳仁里，都是她的影子。

她的睫毛轻轻颤了颤，心跳瞬间乱了节奏。

薄景川伸手摩挲着她细腻滑润的下巴，微凉的指腹覆上她的唇瓣，沙哑声音低低响起：“你说，要不要做点儿什么？”他给了她选择和犹豫的机会。

她的脸上瞬间出现了慌乱的表情，不过很快就消失了，沈繁星极力沉着气望着他。

她的脑海里一瞬间闪过奶奶今天跟她说过的话，所有的词语听到耳朵里变成了一种根本不需要语言解释便能懂的直觉甚至本能，什么担待他，什么懂得把握，零零散散的字词快速地闪过，剩下的便是她现在直觉应该做的事情，和一种她无法否认的渴望。

一秒的沉默之后便是漫长的等待，似乎过了好久，她盯着他幽深的眸子，才轻轻地开了口：“那就……先做点儿什么吧。”

这个回答似乎在薄景川的意料之外，他的手倏然一顿，游弋在她脸上的视线定格在了她的眸子上。

“你确定？”

沈繁星顿了一下，面色已然通红一片：“那不然……还是算了……”

“休想。”两个字冷冰冰地甩下之后，他便压了下来。

强势的吻，容不得她再反悔，沈繁星能轻易察觉到他越来越熟练的动作，他时重时轻地引导着她回应他。

两个人的呼吸渐渐变得短促而温热，沈繁星从一开始的被迫承受，渐渐变成了尝试着回应，跟他你追我逐。她的双手不知何时攀在了他的肩膀上，纤长、白皙的手指攥着他的衬衫。

当深吻变成一场温柔的彼此追逐之后，她的鼻息间都是他的气息。

他轻轻地点着她的唇，又时而含着它不轻不重地咬一下，轻浅地摩挲中，唇瓣滑过她的唇角，埋在她的脖颈间。她那细腻、白皙的脖颈像是一块上等的羊脂玉，莹润的光泽实在太过诱人。

温热的触感滑过她颈间的肌肤，一股酥酥麻麻的感觉瞬间让沈繁星头皮一阵发麻，双手不由自主地搂紧了薄景川的脖子。

一声压抑的轻哼从她的鼻间发出，两个人的身子猛然一僵。

薄景川抬头有些意外地望着她，一双漆黑的眸子里浮动着一层绯色的流光。

沈繁星的脸红得仿佛能滴出血，连她自己都不敢相信，刚刚那一声娇气的低吟竟然是她的声音。

她羞得想躲，却根本无处可躲，眼珠子转了一圈，最后认了命。

“很痒……”

薄景川眼睛一眨，俊美的脸上缓缓浮现出一抹笑意。

“哪里？”

带着笑意的两个字让沈繁星顿了几秒，她毕竟也不是什么懵懂无知的人，里面隐晦的含义让沈繁星再一次无地自容。

“我说的是脖子！”

薄景川轻轻地笑：“这么激动做什么？我当然知道是你的脖子在痒。”

“……”沈繁星咬紧了唇。

恶劣。

薄景川笑了笑，温热的唇碰上她颈部的肌肤。

沈繁星猛然攥紧了他颈后的衬衫，身体微微紧绷。她紧紧咬着唇，不让自己失控发出声，但是时而松懈，时而绷紧的身子却还是无法控制。

“看来哪里都痒。”薄景川低沉的声音传来。一阵有些刺痛的感觉从她的颈窝传来。

她的身体僵了僵，薄景川勾了勾唇。

沈繁星的眸子此刻像是蒙了一层浅浅的雾，但她还是看清了男人眸中的克制，她知道他并不打算继续了。

薄景川紧拥着她的身体，侧身躺下，沈繁星乖顺地躺在他的怀里，安心地汲取着他身上独有的香味和温度。

“睡吧。”男人在她光洁的额头上落下一吻。

“嗯。”她轻轻应了一声，将脸埋在了他宽厚、结实的怀抱里，再无之前的拘谨和紧张。

看着没多久便熟睡了的女人，薄景川的脸上笑意不减，能够让她卸下心防，不再抗拒他的靠近和亲昵，已是最大的进步。想来，还得谢谢奶奶，看来以后他需要多带着繁星回来几次了。

来蓉扶着薄老太太进房间，又是无可奈何，又有些乐见其成。

“老夫人，您做得太明显了，大少爷跟沈小姐那么聪明，一想便能知道是您的主意。您就不怕他们出来后埋怨您吗？”

“反正他们迟早都是要在一起的，一个榆木疙瘩，一个矜持保守。他们两个人进度太慢，我当然不能袖手旁观！”

这显然是歪理，这“当然”一词可站不住脚。

“好了，老夫人，咱们该午休了。”

“嗯。来蓉，你说过多久再开门合适？一个小时够吗？好像短了点儿。两个小时？”

来蓉叹了一口气，无奈地说道：“老夫人……”

“算了，算了，就三个小时后开门吧。”

来蓉：“……”

两个小时后，沈繁星在薄景川的怀里醒过来，鼻间都是熟悉的香味，她缓缓睁开眼睛，眼前是薄景川的衬衫，衬衫有些褶皱。

这不是她第一次在他的怀里醒过来，但是比起上一次，现在的她显然平静得多。

“醒了？”薄景川的声音突然响起。

沈繁星从他的怀里抬起头：“刚醒，觉得这样，还好……”

薄景川敛眉看着她，继而低头去衔她的唇，沈繁星顿了一下，坦然地仰头回应他的吻。

来蓉早在老太太睡着之后就让人悄悄将门打开了。

薄景川和沈繁星下楼的时候，来蓉已经陪着薄老太太坐在客厅里了。

看到两个人一起下来，老太太脸上笑开了花：“繁星丫头，睡得好吗？”

沈繁星的耳根悄悄红了几分：“睡得很好，奶奶。”

薄老太太一听，笑得更开心了，连连点头：“那就好，不错，加油……”

睡觉跟加油有什么关系？

沈繁星急忙解释：“奶奶，我们没有……”

两个人走得近了，薄老太太的视线落在沈繁星的颈窝处，一片红色痕迹在白皙、细腻的皮肤上很是显眼。

老太太眼睛一亮，看到沈繁星那显然就是害羞的样子，连连笑着说道："没有，没有，奶奶懂——"

老太太将"懂"字的尾音拖得很长。

沈繁星不说话了。

薄老太太把视线放到了一旁的亲孙子身上，搭在轮椅扶手上的手暗暗对他跷起了大拇指。

"年轻人，加油！"她没指名道姓，却让薄景川微微黑了脸。

"沈小姐，你包里的手机一直在响，你是不是有什么重要的事？"来蓉细心地察觉到了沈繁星的不知所措，适时将话题岔开了。

闻言，沈繁星羞赧的表情渐渐平缓了下来。

"哦，我看看。"

用过晚餐，拒绝了奶奶热情的留宿邀请，沈繁星和薄景川一起离开。

"有话想要跟我说？"两人刚走出门，薄景川低沉的声音便响了起来。

沈繁星顿住："薄景川，你借我一辆车。"

薄景川的眉心动了动："给你都没有问题，但前提是，你想干什么？"

"我去沈家……"

"我陪你一起去。"沈繁星的话音还未落，薄景川便打断了她的话，显然，他早就猜到沈繁星要说什么了，"他们找你明显是不怀好意，你觉得我明明知道，还会放任你一个人去？"

薄景川的语气是沈繁星少见的冷厉，她连忙握住他的手，轻声安抚他："他们不会拿我怎么样的，我不会让自己有事。"

"……"薄景川冷着脸看着她没说话，显然容不得拒绝。

站在原地思量了一会儿，沈繁星妥协："好吧，你跟我一起去可以，但是我一个人进去，你在车上等我……一有事情我就给你打电话！我不想让他们有理由纠缠你。"

薄景川仍旧寒着一张脸，但听到最后，脸色还是微微有了缓和。

“依你。”他冷漠地吐出两个字后问道，“你想借什么车？”

“就三四百万的豪车……”

“没有。”又是干脆的两个字，薄景川拿着车钥匙，朝着门口停着的车按了一下，“最便宜的就是这辆，八百万，可以吗？”

“可以。”你有钱你有理。

“上车。”

沈家，客厅里弥漫着一股浓烈的压抑气氛。

他们从上午就开始给沈繁星打电话，中午才打通，她说是一会儿就过来，结果他们硬生生地在这里等了一下午。

一听到外面的引擎声，沈德凡噌的一下从沙发上站起来就冲了出去。

沈繁星打开车门，从副驾驶的位置下了车。

沈德凡的视线第一时间便在沈繁星的车上扫了一眼，眉心当即紧紧地皱了起来。

“混账东西，知不知道我们到底等了你多久？”

沈繁星只是冷冷地扫了他一眼，径直向屋内走去。

沈德凡被沈繁星彻底无视，她的冷静，相比较他的愤怒，显得他就像个跳梁小丑，他咬了咬牙，回到客厅的时候，沈繁星已经坐在了沙发上。

她穿着一身砖红色的连体衣，简约大气，头发简单地束在脑后，一只胳膊搭在沙发的一侧扶手上，膝盖上放着一本时尚杂志，红唇轻抿着，低垂着眉，看不清她的表情。

客厅里不知什么时候陷入了一片沉寂，气氛愈来愈压抑。

良久——

“理由。”沈繁星清冷的声音突然响起。

“千柔过几天过生日，我自然要给她准备生日礼物。”

沈繁星的脸色猛然一沉，心中翻涌起一股强烈的愤怒，却刻意压抑了几分。她合上手中的杂志，身子向沙发上靠了靠，之后缓缓抬头，望着沈德凡，勾了勾唇，这一个微小的动作，却诠释尽了“讽刺”二字。

“她过生日，你拿我的公司送给她当礼物？这就是你给我的理由？”

她语气里的讽刺，让沈德凡脸上的怒意和反感更深了：“千柔怎么说也是你妹妹，你三番五次欺负她，一次比一次狠。今天更是过分，大庭广众之中，你居然强迫她给你下跪，你还是人吗？

“你有没有想过她是公众人物？是蓝韵最重要的艺人？你这样为难她，给公司带来了多少损失？而你，不知悔改，变本加厉，沈家经不起你这样折腾，也丢不起这个脸！你没必要继续在国内待着，机票我来准备，想去哪儿就去哪儿！公司的损失必须补上，所以在你出国之前，把你的公司留下，也算是给千柔道歉！”

沈繁星冷笑一声，啪的一声将手里的杂志扔到了茶几上，而后站起身，高挑纤细的身材瞬间拔高。她紧紧地眯了眼睛。

“比她好的、有能力的、有本事的人多的是，你们愿意在她身上砸钱，损失与否是你们自己的选择！出国？你没有资格替我决定！要我的公司？想都别想！”沈繁星冷冷地说道。

那是母亲给她留下的唯一的东西，没想到，他们竟然无耻到了如此地步！

“既然你们非要跟我算账，那我不妨就跟你们沈家人算一算——

“你们那么在意蓝韵？那你们想没想过如果没有我母亲，蓝韵能否挺到现在！还有她手上以她个人名义注册的公司和店铺，别忘了，那些都是她留给我的嫁妆！那些东西现在在谁的手里？”沈繁星顿了顿，犀利的视线扫在眼前坐着的两个人身上，她完全没有放过杨丽薇脸上微微变化的表情。

这么多年，她从不曾相信母亲真的会死。就算母亲当初跳海被鱼吞了，那也会留一块骨头下来，然而并没有。

她从没有放弃过找母亲，母亲生前的事情，只要能查的，她都查了。母亲给她留嫁妆这件事，早在一开始就在律师那里留了底，她想要知道并不难。

沈德凡的脸色猛然一沉，他没有想到她会突然提到姬凤眠手上公司的事情。

“嫁妆是在你结婚时才会到你手上的！在此之前……”

“在此之前，那些也不是你们的！”沈繁星强势地打断了沈德凡的话，“不是要算账吗？这账我就摆在这里！蓝韵是你沈家的一切，沈千柔是你沈家的掌上明珠？很好，既然你们胆敢把主意打到星辰国际上面，那我们就试试！或许你们也该尝一尝失去最在意的东西的滋味了！我不仅要让你们失去，还要让你们一点儿一点儿地在挣扎中体会失去的滋味！”

一刀人头落地，痛苦只是一瞬间，远远不如凌迟来得痛苦。

沈繁星的话掷地有声，仿佛每一个字上都插着一把锋利的刀，一下一下甩在他们的身上，沈德凡和杨丽薇同时被沈繁星这凌厉的气势吓得怔了好久。

气氛像根紧绷着的弦，仿佛再多拉扯一分一毫便会断裂。

“真是好大的口气！”另一道声音突然切入进来，语气里带着熟悉的强势和威严。

沈繁星侧头，见姜蓉蓉侧身站在二楼的栏杆处，居高临下地睨了自己一眼。她然后走下楼梯，渐渐走近沈繁星，那双机警的眸子上下打量着沈繁星，视线却在沈繁星的颈项处顿住了。

眯了眯眼睛，姜蓉蓉突然冷笑了一声：“真是越来越不像话了，之前因为苏恒还有所收敛，现在连掩饰都懒得掩饰了吗？让你出国是为了你好，在国外你愿意怎么玩就怎么玩！别到时候把自己的名声彻底玩臭了才后悔，最后还得沈家出面给你收拾烂摊子。”

沈繁星的眸子里再一次覆上了一层薄冰。

姜蓉蓉的话她听得懂，却不明白姜蓉蓉突然说这话的依据是什么。

可笑的是作为长辈，而且还是祖辈，居然对着自己的亲孙女满口“愿意怎么玩就怎么玩”，呵……

“放心！我的事情不用沈家操心，你们不如把精力省下来，好好放在公司和沈千柔身上。”

姜蓉蓉的脸色沉了下来：“看来你是要一意孤行了？”

沈繁星哂笑：“我要是不一意孤行，早就死了！”

那几年，谁想过要帮她出出主意？

姜蓉蓉深深地看着沈繁星，那种自信让她下意识地相信沈繁星话的真实性。

如果说姜蓉蓉之前不曾留意沈繁星，那么经历了周年庆，她无法做到完全忽略沈繁星。

沈繁星年纪轻轻，心机深沉，手段也不可小觑，跟她的母亲一样，血液里似乎都流淌着一种傲气和张扬，不论何时看起来都是那么自信、强势。

姜蓉蓉不反感这样强势、独立的性格，如果可以，以沈繁星的能力，最起码不会给公司拖后腿。但是不行，沈家有千柔，千柔是沈家后来居上的福星，而沈繁星，显然是那颗灾星！她不可能把一颗灾星留在家中。

思及此，姜蓉蓉冷哼一声："我倒是要看看你到底有什么能耐！"

沈繁星冷冷地说道："那你就等着看吧。"说罢，她的视线落到一旁的杨丽薇身上，"属于我的东西，你最好如数还给我，否则，我一定让你加倍给我吐出来！"

"你放肆！"沈德凡早就被沈繁星这嚣张跋扈的态度激得彻底没了耐心，猛地一拍茶几，陡然站起身。

沈繁星无畏地扬了扬脖子，冷冷地看向杨丽薇："下次再叫我谈事情时，先想想我会不会答应，不要三番五次地挑战我的底线……"

沈繁星的视线扫过客厅里几人阴沉难看的嘴脸，轻笑了一声。

房门打开，又被人用力关上，等到众人反应过来的时候，偌大的客厅里已经没有了沈繁星的身影。

但是她的声音似乎还在客厅里飘荡、盘旋："你们又不是不知道，这平城最恶毒的女人是谁！"

是她。

众所周知。

之前她觉得自己不屑解释，现在想想，她不能白白被冠上这个称号。

他们居然打起了星辰国际的主意！沈繁星的脸上浮现出一抹冷笑。

"姐姐……你……回来了？"一道怯懦又带着些许欣喜的声音传来，沈繁星抬头，沈千柔正亲昵地挽着苏恒的胳膊走过来。

门外的廊灯还是很亮的，所以沈繁星很轻易地看到了她的脸上充满了悲伤，还有失望和胆怯。看到沈繁星冷冷的眼神看过来，沈千柔害怕地缩在了苏恒的怀里。

"繁星，你怎么来了？你去哪儿了，打电话不接，发信息不回，你知不知道这样会让人担心？"苏恒轻轻拍了拍沈千柔的肩膀，仰着头看着沈繁星，脸上满是责备的表情。

沈繁星敛眉，冷漠地望着他："担心？真是稀奇。"

苏恒的表情僵了僵："你怎么来了？"

沈繁星神色淡淡地看着他："这里我难道不该来？"

苏恒的脸色渐渐阴沉下来，被如此阴阳怪气地对待，自然是不太能接受的。

"繁星，我是真的很担心你……"

沈繁星漠然，看来他也知道，沈家之于她，就是龙潭虎穴。

"我一没灾二没病，好端端的，你担心我做什么？苏恒，你的未婚妻还在这里，她吃了醋，在你面前装温柔、大度，背地里第一个阴的人就是我，她的手段虽然谈不上高明，但是我被苍蝇骚扰还是很烦的！你说话留点儿口德。"

苏恒万万没有想到沈繁星现在居然这么伶牙俐齿。

他说担心她，她居然让他说话留点儿口德……

她以前从来不会说这些，也根本不是会说这些话的人。

沈千柔见气氛尴尬，连忙扯开了话题："姐姐，你这车是？"

从一进门，她就注意到了停在院子里的那辆陌生的车，虽然它隐藏在黑暗里，但是夜色始终淹没不了它。

沈繁星冷笑，意料之中。

"刚刚入手一千多万，提辆车犒劳一下自己。全款买的。"

沈千柔的脸色当即变得难看起来。

那是她的钱！还全款买的！拿着她的钱来她的面前炫富，真是……不要脸！

早晚有一天，她要加倍从沈繁星的身上讨回来。

就比如，星辰国际……

沈千柔难看的脸色，以及后面的那几不可察的得意之色，让沈繁星并未熄灭的怒火再一次燃烧了起来："只不过损失了一千多万，就想要星辰国际？"

今晚沈德凡会提到星辰国际，少不了沈千柔的撺掇。

沈千柔没想到她直接提到了重点，眼珠一转，一脸无辜地说道："姐姐，你在说什么？谁都知道星辰国际是你的……”

沈繁星眯着眼睛，讽刺地说道：“你手上的我的东西还少吗？”

“怎么回事？千柔，你想要星辰国际？”苏恒闻言，皱起了眉。

沈千柔仿佛被惊到了，连连摇头：“恒哥哥，我现在还在娱乐圈，又是苏氏的调香师，我哪里有时间再去管理另外一家公司？我要星辰国际做什么？”

苏恒看向沈繁星：“繁星，你是不是误会了？”

沈繁星抬手抚了一把头发，心中冷笑不已，还真是沈千柔说什么，他就信什么。

“姐，你脖子上是怎么回事？是被什么虫子咬了吗？”沈千柔惊讶地问道。她企图终止这个话题。

沈繁星闻言，动作一顿。

苏恒看到了她白皙、细腻的脖颈处那片红色的痕迹。

那是……

他自然知道那是什么，他的脑海里不由得又想起昨天在商场外看到的那一幕：她在一个男人的怀里，动作很亲昵。

怎么会？！他的眼睛睁大又闭上，难以置信地望着沈繁星。

沈繁星将手放到了脖子上，敛眉沉吟了两秒，眸子里闪过一抹懊恼，不由得抬头朝着停在不远处的车子看了过去。

薄景川的视线一直放在车子的后视镜上。后视镜已经调过方位，通过后视镜，他正好能看到沈繁星的身影。

看到她用手捂着脖子看过来，他勾了勾唇。

随后他墨眉微挑，伸手在方向盘上轻轻按了一下，一声短促的鸣笛声响起，他借此跟沈繁星隔空打招呼。

沈繁星的胸口跳了跳，片刻后脸上又露出一丝无奈的笑。

不让他下车露面，他因此而产生的怨念是有多深？

想尽办法来证明他的存在。

沈繁星脸上浅淡的笑容全数落在了苏恒的眼里，他不知道车里的男人是不是就是昨天他见到的那一个，可是这样隔空鸣笛的举动，怎么看都像是在调情。

“调情”，他从来没有想过，有朝一日，这暧昧的两个字会用在这个在他面前向来高洁、强势的女人身上。

沈繁星片刻后收回视线，放在脖子上的手也垂了下来，毫不遮掩那一处暧昧的痕迹。

“是什么你难道不清楚吗？清纯装过了。”

她的不否认让沈千柔心中暗暗一喜，沈千柔偷偷看了苏恒一眼：“姐，这么说你真的……”

“真的怎么样？”沈繁星冷冷地打断了她的话。

沈千柔咬了咬唇，挽紧了苏恒的胳膊：“我只是不希望你做傻事……”

“千柔，你先进屋。”苏恒平淡的声音突然响起，打断了沈千柔的话。

“恒哥哥……”

“乖，先进去。”苏恒将手从沈千柔的手中抽出来，声音依旧温柔。

沈千柔纵然不愿，但他既然说到了这个分儿上，她只能妥协。

沈千柔进屋后，沈繁星也走出了廊子，朝着车子的方向走去，她觉得她没有跟苏恒谈下去的理由。

“繁星！”苏恒追了上去，挡在了沈繁星的面前。

沈繁星顿住脚步，面上一片冷漠。

“繁星。”苏恒察觉得到她的不耐烦，声音越发低沉了，“你真的这么恨我？”

恨？

沈繁星抬眸，似笑非笑地说道：“说到底男男女女谈恋爱，合就在一起，不合就分，左右不过分手，多正常的事情。恨人也是需要感情的，我还不至于对你浪费太多的感情。只是你触及了我的底线，我就不能当作什么都没有发生，莫非你耍了我，我还要对你感恩戴德？”

苏恒脸上一片惆怅，他抿了抿唇，抬眸看她，视线却再一次触及了她脖颈间的红色痕迹。

她居然真的让男人碰了她！怎么可以？！

胸口猛然一闷，瞳孔一缩，他突然大力地扣住了沈繁星的手腕，整个人几乎是烦躁又愤怒，声音低吼了出来："你跟谁在一起？你到底做了什么？你就算恨我，也不能那样糟蹋自己！"

沈繁星骤然眯起眼，用力将自己的手挣脱了出来："为了你糟蹋我自己？"

苏恒的面色变得沉冷："你不是最矜持的吗？不是只在婚后才可以的吗？就因为我跟你解除了婚约，你就这样……用糟蹋自己的方式来惩罚我？！"

沈繁星冷笑："你太看得起自己了！你还没那个本事和魅力！"

"那你为什么……"

"因为我喜欢。"面对苏恒的歇斯底里，沈繁星异常平静地给了他一个极其简单的答案，却成功地让苏恒愣住了。

他几乎难以置信地望着沈繁星："你说什么？"

"没有人可以左右我的选择，任何事情都不过是因为我喜欢。我喜欢他，喜欢让他碰我，在他的面前，我可以轻易打破我的原则……"

看着沈繁星脸上淡漠而又认真的表情，苏恒的喉结艰难地滚动了两下："你说……喜欢他？"

这么多年，他似乎从来没有听到过沈繁星说这个词。

沈繁星冷冷地看着他，没说话，不想与他继续纠缠。

"是谁？是车里的那个男人吗？"苏恒似乎跟她较上了劲，势必要将这个问题问到底了。

"他是谁跟你没有关系，你也没有资格知道。"沈繁星再不想跟他多说，绕过他，直接打开车门上了车。

苏恒站在原地愣了半晌，直到车子从他的身侧掠过，他才反应过来，倏然转身，却只看到了主驾驶位上男人淹没在黑暗中的身影。

虽然不知道那个男人到底是谁，但是苏恒明显地感觉到了那个男人身上不同于常人的气场。

是他昨天在商场看到的男人，可那个男人到底是谁？

苏恒走进了沈家的客厅，客厅里的气氛异常凝重。

苏恒知道他们不喜欢沈繁星，心中的抑郁更浓了，他并没有多问什么，只是道了别，便驱车离开了沈家。

薄景川将车子开得飞快，没多久二人便回到了帝豪华庭。车子稳稳地停下，熄了火之后，驾驶室的灯便灭了。

沈繁星讶异于他这么快的速度，刚转头想要问他，就听到了咔嗒一声脆响，是安全带被打开的声音。

“你……”

她的声音刚刚响起，她便觉得身子一轻，整个人被一股强大的力道挟了过去。

突如其来的动作让沈繁星惊讶得睁大了眼睛，紧接着，她整个腰身就被紧紧地禁锢住，与此同时，薄景川那张俊美的脸便压了过来，他的唇准确地压在了她的唇上。

沈繁星那双星眸在夜色中睁得更大了，太过熟悉的气息瞬间将她笼罩，他的力道大得她不得不张开双唇顺从地放任他的强势闯入来减轻摩擦带来的疼痛感。

两个人的气息交融在一起，良久才分开。

薄景川的黑眸紧紧锁着沈繁星。沈繁星轻喘着，望着他的眼睛，心里充满抑制不住的悸动。

“这突然之间，你怎么了？”她问他。

薄景川一只手捏着她光滑的下巴，微凉的指腹压在她红肿、明艳的唇上，另一只手撑在她身后的车门上，将她完全圈在了怀里。

他眸中的笑意越来越清晰、明显了。

沈繁星的眼睛眨得厉害，她偏了偏头，薄景川低沉的嗓音却缓缓地响了起来：“我也喜欢碰你……”他的手揉在她的腰上，吻再次落在她的唇上，“很喜欢。”

沈繁星的心猛然一跳，她瞬间反应过来他这没头没尾的话是如何而来的了。

他听到了。

沈繁星脸上的红晕蔓延到了脖子根。

“要下车了，今天都早点儿休息……”沈繁星红着脸，转身想要去打开车门，结果却被薄景川拉了回来，额头撞在了他温热、结实的胸膛上，脑袋有些晕。

“你想要什么？”

“什么？”

“我要送你礼物。”

沈繁星有些反应不过来：“又没有什么特殊节日，你送我礼物做什么？”

“流程。交往、送礼物、约会，然后求婚。我要娶你。”

“……”

您能走点儿心吗？直接按照流程来，是不是不想过了！

她好好的恋爱没谈两天，就崩成了这个样子！

那句流行语怎么说的来着？

深吸了一口气，她看着薄景川，眸中突然闪过一抹狡黠的光。

“我喜欢羊驼。”

薄景川的眉头突然皱了起来，他俊美的脸上浮上一层浓浓的嫌弃之色。

“羊驼？”

沈繁星笑了笑：“是的，羊驼，可喜欢了。”

说完，她就打开车门下了车。

星辰国际会议室。

早上九点，会议桌边已经坐满了人，气氛略显压抑。

门在人坐满不久后忽然被打开，沈繁星穿着一身米色正装——掐腰小西服包裹着她纤细的腰肢，同色及膝包臀裙包裹着她修长、笔直的双腿——穿着高跟鞋，昂首走进了会议室。

她走得很稳，高跟鞋磕碰地面的声音一下一下地敲击在众人的心上，众人不由得挺直了脊背，视线跟随着沈繁星移动，直至她在长桌最上端的位置上坐下。

沈繁星的视线平淡地扫过众人，之后又淡漠地收回。

“感谢各位能够陪着星辰国际一路走到现在……”

沈繁星的声音缓缓响起，仅仅一句话，就让在场的众人心中一慌，这语气，怎么听都有点儿不妙呢。

“今天的会议，主要宣布一件事，是关于星辰国际今后的经营方向的……”沈繁星微微顿住，众人的视线紧紧地盯着她，大气都不敢出，“以后公司再也不接为其他公司谈合约以及各方面的公关业务。”

众人疑惑，那他们要干什么？

“只接明星公关。”沈繁星说道，“换言之，公关公司变经纪公司，只与艺人签经纪合约。不排除亲手打造艺人。”

如此清晰明了的解释，彻底让会议室里的人喧闹起来。

“虽然经纪公司运营方面跟我们之前的运营模式大同小异，可是这里面要求拥有的资源和人脉必须强大！我们之前公关范围广，虽然娱乐圈也有涉及，但比不得那些娱乐公司，现在骤然缩小经营范围，公司一时间肯定是要有冷置期的，这里面必有损失，沈总，您看……”

“我想得很清楚。”听着大家满是不认可的话，沈繁星星眸微眯，“我能把星辰国际做成现在的规模，就能把它做得更出色！我能拿任何事情开玩笑，但绝不可能拿它去冒险，我比你们任何人都爱惜它，所以你们可以完全相信我。”

言毕，她站起身，冷漠地扫过众人，转身走出了会议室。

而沈繁星的最后几句话，让整个会议室渐渐安静了下来。

无须多的理由，这一个足够让他们信她。

会议虽然结束了，但是公司突然改变运营方式毕竟是一件天大的事情。

沈繁星有太多的事情要忙，艺人的单子公司依旧可以接，但是她需要长期合作的艺人。

公司各部门的员工对沈繁星的决定一时间有些无法接受，因为公司经营范围缩小，某些部门直接作废了。

公司一楼大厅里此刻围满了员工，都在不安地等安排。

此时，星辰国际大厦门外，一辆厢式轿车缓缓停了下来。

门外的两个保安皱着眉头一脸防备地盯着那辆车，手时不时地摸一摸自己腰间的电棍。

不怪保安这样警惕，因为那辆车从停下到现在大概有十分钟了，仍然不见有人从车上下来。

又过了五分钟，厢式轿车的车门便被打开了，有人从车里走了出来。

两个保安看了看那人的模样，西装革履，一表人才。

嗯，不过这也不代表那个人就是个好人。

保安仍旧没有完全放松警惕，继续盯着男人。

然后，他们脸上的表情越来越诡异了。

不只是他们，就连大厦外的路人都忍不住停下了脚步。

“我是来找你们沈总的。”俞松被两个保安拦在了大厦门外，硬着头皮一板一眼地跟两位保安解释。

两个保安皱着眉，都握着电棍，意图很明显——不让进！

俞松闭着眼睛深吸了一口气，然后拿出手机，直接给沈繁星打去了电话。

电话很久才被接通。

“沈小姐，我是俞松，找您有事……”

沈繁星皱眉：“那你进来呀。”

“听到没有？让我进去。”俞松开了免提，所以两个保安也听得很清楚。

收起电棍，两个人齐齐给俞松让了路，不过眼神依旧怪异得很。

喧哗的大厅渐渐安静了下来，所有人朝俞松看了过来。

“呀，好可爱！”

“睫毛好长，眼睛好大……”

“那张脸真可爱，呀，它是不是在笑？”

“它嚼东西的样子真好玩，居然还穿着衣服……”

“毛茸茸的，好可爱……”

人群中的几个女人忍不住低呼，有的已经激动地在原地蹦了起来，喜爱之情表现得淋漓尽致。

俞松用力咬着后槽牙，硬着头皮一步一步从人群中走过去。

天知道他刚刚做了多久的心理准备，才说服自己下车。

天知道他现在的心情如何！

天知道他有多想知道先生到底在想什么！

他这一天天的接的都是些什么差事？

手里的青草被一股力道扯了一下，俞松看向前方，昂首阔步地走向某处。

他忍不住伸手捂住了脸，太丢人了！

他们谈恋爱就谈恋爱吧，为什么还要连累别人？

看着前面这只昂首挺胸的羊驼，他还是忍不住第N次抽了抽唇角。

这两人都是什么品位？！

哪儿有人想要羊驼当礼物的？

而且一要就给？

还真是无条件纵容着。

呵，恋爱的酸臭味。

在众人的瞩目之下，俞松带着羊驼走进了电梯。

这一人一羊驼并排站在电梯里，实在让人忍俊不禁。

沈繁星正坐在办公室里跟各部门的经理讨论具体的运营方针，结果看到俞松牵着羊驼进来，她嘴边的咖啡瞬间喷了出来。

“沈小姐……”俞松的这三个字里，包含了千万种无法用语言形容的辛酸。

一办公室的人都目瞪口呆地看着俞松……手里的羊驼，脑袋一时间都是蒙的。

这是什么情况？

这是该出现在公司里的东西吗？

“你们先出去吧，十分钟后继续。”沈繁星手里拿着抽纸，擦了擦身上的咖啡渍，清丽的脸上是强装的冷静与淡漠。

几位部门经理收起自己面前的文件，鱼贯而出。

他们看看俞松又看看他旁边的庞然大物，脸上的表情也是千变万化。

俞松将脸侧到了一边，尽可能地将自己的脸隐藏起来。

他再看看旁边的羊驼，还在吃！

等到人们都出去后，沈繁星的视线看向羊驼，无奈地抚了抚额头。

“这是……”她闭了闭眼睛，简直无法启齿。

“这是先生送您的礼物。”俞松一本正经地接道。

她知道!

沈繁星咬了咬牙，她只是随口说说，而且当初也只是恶作剧而已，他怎么还真给送来了?

“那沈小姐，这个……该怎么办?”

沈繁星看着那只羊驼，还在吃!

不过毛茸茸的脸、乌黑的大眼睛，还有那长长的睫毛，看起来……还是挺可爱的。

恰逢此时，沈繁星的电话响了起来，是薄景川打来的电话。

“礼物收到了吗?”

“收到了。”

“那就好。以后你想要什么就说，都给你。”

沈繁星抿了抿唇，咬着下唇，抚了一把头发：“可是，你让我把它放到哪里?”

“……”

薄景川一时间没有了声音，沉默了很久，显然这个问题他并没有考虑过。

沈繁星叹了一口气：“算了……先把它放到盛景庄园吧。”

“嗯。”薄景川应了一声。

沈繁星再次叹了一口气：“薄景川。”

“嗯?”

“你真的不知道我跟你要羊驼是什么意思吗?”

“什么意思?”

沈繁星扯了扯唇：“没什么。”

一旁的俞松眉心不动声色地动了动。

沈繁星挂断电话之后，看向俞松，有些抱歉地道：“能不能麻烦俞特助，帮我将它送到盛景庄园?”

俞松点头：“应该的。”

薄景川挂断电话后，觉得沈繁星最后的问题有点儿微妙，想了想，他转身在电脑里的搜索引擎上打了“羊驼”两个字。

百科上的第一句话就是："羊驼，又名草泥马。"

薄景川那张颠倒众生的脸瞬间黑了下来。

"薄景川，你真的不知道我跟你要羊驼是什么意思吗？"

草泥马？那女人在骂他？

当即他又拨通了沈繁星的电话。

"你骂我？"

沈繁星顿了一下，这反应可真慢。

她靠在办公桌前，勾了勾唇，否认："骂你？骂你什么了？"

"……"电话那头没有了声音。

沈繁星憋着笑，料定这些粗鄙的话不会从他的嘴里说出来。

"你尽管得意。早晚让你付出代价，先记一笔，到时候一起偿还。"

沈繁星脸上的笑容慢慢收了起来，一手抱着举着手机的胳膊，微红着脸轻声说道："最近几天公司会很忙，你这几天就不要来接我了，放松了一阵，浑身不自在。"

闻言，薄景川皱了皱眉："你以后是要当薄太太的人，你要做的不是工作，而是吃喝玩乐。"

沈繁星勾了勾唇："你这样是会把我惯坏的。"

"那是一辈子的事情。"薄景川的语气很平淡，似乎在说一件很平常的事情。

沈繁星心里微暖，眸中的笑意越发柔和了。

"就这么说定了，我知道你也很忙，你以后不要总是那么迁就我。"

薄景川确实很忙，自从接手公司，太多的事情需要他去做，目前公司正在进行的大项目，以及以后要发展的几个项目，都要着手去做了。

沈繁星挂完电话没多久，几位部门经理便敲门进来了，继续与她商量工作。

如果不是在百忙之中被许清知半路抓出来吃饭，沈繁星真的忘记了校庆这件事。

"怎么样，校庆你去不去？"

沈繁星静默了没多久，便点了点头："去。公司目前打算签约艺人，去学校采采风，有资质不错的，想办法谈一谈。”

“好吧，那你到时候心态稳定点儿，我当初提议让你去，是觉得你没有躲开谁的必要，你本就坦坦荡荡，不要因为别人而束缚自己。”

“我知道。”

殷睿爵坐在薄景川的办公室里，戴着高档的隔音耳机打完一局游戏后，转头看到薄景川还在面无表情地看文件。

看到他将手里的文件放到一边的时候，殷睿爵这才趁着这个空隙连忙说道：“薄哥，明天的校庆，你应该收到邀请函了吧？你是去还是不去呀？”

“……”薄景川没说话，随手又拿起了一份文件。

“我问嫂子了，她也去，跟许清知一起。”

薄景川抬起了头。

殷睿爵的眼睛轻轻眨了眨，然后一边滑着手机，一边靠在沙发上漫不经心地说着：“你可能不知道，嫂子当年是被学校开除的，结果这次，嫂子居然收到了学校发的邀请函……”

薄景川的眉心终于皱了起来。

沈家二楼。

林菲菲一脸羡慕地捂住了嘴巴：“天哪千柔，你是要羡慕死谁？这礼服太漂亮了。”

沈千柔同样满意地勾了勾唇。

她身上穿着一身酒红色的晚礼服，显得她皮肤白皙，礼服后背的“V”字设计，露出半方精致的背。

沈千柔是经常花大价钱保养的人，身材和皮肤自然不必多说，拥有一张美人皮，在哪里都吃得开。

沈千柔依旧对着镜子三百六十度地摆动着，林菲菲坐在床边，一边欣赏，一边说道：“你说沈繁星会不会去校庆？说实话，我现在真的挺不希望她去的，她太可怕了，跟表哥分手之后，她就跟变了一个人似的。我们在她身上吃了不少亏了，真不希望再见到她……”

沈千柔脸上的笑意渐渐收了起来，将身上的礼服脱下来，说道：“她也是学校的学生，去不去是她的自由。不过我听说她也收到了邀请函，我想，不出意外的话她应该会去吧。毕竟她当年是被学校开除的，学校不计前嫌肯邀请她，她应该不会那么不识抬举。”

林菲菲撇了撇嘴，片刻后又冷哼一声：“去了也只是更丢脸罢了！”

沈千柔勾了勾唇，不置可否。

当然，不然她花心思让沈繁星去做什么呢？

帝豪华庭十六楼。

客厅里摆着一排高级定制礼服，薄景川坐在沙发上，手里翻着一本时尚杂志，淡淡地问道：“喜欢哪件？”

沈繁星看得眼花缭乱：“上一次不是你挑好的吗？为什么这一次你一下子要给我这么多选项？”

“因为这些都适合你。”

“可我只能穿一套呀。”

薄景川合起手上的杂志，换了一个姿势，面色平静地说道：“不然你现在都试试，我好好帮你选一下。”

沈繁星挑了挑眉：“穿给你看看？”

“嗯，我看看。”

“……”

沈繁星没动，薄景川径直站起身，挑了一套旗袍给她。

“去换。”

沈繁星盯了他一会儿，接了过来。

五分钟后——

穿着一身深红色金丝绣凤的旗袍的沈繁星走了出来。

旗袍能在封建保守的旧时代流行起来，真是一件幸事，它是最能将女人的身体曲线展现出来的衣服。

贴身的线条勾勒出沈繁星端正圆润的肩膀、坚挺完美的酥胸、不盈一握的纤细腰肢，最关键的是它的裙摆居然分叉，随着她的走动，她那双白皙、笔直、修长的腿若隐若现。

郎明霄看着不断下降的电梯数字，脑袋空空，只觉得他应该做点儿什么。

叶濛都敢为李靳屿冲出去，为什么他不敢？他跟李靳屿当了这么多年的兄弟，看着李靳屿被家暴、被丢弃、被各种非议，始终像个缩头乌龟一样躲在角落里，什么也不敢说。他家底不如李靳屿雄厚，他跟勾恺都是需要仰仗别人而活的，他害怕李凌白，害怕因为她的一句话又把自己给抓进去。他也害怕得罪人，处事圆润，对人八方讨好，自以为绅士，其实就是懦弱。

他跟勾恺都是，有时候甚至为了不给家里惹麻烦而故意装傻。

他们年少时便这样，夹在物欲横流的社会中，不断地磨掉自己的心性，无论做什么，总把利益摆在前头。他们什么都豁不出去，什么都不敢做。

李靳屿其实什么都知道，压根不是"傻白甜"，心里清楚他们是什么样的朋友。他只是什么都不说，所以这么多年来在外面都不愿意回来。

郎明霄一直以来都觉得李靳屿才是少年该有的样子。

就好像书里说的那样，少年们偶尔幼稚，偶尔莽撞，偶尔迷茫，经历命运无数次的摔打也无法阻止他们坚定地奔赴远方。

六点，发布会正常举行。李凌白大概请了百来家媒体，会场人声鼎沸、人头攒动。

李凌白一副全副武装的样子，正姿态端正地坐在台下，等着主持人邀请她上台。李凌白保养得很好，远看就像个精致的细颈花瓶，皮肤白嫩，额头饱满，完全看不出是个五十出头的女人。并且她没有颈纹，唯独那张脸因为注射了太多玻尿酸显得过分僵硬，如果放在镜头上看或许很好，但是在现实生活中，会有点儿吓人。

主持人介绍她的时候，她走上台的姿态都始终倨傲，抬着下巴，像一只老天鹅。

"大家好，我是李凌白，谢谢各位百忙之中抽空来参加我的新闻发布会，我长话短说……"

李靳屿那会儿正跟梁运安在某家菜品非常一般却死贵的餐厅里吃饭，同时聊蔡元正的事情。梁运安突然放下筷子，把手机递过来："刚收到消息，你妈开新闻发布会了。"

这场直播受关注度还挺高，毕竟前阵子李凌白也因为被扒皮而上了一阵热搜。直播人气在不断上涨，从开始的几万人，到现在数字已经往百万奔去了。

有很多弹幕在刷屏，大多在讨论李凌白的长相——

"不得不说，李总保养得还真是不错，算是目前成功的女企业家中最漂亮的了吧。"

"不过李总这几年是不是打针打太多了，看起来不太自然啊。"

"我觉得还行，五十几岁能保养成这样已经算很牛了，很多女明星也不如她啊。"

"前阵子不是说这女人养小鬼吗？"

"别人放个屁你们都恨不得捡起来闻。"

连梁运安都忍不住调侃了一句："你妈妈的人气还真高。"

李靳屿一副懒得看的样子，慵懒地靠在椅子上，衬衫扣子开到第二颗，漫不经心地甩着手里的手机，看着窗外说："她年轻时的梦想就是当个女明星。"

梁运安把手机拿回来："那我关了。"

下一秒，手机里李凌白的声音骤然消失了，不是休息，是话说到一半声音突然没了。梁运安看她无论怎么拍打话筒，话筒都不出声，包括主持人的话筒也完全不出声。

梁运安说："好像出故障了。"

弹幕里也一直在刷："怎么回事？怎么回事？"

叶濛跑到播音室的同时，郜明霄刚巧也到了二楼大厅，如果当时拍电视剧的话，两人几乎是同时推开播音室和宴会厅的大门。宴会厅有个广播口，是临时疏散人用的。

众人哗然，甚至不明所以地看着面前这一幕，私底下议论声四起。郜明霄先是在门口站了一会儿，心里其实有点儿没底。他也知道，一推开这扇门，他就站到了李凌白的对立面，甚至可能因此连累他的父母和他勤勤恳恳地在乡下耕了一辈子田的爷爷奶奶。

邵明霄扯掉领带，让其松松垮垮地吊在脖子上，一边走，一边横扫千军似的踹掉了沿路的音响、录像设备。最后他捡起一张椅子，狠狠地摔在摄像头面前。

他就像一头失控的蛮牛，绅士风度全无。

李凌白似乎还没回过神来，瞧着这野蛮行径，有那么一瞬间甚至没认出这人是谁。

直到头顶的广播响起一个莫名有点儿慵懒的女声："可以了。"

播音室里没人，叶濛把门反锁了，一身黑色西装，显得利落干练。她靠在播音桌上，看着对面的监控，手上正漫不经心地玩着一把瑞士军刀，然后把刀尖戳在桌子上，弯下腰对着话筒，还是慵懒地道："李凌白，还要继续吗？"

李凌白似乎朝台下的人使了个眼色，叶濛笑了下，声音紧随而至："想抓我啊？要不要听我说完话啊？"

整个直播间弹幕已经热血沸腾了。

"本来只是围观一下李凌白的洗白新姿势，没想到围观到一场大戏啊。好刺激好刺激！"

"这姐姐好帅，天哪，我想知道她是谁。"

"我想嫁给这两位，谁都行。"

"李凌白的脸真的僵了，生气都看不出来了。"

叶濛说："李凌白，无论你接下来要说什么，我都会打断你。你也不用想着找你的保镖来抓我，因为我已经报警了，我会如实向警察说明今晚的情况，也请所有媒体朋友谅解，因为我只是在保护一个我想保护的人。"

李凌白的发布会被迫中止，所有准备好的通稿仿佛是丢入深海里的哑炮，无声无息地沉了下去。那晚北京风很大，天光好像被压了一半，整座城市像一位风烛残年的老人，灯光昏暗，天地混沌，隔着浓雾，让人看不清身前的路。

邵明霄大概这辈子都不会忘记这种感觉，他跟叶濛被媒体记者团团围住，闪光灯恨不得闪进他们的眼睛里，话筒恨不得能撬进他们的嘴里。这些人犹如猛虎扑食，好像对待一块没有感情的生猪肉，又希望这块生猪肉能说出些精彩纷呈的豪门内幕。

他和叶濛都知道，此刻无论他俩张口说什么，都会被媒体大做文章。

郃明霄最后只对着那些“长枪短炮”，很没风度地重重骂了一句：“李凌白就是个神经病！我建议你们今晚的标题这么写。”然后他夹在如潮水的人流中，被警察塞进了警车里。

审讯室，一束光啪的一声骤然打亮，警员掉转灯头对准了叶濛。

“刚刚是你自己报的警？”

一个小时前，鹳山区警局接到一个神秘电话，电话里，女人声音冷静得出奇地报了个酒店地址：“等会儿有人要破坏一场发布会，请你们立马赶到。”

叶濛一身黑西装，显得干净利落，坐在审讯椅上，微微仰了一下头，眼底没什么情绪，冷淡地嗯了一声。

这女人真够冷静的！警员心里默默地想。

“为什么这么做？”警员例行公事地问。

叶濛当时在研究审讯室那灯光，明明没那么亮，却比外面任何一盏灯都刺眼，光源像万千锐利的针，笔直且源源不断地扎进眼睛里，刺进她的胸膛里，她甚至恍惚间连眨眼都觉得疼。

那个二十岁的少年，又曾遭遇了什么？

“我说什么您都不会信，因为事情没有发生，李凌白可以说自己并不打算那么做。如果我让您去跟各大媒体的营销号取证，李凌白也可以将责任推卸得一干二净，”叶濛无奈地笑了笑，微微侧开头，以一种无计可施却又莫名有些运筹帷幄的语气说，“怎么办呢？看起来这件事情好像我办得不太聪明，至少应该让她说两句话，大家才能知道到底发生了什么，而我又为什么要那么做。”

警员觉得她自问自答又带点儿自我调侃的话语，其实也不是真的想要交代什么。警员很年轻，二十五六岁的年纪，看起来经验不太丰富，像是临时来顶岗的，攥着笔奋笔疾书地记录下叶濛说的每一句话。

“但现在这样的结果我很满意，拘留或者罚款我都接受。”叶濛说。

李凌白自然是疾言厉色地否认了一切。在警察做了一系列相关询问之后，她表示自己对此并不知情，并且掷地有声地要求叶濛和郃明霄拿出她抹黑自己亲儿子的证据。

彼时，三人已经同时录完笔录出来，在警局的大厅里狭路相逢，门外还挤了一堆探头探脑的记者，警察一呵斥，记者们又瞬间缩回去。

叶濛跟郃明霄就知道李凌白会这么说，两人互视一眼，眼底都是嘲弄之色。

李凌白这样看着挺像假娃娃的，眼神空洞，脸上没有情绪。她轻飘飘的眼神自始至终停留在叶濛身上，身旁的郃明霄几乎被她视为空气。

因为叶濛太温柔了，穿着一身黑色西装，浑身线条流畅，显得成熟干练，如果不是今晚这种见面方式，两人在任何一个场合相遇，李凌白觉得自己都会忍不住对她打量上两眼，因为她有一双非常温柔的眼睛，而偏就在这温柔中，带着散漫、张扬、自信。

李凌白想，那里面有个自在的灵魂，甚至是洒脱不羁、坦荡明亮却又风情万种的灵魂。

“你跟我儿子是什么关系？”李凌白忍不住问。

“她跟李靳屿不过是普通朋友。”不等叶濛说话，郃明霄直接接腔道。

门外的媒体记者实时关注着门内的动静，因为几家媒体在第一时间抢今晚的头条，此刻外头的气氛比门内还紧张，还剑拔弩张的，个个顶着一脑门子汗，准备记录最新的独家标题，等一下可以直接发，就写——李凌白发布会现场惊现神秘女子，竟是亲儿子的未婚妻！

小编：“……”

李凌白咄咄逼人地道：“普通朋友能为他做到这个地步？叶小姐，你知道如果我坚持起诉的话，你们可能面临三到五天的拘留处罚。”

门外又响起一阵急促的声音。

“快、快、快，改成——李凌白权势滔天，发话要将神秘女子送入监狱。”

小记者不满地嘟囔：“到底咋发？”

“就这么发！”

话音刚落，众人却听里面又响起一阵声音，某周刊的小领导立马竖起耳朵，贴着墙面，抬手微微下压：“等会儿、等会儿——”

叶濛看着李凌白，反而笑了下，那笑太漫不经心，就好像所有东西都不在她眼里。叶濛笑吟吟地说：“我说了，我无所谓，我的目的已经达到，为此付出些许代价我能承受。另外，请您记住，我会时时刻刻盯着您，在您做任何坏事之前，请您都多思量思量这件事会不会伤害到您的儿子。我不敢保证，今天的事情还会不会发生第二次和第三次，反正我没有您这么大一间公司需要打理。”

这就好像光脚的不怕穿鞋的，李凌白第一次感觉束手无策和寒意从心底生起的那种战栗。她觉得她快要气疯了！

李凌白冷冷地牵起嘴角，情绪已经无法通过僵硬的脸表达了，唯独那双眼睛还能有一丝情绪。她正要说话，旁边的助理突然递过来手机：“李总，电话。”

李凌白不耐烦地正要挥开助理的手，助理小心翼翼地补了一句：“是您儿子。”

助理自然是说李卓峰。李卓峰平时睡得都很早，基本上不会在晚上给她打电话。李凌白拧着眉接起来，却听见电话那头传来一个冷淡熟悉的声音——

“李凌白。”

他第一次没叫她妈，以前无论何时何地、她对他多冷眼相待，他都会乖乖叫一声妈，包括这次回北京，她那么不待见他，他也是无所谓地淡淡唤她一声妈。

别墅没开灯，李靳屿一身衬衫、西裤，倚在沙发上，窗帘敞着，月光从外头洒进来，落在他穿着干净皮鞋的脚边，衬得他整个人极冷淡利落。

“你想干什么？”李凌白冷冷地道。

李靳屿慢慢解开两颗衬衫扣子，露出凹陷的锁骨，弓着背坐在沙发上，手肘撑在腿上，一手举着电话，垂着眼皮，一手将原先搁在矮几上的半根烟拿起来，用食指跟拇指捏着吸了一口便丢掉，低头一边踩灭，一边轻描淡写地说："放他俩走，不然，今晚你见不到李卓峰了。你知道我的，神不知鬼不觉地弄没个人，对我来说不是难事。"

"所以你承认了是吗？"李凌白的眼神瞬间变得狠戾阴森，"当年是不是你害死了你哥哥？"

李靳屿往后一靠，一只脚尖踩上矮几："我认不认有什么关系吗？在你眼里，我不就是那个逃脱了法律制裁的杀人凶手吗？"

李凌白咬牙，吸着两颊的腮帮子，瘦得像个尖嘴娃娃："你跟那个女人是什么关系？"

"她跟郃明霄都是我的朋友，"李靳屿说得很淡然，不带任何感情色彩，"你可以试试，看我会不会把李卓峰从上面扔下去。"

砰！李凌白猝不及防地摔了电话！

叶濛突然明白，李靳屿这摔电话的习惯到底是怎么养成的。两人做了这么多年的母子，他到底还是受了影响。她也突然明白，李靳屿为什么这么讨厌自己。他其实是恨极了自己身上跟李凌白相似的这些小习惯。

当天晚上，李凌白又上了一次热搜，不过这次负面评价铺天盖地，删都来不及删，好像有些东西再也遮掩不住了。

戏已开唱，就再难收尾。

李靳屿请蔡元正吃饭，还是约在上回那个商场。李靳屿在门口抽了两支烟，蔡元正才姗姗来迟，一如既往地玉树临风、温文尔雅，笑容满面地饱含歉意道："抱歉，路上塞车。"

李靳屿把烟一灭，手插着兜往里走，懒洋洋地道："没事，我也刚到。"

蔡元正印象中的李靳屿就是话不太多，算不上高冷型，也不是那种能撒开了玩的，很规矩，也很礼貌，跟谁都彬彬有礼的，而且很乖。李靳屿当时年纪最小，又是队长，还是那什么校草，大家也都把他当弟弟在照顾。

如今两人又相见，那股子感觉还在，李靳屿还是弟弟的感觉，蔡元正却觉得自己反倒不像他的师哥，而像师叔。

两人进了包间，李靳屿边拖了张椅子坐下，边随口问道："听鲁老师说，师兄现在在写小说？"

蔡元正点了点头，说："是的。"

"网络的吗？还是什么？"李靳屿对这方面的事不太了解，靠在椅子上一边看菜单一边随口问了句。

蔡元正："网络上也写，混混日子的。"

李靳屿摇头道："没有，你挺厉害的。"

蔡元正开始反问："你回来北京准备做什么？"

李靳屿点完菜把菜单合上交给服务员，漫不经心地喝了口茶，诚挚地征询他的意见："没想好，想找点儿事情做，师兄有什么好推荐吗？"

蔡元正笑了笑，熬夜的鱼尾纹慢慢散开："我能有什么推荐？难不成忽悠你来跟我一起写书？反正你干什么都行，别写书，这行谁干谁知道。"

李靳屿跟着笑了笑道："我上回在朋友家看到一本书，写得挺不错的，不过一直没找到地方买，书上也没写作者，我都不知道是谁写的。"

"什么书？"

"让我想想啊，"李靳屿靠在椅子上，一只手环在胸前，一只手拿食指敲了敲太阳穴做沉思状，喃喃道，"好像叫《门》，不过据说因为前阵子有个女孩子抱着这本书跳楼，这本书被警方列为某种组织用书了？其实我觉得书这种东西哪有这么邪乎。"

蔡元正抿着茶，过了半晌，放下茶杯道："你对《门》感兴趣吗？"

"还挺有兴趣的。"李靳屿说，"那年的事情对我影响挺大，所以我第一次看见那本书的时候，心里有些宽慰。"

"你这几年还在看心理医生吗？"

"嗯。"李靳屿点头。

蔡元正默了默，眼珠子轻轻转了下，最后说："这样，我介绍个心理医生给你看看，或许会有帮助。"

"贵吗？"李靳屿问。

"你……应该不缺钱吧？"蔡元正瞧着他。

"说实话，老爷子给的都是干股，我手头的现金不太多的。如果太贵的话，我是看不起的。"李靳屿低垂着眼说。

"不贵，初诊免费，后面看你的需要吧。"蔡元正说。

梁运安坐在车里，将这些对话一字不漏地听进了耳朵里，觉得这些犯罪分子还真是狡猾，以"心理医生""心理疗愈师""心灵疗养师"等好听的名头哄骗这些心理本身就有疾病的人。难怪那些人被洗脑洗得还真以为有什么无病无灾、人能脱离自然规律的超自然世界。

"发协查函，过几天将蔡元正带回来问话！"梁运安对着耳麦对面的警员说。

"是！"属下回道。

李靳屿见到这个所谓的"心理医生"，便知道这葫芦里头卖的什么药了。诊所开在小区里，墙上贴的全是小广告，李靳屿看完"心理医生"出来后一边顺着楼梯往下走，一边慢吞吞地低声对梁运安汇报："三楼，没有防盗窗，门口有把红雨伞那间。"

梁运安在耳机那边说："这些亡命之徒基本上不安防盗窗，有时候面对警察临检，宁可冒着摔死的风险逃跑也不肯就范。"

李靳屿绕出小区，继续说："他不是专业的心理医生，应该没有专业的心理咨询执照，初诊只是摸个底，看我是否符合他们'入会'的标准。"

"还有标准？"梁运安在另一辆车里，让人记录下这个地址。

李靳屿戴着蓝牙耳机，打开车门坐进驾驶位，人靠着椅背，没关门，一只脚踩在车门外，一边在等发动机预热，一边说："他们这种渠道确认的'会员'，我猜都是年纪比较大又没怎么上过学的人，不然他们也怕进入警方的卧底。还有，你们先不要抓蔡元正。"

"为什么？"

“八年前叶濛的妈妈就已经加入‘引真’，那时候的蔡元正不过是跟我一样的大学生，他做不了这么大的事，应该还有一个‘引真’，抓他会打草惊蛇。”李靳屿话音刚落，眼神无意间一瞥，看见刚刚自己下来的楼栋口出来一个熟悉的身影，“梁运安，你帮我查一下——”

“什么？”梁运安愣了愣。

李靳屿把脚收回来，关上车门，眼神笔直地盯着那道背影：“我老师鲁明伯的老婆全思云，八年前在做什么。”

某私人医院精神科VIP诊室里，窗帘紧闭，光线昏暗，室内温度被人调到最适宜的十八摄氏度。

李凌白脑门上插着两管凝胶仪器，全思云正在轻轻地沿着她的下颌打圈：“最近脑血流过快，睡眠不太好？”

李凌白闭着眼睛，那张脸几乎毫无温度，嗯了声：“您等会儿给我开点儿药吧，我又出现幻觉了。”

“你儿子吗？”

“嗯。”

“是不是那个拿着刀的小孩儿？”

“是，他说他要剖开我的肚子，挖掉我的子宫，让我这辈子再也当不成妈妈。”

警局办公室大门敞着，梁运安给自己泡了杯滚烫的雀巢咖啡，边小口小口地吸着，边心不在焉地问：“你跟她接触过一段时间，你觉得你师母是一个什么样的人？有野心吗？”

全思云算是个落魄千金，早年父亲是富甲一方的商贾，她上大学之后家道中落，父亲锒铛入狱，母亲抑郁自杀后，全思云便跟当时在A大当辅导员的鲁明伯结了婚。而且全思云是学心理学的，还是个记忆宫殿的高手，鲁明伯当时就是因为她才学的记忆宫殿，后来成了李靳屿他们的带队老师。

李靳屿仰在沙发上，仔细回忆着说：“全老师是个心理医生，从头到脚都很朴素，朴素到你无法相信她曾经是个千金小姐。她不太爱说话，平时跟我们也保持距离，我只记得一点，鲁老师很听她的话。队里的师兄就开玩笑，说鲁老师有点儿妻管严。”

“她跟我妈的关系还不错。”李靳屿突然想起这一点。

梁运安看着他，冷不丁地问了句：“你多久没回家了？”

“怎么了？”李靳屿的身子又懒懒地往下陷，仰着脑袋，盯着天花板。

梁运安想起来说：“咦，我最近都没怎么看见叶濛。”

李靳屿仰着脑袋，搓了下脸，然后又从沙发上起来，弓着背，拿过矮几上的烟深深吸了口，啪一声将打火机毫无感情地扔回去，跷着二郎腿没什么表情地嗯了声：“她在我家。”

确切地说，其实叶濛是在李长津的别墅里。

那天从警局出来后，她看着李凌白上了一辆超级豪华的保姆车走了，紧跟着，昏黄的道路尽头就徐徐开来一辆大号的李凌白那种保姆车，二话不说就把她和郃明霄给掳上车，然后半路又二话不说地把郃明霄给扔下车了。

叶濛至今都不知道郃明霄那晚是怎么回家的。

要不是那张姨说是小少爷让接自己回来的，叶濛差点儿当场报警。

可那位少爷，一个月都没出现。

叶濛觉得自己现在像极了被阔少爷娶回家然后置之不理的豪门新婚弃妇。

清晨六点，晨曦撕破天际，仿佛刺破黎明的玫瑰，从天而降。某私立医院的精神科诊室门口，浓密的树影下泊着两辆许久未洗、脏得灰蒙蒙的普通桑塔纳。

“全思云最近好像请了假，要出国旅游。”

梁运安一上车就从袋子里抽出一包三明治丢给副驾驶座上的李靳屿。豪门阔少跟着警队的人熬了好几夜，眼皮熬出三层，依旧英俊逼人，令同车的几个顶着黑眼圈的大熊猫羡慕不已，这白嫩劲儿，真让人上头。

李靳屿带着刚睡醒的困意靠在座椅上，拆开三明治拿在手里没急着吃，慢悠悠地等搭在车窗外的手上那支烟抽完，问了句：“去哪儿？”

“美国，28号的飞机，”梁运安刚才找人查了，看了眼手机上的时间，“也就是下周三，恐怕她是知道我们在查她，想逃了，不然为什么会去一个恰好跟我们没有引渡条约的国家？”

李靳屿把烟灭掉，低头咬了口手中的三明治，说：“美国签证有这么快能下来吗？她应该早就有这个打算了。”

“可能她很早就申请了呢？长期签证？我听说美国可以申请十年有效期的签证。”梁运安猜测道。

李靳屿侧着靠到车门上，摇了摇头说：“我在队里的时候，鲁老师说她从没出过国，而且师母过得很简朴，几乎从不化妆，不买奢侈品，这样一个女人应该没有出国旅游的爱好——”

梁运安咬着三明治看着他，含混地补充道：“而且，这几年她都没有出境记录。”

李靳屿吃了两口就把三明治装回袋子里，放下，拿了瓶矿泉水边拧边说：“这样一个人，不可能闲着没事去申请美国的长期签证。美国签证至少要提前一两个月办理，也就是至少在一两个月之前她就有了要离开的计划。”说到这里，李靳屿转头看向梁运安。

那双眼睛，配合着晨露、晨曦，风一吹，好像希望便散开了，只听李靳屿又说：“那么，在一两个月之前，这座城市发生了什么？”

“那两起自杀案？”

李靳屿把手挂到车窗外，懒洋洋地嗯了声：“她应该是发现有些东西慢慢失控了，比如渐渐出现了不听话的教徒，例如王兴生，例如那个跳楼的女生。”

梁运安狐疑地说：“王兴生3月17号到底去了哪里？他如果是有意将这个‘引真大师’推到我们警方面前，一定留下了线索。可是我们查了所有监控，他好像人间蒸发了一样。”

“不是，王兴生应该是发现了一件事，想阻止，可是无能为力。王兴生的秘书还在昏迷吗？”

“恐怕这辈子就这样了，”梁运安无奈地说，情绪低落，“她基本上不会苏醒了。”

李靳屿又点了支烟：“3月17号全城的监控还有吗？”

“我们要求最近三个月的监控全部保留。”

“走，去看看。”

看监控是一件尤其乏味和无聊的事情，梁运安却觉得李靳屿看得还挺津津有味的。李靳屿懒洋洋地叉着腿靠在椅子上，胸前的扣子扣得一丝不苟，衬衫袖子卷到小臂处，一手夹着烟，一手时不时敲一下键盘拖进度条。

梁运安听之前的技术员抱怨连天、牢骚满满地跟他吐槽过这事，什么大海捞针啊，简直不是人干的事。但李靳屿就淡定自若得好像面前是一部冗长且无聊的文艺电影，李靳屿一点儿不浮躁，脸上始终没什么表情，眼神冷淡地盯着几个监控画面上川流不息、人来人往的路口。因为人流量很大，有时候看的人一眨眼，目标人物便消失了。

梁运安跟身边的几个技术员就觉得挺神奇的，这男人的定力真是神了。梁运安甚至在想，李靳屿这人私底下看点儿小毛片也是这表情吗?

李靳屿大概觉得这样看监控太慢，敲了下键盘给暂停了，四下扫了一眼，最后指着对面那堵墙问梁运安：“投影到墙上吧，这样太慢了。”说完他站起来，将椅子挪到一边，拍了拍电脑旁边坐着的技术员，语气挺诚挚地道：“来，兄弟帮个忙，把桌子挪到那面墙边。”

技术员跟着照做，然后将一条街上十个路口的监控画面全部给并排切到一起：“这样可以吗？”

李靳屿双手抱臂靠着桌沿，没了平日里的懒散，仰头盯着墙面上的监控画面，那乱七八糟的光隐隐投射在他的脸上，显得他格外认真：“可以。”

梁运安忍不住靠在一边问道：“你最多一次能看几个？”

李靳屿喝了口水，一边放下警局的专用纸杯，一边表情格外认真地盯着墙上杂乱的画面，头也不回地轻舔了下嘴角道：“不知道，以前没试过，我先试试五十个。”

梁运安：“五、五、五……十个一起看？”

“嗯。”李靳屿便没再说话了，梁运安也不敢打扰他，只能默默地闭上嘴。

叶濛最近无所事事，在别墅里养膘，同花园里的花花草草插科打诨。有一阵子她都不敢上秤，觉得自己现在已经胖得不堪入目。谁知道她昨天洗完澡，鼓足勇气上秤一称，居然还瘦了四五斤。而且当时还有点儿心理作用，她发现自己的胸变大了，腰变细了，大小腿越来越匀称，臀也开始挺翘了，身材已经魔鬼化了。她真恨不得让李靳屿看看，她想他都想得越来越漂亮了。

她的身材一直不错，绝对不是那种干瘪的样子，而是丰盈有韵味，削肩细腰，是那种青春期男生瞧一眼可能一晚上都会想入非非的身材。在跟李靳屿上床之前，叶濛觉得自己还行，尽管快三十了，眉眼间多少还是有些少女感的。那晚做完之后，她对着镜子照了照，依稀觉得眉眼盈盈似水，是名副其实的熟女了。她再转头瞧床上那睡着的男人，眉眼依旧冷淡、干净，一副刚伺候完什么欲求不满的姐姐，恨不得睡死过去的样子。看得出来，他还是不太喜欢这种事。

她拍了张照片，随手发给方雅恩，那边的人几乎是第一时间回复："哇，我的老天爷，你干啥呢？这身材可真是辣爆了。李靳屿艳福不浅啊。"

叶濛："我俩都好久没见了。我怕我过几天胖回去，想找个人见证一下我的巅峰状态。哈哈哈哈哈。"

Fang："那你发给李靳屿啊。"

叶濛："哎，给他个惊喜嘛，不过我有预感，我马上就要胖回去了。要不明天早上起来开始跑步吧。"

Fang："嗯，豪门小弃妇，保持好身材，馋死他。"

李长津站在二楼的阳台上看着花园里那道一圈圈跑动的影子，忍不住跟身侧的秘书说："你别说，这孩子还挺自律的。"

秘书也赞同地点了点头道："是的，换作一般人恐怕这会儿又哭又闹着要见小少爷了。"

"她没跟你们提过？"李长津喝了口茶，放下茶托，淡淡地问了句。

秘书答："没有，张姨说她应该不知道您不让小少爷跟她联系的事，但心底估计也猜了个七八分，每天跟张姨学做菜呢，啥也不管。"

“靳屿要不是迫不得已，估计也不会跟我摊牌，把人送到我这里来。”李长津坐在阳台的椅子上，两手交叠着戳在面前的拐杖上说，随后一手又端起茶托，望着天空，抿了口茶，叹了口气说道，“他啊，压根没打算留在这里，丰汇园那房子我听说之前什么样，现在还是什么样，我给他的钱，他一笔都没动。这小子是真的被他妈妈伤了心，对这个地方没有任何感情了。反正他要想见叶濛，他必须留在北京。”

秘书对此不予多言，想起另一件事，弯下身道：“我前几天收到一条消息，听说下个月Oliver先生又要在英国将‘长钟鼎’拿出来公开拍卖了，但这次起拍价就定得非常高，国内的很多老前辈望而却步了。咱们还要不要参加？因为李总的事情，业内人士现在对咱们的看法也挺多的。”

“去，”李长津两手戳回拐杖的虎头上，那双如鹰一般的眼睛看着不远处翠绿的青山，慢悠悠地道，“不过这次咱不以瀚海阑干的名义，以靳屿的个人名义去。”

叶濛睡前大汗淋漓地做了几分钟的平板支撑，发现自己最近有点儿勤于练胸部，忽略了背部的肌肉线条。她一边大汗淋漓地支着身子，一边跟方雅恩视频，颈间挂着的毛巾已经湿透，饱满细嫩的额上全是细细密密的汗珠。

“我最近发现自己的后背线条有点儿勾了，一定是跟李靳屿待在一起久了之后，跟他学的。”叶濛咬牙撑着身子说，“说来也奇怪，平时看他也都喜欢懒洋洋地靠这靠那，肩背线条还是笔直的，该直的直，该挺的挺。他以前又没当过兵。”

陈佳宇大概在那头想着要偷懒，方雅恩骂了句，他又憋着回去写作业了，然后方雅恩才对着镜头说：“男人跟女人不太一样，男人各方面的身体机能衰老得比女人慢点儿。他本来就比你小两岁，你又是这个尴尬年纪，你可别跟他学，他那样是年轻，你弓着背就是老太太。”

方雅恩说完见叶濛还闷不吭声地在练，于是一边劝儿子写作业，一边啧啧地嗑瓜子：“你再练下去，我儿子都要喷鼻血了，你想榨干李靳屿吗？”

李靳屿周六回了一趟别墅区，不过他的车从楼下开进来的时候，叶濛没太注意。结果她看见副驾驶座上下来个熟悉的身影，整个人像是轰然一炸，全身的血液仿佛在那一瞬间涌上大脑，心脏怦怦狂跳，二话不说就回房间换衣服去了。

在她换了好几身衣服之后，楼下的脚步声如同擂鼓一般在她耳边响着，每一下似乎都压在她的心脏上，她没发现自己连呼吸都急促了。

然而，人没往她的房间来，而是进了老爷子的书房。

等李靳屿再从书房里出来，已经是两小时之后了，不知道两人聊什么聊了这么久。

叶濛洗完两次澡，出来的时候，李靳屿已经坐在沙发上抽烟，皮鞋锃亮，不过整个人看上去有些消沉和疲倦。

房间亮着一盏小橘灯，透着温馨的光，罩着他修长的身影。李靳屿一只手搭在沙发背上，一只手夹着烟放在嘴边有一下没一下地抽着，星火被他吸得明明灭灭，那双眼睛却自始至终沉沉地盯着她，好像一匹耐心十足的绅士狼。

那双眼睛始终明亮，不曾有任何迷茫和退缩，就好像十七岁少年拥有的光。其实只要是少年就不平庸，明媚意气便是生活不可多得的光。我们都曾是光，都曾坚定地跑向太阳，也都曾信誓旦旦地想成为某个人的月亮。

叶濛此刻便这么想着，她要抱紧面前这颗“月亮”。

李靳屿却抬手把灯关了，烟也跟着灭了。叶濛夜盲，这样就什么都看不见了，只能被迫停下来：“李靳屿，你干吗？”

不知道他什么时候已来到她身边，在黑暗中，呼吸渐渐急促起来，耳旁都是热气。他从背后吻着她的脖子：“要见姐姐一面可真不容易。”

第十六章
豪门小弃妇

两人太久没见，呼吸仿佛都戳在对方的神经上，一跳一跳的。

李靳屿掰过她的脸同她密密地接吻，月光倾泻，被窗帘挡住，屋内昏暗又混沌，好像被人塞进一个小火球，气氛热烈。

还是在浴室，李靳屿直接抱着她走到莲蓬头下，然后打开花洒，自己的衣服没脱，用平生最快的速度将她剥了个一干二净。叶濛感觉自己像一棵湿漉漉的小葱被人剥掉，然后切成两段，下酒解馋。

两人说着话，叶濛又觉得这一幕像出了演出事故的舞台戏剧，一半在上演十八禁，另一半在上演全武行。

“姐姐，我几天前在警局碰见你的前男友了。”李靳屿漫不经心地同她说道。

“在哪儿？你怎么知道那是我前男友？”叶濛浑噩地问道。

“你紧张什么？嗯？”他掰过她的脸重重地吻着她。

叶濛从未有过这种体验，感觉自己像只即将破茧的蝴蝶，却始终冲不出去，只能说：“真没有，然后呢？你继续说。”

其实是郜明霄告诉他的，当时梁运安找郜明霄核实王兴生跟他们公司的合作信息明细。李靳屿那几天都没怎么合眼，靠在沙发上一边听他俩说话一边闭目养神，结果楼下陡然跟炸开了锅似的沸反盈天。

梁运安一打听才知道，几个二十五六岁的年轻男人在酒吧一言不合跟人打架，打完架才知道，这个“人”可不是一般人。那人叫朱翊坤，跟郜明霄那帮富家小开都是一个圈子的，李靳屿跟他也认识，不过接触不多，不是一路人。朱翊坤这人是典型的纨绔子弟，圈内人称其为“坑爹神器”。

然而朱翊坤一瞧他俩也在，被人揍得鼻青脸肿的丢了面子，说什么也不肯放过那帮人。李靳屿跟郜明霄才懒得管这闲事，不过郜明霄一眼就认出那群年轻男人中的一张熟悉面孔，便当作八卦随口跟李靳屿提了一下。那是叶濛的前男友，两人应该是大学时交往过一段时间，叶濛来公司上班后，这男的一直没放下她，还来纠缠过一阵，闹得挺难看的。

李靳屿便忍不住多瞧了那男人两眼，长得挺斯文的。

“为什么打起来？”叶濛问。

李靳屿漫不经心地说：“你前男友说朱翊坤在酒吧灌晕了一个女的想带走，那女的不愿意，他们就帮着拦了一下，大概双方都没控制好力道，男人又爱争强斗勇，一来二去，就变成打群架了。朱翊坤被打了，脑袋上缝了八针，要他们赔八十八万块钱。”

朱翊坤这人她其实见过一两次，本就不是什么好人，好色又不尊重女人。

“你告诉我这些干吗？”叶濛说。

“我以为姐姐会求我救救你的前男友呢。”

“关我屁事，你少跟朱翊坤接触，那不是好人。”叶濛最后只说了一句。

“好。”李靳屿乖乖地说。

房间里的窗帘拉着，漏不进一丝光，只亮了一盏床头灯，显得昏暗温馨。忽略四周的陈设和家具，静谧的环境有点儿像两人在宁绥的那些夜晚。猫安静地趴在墙头叫春，夜夜等着戏开场。

李长津也养了一只猫，是那种无毛猫，整张脸就剩下俩乌溜溜的大眼睛，跟外星人神似，叶濛看着都觉得瘆人。而且她对没毛的东西向来敬而远之。不知道这猫什么时候从门外跑了进来，刺溜一下蹿到了他俩的床上，叶濛刚裹着浴巾从浴室出来，吓得立马又折了回去。

李靳屿正把湿衬衫脱下来拧干丢到脏衣篮里：“怎么了？”

“你外公的猫上我的床了。”

“你怕猫？”

“我怕没毛的东西。”

李靳屿只穿了条裤子走出去，就见那猫团成一团老老实实地趴在床的正中心一动不动。他用手指敲了敲墙壁，以惯常的口气道：“Chris，下来，我今晚不睡这里。”

唰——那猫有些失落地光速从门口蹿走了。

等李靳屿再进去，叶濛倚着洗手池，伸手要他抱。李靳屿搂住她，同她贴在洗手池上，低头在她唇上含了下，低声哄道：“等会儿给你换床被子？”

叶濛抱着他的腰，将脑袋埋在他的肩上，情欲消散，男人身体温热，心跳平平，却让人感觉很舒服，像一股平静的温水慢慢注入她的血脉，冲淡了她所有的情绪，令她全身的毛孔都舒张开了：“不用，太晚了，我睡边上点儿就行。你什么时候走？”

他低头看着她：“等你睡了吧。”

两人最后上了床，一人靠着一边床头，一边抽烟，一边闲聊着。

“你外公是不是想你留在北京啊？”

“嗯。”他抽着烟嗯了声。

“你怎么想的？”

李靳屿上身赤裸，腰间裤子松松垮垮的，皮带挂在床边的椅子上。他靠着床头，一条腿屈着，弹了弹烟灰，意味深长地反问她：“你觉得我能怎么想？”

叶濛把烟灭了，趴到他身上。李靳屿夹着烟的手抬了抬，另一只手托着她的腰将她往上送了送，然后叶濛低着头在他的脸上一点点地亲着，郑重其事地道：“老公，你可真是个人间极品宝贝。”

李靳屿笑了笑，人稍稍往下靠，仰着脖子靠在床头，慢悠悠地吐了口烟：“少来。”

夜深人静，两人静静地瞧着彼此，眼里有说不出的缠绵缱绻。李靳屿将她的头发拨到耳后，问：“你最近怎么瘦了这么多，外公没给你吃饭？”

“有吗？除了瘦，还有别的吗？”叶濛穿着他的衬衫，下意识地挺了挺胸。

李靳屿受她暗示，眼神下移，一只手搭在床头上，不动声色地弹了弹烟灰：“肚子大了不少，怀孕了？”

叶濛想骂“放屁，你是不是瞎”，结果突然想起来，捂着嘴道：“你刚刚戴套了吗？”

“没有。”李靳屿很冷静地回道。

叶濛往下趴，抱着他，脑袋埋在他胸前，脸贴着他道：“那万一怀了怎么办？”

“生下来啊。”他低头看着她。

两人像两只八爪鱼，恨不得紧紧地跟对方缠在一起。她抬头瞧他，直截了当地拒绝：“不要。”

李靳屿弹烟的手一顿：“为什么？”

“你知道生小孩多麻烦吗？咱们的婚礼也没办，我的身材恢复不回去怎么办？而且生下来至少三年没有自由活动的时间，我还没跟你过够二人世界呢，可不想再来个小孩儿分走你的注意力，我不要、我不要、我不要。”

她连说了三个不要。

叶濛此刻就像个小女生。原来她也有恐惧，也会担心别人分走他的注意力。李靳屿笑得不行，心里满满的，一边捋她的头发一边明知故问：“那怎么办？”

“你为什么不戴套？你难道不想跟我过二人世界吗？”她振振有词地质问道。

他笑了笑，无奈地说：“这里没套啊，我总不能跑去问外公吧。”

“刚才回来的路上怎么不买？你明知道今晚要做。”叶濛还是有些不满地嘟囔着。

他其实真的没想这事，以为自己还挺能控制自己的，但他这人不善找借口，有一说一，只能建议说：“姐姐，要不你现在站一会儿吧，别趴着了。”

叶濛埋在他怀里二话不说又是一巴掌狠狠地拍在他的手臂上，还挺疼的，李靳屿嘶了声，还是哄着她说：“要不我去结扎，等你什么时候想生了，我再去做吻合手术。”

“让你戴套，你能死是不是？”叶濛掐他。

“戴套不是也不保险？万一中招了，你不是又要哭？”李靳屿捏着她的耳垂漫不经心地说。

叶濛趴在他身上闷闷地说：“我明天先去药房买点儿紧急避孕药吃。”

李靳屿叹了口气：“那我还是去结扎吧，让姐姐吃避孕药，我简直禽兽不如。”

叶濛支起身体，在他唇上吮了下，深深地看着他道：“我愿意，行吗？”

外头不知道是不是Chris叫了声，静谧的夜里隐隐传来一声猫叫，裹着风，携着雨，好像宁静的夜空里情人间的低语。

李靳屿又在她的唇上吮了一下，很执着，劝不动：“我不愿意，行吗？”

叶濛也叹了口气：“那现在咋办？你不让我吃药，要是怀了——”想想又觉得悲伤，她趴在他的胸口，捂住脸佯哭道：“婚礼还没办呢，我不要顶着肚子啊啊啊——”

他靠在床头，懒洋洋地把烟掐了，一颗颗解掉她的衬衫扣子：“顶着肚子也挺好的，我觉得大家对孕妇都有点儿敬畏心。”他这么说，手上的动作却格外轻佻。

叶濛心想他还真是变态，不过来不及思考，只能捂住胸口：“你干吗？”

李靳屿翻身将她压在身下，头埋下去：“种点儿东西。”

两人磨蹭了好一会儿，直到天渐渐泛起鱼肚白，李靳屿朝外头看了眼，准备走了，靠在床头捞过一旁的皮带一边穿一边对她说：“你最近要是无聊可以看看想去哪儿玩，等事情处理完了，咱们出去旅游？”

叶濛舍不得他走，像只考拉似的挂在他身上，一直亲他，从脑门亲到鼻尖，密集、依依不舍的吻落在他的脸上，最后是嘴唇上。她含着吮着怎么都觉得不够："哪儿都不想去，只想跟你躺在床上。"

"懒死了你，"李靳屿笑了下，衬衫还在她身上，"走了，脱给我。"

叶濛恋恋不舍地解着扣子，李靳屿靠着床头，要笑不笑地看着她，视线顺着她解扣子的手，一点点往下，一只手从她腰间穿过，将她压向自己，冷不丁地说："大了这么多？"

"嗯。"

李靳屿仰头有些不受控地慢慢含住她的唇，压住蠢蠢欲动的情绪，好像有藤蔓严丝合缝地将他俩缠在一起。黎明前的破晓带着晨间的暧昧，黑暗的泥土里破出鲜绿的嫩芽，肆意滋长的是他们心中的爱意。他靠在床头，扣完皮带，上身赤裸地同她重重地接吻，然后哑声在她耳边道："姐姐，你真的好正。"

绒毛似的雨丝毫无预兆地落下来，天阴沉沉的，好像暴风雨前的宁静。鹳山分局灯火通明，不知道熬了几个通宵，办公室里四仰八叉地睡着几位警员，脸上盖着书，脚搭在桌子上，旁边摆着两个被吃得一干二净的泡面盒子。

梁运安脖子边夹着电话，一边替他们收拾泡面盒子，一边同李靳屿打电话："王兴生17号那天会不会是见到了全思云？你那天查出来的监控录像里，如果没看错的话，王兴生好像确实上了李凌白的车，但是李凌白17号又确定自己在国外，我们当时一直抓不到监控证据，只能把她放了。"

然而这次的监控所有人都看呆了。因为李凌白的车停在一个监控死角，别说没入画，就算是入了画，按照那条街道的车流来往量，也不一定能被技术人员看到。李靳屿看到那辆车，是因为影子——

九点十分的时候，太阳打过来的光刚好将车影给投到了监控画面的道路上，而根据后来王兴生几次在监控视频中出现的样子，他当时脑袋上戴着一顶鸭舌帽，而恰巧从那个监控角度，只能看到半个帽顶，几乎不能确定那是个人，如果不是有这些信息辅助，李靳屿当时也不会很快联想到那个人是王兴生，而那辆车就是李凌白的那辆。

后来李靳屿让技术员把那个方位所有的监控都调出来，进行了每个角度的拼凑、测算和建模，基本上将那辆车的车型给还原了，那确实就是李凌白那辆保姆车。

技术员又从另一条街道的监控入口录像里找到了李凌白的车确实在附近出现过，那之后的王兴生便频频出现在相关的监控画面里，都是很短暂的一些画面。但因为出现的地点很繁杂，人流量又大，几乎都被忽略了。也曾有警员发现他当时的足迹，但是之后便又消失了，好像他会瞬移一样，而且出现的地点都很不固定。

“如果能证实17号李凌白在国外，那当时车里的人应该是全思云。”

梁运安将泡面盒全部丢进垃圾桶里，疑惑不解地问：“全思云为什么可以使用李凌白的保姆车？难道李凌白也是教徒？你妈妈家里没有《门》这本书吗？”

李靳屿正在丰汇园换衣服，夹着耳麦，一边低头扣衬衫袖扣，一边说：“我只能说我没看见过，毕竟我跟她关系不好，她的房间我没进过两回。”

外头下着绵绵细雨，飘飘洒洒的，天光有些暗，视野不够开阔。

此时局里有人呢喃着说了两句梦话，梁运安看着这一张张疲惫不堪的睡脸，想破案的欲望在胸腔里冲荡着：“或许我们把事情想得太复杂了？其实这就是一件传销案？我真的不相信全思云这么一个看起来弱不禁风的女人能搞起这么大一个组织。”

酒吧气氛使然，昏暗的光线下，形形色色的男女交颈相贴，或者更火热一些，恨不得当场就钻进对方的身体里，那些最黑暗的画面被五光十色的灯光折射在酒里，哪怕是毒酒，这些人恐怕也甘之如饴。

马猴从两个清纯的女大学生怀里起身准备去吐第三波的时候，被人拎着脖子拽进了厕所，啪嗒两声干脆利落的锁门声听起来格外熟悉，还不等他抬眼，他已经看到了那双锃亮又熟悉的尖头少爷皮鞋。

他顺着挺括的西装裤腿慢慢地瞧上去，不知道是他喝多了还是面前这位阔少的腿就这么长，感觉找了好久才看到脸。

不过李靳屿已经蹲下来了，马猴立马发自内心地战栗起来，忍不住蹦了句口头禅。他又被这人逮了。

“不打你，我问你两件事。”

李靳屿熟门熟路地拎过门口的小铁锤，蹲下，一手搁在腿上，一手拎着小铁锤戳在地上，笑起来都是冷淡的。马猴觉得这人真的神了，怎么看着就那么不食人间烟火呢？有钱人大概洗澡都用牛奶吧，真嫩得出水。

那你拎锤子干吗？

“问……”马猴颤颤巍巍地答。

“王兴生为什么突然要脱离‘引真大师’的掌控？之前有人脱离成功了吗？还是想脱离的人都死了？还有，你为什么一开始要冒充‘引真大师’？”

马猴说：“王兴生不是想脱离‘引真大师’的掌控，他一开始加入‘引真大师’就是为了给陈青梅翻案。陈青梅你知道吧？就是八年前在九门岭开车自杀的那个女的，王兴生跟她有一腿。她自杀那晚，王兴生见过她，后来王兴生跟我说他要离婚，谁知道之后那女的就自杀了。当时王兴生就听那个女的神神道道地说什么‘门’之类的东西，就想起在你妈家好像看过《门》那本书，所以第二天就去你妈家要了那本书。”

马猴说完瞥了李靳屿一眼，有点儿试探的意思。马猴知道他是李凌白的儿子，李靳屿也不藏着掖着，甚至面无表情、毫无意外地问：“全国人民都知道我俩关系一般，你不用这么看我，所以我妈也在你们的组织里是吗？”

马猴立马说：“我不知道你妈是不是，我们不集会，唯一接触的就是心理疗养师。”

“其实你们只是一个诈骗团伙？”

马猴：“别这么说好吗？我也是受害者之一啊，又不是负责收钱的。只不过这里的‘心理疗养师’对人洗脑很厉害，其他的我真的不知道。”

“那王兴生在这个地方卧底六七年，最后还是这么憋屈地以自杀结尾？”李靳屿无法想象这男人得笨到什么程度。

“不是所有人都有你这种脑子的好不好？”马猴说，“王兴生这个人本来就不聪明，但是他对那个陈青梅是真心的。警察很快就结案了，当时陈青梅已经有家庭了，他更不能出来说什么，所以才决定自己去找找所谓的‘心理疗养师’。”

李靳屿静静地看他一眼，眼神饶有兴致：“我有个问题很好奇，你这样的人，还需要‘心理疗养师’？”

马猴挠了挠脑袋，说道：“我那时候跟王兴生关系好，怕他遇上什么事，就跟他一起去了。我们广东双雄你以为是吃素的？后来有点儿人模狗样之后，我想脱离组织，差点儿被整死，我哪里还敢，就这么混呗。后来王兴生要脱离，我就劝他不要跟人家作对了，你看他最后还不是落得这个下场。”

李靳屿静静地看着他，马猴这会儿倒是开始喋喋不休地说：“王兴生这个人，就是一根筋，当初我都说了那个女人的事情他最好不要沾，他非得把这事给捅出来。他怎么搞得过‘引真’啊，没有人敢跟‘引真大师’作对的啊！我早就劝过他了，他自己不听，我就算跟他关系再好，他要去送死，我真的没办法。”

马猴就是一摊烂泥，和在哪里都能捏出自己的形状，跟王兴生这样一根筋的人相比，马猴虽然看着像草根一样轻贱，可生命力顽强。

六月，树木葳蕤，细雨如针，天总也不晴。

警局如一团乱麻，麻雀一般小的办公室里，老局长方正凡面容刚毅，穿着警服，也有些焦躁地来回踱步。梁运安和几位神龙见首不见尾的专家，还有刑侦支队的队长，以及一个疑似犯罪嫌疑人的儿子，怎么都觉得这气压有点儿低。

小警花送文件进来，一瞧这情形，二话不说悄悄给他们关上了门。显然是案子到了最棘手的环节，外面值班的警察也正打探里头的情况，朝她一使眼色，便听她嘘了一声。

“局长压力很大，剩下的几个都不说话，里头的气氛可以用乌云压顶来形容了。”

“现在什么情况？”

“马上到时间了，手头又没确凿的证据，方局这会儿估计都想杀人了，反正所有压力都在他身上了。”小警花叹了口气说道。

“李靳屿没走啊？”女同事忽然话锋一转问道。

小警花笑了笑，意味深长地拿胳膊撞她：“没呢，有想法啊？”

同事羞赧不已，有些莫名地说：“没有，他那么冷，我能有什么想法。”

小警花笑眯眯地继续撞她：“其实他很奶的，有时候跟梁警官说话，我觉得他就是小奶狗一条。”

同事笑岔了气，这是什么形容词。

明天就是周三，全思云一旦出境恐怕再要找她就是大海捞针了。

可警方又没有证据，他们目前所有的逻辑都是李靳屿的推测，如果不是那天李靳屿恰巧看见全思云从那个所谓的“心理疗养师”的小区里出来，他们压根不会往全思云的方向上去查，而且全思云在生活中又是如此简朴的一个人，风评很好。

“不管，先扣了再说！”方正凡脱下帽子往桌上一拍，当机立断道，“抓！抓错了我被革职！大不了用我这个公安局局长换一个组织头目！

“余华同志说过，生活就是这么现实，一边是灯红酒绿，一边是断壁残垣，断壁残垣我来顶，灯红酒绿留给你们，抓吧！”

“抓吧！”叶濛撸出手臂，对那只加拿大无毛猫说，“抓破了，我正好去打疫苗，可以偷偷跑去见我的宝贝，我想他都快想疯了。”

Chris原先还凶神恶煞的，仿佛怕她碰瓷，突然悄悄地先往后撤了两步，然后一溜烟蹿没影了。

神经病！

雨还在淅淅沥沥地下，丝丝缕缕黏黏腻腻，不那么痛快，将整个世界渲染得雨雾朦胧，教人难以瞧清周围的情况，路人像游魂般飘荡在世间。

抓捕前十九个小时，鹳山区分局接到一通报警电话，办公室里的所有人跟着头皮一紧。刚才那个女警员挂完电话后，面色凝重地站起来，不管三七二十一哗啦一声直接推开办公室大门，打破里头压抑紧张的气氛：“方局长，你们看一下这个。”

几个男人闻声纷纷转过头来，女警员走到方局长和李靳屿身边，将刚才找出的信息递给他们看。她十分信任李靳屿，所以手机画面离他近些，方正凡同志有些愤愤不平地把她蠢蠢欲动的手给掰了回来，提醒道："你局长在这儿。"

李靳屿的注意力在手机上，女警员红着脸悄悄打量他一眼，见他神色冷淡，这才往下说："刚刚接到网友报警，说明天有人直播自杀。"

话音刚落，方正凡感觉头皮瞬间跳起来，真是够会添乱的。他心中有个非常不妙的预感，好像有什么事情正要浮出水面，又好像他们落入了别人的大网中，岸上有人在徐徐拉线，看似平静无澜的海平面下，暗流涌动。

"地址查了吗？"方正凡沉声问道。

"在阳光锦城，我们马上派人过去，"女警员点头道，"这姑娘叫虞微，南方人，是个短视频网红，微播和豆油都有几百万的粉丝，最近很火的。"

这几年他们处理过不少这种网红事件，梁运安早已熟门熟路地问："然后呢？她被黑了？还是被扒皮了？"

"都不是，她本来就充满争议，除了她自己微博底下的评论，一些官微底下的评论对她都是冷嘲热讽的。但虞微是个搞笑博主，拍的短视频都是恶搞的，也不惜丑化自己，有时候还素颜出镜，不在乎别人怎么说她，应该说是挺开朗乐观的一个女孩儿。直播自杀这种行为，不太像是她能做出来的。"

"被人胁迫？或者她可能最近受了什么打击？"梁运安说，"有时候人的崩溃可能就是一瞬间的事。"

"但是有一点很奇怪，她直播自杀的时间，是明天15:05。"

李靳屿一直低着头没出声，靠在桌沿抱着双臂静静听着，这会儿抬头扫了她一眼道："全思云的登机时间？"

"对！"

办公室内瞬间安静下来，谁也没说话，静得落针可闻，最后方正凡道："找几个警员过去看看，这件事应该不是巧合。"

直播自杀影响更恶劣，微博上已经掀起了一阵轩然大波。因为虞微的微博拥有三百万粉丝，这条自杀直播的微博一发出，粉丝便炸锅了，一个个开始疯狂地打电话报警。当然，谩骂也潮水般从四面八方涌向她，恶毒的猜测像毒蛇一样无孔不入，钻入她的五脏六腑。

“戏精又博热度了。”

“真正要自杀的人，连出门买安眠药时都笑着，因为他生怕别人看出异样，好不容易鼓起的自杀勇气又会被陌生人的一句善意的问候给打消。你们品，细细品。”

“听说这位姐最近跟元华的大佬走得很近啊，大佬是美女看多了，想尝尝屎是什么味道吗？”

“上过两次热搜，这位姐真以为自己红了？自己什么德行心里没数吗？”

“虞微小姐姐，我不说别的，就希望您能改个名字，您跟我的本命撞名了，她还没红呢，不想坏了她的名声，谢谢姐。”这评论的口气冷漠又卑微，却让人心凉。

虞微回了这条评论：“毛姆说过，名声只是过眼云烟，是芸芸众生的幻想罢了。我从小到大就叫虞微，她要是不满意，让她等我死后改名字吧。”

梁运安从厕所回来，就见李靳屿看着手机发呆，似乎刚跟叶濛通完电话，耳根子都是红的，一看就是又被姐姐调戏了。

于是梁运安在沙发上坐下，先问了句：“有什么发现吗？”

李靳屿点了支烟咬在嘴边慢悠悠地抽着，眼睛盯着窗外，没说话，像是在沉思，又像是什么都没想，在走神，耳朵旁的红晕越来越明显。他可能觉得热，松了松胸前两颗衬衫扣子，看来是真的被老婆调戏了。梁运安洞若观火，这段婚姻显然是叶濛在主导，他俩虽然实际年龄差不太大，但心理年龄估计相差至少五岁以上。

“给你开空调吗？”梁运安建议说。

李靳屿愣了愣，耳朵更红，握着拳头咳了声：“不用。”

梁运安笑了笑道：“打个赌，你俩的第一胎绝对是个女儿。”

李靳屿转头看他：“你还会算命？”

“没，瞎猜的。说起来，你跟叶濛还蛮特别的，”梁运安靠在椅子上拍着大腿，感慨道，“我身边姐弟恋的情侣也很多，拿最近的说，我表姐就是姐弟恋，去年刚结婚，我表姐夫比我还小三四岁，才二十三岁吧，跟我姐差了十来岁，也没你俩给我的感觉像姐弟恋。”

李靳屿弓着背，手肘戳着腿，听他说着，低着头在弹烟灰，浑不在意地勾了下嘴角：“你是想说我幼稚？”

梁运安摇头，觉得不妥帖：“说不上幼稚，你大概看起来比较纯情？可能是叶濛比较成熟理智，衬得你稍显稚嫩。”

梁运安这人聊天真是字斟句酌。

“我可不纯情，”李靳屿仍低着头，将烟蒂按灭在烟灰缸里，苦笑道，“我在南方待了五年，那五年我的生活里只有奶奶和一条狗，如果不是因为姐姐，我现在恐怕不是以这种方式跟你坐在一起，你再认识到的我，可能就不是这样的了。你们只会根据我过去的种种‘行为’对我的信息进行拼凑，李靳屿，富二代，纨绔子弟，患有抑郁症，多年前利用记忆宫殿施行诈骗的诈骗犯，还被亲生母亲控告杀人，这样一个人能有什么好结局？就算我真杀掉我妈也不过分吧？”

梁运安觉得难怪，一个患有抑郁症的男孩儿把自己封闭了五年，能指望他成熟到哪里去？有时候李靳屿看着其实更像二十二三的男孩儿。

不过听到后面的话梁运安有些咋舌：“你是说，你动过犯罪的念头？”

“动过，”李靳屿自嘲地笑道，“而且，动过很多次，差点儿实施了。”

“叶濛阻止了你？”

“她不知道，那次在北京，李凌白的儿子需要输血，我当时在医院外头抽烟，看见对面是我小时候那家最爱吃的豆腐蛋糕店，就突然想给叶濛带一点儿回去，想问问她喜不喜欢吃，但是发现那家店关了，留了个招牌让人眼馋。”

窗外雨已经停了，路面泥泞，偶尔还能听见车子驶过的声音，天空却干净得像一张黑纸，看不见一颗星星，清冷的月光落在窗台上，像小孩儿的脚步，顺着风雀跃地一点点往里头挪。

李靳屿笑着回头，将烟咬在嘴里，仰着脖子有一口没一口地抽着，语气淡了下来：“其实我跟她经常吵架，不是性格不合，是三观不合，姐姐太正，我是没什么底线的，骨子里就不是什么好人。我身上太多李凌白的‘因子’，是这二十几年潜移默化地受她影响的。我有时候非常讨厌自己，但想改改不掉，这些东西已经渗进我的骨子里了。比如那次吵架，我说了很难听的话，姐姐也只是气了一下就原谅我了。”

“你最近是不是在看心理医生？”梁运安突然问了句。

“嗯，”李靳屿重新敲亮黑掉的电脑屏幕说，“先聊全思云，全思云的父亲入狱之后她母亲没多久便自杀了，全思云虽然没有像叶濛那么明显地说她母亲一定不是自杀的，但好像也试图向警方透露，她母亲的状态其实还不错。”

“最后结案呢？”

“自杀。”

“不是吧？”梁运安难以置信地道，“这案子不会还牵扯到更早的事吧？那个时候就已经有‘引真’了？”

“你听过报社型人格吗？”

“报复社会？”

窗外漆黑的夜色中，隐隐有草虫蠢蠢欲动。

李靳屿点了点头，解释道：“这类人的犯罪对象会泛化，犯罪动机也更纯粹。如果全思云是报社型人格，我觉得她做这一切就不难解释了。当有人觉得一切不公平都降落在自己身上的时候，会将这种仇恨转移到陌生人身上。这个你可以问一下相关的心理专家，我不是太专业，以前只是看过两本书。我们暂且将这一切推论都放在一个开端上。”

“哪个开端？”

“父亲入狱，母亲被杀。”李靳屿说。

他说的是被杀，不是自杀。

然而下一秒，办公室的大门突然被人推开，一名警员面色犹疑地瞧着他们说：“又接到一个报案，报案人说他收到一条很奇怪的短信，可能对方要自杀。”

与此同时，除了鹳山分局，各个分局也接到相关的自杀报案电话。

“喂！110吗？我朋友刚刚给我打了个电话，口气很奇怪，又拜托我照顾猫照顾狗的。她最近刚裸辞，压力很大，我怕她有什么不太好的情绪。我现在在外地，麻烦你们过去看一下。”

“警察同志，我妈妈的情况好像不太好，她把自己锁在房间里一晚上了，我怎么敲门她都不肯开门，你们可以过来一下吗？”

“微博上又有人说明天要自杀了！”

…………

一声声绝望急切的求救，在黑夜里无尽地穿梭着，一瞬间让人觉得这好像是什么求生不得求死不能的人间炼狱——

接二连三的出警鸣笛声响起，如果从城市上空俯瞰的话，那画面应该会前所未有地壮观——仿佛有人在头顶上空炸了一道绚烂的烟火，也炸响了这场战役最后的号角。星火四处散落，点燃了城市角落里的每一盏灯。源源不断的警车从各个分局驶出，鸣着笛，好像生命最后的怒吼和咆哮，无数只温热的手义无反顾地伸向城市各个黑暗阴冷的角落。

可那又如何呢？全思云这么想着，反正他们最后都会死。

这个世界就是这样，漏洞百出，钻空子的人不计其数，可总有人啊，明明是打的地洞钻空子，可一旦功成名就，便想忘记自己曾经是老鼠这件事，急于洗去一身污垢，坦坦荡荡地在人世间行走。但哪有这么容易，做错事的人就该受罚。

这是她爸爸妈妈教她的。哦不，是这个社会教她的。做错事的人一定要受罚，要受重罚。

第二天，叶濛刚把蛋糕放进烤箱里，视频中的两个老太太就自动自发地鼓起了掌：“宝贝厉害!”

叶濛一手撑着厨房的流理台，另一只手弯在身前给俩老太太表演了一个绅士鞠躬：“谢谢啊，回去我跟李靳屿再给你们做个更大的。”

“靳屿最近很忙吗？”

“嗯，他外公想让他留在北京。”叶濛对着镜头脱口而出道。

两个老太太在镜头里互视一眼，钭菊花没有说话，倒是徐美澜说了：“你俩怎么想？”

叶濛立马跟钭菊花表忠心：“奶奶，您别难过，李靳屿是一千个想回去陪您的。等事情一结束，我们立马回去看您啊。”

“其实你们年轻人还是在北京生活比较好，这地方到底小了点儿。”钭菊花说。

叶濛这会儿才看到微博热搜上一条非常惊悚的话题——#集体zs#。

这个话题甚至屏蔽了关键词，打了缩写，紧跟着“引真大师”也上了热搜，这个秘密的组织，一瞬间被闹得沸沸扬扬。

不过很快这个话题就被屏蔽了，叶濛再刷的时候，已经看不到任何消息了。

阴沉的天灰蒙蒙的，云层压得很低，树顶几乎要捅破整片天。

办公室里有人抽烟，有人敲电脑，有人忙着接电话，有人吃着泡面，有人抱着文件步履匆匆地走过，留下风卷残云般的“作案现场”。

彼时时间是早上九点，距离下午三点的抓捕还有最后六个小时。

李靳屿说：“如果全思云的父亲当时是被陷害的，那么全思云的母亲有可能是被人灭口的，但是直到我看到那份关于全思云的父亲的档案之前，全思云甚至没有对你们警方提出任何求助。要么她不知道真相，要么她不相信你们。而根据目前的种种行为来看，她应该是不相信你们，并且因此创建了自己的一套生存法则。”

“直接抓吧，我就不信从她家里搜不出任何能定罪的东西。”

“如果我没猜错，鲁明伯会替她顶罪。”

时间越紧迫，气压越低，方正凡已经把脑袋埋到胸口了，梁运安抓耳挠腮地说：“根据几个报案人提供的线索显示，这批人将会在15:05的时候集体自杀。这恰好是全思云的登机时间，全思云是怎么告诉他们，并且做到这么统一发号施令的？这些人居然全部听她的？到时候得出多少警力？她想在那个时候趁乱逃走吗？”

李靳屿双手抱臂靠着桌沿，盯着地板，脑中好像断了根线，只要将这根线给接上，那些缠绕不清的谜团似乎便能轻松解开了。

“当初全思云的妈妈的事被警方以自杀草率结案，她一手建立一个‘引真’，是为了什么？她那么朴素，家里连支口红都没有，怎么会为了钱去建立一个‘引真’？那么她的目的是什么？”

坐在沙发上的一位始终没说话的年轻心理专家突然开口，俊朗的眉目微微抬起，看向李靳屿，同他对视，一字一顿地道："为了一场举国的难堪。"

画面仿佛定格，办公室的空气好像凝固了，良久都没人说话，风涌进来，书页被风吹过一页。

坐在椅子上的方正凡也有些难以置信地抬起头，额头上渐渐渗出豆大的汗珠，全身都有些不可遏制地战栗起来。他从业三十多年来，第一次对人性感到毛骨悚然。

他见过很多穷凶极恶、丧尽天良的罪犯，那些隐藏在光鲜的皮囊下的罪恶都不如这个外表平平凡凡的女人带给他的震撼大。

其余几名警员更别提了，面面相觑，相顾无言，脸上的表情除了震惊再无其他。

窗外天已经渐渐放晴，方正凡却觉得浑身发冷。他甚至只能拼命吸住面颊，才能不让上下排牙齿发出打架的声音。

他的视线在李靳屿和那位年轻的心理专家之间来回扫视，最后询问的眼神落在李靳屿身上，他似乎在期盼李靳屿否定这位心理专家的想法。可李靳屿双手插在兜里，认真地点了点头，眼睛干净，却像是见过更多肮脏的东西，冷淡地说："或许在这背后有什么隐情，但是到目前为止，全思云只是为了引发这场看起来似乎骇人听闻的自杀事件。"

年轻的心理专家补充道："目前接到的报案人数已经近百，但实际数字远远不止这些，一个国家，在同一天甚至是同一个时间点，哪怕十个人一起自杀，恐怕也会令目前的社会制度难堪。全思云应该是对目前的社会制度极度不满，这种不满情绪恐怕得从她年少时追究起了。"

窗外不知是不是有风进来，梁运安只觉得一股凉意从脊背缓缓爬了上来。他下意识地看向方正凡，局长的脸已经快成橘色的了。

半晌，梁运安听到方正凡咬着牙说："怎么确定自杀人数？"

"很难，"李靳屿说，"除非直接把全思云抓回来盘问，但她大概不会开口。她本身就是心理专家，用八年的时间布了这么一个局，不太可能会在最后几个小时令自己前功尽弃。我觉得现在唯一的办法就是买热搜了，发协查函，让所有人奔走相告，15:05时请所有人都确认自己身边的家人、朋友的健康状态。"

“这会不会制造恐慌？”

“如实说明原委，别瞒着，正确引导舆论方向，现在中国网民普遍爱国，”李靳屿靠着桌沿，一只手环在胸前，一只手搭在太阳穴上，“但是不排除还是有落单的人，比如空巢老人、流浪汉——”

方亦凡当机立断道：“那就直接全城排查，一定要破坏这个计划！”

那天，整座城市都灰蒙蒙的，风狂乱地扑在这些人民警察的制服上，国旗在空中猎猎作响。

“您家有人看这个吗？好嘞，下午三点有个‘不法’活动，您确认一下孩子的安全就成，哎、哎，不辛苦。”

“就是个诈骗组织，不用太慌张，注意自身安全，也确认一下身边的亲戚朋友的安全。哎，谢谢您。”

“奶奶，您的孩子呢？好嘞，多看看报纸啊！”

…………

“一直都没联系上虞微，”梁运安风尘仆仆地从外头赶回来，脱下外套就跟李靳屿说，“目前92名自杀者里面只有虞微没有找到了，另外91名都已经被控制住了，情绪还算稳定。”

李靳屿仰在自己的工位椅上，衬衫扣子敞了一颗，一言不发，喉结突出得过分。旁边的小女警咽了下口水，被梁运安拍了一脑袋文件：“滚去接电话。”

“噢、噢、噢！”电话又响了，她居然没听见。

梁运安叹了口气：“赶紧破案吧，你这长相多在这里一天，我们局里的男同胞都找不到对象了。”

气氛难免有些凝重，没人有开玩笑的心思，众人你看看我我看看你，谁也没接话，毕竟马上就到三点了，他们也不知道这样排查的效果能到什么程度，尽管做到这个地步，绝对还有漏网之鱼，就在刚才他们还接到几个报警电话。

这么想着，所有人不由自主、紧张兮兮地扫了眼墙上的壁钟。

两点三十分。

还有三十五分钟，恐怕方正凡是局长当到头了。

一直坐着没说话的李靳屿突然站起来说："我知道剩下的自杀者在哪儿了。"

所有人齐刷刷地朝他看来，有人含在嘴里的泡面都没咬断，就这么含着，呆呆地看着他。梁运安立马跟上来："真的吗？"

李靳屿从桌上拿起他的激光笔，背过身往后一靠，一只手插在裤兜里，将刚才电脑上的画面投影在对面的墙上，拿激光笔画了个圈："把早上第一位报案者虞微和最后一位报案者的定位信息联系起来——"

所有人看着他游刃有余地操作着，长腿靠在桌上，一只手捏着激光笔，另一只手在键盘上行云流水地摁了两下，慢慢地将这些点全部连了起来。但这些点很碎，无法看出是个什么东西。

所有人都屏息凝神，整个办公室里只听得见他轻轻地敲键盘的声音，一点一点，整个画面不断缩小。

渐渐地，大家似乎能瞧出一点儿端倪了。

然后，李靳屿又在键盘上用绿色的线条将剩下的几个点补足，整个画面一下就清晰起来了。

众人瞬间恍然大悟！墙面上歪歪扭扭地投影着两个立体的字——引真。这是三维立体空间转换成的平面视图，所以普通人只能看见一小段一小段不成形的线段。

李靳屿用激光笔慢慢圈出绿色的八个点，声音始终透着波澜不惊的冷淡："还有8名自杀者分别在绿洲8栋301、明辉9栋401、育成11栋304、恩铭3栋405、南苑3栋201、金菀6栋405、大明月2栋101、森林都市4栋203。"

整个办公室的人忽然热血沸腾，二话不说，自动自发地行动起来，有人甚至连警服都来不及往身上套，不知道为什么，飙着眼泪就往外冲。

这是什么神仙！

"你真牛。"梁运安忍不住吼道。

与此同时，两点三十分的鹳山机场，全思云的通缉令一发出，机场待命的公安立马上前把人拦住："抱歉，全小姐，请你跟我们走一趟。"

第十七章 两生花

全思云从小就比同龄的小孩儿聪明，也更沉稳。或许那时候她还称不上沉稳，只是更安静。她宁可盯着一只蚂蚁看上两三个小时也不愿意跟小孩儿们玩过家家。

小时候她住的四合院里有棵大槐树，枝干粗壮遒劲，树叶茂密，像一把遮天蔽日的巨伞。全思云喜欢躲在浓密的树荫底下看过路的蚂蚁，如果那时候她父母工作不是那么繁忙，哪怕回头多看她一眼，今天的一切或许都不会发生。

回局里之前，全思云要求去一趟她小时候住的那个四合院。

四合院已改建，旁边是个晨练的公园，四周人来人往，小孩儿尽情地狂奔嬉闹着，那棵槐树仍旧四季常青，屹立不倒，像一位枯守着疆土的老哨兵，鹤骨松姿地立着，仿佛在低头慈悲地凝视着众人。

全思云戴着手铐站在树荫下，也凝望着它。

她穿得很简朴，不像一个要出逃到海外的人，浑身上下干净得如同早就准备好了似的。全思云不算漂亮，方脸，但五官清秀，跟李凌白是截然相反的两种女人。

两名警察站在她身后，互视一眼，低声交流道：“你说她在看什么？”

其中一名警员想了想说：“后悔了吧，可能在怀念自己的童年？毕竟那时候人最天真了。”

警笛在城市上空绵延不绝地盘旋着，方正凡亲自指挥，帽子卸了放在一边，好像随时准备卸任，但口气仍是鞠躬尽瘁不容置喙的：“让救护车先跟着警车，开绿色通道，联系上虞微没有？”

办公室里全是泡面盒子，文件也凌乱地堆砌在一起，他们都顾不上了，梁运安抓耳挠腮地说：“没有，现在虞微是唯一一个没有联系上的人。”

方正凡沉吟片刻，当机立断道：“跟负责机场押运的两位同志联系一下，我要直接审全思云。”

机场大道一路畅通，警车疾驰，全思云心如止水地看着窗外飞速后退的一幢幢高楼、广告牌，间或还能隐约听见四处传来救人的警笛声，整座城市生机勃勃。

“全思云，我是鹳山区公安局的局长，”她被戴上了耳机，里头传来一个浑厚的男中音，“我问你，虞微在哪儿？”

回应他的只是一片沉默。

“在我国没有米兰达警告，希望你如实交代犯罪事实。”

几分钟之前，警方发布了协查通告，现在全网都在找虞微，粉丝们含着热泪在她的微博底下发评论祈祷，虞微的微博评论数已经破了二十万。

“小姐姐，别想不开啊，其实你长得很漂亮啊，别理那些黑子的话啊。”

“微微，没有人能得到所有人的喜欢啊，你已经做得很好了，别做傻事啊，一定要回来。”

“大鱼，我认识你很久了，你的视频很搞笑，是你的视频陪我走出了低谷，我希望你一定要挺过去，别想不开好吗？”

就连徐美澜和钭菊花在宁绥听叶濛说了这件事情之后，都特地让大姑注册了微博账号，给虞微留言了。

菊花奶奶：“傻姑娘，有什么事情这么过不去？奶奶活到八十了告诉你，有些事情等你到了八十就知道，可能那还没你到八十岁后放不出一个完整的屁重要。”

美澜姐姐：“同意楼上。”

当然仍是有不好听又充满恶意的评论——

“热度炒够了就得了吧，虞阿姨这次虐粉彻底把自己洗白了哦，戏好多哦。”

言语比刀更可怕，因为刀口会愈合，肉芽会新长出来，可扎在人心里的刀，是一辈子也拔不走的。这种伤害是不可逆的。

虞微第一次看见这种评论的时候，其实难受了很久，甚至无法理解，彻夜睡不着地想跟对方好好争论一番，直到第二次、第三次……落在她身上的拳脚越来越多，然后是刀，甚至有人在黑暗中对她举起了枪，这些她都能感觉到。渐渐地，她就感觉不到痛了，直到有一次，她用美工刀在自己身上划了一下，心里的痛好像淡了些，于是她迷上了自残行为。

尽管这样，虞微也还是怕死的，很多人跟她一样，其实也是怕死的。可是他们好像没办法，她是无意间在一个抑郁症的病友群里接触上“引真”的。

虞微也试图向外界求救过，没多久，就有人跳楼了。

虞微缩在浴缸里，试图抱紧自己。窗外的鸣笛声一遍遍地在她耳畔响着，然后她无助地闭上眼，心里默念，只要撑过15:05，只要撑过15:05……

天仍旧是灰蒙蒙的，警笛始终在响，像是生命的警告。

办公室安静得落针可闻，几个男人或站或坐，也都体现出了不同的焦虑情绪，全思云在电话里始终保持缄默，梁运安甚至听不见她的呼吸声。梁运安和方正凡对视一眼，正欲接着开口，沙发上的男人站了起来。

“全老师。”

几个人下意识地瞧过去，也自动自发地将话语权给了他。

李靳屿走到方正凡身边，靠着他的桌沿，话机在桌上，他甚至都没看，人背靠着桌子，低头给自己点了支烟，然后单手夹烟，单手插兜说：“我是李靳屿，您的儿子现在在美国吗？”

那边的人明显呼吸重了起来。

所有人都静静地等着下文，目光全集中在李靳屿身上，可他倒是一脸冷淡地抽着烟，一副漫不经心的样子，像是在跟她话家常。

梁运安迅速翻了一下档案，一脑袋问号。全思云没有孩子啊，一直没生过孩子，前几年因为得了子宫肿瘤，整个子宫都被摘除了，哪里来的孩子？

“我没有孩子。”那边的人终于说出上车以来的第一句话。

“您有，”李靳屿低头弹了弹烟灰，把夹着烟的手递到嘴边，眼神没什么聚焦地盯着方正凡背后的一整个大大的书柜，上头罗列着各种各样的荣誉证书和锦旗，“想知道我是怎么猜到的吗？”

“李靳屿，你妈讨厌你不是没有理由的。”

李靳屿浑不在意，笑了笑道：“是吗？她还跟你提过我吗？我以为她是不屑和别人提我的。”

全思云声音冷冷地道：“鲁明伯也跟我说过，你不是什么好东西。他说他最后悔的就是教了你这么个学生。”

李靳屿掐了烟，仍懒洋洋地靠着，两手揣在兜里，不咸不淡地道：“嗯，是我辱师门了。”

梁运安这会儿才发现，李靳屿的性格其实很呛，说话很犀利，也很不羁，只不过他跟叶濛在一起的时候，喜欢把自己装得很乖，很不经人事的样子，看上去好像他才是被姐姐蹂躏的那个人。

天空好像在一点点放晴，所有人都屏息凝神地听他们的对话，全思云却不再开口。

李靳屿将双手环在胸前，梁运安是第一次听出他的口气有点儿盛气凌人高高在上：“3月17号那天车上的人是老师您吧？那也应该不是您第一次使用我妈的车。我记得小时候有好几次，我在车上发现一个玩具的赛车模型，不是我跟我哥的。那时我俩都至少上高中了，中间搬过好几次家，说实话这些东西早就不知道被扔在哪儿了。”

办公室里的所有人都静悄悄的，树上的风好像也闻声而停，李靳屿低头自嘲一笑道：“我那时候以为我妈在外头还有个儿子，天天跟她吵架，跟她闹，甚至跟踪过她，她认为我变态，监控她的生活，这些您都很清楚吧？”

全思云始终一言不发，最后甚至连呼吸都屏着。

李靳屿："那个孩子现在在哪儿？我记得那时候他应该不大，五六岁？现在他上高中了吧？在美国吗？"

彼时，整个城市上空警笛盘旋，一辆辆警车飞驰而过，繁忙地奔向四面八方。

15:00，公寓大门被一扇扇破开，有人用脚，有人用破门器，几乎是同一时间，那八名没有报警的受害人的公寓门被警员们大力地撞开，那声音好像一道道烟花在空中炸开，同时炸在人们心里。

对讲机里接二连三地响起汇报声——

"绿洲，吞了安眠药，床边有遗书，八十岁独居老人，还有生命体征，正送往医院！"

"明辉，五十六岁，女，安全。"

"南苑，十六岁，吞了安眠药，没有遗书，正在抢救。"

"大明月，三十二岁，男，安全。"

…………

"森林都市，四十五岁，女，安全！"

"育成，十九岁，男，没有生命体征。"

最后这个情况特殊，警员们冲到门口的时候已经隐约能闻到一些腐烂味。破门之前他们也做了足够的准备，谁知道当这扇大门被撞开，那扑面而来的气息还是把所有人逼退了出来。那味道大家至今仍无法形容，就好像是有人把鲱鱼罐头和烂猪肉一起放在锅里煮，还混着一点儿化粪池水的味道。

屋子很小，应该是出租屋，家徒四壁，就一张光秃秃的床，床边丢着年轻男孩儿的T恤和牛仔裤。警员从衣服兜里翻出一个破损的棕色钱包，拔出身份证看了眼，男孩儿十九岁，很年轻，一个年轻到做什么都来得及的年纪。

"身上无明显外伤，应该是吞了安眠药，而且死了至少一周了。"警员说。

屋内的气味没那么难闻后，警员翻出他的手机看了眼，然后便好像被定住了，说不上来是什么感觉，心脏像是被人拽住狠狠地掐了一把，也不是心疼，就是闷，像那种乌云罩顶、让他喘不上气的闷。

手机上是一条没有发出去的信息，收件人是男孩儿的妈妈。

“妈，我真的害怕。我得了抑郁症，已经没钱了。您开学给我的钱都被人骗走了，我兜里就三百块钱，我骗了您，开学的学费也没交，老师一直在催我，他们马上就要打电话到家里了，我没办法了。对不起啊，我真的害怕您的打骂，下辈子再报答您吧……”

他就为了那么点儿学费自杀？

有人觉得不可思议。

“父母没好好和孩子沟通啊，平时又打又骂的，孩子能不怕吗？”

孩子们畏惧父母，畏惧老师，畏惧学校，畏惧朋友，畏惧同学，畏惧别人的眼光，畏惧俗世中的一切流言蜚语，畏惧这城市的光，畏惧一切，可就是不畏惧死亡。

案发现场一片沉默，有人再难忍受，捂着眼睛蹲在地上，拿胳膊擦着眼泪，低声骂着脏话。

而电话那边收到消息的方正凡，攥着电话的粗短手指用力到骨节发白，两颊被吸得已经麻木了。

窗外的天空已经放晴，一碧如洗，树梢间隐隐落下了一层淡淡的光影，薄雾渐散。

方正凡心想，今年的冬天可真长啊，长到他以为能看遍风雪；今年的冬天又好像很短，短到有些人连见一下的机会都没有了。

李凌白毫无预兆地自首了。

那天警局的风格外大，她好像是被刮来的。梁运安看着那个女人穿着高跟鞋面无表情地走进警局时，这么跟李靳屿说。

李靳屿发现自己想错了，鲁明伯并没有自己说的那么爱全思云，他没有替全思云顶罪，来替全思云顶罪的是李凌白。

审讯室里，当年那束几乎要射穿他的眼睛的白光，打进了李凌白那双毫无情绪的眼睛里。她仍然高高在上地仰着天鹅脖颈，只是对自己的犯罪事实供认不讳。

“是，我是‘引真’，也是我逼王兴生跟他的秘书自杀的，因为他们手里有我走私古董的证据，王兴生和他的秘书想要告发我，借此让我坐牢。”

梁运安坐在她面前，问：“那八年前的陈青梅呢？”

审讯室和外面隔着一扇单面玻璃，外面能看见里面的情景，里头看不见外面，李凌白却好像知道李靳屿站在外面似的，微微侧过头，仿佛在对着他说：“你可以算在我头上，毕竟当初要是没有我，她也不会认识王兴生，更不会因为爱上王兴生而出轨后愧疚地自杀。她大概是觉得自己贞洁烈女的牌子立不住了吧。”

“陈青梅不是信徒？”

李凌白坦诚地说：“我承认我所有的罪行，但是‘引真’真没有信徒之说。”

梁运安不太有耐心，胸腔中简直蹿出一团火，越烧越旺，音量也不由自主地拔高了至少三个度：“那今天全城的警察都在陪你玩是吧？那个十九岁死在出租屋里的男孩儿、至今下落不明的虞微，还有那些吞了安眠药现在还在医院抢救的人，你都把他们当什么？”

李凌白没有说话了，眼底也没有抵抗情绪，只是静静地看着梁运安。

半晌，昏暗的审讯室里，李凌白说：“我要见李靳屿。”

叶濛接到梁运安的电话时，正把烤好的蛋糕从烤箱里拿出来，准备跟老太太们视频直播，并且教她们如何将厚厚的奶油抹匀，然后用红色的果酱写上李靳屿的名字，名字写到一半，电话响了。

“怎么了？”叶濛把电话夹到耳边，慢条斯理地将“靳”字写下去。

梁运安的声音有些急躁：“要不，你来一下警局？李靳屿出了点儿情况。”

与此同时，那位年轻英俊的心理专家也见到了全思云，两人正在另一间审讯室对峙。

“好久不见，全老师。”

全思云看着这张熟悉又乖戾的脸，算起来，这是她见过的学生中最不像学心理学的人："这行还没让你厌烦？我以为你毕业后就转行了。"

男人跷着二郎腿，答非所问道："如果每个罪犯都像老师这样，我恐怕这辈子都转不了行。我本来想不通一个问题，李凌白为什么要替你顶罪，但是现在我突然想通了。就如李凌白所说，她其实根本不知道'引真'到底是做什么的，'引真'也确实如她所说，她顶多只是诈骗，并没有对他们进行洗脑。"

"我也没有啊。"全思云说。

"是，你是没有，"男人说道，"你只对李凌白一个人洗了脑，对一个人进行洗脑总比对一群人进行洗脑来得容易。我之前想多了，以为你是因为父母的事情对社会制度不满，弄出一场这么大的自杀事件来给社会制度或者政府难堪，后来我才发现，你不是。你确实心理够变态，做这么多只不过是想让李凌白心甘情愿地替你顶罪。我具体没猜到你这么恨她的原因，但我和李靳屿后来查过，你父亲确实是因为经济犯罪入的狱，你母亲也确实是自杀的。不过李靳屿在档案里发现，你跟李凌白小时候在那个四合院里当过一年的邻居。

"王兴生是被你逼死的，王兴生当时想举报的人并不是李凌白，而是你。

"全老师，你等这一天等很久了吧？"

全思云笑得滴水不漏，眼神甚至毫不避讳地盯着面前这个英俊的男人，说："你去写书的话，一定是个畅销书作家，真能编。"

警局门口缓缓停下一辆高级保姆车。

大厅里，小警花正低着头准备给市局拨个电话，忽而听见门口传来高跟鞋声，也没注意，大厅嘛，进进出出的总有女人。那女人走过她身边时，她也没太注意，一手拿着话机，一手搭在桌上百无聊赖地弹着手指，直到闻见一阵淡淡的蛋糕香，才感觉有点儿嘴馋，下意识地抬了下头，还以为是谁叫的蛋糕外卖。

她本以为映入眼帘的会是一张跟蛋糕一样甜腻腻的脸，却没想到眼前这女人妆很淡，一身黑色西装成熟干练，配了个韩式蛋花卷，可能是在家闲着无聊自己弄的，不过手艺不太成熟，却意外地添了几分俏皮感，加上那张有点儿高级的冷淡慵懒脸，虽然此刻看起来似乎心情不太好，却莫名地跟里头那个弟弟有点儿搭。

不知道为什么，小警花当下冒出的第一个想法就是，这人跟李靳屿一定有关系，就算不是他女朋友，两人一定也是朋友。

毕竟这种配置在生活中也不多见，就好像学生时代，那些长得好看的人，总是能通过各种途径成为朋友的。小警花下意识地跟女同事交换了一下眼神，显然，她俩的想法是一致的。

梁运安一见到叶濛，顿时松了口气："你进去劝劝吧，他把自己关在里头好久了。"

叶濛看了眼那扇紧闭的门，黑色西装和衬衫的袖子都被她捋到了小臂上，整个人懒洋洋地抱着双臂倚在墙上，冷淡地说："我要见李凌白。"

窗外是赤红的夕阳，挂在天边，风光瑰丽，却照不亮这小型的会客室，里头就一张桌子，一盆刚发芽的小绿植摆在窗台上，随风轻轻摇摆，隐隐还能听见一丝微弱的蝉鸣。

李凌白戴着手铐在她面前坐下的时候，叶濛懒洋洋地靠在椅子上，不知道面前摆着一份什么文件袋。叶濛看着她，二话不说将文件袋滑过去，推到她面前。

李凌白反倒被她先发制人，愣了愣，低头看了眼这个黄色的文件袋："这是什么？"

叶濛说："断绝关系协议书，我不知道你刚刚又跟他说什么了，为了避免以后他再因为你的事不开心，我自作主张，帮他断绝跟你的母子关系。他忍你、让你，是因为你生他、养他，我不忍你，是因为我爱他。你要怎么作死，我都不管，但别恶心他。"

"为什么是两份？"

"看不清楚吗？还有一份是外公的，他怕明天公司股价大跌，只能先将损失降到最小。他让我顺便转告你，好好改造，重新做人，至少出来之后，李卓峰还能养你，哦，前提是如果他有李靳屿那个脑子的话。你安安心心地坐牢就是了。"

窗外的蝉叫似乎越来越清晰，好像夏天真的快来了。

李凌白终于失控，声嘶力竭地尖叫着，好像一只被扒了皮的乌鸦，声音凄厉——

“李靳屿就是个变态，他监控我、跟踪我，你不知道吧？我结婚的时候，他跪着求我呢，让我不要抛下他。”

叶濛冷淡地道：“行，我回去确认一下再打断他的腿，还有别的要说吗？”

李凌白彻底怔住，呆愣地看着她，突然生出一种自己的东西被人抢了的惊惶感。

李卓峰的脑子自然不能同李靳屿相提并论，她生李卓峰时已经四十出头，子宫条件不太好，孩子能顺利出生就已是万幸。李卓峰目前的情况或许连个普通小孩儿都及不上，哪能跟从小对什么都过目不忘的李靳屿比？

六月的天，阴晴难定，不过才放晴一会儿。这会儿叶濛站着一动不动，想从李凌白的眼里瞧出一点儿懊悔之色，可没有，那双疯狂且执迷不悟的眼睛，已颠覆了叶濛所有的认知。

“能告诉我，你到底为什么这么对李靳屿吗？”叶濛临走时问了句。

李凌白自然没有告诉她，眼神嘲讽地盯着她看了一会儿，说：“你跟你妈真像，真把自己当救世主了？”

叶濛面不改色地问：“所以我妈的死跟你有关系是吗？”

李凌白挑衅地看着她：“如果我说有的话，你还会跟我儿子在一起吗？”

斜风细雨慢慢地从窗口飘进来，窗边的小嫩芽上沾满雨珠，六月的雨不知道为什么有股彻骨的凉意，好像渗进了骨子里，叶濛忍不住打了个冷战，脊背慢慢爬进一阵阵冷意。

见她不说话，李凌白终于嘴角微微上扬，露出胜利者的微笑，仿佛用最尖的利器戳到了叶濛最痛的伤口。李凌白松快地吹了一声口哨，似乎准备起身离开。

在她屁股刚刚抬离椅面的瞬间，叶濛面无表情地回答道：“会。”

李凌白的笑意僵在嘴角，窗外风雨飘摇，叶濛冷静地坐在她对面，像一个被人捏好的泥人，任人搓圆揉扁丝毫改变不了她的神气。李凌白终于忍不住咬牙切齿地破口骂道："下贱，跟你妈一样下贱——"

话音未落，哗一声，李凌白面上骤凉，被人兜头泼了一杯水。她甚至来不及反应，只能下意识地紧紧闭上眼，那股迎面的冲击力不亚于被人狠狠甩了一巴掌。

会议室没有监控，叶濛慢条斯理地擦了擦杯子，将其丢进垃圾桶里，仿佛刚刚泼水的人不是她，轻描淡写地道："我妈是什么样的人，轮不到你来说。就算她跟王兴生真有什么，那也是她自己做错了事，且已经选择了最愚蠢的方式来惩罚自己。你呢？你做错了那么多事，选择用什么方式来惩罚自己？自杀吗？"

李凌白仿佛听见了什么笑话似的："我做错什么了？我什么都没做错啊。那些人该死。"

叶濛看了她半晌，问："比如？"

"绿洲那个吞安眠药的老头，你知道他是谁吗？他以前是我们那片院区的小学校长，性侵了多名女童，其中包括我的老……心理医生，全思云。"

李凌白习惯性地叫全思云老师。

"为什么不报警？"

"报警多没意思，让他坐个几年牢而已。"

叶濛心头瘆了一下，继续问："那个死在出租屋里的十九岁的男孩儿呢？"

李凌白冷笑，很不屑地说："他半年前跟女朋友在路上被飞车党打劫，他丢下女朋友跑了，飞车党侮辱了他的女朋友，那个女孩子现在还在精神病院里。那小子胆小懦弱，没担当。"

"那N大的那个女大学生呢？"

"她很虚荣，借钱整容欠了网贷，还嫌弃男友没钱，对男友大肆打骂。"

李凌白忆起那个下午，好像也是这样下着雨的天气，商场里人烟稀少，水晶吊灯格外晃眼，她刚从古董行出来，还没走两步，就听见不远处一家奢侈品包店门外传来激烈的争吵声，那个女孩儿肆无忌惮地大声责骂着一旁低眉顺眼的男孩子：“我都跟你说了不要穿这双鞋，你为什么就不听啊？你没看见刚才那个店员的眼神啊？”

男孩儿还在小声地道歉：“对不起啊，我不知道——”

商场几乎没人，女孩儿大概越想越气，更是怒火中烧，骂声越来越重：“我都跟你说了要来这边，你穿成这样人家能拿正眼看我们吗？你到底能不能听懂人话？我真是受不了你！滚啊！”

正如梁运安说的那样，李凌白的价值观其实已经扭曲，或者说，她已经彻彻底底被全思云洗脑了。

李凌白将自己或者全思云让她带入了“判官”的角色。她是高高在上的审判者，严格地审判着世间所有的罪恶。

叶濛知道自己此刻同她多说无益，只淡淡地问了一句：“那我的李靳屿‘错’在哪里？”

李凌白有些茫然地瞧着叶濛，似乎被“我的”两个字给震得愣住了：“他生下来就是错的！”

与此同时，蔡元正被正式逮捕，整个“引真”余下的几名所谓的“心理疗养师”在各地警方的协助下陆陆续续一个不漏地全部被抓。李靳屿只把自己关了半小时就继续出来开会了，靠在方正凡的办公室里，同那位年轻又吊儿郎当的心理专家温延一边抽烟一边聊案子。

叶濛正巧从李凌白的办公室出来，顶着俏皮的“蛋糕卷”，懒洋洋地靠着门，轻轻敲了两下。李靳屿正同温延说话，下意识地转头瞥了眼，一手插兜，一手夹着烟，愣住：“你怎么来了？”

叶濛同温延第一次见面，视线在他身上扫了一下，礼貌地点了下头，然后笑吟吟地对李靳屿说：“来接你回家。”

这俩人靠着窗抽烟的画面简直太过养眼，温延长得更痞，不说他是心理专家压根没人会把他跟这个职业联系在一起。但叶濛还是觉得李靳屿更无人可敌，弟弟真的是神仙下凡，怎么看都帅，尤其喉结，清晰性感。

“全思云小时候遭受过性侵？”梁运安刚进门，便惊呼道。

方正凡差点儿拿烟灰缸砸他，一惊一乍的。

温延和李靳屿听叶濛说完后，心照不宣地对视一眼，两人几乎同时开口——

“李凌白还说什么了吗？”温延说。

“你见她干吗？”李靳屿说。

叶濛看着李靳屿，话却是对温延说的：“那个绿洲吞安眠药的，当年是他们院那边小学的校长，全思云是受害者之一。”

温延挑眉道：“受害者变施虐者，倒符合反社会型人格的条件之一。”

有警员刚从李凌白和全思云小时候住的那个院子里匆匆地调查回来。

“我们走访了很多邻居，大多数人不太记得过去那些事，还有很多人搬家了，剩下的几个人里，我们录到两份对事件描述比较清晰的笔录。”

警员将两份笔录给他们，李靳屿和温延一人看一份。

屋内寂静下来，不知道过了多久，窗外的树叶都不知道落了几层，只听啪的一声，两人几乎同时将笔录本子往桌上丢去。

方正凡这个暴脾气的人差点儿一人一烟灰缸狠狠地砸过去，急赤白脸地道：“你俩倒是说啊！”

梁运安也急得一脑门汗。

温延说：“口供记录的是当年邻居被李凌白和全思云丢各种死老鼠的事，而且，老鼠全部被开膛破肚，内脏被挖空，老鼠的脖子都被人用红绳子给扎住了，然后放在那些邻居的窗台上。”

梁运安听得一阵反胃，还是忍着恶心问：“然后呢？”

“有一次两人被人抓了现行，但当时迫于李家的经济实力，全思云的父母没办法，便带着全思云挨家挨户地上门去给人道歉，有人接受，有人不接受，全思云跟在身后看着她爸妈被一些胡搅蛮缠的邻居打了几耳光。也就靠着这股能屈能伸的劲儿，全思云的父母后来才能把生意越做越大。”

开完会，梁运安给各位大爷泡泡面去了。方正凡正跟领导汇报最新案情进展，温延坐在沙发上打游戏，李靳屿则又把自己关在隔壁的会议室里。

里头没开灯，叶濛只能隐约瞧见一张八人会议桌，打头的椅子被半拖出来，桌上摆着一个插满烟头的烟灰缸。李靳屿就坐在那张椅子上，大概是烟抽完了，这会儿只能干坐着，把玩着打火机，两条腿闲闲地叉着。

叶濛走过去，靠在他对面的桌沿上，低头瞧着他玩打火机玩得风生水起："干吗呢？"

那幽蓝色的火焰扑簌簌地抖落着星火，在他指尖蹿来蹿去，他仍低着头，漫不经心地答："无聊，发呆。"

门窗紧闭着，窗外的雨渐渐落大，啪嗒啪嗒地拍打在雨棚和玻璃窗上，透着清新的凉意。

叶濛双手环在胸前，弯下腰去找他的眼睛，半开玩笑地逗他："小屿哥？"

李靳屿终于抬头扫了她一眼，若有似无地笑了下，继续低头把玩着打火机。以前他逼她叫哥哥，现在倒是有点儿不好意思了："走开啊你。"

"怎么了？"

李靳屿摇头，抓住她的手："没事。"

叶濛下意识地嗯了一声，李靳屿今天下手很重，捏得她的骨头隐隐作痛，叶濛有点儿没着没落地想，两人这要是做的话，她估计能疼死。她默默地给自己画了一条线，绝对不能在这个时候招惹他。

窗外的雨砸在窗台上。

"疼啊。"叶濛抽了下手，轻轻嚷了句，像小猫。

他继续拽住她的手，笑了下，好像不太信："在床上都没见姐姐叫这么响。"下一秒，头一仰，靠在椅子上，他终于注意到她的头发，下巴冲她一点，漫不经心地问了句："这是什么发型？"

叶濛本来想打他的，手还没伸出去呢，下意识地抓了把小卷毛："韩式蛋糕卷。"

"弄成这样干吗？"

"显小，"叶濛说，"我觉得我现在站在你身边像妹妹，刚才有个小弟弟问我是不是大学生。"

"哪个小弟弟？"李靳屿的眼睛垂了下来。

叶濛笑得不行，捏他的脸，逗他："吃醋了啊？"

他一开始还笑，装作若无其事的样子抬起头来："没有啊，小弟弟而已。"

连说了几个"没有"和"怎么可能""我又不是那么小气的人"之后，他整个人靠在椅子上，垂着眼，脸色冷下来，一边装模作样地掸了掸衣服上的灰一边说："好，我吃醋了。满意了？"

叶濛靠着桌沿，用最温柔的眼神盯着他，好像爱意盛满心头。这个男人带给她太多心动和憧憬。

谁不是少年啊？

她的李靳屿，到现在都还是。

之后温延和梁运安去了一趟那个四合院，准备找那两位邻居了解一下当年的详细情况。

院子门口有棵参天的槐树，非常大，听说全思云被抓的那天，从机场回来便在这里站了很久。当时有警员开玩笑说她是在怀念童真。

"绝对不是怀念童真，"温延看着那棵槐树说，"心理学上有一种说法，杀人凶手都喜欢返回凶案现场，这里可能是全思云第一次杀人的现场。"

梁运安感觉毛骨悚然。四合院很热闹，旁边就是个老人公园，小孩子满地走，沙土坑凹凸不平，像一座座山丘堆在一起；再过两条街，就是一家福利院；街头巷尾到处飘着烤鸭架子的味道。好不容易见了晴天，太阳热烈地烤着大地，青天白日下，就这么一个颇具生活气息的地方，居然让他觉得冷。

"杀人？"

温延闭上眼睛，说："六七岁的全思云，杀了第一只老鼠，拿着一把小剪子，从肛门中间一点点剪开小老鼠的肚子，然后掏空它血淋淋的内脏，再用红绳子扎住它的脖子或者肛门。你说她当时是什么心情？兴奋还是激动？还是害怕？"

"变态。"梁运安说。

"心理变态也是有演化过程的好不好？"温延继续说。

结果他一睁眼，眼前一晃，一只死老鼠吊在他面前，梁运安说：“像这样？”

“你搞死的？”温延骂了句。

谁知道梁运安无辜地拍了拍手说：“我在地上捡的，不知道是被谁踩死的。”

温延：“扔掉。”

梁运安不扔：“你看，这老鼠的脖子上也扎着红绳。”

温延愣了愣：“你说什么？”

三分钟后，温延蹲在路边，一边刨坑，一边将那只老鼠给埋进去：“老鼠不是被踩死，是被人注射了东西弄死的。”

“可能有人拿老鼠做实验？”

四合院里的风轻轻地吹着，温延的动作很温柔，好像春风拂过河面，带着清凉，他好像秉持着对死者最大的敬意在埋这只老鼠。

梁运安莫名感觉他好像还学过殉葬学：“手法好熟练。”

“我以前的梦想是殉葬师来着。”温延吊儿郎当地说。

梁运安：“你这梦想有点儿……脱俗。”

“人有时候活着各种不尽如人意，我想死后总归给他们一点儿体面。”

“真相，就是死者最大的体面啊。”

话音刚落，梁运安的手机响了。他低头看了一眼，忙接起来：“方局。”

温延蹲着，仰头瞧他一眼，将手搁在膝盖上，等他打完电话。

梁运安挂断电话，眼神微微一沉，看着蹲在地上的温延说：“全思云开口了，全部交代了。方局让我们赶紧回去。”

审讯室里灯光骤亮，像是将所有的光线都聚在一起，格外刺眼。

全思云的眼睛一开始闭着，等她适应了光线，才缓缓睁开眼睛，好像墓室里一具灰扑扑的合棺，嘎吱一声，在某个太阳光照射进来的刹那打开了。合棺里，那些尘封多年的过去好像一张张旧照片，在满是粉尘的光线里，洋洋洒洒地飘散出来。

“起初是因为一场游戏。”她轻描淡写地道。

李靳屿和叶濛坐在审讯室的单面玻璃外的椅子上，没一会儿，梁运安和温延匆匆地赶回来，推门进来的时候，还大喘着粗气，上气不接下气地问：“到哪儿了？”

“刚开始。”李靳屿俨然一个贵公子，一身衬衫、西裤，跷着二郎腿，哪像是来听审讯的，倒像是来听戏的，一副京城最有钱的公子哥来给人捧场的样子，旁边还有个身材气质都出众的美女陪着。

温延大大咧咧地抽了张椅子坐下。

梁运安转头问身旁的记录员：“方局在哪儿？”

记录员说：“刚送走检查组的人，马上就过来。”

梁运安点头，里头审讯员的声音再度传来：“什么游戏？”

下一秒，方正凡踩着破旧的小皮鞋进屋，鞋面上都有一道道折痕。温延瞧着都忍不住皱了皱眉，方局这人是真的不讲究，清正廉洁的一把好手。

方正凡在李靳屿旁边站定，那小皮鞋跟李靳屿那双贵公子的尖头皮鞋形成了鲜明的对比，画面有些惨不忍睹。

里头，全思云整张脸都毫无情绪，像一块冰冻的猪肉，声音也冷：“一个叫审判者的游戏。”

那时候她才六七岁，隔壁搬来个小姑娘，叫李凌白，同她一拍即合，两家的父母也经常走动，她俩成了院子里最好的朋友。李凌白算是个从小娇生惯养的小公主，全思云的父母的生意还得靠李家，但丝毫不影响俩女孩儿的感情。直到有一天，全思云无意间听见自己的父母在聊李长津的八卦的时候，心里生出一股嫌恶情绪。

大人都好虚伪啊，当面一套，背后一套。

于是从那天起，全思云便全副心思观察一个成年人是否能做到表里如一，很遗憾，可以说几乎没有，李长津算是这些人当中最表里如一的。

所有人都沉默，审讯员一时之间都不知道该怎么往下接。好像这个世界就是这样的，人越长大，越不容易注重细节。小孩儿们期盼着自己像个大人一样成熟，而大人们永远忽略小孩儿的感受，平时一些不敢在人前展露出来的喜恶，好像在小孩儿面前就没那么顾忌。

“于是，你们开始审判这些大人。”审讯员说。

“谁让他们都拿小孩儿当玩偶，当着我们的面抽烟喝酒，说些我们听不懂的黄色笑话，甚至当着我们的面和‘小三’调情。你们都想象不到这些人表面上有多正经，他们觉得我们永远不懂他们在说什么，但其实我那时候什么都懂。我知道谁出轨，知道谁家偷偷掐电表，谁爱偷看别人洗澡。李凌白家对面有个三十岁的离异男人，长得人模狗样、彬彬有礼的，我们都以为他是好人，结果他有露阴癖，每次洗澡都故意开着门，拿生殖器对着小姑娘。所以我剪了一只老鼠的肛门扔进他家里。

“南华小学的校长是个猥亵儿童犯，李凌白审判他，往他的办公桌底下藏死老鼠，血淋淋地掏空了老鼠的肚子。被发现后，李凌白把所有的责任都推到了我身上，后来李凌白搬家转学。剩下的事情，你们都知道了。”

审讯员回过神，问她：“为什么不报警？”

“我说话有人信吗？后来等我长大了，我发现这件事我开不了口，觉得羞辱，说出来后别人会拿异样的眼光看我。成年人的世界不都这样吗？你为什么不报警？你为什么不说出来？说出来就可以了啊，我们又不会嘲笑你，可真的不会吗？私底下大家讨论得嘴巴都要咧到后脑勺了吧？”

“所以你们就用老鼠来代替对那些人的审判？”

全思云突然笑起来：“等我们长大了，不就是有了‘引真’？”

审讯员忍不住毛骨悚然，觉得她这个笑容尤其瘆人。同样，方正凡也觉得这个笑容让他非常不舒服。

梁运安有些出神，直到温延说：“其实儿童成长中的每一句话都要仔细听，都有深意的。因为小孩儿不会像大人那样能准确地表达出一件事的目的，像李凌白和全思云这种早熟型的孩子，其实不多。她们能表达，却没采用好方式，而那些不能表达的小孩儿，每句话其实都在拼尽全力表达。他们不会直白地说‘校长侵犯我’这种话，从他们嘴里说出来的，可能只是很普通的一句‘校长让我去他的办公室’。”

温延："但我还有一个问题想不通，到底是为什么她突然之间交代了？"

一旁长久没说话的李靳屿，还是仰靠在椅子上，跷着二郎腿，突然开口道："你有没有想过，全思云和李凌白审判的第一个人是谁？"

梁运安的大脑已经混沌了，却见昏暗的玻璃房里，这两个神一样的男人对视一眼，彼此眼中好像已经有了答案。

"是她们自己。"

梁运安："两个五六岁的小姑娘有什么好审判的？"

温延低头笑了下，对梁运安说："小梁警官，你有没有听过一句话？欲屠龙，得先成为龙。她们的故事的所有起点，我觉得可能得从她们第一次杀人开始说起，或者说，第一次'杀老鼠'。"

"小梁警官。"

这边又是一声喊，梁运安茫然地转过头，李靳屿补充道："审判者的'高潮'在哪儿你知道吗？"

温延说："一场全国瞩目的'被审判'。"

梁运安：你天天全国瞩目。

温延点了点太阳穴说："让我想想怎么形容能让你好理解一点儿。"

谁料一旁一直没说话的方正凡突然插嘴了："我懂了，全思云当年在四合院被冤枉，替李凌白背了黑锅，还遭到了校长的性侵，她是受虐者，典型的受虐者转为施暴者并不少见，但更多的受虐者还是受虐者。有种症状叫斯德哥尔摩综合征，受虐者会爱上罪犯，但我觉得全思云并没有爱上那位校长，只是爱上被虐的这种感觉，或者说，她可能爱上的是被人冤枉的这种感觉。这是早期的全思云，后来她父亲入狱、母亲自杀，全世界所有的不幸好像都发生在她身上了，她更把自己带入了受虐者的这种角色。她那时候已经不再满足于这种受虐，于是展开了一个计划，一百个人自杀，够轰动了，警方一定会投入大量警力。她被抓，聚光灯全部在她脸上，然后她被送上警车，亲戚朋友替她喊冤，学生们为她发声，最后李凌白出来替她顶罪。虽然这说不上是顶罪，其实是自首。那么她这个受害者形象，塑造得完美无瑕，高潮迭起。一场巨幕戏，到底为什么没有唱到最后呢？她怎么忽然就愿意交代罪行了？”

“她是怕警方再查下去，”温延说，“而且我发现，全思云在李凌白面前有点儿弱势。明白吗？”他看了梁运安一眼，梁运安被他这么一说，想起来了，全思云跟李凌白说话，很柔弱，好像是被李凌白保护的感觉。他本来以为是李凌白的性格和外表强势导致两人之间出现的强烈反差。

“其实不是，这是受虐者特有的属性。他们会在自己的报复对象面前展现出柔弱、脆弱的一面。李凌白被她洗脑洗了那么多年，全思云表现出的任何状态都是能完完全全拿捏住李凌白的。”

里面的对话还在继续，审讯员问：“所以‘引真’是类似审判一样的组织是吗？”

“是。”

“那些人在你眼里都犯过罪？”

“‘引真’的事情我很少管，或者说，我基本上不参与，因为李凌白自己当这个审判者当得不亦乐乎。”

“所以你们是怎么找到那些人的？”

“有些是主动送上门的，有些是李凌白碰见的，比如N大那个女学生，李凌白会让人把那个人骗进来——”

三天后，啪一声，一份文件重重地摔在审讯桌上！

李凌白木然地抬起头，整个人干枯得像一具僵尸。她已经没有什么要交代的了。

方正凡声如洪钟，一字一顿地诛在她的心上：“这就是你们认为有罪的人！看见了吗？那个死在出租屋里的男孩子并没有逃走！他回去救他的女朋友了！只不过因为他势单力薄，一只眼睛还被人打瞎了！后来他为了治病，偷偷挪用了开学的学费！学校催交费催得要命，他不知道怎么跟父母说，选择在出租屋里吞毒药！N大那个女学生，人家品学兼优，你说她虚荣，她省吃俭用地给自己买点儿奢侈品哪里错了？！你们骗她去裸贷！还有，两人在商场里吵架，哪对情侣不吵架？女孩子高高兴兴地打扮出来逛个街，坏了心情还不能发顿脾气了？这就是你眼里的罪？李凌白，你是不是拿着放大镜看别人啊？”

方正凡第一次气得话都说不上来，九十八份笔录，除去目前正在抢救的虞微和那个死去的男孩儿，让他越看越寒心：“这就是你们所谓的审判？那老头是死有余辜，但是这剩下的大多数人，真有你说的那么罪大恶极吗？

“你自己是坨屎，就觉得全世界都臭！

“哦，还有虞微，我们警方好不容易在天台上把她劝下来了，你猜怎么着？去医院检查的时候，不知道怎么她又看了微博的留言，当时在场的五名警察，没一个来得及反应，看着她放下手机特别淡定地站起来，当时大家以为她只是去倒水喝，谁知道她走到窗户边二话不说就往下跳。你训练的这都是特工啊！还知道虚晃一枪！你的世界到底有多可怕啊？

“陈青梅的案子和王兴生的案子，你交代一下。”

“跟我没关系。”李凌白说。

“咦，”方正凡说，“你这会儿不替全思云顶包了？”

李凌白已经有些神志不清了，完全分不清自己现在在哪儿，大脑一片空白，也没人来看她，她已经记不清上次闭上眼踏实地睡觉是什么时候了。

“我不知道，我好像杀了只老鼠，她让我把那只老鼠的肚子剖开，从肛门一寸寸剪进去……”

7月底，方正凡最后一次提审全思云。

“3月17日那天，李凌白的车里的那个人是你对吧？”

“嗯。”

“嗯个屁，回答是还是不是！”

“是。”

“是你逼王兴生自杀的？”

“是。”

“用的什么方法？”

“威胁他很容易，我说，如果他非要与我作对，我会让全世界的人都知道陈青梅是个什么样的女人。”

所以王兴生至死都不敢报警，因为他很清楚全思云是什么样的人。他是真的笨，甚至不敢跟身边的朋友透露一点儿消息，只能制造这么一场诡异的案件来引起警方的关注，希望警方关注到“引真”这个组织。

其实这个世界很好啊，哪怕再笨的人，也有自己守护世界的方式。

“陈青梅呢？跟你有没有关系？”

“她本身就患有重度抑郁症，不管你信不信，我挺欣赏她的，还劝她多活几年呢。但人家觉得对不起老公和孩子，还是自杀了。我唯一不该告诉她的，就是自杀仪式，她真以为那本书可以带她到另一个完美世界。”

“自杀仪式是真的？”

“谁知道呢？去了的人也没回来，没去的人，又怎么会知道能不能去？”

“最后一个问题，后悔吗，全思云？”

“后悔，如果再来一次，我一定不会这么做。这样说是不是比较符合社会核心价值观一点儿？”

方正凡正襟危坐：“还有一件事要告诉你，当年你爸爸是真的犯了经济罪，国家没有诬蔑他。还有，你妈妈真的是自杀，警察也没有误判。”

“哦，不重要。”

方正凡静静地看着她，脑中闪过一句话：“你跟叶濛真是两种人。同样的遭遇，同样的环境，人家就能让自己活成一道光，你怎么就一条蚯蚓似的往地缝里钻？”

是了，她们像是镜面人生里截然不同的走向。命运给了她们同一种选择，努努力，还是能活成很好的自己嘛。犯了错那就认，挨打要立正。命运不公又怎么了？想要什么那就去争，争不过那就青山不改绿水长流，咱们后会有期。反正总有人要赢的，为什么一定是你呢？

就好比一朵玫瑰，开在争奇斗艳的百花园里是平平无奇的，但如果它开在杂草丛生的荆棘园里，那就是难能可贵。

而玫瑰还是玫瑰。

而后，梁运安和温延在四合院附近的福利院看小孩儿叽叽喳喳地挖土堆。太阳高高地挂着，衬衫已经穿不住了，温延一身黑T恤，很吸热。

“来这儿干吗？”

温延懒洋洋地靠着那棵大槐树：“等。”

“等谁啊？”

温延拿了片树叶挡在脑门上，没搭腔，另一只手握着手机还在跟李靳屿打电话，开着免提：“弟。”

那边的人声音很懒，不太耐烦：“你叫谁弟？”

温延说：“叫你啊，你比我小两个月。”

“滚。我1993年的。”

温延笑了下：“说件正事。”

“说。”

温延刚要说话，不知道梁运安从哪儿逮住了一个十六七岁的小孩儿，连拖带拽地过来。温延将笑容一收，梁运安拽着小孩儿的后衣领，小孩儿的肚皮露出一大片皮肤，是个排骨少年。

梁运安一点下巴道：“在福利院门口扔死老鼠。”

“挂了，看来这把我要赢了。”

梁运安一头雾水：“你俩说什么呢？”

“没什么，我跟李弟弟打了个赌。”温延收起手机，懒洋洋地看了眼那个瘦弱的排骨少年，“走吧，带你认妈去。”

少年挣扎着道：“什么啊？去哪儿？你们是谁啊？我就丢只死老鼠而已！”

梁运安将他塞进车里，二话不说地铐上手铐，拍拍他不服气的小脑袋瓜道：“抓的就是你这个杀老鼠犯。”

“神经病啊！”少年破口大骂。

俩男人充耳不闻，把车往局里开。梁运安还是忍不住好奇地问了句：“你跟李靳屿打什么赌？”

温延开着车，看了眼后视镜里那个躁动地挣着手铐的少年说：“你还记得那天的审讯吗？方局长问她为什么突然松口。我跟李靳屿分析她所有的计划，其实到最后一步都是计划好的，心理学上有数据记载，大多数罪犯就算最后真的逃脱了法律制裁也是寝食难安的，全思云大概从来没想过要全身而退。她一早就想好了这场审判的结局，她跟李凌白没有一个人能全身而退。但李凌白已经众叛亲离，全思云是不想警方查到她的儿子。她跟方局说，人活一回，怎么也得留下点儿东西，或善或恶。”

“她的恶已经尽人皆知了。”

温延笑了下，继续道：“所以我就很好奇了，你说她留给她儿子的，是善还是恶？”温延说着，回头扫了眼车后座上的男孩儿，“是下一个‘引真大师’，还是高唱赞歌的好少年？”

“李靳屿赌什么？”

“好少年。”温延说，“不过看目前这情况，我可能快赢了。”

然而少年很快就被放走了，临走时还指着梁运安骂骂咧咧地道：“有毛病！全家都有毛病！警察了不起啊？”

方正凡坐在办公室里，优哉游哉地吐着茶叶末：“查了，那批老鼠都是实验鼠，脖子上绑红绳是因为实验鼠，怕丢在垃圾桶里被流浪猫狗给吃了。猫狗看见这种老鼠会避开。这事跟全思云没关系，就是一个小孩儿有点儿科研精神。”

温延一副吊儿郎当的样子，一点儿不觉得抱歉：“哦。”

梁运安狐疑地问：“那全思云的儿子还查不查了？”

“在麻省读书，不用查了。”

梁运安心中的大石头瞬间放了下来。

8月初，李凌白的账务被清查，瀚海阑干的业务全部被冻结，“引真”诈骗案和古董走私案，还有“6·28”特大自杀案全部正式展开调查，李长津索性回英国去了，等李凌白开庭再回来。

连日来的阴云缓缓散开，炙热的阳光落在警局门口，仿佛会跳跃的琴键，一级级蹿上台阶。里头的气氛终于轻松了些，因为这次自杀案受害者多，家属送来的花篮和锦旗都快把门口堆满了，方正凡正愁怎么处理呢，梁运安哼着小曲从他旁边走过，脚步轻快得不行。

方正凡和蔼可亲地冲他招了招手，并且大手一挥道：“你把这些花篮和锦旗什么的都给我送去李靳屿家里，就说是人民群众送给他的一点儿心意。”

第十八章
我有多爱你，这个世界就有多爱你

李凌白多次要求见李靳屿。

李长津去过一趟，叶濛去过两趟，就连钭菊花都跟她视频过一次，但叶濛始终没让她见李靳屿。

“是他不愿意见我？”李凌白穿着囚服，隔着那面玻璃，看起来面色冷然。

探监室里的墙格外高，叶濛仍是那晚的黑色西装，袖子捋到小臂处，靠着椅子，在满是粉尘的昏暗光束里，摇了摇头，告诉李凌白：“并不是，是我们没有告诉他，外公没有告诉他，奶奶也没有告诉他你想见他，甚至连梁运安、方局长、温延，都在尝试着保护他，因为怕你再说出让他难堪的话。”

李凌白浑身战栗，倒也不是懊悔，只是觉得自己曾经怎么甩都甩不掉的东西，怎么忽然就有一大帮人护着？

李凌白喃喃地问：“李卓峰怎么样？”

“因为你，他在学校里已经没有朋友了，所有人都知道他妈妈是个杀人犯，没有人愿意跟他做朋友。外公准备下个月带他去英国，李卓峰不愿意走。”

李凌白闭了闭眼，睫毛微微颤抖着：“让他走。”

叶濛没接话，狱警始终面无表情地在旁边立着。

而后，李凌白又开口："你跟李靳屿有什么打算？"

"过几天回宁绥，至于未来，我想你应该不会关心，不过我还是打算告诉你一下，我准备生三个小孩儿，我跟孩子们会非常非常爱他。"叶濛站起来说，"还有，如果你下次再闹着要见谁，没人会来看你了。"

李凌白那一瞬间有些恍惚，感觉自己已经分不清现实和梦境。看着叶濛的脸，她觉得遥远得像是汇聚在时光尽头的幻象，然后脑中倏地闪过几道白光，不知道为什么，那道白光变成了李思杨他爸的脸，脑中的画面似乎渐渐清晰起来——那时候她好像还在上大学，看见校门口那棵熟悉的老槐树底下那道穿着白衬衣的身影，很温润。虽然他长得一般，成绩平平，但他是她见过的最温柔的男人，是她这辈子最爱的男人。

画面一转，突然出现了李明轩的脸，那是一切噩梦的开端。

8月的雨格外绵长，风雨飘摇，绵雨如针，绿叶上盛着密密的雨珠，雨幕下的整座城市就像一幅道不尽儿女情长的缱绻画卷，风温柔，茎叶缠绵。

那晚从警局回来之后，叶濛直接带李靳屿回了丰汇园，没有回李长津那边。两人坐在保姆车里，夹在细雨蒙蒙的车流中一点点挪着。叶濛跟李长津通完电话后，转头看了看仰着脑袋闭着眼靠在座椅上一言不发的李靳屿，视线缓缓地从他干净突起的喉结往上挪。

那几天因为李凌白的事，他心情不太好，连眉头也是紧紧拧着的。叶濛锁掉手机，顺势用手探了下李靳屿的额头的温度："不舒服？"

"没有，"李靳屿直起脑袋，那双干净得像小鹿一样的眼睛侧过去看她，"外公说什么？"

叶濛同他对视了一会儿，然后别开头看向车窗外："没说什么，让你好好休息，他说他要去一趟英国。"

李靳屿哦了声，靠回去，头继续仰着，盯着车顶半晌后忽然开口说："我们在北京待一阵吧？我暂时不想回宁绥。"

叶濛再度回头，男人的喉结微微滚动，那道疤显得冷淡又疏离。她的思绪仿佛飘回两人刚认识那会儿，她当时万万没想到，那个在湖边看起来对女孩儿的搭讪游刃有余、神似“海王”的男人，其实是这么冷淡压抑的。

叶濛看着他，久久才嗯了声。

一路静谧，两人的影子被月光拉长，拖在地上慢慢前行、交叠，巷子里，树叶沙沙作响，墙角静静开着两株花，月光沉静如水，一切似乎都没怎么变化。

丰汇园这套房子他们有些日子没回来了，一拐进巷口，两人便看见院子里那棵挂满了果子的石榴树，叶濛的心情舒畅了一些，她双手紧紧抱住李靳屿的胳膊，仰头看着他说：“等这果子结好了，我给你炒石榴果子吃，好不好？”

李靳屿睡了一路，人很迷糊，双手插在兜里慢悠悠地往家走，在昏黄的路灯下，低头瞧着她。在南方这么多年，他好像也没听过这东西，笑着问了句：“炒什么？”

“石榴果子，你没吃过吧？能炒青椒和黄豆，小时候奶奶说，秋天吃这个能去湿气，南方人会拿这个当药引子吃，”叶濛好奇地看着他，“你们北方没这个吗？”

“北京没有，”李靳屿想了想，又完善了一下说法，“也可能我没听过。”

“我炒给你吃啊。”

两人走到门口，李靳屿仍被她抱着手臂，另一只手从兜里拿出来，边把密码锁的盖子滑上去准备摁指纹锁，边漫不经心地跟她搭话，懒懒地说：“不要，我怕你把厨房炸了。把厨房炸了就算了，把你炸伤了就是多此一举，你给我离厨房远一点儿。”

啪嗒一声，他把密码锁开了，叶濛正要同他据理力争的时候，却听见院子里传来洗衣机轰隆隆的运转声。两人互视一眼，下一秒，忽见客厅里晃过一道干瘦的身影，叶濛脱口而出道：“周雨？”

周雨也是一怔，没想到他俩今天会回来，满脸惊讶，眼神却是兴奋的：“叶濛姐、老板，你们回来啦！”

“哦，你还活着。”李靳屿不咸不淡地说道，然后关上了院门。

周雨：“……”

屋内被他收拾得一干二净，到处都反着光，灯开得亮，还挺扎眼。叶濛坐在鞋柜上，脱掉高跟鞋，光脚踩在地上，迫不及待地问周雨：“你这阵子去哪儿了？”

李靳屿则漠不关心地靠着玄关处的墙，弯腰从鞋柜里把叶濛的粉色拖鞋拎出来，丢到她面前：“先穿上。”

叶濛心不在焉地套上拖鞋，眼神还在周雨身上：“我还以为家里没人呢。”

周雨看了眼那个冷漠的男人，小心翼翼地观察着他的脸色，心想：靳屿哥拿他当挡箭牌这件事要是被姐姐知道，姐姐估计又要生气，还是别说了。他绞尽脑汁地想着，最后磕磕巴巴地道：“我、我、我回广东了。”

说完他看了李靳屿一眼，后者根本没搭理他，自己换了鞋直接手插着兜回卧室了。

周雨暗暗松了口气，可不想他俩再因为自己吵架了，又强调了一遍：“对，我回广东了。”他后来也确实回了一趟广东，不算撒谎吧。

叶濛进去倒水喝，倚着开放式厨房的流理台，随口问了句：“你回广东做什么？”

周雨回头瞥了眼客厅墙角处的行李包，支支吾吾地说：“我把行李都拿过来了，我、我……打算留在北京。”

叶濛顺着他的视线看过去，这才注意到客厅墙角处丢着几个五彩斑斓的行李麻袋，有点儿不可思议地抿了口水：“你打算留在北京？”

“姐，呃……你别想多，我没打算住在这里。我已经找好工作了，而且老板预付了工资给我，我在外头租好房子了，这几天就是过来帮靳屿哥收拾一下屋子，然后把指纹删掉，顺便跟你们道个别。我没想到你们这段时间一直没回来，才一直在这儿等的。”周雨忙解释道。

叶濛见他紧张兮兮的样子，正要说住在这里也没事啊，反正她跟李靳屿该做什么照样做，却听到身后传来懒洋洋的声音：“你这脑子能找什么工作？”

周雨回头，李靳屿身上的衬衫的扣子解得差不多了，皮带也抽掉了，房间内淡黄色的光线下，隐隐可见腹部的平薄腹肌。李靳屿似乎准备去洗澡，脖子上挂着毛巾，两手揣在兜里，懒懒地倚着墙看着他。

周雨当然没好意思说，他找了个家政工作，其实就是男保姆。万事开头难嘛，等他攒点儿小钱之后再看看能不能做点儿别的事。

李靳屿从他的眼神里也猜到了，没说什么，转身进厕所前丢下一句："我跟姐姐过段日子要回宁绥，你留在北京正好，这房子一周过来帮我打扫一次，我给你工资。"

周雨羞赧地挠了挠脑袋，哪还好意思要工资："不要、不要，我一周过来一次就行，不用给我工资，你们帮我够多了。"

"你记得姐姐帮过你就行，跟我没关系。"说完李靳屿便关上了门。

周雨知道李靳屿这话是什么意思，就是以后有了出息一定要记得报答姐姐。

老板这人就是这样，除了姐姐，最好谁都别惦记他，他嫌麻烦。

虽然说靳屿哥二十七岁了，可是那张脸看着就跟二十出头似的，白嫩嫩的，特别干净，笑起来其实很张扬。不过他很快就会在所有人都意识到之前收起这股张扬劲儿。周雨虽然无法完全对他感同身受，但多少知道他为什么这样——这是从小在家庭冷暴力环境下长大的小孩儿特有的察言观色和小心翼翼的行为。

周雨想起几个月前第一次在机场见到他，是真的惊艳，就好像自己灰扑扑的世界里突然出现一幅色彩分明的画卷。靳屿哥特别像春意最浓时，树梢上最茂盛、最鲜绿，甚至带着雾气和春水的那一片叶子，干净明亮。

周雨从没见过长得这么标准的男人，就好像一把行走的标尺，让人看着觉得再顺眼的男人，往他旁边一站，哪儿都缺点儿意思。不论从身高还是身形、腿长、五官等来说，李靳屿当下便能把人都衬得黯然失色。

因为他长得太标准，反而在乍一眼瞧见的时候，会让人觉得是个普通帅哥，但凡仔细再瞧一眼，就会不自觉地被吸引住。叶濛姐说当初第一次见靳屿哥也是这种感觉，不仔细看就是个普通帅哥，但越看越觉得他不普通，很让人惊艳，甚至堪当人间第一流的长相。她那时候深深觉得，这样的人，她不会再遇到第二个。

周雨本来以为李靳屿是最好骗的一个，却没想到，他不同于勾恺的高冷算计，也不同于郜明霄没皮没脸的插科打诨，李靳屿就算插科打诨也透着一股真诚。周雨好几次差点儿被他骗了。比如自己被李凌白绑架那次，李靳屿让那位“AK47大哥”不要碰他的灯笼须须的语气，听着像是开玩笑，但其实是格外诚挚的。

也是，涉及姐姐的事情，靳屿哥从来不开玩笑。说来也很奇怪，周雨见过很多外表比靳屿哥更有男人味的男人，腹肌偾张，胸肌健硕，青筋夸张地凸在皮肤表面上，看着让人很有安全感，一拳能打死两个他。可那些人都没有李靳屿这个长得像韩国偶像的男人给人的安全感来得强。

周雨感天动地地想着，就算冒着被靳屿哥打的风险，他还是得告诉姐姐一些事。

“叶濛姐。”周雨鼓足勇气开口道。

叶濛其实已经有点儿心不在焉了，喝着水，满脑子都是李靳屿方才解了衬衫扣子靠在墙上的样子，有些漫不经心地嗯了一声。

周雨郑重其事的表情，让叶濛也下意识地收了些心，准备放下手中的杯子洗耳恭听，却听他缓缓开口说：“其实那天在厕所，他没对马猴做什么。他好几次想动手的，最后都忍住了。他说怕你不高兴，怕你生气，怕你不理他。”

叶濛端着杯子没动，整个人完全怔住。

月色安静无声地铺在地上，好像透着世俗的平静，猫在墙头叫着春。

周雨抬起眼皮悄悄瞥她一眼，观察着她的神色，继续道：“有件事你可能不知道，马猴那件事之后，你们不是有很长一段时间没见面？”

片刻后，叶濛的大脑稍稍恢复转动：“嗯，他说他被他妈妈盯上了，让我暂时别找他。”

周雨一本正经地重重点着头：“对的，他确实被盯上了，还有一个原因他可能没告诉你——那段时间他在看心理医生。”

叶濛一愣，马上放下手中的水杯：“什么时候？”

“就是发生马猴那件事后，别、别紧张，现在好多了。”周雨摇了摇头，看着她说，“那天你俩在天台吵架，回家又和好了，但是第二天在你离开之后，他想了很久，觉得还是自己的问题。他问我他是不是对你的事情太敏感了，”说到这里，周雨苦笑了一下，“说实话，那个时候我没有像现在这么了解他，还是挺怕他的，甚至觉得他有时候有点儿霸道和幼稚。那段时间他就一个人吃药看病，我觉得他挺可怜的，好像身边也没个理解他的人。”

所有人都觉得他幼稚、霸道，可没有人尝试着站在他的角度理解他。他一个自我封闭了五六年的人，能成熟稳重到哪里去？

周雨越想越觉得靳屿哥可怜，都要哭了，吸了吸鼻子看着窗外，这会儿雨停了，爬满藤蔓的墙头，淡淡的余晖铺洒着，树叶随风轻轻晃荡，雨水顺着树叶缓缓地往下滴落，地面湿漉漉的，空气难得地清新干净。那只常年偷看李靳屿洗澡的小猫不知道什么时候蹿上了墙头，悠悠地趴着，偶尔戳着两只前爪，伸个懒腰。

周雨看着那只猫，小声地说：“叶濛姐，你别看我年纪小，但我也知道很多男人的想法，有些男人是善于哄骗女人的渣男，但靳屿哥绝对不是，他比他嘴上说的更爱你。如果他说他想你，那一定是很想很想你；如果他说他想你想得快疯了，你最好马上去见他；如果他说他爱你——那你记得把这句话再乘上三千遍。”

那晚，李靳屿那个澡洗了将近两个小时，等他出来的时候，已经将近凌晨一点，周雨早已呼呼大睡。他的那些五彩斑斓的行李麻袋都整整齐齐地堆在门口，似乎打算明天一早就离开。叶濛还坐在沙发上边看电影边等李靳屿，手边泡的两桶泡面都凉了，电视机屏幕幽蓝色的光照在她身上，她看着神采奕奕的，还挺精神。

李靳屿的头发还没吹，湿漉漉、乱糟糟地堆在头顶。他一身宽松的黑色运动服，宽松的长裤加上拉链拉到顶的运动上衣，不知道为什么，叶濛有点儿想起在湖边刚遇见他的那晚，他好像也是这样的打扮，有少年人的干净阳光，又莫名有种不容人侵犯的禁欲冷淡气质，其实看着很有味道，有点儿韩国偶像的感觉。他一边用毛巾擦着头发，一边走到叶濛身边坐下："不困？"

叶濛屈着两条腿靠在沙发上，仰头看着他在自己身边坐下。不知道是不是自己的错觉，她发现这个男人洗完澡好像又白了一个度，有点儿奶白奶白的，她又心动了一下，心跳如擂鼓。她轻轻地捏了捏他的耳垂，温柔地说："你怎么洗这么久？"

李靳屿任由她捏着，擦完头发，毛巾还挂在脖子上，没回头，弓着背坐在沙发上给自己点了支烟，慢条斯理地抽着，手肘抵着膝盖，目光盯着电视机陪她看电影，时不时弹一下烟灰，说："没，不小心在浴缸里睡着了。"

"今天怎么想到用浴缸了？"

"刚发现有个按摩功能。"

叶濛转身将他压在沙发上，跨到他身上坐着玩他胸前的拉链："带按摩的？啊，你怎么不叫我？一起啊。我最近做蛋糕做得肩颈好酸。"

李靳屿往后靠，怕烫到她，下意识地抬起夹着烟的手，整个人仰在沙发上，下巴一抬，示意她把茶几上的烟灰缸拿过来，然后放在他身旁的转角矮几上。他侧头弹着烟灰，懒洋洋地说："你别泡了，周雨用那个浴缸给那只流浪猫洗过澡，我刚刚洗浴缸洗了快一个小时。你想泡明天我再订一个？"

"洗干净不就行了？你都泡了，我为什么不能泡？"

李靳屿不说话了，垂着眼皮，神情淡淡地弹着烟灰。叶濛在电光石火之间突然反应过来，某天早晨他俩在厕所的时候，周雨那个光秃秃地躺在浴缸里的脑袋。

"好吧，你再订一个。"叶濛说。

"嗯。"

然后两人无话，屋内外都很安静，依稀能听见厕所里滴答滴答的水声。气氛像是嗞嗞响的星火，慢慢在升温，两人视线纠缠，火热地碾着彼此。叶濛感觉如临深渊，浑身毛孔都在战栗，他在摸她。这种李靳屿式的半吊子调情，让叶濛从心尖一直麻到脚尖，脚指忍不住蜷起。李靳屿一只手夹着烟，另一只手从她的胸口的衬衣摸进去，一一挑开扣子，露出眼熟的黑色蕾丝薄布料，甚至非常欠扁地拎起来弹了下。

叶濛有些恼地捂住胸口："干吗呢？"

他笑了下，另一只手弹着烟灰说："这是买了几件？好像就没见你换过？"

换作平时叶濛肯定毫不留情地上手揍他，但今天无论他做什么，她都没办法对他生气了，不光是感动于周雨的那些话，还因为知道他心情不太好，连说话都吊儿郎当的，是压着火的。

"你看腻了？"

他居然还老实地点了点头："有点儿。"

叶濛跨坐在他身上，幽怨地看着他："……"

李靳屿大大咧咧地仰靠在沙发上，几乎是能看到天花板的弧度，将烟递到嘴边抽了口，垂着眼，要笑不笑地看着她，慢悠悠地吐了个烟圈出来，然后一手夹着烟搁在沙发扶手上，一手居然从她解开的衬衫扣里穿进去，摸到她的腰，顺势将她压到自己身前。两人鼻息贴着鼻息，他低头看着她问："生气了？"

"怎么可能。"叶濛笑了下。

"我开玩笑的。"

"我有那么容易生气吗？"

李靳屿慢条斯理地抽着烟，看着她，手上动作还在继续，力道轻重不一，没说话。

叶濛受不住被他这么摸，低头含住他的喉结，那戳人的骨感抵上她的舌尖，她心头又是一阵麻麻的。她是第一次发现，"想"这件事，并不是远隔千里，即使在他怀里，她仍想李靳屿想得发疯，闷闷地出声询问他："你累吗？"

李靳屿一副无所谓的样子，低头看着她："还行。"心照不宣地同她对视一眼。

他慵懒地靠在沙发上，运动服拉链已经被她拉开，里头什么都没穿，胸肌、腹肌丘壑分明，一览无余，还有那条性感分明的人鱼线。他的裤子拉得有点儿低，人鱼线几乎完整地暴露在她面前，显得性感又张狂。她隐隐还能看见——

叶濛感觉脑子轰然一炸，却听他又补了一句。

“不过家里没套。明天？”

叶濛二话不说堵住了他的嘴，舌尖滑了进去。彼时时针走向一点半，客厅里的电视已经被关掉了，取而代之的是激烈的接吻声。月光穿过密密的树梢，在客厅的落地窗外落下斑驳的光影，直到那灯一关，墙头另一端的狂风暴雨抑或是春和景明都与他们无关了，至死沉溺在彼此给的温存里。

隔壁屋，周雨似乎听见了细微的声响，丝毫未觉地翻了个身，揉揉眼睛继续睡去。

两人纠缠在沙发上，李靳屿温热的气息贴在她的耳边，有些紊乱。叶濛的心跳前所未有地快和猛烈，带着明目张胆的刺激。窗外的树叶水都快干了，底下留下一摊洇湿的痕迹，墙头垂着的叶片经过绵绵细雨的洗涤过后，似乎变得更加饱满和鲜嫩。

因为夜里格外静谧，落针可闻，两人的接吻声响变得格外缠绵和暧昧，别说李靳屿，连叶濛听在耳朵里都觉得他俩有点儿如饥似渴。可此刻她只想这么吻他，用尽她全部的力气吻他。

李靳屿整个耳根都是红的，叶濛趴在他身上，迫使他仰着头同她亲密接吻，她甚至停下来坐在他身上。李靳屿靠在沙发上，眼神隐忍深沉地看着她喝了一口水，直到叶濛低头含住他的唇给缓缓喂进去，然后又停下来，看着李靳屿滚动的喉结，乖乖咽下去。她心跳疯了一样，整个人发烫，喃喃地在他耳边问：“好喝吗？”

“嗯。”李靳屿这种时候都乖得不行。

叶濛受不了他这一副任她蹂躏、欺负的病娇样，心跳如擂鼓，大脑里流转着嗡嗡响的余韵，心尖发着麻。她捧住他的脸，嗓子都哑了：“还喝吗？酒柜里还有酒。”

“好。”

他眼神暗沉、压抑，却还干净清澈，好像墙头那月光，背后压着狂风暴雨。

喂了两杯酒之后，两人身上简直是摩擦的火球，叶濛觉得自己要着了。血液在身体里疯狂地冲撞着，她饱含深意地看了他一眼，然后慢慢地从李靳屿身上爬下去，直接跪在他的两腿之间，抽开他的运动裤绳。

李靳屿蓦然一怔，才察觉到她要做什么，下意识地拿手捏住她的下巴，嗓音暗哑：“干吗你？疯了？”

叶濛拍他的手：“撒手，让我试试。”

李靳屿捏着她的下巴不肯撒手，力道反而又重了，迫使她抬起头：“你给我起来。”

叶濛发现他其实是害羞，耳根红得不像话：“过了这村就没这店了，你确定你不要？”

“为什么突然这样？”他眼睛红红地低头看着她，眼神明明是兴奋的。

她一边解开他的运动裤，一边说：“不是突然，是听人说，有些男孩儿十几岁就感受过了，我就挺难过的。我的宝贝，十几岁还没女朋友，还被一个人丢在美国。”

李靳屿松了手，靠在沙发上，有些心虚地别开头，好像有点儿卖惨过头了。叶濛不会以为他在美国也是个写作业写出老茧的乖乖仔吧？那可就误会太大了。美国开放式教育，课外活动时间远远多过课堂的授课，他大多数时候跟那些不良少年在混，抽烟、喝酒、打架。

他想说：“我在美国……其实还……”其实还挺不错的，现在他都还偶尔怀念那边的威士忌。

李靳屿是打算实话实说的。

谁知道，叶濛已经有了动作，极尽温柔，甚至抬眼看着他，有着说不出的春情，还不忘回应他的话：“嗯？”

那一瞬间，李靳屿脊背发麻，全身的神经好像疯狂跳起来，贴着他的头皮和心跳。

“其实还挺惨的，”李靳屿仰着脑袋靠回沙发上，一副无可奈何的样子，看着天花板叹了口气，“刚去的时候其实英文不太好，买个三明治都磕巴，也不愿意跟人交流，有时候就一个三明治吃三天。”

他刚去的时候英文虽不如现在这么好，但好歹在众中国学生中算是脱颖而出，连校长都对他赞不绝口，怕他不习惯当地的饮食，还特地给他介绍了几家物美价廉的中餐馆。而且，当时那个学校中国人非常多，北京就有一帮孩子，男男女女都有，因为确实也吃不惯当地的菜，好在那时候有个寄宿家庭的妈妈愿意给他们做饭，他们那伙人便每月交一笔钱给她，吃得倍饱。

三明治，不存在的。

“你怎么这么可怜。”叶濛深信不疑。

“没事，都过去了。”他不要脸地道，随之闷哼，“轻点儿。”

第二天一早，周雨一刻也没耽搁，叫了货车准备把行李先运走。李靳屿和叶濛两人坐在开放式的厨房餐厅里，姿态懒散地靠着，面前各摆着一碗黑米粥。叶濛好像没什么胃口，没怎么吃，拿着李靳屿的手机在刷微博，李靳屿则吃了一半，靠在椅子上，跟周雨有一搭没一搭地聊闲天，大致就是告诉他，北京有哪些小胡同巷里的东西正宗好吃还便宜，哪些是专门骗外地人的。

“你要实在不知道吃什么，就去牛街，那边差不多都是老北京开的店。”他说。

“好，记住了。”

“不过约女孩子还是尽量下馆子，绅士点儿。”

“好！”

“对了，方雅恩又结婚了 ”叶濛突然想起来说。

“厉害。”

叶濛剥了个鸡蛋塞嘴里，话语含混，倒也听出超级羡慕：“真的，也是个弟弟，听说这次这个真的超难追。”

“我是不是太好追了？”李靳屿靠在椅子上，斜睨着她。

“……”

叶濛半口鸡蛋噎在嘴里。

这是一个很平静的早晨，窗外蝉鸣不停，金灿灿的光落在地上，万物都辽阔分明，爱恨也变得浪漫而明朗，所有的情绪似乎都消散在这些细枝末节里。

周雨离开的时候，悄悄地替他们关上了门。

其实那次在车上，周雨以为靳屿哥怎么也得是个含着金汤匙出生、养在城堡里的金贵小少爷，根据他以往的经验来说，这样的男人长得越极品，越有钱，性格越差，什么话侮辱人，就拣什么话说，至少他们学校当时的富二代就是这样的。然而他没想到，靳屿哥比另外两位富家小开更随和，更好说话，甚至主动问他跟姐姐是怎么认识的。靳屿哥身上没有那种人情世故的老到，就是透着一种对万物不喜的孑然和冷淡，但跟他聊天便会知道，他随性又礼貌，当得起少爷，受得了平庸，真真是人间第一流的人。

其实那天他们在车上聊了很多，靳屿哥还告诉他北京哪里的豆汁最好喝，哪家豆腐蛋糕最正宗，还挺真诚地劝他，吃北京烤鸭千万不要去全聚德。

再见啦，人间第一流的靳屿哥。

再见啦，叶濛姐。

山水迢迢，我们把所有的理想和热爱都写进风里。

祝艳阳都漂亮，云层都高远，小鸟都自由，星河都辽阔，灯火长明，未来的每一天，都浪漫至死。

李靳屿，我有多爱你，这个世界就有多爱你——叶濛。

（正文完）

番外合集

（一）掉马

李靳屿最近越来越过分了，叶濛有点儿管不住他，不知道是不是被她惯的。叶濛跟方雅恩说这话时，李靳屿正在球场上打球，好像听见了似的，眯着眼睛朝她这边瞥了眼，惹得邰明霄不满地大吼：“‘傻白甜’！你给我专心点儿！”

李靳屿顺势收回视线，低头带球过人，随手把球投了，啪，球进筐，落地，又跩又让人无话可说，声音懒散：“哪里不专心了？”

邰明霄无声地骂了句：你个弱鸡，当我不知道呢？那狗眼睛往场外看了不知多少眼了，还惦记着呢，狗东西。

八月天热，尽管临近傍晚，晚霞仍烫着皮肤。叶濛外头套着一件牛仔外套，看着挺保守的，其实穿得可带劲儿了，里头大概是一件比吊带布料更少一点儿、看起来比文胸布料似乎又多一点儿的背心，露着小巧的肚脐和纤细的腰部，短裙下的长腿笔直匀称，哪儿都精致、漂亮。

电话那头，方雅恩吹着空调，津津有味地吃着西瓜，一边督促陈佳宇写作业一边说：“都是你自己宠的，受着。”

叶濛不觉得，还挺乐在其中地撑着手往后一仰，目光优哉游哉地看着场上的男人：“只要他不嘴贱的时候，我还是很愿意疼他的。跟李靳屿谈恋爱，你就会不自觉地想要把全世界最好的东西都捧到他面前。”

方雅恩往瓜瓤里扔了几块陈佳宇刚捣好的碎冰，混着搅了搅颇有心得地说：“因为他以前过得太惨了吧，不过人家再惨也是个有钱人家的小少爷，你也别母爱太泛滥了，男人可不能这么惯，越惯越浑蛋，总有一天会被你惯出毛病来……”

叶濛知道她接下来要说什么，悄悄把电话拿远，两手撑在椅子边沿上，目光盯着李靳屿。他这会儿没看过来，弯腰在绑鞋带。旁边有个十七八岁的男生大概是不小心踩到他了，一个劲儿地弯腰跟他道歉，他很客气地说了声没事。说实话，他怎么看都没比这些小孩儿大多少，旁边那小孩儿还随口跟他搭讪：“哥，你们什么时候开学？”

“下个月吧。”李靳屿脸不红心不跳地说。

又开始骗小孩儿了，李靳屿最近仗着有叶濛宠，真是肆无忌惮。邰明霄也说他最近有点过头了，聊天都知道带表情，也不会只回一个句号。

电话那头，方雅恩还在喋喋不休地说：“你干脆以后吃饭都喂到他嘴边，宠成变态了你。”

叶濛一脸无奈：“你跟他谈恋爱试试你就知道，你根本忍不住。”

方雅恩半开玩笑地说：“好，你帮我跟李靳屿预约一下，我也想试试。”

“滚。”

“我跟你说认真的，你别不当一回事啊，哪有人宠男朋友给宠成这样的！”

方雅恩说完挂了电话。

球场上，邰明霄忍不住在心里骂街。这两个人，恐怕早已暗度陈仓、狼狈为奸。他的小眼神儿在两人身上来回扫了一会儿。

大约是察觉到邰明霄紧追不舍又神秘兮兮的眼神，李靳屿回头扫了他一眼：“干吗？”

“没什么，”邰明霄囫囵揭过，语气有些不自然，“你们先打，我去上个厕所。”

一进厕所，邰明霄就给在英国出差的勾恺发了一条微信：“叶濛今天来看‘傻白甜’打球了，我觉得他俩的关系不太对劲儿。千万别是我想的那样啊，那我真的会跟李靳屿绝交的。”

三观不允许他跟这样的男人交朋友，如果李靳屿真的连已婚女人都不放过。

邰明霄蹲在地上，有些难受地捂住眼睛，又追悔莫及地狠狠捶了自己的胸口两下，都怪自己，当初就不应该介绍他俩认识，呜呜呜。

手机叮咚一声，勾恺的微信很快回了过来。

“叶濛之前不是说她回宁绥陪老公了吗？怎么又回来了？”

邰明霄：“鬼知道。反正她是过来看‘傻白甜’打球了。而且他俩那眼神，我觉得他俩保不齐已经上过床了。”

勾恺：“……”

勾恺：“李靳屿不是这种人，做兄弟的，这点儿信任总要有吧。”

邰明霄：“那天在车厂他都强吻叶濛了！”

勾恺：“你先盯着，等我回去我找他聊聊。”

“好。”邰明霄收了手机，准备出去，正巧碰见进来上厕所的黎忱，愣了愣：“结束了？”

黎忱站到小便池前面：“不然？”

邰明霄：“李靳屿呢？”

“买水去了。”

邰明霄马不停蹄地追到小卖部，又回到篮球场，空无一人，最后在停车场看到了靠着车门抽烟的李靳屿。他噔噔地跑过去，四下没看见叶濛，怔怔地看着李靳屿：“那位姐呢？”

李靳屿弹了弹烟灰，看了看他，下巴朝外面一点：“上厕所。”

邰明霄二话不说跟猴子抢座似的，占了李靳屿的副驾驶座，啪地关上门，正儿八经地说：“你、你……送我回去。”

李靳屿：“你的车不要了？”

“我不管，你先送我。”邰明霄小媳妇儿一样扭着身子，一副打死也不肯下车的样子。

李靳屿抽着烟，看了他一会儿，然后慢条斯理地把烟踩灭，懒洋洋地点着头说：“行。”

李靳屿其实没打算瞒着自己和叶濛的关系了，是想找个机会请大家吃个饭，等人到齐了，再把结婚证往桌上一甩，这件事就算揭过了。他是这么计划的，但计划赶不上变化。前阵子黎忱一直在国外比赛，这阵子勾恺又天天出差，人是怎么都凑不齐，这种事发微信说也显得有些不够真诚，毕竟他骗了大家这么久。

但事情渐渐有点儿朝着失控的方向发展。

郃明霄在副驾驶座上坐了会儿，等叶濛上完厕所回来，百无聊赖地准备打开电台的时候，余光就那么敏锐地瞥见一个白色的长条小盒子。

这玩意儿他可太熟悉了。

以前看见这玩意儿他就心惊肉跳，他有女朋友那阵子，每个月得上药店买一回这东西。

李靳屿那时也已经上了车，刚打完球一身汗地坐在驾驶座上，车窗降着，一只手搁在车窗外，懒洋洋地坐着。其实他很少打球，上学时打得还挺多，这几年几乎没怎么上过球场，所以很少有这股精神意气，看着可真令人心动，像个情窦初开的少年，身上莫名有股风流气。

枝头的夏蝉叫个不停，晚霞披在树梢间，多么纯洁美好、充满青春气息的傍晚。

然后一根验孕棒被郃明霄从车扶手里抽了出来，手颤颤巍巍的，脸上带着不可思议和绝望，甚至想把李靳屿就地正法的表情。

郃明霄："渣男，你给我说说，这玩意儿是什么？"

"李渣男"把手抽回来，搁在方向盘上，另一只手把车里的空烟盒给捏瘪，抬头扫郃明霄一眼，冷淡地道："验孕棒不认识？"

"谁的？叶濛？"

"嗯。"

郃明霄的声音更颤，他觉得现在他的大脑已经要炸掉了，全身细胞都在叫嚣着要跟李靳屿绝交，血液轰隆隆地不受控制、争先恐后地冲进大脑里。

最后他劝自己不要冲动，深深吸了口气，试图挽救迷途少年一样，冷静地同李靳屿说："兄弟，你说说，为什么？"

"什么为什么？"

“为什么偏偏是叶濛？全世界那么多女人，你找谁不好，偏要找她？”郜明霄咬牙切齿，以有点儿不得不承认的口气说，“对！她长得是很漂亮，身材也很好，但是人家有家庭！我跟你说了多少次了，别找已婚的人，你不听是不是？”

“不是——”

郜明霄却举起一只手来示意他别解释了，另一只手捂着脸一言难尽地说：“好了，你别说了，我知道，我是男人，我懂。”但他话锋一转道，“听我的，兄弟，跟她断了。”

“你把你前面那个中控的夹层打开。”

“哪个？”郜明霄一愣，但还是顺势摸过去，“这个？”

李靳屿点了支烟，手肘懒洋洋地支在车窗外，垂眼睨他，嗯了声。

“然后呢？”郜明霄问。

“李渣男”没看他，慢悠悠地在瑰丽沉没的晚霞里抽着烟，视线从前挡风玻璃上看出去，看着叶濛从厕所出来。她已经把牛仔外套脱了挽在手臂上，里头那件衣服布料少得要命，她说这叫BM（Brandy Melville时尚品牌）风。她穿成这样确实漂亮得要命，而且看着也很难追的样子。李靳屿眯着眼抽烟，盯着她，估算着如果这里是他们相遇的起点，一切从头开始，他用多久能追到她，嘴上还在对郜明霄说：“把最上面那个红色的东西拿出来。”

郜明霄将东西抽了出来。

不知道叶濛还在跟谁发语音，手机抵在嘴边一边说一边往他这边走，李靳屿把烟掐了：“读一下。”

“结婚证，男，李靳屿——”

“什么？”郜明霄的声音震惊地划破整个长空，好像连远在英国正在和客户喝红酒的勾恺都呛了一下。

李靳屿示意叶濛别走了，他把车开过去，人靠着驾驶座，踩下刹车启动车子，打着方向盘，边看后视镜边说：“懂了吗？勾恺嘴里那个小镇老公就是你爷我。”

车子挪到了厕所门口，等叶濛上车。夕阳沉没在头顶，视野里，晚霞红彤彤一片。黎忱正巧也从球场的公共厕所里出来，看见郜明霄像个兵马俑一样一动不动地坐在李靳屿的跑车的副驾驶座上，还是个强行被人喂了一颗鸡蛋卡在喉咙里发不出一点儿声的“兵马俑”。

而驾驶座上那位爷，手搁在窗外，一副“看完了就给爷放回去”的嚣张表情。

当然，这事黎忱是知道的。他应该是第一个知道的，大概就是那次飙车强吻事件过去没多少天，李靳屿就直接告诉他了，两人当时喝着车厂里快过期的啤酒，闲聊着天，李靳屿一股脑全倒了，有点儿倾诉的意思，黎忱当然是最好的听众了。

当时黎忱咬着根烟，问了句：“她提的？”

“嗯，”李靳屿靠在车厂的轮胎椅子上，两腿懒懒地叉着，一手搁在腿上，拎着酒，有些自嘲地喝了口，喉结滚了滚，“当时她要回北京，我觉得她耍我，就提了分手，然后她说我要是不相信她就结婚。你说她渣不渣，自己要走，还想拿结婚这种事绑住我，但我就是喜欢。”

“这么听来是有点儿渣。”黎忱抱着胳膊点了点头。

李靳屿又莫名不爽了：“我就随口一说，哥你不用在这儿附和。”

黎忱笑了笑：“郜明霄说你是‘傻白甜’吧，我一开始觉得挺不贴切的，顶多是个白切黑，但是这么一看，我觉得你真的挺‘傻白甜’的。结婚这么大的事你怎么也得考虑一下啊，好歹你身家背景都在这儿，你就算烂在那个镇上，真以为你外公会放任你啊？还好叶濛人不错，要是真遇上个女PUA（搭讪）或者胃口再大点儿的，你怎么办？”

李靳屿将啤酒罐捏得咔咔作响，垂着眼皮，一副低眉顺眼、认真受训的模样，乖得不行，但话是踐的：“你以为我没碰见过？”

黎忱挑眉，洗耳恭听。

“你还记得我以前上高中时，李思杨的大学的一个学姐吗？叫什么我忘了，反正学法语专业的。对方天天到我的学校门口等我，请我吃饭，送我各种乱七八糟的东西，我那会儿刚从美国回来，国内除了你们没什么朋友，一直把她当姐姐。我那会儿才上高中，她好像很懂那种十七八岁的男孩儿的心理，把自己营造成各种爽朗洒脱的知心姐姐形象，然后又对我各种暗示。她来找李思杨的时候，老进我的房间，二话不说就往我的床上躺，我那阵子天天洗床单。李凌白还以为我天天打飞机，不要脸。”

黎忱仔细回忆了一下，印象中好像还真有这么一个人。那女的长得挺漂亮，性格也很辣，会八门外语，雅思、托福都是全飞的，跟李思杨和黎忱的关系都不错。因为她性格洒脱，他们也都没注意，把对方当个男孩子一样相处，谁知道私底下一个劲儿地骚扰他们的弟弟李靳屿，之后就没再跟她来往过了。后来过了好长一段时间，论坛上爆出一个帖子，有人挂了这个女的，说她是个女PUA，专门勾引男高中生。

黎忱跟李靳屿这么多年关系是挺近的，身边的人都拿李靳屿当弟弟照顾。追他的人确实很多，尤其是姐姐们。

“你长得是挺招姐姐们喜欢的，”黎忱总结了一下，叹了口气，“像我，从小就没有这种困扰，姐姐们都怕我追她们。”

“……”

邰明霄还是不太相信，反复研究，甚至上网百度了结婚证的真伪，一本正经地问黎忱：“哥，你说这玩意儿造假犯法吗？”

黎忱弯腰将手搭在他这边的车窗上，笑眯眯地说：“要不要我拿我家里那本给你参照一下？”

邰明霄大吃一惊：“你早就知道这个秘密？”

“比你早一点儿。”

“……”

完了。

漫长的沉默间，太阳都下山了，星光与晚霞接轨，暮色四合，身后的球场上多了些跳广场舞的阿姨。邰明霄感觉乌云罩顶，看看黎忱，又看看驾驶座上那位爷。

——懂了吗？勾恺说的那个小镇老公就是你爷我。

你爷我。

爷。

其实李靳屿很少用这种吊儿郎当的口气说话，除非有点儿不爽，或者被人戳到痛点了。

邰明霄感觉自己头顶悬着一把达摩克利斯之剑，小心肝颤巍巍的，手悄悄扶上门把想溜下去，结果黎忱在车外站着跟叶濛聊天，门一打开，砰一声猝不及防地给弹了回来。

这他妈是堵墙啊。

“跑什么，想给勾恺打电话啊？”

“没有，我下车抽支烟，缓口气。”

郜明霄是想打个电话告诉勾恺，暂时先别回来了。

李靳屿笑了下，手抵在车窗上，又慢悠悠地抽了口烟，吐着气说：“你怕什么？是勾恺要追我老婆，又不是你要追她。”

“勾恺……也是一时冲动，上次也就在办公室送了一次花说要追她而已，你千万别想多。”

李靳屿突然回头看他。

郜明霄感觉头皮一紧：“怎、怎么了？”

“哦，都送花了，什么时候的事？”

郜明霄震惊地道：“你、你、你不知道？”

“不知道啊，”李靳屿靠在驾驶座上，懒懒地弹着烟灰说，“她没告诉我。”

“……”

“当我没说……”

对不起，勾恺，你还是在英国把自己埋了吧。

三辆跑车开出篮球场，轰隆隆的声音引得路人频频侧目。叶濛看着夜风里伫立的行人，靠在副驾驶座上问他道：“这车你准备开回宁绥啊？”

李靳屿跟在最后慢慢地汇入车流中，单手打着方向盘，扫了她一眼：“不开。”

“那就好，这车可太拉风了，而且发动机震天响，老太太们平时睡得早，这车晚上都开不出去，在镇上很扰民的。”

“嗯。”

叶濛刷着手机，随口问了句：“验孕棒买了吗？”

“买了。”刚才去打球的路上他在附近的药店买的。李靳屿开着车，侧头说："在你那边的车门底下那格里。"

两人关于怀孕这事其实也挺心照不宣的，真要那么倒霉怀上了，也只能生下来，打是不可能打掉的，但最好还是没有。他俩都觉得跟对方相处的时间还不够。

"买了三种，你每个都等上五分钟，黎忱说这样准点儿。"李靳屿把车停下来，前面有个公共厕所。

叶濛心想这小浑蛋居然还知道向黎忱请教，把每个说明书都看了一遍后同他说："黎忱很有经验？"

"黎忱跟他老婆谈了很多年，大学就跟他老婆同居了，你说他有没有经验？其实这种事情一般父母不聊，我妈就更不可能跟我说，一般都是男生之间偶尔聊一下，知道个大概。"

叶濛嗯了声，没心思听他说话，有点儿迫不及待，因为实在是太紧张，她这个时候是真的一点儿都不想要孩子："如果我高中就认识你多好，就不会觉得时间这么短了。而且，我感觉你们那帮人很有意思哎。"

"按你这么猴急的性格，我高中不就得进药店买验孕棒？"李靳屿靠在椅背上，一手搭着方向盘，语气懒散，别开头说，"不太合适。"

"少来。"

"别学我说话。"

"就学。"

叶濛还没下车，昏黄的路灯亮着，飞蛾在灯下扑腾，两边江水滔滔，汹涌而又澎湃，城市的灯火笼着他们。

叶濛下车去厕所，手机丢在副驾驶座上，李靳屿静静地坐着，把手搁在窗外抽烟，结果手机叮咚一声响了。

他很少看叶濛的手机，也不太查岗，倒很乐意叶濛查他的岗，但叶濛几乎也不查，他俩都知道对方的手机密码，但很少会主动去看。如果不是微信提示太频繁，他无意间瞧见是勾恺，大概也不会想到去看她的手机。

勾恺："郜明霄说你今天去看李靳屿打球了？"

勾恺："你那小镇老公到底行不行？"

勾恺："我明天回国。"

车厢内有些昏暗，行人步履匆匆，路旁变幻莫测的霓虹灯光影洒落在车里的男人的脸上。

李靳屿一手夹着烟搁在车窗外，指尖腾起袅袅青烟，另一只手飞快地摁着屏幕回消息过去，然后啪一声锁上手机，给她丢回副驾驶座上，神情冷淡又跩。

柠檬叶："回来单聊，LJY。"

而后，他又追了一条。

柠檬叶："加上送花那次，你撬了我两次墙脚，嗯，等你。LJY。"

下一秒，勾恺回了个电话过来，是直接打给李靳屿的。李靳屿这会儿已经下车了，靠着车门单手插兜一边等叶濛，一边把电话接起来，单刀直入冷淡如斯："说。"

勾恺心想你跩什么跩。他刚回酒店，一身疲倦，关上房门，咳了声，压低声音辩驳道："我怎么撬你墙脚了？你顶多也就算叶濛的一个'小三'，你别拿一副正室的口气跟我说话。我就算真的想追她，也轮不到你来跟我说，她那乡下老公都没说什么，你在这儿跟我急什么眼？还不如干脆咱俩联手，先把她老公搞出去，再单聊。"

李靳屿："你认真的？你拿姐姐当什么？"

"这不是你要跟我单聊吗？"勾恺狐疑地问。

华灯初上，江边风呼呼地刮着，沿街行人很多，熙熙攘攘。此时还有人向李靳屿问路，听口音是个老北京："劳驾，请问大关小区怎么走？我在这儿绕了好几圈。"李靳屿原是懒洋洋地靠着车门打电话，听见有人同他说话，便站直了，然后举着电话，给人指了个方向："这个路口进去。"

"哎，谢谢您。"那人走了。

"不用。"李靳屿回，然后手插着兜漫不经心地靠回去，对着电话那头的勾恺说："本来我是这么想的，但现在改主意了。"

勾恺脱了西装，解了衬衫扣，坐在英国酒店的沙发上，正低头慢条斯理地给自己倒着红酒，一副姜太公钓鱼愿不愿你都得给老子上钩的姿态，对李靳屿说："这就对了嘛。"

“单挑吧，不打你一顿我不解气。”李靳屿直接挂掉了电话。

英国的风突然停住，好像在跟乌云通风报信，而勾恺倒酒的动作也在刹那间顿住。

叶濛出来的时候，李靳屿已经回到车上，运动服外套被他脱了丢在后座上，身上一件薄薄的T恤，整个人看上去清瘦又有力。听见车门被人打开，他抽着烟回过头来，见她哭丧着脸，心莫名地猛跳一下，也跟着紧张起来，把手搁到窗外，乖巧地等她说结果。

叶濛坐在副驾驶座上，侧身郑重其事地看着他。李靳屿被她这表情弄得心神恍惚，烟都差点儿掉了。他倒也不是不愿意要孩子，其实无所谓，真有了就生下来，该养着就养着。他就是怕她不太高兴，怀孕本来就不是一件简单的事，如果没做好准备就这么怀上了，他怕叶濛压力大，到时候再弄个产后抑郁，他宁可一辈子不要孩子。

叶濛始终不说话，一副心事重重的表情。李靳屿心下有了想法，她多半是有了。他靠在驾驶座上，手还搁在窗外没动，烟灰积了老长一截，低头想了一会儿说：“你要是没做好准备就打掉吧。”

“什么？”叶濛难以置信，不敢相信这么乖巧听话的李靳屿嘴里能说出这种藐视生命的话。

“当然，最好还是不要，打掉对你的身体也不好。我不知道怎么说，也不太有经验，我是觉得生下来也没事，大不了养到十八岁就扔出去，二人世界我们照过。”李靳屿一股“爷活到八十八都还能是个少年”的劲儿。

“行，那就这么说定了，养到十八岁就扔出去，”两人达成一致，叶濛笑眯眯地说，“不过我这次没有，逗你的。”

“那你这副表情？”李靳屿斜睨她一眼。

“吓吓你啊，谁让你都不戴套的。”

李靳屿启动车子，听着发动机轰隆隆的声音，等了一会儿，把烟头灭了扔进车载烟灰缸里，冷淡地说：“行，下次别求我。”

叶濛靠在副驾驶座上，压根没搭理他，一副老神在在的模样，就差晃着脚丫子了，一边欣赏着窗外灯火辉煌、人声鼎沸的夜景，一边得意地哼着歌。是李靳屿在宁绥哼过的那首英文歌——*Summer Holiday*。

她来来回回就哼这么四句，因为李靳屿当时只哼了这几句。

李靳屿笑。

勾恺于第二日下午抵京，李靳屿那几天都在打球，收到消息的时候，一声不吭地扔了球跟黎忱说走了。

郜明霄在场外喝水，听见声音回头的时候，只看见一个甩出去的车尾，于是忙拧上水瓶盖子屁颠屁颠地跑过去问在那儿独自投篮的黎忱："'傻白甜'干吗去？"

黎忱对着篮板连扔了三个球都没进，没什么表情地扫他一眼道："勾恺到了。"

不知道为什么，郜明霄感觉头皮有点儿发麻，在炽烈的球场阳光下，立马掏出手机看了眼，屏幕有些反光，他拿手捂着看，这个二愣子居然还毫无察觉地发了一条朋友圈。

勾恺："终于抵京，东航这回很给力，不过头等舱的空调太冷了，毯子太薄，建议发两条。"

等会儿你直接进棺材吧。

"他俩约在哪儿？"郜明霄惴惴不安地问，"要不要给叶濛打个电话？我怕他们真打起来，好歹也这么多年的兄弟，别因为一个女人影响感情啊。"

黎忱淡淡地说："他说了，这件事咱们谁也别插手，他就跟勾恺单聊。"

"可是……"郜明霄仍是不太放心。

"别可是了，你以为李靳屿是真的吃醋啊？"黎忱也扔了球，任它骨碌碌地滚到球场外，走到篮筐下给自己拧了一瓶水，说，"你不想想以前勾恺对叶濛做的那些事，他这是借机替叶濛报复呢。"

黎忱不说郜明霄都快忘了勾恺当初联合叶濛那老同学江露芝把叶濛赶走的事情了。那会儿他在广东拍卖会场，两人吵得不可开交，办公室的人给他打电话，问他能不能早点儿回来劝劝。勾恺这人其实有点儿变态心理，看不起叶濛，又想叶濛从此依附于他，仰他的鼻息而活。叶濛想留在北京，除非跟他，想借用他的人脉去其他公司更是门都没有，不然就滚回老家。

当时整个办公室的人都听见了他对叶濛说的话："你要不愿意跟江露芝合作，可以，你辞职回老家，人家至少还是个名牌大学毕业生。"

这话听着是过分，但也确实挺现实。

然而勾恺以为叶濛会乖乖地听话，谁知道叶濛真的辞职回宁绥了。

两人约在勾恺家楼下的一个电竞馆里，勾恺问他怎么不约在市中心。李靳屿这人吧，不知道该说他绅士还是仗着自己长得好，就肆无忌惮。因为他让勾恺下了飞机先回家收拾出个人样再来见他。

勾恺家挺偏的，附近没有咖啡馆、茶馆之类的地方，只有一家生意红火的电竞馆，还有一个小小的足浴城。李靳屿不喜欢让人碰，直接选了电竞馆，二楼是电竞区，人头攒动，三三两两的年轻人围坐在一起，聊天打屁加上看人打游戏。三楼有个休息区，不过要会员才能进入，李靳屿又不打游戏，花钱充了个会员，直接往三楼去了。

相比足浴城，这里的人也年轻，看起来都是学生，挺朝气蓬勃的，像枝头的麻雀叽叽喳喳，有点儿吵。

勾恺到的时候，楼下似乎刚结束一场比赛，尖叫声、喝彩声此起彼伏，还有口哨声，满屋关不住的热闹劲儿。

李靳屿不耐烦地从窗外转回视线，便看见勾恺西装笔挺、蹬着一双锃亮的小皮鞋走到他面前。

勾恺也看见他了，李靳屿在这帮年轻人里倒也不显年纪大，他穿着衬衫、西裤，扣子扣得一丝不苟，裤腿衬着他匀称的长腿，露出穿着黑色袜子的细瘦脚踝，衬衫袖子只卷了一边松松地搭在手臂处，面前摆着一杯喝了一半的柠檬水。这边是吸烟区，窗边摆着个透明的烟灰缸，里面泡着几根抽完的烟蒂，边沿搭着一根没抽完的烟。

勾恺一坐下，对面那哥们儿就不咸不淡地对他说了一句："裤链没拉。"

勾恺低头一看，低骂了一声。

还真没拉，这不是一个好开头，难怪刚才他走过来被人看了一路，还以为自己今天收拾得格外帅气。勾恺佯装淡定，若无其事地唰一声拉上拉链，气势上又弱了半截。

“聊吧。”勾恺拉好拉链，吐了口气说。

“聊？”李靳屿喝了口柠檬水，把那支烟也给扔进那水里，“我以为你做好了来挨打的准备。”

“你少来，真动手，你还会约在这儿？”勾恺说。

“我尽量克制自己不打你。”李靳屿靠在椅子上，低头看着自己面前那杯柠檬水，神情懒懒地摩挲着杯壁说。

美国那段历史，没什么人知道，因为他懒得提，大家都默认他是乖宝宝，所以勾恺对此表示怀疑，很不屑地嘁了声：“你从小到大没打过架吧，知道怎么打人吗？”

李靳屿抬头看他，没说话。服务员正巧过来送咖啡，两人静静地看着彼此，勾恺莫名地心下一凉。不知道为什么，他总觉得最近李靳屿不太一样。以前李靳屿的眼神不会这么直白，看女人也好，看男人也好，都透着一股未尽的少年气，显得清纯而压抑。此刻压抑没了，清纯劲儿也没了，他直白得不像个弟弟。

等服务员退下后，四周稀稀拉拉的说话声丝毫没影响他们。因为李靳屿的关系，身旁那几桌的几个姑娘几乎一直盯着这边，时不时含羞带怯地低着头交头接耳两句，满脸春情荡漾。一群花痴，勾恺烦得不行。从小他就知道这小子有多招女人喜欢，以前身上还没现在这股男人味，现在更吸引人。

勾恺正想着，手机叮咚一响，是郜明霄发来的微信消息，居然还带着一个超级巨大的笑哭表情——

老郜：“狗子，是这样，别问什么，你现在立刻、马上，跪下先给李靳屿道个歉。”

勾恺骂了句神经病，锁掉手机无视对方。结果郜明霄一直发消息。

老郜：“狗子，你听我说，这件事听起来玄幻，但是我用我的两只钛合金狗眼发誓，百分之一万是真的。”

神经病！

勾恺再次锁掉手机，继续无视郜明霄，看着李靳屿正要说话，结果叮咚又跳出一条消息，他不耐烦地低头看去。

老郜："我也是刚听黎忱说李靳屿在美国跟黑人打过架的事情，我眼镜都吓掉了——"

勾恺："吹，继续吹。"

几乎是同时郜明霄又追过来一条消息。

老郜："你知道前几年'傻白甜'一直在哪儿吗？"

这句话提醒了勾恺，于是他顺势就这个问题好奇地问了下对面的"傻白甜"本人："对了，你前几年一直在哪儿啊？怎么都没听你提过。"

李靳屿看着窗外冷不丁地回道："宁绥。"

"哦，宁绥。"

勾恺没什么表情，把手机抵到嘴边给对面的郜明霄回了一条语音，心不在焉地说："他说他前几年都在宁——"

声音戛然而止，整个电竞馆静了一瞬，不知道是不是他大脑一片空白时产生的错觉，不过片刻后，窗外的风继续吹拂着，电竞馆内，姑娘们闲聊着天，视线仍时不时地瞥向他们这边，好像五百只枝头的麻雀，叽叽喳喳个不停。只不过勾恺感觉自己像是被蒙在一个大鼓里，那些喧嚣和吵嚷的声音全部变成了嗡嗡声，听得不太真切。

他呆住了，眼睛死死地盯着李靳屿，却还是抱着一线希望不死心地又问了一句："是我知道的那个？"

李靳屿在椅子上懒懒地靠了一会儿，眼神幽深，像淹没在深海下的暗礁。他没急着开口，大概抽了半支烟，才弹了弹烟灰，也没看勾恺，低着头说："嗯，我在镇上的咖啡厅见过你，那时我跟叶濛在谈恋爱，还没领证。"

"……"

砰！

砰！

砰！

服务员打翻了几杯柠檬水，那砰砰砰的声音，有种接二连三的狙击感，勾恺感觉好像有人朝着他的心口毫不犹豫地开了三枪！

他只觉浑身血肉模糊，血液都僵掉了，五脏六腑也停止工作，整个人比兵马俑还兵马俑。

电竞馆里人来来往往，风吹杨柳岸，高楼不胜寒哪。不知道过了多久，邻桌的姑娘奶茶都换第二种口味了，热火朝天地玩起了真心话大冒险，勾恺才惶惶地回过神，眼神有些灰败，又透着一股颤颤巍巍的劲儿。他转头看着窗外，本来想问一句“怎么被你追到的”，叶濛这人软硬不吃，什么招都不接，但就怕从李靳屿嘴里冒出一句“是她追的我”，那他可能会忍不住把那杯柠檬水泼到李靳屿的脸上。

李靳屿把烟灰缸拿开，人坐正，双手环抱在胸前。勾恺感觉桌子底下他的腿随时会朝着自己踹过来，就听他靠着椅子散漫地问了句：“我老婆是不是挺难追的？”

“……”

勾恺不知道该说什么，这人这是要开始秋后算账了吗？他莫名其妙地开始考虑刚才郜明霄的建议，李靳屿这口气，显然不是能那么轻松就算了的。

勾恺保命地说：“其实还好，我觉得天下女人都一样，哈哈，哈哈。”这两声干笑显得极为勉强。

李靳屿却冷淡地看着他，像是在自嘲地说：“是吗？可我为她哭了好几次。”

“……”勾恺不笑了。

“吵架的时候哭，上床的时候也哭。”

“这种事很骄傲吗？”

李靳屿：“我是告诉你，你差点儿拆散了一段绝美的爱情。”

“……”

勾恺觉得，如果他今天没有走出这家电竞馆，应该是被李靳屿骚死了。

电竞馆楼下有人在比赛，时不时发出轰天的喝彩声，少年们的血液总是沸腾的，好像那滔滔不绝的河水，气势磅礴又清澈见底地流向远方。

勾恺回到家的时候，郜明霄已经火急火燎地在他家门口等着他了，在他脸上找了一会儿伤口，发现他完好无损，还挺失落的：“咦，那位爷没打你啊？”

“我们两个加起来年过半百的男人在一家全是小孩儿的电竞馆打架，你觉得很光彩，还是很刺激？”勾恺开门进屋。

郜明霄跟着进去，也是，大家都不是十六七岁那个冲动的年纪了。

勾恺拎了瓶啤酒，坐到沙发上，沉默地拉开啤酒环。

郜明霄熟门熟路地也拿了一罐啤酒，靠在勾恺对面的电视机柜上说：“怎么了？既然没动手，你怎么还这么一副要死不活的样子？”

勾恺把西装脱掉，里头穿着灰色西装背心，眼镜斯斯文文地架在鼻梁上。他仰头灌了一口酒说：“他要我把公司卖给他。”

“你不卖不就行了？”

“嗯，他说那他就只能费点儿工夫去英国说服老爷子主动收购了。”

李长津出马，勾恺能被吞得骨头都不剩。

勾恺这人就是一个工作狂，这家古董公司就是他唯一的命门。加上勾恺本身就对文物有热血劲儿和情怀，什么女人都比不上他的公司重要。不愧是最铁的哥们儿，李靳屿下刀子都知道往哪儿捅最疼。

嘭一声，郜明霄拉开啤酒环，靠着电视机柜慢条斯理地喝着，想了想说：“他哪里来的钱买？老爷子的股份又不能变现。”

勾恺说：“分红啊，瀚海集团每年几个亿的分红你当是假的？我听说他跟以前WCM校队里的几个队友弄了个记忆培训机构，投了一大笔钱，不过目前估计亏了不少，但这玩意儿时间长了绝对挣钱。而且前阵子他还投了一笔钱给黎忱的车厂，又让黎忱在国外给他买了支超级烧钱的车队，所以我估计他手头现在应该拿不出多少钱，刚才在电竞馆还跟我AA制。”

“谁让你追他老婆。”

“我怎么知道？你知道也不早点儿告诉我？”勾恺放下啤酒说。

郜明霄也冤枉，端着啤酒罐耸肩摊手道：“他俩威胁我好吧？我也是下午打球的时候，听黎忱说的李靳屿以前在美国的那些浑事，我怕你被打死，才冒着被黎忱爆头的风险，悄悄给你发的信息好吧，想让你赶紧认个错把这事揭过去。”

他们四人的关系也挺微妙的，黎忱和李靳屿关系好，勾恺跟郜明霄关系好，因为那俩人都是少爷，家世背景比勾恺和郜明霄硬，所以性格更随性散漫一些，而勾恺和郜明霄一个更会算计、一个则左右逢源。但其实四个人的关系都不错，现在他们也是真把对方当兄弟，只不过郜明霄和勾恺会把身家利益摆在前头，也是最真实的朋友关系。黎忱自然是凡事站在李靳屿那边，所以勾恺一出差，郜明霄就被那两位爷捏得死死的。

"那现在怎么个意思，他买你的公司干吗？他有个瀚海阑干还不够啊？不过公司卖给他，你也算是背后有靠山了啊。毕竟瀚海阑干这两年再不景气，又因为李凌白的事情一落千丈，好歹背后还有个瀚海集团撑腰。"郜明霄这么一想，好像也不是件坏事。

勾恺凉凉地扫他一眼："你想多了。"

郜明霄喝着酒，听见勾恺说："李靳屿说，叶濛最近想在北京开个公关公司，他觉得我们公司挺适合给她练手的，毕竟她以前在我们公司待过，熟练，花花草草都不用再重新置办了，花鸟园的那个老大爷还会定时送仙人掌过来，挺合适的。"

李靳屿最近是真的挺没钱的，在便利店买烟的时候，没犹豫，只要了一包八块钱的红双喜。黎忱说他可怜，花两百万订戒指，一包烟倒是抠抠搜搜的。

李靳屿靠着车门拆烟的时候才想起来，这会儿衬衫袖子都卷着，腕上的心电图文身露着，身后又是跑车，吸引人是吸引人，就是看着莫名让人感觉有点儿浑蛋。他取了一支烟，把烟盒丢进车窗里，点完烟抽了口，侧头问旁边的黎忱："戒指到了？"

"没，哪有这么快，法国人不会给你加班的，你就算加急，人家也说了，最快下个月。"

李靳屿抽着烟没说话，手机在兜里振了一下，他掏出来看了一眼，下一秒，冷淡地骂了句粗话，然后把半根没抽完的烟直接掐了，转身随手从车后座上拿出外套，啪一声摔上车门，动作利落、一气呵成。

"怎么了？"黎忱问。

李靳屿钩着外套，手撑在车厢顶上，另一只手插在兜里懒洋洋地说："说来话长，就是我最近太忙了，刚刚放了姐姐鸽子，现在要回家跪搓衣板。”

黎忱不耐烦地把他推开：“不至于好吧。叶濛那么宠你，要不是见过她那劲儿，我都差点儿信了你。她哪怕惩罚你，我感觉就是她自己跪搓衣板，也不会让你跪的。”

（二）岁月迢迢

李靳屿回家的时候，叶濛刚洗完澡，在厕所吹头发。李靳屿一身衬衫、西裤，袖子卷着，胸口开了两颗扣子，一手拿着外套，一手插在兜里，斜倚着厕所的门框从镜子中看她，表情有点儿欠打。

其实那次从警局见过李凌白之后，李靳屿的状态就不太好，他一直还在吃药，医生给他开了一些阿戈美拉汀片，他自己倒挺乖的，每天按时吃，也就前几天，最后一次复诊结束，医生说可以断药了。叶濛这么多天悬着的心，才稍稍放回肚子里。

叶濛那几天本来订了巴厘岛的机票想带他出去散散心，结果临出发前一周，大使馆突然通知，巴厘岛附近有火山喷发的迹象，当晚的新闻上还说巴厘岛连夜撤了五万当地镇上的居民。

叶濛哪里还敢带李靳屿去，二话不说就退了机票和酒店，机票被扣了三千多手续费，酒店当时有一家她是打算从乌布皇宫回来之后住的，所以没买退订险，结果不让退，一晚得九千人民币，还是淡季，旺季至少得一万五人民币。那酒店坐落在半山腰上，临海而立，环境很好，有星空泳池、漂浮早餐……房间里就直接能看金灿灿的日落和铺满星辰的夜空，还有附近沙滩上那些听不完的重重海浪，每个贝壳里或许都藏着未尽的故事和情意。

叶濛还特地学了好久的巴龙舞，是当地的一种特色舞种。巴厘人对舞蹈的艺术很直接，把所有浓烈的爱意和对艺术的热忱全部融进了大胆奔放的舞姿里。她想用这种方式融入他们，或许当时的气氛会被她烘托得很热烈，然后在那些萍水相逢的异国人充满或祝福或好奇或对爱情致以最高敬意的目光中，吻住李靳屿。

人们一定会知道，他们很相爱，然后掌声热烈，久久不绝，月亮会像羞怯的少年挂在天边，然后全世界都是他们的。从此，白日的光，归还；宇宙的河，归还；大地的花，归还。只有李靳屿，她要留在身边千千万万遍。

这安排听着很感动，不过计划赶不上变化，酒店不让退，叶濛赔了夫人又折兵，心疼得滴血。这么一折腾，她哪儿也不想去了。那阵流感也挺严重，李靳屿本来就肺不好，一到换季就雷打不动地感冒。叶濛也就不再安排出行计划，好不容易缓过来一阵，打算看看机票年底带他去俄罗斯看极光，又因为各种各样的事情没订上机票。反正那阵子她感觉挺手忙脚乱的。叶濛一边照顾李靳屿，一边还要安抚宁绥的老太太们。

方雅恩说叶濛太惯着李靳屿了，怕给惯出毛病来，但其实那阵他俩也没对外说李靳屿的状况。李靳屿是怕奶奶担心，一直没提回宁绥的事情。朋友们那边叶濛也都没提，受不了别人用异样的眼光看他，哪怕是同情也不行。她的李靳屿哪怕是病着，也是人间第一流的人。

那期间，李凌白曾跟狱警提出过几次要见李靳屿。叶濛没让见，梁运安和方正凡也心照不宣。直到判决结果下来的前一晚，叶濛最终去见了一次李凌白。而彼时李凌白已经像是换了一个人，蓝色囚服像一个灰扑扑的麻布袋子套着她瘦骨嶙峋的身子，下巴不再像以前一样高高地仰着，而是始终低着，形容枯槁，像汹涌的巨大浪潮退去之后，裸露在淤泥沙砾里的礁石。

叶濛第一次觉得她可悲。

叶濛进来之前，梁运安叹着气告诉她说："李长津前几天来过一趟，给她看了一份文件，看完之后，李凌白就没再说过一句话了。"

"什么文件？"

"不知道，方局检查过，我们就不得而知了，这也是人家的隐私。"

叶濛当时在椅子上坐了很久，李凌白也一直默不作声，两人莫名其妙地对峙着，谁也没主动开口。叶濛最后没耐心地看了眼手表，站起来要走，李凌白这才突然开口，声音宛如一个行将就木的老人那般沙哑："他还是不愿意见我吗？"

叶濛当时有点儿不忍心地别开头说："不是，是我不放心，他那天见了你之后就一直在吃药，你如果有什么话要告诉他，我转达，但你想见他是不可能的。”

李凌白跟全思云都被收押在特殊监狱，探监室也是独立一间，光束打在高墙内，满屋子粉尘，像是关了千年、不见天日的暗室。

李凌白突然觉得到了这个份上，说什么都是苍白的。她回顾自己的一生，每一帧都透着讽刺和嘲笑。她低头悔悟吗？痛哭流涕地乞求原谅？这些都没意义。

没有人会一生执着地恨一个人，时间会冲淡一切，原谅是这个世界上最廉价、最没意义的事情，给彼此留点儿尊严吧。她这么想着。

时间缓缓流逝，像个老太太，走得格外慢，直到身后的狱警面无表情地提醒了一下：“还有五分钟。”

李凌白终于抬头瞧着叶濛，也许是在里面素面朝天地待久了，一下看见一个这么明艳漂亮的女人身着正装又充满烟火气息地坐在她对面，所以有些愣怔，没缓过神。

半晌，李凌白才说——

“时间不会停止的，这个世界上所有人都曾在为过去的自己道歉，我觉得没必要，每一天时间都在刷新，把未来每一天过好才是对过去最大的诚意。就这样，再见。”

李凌白说完，便站起来让狱警给她铐上手铐，木然地转身离开。

叶濛想，她大概明白李凌白的意思。

那之后，李长津偶尔会从英国打电话过来，叶濛也是这会儿才发现，李长津的中文其实很不好，但他拼命地在学，跟李靳屿交流得还蛮费劲的，所以有时候李靳屿干脆跟他说英语，甚至说法语。她知道李靳屿的法语很好，听黎忱说过，李靳屿大一的时候就用法语作过公开的演讲。

叶濛只会说几句蹩脚的韩语，因为韩剧看得多，其实连英语都蹩脚。大学四级考试她考了两次，第一次424分，第二次425分，低空飞过。那天等李靳屿挂完李长津的电话聊起这个成绩的时候，他笑得不行，说“厉害啊，压线”。叶濛立马问他四级考多少分，他说忘了，只考了一次，反正比她高点儿。

叶濛还挺骄傲的：“你考再高也没我考425分牛，而且我当时听力满分。”

“多少？”李靳屿问。

“200分啊。”

他当时没说什么，只说厉害，六耳猕猴啊。叶濛笑得直打他。结果后来李凌白的旧别墅挂牌拍卖，用人、管家都一并遣散，法院让李靳屿过去清理一下东西。两人过去收拾的时候，叶濛不知道从哪个角落里扒出了他的四级成绩单，当下就沉默了。她才知道，原来四级听力的满分是249分。这怎么还有零有整的？

她的听力当时是全班最高分，考了整整200分。有人说200是满分，叶濛信以为真，加上过了线，于是还激情四射地请了全宿舍的人吃烤串，紧跟着去泡吧。

“泡吧？”李靳屿那会儿在整理要带回宁绥的书，一本本往行李箱里扔，脾气还挺大的，压根不管有没有用随手翻两下就直接扔进去，倚着书房的书桌沿，手上装模作样地还在翻书，嘴上挺冷淡地问，“大学就泡吧？姐姐玩得很开嘛，会跳舞吗？”

李靳屿问完就想起来了，何止会，她当初在娱乐城玩跳舞机那个熟练劲儿，至少也有五六年的舞蹈功底了。

叶濛蹲在地上替他收拾行李箱，结果他一脸找事的样子一股脑地将书往里头丢，叶濛把行李箱一盖，站起来去亲他，结果被他躲过。李靳屿原本懒洋洋地靠着桌沿，现在还故意站直了，仰着头把书塞回书架上：“不要。”

那天她哄了好久才把他哄好。晚上睡着的时候，她摸着他温柔的眉眼，心里没着没落地想：如果大学就认识你多好啊，我就不请她们吃烤串了，钱留着用来追你。虽然你那时候一定比现在还难追，可我就是想早点儿认识你，就是想抱抱当时那个无助的少年。

她想捂住他的热血，扶正他的骨，做他的靠山，让他无拘无束，自由如风。

她总觉得十年太长，能磨灭太多爱恨，后来才发现，原来这世上还有一个人，是她可以见一次心动一次的。跟他说话她会心颤，血液会沸腾，哪怕上一秒心情再不好，只要他安安静静地坐在那里，哪怕抽烟，哪怕不说话，哪怕只是轻描淡写地瞥她一眼，哪怕哼一首她没听过的歌，她都忍不住想去搜来听听看。

不过，这些丝毫不影响他跪搓衣板。

李靳屿也预感到自己今晚在劫难逃，进门之前抽了两支烟。叶濛恰好从厕所的窗子里看见他站在小院昏黄的路灯下抽烟，于是吹着头发以挺平和的语气问他：

"怎么了，李靳屿，现在回家是为难你了？你还需要抽两根烟缓缓是吗？家里是养了一只母老虎吗？"

（三）养苍蝇

其实也没什么大事，就是叶濛想养只猫，李靳屿不让养，理由是他已经有平安了，怕回去平安吃醋。叶濛当时就吃醋了，他对一条狗这么专一干吗？没办法，他就是这样。然后在叶濛千哄万哄各种花样百出的讨好之下，他才松了口，答应叶濛先去猫舍看看。这不就今天嘛，他给放鸽子了。

叶濛看出来了，他应该是故意的，而且是真的不想养猫。

叶濛对李靳屿一天的行程了如指掌，两人有时候哪儿也不去，在家一窝就是一天，李靳屿有事情需要出去的时候，会提前跟她报备，比如先跟黎忱打球，打完球可能要跟以前的朋友吃顿饭。有些是真朋友，有些是假朋友，他现在背靠瀚海集团，又是李长津底下唯一一个还没到三十就已经继承股份的孙子，自然会有人趋炎附势，这是常态。叶濛会提醒他，类似朱翊坤那种人就不要结交，李靳屿还挺享受这种被姐姐管着的感觉，尽管自己心中对大部分事情有数，但也会听话地乖乖说好。

叶濛自己也有事忙，开公关公司的事也提上了日程，那几天她在编写公司章程，抱着电脑在沙发上一窝就是一整天，电视上放着什么青春选秀她也没看，偶尔抬头扫一眼，想的也是章程的条条框框。不过她每隔几个小时，可能会看一下手机定位，两人的手机连了彼此的定位。她倒也不是查岗，就是单纯想他，想知道他在干吗，看到那颗跳动的红点和李靳屿踽踽的微信头像，就好像是他的心脏在怦怦跳动着。她好几次看着看着就跟方雅恩发微信："我真的被他吃得死死的，看到微信头像都觉得心动。"

"神经病！"方雅恩当时说。

叶濛当时还觉得这婚姻的倦怠期来得可真慢，但万万没想到，李靳屿已经这么快进入了进门前需要抽两根烟的状态。

听她这么说完，李靳屿无奈地把外套往沙发上一丢，走过去靠在她身后的墙上，一声不吭地看她吹头发。他懒洋洋地靠着墙，漫不经心地等了一会儿后，突然伸手压住她的后脖颈，眼神饱含深意地看着镜子里的她，然后手指从她湿漉漉且有点儿发麻的发根一点点穿进去。不知是不是因为吹风机的热气，叶濛脸热，脖颈热，浑身上下都在发热，皮肤滚烫，就像一条被人拿捏住七寸的蛇，一动不动地在镜子里同他对视、纠缠。

然而肇事者仍旧一副"我就是回来晚了，姐姐要打要骂随便你"的懒散样，靠在她身后的墙上看她。

一般这种时候，哪还有什么搓衣板，不存在的。叶濛装模作样地放下吹风机，表情冷淡地一边扎起头发，一边对他说："去房间里等我。"

李靳屿收起半笑不笑的表情，意料之中地靠在墙上抿了抿唇，然后开始不动声色地解衬衫扣子，有商有量地跟她说："洗个澡可以吗？刚打过球，一身汗。"

叶濛把头发扎成丸子样，对着镜子调整丸子的大小，还假装高冷地嗯了声。

下一秒，李靳屿拽着她的胳膊将她扯过来，面对着自己，后背抵着墙，衬衫扣子已经解到最后两颗，肌理分明，不是那种肌肉块，而是线条流畅的。叶濛隐隐能看见他精瘦有力的腰。这人真是将她拿捏得死死的。知道等会儿要做什么，所以叶濛这会儿看一眼心尖都忍不住一麻，被他握住的胳膊好像有电流通过，很麻。

"想不想啊？"

李靳屿靠着墙，还有点儿质问的意思，像是讨好却没讨好到点上的不爽，所以居高临下地睨着她。

“要不要给我喂酒？”他真的太懂怎么讨好她了，每个点都踩得死死的。

“昨天喝完了，最后一瓶。”她说。

“我刚才买了。”

叶濛真的快被他勾死了。

房间没开灯，窗帘紧紧拉着，只亮着一盏昏暗的壁灯，橘色的暖光看着很温馨。

密密的啄吻声响起，像春蚕破茧的声音般细碎却暧昧。

见她不出声，他不知道哪里来的胜负欲，非要她出声，最后甚至上嘴咬。

叶濛急了，在被窝里闷闷地喊他：“李靳屿，你不疼了是不是？”

“前几次就不疼了。”其实可能要更早一点儿。

“所以，你现在可以了是吗？”叶濛说。

“还可以。”他漫不经心地说着，从床头柜里翻出小盒子。

“……”叶濛当时看他拆东西那股娴熟的渣男劲儿，心觉这混账东西真不是什么好玩意。

完事后，李靳屿抱叶濛去洗澡时，她感觉累得不行，趴在他肩上昏昏欲睡。

热水哗哗地浇在两人的头顶上，雾气萦绕在两人之间。

“李靳屿？”叶濛满脑子困惑，光混着朦胧水汽，融进她模糊的眼底。

他低头瞧着她，表情得意：“我今天故意放你鸽子的。”所以他也做好了回来挨打的准备。

“我就知道，你是不是不想我养猫？”

“嗯，你说不想生孩子，怕他分走我的注意力，”他低声道，“我也不想你养猫，你都没看见那天你看见那只猫的眼神，比看见我都亮。”

浴室里，声音显得低哑、绵长、混沌。

“好，那不养了。”叶濛说。

“你要喜欢的话，养只苍蝇，这样我不高兴的时候直接一巴掌拍死它。”混账说。

“……”

第二天两人去逛超市，叶濛溜去买了半篮子的“小雨伞”，货架被她洗劫一空，旁边一对情侣看得目瞪口呆，弱弱地问了句：“打、打折吗？”

“……”

李靳屿当时在酒类区给她选红酒，头上戴着两人第一次在湖边见面时的黑色渔夫帽，帽檐压得低，眼睛都看不见，只露出下颌。叶濛走过去捏住他的手，李靳屿也漫不经心地回捏了她一下，仍低头看着手上的红酒瓶，过了一会儿才抬头扫她一眼，想看看她买了什么，结果一眼就瞧见那半篮子的东西……

下一秒，他不动声色地别过头，继续研究手里的红酒产地。

叶濛不知道为什么有种逃过一劫的感觉，大概是怕他说骚话，又总觉得自己暴露了什么。

两人结账的时候，恰巧他们那台机器扫码坏了，没办法手动输入数量，只能一个一个将避孕套拿出来，对着机器的条纹码红外线一一扫过去。旁边队伍全是人。

李靳屿淡定地把手机解了锁，点开支付扫码递给她：“来，姐姐自己来。”

叶濛：“……”

狗东西。

（四）最后的审判

年底，李凌白和全思云的案子正式开庭审判。那会儿李靳屿和叶濛回了宁绥，李长津跟李卓峰在英国，出席庭审的只有李凌白的大哥——李维成。他全程跟李凌白没有交流，一动不动地坐了两个小时，听法官宣读完判决书，直接站起来扣上了西装扣子，一言不发地往外走去。

“被告人全思云，因犯诈骗罪，判处有期徒刑十年，剥夺政治权利四年；因犯故意杀人罪（教唆引导人自杀定罪为故意杀人罪），判处死刑，并剥夺政治权利终身。被告人李凌白，因犯走私文物罪，判处有期徒刑八年，剥夺政治权利两年；犯洗钱罪，判处有期徒刑十五年，剥夺政治权利八年；因犯诈骗罪，判处有期徒刑十年，剥夺政治权利四年；犯故意杀人罪，判处死刑，并剥夺政治权利终身……如不服本院判决，被告人可在接到判决书的第二日起十日内，通过本院或向最高人民法院提起诉讼……"

两人都没有提出上诉。

这一场庭审人很多，但大家格外安静。分析完案情，所有旁听者陷入沉默，震惊于全思云的变态和对他人的恶意，还有对李凌白被洗脑感到惊悚。心理医生这个职业在那一年着实被狠狠地黑了一把。旁听席里有很多熟悉的面孔，温延、梁运安、鲁明伯都出席了，还有那个叫梁平的，鲁明伯的学生。

温延其实一直以来都不太喜欢鲁明伯、全思云这对夫妇。鲁明伯这人最善道德绑架，李靳屿那时因为患有抑郁症，或许吃他这套，温延是从来不吃的。什么最得意又难以启齿的学生，压根就是鲁明伯故意说些难听话，恶心人罢了。因为李靳屿当时退赛鲁明伯怕影响了自己带的队的成绩，嘴上明着说不介意，话里话外却给李靳屿施压，进行道德绑架。这些事，温延是后来听梁运安和叶濛说的。

听完判决，鲁明伯脸色惨白，上厕所洗手的时候碰见了温延。

"鲁老师。"温延主动打招呼。

鲁明伯瞥他一眼，没什么心情同他叙旧，嗯了声，便要离开。温延笑了下，整个人靠在洗手池上，不疾不徐地开口："您跟全老师没有孩子吗？"

鲁明伯听全思云说过，温延这个学生最难驯，不像李靳屿那样自我封闭且客气、顾及师生情分，温延压根不顾这些的，而且说话最直白且难听。鲁明伯显然是不太耐烦的，不想同温延交流下去，转身便要离开，温延又开口叫住他："哎，当初全老师是怎么说服您不要孩子的啊？现在这情况，怕也是有些为难了。当然，您这么德高望重，自然多的是小姑娘愿意'前赴后继'了，但就是如果您现在再要孩子的话，恐怕……”

他不说了，话头留了余味。

鲁明伯都走到厕所门口了，突然停下来，面色铁青地回过头，瞧着温延：“你什么意思？”

梁运安站在厕所门口等温延，听到声音也下意识地朝里头看了眼，随即无语地翻了个白眼。得，这哥们儿又给人添堵去了，怕是想给李靳屿报个仇？

温延直起身来，走到鲁明伯面前，那张乖张的脸笑得人畜无害。他甚至伸手替鲁明伯拍了拍肩上的灰：“鲁老师不要紧张，我只是出于好意给您个温馨提醒，全老师也不是什么都没留给您的，说不定还给您留了个儿子呢。”

“不可能！她早就——”

鲁明伯几乎是下意识地大吼。

但很快他便没了声，表情变得晦暗不明，往日那些点点滴滴、猜忌渐渐浮上心头。温延是心理学专业的高才生，太知道怎么拿捏人的痛处了。比如全思云真有个儿子，不可能对鲁明伯瞒得滴水不漏，两人相处这么多年，必定有过猜忌和争吵。有些东西，旁敲侧击比单刀直入更让人难受。

鲁明伯很快陷入回忆里，不同的画面在他的脑海中飞速地切换着——十几年前，她包里的小孩玩具；那些神秘的电话……

他其实好几次怀疑全思云是不是在外面找男人了，全思云都矢口否认。鲁明伯一直以为是自己多想了，结果温延这话给了他当头一棒。不是男人，或许是她早年跟别人生的孩子。鲁明伯是二婚，全思云没结过婚，但他知道她之前有过一个很相爱的男朋友。

温延叹了口气：“全老师那么保守的一个人，悄悄跟前男友生下孩子，这种事确实也挺难以启齿的。”

鲁明伯浑身一震，脸色极其难看。

难以启齿、难以启齿，他曾对他的那位学生说过这话。

“你跟他是什么关系？”

“大概就是如果他愿意叫我一声哥，我现在对你说的话会更难听一点儿。”

温延比李靳屿小，这只是一种男人间争强好胜的调侃而已。

李凌白被执行死刑的前一天，躺在监狱冷冰冰的硬板床上。她向狱警要了支烟抽，然后闭上眼睛，开始慢慢地回顾自己的一生，但她发现，已经想不起很多细节了。

比如李明轩是怎么爱上她的？她跟李明轩第一次发生关系是在什么时候？是谁主动的？她半推半就，还是李明轩霸王硬上弓？这些她都已经记不清了。

那天李长津来探监，文件里是一份亲子鉴定和她的准确的出生日期。

“凌白，我确实该跟你道歉的。如果当初不是我为了给明轩留个孩子，也不会有现在这些事。

“你妈妈跟我妻子从小一起长大，两人关系好到有时候甚至连我这个丈夫都会嫉妒。后来你妈妈因为一个男人精神上出了问题，不顾我妻子的阻拦生下了你，但她很快就病逝了。于是我妻子决定把你收养过来，这个决定是她做的，我当时劝阻过，因为收养孩子是一件很麻烦的事，你又是个女孩子，我们当时只有一个维成，不太会照顾女孩子。”

“那个男人呢？”当时李凌白顺着他的话问道。

“他得了艾滋病，我找到他的时候，刚拿到检查报告，他说是你妈妈传染给他的。你妈妈没有得艾滋病，人也很好，只是因为爱了一个不该爱的人。我想，我妻子应该不会愿意把你交给他，于是我答应把你收养下来。”

“所以我跟李明轩不是亲兄妹是吗？”

李长津说：“尽管你们不是亲兄妹，但我妻子一直拿你们当亲兄妹养，所以当时我们没有选择告诉你们真相，是希望你们的感情能就此冷却下来，于是我们把明轩送到了国外。”

兄妹三人，李维成、李明轩，还有她，李凌白清晰地记得，其实她跟大哥的关系不冷不热，李维成对她好像没什么感情，而后来出生的李明轩特别黏她，于是大哥就被独立在外了，她和李明轩的关系越来越亲密。

因为李明轩英俊帅气，很黏人，在学校特别招女生喜欢，记忆力特别好，智商超群，参加什么比赛只要有他基本都是一等奖，眼睛里泛着不可一世的光。

李凌白一开始是虚荣心作祟，有这么个英俊迷人又听话的弟弟，理所当然地宠着他。

两人第一次越轨是因为好奇。两人躺在床上，李明轩把手伸进了她的衣服里，委屈巴巴地说想看看女孩子的胸，李凌白自然是拒绝的。她没那么大胆子，当发现事态往一发不可收拾的方向发展时，开始刻意避开李明轩所有的暧昧举动，但李明轩对她越来越过分。那晚，洗完澡后，她在看经济学理论，李明轩直接冲进来连衣服都没脱，甚至不给她一点儿反应的时间就强迫和她发生了关系。

因为他吃醋了。李凌白那时候已经在跟李思杨的父亲交往了。

从那次开始，李凌白发现李明轩的占有欲、控制欲都变态地强，但凡她跟男朋友见一次面，当天晚上李明轩就会睡在她的房间里，甚至跟她说，如果她不愿意分手，他们就永远保持这种关系。

李凌白非常清楚自己不爱李明轩，对李明轩的暧昧源于一开始的刺激、虚荣心、新鲜感，到后来她越来越厌烦、恐惧，开始恶心这段关系。

后来她被李明轩监控得没有办法，只能想办法故意将这段关系暴露在父母面前。

果不其然，他们的妈妈当场被吓晕了过去，李长津倒显得格外淡定。两天之后，他们决定送李明轩出国，试图让两人的这段关系冷却下来。

李明轩回国那年，李凌白结婚，那之后其实她安逸地过了很长一段平静的日子。李凌白以为他长大了，然而并没有。四五年的分离，反而让他更加疯狂。

李凌白生下李思杨那年，李明轩绑架了她，将她囚禁在自己的公寓里三天三夜。李凌白的丈夫报了警，第三日，他们在公寓找到了被束住、身上遍体鳞伤的李凌白，还有因服食过量毒品死亡的李明轩。

李凌白以为噩梦结束了，但她没想到，她怀孕了。她理所当然的是要打掉孩子的，却没想到，李长津竟然愿意用股份换她把孩子生下来。

现在她明白了，那是李长津最爱的小儿子——李明轩唯一的孩子。

原来她才是李家最见不得人的那个存在。

执行死刑前，李凌白见的最后一个人是钭菊花，通过监狱里的3QC视频见的。老太太和李凌白穿了同色系的衣服，嘴上啧啧着，扯了扯衣摆说："哎哟，撞衫了。"

一句轻飘飘的话，却让李凌白失声痛哭。

"真丑，你穿这身衣服真丑。"钭菊花喃喃着说，自顾自地对着视频碎碎念。

十天后，李凌白和全思云被执行死刑。

12月，过去的恩怨如同那些霜雪渐渐融化在循环往复的日子里。那年冬天格外漫长，风雪来了又走，光秃秃的黑色枝丫总也抽不出新鲜的嫩芽，草地迟迟不变绿，似乎依稀还能听见春蝉夹在阴湿的泥层里呀呀地叫唤着：春天什么时候来呀。

"春天马上就来了。"树说。

"今年冬天死了好多蝉呢。"蝉说。

"一样，地球上也死了很多人，"风说，"但也有很多人重获新生。不说了，小蝉蝉，你好好练练嗓子，等春天来了，你要唱响嘹亮的开幕曲。"

"你赶着去哪儿啊？"蝉问。

风说："去告诉海浪，对人们温柔一点儿。"

（五）与你昏昏

草长莺飞，万物温柔。

过年那几天，李靳屿有点儿感冒，吃药也不见好。那阵病毒性流感肆虐，各公司复工时间都延迟了一周。李靳屿主要是怕传染给老太太们，便准备回三水塔那边的房子单独隔离几天，大年三十再回来。

别墅热闹，一家子老老小小在进行各种平常不怎么玩的娱乐活动。

老太太们和大姑、二姑正激情四射地搓着麻将，压根没听他在说什么。

钭菊花坐在轮椅上，膝盖上盖着毯子，鼻梁上架着一副老花眼镜，神情格外专注地盯着徐美澜的牌："哦。"

徐美澜手上摸着牌，眼睛盯着牌桌，以为他只是说出去买个菜，随口应道："好的，宝贝，我要吃茼蒿，晚上可以煮火锅。五万。"

大姑、二姑随之应和道："我俩要菊花菜。"

徐美澜："菊花菜就是茼蒿。白痴。三万。"

大姑反驳："不一样好吧，茼蒿是长的，菊花菜是短的。"然后她慢悠悠地丢出一张四万，明显是算到了美澜女士手里卡着四万。然后就见美澜女士气定神闲地把打出去的三万和五万捡到了一起："吃。"

钭菊花默默地拿出小本本记下。

原来打出去的牌还能吃。

大姑："……"

二姑："……"

老爷子："快点儿打！我要看樱桃小丸子了。"

"……"

李靳屿忍不住提醒道："奶奶，您数一下牌，这么打，可能会少一张牌。"

徐美澜一脸淡定地说："等会儿再这么吃两回，就不少了。我心里有数。"

"……"

叶濛那几天正在忙年后泰国游的事，订机票，订酒店，做攻略，忙得焦头烂额，所以当时也没说什么，趴在床上跷着脚，一边用iPad做笔记，一边头也不回地对他说："那你到那边好好照顾自己啊，宝贝。"

李靳屿当时靠在门上，身后是噼里啪啦的麻将声。

他走过去，把床上那人转过来，两手撑在她的身体两边。叶濛正写到兴头处，连连哎了两声："等一下、等一下，我还没写完呢，普吉岛有好几个沙滩，我看看哪个最干净、风景最美。"

李靳屿居高临下地深深看了她一会儿，然后低下头，在她耳边低声说："你要是想跟我在海里做，我可以告诉你哪个海滩最干净。"

叶濛一下就老实了，脸发热，被他圈在床上，玩着他胸前的拉链，有一下没一下地拉着，心头像有燎原的火。她忍不住仰头去亲他，被他别开头避过。

他有种得逞的懒洋洋劲儿："感冒啊姐姐。"

叶濛推他，嘟囔道："那你勾我干吗？"

"这就叫勾了？"李靳屿撑在床上，笑得不行，"那你也太禁不起勾了。"

那几天，窗外偶尔会响起鞭炮声，小镇很安静，偶尔的鞭炮声倒添了几分烟火气。

大年三十，李靳屿回别墅，进门的时候，钭菊花正在教叶濛怎么包饺子。

钭菊花一手掌着饺子皮，一手轻轻地在掌心上打着圈："对，就是这样，捏住，要有褶子，不要直接捏，爆了！哎呀，你个小笨蛋。"

徐美澜瞧不下去，把叶濛拉开，赶出厨房，一点儿不客气地说："行了行了，你别在这儿添乱了，快把我擀的饺子皮给折腾没了，年夜饭都快吃不上了，更别说看春晚了。我今晚要是因为你错过沈腾的小品，我弄死你。"

"您还知道沈腾？"叶濛讶异得嘴都合不拢了。

徐美澜翻了一个白眼，手上麻利地唰唰唰包好了三个饺子："你懂个屁，沈腾同志最近是我跟菊花奶奶的墙头。"

叶濛插科打诨地道："那斗胆问一句，您俩的本命是谁啊？"

大姑在一旁笑着插嘴："你老公啊。"

可以嘛，李靳屿，师奶杀手啊。

最后在"师奶杀手"的帮助下，饺子包得贼快。三锅饺子全下好后，徐美澜问："靳屿会包饺子啊？"

钭菊花点了点头："什么都会点儿，前几年为了照顾我，很多东西是现学的。"

徐美澜搅着锅里的饺子，慢慢地说："濛濛就怎么都学不会，这孩子在厨艺方面就是缺根筋。"

"靳屿会就行了，以后两人饿不死的。"菊花说。

俩老太太对视一眼，笑了笑，徐美澜忍不住说道："菊花你看看，现在的生活多好。"

除夕那夜，李靳屿收了很多红包。

叶濛羡慕不已。

年后，两人回老房子住了几天，那几天李靳屿感冒还没好，所以无论叶濛怎么暗示，李靳屿都不肯，趴在床上烦得不行。他习惯趴着睡，索性整张脸都埋在枕头里，一把捞过被子罩住整个脑袋，长叹一口气，声音闷闷地从被子里传出来。可能刚吃完感冒药，他困得眼皮都睁不开，声音也是充满睡意的："不要。我困了，求放过。"

老房子的灯比较昏暗，隔壁墙角还是熟悉的锅碗瓢盆的细碎声，墙头的梅花开得艳丽，好像女人的脂粉，充满调情气息。叶濛以美人鱼姿势侧身躺着，一手撑在脑袋上，一手揉了下他蓬松柔软的头发："不行啊你，李靳屿。"

李靳屿不说话，半晌，从被子里伸出手，对她竖了竖中指。

叶濛笑得不行，突然被他这副无可奈何又只能屈服的样子给可爱到，于是钻进被子里，结果李靳屿已经睡着了。

叶濛在他的唇上亲了一下。

今年是我们在一起过的第一个新年，虽然你妈妈没了，我把我奶奶给你了，我大姑、二姑、小姑、爷爷都给你了。我也给你，你还要月亮吗？我也可以去给你摘。反正就是，李靳屿，新年快乐，年年快乐。

"李靳屿。"

"嗯。"他应得很快，迷迷糊糊的那种。

"没睡？"

"睡了。"

"那怎么听见的？"

"说句肉麻的，"他闭着眼睛，脑袋搭在枕头上，语气懒洋洋的，"我身上每根神经都是你的，你只要叫我，它们就会提醒我。"

"李靳屿，我爱你。"叶濛眼睛一眨不眨地看着他突然说道。

窗外的梅花似乎跟着他的灵魂轻轻颤了一下。

李靳屿愣了一会儿，然后翻过身，仰面躺着，侧头看着她，一副洗耳恭听的样子："再说一遍，这边这只耳朵还没听过。"

"你的两只耳朵分开工作的吗？"

"我一视同仁的，怕它以后罢工。"

"……"

叶濛这次故意凑过去，在他的耳朵上咬了一下："李靳屿，我有多爱你，这个世界就有多爱你。"

"姐姐，我又行了。"

"……"

（六）日常

1.怀孕

叶濛被查出怀孕那天，李靳屿在北京，老太太给他打的电话。叶濛本来还打算瞒着他，等他回来再给他一个惊喜。谁知道老太太转身就拨通了李靳屿的手机，叶濛从妇产科出来，手里拿着化验报告，刚提上裤子，老太太就握着手机笑眯眯地对叶濛说道："快，接电话，李靳屿。"

走廊上的人都目光灼灼地看着她，好像比她还着急。叶濛慢慢悠悠地接过手机。

话筒里传来一个熟悉的男声，是平日里的冷淡声线，他也如常地叫了声："姐姐。"

"嗯？"叶濛低头看着手里的化验报告和B超单子上黄豆大的小影子。

"真有了？"

叶濛又嗯了声。

那边的人沉默了。

李靳屿正从黎忱的俱乐部出来，听声音，以为叶濛不太高兴，毕竟这孩子来得早，比他们约定好的五年还差了两年。他们才过了三年的二人世界，一眨眼，时间过得尤其快。

两人都没有说话。老太太急了，像只兔子似的，竖着一双耳朵，想听听他俩说什么。

“你想要吗？”叶濛问了句。

老太太的心都吊起来了，她紧紧地皱着眉头。怎么的，这两人是还不打算生啊？

李靳屿：“姐姐你想生吗?”

“算了，等你回来再说吧。”叶濛说。

那边的人嗯了声。

等她挂掉电话后，老太太心急如焚地追问：“咋了这是，他不想要？”

叶濛只能哄老太太：“没有，等他回来再说吧，我们之前确实没准备。”

确实挺没准备的，两人一般都做了措施的，哪怕有时候李靳屿要赖，叶濛也不肯。回去的路上叶濛都还挺纳闷的，到底哪个环节出了问题？

2.再给你多一些

李靳屿从北京回来后，衣服都没来得及换，就被老太太拎回房摁头教训。

这三年李靳屿跟叶濛都没怎么变，不知道是不是两人的生活越来越和谐，滋养得好，还挺有夫妻相的，走出去仍旧亮眼，仍旧炸街。变化最大的应该是老太太，跟着叶濛的奶奶越来越时髦，头发越来越黑，李靳屿这次在北京待了半个月，高高大大的清瘦身影斜斜地倚着老太太的房间里的衣柜镜子，镜子里映出男人清俊的五官，说他没变，他也变了些，眼神更清澈，一身干净的衬衫和西裤，哪还是当年那个在湖边的丧家犬，倒像是被人金贵地养着的金丝雀，还学会了调侃人：“您这头发赶上我了，叶濛的奶奶给您染的啊？您这是打算再给我找个二爷爷?”

钭菊花懒得搭理他，坐在轮椅上仰着头，一本正经地直奔主题道：“你俩怎么想的？这个孩子要不要啊？”

李靳屿双手抱胸，靠在衣柜门上，身形格外修长，低头看着老太太，随手捡了个老太太打了一半毛衣的毛线球抛着玩，回道：“叶濛说她不要？”

钭菊花听着头皮一紧，立马解释说：“那倒没这么说，她就说等你回来再说。”说到这里，钭菊花有些没忍住，抬头瞧面前的李靳屿，叹了口气，缓缓地开口道，“我听美澜的意思是，叶濛现在觉得还是你最重要，她心疼你，所以总想着再给你更多一点儿的爱。”

钭菊花就这件事跟徐美澜展开过讨论，叶濛是真的宠李靳屿，结婚这几年，他们都看在眼里。哪怕李靳屿吃个橘子，叶濛都要看一眼橘子有没有烂的。李靳屿不太介意，有的时候水果放烂了，切掉坏的继续吃，叶濛看不下去，给他科普：“哪怕是切掉坏的部分也没用，烂的就是烂的，你家里没人跟你说吗？”

李靳屿说没有，反正以前保姆都这么给他吃。他以前好歹还是个富家子弟，怎么会过得这么随意。叶濛又是一阵心疼。

两人聊着，听见客厅里传来拖鞋声，应该是叶濛起来倒水喝。

两人所在的房间房门关着，渗出一点点昏黄的光，李靳屿回头看了眼，双手插进兜里，低头笑了下，对老太太说：“奶奶我知道，这孩子我打算要的。”

“行嘞。”老太太说。

3.姐姐，生呗。求你了。

叶濛不知道李靳屿连夜买了机票飞回来，还趁她在睡觉之际，就跟老太太达成了统一战线。她在厨房倒水的时候，感觉身后有人贴过来，吓了一跳，浑身一颤。

李靳屿从背后抱住她：“是我。”

冷淡如常的声调，却意外地让她安心。叶濛背对着他，一手拿着杯子压在饮水机出水口底下，一手往后摸，揉了揉他的发顶，低声道：“你回来了？”

李靳屿将脑袋埋在她的肩上，低低地嗯了声。

叶濛以为他很累，手指顺势往下，摸了摸他的喉结，温柔地道：“饿吗？你回房间躺一会儿，我给你下一碗面。”

“不要。”他的声音闷闷地传来。

叶濛哭笑不得：“怎么了？我怀孕，你还委屈上了？”

李靳屿将头埋在她细腻的颈窝里，深深地吸了口气，吸到一半的时候没绷住，终于笑出声来，把头抬起来说：“我委屈什么？我跟奶奶说了，这孩子我打算要。”

叶濛愣了愣，关上水，不太高兴地低声说：“你都没问过我——”

下一秒，几乎是猝不及防地，叶濛整个人直接被转过来，贴着他的胸膛，她的视线对上了他的。李靳屿这个男人真的很神奇，他看人的时候，永远充满爱意，永远有种占山为王的骄傲气，偏偏又格外让人疼惜，尤其那双眼睛，干净清澈，比窗外的月色还要清朗。结婚三年，他仍干净得像当年那棵小白杨。

叶濛记得，那天是秋分，窗台上落了一片枯黄的树叶，树叶被吹拂得簌簌作响。

李靳屿认真地看着她，在她的脑门上郑重地吻了下，然后一路沿着她的鼻子亲下去，一边亲一边说：“姐姐，生呗。求你了。”

叶濛哪还受得住，他最知道她的命门，对她随意拿捏。

心像是化了，大脑嗡嗡作响，她慢慢地咬住他的唇，低声道：“好。”

4.害喜

怀孕过程就相当痛苦了，叶濛害喜很严重，基本没什么胃口，起初一个月，她反倒瘦了两斤。李靳屿跟着瘦了两斤，因为叶濛吃不下，李靳屿也没什么心情吃了，光想着逗她开心。

徐美澜看在眼里，也心疼，常苦口婆心地对钭菊花说：“不能这样，叶濛不吃，李靳屿得吃。不然等叶濛生了孩子，李靳屿得瘦脱形了。”

钭菊花也没办法，叶濛不吃，李靳屿就担心叶濛哪里不舒服，又是哄又是逗的，生怕她因为生孩子这件事觉得委屈。

这么一对比，同时怀上二胎的方雅恩就对老公有点儿意见了。当然，她老公对她也很不错，不过像李靳屿这种老婆吃不下、他也吃不下的二十四孝好老公，基本上是绝种了。

“真的，你老公上哪儿找的？李靳屿真的绝了。”

方雅恩说这话时，两人正在逛母婴店。

叶濛随手拎了件小衣服看，随口说道：“湖边捡的。给你说个更绝的事，那天奶奶说，办婚礼的时候我俩换鞋子，他穿我的鞋，害喜的症状就会转移到男人身上。”

“你俩的婚礼不是办过了吗？”方雅恩说。

“北京那边，他外公又让我们办了一场。”

“然后他穿了？”方雅恩愣了愣。

“穿了，他穿了一整天高跟鞋。”

“……”

“不过没用，我吐得更厉害了，因为真的无法想象那个画面，尤其是李靳屿穿着我的高跟鞋，我想到一次吐一次，所以封建迷信不要搞。不过调戏调戏他挺有意思的，我都好几年没看他害羞成那样了，就像我跟他刚在一起的时候那股劲儿，亲一下都躲着。”

“……”

5.最终的最终

叶瑜刚出生那年，对姓这个事情，徐美澜彻底被李靳屿感动了一把。本来她以为李家这么大一个家族一定不会同意孩子随妈妈姓，结果不知道李靳屿用了什么办法，说服了李长津，第一个孩子出生随了叶姓。徐美澜当天夜里差点儿抱着钭菊花哭得背过气去，倒也不是非要留这么个姓，但是知道李靳屿真的事事为他们考虑到了，哪怕只是当初随口一提的事情，他也去想办法了，徐美澜确实感动。

叶濛那阵子没怎么见到李靳屿，才知道他回北京去说服老爷子了。他回来之后，就给叶瑜上了户口。不过改姓叶之后，叶濛觉得这名字有点儿不好听了：“你看，叶瑜，业余，多业余啊。以后孩子做什么不都成业余选手了？不好、不好。”

李靳屿刚回来，把户口本丢在矮几上，人懒洋洋地往沙发上一靠，笑着问：“瑜字辈是你奶奶说的，你想改什么？”

“没想好，但我总觉得还有更好的，比如叶琳啊，我觉得比叶瑜好。”

李靳屿：“半斤八两，而且你奶奶说了，你底下就是瑜字辈，你在后面加个字吧，族谱咱不能乱。”

叶濛：“你还真听话。”

李靳屿笑道：“怎么，这把年纪了，你还想叛逆？你也不看看老太太都什么年纪了。”

叶濛突然释怀，猛地在他的唇上啄了口：“宝贝，你真好。”

“是吗？”李靳屿没亲回去，人往后靠，抽了本《记忆宫殿》随手翻了页，“不然，怎么昨晚还有人去看别的男人的直播？”

“……”

叶濛乍然一蒙：“你听我解释——”

“我不是很想听，我吃会儿醋行吗？姐姐。”李靳屿头也没抬，低头翻着书说。

“……”

叶濛再次笑倒。

那人是郜泱泱的男朋友好不好！

那年云层高远，山花格外烂漫，东一簇，西一簇，开遍世界的角落，那年春天的风也格外温柔，海浪轻轻地拍打着礁石，一切都朝气蓬勃。

时间其实不会停止，故事仍在继续。

我们无须为过去的自己道歉，只要过好未来的每一天，就是对过去的自己最大的诚意。

他们至死都浪漫，至死也是少年，至死都要成为彼此的月亮。

那是一种连菩萨都无可奈何、明目张胆的偏爱。

无论如何，你都是我的人间第一流存在。

再见。